Voici le temps du monde fini

Albert Jacquard

Voici le temps du monde fini

Éditions du Seuil

EN COUVERTURE :
Photo Daniel Mordzinski
© SEUIL

ISBN 2-02-019471-6
(ISBN 2-02-013082-3, 1re publication)

Le 20 juillet 1969, des centaines de millions d'hommes assistèrent aux premiers pas d'un homme sur un astre qui n'est pas le nôtre. Au-delà des mots un peu trop préparés de Neil Armstrong, tous comprenaient que cet événement était « un grand pas pour l'humanité ». L'homme venait de se libérer d'une nouvelle contrainte naturelle. L'enthousiasme était absolu. Après avoir vaincu tant de maladies, défié la pesanteur, pénétré les secrets des atomes et des galaxies, nous avions pour la première fois quitté la planète où nous sommes nés. La conquête de l'espace commençait.

Le mot conquête, à vrai dire, sonnait fâcheusement. Il en rappelait d'autres, toujours vaines pour les conquérants et destructrices pour les conquis : celles des Espagnols et des Portugais en Amérique, des Français et des Anglais en Afrique, de Napoléon en Europe. Conquérir c'est soumettre, assujettir, avec l'espoir d'exploiter.

Vingt ans plus tard, nous comprenons que ce « grand pas pour l'humanité » n'avait sans doute pas la direction que l'on croyait. La Lune et les planètes apparaissent décidément bien inhospitalières. Nous pourrons y installer des stations permanentes. Quelques hommes y travailleront, réaliseront des expériences impossibles sur la Terre, récolteront quelques matériaux rares. Les progrès techniques aidant, quelques établissements seront réalisés sur Mars ou sur un satellite de Jupiter, des hommes y survivront en attendant de revenir « chez eux ». Ce ne seront là que prouesses ponctuelles, justifiées beaucoup plus par le goût de l'exploit, par les défis lancés à notre nature, que par un bienfait pour l'espèce.

Autour du Soleil, il n'y a pas de planète de rechange. Les éventuelles planètes autour d'autres étoiles sont si éloignées qu'à vue d'homme il est exclu d'espérer les visiter : la prochaine étoile, Proxima du Centaure, est à 4,3 années-lumière, soit 43 000 milliards de kilomètres. Même en disposant d'une source d'énergie permettant d'atteindre le dixième de la vitesse de la lumière, l'aller et retour durerait près d'un siècle. Quelques hommes pourront non conquérir, mais explorer l'espace. L'humanité restera sur la Terre. Le « pas en avant » accompli le 20 juillet 1969 est en réalité un pas vers une meilleure compréhension de la condition humaine : nous sommes pour longtemps, et sans doute définitivement, assignés à résidence sur notre planète.

Le cadeau le plus riche rapporté par Armstrong et Aldrin de la mer de la Tranquillité n'est pas un échantillon du sol lunaire ; c'est la photographie de notre Terre vue au loin, la si belle petite planète bleue.

Elle est bleue, elle est belle, surtout elle est petite. Et

nous ne la quitterons pas. Toute une vision de notre destin en est bouleversée. Pendant des centaines de millénaires, nous avons cru notre domaine illimité. Depuis quelques siècles nous avions compris, grâce à Copernic et Galilée, que nous vivions sur une sphère. Ce constat était resté une idée parmi d'autres ; aucune expérience immédiatement sensible ne nous imposait d'y croire, et surtout d'agir en conséquence. Quelques hommes, en tous points semblables à nous, ont vu la Terre au loin telle qu'elle est. Un infime élément du cosmos. Nous ne pouvons plus oublier notre condition : la portion du monde qui nous est accessible est terriblement étroite. Nous sommes prisonniers.

Pour l'Homme, « le temps du monde fini commence » [29]*.

Est-ce un désastre, ou la chance d'une nouvelle aventure ?

Faire confiance aux facultés créatrices des hommes, c'est les imaginer enfermés et débordant d'espoir, captifs et échafaudant mille projets, prisonniers et construisant leur liberté.

***

23 septembre 1990. Je relis ce manuscrit. Les quelques réflexions que j'y propose me semblent, avec le recul, à la fois nécessaires et dérisoires. Les événements sont si

* Les numéros entre crochets renvoient à la bibliographie en fin d'ouvrage.

rapides qu'ils saturent notre capacité à en mesurer les conséquences et à y faire face !

Armé à outrance par des pays développés, l'Irak a envahi le Koweit. La réaction des États-Unis et de l'Europe de l'Ouest a été rapide et brutale, car la menace sur leurs sources d'approvisionnement en pétrole était grave. Au nom du Droit (ce Droit si facilement oublié lorsque le même dictateur massacrait les populations kurdes), la logique de la guerre, c'est-à-dire de la violence, se déroule. Les armées sont face à face. Leurs moyens de destruction sont fabuleux. La notion de supériorité perd tout sens, car le plus faible peut infliger d'immenses pertes au plus fort, et le plus fort frémit devant les dévastations qu'il est capable de provoquer. En quelques heures, des millions d'hommes peuvent être massacrés, les fruits de siècles de civilisation être anéantis. L'apocalypse est là, à portée de bouton. Le vertige peut déclencher le passage à l'acte. Nos raisonnements datent du Moyen Age, nos moyens sont ceux du XXe siècle.

Jour après jour, nous continuons la poursuite des chimères d'autrefois. Les « événements du Golfe », comme disent pudiquement les journaux, apportent l'évidence qu'il nous faut repenser nos objectifs. Demain est entre nos mains : quelle humanité voulons-nous devenir ?

Pour dégager de nouvelles pistes où lancer l'aventure humaine, il faut d'abord prendre conscience de la réalité qui nous environne. C'est là le rôle de la recherche scientifique. Il se trouve qu'au cours de ce siècle les chercheurs ont totalement renouvelé le regard qu'ils portent sur le monde. Des concepts qui semblaient définitivement stables ont été bouleversés, ainsi le concept de temps ou celui de matière. Des processus que l'on croyait avoir élucidés se sont révélés plus subtilement agencés que l'on ne pensait, ainsi l'évolution des espèces vivantes. D'autres, dont on ignorait tout il y a cent ans, ont été enfin compris, ainsi la procréation d'un être à partir de deux.

Ces révolutions ont transformé le sens des mots utilisés par les scientifiques, mais l'homme de la rue n'en a guère été informé, en tout cas il n'en a guère perçu les conséquences. Un *aggiornamento* de notre compréhension du réel est aussi nécessaire à notre société que celui voulu par le pape Jean XXIII pour son Église. Il est urgent de porter sur le monde et sur l'homme un regard nouveau.

Simultanément, le visage de la planète a changé. Imperturbable, elle poursuit sa course cyclique dans l'espace, mais à sa surface des événements inouïs se sont produits, non pas, comme depuis longtemps, au rythme lent des phénomènes cosmiques, mais au rythme effréné des agissements des hommes. En un siècle, ceux-ci ont multiplié par 3 leur effectif, par 10 leur efficacité, par beaucoup plus leurs besoins. A cause de nous, la réalité terrienne a été bouleversée. Elle va l'être plus encore au cours des années à venir. Prendre conscience de cette nouvelle réalité est tout aussi urgent.

Un nouveau regard, une nouvelle réalité. Mon ambition ici est d'aider chacun à ce renouvellement.

PREMIÈRE PARTIE

Un regard nouveau

L'outil de notre connaissance est avant tout notre cerveau. Les sens sont nécessaires pour nous apporter des informations sur la réalité qui nous entoure, mais ces informations sont chaotiques, semblables à un amas désordonné de petits carreaux de toutes formes et toutes couleurs. Notre cerveau les arrange en une mosaïque organisée, où il s'efforce de donner place et signification à tous les éléments reçus en vrac. Pour y parvenir, il invente des outils abstraits capables de transformer un amoncellement en structure : les concepts. Tous les mots que nous utilisons pour décrire le monde : force, vitesse, durée, champ, particule... sont des inventions humaines qui permettent de construire en nous un modèle plus ou moins fidèle de l'univers qui nous entoure, de faire naître, en un processus sans fin de co-naissance, une image proprement humaine du monde. Au départ, nous nous sommes contentés des informations que l'univers nous envoie spontanément ; peu à peu, nous avons pris l'initiative, nous l'avons questionné, nous l'avons même parfois *mis à la question* pour le forcer à nous avouer quelques secrets bien cachés au cœur de galaxies lointaines ou d'inaccessibles noyaux atomiques.

La mosaïque n'est jamais terminée. De nouveaux éléments nous parviennent, il faut les y intégrer. Parfois, ils trouvent tout naturellement leur place dans l'ébauche déjà réalisée. Parfois, au contraire, ils nous contraignent à reprendre tout l'ouvrage.

Il se trouve que le xxe siècle a été particulièrement riche en occasions de remettre en cause la structure même de la mosaïque ; non qu'il fallût tout effacer ; mais l'architecture globale devait être refaite. Pour le scientifique, ce sont là les instants les plus passionnants ; il comprend qu'il ne comprend plus ; il lui faut faire preuve d'imagination. Il est un chasseur heureux, celui qui est sur une nouvelle piste mais n'a pas encore attrapé la proie.

Malheureusement pour la collectivité, prise à la gorge par les problèmes quotidiens, ces remises en cause passent le plus souvent inaperçues ; les jeux intellectuels des physiciens à la recherche d'un nouveau quark paraissent d'inutiles passe-temps à ceux qui ont à se battre jour après jour contre la misère, le chômage, le mépris. Peu à peu, le fossé s'élargit entre ceux qui précisent le contenu de la co-naissance et ceux qui ont besoin de connaître la réalité pour mieux faire face aux difficultés.

Ceux-ci peuvent se trouver démunis, sans moyen de réaction contre les forces naturelles ou sociales qui les oppriment, alors que l'arsenal conceptuel du scientifique contient justement les armes qui permettraient de mieux combattre. Ils n'en ont pas été informés : la faute en incombe au système éducatif, le plus souvent en retard d'une révolution conceptuelle, comme aux divers moyens d'information, pour qui seuls comptent les événements sensationnels. Mais la responsabilité première revient aux scientifiques plus obsédés par le désir de briller face à leurs collègues que par celui de diffuser le surplus de connaissances qu'ils ont pu acquérir.

La situation d'urgence où se trouve l'humanité en cette fin de siècle impose la description aussi précise que possible de la réalité de la Terre des hommes. Cette description doit utiliser les concepts d'aujourd'hui, sous peine de renouveler les erreurs passées. Avant tout effort de précision dans les faits, il faut un effort de remise à jour des concepts. Que veulent dire aujourd'hui les mots *temps, matière, vie, hasard, personne ?*

Re-naissances du temps

De tous les concepts utilisés dans la panoplie des modèles censés représenter l'univers, le « temps » est sans doute celui qui a subi le plus de transformations au cours de notre siècle.

Quelle réalité désigne ce mot ? Rappelons à son propos quelques boutades.

Un prix Nobel de physique qui ne manquait ni d'audace ni de confiance en lui (à vrai dire, il avait pour cela de bonnes raisons), Richard Feynman, a donné du Temps une définition qui élimine tout problème. « Le Temps, c'est ce qui passe quand rien ne se passe » [14].

Cette réponse à une interrogation fondamentale est une illustration en creux de la fameuse phrase de Lacan *« Le mot est le meurtre de la chose »* ; ici le mot ne tue pas la chose, mais se révèle capable d'exister en l'absence de la chose. Car, si rien ne se passe, il faut être bien inutilement imaginatif pour prétendre que « quelque chose » se passe et pour nommer ce « quelque chose » fictif *Temps.*

« Un objet ne fait pas le même office que son nom ou son image », disait Magritte, à propos de son célèbre tableau représentant, de façon fort réaliste, une pipe et intitulé *Ceci n'est pas une pipe*. Comment fumer avec le mot « pipe » ou avec un tableau représentant une pipe ? Face à la plupart des concepts évoqués à propos du Temps, il serait sain d'admettre que « ceci n'est pas le Temps ». Ainsi faisait honnêtement saint Augustin, il y a seize siècles : « Qu'est-ce que le temps ? Si personne ne me le demande, je le sais ; mais, si on me le demande, je ne le sais plus [...]. Je sais que si rien ne passait il n'y aurait pas de temps passé... »

En fait, la donnée immédiate de nos sens est une succession d'événements. Nous en observons la séquence et nous constatons que les uns sont simultanés, d'autres non, auquel cas l'un se produit « après » l'autre. Lorsque nous observons le second, le premier a disparu et n'a d'existence que dans notre souvenir. Ce qui crée le sentiment d'une durée est étroitement lié à notre capacité de nous souvenir et d'évoquer, à notre mémoire. Un être sans mémoire ne pourrait pas plus avoir l'idée de la durée qu'un aveugle n'a l'idée de la couleur.

Il est alors naturel de situer les événements les uns par rapport aux autres. Selon la perception que nous en avons eue, ils ont été simultanés ou ont eu un lien d'antériorité-postériorité. Nous avons admis, depuis des millénaires, que la succession des événements était la même pour tous. Nous avons mesuré le temps par référence à des événements répétitifs au cycle régulier, lever du soleil, retour des saisons. La durée, constat d'une succession mémorisée d'événements, a peu à peu fait place au temps, dimension posée comme un absolu, toile de fond préétablie devant laquelle le réel déroule ses états successifs, horloge égrenant imperturbablement ses instants entre les mains de Dieu. L'inversion conceptuelle est totale : au lieu de définir la durée à partir des événements, nous avons prétendu définir la position des événements dans la durée par rapport à un repère qui leur préexiste, le Temps.

Dans notre culture (j'ignore ce qu'il en est dans les autres), les difficultés logiques liées à cette inversion ont été totalement occultées par le traitement algébrique des problèmes. Le temps n'est qu'une dimension de plus à côté de celle de l'espace ; il suffit d'écrire x, y, z, t pour que toute interrogation soit oubliée.

La croyance implicite en l'existence d'une horloge divine, source du temps absolu, se manifeste dans l'effort constant des scientifiques pour mesurer le temps avec plus de précision. Lorsqu'ils ont constaté que la rotation de la Terre sur elle-même n'était pas tout à fait régulière, ils ont changé de définition : la seconde n'a plus été une fraction de la durée d'un tour de la Terre, mais un multiple de la période des radiations émises par le cesium. Ainsi a-t-on pensé s'approcher mieux du temps vrai : mais croire en l'existence de ce temps vrai est affaire de foi, non de science.

Il est rassurant d'admettre qu'un événement est totalement localisé en indiquant les trois coordonnées x, y, z qui situent le point dans l'espace et la coordonnée t qui situe l'instant où il se produit. Ces coordonnées dépendent du repère (ou référentiel) adopté, ou plutôt, croyait-on, de deux repères : celui qui définit l'espace (par exemple, le classique trièdre faisant partir des axes orthogonaux d'un point origine o) et celui qui définit le temps (en fixant un instant origine t_o).

Des formules simples permettaient de modifier les coordonnées x y z lorsque l'on changeait le référentiel. La coordonnée t avait, elle, un statut bien particulier. Elle ne dépendait que de l'instant origine et non du repérage de l'espace, en vertu d'une « évidence » : le cours du temps est le même partout.

Temps et relativité restreinte

Ce siècle avait cinq ans lorsque l'évidence fut réduite en miettes. Avec les formules de la relativité restreinte, Einstein a montré que le passage d'un référentiel à un second en mouvement par rapport au premier nécessite de modifier simultanément les quatre coordonnées. Il n'y a plus un espace à trois dimensions et un temps à une dimension, mais un espace-temps dont les quatre dimensions sont indissociables. Deux horloges ne mesurent pas le même temps si elles sont en mouvement l'une par rapport à l'autre. Autrement dit, il n'y a plus d'horloge entre les mains du Créateur.

La révolution conceptuelle est de première grandeur ;

on n'a pas ici affaire à quelque élucubration gratuite d'un mathématicien en mal d'originalité. Les formules d'Einstein permettent de rendre compte d'un fait d'observation jusque-là paradoxal : la vitesse de la lumière ne dépend pas du mouvement de l'observateur. Constat en opposition avec tous les dogmes de la mécanique. L'issue proposée par Einstein bouleverse toutes nos représentations : l'intangible devient variable, l'absolu devient relatif. Ainsi, non seulement la distance entre deux points de l'espace dépend de la vitesse de l'observateur, mais aussi en dépend la durée écoulée entre deux événements et même son signe : dans certains cas, l'antériorité constatée par un observateur peut être inversée pour un autre.

Fort heureusement, il est possible de définir un nouvel invariant mais il n'est guère accessible à notre intuition immédiate : la différence entre le carré de la distance géométrique d mesurée entre les lieux où se sont produits les événements E_1 et E_2 et le carré du trajet parcouru par un rayon lumineux au cours de l'intervalle de temps séparant ces deux événements est, elle, indépendante des observateurs. De l'un à l'autre, d change, t change, mais l'écart

$$S^2 = d^2 - c^2t^2$$

(où c est la vitesse de la lumière) est toujours le même.

Si cet écart est positif, il s'agit d'un intervalle dit du « genre espace », s'il est nul, l'intervalle est du genre lumière, s'il est négatif il est du genre temps. Nous sommes loin de la belle simplicité des concepts précédents, de l'heureuse époque où l'on pouvait parler de *la* longueur d'une règle ou de *la* durée écoulée entre deux éclairs. Désormais, un mouvement de l'observateur suffit à changer longueur et durée apparentes [25].

Le Temps, autrefois dieu imperturbable, hors d'atteinte, n'est plus qu'un paramètre soumis à l'arbitraire de celui qui choisit ses repères. La statue de Chronos est tombée de son piédestal.

Temps et relativité générale

Dix années plus tard, pendant que les Européens ont leurs regards fixés sur les effroyables tueries de la Somme ou de Verdun, Einstein porte au concept de temps un coup plus sévère encore.

Cette fois il ne tire plus les conséquences d'un fait expérimental jusqu'à l'inexplicable (la constance de la vitesse de la lumière, quel que soit le mouvement de l'observateur) ; il prend comme point de départ une équivalence logique admise *a priori :* l'équivalence entre la gravitation et l'accélération. Aucune expérience ne peut permettre à un observateur enfermé dans un laboratoire de décider entre les deux termes de cette alternative : « mon laboratoire est au repos dans un champ gravitationnel », ou « mon laboratoire est soumis à une accélération dans un espace vide ».

Einstein n'a besoin, pour faire progresser sa réflexion et construire sa théorie, d'aucune expérimentation : il n'est armé que de sa capacité de raisonnement et d'un outil subtil forgé par quelques mathématiciens italiens à la fin du XIXe siècle, le calcul tensoriel. Au prix d'années d'efforts, il parvient à une formulation ramenant les phénomènes de gravitation à une modification des propriétés de l'espace. La formulation de Newton se référait à une force d'attraction apparaissant lorsque deux masses sont en présence ; celle d'Einstein affirme que la présence d'une masse courbe l'espace environnant. Les vérifications expérimentales ne vinrent que quelques années plus tard, notamment lorsque l'on put constater en 1919, lors d'une éclipse, que le soleil incurve bien le trajet des rayons lumineux qui le frôlent.

Cet « espace » est bien sûr l'« espace-temps » à quatre dimensions. Les objets doués de masse influencent non seulement la structure géométrique mais aussi l'écoulement du temps. L'équation d'Einstein montre que, près d'une masse, « les horloges retardent », c'est-à-dire que l'observateur se fiant à l'horloge locale mesure une durée plus courte que l'observateur éloigné doté d'une horloge identique mais non influencée par la masse.

L'écart est généralement si faible qu'il n'affecte nullement notre expérience quotidienne. Un cas mérite cependant d'être évoqué, celui des « trous noirs ». Il met clairement en évidence la portée du bouleversement conceptuel provoqué par Einstein. L'éternité elle-même n'en sort pas indemne.

Ces trous noirs ont tout d'abord été considérés comme une curiosité théorique : lorsque la densité d'un objet est suffisamment élevée, la courbure de l'espace autour de lui est si accentuée que rien ne peut en échapper, pas même un rayon lumineux. D'où son aspect d'objet noir. La densité en question est cependant si élevée qu'elle est d'abord apparue comme hors de toute réalité : elle correspond à la masse de la Terre tout entière condensée dans une sphère de 9 millimètres de rayon, ou à la masse du Soleil dans une sphère de 3 kilomètres de rayon. Rien ne permettait d'admettre que des objets réels puissent s'approcher d'une telle densité.

Mais la « matière », elle aussi, nous a contraints au cours de ce siècle à changer le regard que nous portons sur elle. Au-delà de l'apparence que nos sens nous permettent de décrire, il nous a fallu imaginer des espaces presque vides parcourus d'infimes particules. Une molécule est constituée de quelques noyaux atomiques entourés d'électrons dont le volume propre est insignifiant par rapport au volume global. Il suffit que ces noyaux atomiques et ces électrons s'effondrent les uns sur les autres pour que la densité de l'ensemble soit multipliée dans des proportions fabuleuses, au-delà de ce qu'exige la création d'un trou noir.

Les astronomes ont découvert par la suite qu'un tel événement peut fort bien se produire : il correspond à l'implosion d'une étoile, lorsqu'ayant épuisé l'énergie disponible elle s'effondre sur elle-même. Il est probable que les trous noirs, difficiles par nature à déceler, sont nombreux dans notre univers.

Ils ont, bien sûr, de multiples caractéristiques insolites ; la plus étrange est leur pouvoir de dévaster le champ de nos idées les plus solides sur le temps.

Imaginons qu'explorant l'espace dans votre fusée vous vous approchiez un peu trop d'un trou noir. Emporté par le champ gravitationnel, vous êtes happé par lui sans possibilité de lui échapper. A titre de consolation, vous calculez, grâce à l'équation d'Einstein, compte tenu de la distance initiale et de la masse du trou noir, la durée théorique de votre chute, disons 3 830 secondes. Lorsqu'elle s'achève, vous n'aurez même pas l'ultime satisfaction de constater sur votre horloge que cette durée est bien celle mesurée, car vous aurez été déchiré par de colossales « forces de marée » au cours de votre chute ; l'équation d'Einstein est pourtant correcte. Mais, si je vous observe au loin dans mon télescope, je suis témoin d'un événement tout différent. Au départ, je constate certes que votre chute s'accélère, comme celle d'une pierre tombant sur la Terre. Pourtant, à partir d'une certaine distance du trou noir, votre vitesse diminue et tend à s'annuler. Vu par moi, vous vous approchez de plus en plus lentement du trou noir, et vous n'y arrivez jamais. La durée de la chute mesurée par moi est infinie. C'est la même équation qui permet de l'affirmer, mais elle est appliquée, cette fois, à un observateur éloigné de toute masse. Nous possédons des horloges identiques, mais vos 3 830 secondes équivalent pour moi à une éternité. Peut-on imaginer un scandale logique plus troublant [13, 19] ?

Voici le temps du monde fini

La statue de Chronos, qui semblait faite de l'airain le plus dur, n'est qu'un pantin de caoutchouc qui peut s'étirer sans limite.

Temps et Big Bang

Mais la flèche la plus destructrice reçue au cours de ce siècle par notre conception du temps est venue d'une autre direction [16].

Les astronomes ont découvert que l'univers accessible à nos observations est en expansion. Ce fait constaté en 1927 par Hubble est maintenant largement connu et ne choque guère. En fait, il remet totalement en cause la vision des hommes qui nous ont précédés. Eux admettaient comme une évidence que notre monde est stable : certes, planètes et étoiles sont en mouvement, mais leurs parcours sont cycliques : l'univers est ce qu'il a toujours été et sera toujours. Pour comprendre la puissance de cette idée reçue, il suffit de rappeler l'erreur commise par Einstein lorsqu'il écrivit l'équation fondamentale de la relativité générale : celle à laquelle aboutissait son raisonnement n'avait pas de solution stationnaire décrivant un cosmos invariable. Pour la rendre compatible avec ses vues sur la réalité, il ajouta un terme. Douze années plus tard, la réalité se révélait autre que l'apparence qu'elle avait jusque-là donnée d'elle-même. Le terme supplémentaire était inutile : l'équation initiale était la bonne. Même un esprit aussi peu conformiste n'avait pu échapper à l'emprise des fausses évidences.

Si les dimensions de notre univers s'accroissent vers l'avenir, elles se rétrécissent si l'on remonte dans le passé. Compte tenu des dimensions actuelles et de la rapidité de la dilatation, il est facile de calculer l'époque où ces dimensions étaient nulles, en admettant que la vitesse de l'expansion n'a pas changé au cours du temps. On constate que cette époque se situe à environ 15 milliards d'années dans le passé. D'où la fameuse hypothèse du Big Bang, « explosion » qui aurait donné naissance à notre univers.

Pouvoir des mots : l'expression « Big Bang » imaginée par George Gamow en 1948 a aussitôt été acceptée universellement comme désignant l'événement créateur, alors qu'elle n'évoque qu'un modèle hypothétique d'évolution de l'univers déjà proposé vingt ans plus tôt par Alexander Friedman et Georges Lemaître. Il est vrai que ceux-ci ne s'étaient exprimés que par le truchement d'équations.

L'idée essentielle véhiculée par ces deux mots est que notre univers a eu un début. Ce concept de début se réfère à un processus qui n'existait pas à un certain moment et qui soudain commence ; il n'y a début qu'à l'intérieur d'une durée qui s'étend au-delà dans le passé. Évoquer le début de l'univers revient à se mettre dans la position d'un observateur extérieur qui constaterait soudain l'apparition de l'univers, sous la forme par exemple de l'explosion dite Big Bang. Cette fois, c'est le concept d'univers qui devient incohérent. Par définition, il englobe tout ce qui a existence ; comment pourrait-il être observé de l'extérieur puisque rien ne peut lui être extérieur ?

Annoncer que le Big Bang a eu lieu il y a 15 milliards d'années provoque tout naturellement la question « qu'y avait-il il y a 16 milliards d'années ? ». Question apparemment pertinente. La représentation du temps par une variable t continue et sans limite semble impliquer que l'instant défini par $t = -16.10^9$ années a eu lieu, de même que l'instant $t = +16.10^9$ années aura lieu. En fait, l'origine de l'univers est équivalente à un horizon inatteignable, l'« instant zéro » n'a pas eu d'existence.

Une façon de résoudre ces difficultés consiste par exemple à opérer un changement de variable semblable à celui qui permet de définir une mesure de la température allant de $-\infty$ à $+\infty$: il suffit de prendre le logarithme de la « température absolue T » (dont on sait que le zéro, correspondant à $\simeq 273°$ Celsius, est le point le plus bas, il n'y a pas de température $T = -10°$). De même, au lieu de mesurer le temps en fonction du nombre de tours de la Terre ou du nombre d'oscillations du césium, il suffit d'utiliser le logarithme de ce nombre pour obtenir une échelle s'étendant jusqu'à $-\infty$.

Cette fois, il ne s'agit pas seulement d'un tour de passe-passe algébrique mais d'une théorie cosmologique proposée par le physicien anglais E. Milne ; il distingue deux durées, l'une, le temps t, laisse invariants les phénomènes électromagnétiques et atomiques, l'autre, le temps τ égal au logarithme de t, laisse invariantes les lois de la mécanique et de la gravitation. Pour le temps τ le Big Bang est à $-\infty$, ce qui évacue l'interrogation métaphysique. En faisant reculer l'origine de l'univers derrière un horizon jamais atteint, il ne suscite plus la question de l'« avant début » [19].

Finalement, la théorie du Big Bang nous fait comprendre de façon plus concrète, plus imagée, ce que les relativités restreinte et générale avaient montré par des équations : l'imbrication de l'espace, de la matière (ou de l'énergie) et du temps. Ce « début » de l'univers correspond à la création simultanée de l'espace où se déroulent des événements, des objets qui s'y meuvent ou de l'énergie qui y vibre, et du temps qui permet de mesurer le rythme de ces vibrations, et qui est défini par elles. Avant le Big Bang, il n'y avait pas de temps.

La statue de Chronos n'est plus isolée, elle fait partie d'une trinité indissociable, espace-objet-temps.

Temps et quanta

Nous pouvons constater, dans notre univers, l'existence de quelques constantes parfaitement mesurables. La combinaison de trois d'entre elles peut déboucher sur un concept étrange, et même choquant : un temps granulaire.

Ces trois constantes sont l'intensité de l'attraction gravitationnelle, la vitesse de la lumière et le quantum d'action.

Nous le savons depuis Newton : si deux objets de

masses m et m' sont situés à la distance d l'un de l'autre, ils génèrent une force d'attraction dont l'intensité est donnée par la formule

$$F = Gmm'd^{-2}$$

Il est facile de mesurer G ; dans le système adoptant pour unités le centimètre, le gramme et la seconde, on obtient :

$$G = 6{,}7.10.^{-8}$$

Dès la fin du XIXe siècle, il est devenu clair que la vitesse de la lumière dans le vide est indépendante de l'observateur. Einstein, par la théorie de la relativité restreinte, a montré qu'aucun objet ne peut avoir une vitesse supérieure. On a depuis longtemps mesuré cette vitesse c ; avec les mêmes unités :

$$c = 3.10^{10}$$

Enfin, en 1900, Max Planck a montré que l'énergie ne peut être émise, transmise ou absorbée que par grains ou « quanta » ; la mesure de l'« action » de ces grains, c'est-à-dire le produit de leur énergie par la durée, ne peut être inférieure à un minimum, la « constante de Planck ». Toujours avec les mêmes unités ce minimum est

$$\hbar = 1{,}05.10^{-27}$$

Ces trois constantes ont chacune une « dimension », celle-ci est exprimée en fonction des trois dimensions fondamentales : longueur, masse, temps : L, m, T.

Puisque la vitesse V, l'intensité de la gravitation G et l'action A peuvent être exprimées en fonction de L, m et T, on peut réciproquement exprimer L, m et T en fonction de A, G et V. Pour la durée, on obtient (voir l'encadré) :

$$T = (AGV^{-5})^{1/2}$$

Or toute mesure de A est nécessairement supérieure à $\hbar$ et toute mesure de V inférieure à c, donc

$$T > (\hbar\, G\, c^{-5})^{1/2} = (1{,}05.10^{-27} \times 6{,}7.10^{-8} \times 3^{-5} \times 10^{-50})^{1/2}$$
$$= 5{,}4.10^{-44}\ \text{s}$$

Par définition, une vitesse est une longueur divisée par une durée, ce qui s'écrit

$$V = LT^{-1}$$

De $F = Gmm'\,d^{-2}$, on tire $G = mL\,T^{-2}m^{-2}L^{-2} = m^{-1}L^{3}T^{-2}$
Enfin, $A = E\,T = FLT = mL^{2}T^{-1}$
D'où

$$AGV^{-5} = (mL^{2}T^{-1})\,(m^{-1}L^{3}T^{-2})\,(L^{-5}T^{5}) = T^{2}$$

et

$$T = (AGV^{-5})^{1/2}$$

Cette durée, certes guère longue, n'est pas nulle. Elle a reçu le nom de « temps de Planck » (tp). L'inégalité obtenue signifie qu'aucune mesure de durée ne peut aboutir à un résultat inférieur à $5{,}4.10^{-44}$ secondes. Vouloir préciser l'antériorité d'un événement par rapport à un autre est définitivement impossible si l'intervalle de temps qui les sépare est inférieur à tp.

Le temps, introduit comme une variable continue à l'égal des coordonnées x,y,z de l'espace, se révèle impossible à découper en tranches plus fines que la durée tp. A l'intérieur de ces tranches, le temps devient flou, les repères s'évanouissent. Certains physiciens ont proposé de donner le nom de « chronon » à ces durées dont l'analyse ne peut être effectuée.

Nous sommes, face au temps, dans la situation de qui veut agrandir le détail d'une photographie. S'il dépasse en finesse la trame, il ne distingue plus rien. Le temps se révèle avoir, pour les observateurs que nous sommes, une texture qui empêche d'améliorer indéfiniment la précision de sa mesure.

Ce cheminement apporte un nouvel éclairage sur le caractère inaccessible de l'instant du Big Bang. En fait, c'est la notion même d'instant que ruine le « temps de Planck ».

De même, il peut aider à renouveler le concept d'éternité. « Comme elle doit sembler longue, surtout vers la fin », se lamentait, paraît-il, Kafka. Nous la considérons naïvement comme une durée qui s'étire sans fin, une succession infinie d'instants. Entrer dans l'éternité, ce n'est pas commencer à réciter la litanie des chronons qui se succèdent : peut-être est-ce plus radicalement pénétrer dans un chronon pour n'en plus ressortir.

***

Le temps, c'était si simple. Maintenant, plus personne ne sait de quoi il s'agit. Ce n'est pas un recul. Se débarrasser d'une illusion est plus bénéfique que de croire posséder une certitude, lorsque celle-ci est provisoire. En allant au-delà des idées reçues à propros du temps, nous enlevons un voile. Nous ne sommes pas encore capables de dessiner le nouvel horizon, peu importe. Un espace nouveau s'ouvre au jeu de notre imagination.

Évanescence de la matière

Autour de nous des objets. Les uns solides, stables, immuables, montagnes de granit ou blocs de marbre, rassurants dans leur définitive solidité. D'autres souples, changeants, impalpables, eau du torrent ou souffle du vent, inquiétants dans leur perpétuelle transformation. Nous ne nous sommes pas contentés de les contempler, de jouir de leur couleur, de leur parfum, de leur douceur, ni même de les répertorier et de les classifier en catégories rigoureusement emboîtées, nous avons voulu les comprendre. Nous les avons analysés, découpés, disséqués, réduits en miettes de plus en plus fines, espérant trouver, au-delà de leurs apparences, les éléments simples qui, par le jeu de leurs combinaisons, seraient à la source de l'infinie variété du monde réel. Dès le départ de cette recherche, la question s'est imposée : où devra-t-on s'arrêter dans cette quête de l'élémentaire ? Y a-t-il une barrière objective, un mur infranchissable, empêchant de poursuivre l'analyse ?

L'existence d'un obstacle définitif a été admise très

tôt : la démarche d'analyse de la matière se heurterait un jour à l'impossibilité de découper une fois de plus ; le grain obtenu serait insécable, il serait un « atome » dépourvu par définition de structure intérieure. Cinq siècle avant J.-C., Leucippe et Démocrite l'admettaient : tout objet concret est fait d'atomes non seulement insécables mais inaltérables, définitivement identiques à eux-mêmes et appartenant à un petit nombre de catégories. La diversité des objets visibles résulte de la multiplicité de leurs possibles combinaisons ; leurs transformations apparentes sont l'effet des changements intervenus dans leurs associations.

Cette réflexion nous amène à admettre, au-delà de la pluralité des apparences, l'unité profonde de la matière. Le monde réel est vu dans sa totalité comme un ensemble essentiellement unitaire. Il est possible de l'étudier car les mêmes processus, faisant intervenir les mêmes constituants élementaires, sont partout à l'œuvre. Le long poème de Lucrèce, *De Natura Rerum*, est l'illustration la plus célèbre de cette conception.

La pensée d'Aristote, imposée par l'Église pendant des siècles, amena un regard tout différent sur la réalité. Il fallait alors admettre que les corps dits naturels, air, eau, terre, feu, sont les « éléments » de toutes choses. Le retour à une conception du monde réel proche de l'atomisme de Démocrite dut attendre le XVIIe siècle ; et ce n'est qu'à la fin du XVIIIe qu'une théorie atomique réellement scientifique put se développer grâce notamment aux travaux de chimistes comme le Français Lavoisier ou l'Anglais Dalton.

Voici le temps du monde fini

Il y a cent ans, le répertoire complet des atomes paraissait enfin connu. Rassemblés dans la célèbre « classification périodique » de Mendeleïev, ils formaient une famille magnifiquement structurée dont chaque membre avait une masse et des caractéristiques chimiques parfaitement définies. Pour expliquer les propriétés de toutes les matières connues il suffisait de les assembler.

Un siècle plus tard nous sommes loin de cette belle simplicité.

Le film *Blow up* racontait la mésaventure d'un photographe qui, pour mieux distinguer un détail décisif, clé d'une énigme policière, agrandit plusieurs fois le cliché ; en gagnant en taille, la forme étudiée perd en définition et ne peut plus être interprétée. Le même effet s'est produit lorsque nous avons voulu mieux décrire l'atome.

De Lucrèce...

Les premières remises en cause intervenues au cours du XXe siècle n'étaient pas décisives. Elles entraînaient seulement un changement d'échelle, modifiant d'un ou de deux ordres de grandeur la dimension des objets insécables constituant toute matière.

L'électron, découvert par le physicien anglais J.J. Thomson en 1895, était alors désigné par le terme de corpuscule. Il a entraîné l'élaboration de nouveaux modèles permettant une représentation plus réaliste de l'atome. Le plus célèbre est celui de Bohr (1913). Il considère un atome non plus comme l'équivalent d'un très petit grain de matière à peu près homogène, mais comme une structure complexe ressemblant plutôt à un système solaire en réduction : l'étoile centrale serait le « noyau », et les planètes, en nombre variable selon la nature de l'atome, des électrons. L'une des conséquences de cette nouvelle vision est que la portion d'espace occupée par un atome est presque partout vide. Le rayon d'un atome est de l'ordre d'un cent millionième de centimètre, celui de son noyau dix mille fois plus petit ; le volume occupé par celui-ci à l'intérieur de l'atome est donc mille milliards de fois plus petit que le volume total. La « matière » est concentrée pour l'essentiel en ce noyau entouré d'un espace où se meuvent quelques infimes particules, les électrons.

A ce stade, les éléments réellement insécables devenaient les noyaux et les électrons. Mais le cheminement ne s'est pas arrêté là.

Quelques mois après la découverte de l'électron, Henri Becquerel mit en évidence la radioactivité de l'uranium. Spontanément, un atome de ce métal peut se décomposer en deux parties et fournir un atome de thorium et une particule dite alpha (en fait un noyau d'hélium). L'événement est rare : si l'on observe cent atomes d'uranium, il faut attendre plus de 4 milliards années pour que cette décomposition se soit produite chez cinquante d'entre eux. Mais la preuve est faite que le noyau d'un atome n'est pas nécessairement stable ; il n'est pas une unité homogène, mais un assemblage de plusieurs éléments qui, à la longue, finissent par se séparer. Dans la recherche de l'objet insécable, il faut aller un cran plus loin.

L'ensemble des observations réalisées a pu alors être expliqué en concevant les noyaux des atomes comme des assemblages de deux sortes de briques élémentaires en nombre variables, les protons et les neutrons ; ils ont à peu près la même masse mais les premiers portent une charge électrique alors que les seconds sont neutres : le noyau de l'hydrogène est constitué d'un seul proton, celui de l'hélium de 2 protons et 2 neutrons, celui du carbone de 6 protons et 6 neutrons, ... celui d'uranium de 92 protons et 146 neutrons... Le neutron cependant ne constitue une brique à peu près stable que s'il est incorporé dans un noyau ; dans l'espace, il se désintègre en un proton et un électron (c'est la radioactivité *bêta*).

A ce stade, on peut enfin désigner les objets élémentaires dont rêvait Lucrèce, les véritables « a-tomes », particules insécables : ce sont les protons et les électrons.

... à de Broglie

Parallèlement à l'existence d'objets matériels, dans le monde qui nous entoure et dont nous faisons partie, nous sommes obligés de constater des phénomènes parfaitement concrets qui se produisent dans le « vide », indépendamment de toute matière. Ainsi, la lumière des étoiles nous parvient en traversant les espaces intergalactiques où règne le vide le plus absolu. De même, l'énergie que nous envoie le soleil. Il faut bien que des phénomènes se produisent dans ce vide pour que cette propagation puisse se réaliser. Le fait que celle-ci ait lieu selon des lois rigoureuses (ainsi la constance de la vitesse de la lumière, ou plus généralement des ondes électromagnétiques) incite à donner à ce « vide » des propriétés précises. Il y a là une contradiction logique insurmontable.

Pour échapper au paradoxe, on avait imaginé, au XIXe siècle, que l'espace était occupé par une substance étrange, l'éther. Tout comme les vibrations de l'air permettent la transmission du son, les vibrations de l'éther permettaient celle de la lumière. A vrai dire, les propriétés de cette substance étaient tout à fait contradictoires : elle devait être à la fois assez rigide pour assurer une propagation très rapide des vibrations et totalement perméable à la matière pour que des objets massifs comme les planètes puissent s'y mouvoir sans frottement.

Faute de solution de rechange cette hypothèse était encore acceptée il y a un siècle. La célèbre expérience de Michelson et Morley réalisée en 1881 avait précisément pour objectif de mettre en évidence le mouvement de la Terre par rapport à l'éther. Le résultat fut négatif ; la voie était ouverte à la révolution conceptuelle que fut la théorie de la relativité d'Einstein.

Vide ou « éther », quel que soit le milieu où elle se propage, la lumière se comporte comme une onde. Les fameuses franges d'interférences obtenues en la faisant passer par deux fentes le prouvent surabondamment. L'expérience a été proposée dès le début du XIXe siècle par Thomas Young. Toutes les caractéristiques de la lumière étudiées par la suite, sa réfraction, sa réflexion, son analyse spectrale par un prisme, sont compatibles avec la théorie ondulatoire. Il y a cent ans, la cause semblait entendue, la vielle théorie de Newton considérant la lumière comme un flux de particules semblait définitivement abandonnée.

Pourtant la théorie ondulatoire a une conséquence nécessaire : dans une enceinte à l'équilibre, les ondes de fréquence élevée contribuent beaucoup plus que les ondes de basse fréquence à l'énergie globale ; les ondes correspondant à l'ultraviolet devraient être plus représentées que celles correspondant au spectre visible. Or, l'expérience le montre, la réalité est à l'opposé de cette conclusion.

Ce constat d'une incohérence entre la théorie et la réalité a été ressenti comme une véritable catastrophe, la « catastrophe ultraviolette ». La seule solution, revenir à une théorie corpusculaire de la lumière, fut mise en œuvre par Einstein en 1905. Il admet que l'énergie lumineuse est localisée en des grains appelés plus tard les photons ; dotés d'une énergie bien définie, voyageant à une vitesse constante, ces photons ont les propriétés d'une particule, à ceci près que leur masse est nulle.

Les preuves de la validité de la théorie ondulatoire antérieure ne sont pas ébranlées pour autant : la lumière se propage de toute évidence comme une onde. Simultanément, la lumière, tout aussi évidemment, est constituée de particules, les photons.

L'un des plus profonds efforts intellectuels de notre siècle a consisté à ne pas chercher à donner raison à l'une ou à l'autre théorie, mais à les dépasser en attribuant à la lumière une nature telle qu'elle se comporte, selon les cas, soit comme une onde, soit comme une particule, la référence à l'une ou a l'autre n'étant qu'une représentation partielle. Cette formulation, réalisée au cours des années 20 et 30, a été l'œuvre d'une nouvelle discipline, la physique quantique.

A l'interrogation « est-ce que la lumière *est* une onde ou une particule », cette discipline répond que la question est mal posée. L'objet de la science n'est pas, ne peut pas être, de décrire la réalité dans son essence ; elle n'a accès qu'aux apparences que la réalité veut bien donner d'elle-même lorsque nous l'observons. Quelles que soient les astuces imaginées pour la forcer à se dévoiler, nous ne pouvons jamais décrire que le résultat d'une interaction entre l'objet étudié et l'observateur. En fonction de ces observations, nous avons inventé des concepts et des mots (« onde », « particule ») qui se révèlent incapables d'expliquer totalement le comportement de l'objet étudié.

Dans l'expérience des fentes de Thomas Young, les interférences observées montrent que la lumière s'est propagée conformément à la description ondulatoire. Les impacts observés sur l'écran montrent qu'elle a interagi avec celui-ci conformément à la description corpusculaire. Ces deux descriptions correspondent à deux aspects tout aussi véridiques l'un que l'autre, mais tout aussi partiels. La « réalité » de la lumière explique qu'elle se comporte dans certains cas comme une onde, dans d'autres comme une particule, et souvent, de façon plus surprenante encore, ni comme une onde ni comme une particule.

Un pas décisif supplémentaire dans la remise en cause de nos concepts à propos de la réalité sub-atomique a été fait en 1923 lorsque Louis de Broglie a proposé d'étendre aux particules matérielles la double nature admise pour la lumière. A une onde lumineuse de fréquence ν, Einstein avait proposé d'associer une particule, le photon, ayant une énergie E égale à hν, où h est une constante universelle (la constante de Planck). Symétriquement, à une particule dotée d'une énergie E, de Broglie proposa d'associer une onde dont la fréquence ν est égale à E/h.

Toute notre représentation de la réalité se trouve ainsi bouleversée. Un électron avait été imaginé comme un grain de matière doté d'une masse, d'une localisation, d'une vitesse ; il devenait nécessaire de le décrire également comme une onde définie sur la totalité de l'univers ; cette description ne faisait plus intervenir les caractéristiques classiques de position ou de vitesse mais une certaine quantité $\psi(\vec{r},t)$ fonction sinusoïdale du temps et de l'espace.

Cette fonction ψ qui contient la totalité de ce que nous savons de la particule, que représente-t-elle ?

Après quelques essais d'interprétation qui se révélèrent erronés, il fut finalement clair que la fonction ψ est liée à la probabilité de présence de la particule en un point et à un instant donnés.

Plus question de savoir si, oui ou non, cette particule est présente en tel point, le problème est de calculer la probabilité de sa présence : cette probabilité évolue dans le temps et dans l'espace à la façon d'une onde.

Plus question non plus de prétendre à une connaissance rigoureuse et simultanée de certaines caractéristiques d'une particule, sa position et sa vitesse par exemple. Cette impossibilité, définie par les célèbres « relations d'incertitudes » (bien mal nommées) d'Heisenberg, correspond à la nature même des objets que nous nous efforçons de décrire et du rapport que nous pouvons provoquer avec eux.

Notre vision de l'atome est désormais fort éloignée du système solaire en miniature proposé au début du siècle. Les électrons certes sont répartis sur quelques orbites. Ils ne ressemblent guère à de sages planètes. Des « paquets d'ondes », dont les longueurs d'onde sont des sous-multiples des longueurs des orbites, tournent autour du noyau. Leur mouvement de rotation est d'autant plus rapide qu'ils sont les plus proches du noyau car la force centrifuge due à la rotation doit équilibrer la force d'attraction entre les charges électriques, positive du noyau, négative de l'électron ; cette force d'attraction est d'autant plus grande que ces deux charges sont plus proches, la vitesse de rotation doit donc s'accroître avec la proximité du noyau. Cette vitesse est de l'ordre du millier de kilomètres par seconde. Compte tenu de la petitesse de l'orbite, cela correspond à un million de milliards de tours par seconde. Ce tournoiement fabuleux des paquets d'ondes que nous nommons « électrons » fournit une issue au paradoxe posé par la structure essentiellement vide des atomes dont la presque totalité de la masse est rassemblée dans un infime noyau.

Prenez une longue et fine lanière ; elle ne remplit qu'une bien faible partie de l'espace qui vous entoure. Faites-la tournoyer rapidement autour de vous ; tout ce qui s'approche, giflé par la lanière, est contraint de s'éloigner. De même, un atome se comporte comme un objet dur, solide, inaltérable, car les électrons, malgré leur taille, peuvent, grâce à leur vitesse, à leur mouvement incessant, rester maîtres de tout l'espace qui leur est alloué.

Cette représentation des électrons est valable pour toutes les particules. Au début des années 30 on en connaissait trois (proton, neutron, électron) ; mais on en découvrit bientôt d'autres (neutrino, méson π ...) ; aujourd'hui, leur nombre dépasse 200.

Ce nombre a amené à mettre en doute leur caractère élementaire. Tout comme l'immense diversité des corps connus a été expliquée par la combinaison de molécules appartenant toutes à un petit nombre de catégories (les atomes de la table de Mendeleïev), la diversité des particules peut être expliquée par la combinaison d'un très petit nombre de sous-particules. Ainsi sont nés, dans l'imagination des physiciens, les quarks, qui seraient les constituants fondamentaux de la matière.

En 1964, Gell-Mann proposa d'expliquer l'ensemble des propriétés des particules présentes dans le noyau par l'association de 6 quarks, aujourd'hui d'ailleurs devenus 9 pour rendre compte d'observations réalisées par la suite.

Ces quarks constituent-ils l'aboutissement définitif de notre cheminement vers l'insécable, vers l'élémentaire ? Le constat des illusions successives entretenues dans le passé rend prudent, mais la réponse est peut-être affirmative.

Depuis que leur existence est postulée, d'immenses efforts ont été faits pour les isoler. Malgré la puissance des bombardements auxquels ont été soumis les noyaux dans d'immenses appareils, tel celui du CERN à Genève, aucun quark n'a été décelé. Il semble qu'ils ne puissent se séparer les uns des autres car la force qui les lie est d'autant plus intense qu'ils sont plus éloignés. Ce comportement nous semble étrange car nous sommes habitués à l'attraction gravitationnelle et aux forces électromagnétiques qui décroissent avec la distance (exactement comme le carré de la distance) ; les forces nucléaires, au contraire, décroissent lorsque les éléments en cause se rapprochent. Un quark ne peut trouver quelque liberté de manœuvre qu'en restant près d'un congénère. Dès qu'il s'en éloigne, la force de rappel se manifeste.

Peut-être sera-t-il définitivement impossible d'observer un quark isolé. Ce ne serait pas un échec, simplement une conséquence du divorce entre la réalité et notre intuition, forgée depuis des millénaires. A notre échelle macroscopique, les pierres et les grains de sable existent bel et bien et semblent exister indépendamment de nous. Pouvons-nous imaginer que le mont Cervin disparaît dès qu'aucun homme n'est plus là pour le regarder et se reconstitue, identique à lui-même, dès le premier regard posé sur lui ? Nous nous fourvoyons lorsque nous pensons la réalité microscopique en utilisant les notions mises au point à propos des objets ayant à peu près notre taille, en imaginant les particules comme des grains simplement beaucoup plus petits que les grains de sable.

Le mot « particule » nous trompe ; le physicien Jean-Marc Lévy-Leblond propose de l'écrire « partiqule ». Ce mot ne désigne nullement un élément de matière ou d'énergie individualisé et localisé. Il s'agit d'un objet de discours qu'il serait préférable de désigner par un terme spécifique. « Quanton » est proposé par plusieurs physiciens [17]. Ce mot n'évoque pas plus une particule vue comme un petit grain de matière qu'une onde vue comme une variation des propriétés de l'espace ; il désigne une certaine propension à se manifester, à interagir avec l'observateur, variable dans l'espace et dans le temps. Cette propension présente à chaque instant un pic de probabilité en un lieu donné, sans que cette probabilité s'annule ailleurs.

Le comportement tantôt corpusculaire, tantôt ondulatoire des quantons résulte d'une double représentation d'un même objet à partir de points de vue différents. Un tambour vu de face est représenté par un cercle, vu de profil par un rectangle ; le tambour n'est pas un cercle *et* un rectangle ; il n'est ni l'un ni l'autre ; il est un objet donnant, selon la perspective, l'apparence d'un cercle ou celle d'un rectangle. De même, un quanton, selon le mode d'observation auquel on le soumet, prend tantôt les apparences d'un grain de matière, tantôt celles d'une onde, sans « être » ni l'un ni l'autre [30].

Il est impossible d'imaginer la nature des quantons en n'utilisant que des concepts forgés à partir des objets à notre échelle. Du coup, le problème de la science physique devient d'expliquer comment ces quantons, une fois rassemblés en objets macroscopiques, donnent à ceux-ci les propriétés que nous leur connaissons.

***

Dans leur recherche d'une meilleure représentation du réel, les physiciens d'aujourd'hui se heurtent à l'obstacle rencontré depuis toujours : les propriétés d'un objet, astre ou particule, ne peuvent être constatées que si elles se manifestent dans nos instruments. Le seul phénomène concret est l'interaction entre l'objet lui-même et le système imaginé par l'observateur pour le piéger (système dont l'observateur fait partie). Ce qui justifie le constat de Niels Bohr : « Les particules n'ont d'existence que pour nous. »

Pour définir l'objet observé, il faut l'imaginer isolé, mais pour l'observer il faut en faire un élément d'un ensemble interactif. L'opposition entre observation et définition amène à regarder la recherche de la définition comme une tentative métaphysique. La particule matérielle isolée n'est plus qu'une abstraction. Seul est objet de science notre rapport avec la réalité ; non celle-ci en soi. L'aboutissement de notre effort en vue de la connaître est la naissance en nous d'un modèle cherchant à la représenter au mieux.

Lucrèce aujourd'hui n'écrirait plus *De natura rerum,* mais *De natura cognoscendarum rerum.*

Ouverture de la logique

Il y a à peine un siècle, les fondations des mathématiques ont subi une crise entraînant une profonde remise en cause. Quelques paradoxes, chaînes de raisonnements aboutissant à une contradiction, illustrent cette crise.

Des paradoxes...

Priorité revient à Cantor lorsqu'il proposa en 1899, à propos de la théorie des ensembles, le raisonnement suivant. Aujourd'hui, chacun apprend, dès la classe de quatrième, ce qu'est un ensemble : une collection d'éléments, a, b, c... en nombre fini ou infini. Chacun de ces ensembles peut lui-même être considéré comme un élément d'un ensemble d'ensembles. Une classe est un ensemble d'élèves ; une école est un ensemble de classes ; une académie est un ensemble d'écoles... A partir d'un ensemble, on peut constituer des sous-ensembles (ou « parties ») en retenant seulement certains éléments ; s'il y a n éléments on peut ainsi constituer 2^n sous-ensembles. Pour chaque élément, on a deux possibilités, le retenir ou non, si un ensemble comporte 3 éléments, a, b et c, on peut constituer 8 « parties » : [(a,bc), (ab), (ac), (bc), (a), (b), (c), rien] ; la première « partie » comporte en fait la totalité des éléments de l'ensemble, la dernière est l'ensemble « vide », celui qui n'a aucun élément et appartient à l'« ensemble des parties » de n'importe quel ensemble. Pour prendre la terminologie officielle « si le cardinal d'un ensemble est n, le cardinal de l'ensemble de ses parties est 2^n ». Il est clair que si n est supérieur à 1, 2^n est plus grand que n. Cantor l'a montré, cette inégalité est encore valable lorsque le nombre des éléments est infini (s'il s'agit par exemple de l'ensemble des nombres entiers impairs). On peut alors tenir le raisonnement suivant : soit S l'ensemble de tous les ensembles et P_S l'ensemble des parties de S ; le cardinal de P_S est donc, d'après le théorème de Cantor, supérieur au cardinal de S ; mais chaque élément de P_S est l'un des éléments de S (en raison de la définition de celui-ci), le cardinal de PS ne peut donc qu'être inférieur ou égal à celui de S. La contradiction est totale.

Tout différent est le paradoxe proposé par Jules Richard en 1905 : écrivons toutes les phrases possibles avec des mots français ; ne gardons que celles qui définissent une propriété des nombres entiers ; affectons un nombre distinct à chacune de celles-ci. Pour certaines, la première catégorie, le nombre attribué possède la propriété énoncée par la phrase, pour les autres, la seconde catégorie, il ne la possède pas. Dire d'un nombre qu'il est associé à une phrase de la seconde catégorie, c'est énoncer une de ses propriétés ; la phrase qui exprime cet énoncé fait donc partie des phrases retenues. Cette phrase a elle-même un nombre associé. Appartient-elle à la première ou à la seconde catégorie ? Si l'on suppose qu'elle appartient à la seconde, on admet que X n'a pas la propriété énoncée, mais, comme cette propriété est justement de ne pas l'avoir, la phrase appartient à la première catégorie. Le piège logique se referme.

Bien sûr, les mathématiciens sont gens de ressource. Ils connaissent les précautions nécessaires pour ne pas s'approcher trop des mâchoires de ce type de piège. Pour éviter le paradoxe de Cantor, il suffit de s'interdire la référence à l'« ensemble de tous les ensembles ». Pour éviter celui de Richard, de remarquer que la propriété énoncée concerne la numération des phrases et non les opérations arithmétiques réalisables sur les nombres. Nous ne sommes cependant amenés à nous entourer de ces précautions qu'en raison du fait que certains esprits subtils (et facétieux, sinon réellement pervers) ont poussé le raisonnement jusqu'à ses extrêmes limites. Les paradoxes nous obligent à préciser notre langage. Dans des domaines où personne n'a pris la peine de mettre des paradoxes en évidence, nous risquons d'être les victimes innocentes de graves erreurs logiques.

Il est nécessaire, pour éviter de telles erreurs, d'afficher très explicitement les règles du raisonnement, d'adopter quelques définitions *a priori,* et de respecter rigoureusement les règles adoptées. Ayant défini par exemple les nombres entiers et les règles de l'arithmétique, on pourra aisément démontrer que l'affirmation « $3 + 4 = 7$ » est vraie et l'affirmation « $3 + 4 = 8$ » fausse. Apparemment, il suffit de disposer d'une axiomatique suffisamment riche pour être en mesure de répondre « vrai » ou « faux » devant chaque affirmation ayant du sens.

... à l'échec des mathématiciens...

Cette ambition s'est heurtée à un écueil : l'impossibilité de démontrer ou de réfuter certaines « conjectures », affirmations concernant les nombres, que l'on n'a pas pu jusqu'ici mettre en échec, mais dont on n'a pu pourtant démontrer la vérité. Rappelons les plus célèbres, formulées au cours des trois derniers siècles.

Au XVIIe siècle, Fermat (dans son « dernier théorème ») prétendit avoir démontré que l'équation $a^n + b^n = c^n$, où a, b, c et n sont des nombres entiers, n'a pas de solution si n est supérieur à 2. Pour $n = 2$, bien sûr, ces solutions existent ainsi $3^2 + 4^2 = 5^2$; mais il n'y en a aucune pour $n = 3$ ou plus. Il n'existe pas de nombres entiers x, y et z tels que $z^3 = x^3 + y^3$. Autrement dit, un cube dont la longueur du côté est un nombre entier, ne peut avoir un volume égal à la somme des volumes de 2 cubes de côtés entiers. Cette affirmation ne correspond guère à une évidence, aucun contre-exemple n'a pu être trouvé (un seul suffirait pour que le « théorème » soit faux). Fermat n'a pas hélas fourni sa démonstration, faute de place dit-il. Cela peut s'expliquer ; il utilisa pour annoncer sa trouvaille les marges d'un exemplaire du traité *Arithmetica* du mathématicien grec Diophante, et ces marges étaient fort étroites. Il existe de nombreuses démonstrations pour des valeurs données de n ; aucune n'est valable pour n quelconque. Fermat s'est-il illusionné sur la portée de son propre raisonnement ? Nous l'ignorons.

Au XVIIIe siècle (exactement en 1742), un certain Goldbach constata que les nombres pairs peuvent être décomposés, d'au moins une façon, en la somme de deux nombres premiers. Ainsi $10 = 7 + 3$ $50 = 37 + 13$ ou $43 + 7$ ou... $100 = 83 + 17$ ou $53 + 47$ ou...

Est-ce vrai pour tous les nombres pairs ? Consulté à l'époque, Euler ne put qu'avoir recours à l'exploration de nombres pairs élevés sans pouvoir décider si cette propriété risquait de disparaître pour des nombres plus élevés encore. Aujourd'hui, nous ne sommes pas plus avancés ; simplement, nous avons pu, grâce aux ordinateurs, constater que l'affirmation de Goldbach reste vraie très au-delà des nombres analysés autrefois par des procédés manuels. Existe-t-il des nombres pairs très grands dont la décomposition exigerait plus de deux nombres premiers ? Nous l'ignorons.

Enfin, le XIXe siècle a apporté un exemple de « conjecture » dont le statut est désormais fixé. Il s'agit du concept d'« infini ». Le mot a été prononcé pour la première fois devant nous à propos de l'arithmétique, lorsqu'on nous a présenté la suite des nombres : après chaque nombre, existe un successeur, et cela sans fin : cette suite est dite « infinie » ; nous avons représenté cet infini par le symbole ∞. Une autre fois, ce même mot a été prononcé à propos de la géométrie. Définissant un segment de droite, nous avons admis qu'il est composé de points ; ces points sont aussi petits que l'on veut, donc leur nombre à l'intérieur du segment est aussi grand que l'on veut, il est « infini ». Deux fois le même terme a été employé, deux fois on a utilisé le même symbole ∞. On en a conclu, un peu vite, que mot et symbole désignaient les deux faces du même objet.

Il a fallu attendre Cantor pour constater que, en réalité, il s'agissait de deux entités parfaitement différentes. Plutôt que de rappeler sa démonstration, je préfère évoquer une expérience vécue. Elle m'a permis d'enfin la comprendre vraiment. Je traversais avec ma famille le Dakota du Sud ; nous devions aller du coin sud-est au coin nord-ouest de cet État américain plat et rectangulaire. La carte des routes y est simple : des parallèles est-ouest et des méridiens nord-sud. Désireux de limiter les

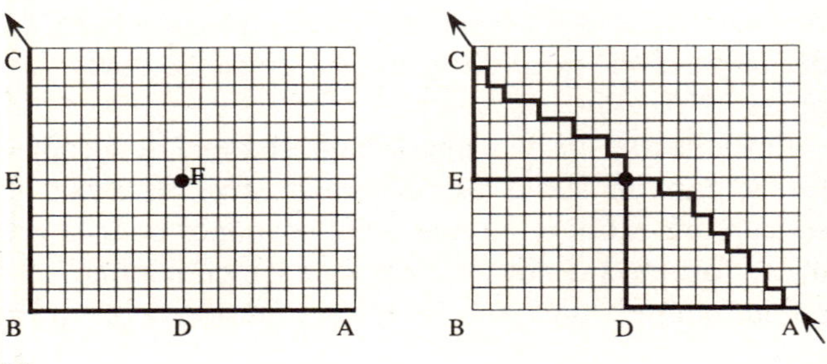

frais, mon fils aîné posa la question essentielle : avions-nous intérêt à aller jusqu'à l'extrême ouest, puis droit au nord, ou à couper en deux par le trajet ADFEC ?

Il me fut facile de lui démontrer que, si l'on néglige l'influence des tournants, les deux trajets sont égaux. A ce point, je ressentis l'angoisse du mathématicien pris la main dans le sac. La longueur du trajet reste-t-elle la même si l'on change non plus 3 fois, mais 7 fois de direction, 15 fois, 1023 fois ? La réponse est évidemment toujours « oui ». A mesure de la multiplication des tournants, le trajet se rapproche de la diagonale et « tend » à se confondre avec elle ; on aboutit ainsi à ce résultat absurde : la longueur de la diagonale d'un rectangle est égale à la somme des longueurs des côtés.

Pour échapper au paradoxe, il faut accepter que l'infini du nombre de points sur la diagonale est beaucoup plus riche d'éléments que l'infini des nombres de tournants du trajet en zigzag.

Prétendre que ce trajet « tend » vers la diagonale à mesure que le chemin comprend plus de segments et que la longueur de ceux-ci diminue est une erreur. Les structures de l'un et de l'autre restent séparées si grand que soit le nombre des tournants. Cantor baptisa Aleph 0 le cardinal infini de l'ensemble des nombres entiers, Aleph 1 celui de l'ensemble des points sur une portion de courbes ; et montra comment construire des infinis de plus en plus riches, Aleph 2, Aleph 3... Surtout, il posa la question : Aleph 1 est-il le plus petit cardinal supérieur à Aleph 0 ? Autrement dit, y a-t-il ou non des infinis intermédiaires entre Aleph 0 et Aleph 1 ? Il ne put répondre et admit l'hypothèse : il n'y a pas d'infini intermédiaire. Il fallut attendre 1938 pour que Kurt Gödel démontre que cette affirmation peut être acceptée dans la théorie des ensembles sans conduire à des contradictions. Scandale : en 1963, son élève Paul Cohen démontra qu'il en était de même pour l'affirmation opposée. Laquelle est vraie, laquelle est fausse ? Pas de réponse ; ces deux affirmations sont l'une et l'autre « indécidables ».

... et à l'indécidabilité

Le concept d'indécidabilité enfonce un coin décisif dans cette vieille croyance : une affirmation ne peut être que vraie ou fausse. En réalité, toute axiomatique, si riche soit-elle, permet de formuler des affirmations ayant du sens et dont ni l'exactitude ni l'erreur ne peuvent être démontrées. Nous avions affiché l'ambition de pouvoir décider en toute occasion de la vérité ou de l'erreur d'une proposition. Nous sommes obligés de le constater : cette ambition ne peut être satisfaite.

Ce constat résulte du célèbre théorème de Gödel, démontré par ce logicien viennois en 1931. Il part du fondement de toute théorie mathématique, un ensemble de postulats à partir desquels on démontre une suite de théorèmes. Pour que cet ensemble forme un système utile, il doit être « cohérent », c'est-à-dire ne pas permettre la démonstration de théorèmes contradictoires. Si les axiomes sur lesquels nous fondons l'arithmétique permettaient de démontrer la véracité de la conjecture de Goldbach et, en suivant un autre raisonnement utilisant les mêmes axiomes, son inexactitude, nous serions en droit de penser que toute l'arithmétique est inutile, son système d'axiomes serait non cohérent. Mais comment s'assurer de la « cohérence » d'un système ?

Jusqu'au début du xxe siècle, on s'était contenté d'admettre la cohérence d'un système S lorsque l'on pouvait montrer que S était équivalent à un autre système T utilisé depuis longtemps ; T n'ayant jusqu'alors conduit à aucune contradiction, on pouvait raisonnablement admettre, expérience faite, qu'il était cohérent. Cette méthode ne faisait que reporter le problème d'un système à un autre. La cohérence correspondait plus à une vieille croyance qu'à une certitude rigoureuse. Les mathématiciens Whitehead et Russel proposèrent dans leur ouvrage *Principia mathematica,* paru en 1910, une méthode permettant de démontrer la cohérence absolue d'un système à partir de ses propres axiomes, sans référence à un autre système supposé cohérent.

En perfectionnant cette méthode, Gödel aboutit à un résultat inattendu : un système d'axiomes n'est cohérent que s'il est « incomplet », c'est-à-dire s'il ne permet pas de démontrer toutes les propositions vraies. Cette incomplétude est définitive : si une proposition est vraie et non démontrable, il suffit d'ajouter au système un axiome supplémentaire pour permettre cette démonstration ; mais le remède n'a qu'un effet local provisoire. On se trouvera un jour devant une autre proposition vraie dont la démonstration nécessitera un nouvel axiome ; et cela sans fin. L'« incomplétude » fait partie de l'essence même d'un système cohérent [20].

Ainsi, il existe un nombre infini de propositions arithmétiques, que l'on peut qualifier de « vraies » si l'on adopte les axiomes classiques, mais que ceux-ci ne permettent pas de démontrer.

En mathématique aussi, il n'est pas toujours possible de prouver la vérité.

En un premier temps, ce constat a semblé enlever aux mathématiques une grande part de leur pouvoir.

Elles avaient été considérées comme le domaine de la rigueur, de l'absence de doute ; elles se révélaient le lieu de bifurcations arbitraires. De sciences « dures », se développant dans un univers transparent, cristallin, elles devenaient des disciplines traversant parfois des marécages, proches des sciences « humaines ».

Pourquoi en ressentir un dépit ? Nous assistons au contraire à une libération. Au début de ce siècle, on imaginait qu'un jour l'homme aurait écrit la liste complète des axiomes lui permettant de déclarer « vraie » ou « fausse » toute proposition ayant un sens. Gödel nous a appris que cette liste est infinie ; il sera toujours nécessaire pour les besoins d'une démonstration d'ajouter de nouveaux axiomes. Si cette liste avait existé, il aurait suffit de l'entrer dans les mémoires d'un ordinateur pour qu'il devienne le plus fécond des mathématiciens et fournisse tous les théorèmes concevables. Rassurons-nous, aucune machine n'en sera jamais capable. Le théorème de Gödel représente aussi une gifle donnée aux ordinateurs ; rendus arrogants par trop de leurs serviles serviteurs, ils en avaient bien besoin.

Seconde mort du dieu Hasard

Le hasard existe, nous l'avons tous rencontré. Ne serait-ce que dans le titre du livre de Jacques Monod ou dans la citation non moins célèbre de Démocrite (qui ouvre ce livre) : « Tout ce qui existe dans l'univers est le fruit du hasard et de la nécessité. »

Le « hasard », ainsi présenté, est un acteur dans tous les événements de notre univers ; s'il n'est pas seul, son rôle apparaît décisif face à l'ensemble des autres acteurs regroupés dans le terme « nécessité ». L'emploi de ce vocabulaire introduit dans les esprits une image assez simplette des processus qui se déroulent sous nos yeux. L'univers devient la scène d'un théâtre où évoluent deux groupes de personnages.

Côté cour, des individus graves, sérieux, soumis à des lois, représentant les forces à l'œuvre, loi de Newton pour l'attraction entre les masses, loi de Coulomb pour la répulsion ou l'attraction entre les charges électriques, loi de Coriolis pour le mouvement des corps en rotation... leur rôle est toujours le même : à partir des valeurs des paramètres décrivant l'état de la réalité à l'instant t, ils calculent leurs valeurs à l'instant suivant t + 1, sans jamais la moindre erreur, avec une rigueur absolue ; ils représentent le déterminisme.

Côté jardin, un personnage fantasque, facétieux, irrévérencieux ; apparemment inconscient de la gravité des choses, il vient détruire en partie la belle ordonnance des causes et des effets. D'un côté la persévérance, de l'autre le caprice ; d'un côté la loi, de l'autre l'anarchie. L'ordre laisse, bien malgré lui, une place au désordre. Le monde réel est vu comme une ville helvétique où les citoyens s'efforcent de tout mettre *« propre en ordre »*, où quelques Français de passage sèment le chaos, dérèglent les beaux mécanismes, provoquent confusion et gâchis.

Au déterminisme qui impose la nécessité des forces à l'œuvre depuis le Big Bang, s'opposerait le hasard qui introduit l'accidentel, le fortuit, l'inopiné. Le concept de hasard évoque ainsi les dieux imaginés par les Grecs chaque fois qu'un événement ne pouvait être expliqué rationnellement à partir des mécanismes connus. Le recours permanent à des divinités explique pourquoi cette culture, si riche dans tant de domaines, a peu fait avancer notre compréhension du monde physique. En admettant que la foudre tombant sur le temple est le résultat d'une colère de Jupiter, on rend impossible tout progrès dans la compréhension de la nature et de la cause d'un éclair. Les animistes africains ont poussé à l'extrême cette attitude face au réel, attribuant une personnalité plus ou moins divine aussi bien aux objets (arbres, rochers, sources...) qu'aux événements (incendie, sécheresse, maladie...). Tout résulte du jeu enchevêtré de personnages en charge de notre monde ; les uns systématiques, leurs actes sont prévisibles, les autres capricieux, leurs interventions sont aléatoires. Tous cependant ont le même statut ; ils sont des puissances supérieures à nous, auxquelles nous devons nous soumettre. Vu comme un acteur, le hasard entre finalement dans la même catégorie que la nécessité, il n'est qu'une des faces de la fatalité.

Au cours de ses tribulations de langue en langue, le mot lui-même a subi des déformations liées aux cultures qui l'ont adopté. Initialement, le mot arabe *Az Zahr* désignait le dé lancé, dont la face visible désigne le gagnant. Cet objet échappe apparemment à la rigueur des processus déterministes ; son état à l'instant présent ne permet pas de prévoir son état après le prochain lancer ; les instants successifs sont indépendants ; la chaîne des fatalités est cassée. Avec le mot espagnol *Azar* et le mot français *Hasard*, le sens s'éloigne de l'objet utilisé ; il désigne la coupure dans la suite des causalités ; la caractéristique essentielle du processus est évoquée, non la technique utilisée pour le réaliser. Enfin, en anglais, *Hazard* ajoute à la notion d'aléatoire celle de risque, de danger ; l'imprévisibilité s'accompagne de la crainte d'un accident.

Mort, le dieu Hasard...

Les religions monothéistes ont apporté une vision opposée à celle des Grecs ou des animistes. Elles rassemblent toutes les influences à l'œuvre dans l'univers en la personne d'un unique Créateur. Non seulement Il a réalisé l'univers, mais Il veille en permanence à ce que tout s'y déroule selon sa volonté. Parmi les créatures cependant, l'Homme a un statut spécial ; fait à l'image de Dieu, il est co-créateur. Sa liberté implique un certain recul de Dieu : il est nécessaire d'admettre qu'Il laisse agir les forces qu'Il a déclenchées, sans intervenir à chaque instant, à la façon des infatigables dieux grecs. Peu à peu, une idée s'imposa : les phénomènes observés ne sont pas la conséquence de décisions ininterrompues de Dieu, elles résultent du jeu de forces mises en action une fois pour toutes par le Créateur. Alors put se développer une pensée réellement scientifique débarrassée des conceptions platoniciennes ou aristotéliciennes constamment répétées durant des siècles comme des vérités premières.

Cette libération intervint lentement. Il fallut attendre le XIIe siècle pour qu'Abélard propose l'idée que Dieu a créé l'univers de telle façon que celui-ci peut évoluer sans son intervention. L'objectif de la science est alors de décrire aussi rigoureusement que possible l'état des choses et leurs transformations et d'imaginer les interactions à l'œuvre. Dans cette voie, toute référence au hasard ne peut être vue que comme un échec. Ce mot ne désigne plus un acteur, il n'est que le nom donné à l'imperfection provisoire de notre compréhension du réel.

Cette conception a été poussée à son stade extrême par les philosophes du XVIIIe siècle et du début du XIXe. Pour Voltaire : « Ce que nous appelons hasard n'est et ne peut être que la cause ignorée d'un effet connu » ; Pierre-Simon de Laplace est notamment célèbre pour avoir imaginé un esprit capable de connaître « toutes les forces qui animent la nature et l'état de tous les objets qui la composent ; cet esprit embrasserait dans le même regard les mouvements des corps les plus grands de l'univers et ceux des plus petits atomes ; pour lui, rien ne serait incertain et l'avenir comme le passé seraient présents devant ses yeux ». Tout est rigoureusement déterminé, demain est inclus dans aujourd'hui, comme aujourd'hui était pré-existant dans hier.

Pour Voltaire comme pour Laplace, le dieu Hasard est mort tout comme Vénus ou Cupidon.

Par quel miracle ce dieu mort a-t-il pu réapparaître plein de vigueur au cours de la seconde moitié du xxe siècle ? Les biologistes, sur les traces de Jacques Monod, ont présenté l'évolution des espèces vivantes en évoquant le rôle du hasard interlocuteur nécessaire de la sélection naturelle : le premier apporte des gènes nouveaux produits par les mutations ; la seconde passe ces novations au crible de la lutte pour la vie et ne conserve que les plus efficaces. Cette résurrection résulte, en fait, d'une erreur d'interprétation à propos de la signification de cet outil devenu essentiel pour toute recherche scientifique : le raisonnement probabiliste.

... ressuscité grâce au raisonnement probabiliste...

Ce mode de raisonnement a été proposé par Pascal dans une lettre adressée à Fermat le 29 juillet 1654. Le problème posé est celui de la répartition des enjeux entre deux joueurs qui ont commencé une partie basée sur un « pile ou face », et qui doivent l'interrompre : comment tenir compte, dans cette répartition, de l'avantage obtenu par l'un des joueurs avant l'interruption ? La partie, dont on évoque les aboutissements possibles, n'aura pas lieu, mais on tire en toute rigueur les conséquences des mécanismes qui auraient été en cause si elle avait pu aller à son terme : il s'agit d'être rigoureux à propos d'un événement imaginaire.

Laplace (encore lui) s'efforça de donner des bases solides à ce mode de raisonnement en proposant un moyen de calculer les probabilités des diverses éventualités : il suppose qu'une expérience peut avoir n_t résultats possibles tous équiprobables ; parmi ceux-ci, certains sont considérés comme « favorables » ; ils correspondent par exemple au choix du parieur sur la parité du résultat de la roulette, ou sur la couleur de la carte tirée. La probabilité d'une issue favorable de l'expérience est alors égale par définition au rapport du nombre de cas favorables au nombre de cas possibles, $P = n_f/n_t$ une telle définition aboutit à un cercle vicieux logique, puisqu'elle suppose définie l'équiprobabilité des résultats avant de définir la probabilité d'un événement.

D'autres axiomatiques sont aujourd'hui développées. Elles subordonnent, par exemple, le recours du raisonnement probabiliste à la définition préalable d'une épreuve pouvant avoir les résultats r_1 ... r_i ... Cette épreuve est « probabilisée » si nous nous estimons capables d'attribuer, en fonction de nos informations sur le déroulement de l'épreuve ou de nos opinions le concernant, un nombre p_i à chaque résultat r_i, nombre d'autant plus élevé que notre confiance dans l'occurrence de ce résultat est plus grande. De plus, ces nombres sont choisis par convention de telle sorte que leur somme soit égale à 1 :

$$\sum_i p_i = 1$$

Au départ, ces probabilités p_i sont parfaitement subjectives. Elles peuvent être différentes d'un observateur à l'autre selon les informations qui leur sont accessibles. La cohérence entre eux peut cependant être rétablie à mesure que des informations nouvelles et identiques pour tous les observateurs leur sont fournies. Ces informations sont en effet utilisées par chacun pour modifier les probabilités admises au départ. Cette mise à jour est réalisée par le célèbre théorème de Bayes, équivalent, pour le calcul des probabilités, de la « règle de trois » pour l'arithmétique.

... puis grâce à la physique...

A partir du milieu du XIXe siècle, le rêve de Laplace d'une connaissance absolue de la réalité apparut inaccessible. La thermodynamique, étude des effets de la chaleur, ne peut être que statistique : le devenir d'une particule précisément désignée ne peut être annoncé ; le devenir d'un ensemble suffisamment nombreux de particules peut, lui, parfaitement être calculé. Le constat fait par Carnot de la dégradation de l'énergie dans une enceinte fermée (en d'autres termes, la croissance de son entropie) a été ramené par Boltzman, fondateur de la thermodynamique statistique, à une évidence mathématique : la réalité évolue de manière aléatoire. Elle peut, dans son cheminement, passer par tous les états possibles, mais elle se trouve le plus souvent dans ceux de ces états qui sont les plus probables.

Si l'on enferme une souris dans une boîte, on peut prévoir qu'en ouvrant au bout de quelques mois le spectacle sera peu réjouissant, rien cependant ne s'oppose de façon absolue à ce que les atomes contenus dans la boîte ne retrouvent un jour leur configuration initiale ; si l'on ouvre ce jour-là, on retrouvera la souris vivante. La probabilité de cet événement est cependant si petite que, pour espérer le voir se réaliser, il faudra attendre beaucoup plus d'années qu'il ne s'en est écoulé depuis le Big Bang ; les cas où les atomes ne forment qu'un amas en putréfaction sont infiniment plus probables ; en pratique, ce sont eux que l'on observe.

Le discours à propos du réel à venir ne peut donc être, pour la thermodynamique, que probabiliste.

Dans le premier tiers du XXe siècle, ce recours aux probabilités a été systématisé par la physique quantique. Le comportement d'une « particule élémentaire » interdit de la considérer comme un grain de matière ayant à un instant donné une position et une vitesse définies. La représentation la plus naturelle et réaliste que nous puissions imaginer consiste à lui associer une fonction d'onde variable dans le temps et dans l'espace, dont le carré du module est égal à sa probabilité de présence en chaque point de l'espace.

Les concepts forgés à propos de notre monde habituel se sont révélés totalement inaptes à décrire la réalité de l'infiniment petit. Cette description est réalisée en recourant au raisonnement probabiliste. Il en résulte que les processus concernés ne sont plus présentés, comme l'espérait Laplace, en reliant de façon stricte l'état des choses à l'instant t à leur état à l'instant précédent. La réalité de l'instant à venir est imprévisible.

Cette imprévisibilité fondamentale a semblé justifier l'introduction, dans notre vision des processus qui transforment le réel, de l'acteur facétieux nommé *hasard*. Chassé honteusement par les Lumières, au XVIIIe siècle, il a trouvé sa revanche. Il s'est insinué dans la pensée du XXe siècle comme un agent constamment à l'œuvre [8].

... avant d'être tué une seconde fois

Ce retour en force est en réalité la conséquence de l'introduction de questions métaphysiques dans le domaine de la physique. La science, par construction, ne répond qu'aux questions « comment ? », jamais aux questions « pourquoi ? ». L'imprévisibilité définitive, fondamentale, du devenir d'une particule est un constat de ceux qui s'efforcent de se frayer un chemin dans la jungle des « comment ? » ; elle ne nécessite nullement l'évocation d'un hasard, invention de ceux qui ont la tentation de répondre aux « pourquoi ? ».

Dès la fin du XIXe siècle, il fut clair que le déterminisme le plus strict pouvait aboutir à l'imprévisibilité. Cela a été mis en évidence par Henri Poincaré à propos du problème des « trois corps ». Admettons que l'attraction gravitationnelle soit la seule force agissant sur le Soleil et la Terre, supposés isolés dans l'espace loin de toute autre influence. Le résultat est facile à obtenir : la Terre parcourra indéfiniment une ellipse dont le Soleil est un des foyers. Connaissant sa position et sa vitesse aujourd'hui, on peut calculer sa position pour tous les instants à venir, si lointains soient-ils. L'avenir de ces « deux corps » est prévisible.

Admettons maintenant l'intervention d'un troisième corps, la Lune, par exemple, tournant autour de la Terre. Cette fois, trois attractions sont à l'œuvre : Soleil-Terre, Terre-Lune, Lune-Soleil.

Essayant de résoudre ce problème, Poincaré découvrit à sa grande surprise, que les équations différentielles liant les positions de ces trois corps à leurs attractions réciproques ne sont pas intégrables. Il n'est pas possible de décrire leurs coordonnées à venir comme des fonctions explicites du temps. Le devenir de ces trois corps est, par hypothèse, défini de façon absolue par l'influence des forces gravitationnelles, mais il est impossible de calculer leurs positions pour un instant lointain quelconque car il faudrait connaître les positions initiales avec une précision absolue. « Le modèle newtonien de la mécanique céleste contient une vérité qui nous restera toujours en partie cachée » [12].

Seule autour du Soleil, la Terre aurait une trajectoire elliptique rigoureusement périodique ; l'influence de la Lune, des autres planètes et de leurs satellites la perturbe au point que l'on ne peut pas être sûr que la configuration présente revienne jamais. Sans qu'aucune influence nouvelle n'intervienne, peut-être l'orbite terrestre commencera-t-elle un jour à s'éloigner ou à se rapprocher inexorablement du Soleil. Peut-être même ce mouvement a-t-il déjà, de façon imperceptible, commencé. On peut présenter cela comme un risque, non comme un hasard, puisque par hypothèse nous avons admis que seul agissait le déterminisme gravitationnel. Ce déterminisme lui-même engendre l'imprévisibilité.

Une autre façon de présenter ce constat est d'évoquer les « bassins attracteurs enchevêtrés ». Le concept de bassin est introduit par les géographes lorsqu'ils tracent les frontières correspondant aux bassins fluviaux ; lorsque l'on traverse les Etats-Unis, une grande pancarte annonce, quelque part dans les montagnes Rocheuses, que l'on traverse le *continental divide*, ligne qui sépare le versant atlantique du versant pacifique. Elle constitue la frontière entre les bassins attracteurs des deux océans. Ce concept s'introduit dans de nombreux problèmes de dynamique. L'aboutissement du processus étudié dépend du point de départ, le bassin attracteur de l'un des points d'arrivée possibles est constitué par l'ensemble des points de départ qui y conduisent. Un processus est totalement maîtrisé si l'on est capable de définir avec précision ces bassins attracteurs et d'en tracer les frontières. On sait le faire lorsqu'il s'agit de la pluie tombant sur une montagne. Dans certains cas, ces bassins existent sans que leurs frontières puissent être tracées. En voici un exemple dans un domaine non plus concret mais purement arithmétique [13]. Le « jeu » consiste à écrire la phrase suivante :

« Pour composer cette phrase, il faut cent caractères. » Un coup d'œil suffit pour le constater, l'affirmation est erronée. Par quel nombre remplacer *cent* pour qu'elle devienne juste ? Une bonne méthode pour trouver la réponse, si elle existe, est de remplacer *cent* par le nombre réel de caractères de la phrase et de recommencer jusqu'à ce que le nombre constaté soit celui annoncé. Ici il y en a 43, j'écris donc :

« Pour composer cette phrase, il faut quarante-trois caractères. » C'est encore faux, il y en a 52 ; j'écris donc :

« Pour composer cette phrase, il faut cinquante-deux caractères. » Cette fois, l'affirmation est exacte.

Elle le serait aussi pour « cinquante-trois » et pour « cinquante-quatre ». Selon le nombre inscrit dans la phrase initiale, le processus utilisé aboutira à l'un de ces trois nombres. On peut donc répartir l'ensemble de tous les nombres en trois catégories selon qu'ils appartiennent au bassin attracteur de 52, de 53 ou de 54. Mais ces bassins sont totalement enchevêtrés, la frontière entre eux ne peut être tracée qu'en recherchant pour chaque nombre celui auquel il appartient. Ainsi, partant, au lieu de « cent », de « un milliard », on aboutit à 52, de même à partir de « un milliard un », mais, partant de « un milliard deux », on obtient 53, et, de « un milliard trois », 54 ; ces nombres voisins appartiennent à des bassins attracteurs distincts.

Il est facile de programmer un ordinateur pour déterminer à quel bassin appartient un nombre ; le résultat est rigoureusement déterminé ; mais il ne peut être connu qu'en déroulant ce programme jusqu'à son terme. Aucun aléa n'intervient ; l'aboutissement est pourtant imprévisible.

***

Finalement, la réflexion scientifique, en cette fin de siècle, nous fait comprendre que la plupart des processus, même décrits par des formules mathématiques simples, suivent des cheminements aux multiples bifurcations. Si précise que soit la connaissance de la situation initiale, il est impossible de prévoir la situation finale sans parcourir toutes les étapes. Aujourd'hui ne permet pas de prévoir demain. Ce constat est suffisant pour admettre, contrairement à Laplace, que nous disposons d'un espace de liberté.

Inutile pour cela d'évoquer le hasard. Dans la réalité des choses, cet espace de liberté existe-t-il ? Une telle question n'est pas du ressort de la science ; bien assez occupée par l'apparence de la réalité, elle laisse ces questions aux métaphysiciens.

Banalisation de la vie

L'opposition entre l'inanimé et le vivant fait partie des contrastes apparemment les plus indiscutables, ceux qui fournissent des points de repère à notre regard sur le monde. Le fait que certains objets disposent de la « vie » et d'autres pas semble une évidence. Mais en quoi consiste cette vie, qu'est-elle ? un pouvoir, un état, une capacité ? Comme pour saint Augustin à propos du temps, la question posée éloigne la réponse. Quelle que soit la définition retenue, la réflexion a toujours abouti à un paradoxe, car les êtres dits « vivants » sont constitués des mêmes éléments matériels que les objets dits inanimés ; comment cette vie a-t-elle pu apparaître ?

A propos de l'apparition de la vie, tout a été dit [9, 28]. Pour Jacques Monod, elle posait d'autant plus un problème que « sa probabilité *a priori* était quasi nulle ». La perplexité manifestée en toute honnêteté par les scientifiques a permis à quelques sectes de proposer des solutions plus ou moins farfelues apportant « la » réponse. Ainsi les « raeliens » sont persuadés, à partir d'une relecture de la Bible, que la vie a été apportée sur notre planète par des extraterrestres venus d'une lointaine galaxie et munis de tout leur matériel de laboratoire. La difficulté est reportée sur l'origine de ces extraterrestres, mais les raeliens ne s'arrêtent pas à cette objection mesquine.

La définition même de la vie a évolué avec nos possibilités d'observation. Jusqu'au XIXe siècle, les êtres vivants étaient caractérisés par leur comportement. En manifestant leur capacité à bouger, manger, boire, excréter, grandir, se reproduire, ils se révèlent vivants. Tous ne disposent pas de tous les pouvoirs. N'en retenir que certains comme critère de l'état « vivant » risque de mener à d'étranges conclusions. L'astronome Carl Sagan imagine un habitant de Sirius débarquant sur la Terre et à la recherche de l'espèce vivante dominant les autres. Pourquoi des objets capables de se mouvoir, de respirer, de boire, telles les automobiles, ne constitueraient-ils pas une espèce vivante ? A voir l'attitude servile de l'espèce humaine à son égard, elle serait même la reine des espèces.

Aujourd'hui, nous ne nous interrogeons plus sur la vie à partir du comportement apparent mais en observant la structure fine des êtres dits vivants.

Ceux-ci sont, entre autres caractéristiques communes, constitués de cellules. La découverte de celles-ci date du XVIIe siècle, mais ce n'est que vers 1840 que les biologistes les ont considérées comme l'entité vivante élémentaire. Ils adoptèrent deux propositions qui constituaient une révolution dans la conception du monde vivant : c'est à l'intérieur de la cellule qu'ont lieu les processus qui caractérisent la vie ; toute cellule est issue d'une autre cellule. L'immense diversité des êtres était ainsi réduite à une combinatoire d'un nombre limité de catégories de cellules, cheminement très semblable à celui des chimistes réduisant tous les corps à une combinatoire de quelques dizaines de catégories d'atomes.

Ce réductionnisme s'amplifia encore lorsque l'on put mieux préciser la structure et le fonctionnement des cellules. Quel que soit leur type, toutes ont recours à la même substance, l'adénosine triphospate (ou ATP) pour stocker l'énergie ; toutes sont séparées du milieu extérieur par une membrane semi-perméable. Des molécules de même structure sont présentes chez les espèces les plus éloignées pour assurer des fonctions semblables. Ainsi les porphyrines que l'on trouve dans les pigments colorés, dans l'hémoglobine chargée de transporter l'oxygène dans le circuit sanguin des animaux, dans la chlorophylle qui assure la photosynthèse chez les plantes ou dans les cytochromes, enzymes présentes dans la plupart des cellules où elles interviennent dans les processus d'oxydation.

Des êtres fort éloignés utilisent les mêmes solutions pour résoudre des problèmes semblables : les paramécies, ces protozoaires autonomes formés d'une seule cellule, et les spermatozoïdes humains se déplacent dans le liquide ambiant grâce à des cils capables de battre en rythme ; chez les uns comme chez les autres, ces cils sont formés d'une paire de fibres internes et de neuf paires de fibres externes ; leurs recettes de fabrication sont identiques.

La génétique fit parcourir le pas décisif dans l'unification des diverses catégories des cellules au milieu du XXe siècle. On comprit enfin par quel mécanisme les cellules se dédoublent en donnant naissance à des cellules qui leur sont semblables. A l'intérieur de chacune se trouve une série de chromosomes rassemblés souvent au cœur d'un noyau protégé par une nouvelle membrane, tel le donjon au cœur du château fort. Le comportement de ces chromosomes au cours de la division cellulaire avait depuis longtemps fait penser qu'ils contiennent l'information biologique nécessaire à la cellule durant son développement, et qui doit être transmise intégralement aux cellules filles.

De l'élan vital...

En 1953, Watson et Crick démontrèrent que le support de cette information est une molécule en forme de double hélice, l'ADN. Qu'elle soit en hélice est sans doute nécessaire pour assurer des équilibres entre attractions et répulsions moléculaires.

Beaucoup plus essentiel est que cette hélice soit double : l'ADN est constitué de deux longs brins formés d'une succession de structures chimiques, les « bases », appartenant à quatre types : A, T, C et G. Ces brins sont complémentaires, chaque base de l'un a sur l'autre le vis-à-vis imposé par les affinités entre structures chimiques : A et T, d'une part, C et G, de l'autre, se font face. Grâce à cette structure, la molécule d'ADN possède un pouvoir dont, à notre connaissance, aucun autre objet n'est doté : elle est capable de faire un double d'elle-même, de se « reproduire ». En effet, les deux brins peuvent se séparer et chacun reconstitue, par le jeu aveugle et systématique des interactions chimiques, le brin complémentaire. Ce pouvoir de reproduction, de réalisation de deux à partir d'un, rend l'ADN potentiellement immortel. Plus exactement, l'information dont est porteur un ADN, sous forme d'une succession de structures ATGC, ne peut être détruite, car elle est dispersée dans de multiples copies.

Peu d'années après la découverte de la structure de l'ADN, on comprit comment cette molécule intervient dans les processus à l'œuvre dans la cellule. C'est elle qui gère la réalisation de toutes les protéines qui assurent son fonctionnement. Ce n'est pas le lieu de préciser ici les mécanismes en jeu ; ils font intervenir des molécules intermédiaires, ARN messagers et ARN de transfert transposant, par l'intermédiaire du « code génétique », la séquence des structures ATGC de l'ADN en séquence d'acides aminés constituant les protéines. Rappelons simplement combien l'activité de la cellule, véritable usine, est extraordinaire non seulement par la rapidité de production des milliers de substances dont elle est constituée, mais par la précision des équilibres qui y sont préservés et par la capacité de réponse aux agressions du milieu (des bactéries ont résisté à la torture, subie durant plusieurs jours, d'une température de 104° et d'une pression de 1 000 atmosphères !).

Ce comportement fabuleux des objets vivants a conduit tout naturellement à leur attribuer des pouvoirs spécifiques. Leur activité prouvait qu'ils étaient dépositaires d'un « élan vital », d'une dynamique propre que ne possèdent pas les objets inanimés.

Cette opposition entre les structures vivantes et les autres a parfois été amplifiée en se référant à un paradoxe : elles semblaient ne pas se conformer au « second principe » de la thermodynamique. Selon ce principe, dans une structure isolée, la qualité moyenne de l'énergie ne peut que se dégrader ; à la longue, toute organisation disparaît ; les liens entre éléments se dissolvent ; l'ensemble tend vers la grisaille des mouvements désordonnés où la seule forme résiduelle d'énergie est la chaleur. Or, tout au contraire, les êtres vivants, maintiennent intacte leur structure à travers leurs transformations. Ils s'enrichissent au lieu de se dégrader. L'issue du paradoxe est évidente : les êtres vivants ne sont pas des structures isolées, ils ne sont donc pas soumis au second principe. Ne peut être vivante qu'une structure matérielle ayant des rapports avec l'extérieur, échangeant avec le milieu ambiant matière, énergie, informations. Pour être vivant, il faut être poreux, à la fois avide et généreux.

Le recours, dans l'explication de la transformation des

êtres vivants, à une force vitale spécifique constitue, selon l'expression de Jacques Monod, un « vitalisme métaphysique ». Telle est, notamment, la position de Bergson qui, en 1907, dans *L'Évolution créatrice,* propose le concept d'« élan vital ». Pour lui, la matière, indépendamment des interactions auxquelles elle est soumise en fonction de ses caractéristiques physiques, est traversée par un courant qui la contraint à produire de l'ordre, de l'organisation. De façon semblable, Teilhard de Chardin admettait que l'univers est mû, en plus des forces agissant sur la matière, par une énergie lui permettant d'évoluer vers toujours plus de conscience, de spiritualité, la forçant à converger vers le point Oméga.

Une telle vision aboutit soit à dissocier radicalement le vivant de l'inanimé en lui attribuant des pouvoirs non réductibles aux forces naturelles, soit à amener l'inanimé au vivant en imaginant un mouvement général de la matière vers l'esprit. Avec ce second point de vue, force est de constater que seule une faible part de l'univers en a jusqu'ici pleinement bénéficié, mais cette tendance s'exercerait sur toute chose.

... à l'élan complexificateur

La réflexion scientifique de cette fin de siècle peut être présentée de façon exactement inverse. Sans imaginer de phénomènes mystérieux, on peut réunifier l'ensemble des êtres et des objets, qu'ils soient réputés vivants ou inanimés, et expliquer la prolifération progressive de leurs caractéristiques et de leurs pouvoirs à partir des interactions toutes naturelles qui s'exercent entre eux [23].

Dans la vision actuelle des scientifiques, ces interactions sont au nombre de quatre : forces nucléaires forte et faible, forces électromagnétiques, gravitation. A l'instant même où les divers éléments de l'univers apparaissent, ces forces commencent à exercer leur influence (d'ailleurs, l'être de cet univers est-il constitué de l'ensemble de ces éléments ou de l'ensemble de leurs interactions réciproques ?). Tout ce qui se produit par la suite résulte de leurs jeux enchevêtrés. Chacune entraîne l'ensemble vers un destin précis. Les forces nucléaires ont pour effet d'associer les protons et les neutrons en noyaux aussi stables que possible ; or le noyau le plus stable est celui du fer (26 protons et 30 neutrons) ; si elles avaient agi seules, ces forces, au bout de 15 milliards d'années, auraient fini par créer un état définitivement stable, où presque tous les atomes auraient un noyau de fer. De son côté, la force électro-magnétique associe les atomes en structures telles que l'eau, le gaz carbonique ou les gaz rares ; laissée à elle-même, elle aurait réalisé un univers bien peu varié. Quant à la gravitation, rassemblant tous les objets dotés d'une masse, elle construit des ensembles de plus en plus massifs, s'attirant les uns les autres avec une force de plus en plus intense ; en quelques milliards d'années, il ne resterait plus que quelques « trous noirs », et personne pour les observer.

Aucun de ces aboutissements n'est bien attrayant. Il se trouve qu'aucune des forces en présence n'a pu jusqu'ici imposer son jeu ; notre univers a échappé à l'uniformité du fer ou de l'hélium comme à l'annihilation dans un trou noir. Résultat si remarquable que certains imaginent la création d'un grand nombre d'univers dont la quasi-totalité n'auraient pas eu cette chance. Nous appartenons à celui, ou à l'un de ceux qui ont « réussi ». Cette réussite consiste en un déséquilibre permanent qui a provoqué la réalisation d'objets les plus divers, et parfois les plus complexes. Cette complexité, un des maîtres mots du discours scientifique actuel, caractérise une structure composée de nombreux éléments, appartenant à de nombreuses catégories, ayant chacun de nombreuses caractéristiques et développant entre eux de multiples interactions non linéaires ; de plus, les frontières de cette structure sont poreuses, lieux de multiples échanges avec l'environnement.

L'enchevêtrement des effets des quatre forces à l'œuvre a fini par réaliser des objets de plus en plus riches, de plus en plus complexes ; noyaux atomiques composés de plusieurs particules, molécules comportant de nombreux atomes, ensembles interactifs faits d'une multitude de molécules... Pour résumer ces effets, on peut présenter notre univers comme lieu d'un élan vers la complexité. Ce terme ne camoufle nullement un concept voisin de l'élan vital bergsonien. Il ne s'agit pas d'ajouter aux lois de la nature, dont l'existence explique les observations et les expériences, une « force » supplémentaire révélée par les propriétés spécifiques des êtres vivants, mais de préciser l'effet global du jeu conjoint de ces forces. Elles aboutissent à une séquence d'événements entraînant la réalisation d'objets de plus en plus complexes. « Tout se passe comme si » un élan complexificateur était à l'œuvre ; cet élan ne se surajoute pas aux forces élémentaires, il est leur résultante.

Cet élan, à vrai dire, est bien lent. Au bout de 10 milliards d'années, à l'époque où le système solaire s'est formé, la complexité acquise n'était guère grandiose, du moins localement. Car cet élan n'a pas d'objectif ; chaque objet complexe est prêt pour une complexité plus grande, mais il peut tout aussi bien être détruit, et tout le chemin est à refaire. Le temps, un jour, détruit ce qu'il avait permis de construire.

Il se trouve que, sur notre Terre, ce mouvement vers la complexité a subi une accélération décisive. Elle semble pourtant bien banale, notre petite planète de quelque 6 000 kilomètres de rayon. Mais certains de ses talents lui ont permis de jouer un rôle central : premier talent, sa distance au Soleil est très exactement ce qu'il faut pour que l'eau puisse être à sa surface aussi bien liquide que solide ou gazeuse ; un peu plus près, elle n'était que vapeur, un peu plus loin, que glace ; liquide, elle a pu créer une couche protectrice s'étendant sur presque toute la surface. Second talent, sa masse est telle que les gaz projetés par les volcans au cours des premières phases de son refroidissement ont été suffisamment retenus par l'attraction gravitationnelle pour ne pas aller se disperser dans l'espace ; une atmosphère s'est installée, créant une seconde couche protectrice. A l'abri de ces deux couettes, les produits réalisés par les incessantes et violentes expériences de chimie provoquées par les orages ou par les rayons solaires n'ont pas été trop rapidement détruits ; ils se sont accumulés, ont interagi les uns avec les autres, ont réalisé des assemblages nouveaux. Un jour, par chance, ont été produites les structures que nous avons désignées par leurs initiales A, T, C, G. Elles n'ont rien de fabuleux, riches seulement de quelques dizaines d'atomes. Leurs attirances réciproques leur donnent pourtant un comportement semblable à celui de divinités indoues qui auraient trois bras : avec deux de ces bras, elles forment solidement une longue ribambelle ATCCAGTC... Avec le troisième, elles tiennent par la main leur préféré, réalisant les couples AT et CG. Face à la ribambelle précédente, se forme la complémentaire TAGGTCAG... un double brin d'ADN est constitué. Mais ce troisième lien n'est guère solide ; parfois, les troisièmes mains se lâchent ; les deux ribambelles se séparent, et chacune, puisant dans la réserve de structures A, C, G ou T présentes dans le milieu, reconstitue sa complémentaire.

Tout cela n'a rien de mystérieux ; ce n'est que l'effet banal des interactions entre assemblages d'atomes. Le résultat constitue un événement décisif : une autoreproduction a été réalisée. Du coup, un cliquet est mis au rôle de la durée ; elle permet de construire, elle ne peut plus détruire. Pour les objets dotés de l'ADN, une bifurcation s'est produite, le cheminement vers la complexité est devenu à sens unique ; ils avancent sans reculer ; ils sont, de façon définitive, les vainqueurs de la course vers le complexe lancée lors du Big Bang. Ils accumulent de la richesse, ils reçoivent des pouvoirs nouveaux, ils mettent en place des métabolismes leur permettant de réagir, de s'adapter, de « vivre ». Ils sont encore des objets, mais leurs aptitudes sont telles qu'ils sont vus comme des « êtres ».

Il n'y a pas eu apparition de la vie, mais, dans le foisonnement des possibilités, apparition d'une voie accélérant la complexification. L'émerveillement devant l'aboutissement n'est pas moindre, mais, au lieu de voir dans les êtres vivants le résultat d'un quasi-miracle, nous les réinsérons dans l'ensemble des productions de l'univers et étendons à l'ensemble de celui-ci notre admiration : quel univers, celui qui a été capable de sécréter par sa propre force de tels objets !

L'admiration est décuplée lorsque nous prenons conscience que, parmi ces objets, certains sont capables d'admirer.

De l'individu au « dividu »

Au début de ce siècle, le paradoxe essentiel de la procréation n'avait pas plus de solution qu'à l'époque de Platon : comment deux individus, deux êtres « *indivisibles* », peuvent-ils en s'associant donner naissance à un troisième individu ? Une double source est totalement incompatible avec le caractère indivisible du produit ; la logique conduit à admettre que l'apparence est trompeuse : en fait, une seule source est réelle, l'autre n'est qu'un adjuvant sans apport essentiel. Reste à choisir entre la mère et le père. Après la découverte des spermatozoïdes et des ovules, les « *spermatistes* » soutenaient que les enfants sont déjà tout faits dans les spermatozoïdes, les « *ovistes* » les situaient dans les ovules.

Ces théories donnent une réponse simple à presque toutes les questions. Tout est résolu si l'on admet que les membres d'une même espèce, quelle que soit leur position dans le temps ou dans l'espace, ont été créés simultanément ; les générations successives étaient emboîtées comme des poupées russes, dans les organes génitaux du premier mâle (pour les spermatistes) ou de la première femelle (pour les ovistes). Reste à expliquer pourquoi les êtres procréés ont de toute évidence une certaine ressemblance non avec un seul de leurs géniteurs, mais avec les deux.

Dès le XVIIIe siècle, des tentatives furent faites pour imaginer des processus de transmission donnant des rôles plus ou moins équivalents aux deux géniteurs, mais, tout au long du siècle suivant, les réflexions furent polarisées par le problème de l'*« hérédité des caractères acquis »*, processus imaginé par Lamarck en 1809 dans sa *Philosophie zoologique.* Pour expliquer l'évolution des êtres vivants, depuis les formes primitives simples jusqu'aux formes actuelles hautement complexes, il proposa deux lois : 1° l'usage des organes renforce ceux-ci, leur non-usage les affaiblit, 2° les modifications produites par ce renforcement ou cet affaiblissement sont transmises à la descendance.

Un demi-siècle plus tard, Darwin reprit l'idée mais compléta ce modèle d'évolution des espèces en introduisant l'action de la sélection naturelle, celle-ci retient les caractéristriques favorables et élimine les caractéristiques défavorables. Les querelles suscitées par ces théories sont restées célèbres ; elles concernaient surtout la compatibilité entre elles et les textes bibliques ; elles n'évoquaient pas la question fondamentale : par quels mécanismes les géniteurs transmettent-ils leurs caractéristiques à leurs descendants ?

Un pas décisif a été accompli par August Weismann

dans les années 1880, lorsqu'il proposa la distinction du « germen » et du « soma ». Il admit que les êtres vivants possédaient en eux une substance héréditaire contenant les recettes de fabrication de l'ensemble de leur organisme. La transmission de cette substance de génération en génération expliquait la constance des caractéristiques de l'espèce. Le germen est en effet soigneusement préservé par la nature et transmis à la génération suivante dans l'état où il a été reçu. Cette théorie était évidemment incompatible avec celle de Lamarck admettant la transmission des caractères acquis. Weismann combattit celle-ci violemment ; pour démontrer combien elle était non fondée, il réalisa une expérience restée fameuse : couper la queue des souris avant de les faire procréer. Après avoir ainsi amputé 901 souris réparties sur 5 générations, il triompha : les derniers nés, une fois adultes, avaient des queues aussi longues que celles de leurs ancêtres.

Pour les espèces se reproduisant par duplication, la théorie du germen ne pose guère de problème. Pour celles qui recourent au procédé « deux donnent un », elle conduit à une impasse. En effet, si les substances héréditaires des deux parents s'ajoutent, il faut, et Weismann l'admit, l'intervention d'un processus pour éviter que la quantité de cette substance en chaque individu ne double à chaque génération. L'hypothèse la plus plausible est que les substances héréditaires des deux parents fusionnent et que la moitié de l'ensemble obtenu est éliminée. Dans ces conditions, pour une caractéristique quelconque, la mesure de l'enfant serait la moyenne arithmétique de celles de ses parents ; la procréation à deux serait donc un processus réduisant inéluctablement la variabilité de l'espèce. Or, l'observation montre que cette variabilité se maintient.

Ce paradoxe du maintien de la variance biologique défiait encore l'imagination des biologistes au début de notre siècle. Dès 1865, pourtant, la solution en avait été proposée, mais aucun scientifique n'avait su en comprendre la signification, son inventeur, Gregor Mendel, pas plus sans doute que ses contemporains.

Si Mendel est un homme du XIXe siècle, le mendélisme est bien une théorie du XXe. L'apport de ce moine augustinien est le plus souvent présenté en évoquant les « lois de Mendel ».

L'une de ces lois est fausse (la ségrégation indépendante des gènes) et il a démontré l'autre en trichant un peu sur le résultat de ses observations. La véritable richesse est ailleurs : Mendel nous propose deux révolutions conceptuelles, chacune plus décisive (car bouleversant plus profondément notre regard sur la réalité) que la révolution apportée par Copernic et Galilée à propos du mouvement des astres. La question posée était de savoir comment les individus transmettent leurs caractéristiques à leurs descendants. Mendel répond qu'il ne s'agit pas d'individus mais de « dividus » ; ils ne transmettent nullement leurs caractéristiques mais les facteurs (on dit aujourd'hui les « gènes ») qui en eux gouvernent ces caractéristiques. Tout le raisonnement s'en trouve bouleversé ; il n'est guère étonnant que personne, à l'époque où il fut tenu pour la première fois, ne l'ait entendu.

Chacun connaît les expériences menées par Mendel sur les petits pois dans le jardin du monastère des augustiniens à Brünn (aujourd'hui Brno). La remarque essentielle à la base de sa théorie est celle-ci : le croisement de pois jaunes, dont les géniteurs sont l'un jaune l'autre vert, produit aussi bien des pois verts que des pois jaunes. La recette de la couleur verte était donc présente dans des pois apparemment jaunes. La seule solution est d'admettre la double commande de la couleur ; le « phénotype » unique de l'individu (c'est-à-dire son apparence) résulte d'un « génotype » formé de deux éléments. Les pois sont certes de deux couleurs, les uns [J], les autres [V] ; mais les gènes j et v forment des génotypes de trois sortes : (jj), (jv) et (vv) ; les deux premiers entraînent le phénotype [J], le dernier le phénotype [V].

Le mécanisme de la procréation repose sur l'envoi par chaque géniteur d'un des deux gènes qu'il possède. Les gamètes, spermatozoïdes et ovules, sont les transmetteurs de ces gènes ; ils sont eux aussi des êtres vivants mais, comme nos lointains ancêtres apparus il y a 3,5 milliards d'années, ils sont à « simple commande ». Leur rencontre puis leur fusion reconstituent un être à « double commande ».

La phase essentielle de ce processus est la division qui se produit chez un être doté d'une double collection de gènes : être qui grandit, respire, agit, il est indivisible. Lorsqu'il fait le seul acte porteur d'avenir biologique, la réalisation d'un gamète, il se divise. L'individu se comporte alors en « dividu ».

Mendel admit que, lors de cette division, chacun des deux gènes présents a la même chance, 1/2, d'être choisi, d'où les célèbres proportions (3/4, 1/4), (1/16, 6/16, 1/16), qui constituent les « lois de Mendel », mais celles-ci ne sont que des conséquences assez triviales des hypothèses de départ.

Aucun des scientifiques qui ont lu l'article de Mendel n'en comprit la portée ; il n'épargna pourtant pas sa peine pour le diffuser. La présentation en était à vrai dire assez rebutante. Et puis, qui s'intéresse vraiment aux petits pois ? A sa mort en 1884, Mendel était certainement plus préoccupé par de difficiles tractations avec le gouvernement autrichien au sujet des taxes imposées au monastère, dont il était devenu l'abbé, que par ses expériences sur l'hérédité.

Mendel était mort depuis seize ans, lorsque naquit le mendélisme. Sa découverte était restée ignorée durant trente-cinq ans. Cette naissance résulta en fait de la lente accumulation de multiples évidences concernant notamment le comportement des chromosomes, ces longs filaments visibles dans le noyau des cellules, et dont Mendel ignorait l'existence. Au cours de années 1880, on put préciser l'étrange ballet dansé par ces chromosomes lors de la division cellulaire (mitose), ballet dont une variante intervient lors de la fabrication des gamètes (méiose). Les chromosomes, comme les « facteurs » imaginés par Mendel, vont par paires dans chaque cellule, sauf dans les gamètes qui ne comportent que l'un des éléments de chaque paire. Leur comportement correspond donc exactement à celui des gènes mendéliens.

En 1900, il devint évident que les chromosomes étaient porteurs de ces gènes ; la théorie de Mendel était bien conforme à la réalité ; le mendélisme pouvait se développer. Mais, pour que cette évidence pénètre les esprits, un siècle est bien insuffisant. Depuis que le mouvement des planètes autour du Soleil a été compris, près de quatre siècles se sont écoulés. Nous parlons encore du « lever du Soleil » comme si cet astre était l'acteur de cet événement. De même, nous transmettons par mille expressions une vue de la procréation contraire à ce que nous savons vrai. Le programme officiel des classes de cinquième comportait, il y a peu, l'étude de la « reproduction biparentale », comme s'il n'y avait pas une opposition fondamentale entre le fait d'être deux et le fait de se « reproduire ». Ainsi, encore, un des hebdomadaires français les plus lus a-t-il soutenu il y a quelques années que le recours à la banque du sperme des prix Nobel était une excellente méthode pour « améliorer l'intelligence humaine », comme si les pères transmettaient leur intelligence *via* leurs spermatozoïdes ! Nous le savons depuis un siècle, ceux-ci contiennent seulement la moitié des gènes qui ont permis aux pères de construire leur cerveau.

La presque totalité des mots et des concepts qui nous permettent de décrire les espèces vivantes, et notamment la nôtre, doivent être révisés. Notre jugement à propos de la qualité biologique d'un individu peut être différent selon que nous le regardons comme un être ayant à lutter pour sa propre survie ou comme un transmetteur de gènes. Un exemple : porter un gène de l'anémie falciforme présente l'avantage de protéger contre le paludisme ; mais, en tant que procréateur, le porteur est une personne à risque : si son conjoint porte le même gène, un quart de leurs enfants seront condamnés à une mort précoce. La possession de ce gène est-elle bénéfique ou maléfique ? Les réponses sont opposées selon que l'on s'intéresse à l'être qui vit et lutte ou à l'être qui procrée.

Les mots « tares », « races », « héritabilité », « consanguinité » ont totalement changé de sens. La génétique, en retrouvant la signification réelle des concepts évoqués par ces mots, nous permet d'éliminer quelques fantasmes moyenâgeux à base de malédiction ou de fatalité. Malheureusement, ces fantasmes sont profondément ancrés dans l'imaginaire, et ni le système éducatif ni les moyens de communication de masse ne font le nécessaire pour diffuser une meilleure lucidité. Les programmes scolaires n'ont vu dans les idées de Mendel qu'un savoir supplémentaire à faire absorber par les cerveaux des élèves. Des « lois de Mendel », ils n'ont retenu que l'occasion de proposer de nouveaux pièges aux candidats du bac. Gare à qui ne sait pas la loi du « 3/4, 1/4 » ! Il aurait été plus profitable de réfléchir avec eux sur les conséquences de cette représentation de la procréation enfin réaliste après des millénaires d'absurdité.

Grâce à Mendel, nous avons compris que les êtres ne

transmettent pas ce qu'ils sont, mais la moitié des facteurs qui leur ont permis de devenir ce qu'ils sont. Ces facteurs, les gènes, sont restés identiques à eux-mêmes ; ils traversent les générations sans être affectés par les aventures de ceux qui les portent. Derrière l'histoire des êtres se déroule l'histoire des gènes. Il est clair que toutes les tentatives prémendéliennes d'explication de l'évolution des espèces doivent être totalement remises en chantier, celle de Darwin comme celle de Lamarck.

Si la nécessité de refuser l'« hérédité des caractères acquis » a été assez facilement admise, la vision darwinienne d'une évolution menée par la sélection naturelle a longtemps survécu au bouleversement des concepts sur lesquels elle était fondée. Pendant les deux premiers tiers de ce siècle, les efforts des généticiens de population ont cherché à rendre compatibles, à coup d'équations, le darwinisme et le mendélisme, sans remettre en cause celui-là. Il s'est agi surtout de reformuler, en en gardant l'essentiel, la théorie de Darwin, tout en y ajoutant la dose minimale nécessaire de mendélisme. Depuis quelques décennies seulement, les « neutralistes » s'efforcent de suivre le cheminement inverse ; ils tirent les conséquences du mécanisme de la procréation et n'y ajoutent qu'après coup la dose utile de darwinisme.

Dans le cas de notre espèce, l'enjeu est de taille ; il s'agit de justifier les fondements de notre société. Par un glissement rapide, le darwinisme biologique est devenu, dès la fin du XIXe siècle, un « darwinisme social ». L'argumentation est simple : si dans la nature la lutte pour la vie permet l'amélioration des caractéristiques de chaque espèce, cette lutte est bénéfique également pour l'évolution de l'humanité. Il faut donc mettre en place des structures sociales qui permettent aux meilleurs de l'emporter, il faut accepter que les moins bons disparaissent, il faut promouvoir une compétition généralisée sécrétant des gagnants et des perdants. On imagine combien notre société de compétition-exclusion en mal de justifications, a apprécié cette caution scientifique. Certains généticiens ont contribué à cette utilisation de leur discipline. Le célèbre mathématicien Ronald Fisher, un des fondateurs de la génétique mathématique, militait, en tant que citoyen, pour la diminution des aides apportées aux familles pauvres. Au nom bien sûr du libre jeu de la sélection naturelle, seul facteur d'amélioration globale.

Le développement de théories mettant l'accent sur la dérive aléatoire du patrimoine génétique et réduisant à peu de chose le rôle de la lutte pour la vie ruine ces justifications. On comprend la vivacité des réactions de ceux pour qui une société de compétition sans merci est le seul modèle politique acceptable.

Grâce à Mendel, nous devrions savoir que la procréation est une non-reproduction. Avec la reproduction, que pratiquaient les premiers êtres dits vivants, le processus de transmission entre générations faisait du nombre, au prix de l'uniformité. Les seules novations provenaient d'erreurs de copie, les mutations. Avec la procréation, au contraire, tout être est nouveau, car il résulte d'un tirage au sort dans un ensemble de possibles d'une richesse quasi infinie. Quelques nombres en donnent une idée : l'espace qui contient toutes les galaxies connues comporte 10^{88} millimètres cubes ; en mettant 100 millions de spermatozoïdes par millimètre cube, on pourrait donc remplir cet espace avec 10^{96} spermatozoïdes, soit 2^{320} ; qu'un individu possède 320 paires de gènes non identiques et il pourrait faire plus de spermatozoïdes tous différents que n'en peut contenir l'univers accessible ; or le nombre de telles paires est, pour des espèces comme la nôtre, bien supérieur à 1 000 !

Cette apparition systématique d'êtres nouveaux inattendus, imprévisibles, a permis aux vivants de se différencier en espèces de plus en plus nombreuses, capables d'explorer les milieux les plus variés et de s'y adapter. Le cheminement vers la complexité a, grâce à la mise en place du processus de la procréation, subi une seconde accélération plus décisive encore que la première. Il a fait apparaître des êtres de plus en plus riches de possibilités. L'apothéose a été l'arrivée récente de *Homo*, espèce dont le cerveau comporte 1 million de milliards de connexions et représente la structure matérielle de loin la plus complexe à notre connaissance. Si complexe qu'elle permet à chaque *Homo* non seulement d'admirer l'univers qui l'entoure et lui-même, mais aussi de dire « je ».

La personne, fille de l'espèce

Le mystère central, ce n'est pas d'exister, c'est de le savoir. Moi, un objet, moi, élément infime de l'univers, je parle de l'univers, je le décris, je le raconte, et prétention suprême, je me permets d'avoir une opinion sur lui. Je le trouve beau ; je n'en finis pas de m'émerveiller devant la douceur colorée d'un coucher de soleil sur le Causse, ou devant l'infini noir et glacé d'une nuit au cœur du Tanezrouft. Mon regard sur lui rend le monde admirable ; mon regard sur les hommes, sur moi, les rend, me rend, merveilleux. Est-ce explicable par le cheminement vers la complexité, « élan complexificateur » qui résume l'entrelacs des forces à l'œuvre ?

Répondre est impossible. Il s'agit en effet de la « conscience », ce concept qui, selon certains philosophes, ne peut même pas être défini. Un constat pourtant est possible : je dis « je ». Cette évidence est aussi puissante, aussi digne d'être prise en compte que les résultats des expériences sur la chute des corps ou sur l'interaction des acides et des bases. Elle est constitutive de la réalité qui nous entoure, ou plutôt de ce que nous sommes capables de connaître d'elle.

Mes oreilles entendent, mes yeux voient ; cela fait partie des multiples événements produits par la nature. Tout est différent lorsque le constat devient « j'entends, je vois ». D'où vient ce « je » ?

A défaut d'une réponse fournie par un raisonnement rigoureux, il est tout au moins possible de proposer : le « je » de chacun résulte des « tu » qui lui ont été adressés.

Le cerveau humain représente l'« objet » le plus complexe qui soit, en raison non seulement du nombre de ses éléments, 100 milliards de neurones, 1 million de milliards de synapses, mais surtout du fait que ces éléments sont tous interconnectés [4, 6]. L'autostructuration du cerveau, processus de mise en place des réseaux intérieurs par suite de son propre fonctionnement, est le fruit de cette interconnexion. Grâce à cette richesse, les hommes ont pu apprivoiser le feu, s'en servir pour se protéger ou pour cuire les aliments, puis fabriquer des outils. Plus décisif encore, ils ont été capables de mettre au point par le langage, puis par l'écriture, des moyens de communication reliant chacun à tous, ils ont ainsi réalisé le seul « objet » plus complexe qu'un homme : l'ensemble des hommes. Aujourd'hui, l'humanité, grâce aux progrès des techniques de communication, c'est-à-dire de mise en commun, est un bloc intégré, un tout parcouru par des informations qui rendent solidaires les individus comme l'influx nerveux rend solidaires les neurones.

Au foyer des regards des autres sur lui, chacun s'enrichit de ce que sécrète la collectivité. En lui émerge et se développe une réalité étrangère à son patrimoine biologique, induite en lui par ce qu'ont créé les hommes tout au long de leur histoire : l'humanitude. La nature leur a donné toutes les informations nécessaires pour construire leur organisme ; la complexité de celui-ci leur a permis de prendre en main la suite des événements [18]. Depuis qu'ils sont apparus sur la Terre, les hommes se sont donné à eux-mêmes un regard ému sur l'univers – l'art –, un regard lucide sur les processus à l'œuvre dans cet univers – la science –, un regard exigeant sur eux-mêmes – l'éthique. La conscience individuelle ne peut-elle être présentée comme le reflet renvoyé par chacun de cette construction collective ?

Mon moi actuel n'était présent ni dans l'ovule ni dans le spermatozoïde initiaux ; il n'a pas jailli spontanément de mon organisme ; il y a été semé par tous ceux, vivants ou morts, avec qui j'ai eu communication. L'histoire humaine a fait de mon individu une personne.

***

« Du Big Bang à moi », cette vision de l'évolution de notre univers est à l'exact opposé de celle imposée par la thermodynamique au XIXe siècle, époque où elle était la science reine. Les principes de Carnot, formulés en 1825, le concept d'entropie introduit par Clausius en 1850, les calculs de probabilités proposés par Boltzmann en 1870 montraient que, dans une enceinte isolée, la qualité de l'énergie ne peut que se dégrader. Peu à peu, toutes les structures disparaissent, il ne reste plus à la longue que la grisaille monotone du mouvement brownien, une chaleur uniforme. Ce constat a été, sans trop de précautions, étendu à l'univers ; on le promettait à la victoire inexorable du désordre généralisé. La transposition à l'ensemble de l'univers de ce qui est constaté dans une enceinte fermée est, à vrai dire, assez hardie. Le concept même d'univers rend floue l'évocation de ses limites puisque celles-ci sépareraient ce qui appartient à l'univers de ce qui ne lui appartient pas ; or, par définition, tout lui appartient.

Cette difficulté conceptuelle n'a pas empêché ce raisonnement d'être largement accepté : la thermodynamique le montre, nous sommes dans un cosmos où tout s'effondre.

Tout au contraire, les modèles scientifiques actuels n'imaginent plus l'uniformité comme l'aboutissement ultime de l'aventure, mais comme son point de départ. Dans la « purée » initiale homogène les forces à l'œuvre ont fait apparaître peu à peu des grumeaux de plus en plus riches d'éléments, de plus en plus complexes. Le terme « élan complexificateur » résume le trait fondamental du comportement de notre cosmos.

Cette vision d'un monde uniforme à l'origine n'est pas une hypothèse gratuite ou le résultat d'équations posées *a priori* ; les observations que nous pouvons réaliser aujourd'hui la rendent nécessaire.

Selon le modèle du Big Bang, la température était, une

seconde après le début, de l'ordre du milliard de degrés. Depuis, l'expansion a provoqué un refroidissement tel que la température résiduelle devrait être d'environ 3° absolus (soit 270° en dessous du zéro Celsius) ; cette conséquence du modèle a pu être vérifiée près de vingt ans après avoir été annoncée : en 1965, deux chercheurs américains découvrirent, sans la chercher, une radiation présente partout dans l'espace. Elle est le témoin considérablement atténué de la fabuleuse température initiale. Une confirmation plus éclatante encore de ce modèle vient d'être fournie ; des satellites ont pu analyser ce rayonnement fossile et déterminer la part de chaque longueur d'onde dans l'énergie globale. La répartition est identique à celle annoncée par la théorie, dans l'hypothèse où la purée initiale était rigoureusement homogène. Oui, notre univers était, au départ, sans structure.

Il est évidemment structuré, aujourd'hui, à l'échelle des étoiles, des galaxies et des amas de galaxies comme à celle des atomes, des molécules, des cellules, des organes, des êtres vivants. L'élan complexificateur, quinze milliards d'années plus tard, n'est pas essouflé ; il est toujours à l'œuvre. Son efficacité n'a pas été partout la même. Au cœur des étoiles, il n'a guère abouti qu'à un mélange de noyaux d'hydrogène et d'hélium. Mais, chez nous, sur la Terre, il a poussé ses pions infiniment plus loin ; il a fait apparaître des êtres aux pouvoirs si étendus qu'on les qualifie de « vivants » ; parmi ces vivants, il a réalisé son chef-d'œuvre de complexité, moi, un homme.

L'histoire de l'Homme intégrée à celle du cosmos

commence avec le Big Bang. Ce cheminement a abouti à un être qui bouleverse le cours des événements. Fruit de l'univers, fait des mêmes éléments que tout objet dans l'univers, capable de penser l'univers, d'en retracer l'histoire passée, et de prendre le relais pour décider son histoire à venir, l'Homme est la pointe extrême d'un cheminement commencé dès l'origine.

Pour Teilhard de Chardin, l'univers était tout entier attiré par un « point oméga », un Être personnel, transcendant, en qui l'histoire du monde et celle de l'Homme trouveront leur accomplissement. Regarder le monde comme mû par une impulsion intérieure, présente en lui dès son origine, n'est qu'un retournement du point de vue. Les deux visions ne sont pas essentiellement opposées. La différence fondamentale me semble celle-ci : arrivé au point où il est conscient de son existence et de ses possibilités, l'Homme, pour Theilhard, est attiré vers son Créateur [24]. Pour le biologiste d'aujourd'hui, il est en position de choisir la direction de son devenir. Mais peut-être Teilhard aurait-il finalement adhéré à cette vision, lui pour qui « le Cosmos se dévide en arrière et se tisse en avant ». Nous, les hommes, sommes les tisserands de la tapisserie où s'inscrira demain.

DEUXIÈME PARTIE

Une réalité nouvelle

La finitude de la Terre des hommes est un constat récent. Il n'est pas encore entré dans nos consciences. La plupart de nos réflexes, et même de nos raisonnements, sont basés sur l'idée implicite que notre domaine est infini et surtout inépuisable. Nous avons pris en main notre devenir sans le savoir. Nous nous sommes comportés en enfants insouciants persuadés de trouver sans fin autour d'eux tout le nécessaire.

L'espace n'a jamais manqué. Longtemps, les hommes ont été nomades ; lorsque les ressources paraissaient insuffisantes la tribu migrait vers un emplacement meilleur. Peu à peu, l'ingéniosité s'est développée à un point tel que les hommes se sont installés durablement en des zones où aucun autre primate n'aurait pu subsister.

Comment ne pas évoquer ici Angmmagssalik, ce petit village de la côte est du Groenland où quelques centaines d'Inuit ont vécu totalement isolés pendant de nombreux siècles, jusqu'à l'arrivée d'un explorateur danois en 1884 [15] ? Là, aucun arbre ne pousse, l'hiver dure dix mois, la neige, la glace recouvrent les rochers et la mer ; mais l'immense fjord par où les glaciers descendant de l'inlandsis envoient des icebergs dans l'océan regorge de phoques. Ceux-ci fournissent la viande, l'huile, les vêtements de peaux, et leurs os deviennent des outils permettant de chasser d'autres phoques. Là, des hommes ont subsisté, ne demandant à la nature que des ressources constamment renouvelées par le cycle des saisons ; une civilisation s'est développée dont le phoque était le pivot. Les Ammassalimiut ont fait beaucoup plus que survivre. Ils ont construit une certaine joie de vivre et trouvé des réponses à l'angoisse de la disparition finale : pour eux, les morts se réincarnent, riches de toute l'expérience accumulée au cours de leur vie, dans le premier bébé à naître. Une noria de quelques centaines d'âmes tourne sans fin. Et ceci est aussi vrai pour les phoques que pour les hommes. Tuer un phoque n'est pas considéré comme une victoire dans la lutte entre l'Homme et l'animal. La victime a accepté son sort. Avant de manger, chacun disait, en guise de *benedicite :* « Merci, phoque, de m'avoir donné ta viande. »

Pour les Inuit d'Angmmagssalik, le temps n'était pas cette richesse qui s'amenuise inexorablement, cette eau qui coule entre nos doigts malgré tous nos efforts pour la retenir ; le temps tournait sur lui-même, sans cesse renouvelé. Le cycle de la naissance, de la vie, puis de la mort suivie d'une nouvelle naissance était semblable au cycle des saisons, l'été suit l'hiver et précède l'hiver.

L'équilibre du groupe était fluctuant, selon l'abondance des phoques, mais il était durable, aussi durable que la planète.

Brutalement est arrivée la civilisation ou plutôt notre civilisation. L'époque n'était plus à la colonisation et à la soumission des « sauvages » découverts au loin. Les Inuit ont été traités avec respect, occidentalisés, évangélisés, pris en charge. Le résultat est un ethnocide. En moins d'un siècle, l'essentiel de leur culture a été perdu, définitivement oublié ; ils ne savent plus construire de kayak, préfèrent les plats européens à la viande de phoque et noient dans l'alcool la tristesse de leur désœuvrement. Ils avaient toujours été 400 ou 500. Aujourd'hui, grâce à un système sanitaire efficace, ils sont plus de 3 000. Leurs maisons préfabriquées viennent du Danemark, le gazole de leurs chauffages ou des moteurs de leurs embarcations vient des États-Unis. Aussi dépendants du reste de l'humanité que des cosmonautes en séjour sur la Lune, ils ne sont plus « chez eux ».

L'humanité a vécu au cours de ce siècle une aventure semblable à celle des habitants d'Angmmagssalik. Certes, elle n'a pas été transformée par un explorateur venu d'ailleurs, mais elle a sécrété elle-même sa transformation. Tous les équilibres ont été rompus, en particulier l'équilibre démographique. Pour les Inuit, l'ethnocide n'a pas été accompagné d'un génocide ; ils ont pu survivre grâce aux ressources venues d'ailleurs. Pour l'humanité, il n'y a pas d'ailleurs. Si nous ne retrouvons pas de nouveaux équilibres, l'auto-ethnocide actuellement en cours ne pourra aboutir qu'au suicide collectif.

Comment imaginer ces nouveaux équilibres ?

« Emplissez la Terre... »

Notre culture a été profondément marquée par la célèbre injonction divine si souvent répétée « Croissez et multipliez ». Procréer semble être le désir fondamental ; heureux celui qui peut contempler dans sa vieillesse une multitude d'arrière-petits-enfants ! Une telle attitude peut sans doute convenir à une espèce disposant d'un espace illimité, elle aboutit nécessairement à une impasse dans un espace clos, et l'espace des hommes est clos.

Méfions-nous cependant des traductions en cascade de la Bible qui ont abouti aux phrases que nous lisons aujourd'hui en français, mais dont l'original était tout autrement exprimé. Si l'on se reporte à la version considérée comme la plus respectueuse de l'esprit initial, on éprouve un choc. Selon la « traduction œcuménique » (Alliance biblique universelle, 1988), l'ordre donné par Dieu aux premiers hommes comporte non une directive mais deux : « Soyez féconds et prolifiques, remplissez la Terre... » (Genèse, 1, 28).

Il est très remarquable qu'à une époque où la Terre

semblait immense, sinon illimitée, où le nombre des hommes n'était que de quelques centaines de millions, où des espaces vides s'offraient dans toutes les directions, l'idée ait pu venir au rédacteur de ce texte qu'un jour les hommes empliraient la Terre, que, par conséquent, il leur faudrait ne plus suivre la première partie de l'ordre, et s'arrêter d'être prolifiques.

Le jour ainsi prévu est venu, sinon pour la génération actuelle, du moins pour celle de nos petits-enfants ; la Terre va être saturée d'hommes. L'événement est si récent qu'il n'a pu encore pénétrer dans la conscience collective. Tout au long de leur histoire, les hommes ont craint la disparition de leur espèce, jamais encore une excessive prolifération.

Une espèce fragile...

Car la nature n'a guère été tendre pour les hommes. Ils sont le résultat d'une série d'erreurs, d'incohérences, de handicaps. L'erreur essentielle concerne le nombre de leurs neurones, une erreur de grande amplitude puisqu'elle dépasse un ordre de grandeur. *Homo* est un primate doté de dix ou vingt fois trop de neurones ; quelques mutations, sans doute peu nombreuses, ont déréglé le rythme de leur fabrication durant la vie fœtale, au lieu des 5 ou 6 millards de cellules contenues dans le cerveau d'un chimpanzé, les fœtus humains mettent en place 50 à 100 milliards de cellules. Le bassin des mères n'ayant pas été élargi en proportion, le fœtus resterait prisonnier s'il attendait pour naître d'être prêt à affronter le monde extérieur. La seule solution a été de l'expulser bien avant qu'il n'ait atteint une maturité lui apportant un minimum d'autonomie. Cette naissance avant terme fait commencer la vie de chaque membre de l'espèce par une catastrophe. La chance d'y survivre est faible. Un nombre élevé de naissances est nécessaire pour que, malgré ce handicap, l'espèce se perpétue. Les pressions naturelles sont si puissantes que la descendance « utile » (c'est-à-dire atteignant à son tour l'âge procréateur) des femmes ne permet le renouvellement d'une génération que si elles mettent au monde autant d'enfants que possible : plus d'une dizaine de grossesses pour deux survivants. L'obsession de la procréation est fondamentale.

Ce handicap a maintenu pendant la plus grande partie de son histoire l'effectif de l'espèce à un niveau très bas : le premier million d'hommes n'a été atteint qu'il y a 35 000 ou 40 000 ans, à l'aube du paléolithique. L'invention d'outils de chasse plus performants a alors permis d'atteindre 5 millions d'hommes, niveau qui semble être resté stable jusqu'au néolithique.

L'invention de l'élevage, de l'agriculture, de l'écriture, le début de l'urbanisation ont provoqué, il y a 8 000 ou 10 000 ans, un décuplement de l'effectif suivi d'une lente progression qui a porté celui-ci à 250 millions à l'époque de Jésus-Christ. Puis, pendant 1 500 ou 1 600 ans, ce niveau est resté relativement constant, après quoi ce fut l'explosion : 500 millions en 1600, 1,5 milliard en 1900,

5 milliards aujourd'hui, 10 ou 11 milliards avant un siècle.

Bien sûr, des discussions sans fin peuvent se dérouler à propos de l'effectif maximal compatible avec les ressources de la planète ; est-ce 10, 15 ou 50 milliards ?

Le fait certain est que ce butoir, où que l'on s'imagine en mesure de le situer, existe ; et son existence même nous contraint à raisonner de façon nouvelle. Nous sommes en effet en présence d'un processus de développement exponentiel, c'est-à-dire tel que l'accroissement relatif est à peu près constant. Or le propre des exponentielles est qu'elles débutent lentement, raisonnablement, mais que, soudain, elles aboutissent à des situations absurdes, incompatibles avec les contraintes.

Un accroissement de 2 % par an peut sembler bien faible, il correspond pourtant à un doublement en 35 ans, donc à un quadruplement en 70 ans, à une multiplication par 7 en moins d'un siècle.

Les effets sournois d'une telle accélération sont bien mis en évidence par l'apologue des nénuphars qui, chaque jour, procréent chacun un autre nénuphar. Le premier jour, il y a 1 nénuphar, le second jour 2, le troisième 4... Par hypothèse, la dimension de l'étang est telle qu'au bout de cent jours sa surface est entièrement recouverte, la vie de la tribu nénuphar est alors brutalement arrêtée faute d'espace. Au bout de combien de jours la surface d'eau libre représente-t-elle encore la moitié de l'étang ? Un enfant étourdi répond 50 jours, soit la moitié de la durée totale. Une réflexion évidente nous montre que la bonne réponse est 99 jours. On peut constater qu'au bout de 95 jours la surface occupée n'est encore que de 3 % de l'étang. Si quelques nénuphars Cassandre alertent alors leurs congénères en prédisant que cela va mal se terminer, ils se heurtent au scepticisme : « Après 95 jours, il reste encore 97 % d'espace libre, nous avons le temps de voir venir, continuons comme avant ». En fait, ils ne leur reste que 5 jours avant la catastrophe. Si le discours des Cassandre est assez convaincant et si la population nénuphar s'arrange pour acquérir trois autres étangs identiques, l'échéance n'est reculée que de 2 jours.

Toute exponentielle se heurte inévitablement à une impossibilité, toute croissante positive doit faire place un jour à la « croissance zéro ». Ce n'est pas énoncer là une affirmation idéologique, mais un constat d'évidence.

Nous sommes aujourd'hui proches de la saturation humaine de la planète. L'accroissement encore possible peut sembler important si on le mesure en milliards d'hommes, il est très petit si on le mesure en nombre d'années entraînant cet accroissement. Faire de la place pour 1 milliard d'hommes supplémentaires représente beaucoup d'efforts et ne retarde l'échéance de la saturation que de 8 ou 10 ans aujourd'hui, 4 ou 5 ans dans un siècle. Les progrès techniques nous permettront peut-être de rendre habitables les déserts d'Asie et d'Afrique ou les étendues glacées du Groenland et de l'Antarctique. Cela retardera la rencontre du butoir de quelques décennies, sans changer fondamentalement les données du problème : il nous faut parvenir à une stabilisation de l'effectif humain.

L'évocation de l'accroissement du nombre des hommes se heurte au scepticisme narquois de ceux qui savent combien les prévisions sont systématiquement démenties par les faits. Depuis des décennies, on annonce une crise des approvisionnements pétroliers ; mais les réserves disponibles sont aujourd'hui plus importantes que jamais. Ceux qui tirent la sonnette d'alarme sont facilement présentés comme des Cassandre trouvant leur plaisir à peindre les lendemains en noir.

Certes, ces démentis sont souvent donnés par la réalité mais, en matière de démographie, l'inertie des phénomènes en jeu est telle qu'une prévision à l'échéance d'un demi-siècle est relativement précise. Les taux de natalité, les taux de mortalité n'ont que des évolutions lentes. La véritable source d'erreur concerne les migrations, soumises à des fluctuations liées à des événements économiques ou politiques imprévisibles. Cette source d'erreurs disparaît lorsque l'on s'intéresse à la population mondiale : on peut constater rétrospectivement que les prévisions n'ont guère été éloignées des réalités observées quelques décennies plus tard. Ainsi, se basant sur les données décrivant la réalité démographique des années 1950-1955, les Nations unies ont publié en 1958 une projection de la population totale de la Terre jusqu'en l'an 2000. Ces prévisions comportaient une « fourchette » avec hypothèse haute et hypothèse basse. L'hypothèse moyenne, alors considérée comme la plus probable, a été jusqu'ici très proche de la réalité et n'est guère différente des prévisions faites aujourd'hui.

Population mondiale en millions d'habitants
(les effectifs prévisionnels sont en italique)

Année	*1958*	*1985*	*1990*
1950	2500	2500	
1960	*2910*	3014	
1970	*3480*	3683	
1980	*4220*	4453	
1990	*5140*	*5248*	5201
2000	*6280*	*6127*	

L'effectif réel des hommes se trouve donc aujourd'hui égal, à 1 % près, à ce qui avait été prévu dans les années 50. Bien sûr, cette égalité résulte de la compensation de diverses erreurs. Il serait illusoire d'espérer qu'une telle précision se retrouvera à de nombreuses reprises. Observons cependant que les prévisions pour l'an 2000 sont aujourd'hui à 2,5 % près les mêmes qu'il y a trente ans.

Lorsque les démographes prévoient aujourd'hui un effectif de 8 180 millions en 2025, de 10 060 millions en 2075, l'erreur peut être de l'ordre de 200 ou 300 millions ; c'est certes beaucoup, mais cela ne change rien à la nature ni à l'ampleur des problèmes provoqués par cette croissance. Plutôt que d'exprimer cette erreur possible en nombre d'hommes, il suffit de l'exprimer en nombre d'années pour qu'elle paraisse dérisoire. Il se peut que l'effectif de 10 milliards d'hommes ne soit pas atteint en l'an 2070 mais seulement en 2080 ; ce décalage de dix ans ne change que peu de chose à l'urgence [5].

... qui sature la Terre

On ne saurait trop insister sur l'importance du bouleversement que révèlent ces nombres (ou plutôt qu'ils devraient révéler, mais notre imagination s'essouffle vite devant de tels ordres de grandeur) ; jamais, au cours de notre histoire, nous n'avons connu une telle prolifération. Nous n'avons aucune expérience d'un événement semblable : il nous faut donc nous y préparer sans pouvoir faire référence à un exemple passé, nous sommes laissés à notre seule imagination.

L'ampleur de l'effort à réaliser pour rester lucide est plus grande encore si nous ne nous contentons pas d'évaluation globale et analysons l'évolution par continent. Cette fois, la prévision perd beaucoup de précision en raison de l'impossibilité d'évaluer les mouvements migratoires. En admettant que ceux-ci sont négligeables, on se trouve face à des évolutions si brutales qu'elles pourront difficilement correspondre à la réalité [3].

En l'espace de moins d'un siècle, les populations de l'Asie et de l'Amérique latine doubleraient ; celle de l'Afrique serait multipliée par plus de 4. Pour les nations de ces continents, le simple maintien du niveau de vie actuel, et l'on sait combien il est insupportablement bas, nécessiterait la réalisation de trois fois plus de maisons, d'hôpitaux, d'adduction d'eau... qu'il n'en existe actuellement. Un tel effort d'investissement est hors de portée

	1985	*2025*	*2075*
Europe-URSS, Amérique du Nord, Océanie	1 039	1 280	1 280
Asie	2 824	4 470	5 540
Afrique	553	1 640	2 440
Amérique latine	406	790	890

de peuples qui se maintiennent à peine à la limite de la survie.

Face à ces chiffres, le réflexe est d'admettre que des facteurs non pris en compte dans les calculs interviendront, aboutissant à une régulation « naturelle ». Mais que peuvent être ces facteurs sinon une diminution de la fécondité, un accroissement de la mortalité, ou la mise en place de flux migratoires. Ce sont les seuls « paramètres » en jeu.

Une baisse progressive de la fécondité a été prise en compte dans les calculs. On a admis qu'elle aboutirait au niveau assurant exactement le renouvellement des générations au début du prochain siècle pour la Chine, au milieu pour l'Asie du Sud-Est, et à la fin pour l'Afrique et l'Amérique latine. Certes, une accélération de cette baisse peut intervenir, mais elle est peu probable compte tenu de l'influence puissante de l'ensemble des contraintes culturelles sur le comportement procréateur. On sait à quelles extrémités les autorités chinoises ont dû se résigner pour infléchir la progression de l'effectif de ce pays. Il est peu probable que d'autres États recourront à de telles méthodes.

Les prévisions présentées ont été calculées en admettant des progrès dans la lutte contre les maladies tels que l'espérance de vie à la naissance soit partout de 75 ans à la fin du XXIe siècle. Cette égalité devant la mort ne sera sans doute pas encore réalisée, mais on peut espérer que tous les efforts seront faits pour s'en approcher. Imaginer que les déséquilibres mis en évidence par les projections démographiques pourront être résorbés par un accroissement de la mortalité dans les régions menacées de surpeuplement revient à admettre qu'une « bonne guerre » ou une « bonne épidémie », par exemple de sida, emportera une partie importante de la population. Certes, ce n'est pas impossible ; mais ce n'est pas par millions que les victimes devront se compter, ce serait insuffisant ; il en faudra plusieurs centaines de millions pour que les conséquences soient démographiquement significatives. Même localisés dans des régions éloignées, de tels cataclysmes ne seraient pas sans conséquences pour les peuples restés à l'abri du fléau.

La sagesse impose d'admettre que les variations de la mortalité, pas plus que celles de la fécondité, ne modifieront pas fondamentalement les données du problème.

Restent les migrations.

Il s'agit là du domaine où les démographes sont les plus démunis ; le phénomène ne peut être étudié qu'en faisant intervenir une multitude de caractéristiques concernant le territoire de départ et celui d'accueil ; ces caractéristiques sont difficiles à définir, encore plus à mesurer. Ainsi, les entrées de citoyens mexicains aux États-Unis sont si mal connues que le nombre des immigrés varie, selon les estimations, de 2 à 12 millions. Même en Europe, les flux entre pays de la CEE, théoriquement mesurés grâce aux registres de population, sont fort différents selon qu'ils sont annoncés par le pays de départ ou par le pays d'accueil, et l'écart peut atteindre 100 %. Toute prévision en ce domaine est donc d'une telle imprécision qu'elle n'a aucune valeur opératoire.

En fait, les écarts de densité de population entre pays sursaturés et pays où l'espace sera encore disponible seront tels que la « différence de potentiel » ainsi créée provoquera des étincelles qu'aucune protection ne pourra éviter. Tel sera par exemple le cas de la Méditerranée qui connaîtra en guère plus d'une génération une inversion du poids démographique des nations riveraines. Aujourd'hui, les nations européennes qui la bordent, de l'Espagne à la Grèce, comptent 186 millions d'habitants ; en 2025, cet effectif aura légèrement augmenté : 194 millions. Quant aux nations méditerranéennes africaines, du Maroc à l'Égypte, leur population aura, durant la même période, presque doublé, passant de 119 à 215 millions. Comment imaginer qu'un tel déplacement du centre de gravité humain ne s'accompagnera pas d'un bouleversement des rapports entre États, entre peuples ? Laquelle des cultures qui y ont puisé une part de leur inspiration pourra prétendre que cette Méditerranée chargée d'histoire est *Mare Nostrum* ?

De telles inversions, qui se produiront un peu partout sur la Terre, entraîneront nécessairement soit des migrations d'une ampleur rarement connue, soit des mesures d'isolement aboutissant à enfermer chaque peuple dans un ghetto volontaire pour les uns, subi pour les autres.

L'ampleur des tensions à prévoir est plus importante encore si l'on tient compte du raccourcissement (parfois même la suppression) des distances provoqué par le développement des moyens de transport. Les échanges d'hommes ne concerneront pas que les pays voisins ; les « différences de potentiel » se manifesteront aussi bien entre peuples éloignés. Prenons un seul exemple : le Nigeria, grand comme presque deux fois la France, a aujourd'hui une population double de la nôtre, les densités moyennes sont donc proches ; mais, en 2025, sa population sera cinq fois la nôtre ; la pression de ces hommes en surnombre attirés par des contrées riches et moins encombrées ne pourra être longtemps contenue.

Paradoxalement, il s'agit là de la conséquence douloureuse de la plus merveilleuse de nos victoires. Durant des dizaines de milliers d'années, les mères n'ont pu opposer que leurs caresses et leurs larmes aux maladies qui emportaient leurs enfants. En l'espace de deux siècles, nous avons été capables de si bien faire reculer la mort, dans les pays développés, que la presque totalité des bébés deviennent des enfants. Dans les pays pauvres, des progrès considérables ont été obtenus, grâce surtout à une meilleure hygiène. L'« explosion démographique » est le résultat de ces réussites.

Tel est le monde vers lequel nous allons, le monde qui sera celui des Terriens lorsque nos enfants atteindront l'âge que nous avons aujourd'hui. Sur la planète saturée d'hommes qui sera la leur, le bonheur d'empêcher un enfant de mourir se paiera nécessairement de l'obligation d'empêcher un enfant de naître, ou, mieux, d'être conçu. Procréer, qui, depuis notre origine, s'est imposé comme un devoir absolu, devient un droit aux limites chichement définies.

Comme il paraît dérisoire de penser ce monde à partir de réflexions longuement affinées à propos d'un autre univers des hommes, celui d'hier, un univers qui n'est plus ou qui bientôt ne sera plus !

« ... et soumettez-la »

L'ordre de Dieu rapporté par la Bible ne s'arrête pas à « Remplissez la Terre », il se poursuit par « ... et soumettez-la ».

Ne peut-on aujourd'hui, comme pour la première injonction, répondre : « Votre ordre a été éxécuté. Que faire maintenant ? »

Soumettre la Terre, cela devait sembler bien utopique, il y a trois mille ans. Les hommes sont si fragiles, si impuissants face aux agressions des autres espèces, aux forces de la nature, aux maladies inexplicables qui détruisent soudain les plus vigoureux ! Cet objectif attribue à l'Homme un rôle qui le différencie de tous les autres vivants, qui fait de lui un cas particulier au sein de l'ensemble de la création. Dans l'univers, tout obéit ; les planètes suivent les trajectoires résultant des forces de gravitation ; les atomes s'attirent ou se repoussent selon leurs charges électriques ; les êtres vivants sont certes capables de quelques réactions, mais ils suivent aveuglément les instructions contenues dans leur patrimoine génétique. Selon l'auteur de la Genèse, l'Homme échappe à cette fatalité ; il reçoit de Dieu un ordre apparemment paradoxal qui lui enjoint non d'obéir, mais de se faire obéir de ce qui l'entoure, de soumettre la Terre et ce qu'elle porte, de devenir le maître.

Pour le scientifique d'aujourd'hui, il ne s'agit pas bien sûr d'un ordre venu d'ailleurs, mais de l'aboutissement d'un processus : l'« élan complexificateur », qui meut l'univers depuis son origine, a abouti localement à une structure si riche, le cerveau humain, qu'elle est autoréalisatrice ; cette capacité lui donne le pouvoir de modifier les objets qui l'entourent, de canaliser au profit de ses propres desseins les forces à l'œuvre.

La règle du jeu adoptée par la science est d'expliquer chaque phénomène comme une conséquence des événements précédents. Tout recours à la finalité, c'est-à-dire à l'explication d'un phénomène par le résultat auquel il concourt, est proscrit. Force est cependant de reconnaître qu'un des objets de l'univers, l'Homme, est capable d'intentions ; il se donne un but ; du coup, il introduit la finalité dans l'explication du déroulement des événements. Un cas particulier exorbitant du droit commun est nécessairement accepté, si matérialiste pur et dur soit-on, dès qu'il s'agit de notre espèce.

La caractéristique humaine essentielle est sans doute de savoir que demain existera. Tous les êtres doués de mémoire se souviennent du passé et vivent au présent. L'Homme, lui, vit au futur ; son présent, laminé entre le passé et l'avenir, n'a pas plus d'épaisseur qu'une ligne géométrique divisant un plan. La conscience de cet avenir entraîne le désir de le façonner, et pour cela d'être efficace.

De l'empirisme...

Cette efficacité n'est venue que bien lentement ; il a fallu des centaines de milliers d'années pour imaginer que le feu, cette puissance fascinante et dévorante, pourrait être apprivoisé, domestiqué, réduit à l'état d'outil. Les progrès sont venus tout d'abord de l'exploitation d'erreurs se révélant, par chance, bénéfiques. Ce processus de mutations aléatoires ne pouvait guère apporter d'avancées fulgurantes ; l'histoire des procédés utilisés par les hommes consiste le plus souvent en longues séquences de répétitions séparées par quelques sauts brusques de faible ampleur.

L'évolution technique étudiée sur la période la plus longue concerne la taille des silex. Depuis 2,5 millions d'années, nos lointains ancêtres ont taillé des pierres en vue d'un usage précis. Pendant 2 millions d'années, le procédé semble n'avoir guère évolué : une seconde pierre est utilisée comme marteau ; l'efficacité de cette technique peut être mesurée par la longueur de tranchant obtenue à partir d'1 kilogramme de silex, environ 40 centimètres. Une innovation apparaît il y a 500 000 ans ; le « marteau » utilisé est un objet, os ou bois, moins dur que le silex à tailler ; les arêtes obtenues sont plus tranchantes, le rendement passe à 60 centimètres. Enfin, une nouvelle révolution intervient à la fin du paléolithique : la pierre est façonnée avec un objet pointu, ce qui permet une meilleure maîtrise de la forme obtenue ; le rendement dépasse 120 centimètres [7].

Une innovation plus décisive a été l'invention de l'agriculture et de l'élevage. Ce progrès s'est répandu en Europe à partir du Moyen-Orient, mais l'invasion du nouveau mode de vie remplaçant la culture des chasseurs-cueilleurs a été très lente. Trois mille années ont été nécessaires pour que les nouvelles techniques atteignent l'Europe de l'Ouest. Étrangement, cette diffusion s'est réalisée à vitesse constante et isotrope, environ 1 kilomètre par an dans toutes les directions.

L'inertie de techniques uniquement empiriques a permis parfois le maintien durable de procédés déplorables. L'exemple le plus caricatural d'une erreur technique évidente qui se perpétue par respect des habitudes passées est celui de l'attelage des chevaux. Ceux-ci étaient à l'origine attachés au char par une sangle qui provoquait leur étranglement dès que la force exercée était importante ; ils ne pouvaient donc tirer que des chars légers portant une ou deux personnes. Les Asiatiques avaient imaginé, depuis longtemps, de les atteler par un collier s'appuyant sur le poitrail, ce qui évite l'étranglement. Cette novation, permettant enfin d'utiliser correctement la force de travail des chevaux, ne fut adoptée en Europe qu'à l'époque de Charlemagne.

Ces lents progrès techniques accumulés ont peu à peu

transformé la vie quotidienne des hommes ; mais ils restaient sans effet sur le milieu. Les hommes étaient trop peu nombreux, leurs actes étaient trop peu puissants pour modifier un environnement d'une telle stabilité que l'on pouvait à bon droit l'imaginer illimité dans l'espace, définitif dans le temps [21].

Simultanément, et le plus souvent sans chercher un autre profit que le plaisir de comprendre, certains hommes se sont interrogés sur les causes des processus se déroulant autour d'eux. Ils ont imaginé des caractéristiques, distance, force, masse, vitesse... et inventé des procédures, les mathématiques, pour décrire au moyen de formules abstraites les événements concrets constatés dans le monde réel. Peu à peu, ces « modèles » ont été capables de mieux décrire la réalité. Sans que cela ait été leur objectif initial, ils ont permis d'agir de façon mieux orientée, plus efficace.

Le passage de la lucidité apportée par les modèles scientifiques à l'efficacité obtenue par de meilleures techniques n'a pas été le résultat d'une stratégie, mais un sous-produit inattendu. Bien souvent, d'ailleurs, la découverte empirique a précédé la découverte scientifique qui la justifie.

Le cas de la machine à vapeur est caractéristique. Dès la fin du XVIIe siècle, Denis Papin s'efforce d'utiliser la vapeur dans une machine ; ce résultat est enfin obtenu, un siècle plus tard, par James Watt ; l'usage de sa machine est rapidement généralisé dans les usines anglaises ; en 1829, roule la première locomotive à vapeur. L'explication des phénomènes utilisés par la thermodynamique, avec ses « principes », ses formules, ses équations, ne vient qu'ensuite. La compréhension apportée par la théorie permet des améliorations de détail, mais le pas décisif avait précédé.

De même, les premières applications de l'électricité se sont développées bien avant que la théorie en soit même ébauchée. Zénobe Gramme, inventeur de la première dynamo, réalisant le lien entre la force mécanique et le courant électrique, ne cherchait même pas à savoir pourquoi sa machine tournait. En 1865, les équations de Maxwell relient, en une magnifique synthèse, les phénomènes magnétiques et électriques ; elles constituent un triomphe de l'esprit, non une source immédiate d'innovations.

... à l'efficacité des modèles scientifiques...

Au cours du XXe siècle, le processus s'est inversé. Ce ne sont plus les expérimentateurs qui mettent au défi les théoriciens face à l'évidence de phénomènes provisoirement inexplicables ; ce sont les théoriciens qui, en dévoilant des propriétés inattendues du monde réel, apportent des idées nouvelles à ceux qui seront un jour capables de les concrétiser. Ce renversement a entraîné une accélération sans précédent. Le bricolage permettait des améliorations progressives ; la prise en considération de théories reçues initialement comme irréalistes, tant elles sont à l'opposé de notre intuition, a débouché sur la mise au point de techniques qui bouleversent le sort des hommes. Les appareils réalisés permettent à leur tour de jeter un regard plus aigu sur la réalité ; une spirale auto-alimentée de découvertes se développe.

$E=mc^2$ est une formule mathématique comme il y en a tant ; l'équivalence qu'elle dévoile entre deux concepts jusqu'alors indépendants, la masse et l'énergie, conduit pourtant à des « manip » où des variations de la masse provoquent des dégagements d'énergie. Par exemple, lorsqu'un atome d'uranium 235 se scinde, sous l'impact d'un neutron, en deux noyaux dont la masse totale est inférieure à la masse initiale, une énergie considérable est fournie ; la « manip » est l'éclatement d'une bombe A. Lorsque deux atomes de deutérium et de tritium fusionnent pour donner un noyau d'hélium, une perte de masse apparaît ; la « manip » est l'éclatement d'une bombe H.

Toujours dans le domaine nucléaire, mais dans une perspective moins violente, l'hypothèse de de Broglie, proposée en 1924, d'associer une onde à toute particule n'était au départ qu'une tentative un peu désespérée pour rendre compte des phénomènes observés au niveau quantique, un jeu de l'esprit sans conséquence concrète imaginable. Moins de dix années plus tard, elle a pourtant débouché sur la réalisation de microscopes électroniques dont l'efficacité résulte de l'extrême petitesse de la longueur des ondes associées aux électrons. Leur pouvoir de résolution est cent fois supérieur à celui des microscopes optiques.

En 1953, la structure fine de la molécule d'ADN est enfin dévoilée ; les molécules qui le constituent sont décrites dans leur moindre détail. Aussitôt, d'innombrables chercheurs, enfin mis sur la bonne piste, s'efforcent de décrypter les mystères de l'hérédité. Les ayant élucidés, ils mettent au point les techniques permettant de modifier le contenu du patrimoine héréditaire. Trente années plus tard, on sait découper, recopier, modifier, recoller les séquences d'ADN. Il s'agit de mettre au point les tours de main les plus performants ; les bricoleurs géniaux apportent les solutions concrètes, mais ils sont guidés par des modèles théoriques rigoureux. Leur efficacité s'en trouve accrue dans des proportions telles qu'elle est perçue comme redoutable.

Accomplir des actes jusque-là irréalisables, élargir le domaine du possible, a toujours été le rêve des inventeurs. Aujourd'hui, ce qu'ils savent réaliser est si étrange qu'ils font peur, et qu'ils ont peur. Là encore, notre fin de siècle connaît une aventure inédite. Les contes et les légendes évoquaient les pouvoirs mythiques de quelques êtres surnaturels ; cela faisait peur aux enfants ; les adultes savaient ne pas s'en laisser conter. Aujourd'hui, des rêves plus fous que ceux des plus imaginatifs romanciers deviennent (ou vont devenir bientôt) réalisables.

L'exemple le plus inquiétant est, je crois, celui du clônage. La technique n'est pas encore au point ; il est probable qu'elle le sera dans peu d'années. Il s'agit de tirer la conséquence d'un fait bien connu : le noyau de chacune de nos cellules a reçu une copie intégrale de l'information génétique contenue dans l'ovule et le spermatozoïde dont nous sommes issus. Pour réaliser un double biologique, il suffit de réutiliser ce patrimoine en insérant dans un ovule le noyau d'une cellule quelconque. Si l'ovule ainsi manipulé est à l'origine d'un processus de différenciation aboutissant à un enfant, cet enfant sera le jumeau plus jeune du fournisseur du noyau. Le premier réflexe est de voir dans cette possibillité une réponse au besoin d'éternité ; chaque être peut se perpétuer au-delà de sa mort. L'illusion est totale ; mon jumeau n'est pas moi. Mais un objectif beaucoup plus réaliste se profile : disposer d'une source de pièces de rechange utilisables en raison de la compatibilité immunologique. La tentation sera grande d'accroître son espérance de vie en donnant naissance à quelques jumeaux, plus jeunes de quarante ou cinquante ans, à qui il sera possible, en cas de besoin, de prendre un foie, un œil, un cœur, en parfait état de marche. Il suffit d'explorer les conséquences d'un tel « progrès » technique pour reculer effrayé. L'humanité serait à la limite composée de deux catégories bien séparées ; ceux qui ont été procréés avec l'espoir d'avoir une vie digne, ceux qui ne sont que des doubles, prêts à être sacrifiés.

Faudra-t-il attribuer le prix Nobel au chercheur qui réalisera le premier clône humain, ou le mettre en prison à perpétuité ?

Cet exemple met en évidence la perversité finale du processus de connaissance et de domination du monde dans lequel nous nous sommes engagés avec tant d'enthousiasme. Au départ, il ne s'agissait que de « soumettre » la Terre. Aujourd'hui, nous constatons que nous nous soumettons nous-mêmes. Car l'Homme est aussi un objet parmi d'autres ; il fait partie de la Terre ; il ne peut la soumettre sans se soumettre lui-même. Là encore, nous sommes victime de la finitude de notre domaine. Tout est boomerang.

... aboutissant à l'effet boomerang

Ce retournement brutal résulte du changement des « conditions aux limites », selon l'expression des mathématiciens. Supposons une structure matérielle faite d'objets reliés par des ressorts, des fils, des élastiques, et agissant les uns sur les autres en fonction de leurs masses ou de leurs charges électriques. L'ensemble de ces influences réciproques peut être décrit par un système d'équations ; celles-ci permettent de calculer la position d'équilibre de l'ensemble. La solution dépend des rapports de cette structure avec le monde extérieur. L'équilibre final est différent selon qu'elle est isolée dans l'espace ou qu'elle est soumise à des contraintes exercées à ses limites.

Les hommes ont pu longtemps raisonner comme s'ils ne rencontraient pas de limites. Aujourd'hui, ils doivent constater qu'elles existent bel et bien, et que, dans de nombreux cas, ils les ont atteintes.

Cela est évident pour les limites spatiales ; la planète n'est pas grande, nous l'avons entièrement explorée ; les *terrae incognitae*, si nombreuses sur les cartes il y a quelques siècles, ont entièrement disparu. Sans relâche, des satellites d'observation, civils ou militaires, photographient les vallées les plus inaccessibles, les déserts les plus inhospitaliers, et nous renseignent sur tous les événements qui s'y produisent. Rien ne concrétise mieux sans doute la finitude du monde des hommes que cette possibilité d'en avoir en permanence une description totale et quasi immédiate.

Les limites ont également été atteintes pour les ressources non renouvelables. Certes, la plupart d'entre elles n'ont pas encore été épuisées, mais nous pouvons donner une estimation de la date à laquelle elles le seront, si le rythme actuel de leur utilisation se poursuit. Pour nombre d'entre elles, cette date est très proche, moins de quelques siècles nous en séparent.

Mais, surtout, nous avons atteint les limites de la capacité de la planète à supporter les conséquences de nos actes. Cela est clair pour nos activités guerrières. Même à Verdun ou à Stalingrad, les orgies d'obus n'affectaient pas les équilibres atmosphériques. Aujourd'hui, il suffirait d'utiliser une faible fraction des 15 000 mégatonnes disponibles pour provoquer un hiver nucléaire transformant durablement l'ensemble des climats. Cela est vrai aussi pour l'ensemble des déchets produits par nos activités. Les exutoires locaux donnent l'illusion de pouvoir se débarrasser des substances nuisibles, mais on ne peut que les transporter un peu plus loin et faire surgir en un autre lieu des problèmes parfois plus graves que les difficultés initiales. Ainsi les éleveurs bretons ont-ils cru possible d'envoyer à l'égout les déjections de leurs porcs ; mais, de ruisseaux en rivières, ces déjections arrivent à la mer où elles polluent les plages ; en voulant accroître la richesse locale, ces éleveurs sont en passe de détruire le tourisme en Bretagne. Dans un monde devenu limité, il n'est plus possible de se débarrasser d'un produit en l'envoyant ailleurs. Il n'y a plus d'ailleurs.

Tous les mécanismes à l'œuvre dans l'environnement ou au sein des sociétés humaines, qu'ils soient climatiques, physiques, économiques, sont totalement transformés par l'absence d'un « ailleurs ». Souvenons-nous des principes de thermodynamique expliquant le fonctionnement d'une machine thermique : elle a besoin pour tourner de deux « ailleurs » : une source chaude et une source froide. Pour la Terre dans son ensemble, ces rôles sont joués globalement par le Soleil et par l'espace interplanétaire ; grâce à eux, nous sommes alimentés en ressources renouvelables. Mais, pour tout ce qui est non renouvelable, il nous faut raisonner autrement, changer fondamentalement de culture, passer de celle du nomade entouré de libres espaces, qu'il explore sans jamais les épuiser, à celle de l'assigné à résidence, qui jamais ne sortira des limites imposées.

Nous l'avons constaté à propos des progrès médicaux ; le prix à payer pour le bonheur d'empêcher un enfant de mourir est, sur notre Terre limitée, l'obligation d'empêcher un enfant de naître. Nous n'en avons guère conscience, car il n'y a concordance ni des temps ni des lieux. Celui qui paye le prix n'est pas celui qui a eu la joie de la victoire sur la mort. La nécessité n'en est pas moins contraignante. Les organismes collectifs, notamment les Églises, qui refusent de voir cette réalité, se chargent d'une lourde responsabilité.

Ce constat s'impose dans tous les domaines. Notre capacité à produire les biens que nous désirons s'est accrue de façon fabuleuse, surtout à partir du milieu de ce siècle. On a pu croire qu'après quelques décennies cet élan s'essoufflerait. De façon inattendue, l'informatique a provoqué un nouveau bond. Les robots vont remplacer les hommes ; la vieille malédiction du travail sera un jour oubliée. A nouveau, il nous faut constater que la conséquence la plus importante de ces progrès n'est pas la richesse qu'ils produisent, mais les problèmes qu'ils induisent.

Grâce aux automobiles, les Athéniens d'aujourd'hui, comme tous les citadins, ont cru améliorer la vitesse de leurs déplacements ; ils ont abouti à de tels embouteillages que cette vitesse n'est guère augmentée. La pollution provoquée par tous ces moteurs est une catastrophe pour les hommes et pour les monuments. Il a fallu enlever les six Korés du portail de l'Eréchthéion et les mettre à l'abri dans des cages de verre, tant l'air d'Athènes leur était devenu dommageable. Que ne faudrait-il faire pour les enfants qui respirent cet air !

Cet effet boomerang rencontré d'abord dans les grandes villes est maintenant perceptible partout sur la planète.

*
* *

Tout cela est évident ; et pourtant, chaque jour, la plupart des « décideurs » de tous niveaux, entrepreneurs ou chefs d'État, agissent comme s'ils l'ignoraient. D'où vient cet aveuglement si largement partagé ? L'habitude prise dans nos sociétés développées de ramener le processus de décision à un raisonnement économique est sans doute une des causes de cette aberration.

L'économie de marché, masque de la réalité

De l'addition...

De toutes les erreurs enseignées par l'école, la plus désastreuse est sans doute contenue dans la phrase si souvent présentée comme le prototype des vérités premières : « Deux et deux font quatre, quatre et quatre font huit. » Apparemment, il s'agit là de mathématiques élémentaires ; pourtant, aucun mathématicien ne peut accepter une telle affirmation.

Il a fallu de grands efforts pour parvenir à définir les nombres : qu'y a-t-il de commun entre un ensemble de cinq fourchettes et un ensemble de cinq pommes ? Réponse : le « cardinal » commun à ces ensembles représenté par le chiffre 5. Plus subtilement, on peut définir les nombres en remarquant qu'un ensemble de cuillers dont on a retiré toutes les cuillers et un ensemble de pommes dont on a retiré toutes les pommes sont identiques ; chacun est un ensemble « vide ». Tous les ensembles ainsi vides sont identiques, indiscernables. Ce constat débouche sur la définition du « zéro » comme cardinal de tout ensemble vide, et du « un » comme cardinal de l'ensemble des ensembles vides. Le jeu consiste ensuite à définir les nombres suivants à partir des deux premiers, (« deux » est le cardinal de l'ensemble dont les éléments sont « l'ensemble vide » et « l'ensemble des ensembles vides ») sans plus jamais s'arrêter.

Un effort supplémentaire consiste ensuite à définir des opérations associant deux nombres. L'addition, par exemple, représentée par le mot « plus » et par le signe « + ». Compte tenu des règles adoptées « deux plus deux font quatre » et « quatre plus quatre font huit ». Où est donc l'erreur que nous dénoncions ? Tout simplement dans la confusion du « plus » et du « et ». Le terme « plus » et le signe « + » ont une définition précise ; ils se réfèrent à une opération rigoureuse. Le terme « et », lui, a une définition floue ; il met en liaison deux parties du discours sans en préciser la nature. Le lien entre Paul *et* Virginie n'est pas le même qu'entre le meunier, son fils *et* l'âne. Or l'information intéressante n'est pas l'existence d'un tel lien mais sa nature. « Quatre et quatre » peut être compris aussi bien comme « $4+4$ » (8), « 4×4 » (16), « 4^4 » (256), « 44 »... l'important est de savoir comment interagissent les deux termes mis en présence.

Être rigoureux, c'est d'abord essayer de proprement définir le sens des termes que l'on emploie. Remplacer le constat d'un lien, d'une interaction entre deux éléments du discours, par l'hypothèse qu'il s'agit d'une addition est le plus souvent une trahison de la réalité. Car, dans le monde concret qui nous entoure, bien peu de processus peuvent être décrits par une addition. Même des caractéristiques aussi élémentaires que la masse ou la vitesse ne peuvent être considérées comme additives qu'au prix d'une approximation. Deux particules de masses m et m' se rencontrent et fusionnent, la particule résultante n'a pas en général la masse m + m'. Deux objets mobiles s'éloignent l'un de l'autre en avançant dans des directions opposées avec, les vitesses v et v' par rapport au sol, la vitesse de l'un par rapport à l'autre n'est pas, en toute rigueur, v + v' mais $v + v' / (1 + vv'/c^2)$ (où c est la vitesse de la lumière). Certes, l'écart est en général insignifiant, mais son existence suffit à disqualifier l'addition dans sa prétention à décrire la réalité.

Nous avons longtemps peiné dans notre enfance en apprenant à faire des additions ; nous faut-il accepter maintenant d'avoir fait ces efforts pour rien ? Pour les besoins de notre confort intellectuel nous remplaçons les caractéristiques réelles non additives des objets par une caractéristique inventée qui est, par définition, additive. Cette caractéristique merveilleuse, qui permet d'additionner aussi bien Héloïse plus Abélard que « des choux plus des carottes », a été imaginée par les économistes : c'est la « valeur ». Elle permet d'affecter un nombre à chaque chose, qu'elle soit matérielle ou immatérielle, un lopin de terre ou la notoriété d'une vedette de télévision, une demi-livre de cerises ou la vue sur la mer, une heure avec une prostituée de la rue Saint-Denis ou un mois de travail d'un cadre supérieur sorti de Polytechnique ;

toutes ces « choses » ont une valeur, c'est-à-dire peuvent être considérées comme mesurables avec une même unité, le franc.

Mais qu'est-ce donc que cette valeur ? Quel instrument permet de la mesurer ? Pour connaître la longueur d'un objet, il suffit de disposer d'un mètre, sa température, d'un thermomètre ; avec quel instrument mesure-t-on la valeur ? La seule réponse est « avec son portefeuille ». Si j'ai dû débourser 300 francs pour obtenir cet objet, c'est qu'il « vaut » 300 francs ; mais le vendeur avait fixé ce prix parce qu'il pensait que j'étais prêt à le payer. Le cercle vicieux logique est bouclé.

... à la valeur

Les économistes ont longuement hésité avant de proposer des définitions de la valeur. Au XVIIIe siècle (Adam Smith), ils admettaient que la valeur représente essentiellement le coût de production. Au XIXe (Léon Walras), qu'elle correspond à l'utilité. Au XXe (Alfred Marshall), qu'elle résulte du jeu de l'offre et de la demande : la valeur apparaît à l'aboutissement d'un processus où ceux qui proposent l'objet en baissent peu à peu le prix demandé pour parvenir à le vendre, et ceux qui le désirent augmentent le prix offert pour parvenir à l'acquérir. La valeur n'est autre que le prix permettant un équilibre. Pour que cet équilibre soit durable, relativement stable, pour que la valeur soit réellement significative, il faut que le « marché » où se rencontrent ceux qui proposent les biens et ceux qui les désirent soit ouvert à un très grand nombre de protagonistes, tous parfaitement au courant de toutes les transactions.

Seuls ont donc une valeur les biens utiles (ou du moins jugés tels par ceux qui désirent se les procurer) et rares (ou du moins rendus rares par ceux qui désirent les offrir à la vente). Les biens non rares ont une valeur nulle puisque chacun peut en disposer sans limite. Les traités d'économie donnent classiquement, comme exemple de bien utile et même nécessaire mais sans valeur, l'air que nous respirons. Ce qui suppose qu'il est disponible sans limite, quelle que soit l'importance des besoins.

Toute la philosophie de l'économie, telle qu'elle est enseignée et pratiquée dans les pays capitalistes, repose sur le postulat d'un univers infini. En témoigne la confiance naïve, et si largement partagée, en la nécessité d'une croissance positive qu'il faut sans cesse préserver, sinon accélérer ; confiance évidemment absurde, longtemps non démentie par les faits.

La croyance que le libre jeu des intérêts antagonistes (par exemple ceux du vendeur et ceux de l'acheteur) aboutit nécessairement à un optimum collectif est une des conséquences de cette vision. Chacun, défendant au mieux son intérêt égoïste, participerait, sans en avoir nécessairement conscience, à l'amélioration globale. On connaît l'adage qui illustre cette croyance : « Ce qui est bon pour la General Motors est bon pour les Etats-Unis » ; et son corollaire implicite : « Ce qui est bon pour les Etats-Unis est bon pour l'humanité. »

Il est clair que la réalité est fort éloignée de ces sophismes. L'opposition entre la théorie économique et les mécanismes réels beaucoup moins harmonieux a été jusqu'à présent attribuée à quelques comportements excessifs qu'il suffirait d'éliminer pour que tout rentre dans l'ordre. Le libre jeu de l'offre et de la demande sur un marché où des nombreux acteurs parfaitement informés ne sont soumis qu'aux contraintes de leur intérêt est rendu illusoire par les abus de ceux qui détiennent un pouvoir quelconque et s'empressent de le mettre à leur propre service, par exemple en créant des monopoles pour éliminer toute concurrence. Un des cas les plus éloquants est l'appropriation de la terre. Au Chili, 1 % des familles accaparent les deux tiers des terres cultivables, tandis que 60 % d'entre elles se partagent moins de 2 % de la surface. Dans de telles conditions, que peut bien signifier la « valeur » d'un hectare de pâturage ou celle d'une journée de travail d'un ouvrier agricole ?

Pendant longtemps, on a pu croire, ou prétendre qu'il ne s'agissait que de problèmes provisoires d'ajustement. Ils se résoudraient d'eux-mêmes justement grâce au jeu de la concurrence. Ces cas douloureux n'enlevaient rien à la vérité du dogme essentiel : l'amélioration globale est obtenue par l'accumulation des concurrences locales.

Aujourd'hui, une remise en cause beaucoup plus profonde est nécessaire si nous voulons honnêtement tirer les conséquences de la finitude enfin comprise de notre domaine. Nous y sommes déjà contraints dans de nombreux cas, car nous nous heurtons à des limites physiques pratiquement infranchissables. Nous vivons pour certaines ressources l'« aventure des nénuphars » proliférant de façon exponentielle sur un étang ; alors que nous pensions avoir le temps de réfléchir, de chercher des solutions, de les appliquer avec sérénité, nous constatons que le dernier jour est peut-être demain ; nous sommes pris à la gorge par l'urgence.

Lors des élections présidentielles de 1981, le candidat écologiste est apparu à la télévision avec un verre d'eau et a déclaré : « Avant la fin du siècle, cette eau pure sera une denrée rare. » Tout le monde a bien ri ; ces propos étaient excessifs, dignes d'un « écolo » extravagant. Nous le constatons aujourd'hui : il avait hélas raison.

De la finitude de notre domaine...

Sur une petite planète, toute ressource est rare ou risque de le devenir. Et surtout la rareté est une caractéristique qui se modifie selon l'échelle de l'environnent considéré.

Pour le tanneur installé au bord d'un fleuve, l'eau se renouvelle à chaque instant ; il peut sans restriction l'utiliser pour traiter ses peaux. Il agit à bon droit comme si le monde qui l'entoure pouvait sans limite absorber ses eaux usées et lui fournir de l'eau pure. Dans les savants calculs par lesquels il fixe ses prix de vente, il admet que l'eau est sans valeur. Il peut ignorer les activités de ses voisins qui utilisent le même fleuve pour alimenter leur bétail ou laver leurs machines. Les valeurs des productions des uns et des autres sont indépendantes ; elles peuvent être ajoutées pour calculer la valeur globale des activités de la région.

Il en va autrement pour le tanneur établi au bord d'un petit lac. L'eau qu'il y puise est polluée par ses propres effluents, s'ils sont trop abondants. Elle l'est également par ceux de ses voisins. Le coût de chaque activité dépend des autres ; il n'est plus possible de calculer la valeur de chaque production indépendamment des autres et de les ajouter pour obtenir une valeur régionale globale. La finitude du domaine rend les valeurs non additives.

Mais imaginer un fleuve sans limite est une illusion d'échelle ; il se jette dans la mer, qui elle-même n'est qu'un grand lac. Dès que l'on tient compte des interactions impliquées par les limites de la planète, l'addition des valeurs est une tromperie.

Les mécanismes chargés d'aboutir à la fixation des prix d'équilibre sont à la merci du moindre événement, même s'il est apparemment indépendant du phénomène en jeu. Un des exemples les plus spectaculaires est celui du pétrole.

Son cours était resté longtemps voisin de 2 puis de 3 dollars par baril, niveau imposé par les quelques grandes sociétés exploitant les principaux gisements. En octobre 1973, le jour de la grande fête juive du Yom Kippour, l'armée égyptienne traverse par surprise le canal de Suez, bouscule l'armée israélienne et progresse avec une efficacité qui met en péril l'existence de l'État d'Israël. Celui-ci parvient à réagir, mais l'aide des puissances occidentales n'est pas de trop pour qu'il rétablisse la situation et finisse par l'emporter. La solidarité arabe joue alors à plein contre l'Occident, elle se manifeste par le recours à l'arme du pétrole. L'organisation des États arabes exportateurs de pétrole décide en janvier 1974 de faire passer le prix du baril de 3 à 10 dollars. Par la suite, au gré d'événements divers, ce prix évolue de façon erratique, le plus souvent imprévisible, en fonction surtout de la discipline que parviennent à s'imposer les États regroupés dans l'OPEP. En 1980, il dépasse 30 dollars, mais en avril 1986 il tombe en dessous de 10, et se retrouve en 1990 proche de 17. Quelle est objectivement la valeur du pétrole ? La question n'a pas de réponse ; en fait, elle n'a pas de sens.

D'innombrables décisions, ayant des conséquences sur la vie quotidienne de millions de familles, sont pourtant prises chaque jour en fonction de cette valeur et de son évolution escomptée. Chacun est bien informé, et, admettons-le par hypothèse, animé des meilleures intentions. Ceux qui prennent ces décisions cherchent à optimiser les résultats de leur entreprise, à favoriser le développement économique de leur région, à garantir l'autonomie énergétique de leur nation. Au total, l'ensemble de ces attitudes, toutes individuellement raisonnables, est une trajectoire évidemment folle, erratique, sans but.

Croire que le jeu spontané des intérêts peut aboutir à

la fixation d'un prix représentant la « valeur » de chaque bien ou ressource est une illusion. Le cas du pétrole n'en est qu'un exemple. Un cas plus spectaculaire et à l'immoralité flagrante, est celui des œuvres d'art. Que « vaut » le *Portrait du docteur Gachet* par Van Gogh ? Ce petit tableau été bâclé en deux jours par un peintre à demi fou, au bord du suicide. Il était évidemment invendable, sans valeur. Il vient d'être acheté 200 millions de francs par une entreprise japonaise qui a, au passage, fait la fortune de plusieurs croque-morts, propriétaires de galeries, huissiers, commissaires-priseurs, hommes de loi et hommes de finances. L'erreur fondamentale est d'admettre qu'il est possible de s'approprier avec de l'argent l'œuvre de Van Gogh. Le *Portrait du docteur Gachet* fait partie de la richesse de tous ceux qui, le regardant, se sentent en communication avec un homme capable, avec des couleurs, d'exprimer son angoisse, et de les aider à mieux comprendre la leur. Une société qui admet que l'on puisse mettre sur ce tableau une étiquette avec un prix s'avilit.

La finitude de notre domaine nous oblige à admettre que toute appropriation est un crime de lèse-humanité. C'est ce qu'exprimaient fort bien les Indiens d'Amérique si surpris d'entendre les Blancs leur proposer d'acheter leurs terres : « Nous ne possédons pas la fraîcheur de l'air ni le miroitement des eaux ; comment pourriez-vous nous les acheter ? Nous sommes une partie de la Terre, et elle fait partie de nous. » Pour Saint-Exupéry : « Nous n'héritons pas de la Terre de nos ancêtres, nous empruntons la Terre de nos enfants. » La seule attitude sage est de faire l'inventaire des richesses de notre planète et de décider sur quelle durée nous admettons de les épuiser. Si le rythme de la consommation est régulé par le prix, celui-ci est fixé en fonction de l'objectif ainsi proposé à la collectivité des hommes.

Revenons au cas du pétrole : actuellement, les réserves prouvées représentent près de 130 milliards de tonnes ; d'autres découvertes sont encore possibles ; admettons que le volume total du pétrole récupérable corresponde à 400 milliards de tonnes. La seule question importante est : comment gérer cette provision ? Cette richesse est l'aboutissement d'un long processus ; les molécules qu'elle contient ont, pour l'essentiel, été synthétisées par des êtres qui vivaient il y a quelques centaines de millions d'années, notamment par les êtres unicellulaires qui pullulaient dans les océans. La preuve de l'origine biologique du pétrole est fournie par la présence de molécules complexes dites « porphyrines » ; molécules semblables à celles qui constituent les pigments colorés verts des végétaux (la chlorophylle) ou rouges du sang des animaux (l'hémoglobine). Les cadavres de ces êtres se sont accumulés dans certaines zones où ils ont été recouverts par des sédiments. Une lente élaboration chimique a abouti à remplir ces poches, ces réservoirs, des substances qui nous sont si précieuses aujourd'hui.

Ce cadeau de la nature nous est offert une fois pour toutes, il ne sera pas renouvelé. Avant de le dilapider, il serait raisonnable de réfléchir un peu pour le réserver aux emplois les plus judicieux. Mais, comme des enfants insouciants à qui on offre un magnifique cerf-volant en papier et qui s'amusent à le mettre en flammes, nous nous sommes précipités sur l'usage le plus immédiatement utile du pétrole ; nous le brûlons. De ces substances subtilement élaborées au cours des temps géologiques, nous récupérons ce qu'elles ont de moins intéressant : leur énergie. (On pourrait aussi, en brûlant le *Portrait du docteur Gachet* ou les *Tournesols,* récupérer un peu d'énergie, le scandale serait du même ordre.)

La seule attitude raisonnable serait de n'utiliser ce pétrole que pour les usages qui le dégradent le moins possible, et d'en limiter la consommation à un débit tel que nos arrière-petits-enfants n'aient pas à nous maudire pour l'avoir gaspillé égoïstement et stupidement. En moins d'un siècle, près du quart de ce trésor, accumulé au cours de centaines de millions d'années, est parti en fumée !

Dans une société où la consommation de chaque bien est régulée par son prix, c'est par une hausse considérable du prix des produits pétroliers que le retour à un moindre gaspillage pourra être obtenu. La question initialement posée : « Quelle est la valeur du pétrole ? » doit être remplacée par : « Quel prix du baril de pétrole fixer pour aboutir à une consommation compatible avec une politique raisonnable à long terme ? »

Le retournement logique est complet. Il ne s'agit plus d'attendre que le jeu des différents acteurs économiques définisse un équilibre et aboutisse à un prix censé représenter la valeur du baril. Il s'agit de choisir une politique de gestion de cette ressource non renouvelable de la planète, d'en déduire un objectif de consommation et de fixer le prix à un niveau tel que les acteurs économiques, par le jeu antagoniste de leurs intérêts, aboutissent à la consommation souhaitée.

... à la gestion raisonnable des ressources

Une gestion humainement responsable du trésor pétrolier éviterait de le faire disparaître en deux ou trois générations.

C'est pourtant ce qui se produit actuellement. La consommation annuelle est de l'ordre de 3 milliards de tonnes ; à ce rythme, les ressources actuellement recensées seront épuisées en quarante-cinq ans, la totalité des ressources probables en guère plus d'un siècle. Prolonger cette échéance de deux ou trois siècles serait une marque de respect pour nos descendants ; cela suppose une réduction considérable de la consommation.

Pour l'obtenir il faudra soit adopter des mesures coercitives comme l'interdiction d'utiliser des voitures consommant plus de 3 litres d'essence aux 100 kilomètres, soit jouer sur les prix. Compte tenu de l'élasticité de la demande, les économistes pourront calculer le prix souhaitable du baril de pétrole, supérieur sans doute à 100 dollars ou, pourquoi pas, à 1 000 dollars.

Constatons qu'aujourd'hui (automne 90) tous les pays

développés vivent dans la hantise d'un manque brutal de pétrole provoqué par la « crise du Golfe ». Cette hantise du « manque » manifeste à quel point nos sociétés sont des droguées du pétrole. Certes, une destruction des puits du Moyen-Orient serait dans l'immédiat une catastrophe pour la plupart des économies ; mais, à long terme, ce serait la meilleure chose qui puisse se produire si l'on tient compte de l'intérêt de nos arrière-petits-enfants.

Les discussions sur le fondement du concept de valeur et sur le meilleur mode de fixation des prix pourraient ne constituer qu'un agréable passe-temps pour les congrès d'économistes. Malheureusement, les illusions entretenues par ce concept et les injustices provoquées par l'arbitraire des niveaux de prix ont des conséquences concrètes sur la vie de pratiquement tous les hommes, même ceux qui n'en ont jamais entendu parler. A tous les niveaux de responsabilité, chefs de gouvernement, chefs d'entreprise, chefs de famille prennent chaque jour des décisions qu'ils orientent en vue d'optimiser certains critères mesurables. Or ces critères fondés, en dernière analyse, sur la notion de valeur peuvent être totalement fallacieux. Tel est le cas du Produit national brut (PNB) et du profit.

Le PNB d'une nation est obtenu en additionnant les valeurs de tous les biens produits au cours de l'année, ou du moins de tous les biens ayant une valeur reconnue, c'est-à-dire pouvant faire l'objet d'une transaction basée sur un prix. De multiples critiques ont été faites à propos du mode de calcul du PNB qui tient compte du salaire payé à une femme de ménage, mais ignore le travail fourni par la mère de famille restée dans son foyer. Tout le monde en est d'accord, le PNB ne mesure pas le bonheur, pas même le bien-être. Il n'en est pas moins un indicateur précieux lorsqu'il met en évidence les énormes écarts existant entre certaines régions. En 1986, le PNB par habitant était de 9 000 dollars en France et de 300 au Mali ; quelles que soient les critiques faites à ce concept, il attire l'attention sur une différence qui n'est pas mesurable avec précision, mais qui est bien réelle.

L'utilisation du PNB devient dangereuse lorsqu'au lieu d'être le critère imprécis du volume des richesses disponibles il devient l'objectif de l'action. Tout se passe alors comme si, pour améliorer la température de la pièce, on mettait le thermomètre dans le four. Tous les États sont fiers d'exhiber année après année l'évolution de leur PNB, mesure de leur « croissance ». Les dégâts provoqués par le culte du PNB sont surtout graves lorsque l'on additionne ceux des différentes nations pour caractériser l'évolution des ressources dont dispose l'humanité. Cette procédure camoufle les conséquences négatives de certains comportements. Lorsque les Brésiliens détruisent quelques millions d'hectares de forêt pour accroître les surfaces consacrées à l'agriculture, le PNB du Brésil est accru ; mais personne ne tient compte de la perte de richesse collective entraînée par cette destruction. Car la forêt amazonienne n'est pas une richesse brésilienne, elle est une richesse de l'ensemble des hommes. Le subtil équilibre de l'atmosphère dépend de multiples facteurs encore mal élucidés ; parmi eux, les forêts équatoriales jouent un rôle essentiel ; les détruire, c'est courir le risque d'une rupture d'équilibre aux conséquences potentiellement catastrophiques. Des arbres abattus en Amérique du Sud, c'est peut-être quelques puits asséchés au Sahel. Certes, nous ne savons guère mesurer ces effets, mais leur simple possibilité devrait nous inciter à une gestion prudente. Ce qui est, en tout cas, certain, c'est que la disparition des forêts entraîne celle de milliers d'espèces végétales et animales. Tout le travail de l'évolution, répondant par des inventions biologiques d'une infinie variété aux pressions de l'environnement, est anéanti. La diversité des vivants est atteinte, or elle est leur richesse. Mais une richesse que les PNB des nations ne prennent pas en compte.

Une gestion sérieuse, donc globale, nécessiterait de valoriser tout ce qui est utile aux hommes, et pas seulement ce qui est jugé arbitrairement comme rare. Nous acceptons de payer aux princes du Moyen-Orient le pétrole extrait de leurs sables pour satisfaire nos besoins en énergie ; pourquoi ne pas payer aux Indiens d'Amazonie la contribution de leurs forêts à la satisfaction de nos besoins en air pur ? Il suffirait qu'ils nous présentent la facture avec un arriéré de quelques siècles pour que la fameuse dette du Brésil devienne une dette au Brésil.

Pour les entreprises, le culte du profit conduit aux mêmes errements que le culte du PNB pour les États. Ce profit est la différence entre le coût des biens ou services payés par l'entrepreneur pour réaliser sa production et la valeur des biens et services qu'il vend. Or seuls sont pris en compte dans les coûts les biens ou services considérés comme ayant une valeur d'échange. En sont exclues la plupart des conséquences de l'activité de l'entreprise sur le milieu ou sur les personnes. Dans le calcul de son profit, l'entrepreneur se considère comme entouré d'un univers sans limite capable d'absorber sans fin ses rejets, d'une collectivité capable de trouver des solutions aux problèmes sociaux qu'il sécrète, si graves soient-ils. L'air pollué par les gaz de ses cheminées, les maladies des enfants respirant cet air, les toxicomanies développées par ceux qui ne peuvent supporter une vie réduite au rôle de producteur-consommateur, rien de tout cela n'entre dans ses coûts. La poursuite du profit ne peut conduire qu'à une rationnalité individuelle à courte vue, entraînant globalement une politique de Gribouille [27].

Le cas du chômage est typique. Chaque entrepreneur a évidemment pour objectif de réduire le coût de la main-d'œuvre en améliorant la productivité et en diminuant l'effectif de son personnel. Une certaine souplesse de celui-ci, passant d'un métier à un autre, est donc nécessaire, ce qui implique un « volant » de main-d'œuvre non employée. La présence de ce volant est une condition du bon ajustement entre l'offre et la demande de travail rémunéré ; ceux qui y participent jouent donc un rôle économique utile ; il est normal que cette utilité soit reconnue par un salaire, et, pourquoi pas, par un salaire élevé, d'autant plus élevé que cette utilité est grande, c'est-à-dire que l'évolution des structures économiques est rapide. L'indemnité de chômage n'est plus alors perçue comme une aumône accordée par bienveillance, mais comme la rémunération due à une non-activité utile à l'équilibre global.

***

L'erreur centrale du raisonnement de l'économie classique est d'admettre qu'une amélioration globale du sort des hommes peut être obtenue par l'accumulation d'efforts ne visant chacun qu'à une amélioration locale. Ceci pourrait être vrai dans un domaine sans limite ; ce ne peut qu'être faux sur une Terre saturée. Malheureusement, tous nos réflexes sont à chaque instant conditionnés par des idées reçues que nous ne mettons plus en cause tant elles nous ont été présentées comme de nécessaires évidences : il faut être efficace, il faut être riche, il faut consommer, consommer plus encore, plus surtout que le voisin, accepter la compétition, y participer, être un gagnant ; le bonheur est au bout.

La tromperie est évidente ; il n'est cependant guère facile d'ouvrir les yeux, et surtout d'en tirer les conséquences [1].

Ce qui est finalement en cause est l'objectif de chaque vie.

Vers une humanité adulte

Face à l'univers, les philosophes grecs se demandaient gravement : « Pourquoi y a-t-il quelque chose plutôt que rien ? » Les scientifiques d'aujourd'hui se contentent d'essayer de comprendre comment, de la « purée » homogène d'il y a quinze milliards d'années, sont nées les structures micro ou macroscopiques qui nous entourent. Au passage, constatant que notre univers est à somme nulle, ce qui ne l'éloigne guère du néant, ils ont retourné comme un gant la question des philosophes.

Pour définir l'univers, il faut admettre que le néant l'a précédé. Tout ce qui en lui est constant ne peut donc être que globalement nul. Si, pour une caractéristique quelconque mesurée par le paramètre λ, nous constatons que, dans une structure isolée, la quantité totale est constante, en étendant la sommation à tout l'univers, nous obtenons nécessairement :

$$\Sigma \lambda = O$$

Ce constat peut satisfaire les « nihilistes » et angoisser les « matérialistes ». A la réflexion, appartenir à un univers « à somme nulle » n'a guère d'importance. Ce qui compte est ce qui se passe ici et maintenant. *Ici* n'est pas isolé ; *maintenant* prépare demain. Les objets qui nous entourent et nous-mêmes sommes connectés avec une multitude d'autres, avec tous les autres peut-être.

De ces interactions résulte un processus de perpétuelle transformation.

La puberté douloureuse...

Au cours de milliers de générations, une espèce rencontre, durant sa lente transformation, des phases de bouleversement. Tel est le cas aujourd'hui de l'espèce humaine. Nous sommes au cœur d'un événement collectif qui fera nécessairement bifurquer l'histoire de l'Homme. Depuis sa naissance, il y a quelques centaines de milliers ou quelques millions d'années, l'espèce humaine a vécu son enfance. Une longue phase de développement continu : lentement, elle a pris conscience de sa propre existence, de sa capacité à modifier ce qui l'environne. Du feu, source de terreur, elle a fait un allié, source de sécurité et de confort ; son étonnement face au chaos apparent des choses est devenu compréhension des forces en œuvre, définies, mesurées, assagies, ces forces se sont soumises au licol des formules mathématiques qui les décrivent. Cette compréhension a été source de pouvoir ; l'Homme a apprivoisé certaines puissances aveugles de l'univers ; il les a domptées, dirigées, mises à son service. Il s'en est émerveillé, comme un enfant heureux de sa domination peu à peu affirmée sur ce qui l'entoure. Pour réaliser ses jeux toujours plus subtils, il a eu besoin de ressources toujours plus grandes. Sa mère, la terre, les lui fournissait, sans compter.

Désordonnés comme ceux d'une cour de récréation, ces jeux ont souvent pris des allures de compétition, de luttes. Si violents qu'ils aient pu être, ces affrontements, entre hommes étaient, tout compte fait, des péripéties ; la Terre, immense et stable, pouvait les ignorer.

Aujourd'hui, tout est différent. Notre Terre est petite ; nous pouvons en faire le tour en moins de temps qu'il n'en fallait à nos grands-parents pour faire le tour de leur petite ville. Notre Terre est faible ; nous pouvons, avec une petite partie des explosifs nucléaires disponibles, en changer définitivement le climat. Notre Terre est pauvre ; certaines de ses ressources seront épuisées, au rythme actuel, en quelques générations. Notre Terre est fragile ; nos activités provoquent, jusque dans les lieux les plus éloignés, des pollutions irréversibles.

Entraînés par les idées reçues, par les comportements peu à peu mis au point au cours des siècles, nous poursuivons les absurdes jeux d'autrefois, sans comprendre qu'ils sont devenus suicidaires. Il nous faut, de toute urgence, devenir adultes, c'est-à-dire prendre enfin en main notre devenir.

De multiples ouvrages de science-fiction ont évoqué le débarquement sur la Terre d'êtres étranges venus de

Mars ou d'une étoile lointaine. Oubliant leurs querelles et leurs égoïsmes, tous les hommes s'unissent alors pour repousser la menace. Eh bien, les « Martiens » ont débarqué ; ce sont les machines construites par les cinq milliards d'hommes d'aujourd'hui, ce sont souvent les hommes eux-mêmes.

La poursuite par chaque nation d'objectifs de domination, de conquête, l'esprit de compétition ont pu autrefois entraîner, dans les meilleurs cas, une amélioration collective, au prix du sacrifice de beaucoup. L'accumulation des égoïsmes était considérée comme le moteur de la croissance, et la croissance était la condition de l'amélioration du sort des hommes. Ceci a pu être vrai tant que notre terre a été capable de nous fournir tous les aliments nécessaires. Nous constatons soudain que nous l'avons épuisée ; non seulement le pétrole, le bois et tant d'autres substances autrefois généreusement offertes, mais l'eau et l'air même nous sont désormais comptés.

Les développements exponentiels ont nécessairement une limite. Le développement technologique de l'humanité vient d'atteindre cette limite. Son développement démographique l'atteindra avant un siècle. Situation comparable à l'aventure de l'amibe *Dictyostelium discoideum*. Lorsque le milieu lui apporte une nourriture suffisante, chaque amibe, unicellulaire, vit et se reproduit pour son propre compte, en compétition avec les autres. Mais, si ce milieu est limité, l'expansion de la colonie épuise les richesses qu'il apporte [22]. Le manque de nourriture et d'espace provoque alors une modification radicale. Les cellules se rassemblent pour ne former qu'un être unique ; puis elles se différencient, les unes constituant la base de cet être, les autres l'équivalent de sa tête. Si le milieu redevient plus favorable, cette tête s'ouvre pour répandre des spores qui deviendront des amibes isolées ; et le cycle recommence.

Sur une planète que l'on pouvait considérer comme infinie, inépuisable, le splendide isolement des égoïsmes, individuels ou collectifs, était possible. Sur notre planète de plus en plus petite, aux ressources non renouvelées, cette attitude est suicidaire pour tous. Il nous faut, comme l'amibe, nous rassembler pour former un être unique. Mais, contrairement à l'amibe, nous n'avons aucun espoir de voir un jour notre milieu s'élargir et s'enrichir. Nous sommes définitivement condamnés à la solidarité des cellules d'un même être.

Il n'y a lieu ni de s'en réjouir, ni de le déplorer ; il faut en tirer les conséquences. Dans de nombreux domaines, elles bouleversent la plupart de nos raisonnements, de nos réflexes. Dès demain, l'humanité doit être différente de ce qu'elle était hier, autant que l'homme adulte diffère de l'enfant.

... d'une humanité suicidaire...

La mutation que vient de subir l'humanité et dont il lui faut maintenant tirer les conséquences est particulièrement dramatique dans le domaine militaire. Les scientifiques ont apporté à ceux qui font la guerre des armes infiniment plus puissantes que celles dont ils avaient jamais rêvé. L'un des acteurs de cette aventure comprit immédiatement que toutes les données de l'équilibre entre les nations en étaient bouleversées. La phrase d'Einstein est connue : « L'énergie nucléaire a tout changé sauf, hélas, nos façons de raisonner. » Un demi-siècle plus tard cette évidence n'a guère pénétré les consciences. Oppenheimer, lui, comprenant la dimension du danger, s'opposa en 1949 à la construction de la bombe à hydrogène par les Etats-Unis, attitude qui lui valut par la suite d'être accusé de trahison.

Les stratèges qui définissent les orientations des principales nations sont par contre restés sourds. Ils ont continué à développer les logiques antérieures, ils ont incorporé l'arme nucléaire à leur panoplie, comme ils avaient pris en compte auparavant l'arbalète, le canon, l'avion ou le sous-marin. L'histoire de la réalisation par les hommes du moyen de faire disparaître tous les hommes est une succession de décisions qui pouvaient être justifiées chacune isolément par un raisonnement rigoureux.

Roosevelt lança le projet Manhattan consacrant d'énormes crédits à la mise au point de la bombe A à la demande de plusieurs physiciens, dont Einstein ; le risque était grand que les nazis ne soient eux-mêmes déjà avancés dans cette voie. La décision de détruire avec cette bombe Hiroshima puis Nagasaki pouvait être justifiée par l'économie de vies américaines et aussi, tous comptes faits, japonaises, entraînée par la fin de la guerre ainsi obtenue. Staline se devait, pour défendre son pays, de posséder lui aussi cette puissance. Les Etats-Unis, pour ne pas être dépassés étaient contraints de réaliser un engin plus puissant encore, la bombe H. Quelques mois plus tard, les Soviétiques la possédaient à leur tour... Chaque pas supplémentaire était imposé par la logique du moment. Voulant rester des « grandes puissances », la Grande-Bretagne, la France puis la Chine eurent à cœur de faire partie du Club nucléaire (dans le cas de la France, il semble qu'il se soit moins agi d'une volonté délibérée de se doter de l'arme nucléaire que de l'absence, au moment voulu, de la volonté de ne pas s'en doter).

L'accumulation de décisions toutes raisonnables prises isolément peut aboutir à un résultat global absurde. Tel est le cas si l'on considère l'ensemble de l'arsenal nucléaire. Il représente plus de 15 000 mégatonnes d'équivalent TNT, soit 3 000 kilogrammes par habitant de la planète. Il suffirait d'utiliser une faible fraction de cette puissance pour bouleverser sur toute la planète les données du climat et déclencher un hiver nucléaire auquel probablement aucun homme ne survivrait, et sans doute aussi aucune des espèces évoluées.

Les travaux américains et soviétiques attirant l'attention sur ce danger et débouchant sur le concept d'« hiver nucléaire » n'ont été entrepris qu'en 1982 [10]. Ce retard est significatif. Chaque camp développait la logique de sa propre défense, personne ne se sentait en charge de la logique de l'ensemble. Les débauches d'obus à Stalingrad, de bombes incendiaires à Hambourg ou à Dresde n'étaient que piqûres d'épingle pour notre Terre. Il se trouve que la puissance apportée par l'atome dépasse ce que peut supporter notre planète. Les armes nucléaires nous font pour la première fois prendre conscience de ses limites. Toutes nos réflexions à propos de l'usage de la force dans la recherche de solutions aux conflits doivent être revues. La notion même d'« objectif » est remise en cause, car la destruction de l'adversaire entraîne celle de l'agresseur. Dès la mise en évidence du risque d'hiver nucléaire, un éditorial de la revue américaine *Science* affirmait, en février 1984 : « La futilité de la dissuasion est totale puisque l'agresseur a la certitude d'être détruit même si la victime ne réagit pas. » Une arme nucléaire n'a pour cible ni Moscou ni New York, mais l'homme, tous les hommes.

Les pouvoirs politiques ont longtemps ignoré les appels à la clairvoyance lancés par quelques scientifiques ou par les mouvements pacifistes. Les actuels dirigeants de l'URSS semblent avoir compris la stupidité de cette course à l'abîme ; ceux des Etats-Unis paraissent jouer le jeu de la désescalade. Il n'est pas impossible que l'objectif proposé par Gorbatchev, faire disparaître tous les stocks de bombes nucléaires avant la fin du siècle, soit atteint.

Le rôle de la France pourrait être de contribuer à ces efforts de survie. Sa force de frappe, tout le monde l'affirme, ne sera jamais utilisée. Pourquoi ne pas donner à notre pays un rôle moteur dans la voie du désarmement en la détruisant solennellement et unilatéralement ?

Le soi-disant « consensus » des partis politiques et la répétition de slogans dépourvus de sens, évoquant par exemple le « parapluie nucléaire », anesthésient les esprits français. Un débat sérieux, largement ouvert, passionnerait les Français. Pour qu'il soit lancé, il faudrait qu'un homme politique ose faire preuve aujourd'hui de la lucidité d'Einstein et du courage d'Oppenheimer.

La disparition des armes nucléaires éliminera le danger d'une disparition immédiate (et probablement accidentelle) de notre espèce. Un nœud coulant prêt à se refermer aura disparu. Tous les problèmes ne seront pas résolus pour autant.

Certains dangers en seront même devenus plus pressants. Par la menace d'apocalypse, le possible conflit nucléaire a contribué jusqu'ici à la solution pacifique de différends qui risquaient d'aboutir à des affrontements « classiques », effroyablement coûteux localement mais ne mettant pas l'existence de l'humanité en péril. Cet argument est souvent évoqué pour présenter l'arme nucléaire comme un facteur de paix : grâce à elle, un équilibre est maintenu. Malheureusement, cet équilibre est instable, il n'a pu être depuis quarante ans préservé, qu'au prix d'une accumulation toujours plus démentielle de moyens de destruction hors de proportion avec l'objectif visé.

Les progrès techniques ont été également spectaculaires dans l'amélioration des armes chimiques, bactériologiques ou « conventionnelles ». L'arme nucléaire est souvent présentée comme l'arme du Diable ; les autres armes aujourd'hui disponibles recèlent des démons à peine moins redoutables. La suppression de l'arme nucléaire est une étape lourde de dangers si les autres ne sont pas également éliminées.

La survie de l'espèce ne sera finalement assurée, au moins provisoirement, que si le recours à la force pour résoudre les conflits est éliminé. Est-ce imaginable ? Je ne sais ; quoi qu'il en soit, si nous ne sommes pas capables d'y parvenir, la fin proche de l'humanité est chose sûre.

... et schizophrène...

Est schizophrène, disent les psychiatres, celui dont les sentiments sont ambivalents, dont la conduite est paradoxale, et qui a perdu le contact avec la réalité. Un observateur découvrant l'humanité d'aujourd'hui ne manquerait pas de le constater : elle est atteinte de ce mal.

Par l'effet même du développement technico-scientifique, elle s'est trouvée scindée en deux groupes dont les rythmes d'évolution, et donc les résultats sont totalement différents.

Tandis que les uns sont entraînés dans une cource de plus en plus rapide, les autres sont comme englués dans une situation dont ils désespèrent de jamais s'échapper, et qui souvent s'aggrave. Pour caractériser l'état actuel de cette humanité, mettons en regard du nombre des hommes le revenu dont ils disposent. Certes, la définition et l'évaluation du produit intérieur brut sont contestables, mais les écarts constatés sont tels que leur signification ne peut être mise en doute. Résumons les données correspondant à l'année 1985 en regroupant les pays les plus riches, puis les pays « intermédiaires », ceux chez qui le revenu annuel par habitant dépasse le seuil de 3 000 dollars, enfin les « autres » :

	Effectif en millions	PIB en milliards de dollars	PIB/habitant en dollars
Pays développés			
Amérique du Nord	270	3 350	12 410
Japon et Océanie	147	1340	9 120
Europe	495	3 630	7 410
URSS	284	1 500	5 280
Total	1 196	9 860	8 250
Pays intermédiaires			
Asie du Sud-Ouest (1)	171	590	3 460
Amérique centrale	109	340	3 130
Amérique du Sud (2) partielle	207	630	3 040
Total	487	1 560	3 200
Autres	3 343	3 400	1 020
Terre	5 026	14 720	2 950

(1) Arabie, Irak, Iran, Syrie, Turquie.
(2) Argentine, Brésil, Chili, Uruguay, Vénézuela.
Source : Population et Sociétés, INED, Paris, 75216.

Les nations réellement développées, celles qui maîtrisent les techniques, représentent un peu moins d'un quart de l'humanité et disposent des deux tiers de la richesse globalement produite. Dans celles qui n'ont même pas pu atteindre le stade « intermédiaire », vivent les deux tiers des hommes, mais leur part de la richesse globale est très inférieure au quart.

Les écarts apparaissent plus dramatiques encore si l'on isole les régions les plus défavorisées : les 430 millions d'hommes de l'ensemble de l'Afrique noire, les 1 050 millions de l'Asie du Sud ont un revenu moyen quinze ou vingt fois inférieur à celui de l'Européen de l'Ouest ou de l'Américain du Nord. Considérée dans son ensemble, l'humanité est plus inégalitaire encore que les sociétés d'autrefois basées explicitement sur la domination de quelques princes et la soumission de masses d'esclaves.

On a pu imaginer que ces écarts pourraient être peu à peu effacés grâce au développement induit dans les pays pauvres par l'excès de richesse disponible chez les nantis. L'évolution actuelle ne permet guère de conserver cet espoir. Malgré leur production pléthorique, les nations développées ne consentent guère à faire plus que quelques aumônes. Les discours sont généreux, les actes beaucoup moins. Ces aumônes sont loin de compenser le pillage sournois des richesses naturelles des pays non développés, la « loi d'airain » des salaires a marqué les rapports entre entrepreneurs et travailleurs. Une loi d'airain des cours des matières premières permet aux nations industrialisées d'imposer les termes de l'échange qui leur sont les plus favorables.

Dans les statistiques qui portent sur des moyennes nationales, les écarts réels entre les individus sont plus grands encore. A l'intérieur de chaque pays, qu'il soit riche ou pauvre, la plage des revenus est immense et ne semble guère se rétrécir. Nous le constatons en France où se développe un « quart monde » pour lequel le « PIB par habitant », si on pouvait le calculer, ne serait guère supérieur à celui des nations les plus déshéritées.

Cet état inacceptable, et évidemment instable, de l'humanité n'est pas le fruit d'une volonté mauvaise cherchant délibérément à faire le malheur du plus grand nombre pour améliorer le bonheur d'une minorité. Il provient de mécanismes peu à peu mis en place sans trop réfléchir à leurs conséquences. Ils nous ont menés à la possibilité du suicide collectif; ils ont conduit à une misère sans espoir la plupart des hommes.

Pourtant, les intentions le plus souvent sont bonnes ; le courage, la compassion, la générosité ne sont pas rares. Comment en sommes-nous arrivés là ? Quel ver pourrit le fruit ? Il me semble raisonnable d'impliquer en premier lieu l'acceptation de la violence dans les rapports entre hommes.

... un jour peut-être débarrassée de la violence

L'évocation d'une humanité où les conflits seraient résolus sans recours à la violence se heurte, au mieux, au sourire sceptique des « réalistes » : il y a toujours eu des guerres, il y en aura toujours, la violence est dans la nature humaine [2].

Cette affirmation n'est nullement prouvée. Le serait-elle, l'acceptation d'une fatalité n'en serait pas justifiée. La « nature humaine » a bien une réalité si l'on évoque les organes, les structures biologiques, les métabolismes. L'expression n'a guère de sens si l'on évoque le comportement. La nature de l'homme, c'est l'artifice.

Ce que la nature nous a donné, nous le transformons. Notre durée de vie nous est attribuée non par la nature mais par nous-mêmes. Un enfant que la nature a doté de deux gènes de la phénylcétonurie est programmé pour mourir jeune ; il peut devenir centenaire s'il reçoit les soins maintenant disponibles dans les pays développés. Dans le même temps, des milliers d'enfants dotés d'un patrimoine génétique leur permettant de devenir robustes meurent chaque jour de faim ou de mauvais traitements à cause de la folie des hommes.

Nous avons su vaincre la pesanteur et aller sur la Lune. Nous avons su, ce qui était beaucoup plus difficile, vaincre le virus de la variole et l'empêcher, sans doute définitivement, de tuer plusieurs millions d'hommes chaque année. Pourquoi ne serions-nous pas capables de vaincre notre propension à la violence ?

Le choix est clair : ou nous laissons cette violence, éventuellement « naturelle », aujourd'hui multipliée par des moyens techniques mis à son service, continuer à se répandre dans nos pensées et dans nos actes, et l'humanité ne survivra pas plus de quelques dizaines d'années ;

ou nous saurons instaurer des rapports entre individus et entre nations basés sur un modèle enfin raisonnable, et la survie peut être obtenue.

Ce besoin est largement ressenti. Les uns parlent de « nouvelle société » à mettre en place, les autres de « perestroïka » à promouvoir. La prise de conscience nécessaire est de plus en plus répandue. Mais les institutions mises en place par les hommes ont toutes une caractéristique commune : leur rigidité. Au départ, elles sont créées pour servir un objectif collectif ; peu à peu, elles se mettent au service d'elles-mêmes, et n'ont plus pour objectif que de durer. Pour y parvenir, elles se réfugient dans la vision la plus étroite possible de leur mission. La gangrène bureaucratique s'installe, aucune évolution n'est plus possible, l'horizon de l'institution n'est plus fait que de sa propre existence.

Aujourd'hui, aucun problème ne peut être résolu sans référence à l'ensemble de la planète. Pour en tenir compte, notre pensée doit être totalement renouvelée, or notre langage ne nous facilite guère cette révolution intérieure. Les concepts nous permettant d'être lucides face à la réalité ont changé, mais les mots que nous employons sont restés les mêmes. Ils nous piègent dans la fiction.

Il n'apparaît guère possible de faire confiance aux institutions gouvernementales existantes pour provoquer les bouleversements permettant aux hommes d'enfin avoir la maîtrise du développement scientifique et technique. Une délégation à des organismes dépassant le point de vue partiel des nations paraît nécessaire. Ils auraient en charge les intérêts des terriens, menacés par les appétits à courte vue des nations ou des continents.

Les Etats actuels se sont constitués au cours des siècles grâce à l'abandon, par les individus, par les communes, par les provinces, d'une partie de leur souveraineté au nom d'une solidarité plus large.

Désormais, la solidarité la plus nécessaire est celle de l'ensemble des habitants de la terre.

Des organismes dotés d'un pouvoir réel sont nécessaires pour concrétiser cette solidarité. Leur mise en place passe peut-être, en une première phase, par celle de structures régionales réalisant des ensembles supranationaux fondés sur l'appartenance à une histoire, une culture, des intérêts communs. Tel est le cas avec la CEE pour une partie de l'Europe [26]. Mais le risque est grand que ces ensembles, à leur tour, ne s'affrontent et ne visent la puissance. Pour y échapper, il faudrait systématiser les multiples appartenances. Ainsi, la France pourrait, tout naturellement, participer à au moins deux ensembles régionaux.

Je suis français, donc européen. Mon pays est devenu lui-même au long d'une coexistence souvent conflictuelle avec les peuples de ce continent. Aujourd'hui, ces conflits ont pris une autre forme, leur solution est trouvée par des voies non violentes, ou du moins à la violence moins apparente et peut-être moins brutale. L'instauration de la Communauté économique européenne a rendu impossibles les absurdes et désastreuses guerres d'autrefois. Les patriotismes subsistent, mais ils sont intégrés à un sentiment d'appartenance plus large, l'Europe. Mon passeport rouge à la même apparence que celui délivré à un Allemand ou à un Britannique.

Je suis français, donc méditerranéen. Ma culture est faite pour l'essentiel d'apports venus d'Egypte, de Judée, de Grèce, de Carthage, de Rome de Cordoue. Autour de cette mer des interrogations ont été formulées, des réponses ont été proposées, à l'angoisse essentielle, l'angoisse de chaque homme conscient d'être, et de n'être que provisoire.

Aujourd'hui, plus sans doute que jamais, cette angoisse nous assaille. Nous devrions chercher à la préciser, à en faire le tour, à l'apprivoiser, en nous aidant de la réflexion de tous ceux qui, au cours des siècles inspirés par la lumière méditerranéenne, ont cherché à définir l'homme, à imaginer son destin. Étrangement, notre choix s'est porté, en un premier temps, sur une Europe des brumes qui n'a pu résorber ses interrogations angoissées face à demain que par l'oubli, par la fuite en avant vers le confort, l'efficacité, la richesse sans cesse accumulée. Nous avons bâti une communauté européenne, mais nous avons pris, comme objet à mettre en commun, l'économie.

Nous courons après le bien-être et nous découvrons que nous ne récoltons que du mal-avoir. Car l'économie ne concerne pas directement l'être, elle ne s'intéresse qu'à l'avoir. Mettre en place une communauté européenne était, après l'effroyable gâchis humain passé des deux grandes guerres, une nécessaire ambition ; mais en l'axant sur l'économie nous l'avons réduite à une communauté d'intérêts, d'égoïsmes, d'ambitions.

Face au gâchis humain actuel, tout aussi effroyable, qu'entraîne l'état actuel de la planète, où des millions d'enfants meurent de faim alors qu'à quelques pas d'eux, on cherche à faire disparaître à grands frais les excédents de production, où des sommes fabuleuses sont dépensées pour aller, inutilement mais très vite, de Paris à Dakar en traversant des populations où l'on meurt de rougeole faute de vaccins, où la compétition aboutit à l'exclusion de ceux qui ne peuvent suivre le rythme, où le mépris devient l'attitude la plus courante, n'est-il pas temps de s'adresser à des sources autres que les experts financiers des grandes banques et les économistes des entreprises multinationales ?

L'urgence est de réfléchir sur ce qu'est l'Homme, de retrouver les interrogations d'Akenaton, Moïse, Socrate, saint Augustin, Averroès, de constituer un creuset où tous ceux qui ont été marqués par leur pensée, où toutes les nations d'aujourd'hui filles des Etats où ils ont vécu puissent se rencontrer, mettre en commun leurs expériences, leurs angoisses, leurs espoirs.

Est-il plus difficile d'instaurer une Communauté culturelle méditerranéenne qu'il ne l'a été de construire la Communauté économique européenne ?

« Faisons un rêve » : toutes les nations qui bordent la Méditerranée abandonnent une part de leur souveraineté dans le domaine culturel au profit de la CCM ; celle-ci est gérée par une Commission nommée et contrôlée par un Parlement méditerranéen élu par tous les peuples concernés. Chacun des citoyens est titulaire d'un passeport lui permettant d'être chez lui partout autour de la Méditerranée. Moi, Français, je ne me sépare plus de mes deux passeports, celui, rouge, de la CEE, qui m'ouvre toutes les frontières de l'Europe, celui, bleu, de la CCM, qui m'ouvre tous les foyers méditerranéens.

En attendant le passeport unique de la Communauté des hommes de la Terre.

Serons-nous tous des epsilons ?

Une des définitions possibles de l'homme : *un objet qui reçoit individuellement le pouvoir de s'attribuer collectivement des pouvoirs.* « Collectivement » car, capables de communiquer entre eux mieux qu'aucune autre espèce, les hommes constituent le seul « objet » plus complexe, donc plus chargé de possibles, que chacun d'eux, la collectivité des hommes. Capables de nous donner des pouvoirs que la nature ne nous avait pas donnés, nous sommes en mesure de prendre son relai.

Le vrai problème des hommes d'aujourd'hui est d'utiliser au mieux le « pouvoir de s'attribuer des pouvoirs », pour répondre à la seule question : « Vers quelle humanité voulons-nous nous diriger ? »

Nous le ferons selon la valeur que nous attribuons à telle ou telle exigence humaine. Les exigences font partie de l'humanitude construite par les hommes depuis qu'ils ont pris conscience d'eux-mêmes. Le plus souvent elles correspondent à un refus des contraintes naturelles. Ainsi, en raison du processus de leur réalisation biologique, les hommes ne sont pas égaux. A la seule exception des jumeaux-vrais, les patrimoines génétiques de deux individus ne sont pas identiques ; mettre le signe égal entre deux hommes est donc une erreur. L'exigence d'égalité ne peut donc concerner l'égalité en nature, irréalisable et d'ailleurs peu souhaitable, mais l'égalité des apports de la collectivité à chacun pour se construire lui-même. Une telle égalité, à l'opposé du nivellement, génère une floraison de différences.

Le choix des exigences considérées comme fondamentales est évidemment arbitraire. Il n'est pas abusif, me semble-t-il, de privilégier l'exigence de clarté : que les choix faits soient réellement explicités, que l'on ne s'enfonce pas dans une direction en prétendant aller dans une autre. Les conditions dans lesquelles l'humanité évolue en cette fin de siècle trahissent cette exigence de clarté.

Les mots peuvent être utilisés pour véhiculer souterrainement des concepts mensongers. Parmi ces mots celui qui recèle le pire piège est sans doute l'adjectif « normal ». Qu'est-ce qu'un homme normal biologiquement ou psychologiquement ? Tous étant différents, le concept de norme ne peut qu'être ramené au concept de moyenne, il est facile de le démontrer, l'homme moyen n'existe pas (pas plus que le Belge moyen ou le Parisien moyen). En effet s'il avait les mensurations moyennes, il ne pourrait avoir le poids moyen (car la moyenne des cubes n'est pas égale au cube des moyennes). Si l'on ne peut parler de norme, on peut du moins évoquer une plage de dispersion, aux limites floues, au-delà de laquelle on trouverait l'« anormal ». Ceux qui accompagnent la vie d'un enfant souffrant de graves handicaps savent ce que coûte cette « anormalité ». La frontière cependant est floue. Si l'intéressé parvient à les surmonter, certains handicaps peuvent devenir des moteurs. L'exemple métaphorique le plus inattendu est fourni par ce romancier victime volontaire du pire handicap pour celui dont le métier est d'écrire en français : il est devenu incapable d'écrire la lettre e. Georges Perec nous montre dans *La Disparition* comment cette incapacité devient la source même de l'inspiration ; l'obligation de se passer des mots comportant un *e* provoque l'utilisation d'autres termes, apportant d'autres nuances, d'autres idées, faisant bifurquer vers d'autres prolongements. Les efforts nécessaires sont douloureux, le résultat parfois les récompense largement.

Les hommes dont nous gardons le souvenir, ceux dont nous sentons bien qu'ils nous ont enrichis, étaient rarement sortis de berceaux sur qui toutes les bonnes fées s'étaient penchées. Les « fils d'archevêques » dotés dès le départ de toutes les chances s'effondrent souvent dans la facilité de n'avoir pas à lutter, la satisfaction d'être eux-mêmes. Dans la société française actuelle, cet effondrement dans l'insignifiance, ce refus mou d'ajouter un apport personnel au trésor collectif peuvent paradoxalement trouver pour masque une fonction politique. Si l'on se sent capable de disserter d'autant mieux qu'on est ignorant, de prendre un engagement d'autant plus facilement qu'on n'est pas motivé, on passe par l'ENA et l'on devient cacique d'un parti choisi en fonction de l'espérance d'y faire carrière. Cette curieuse méthode de sélection des responsables ne serait que pittoresque si nous n'étions face à des décisions qui orienteront durablement notre avenir.

Les problèmes posés sont si nouveaux et d'une telle ampleur qu'ils ne pourront être résolus sans un effort d'imagination collectif et un effort plus grand encore dans la remise en cause des comportements les plus profondément ancrés.

Si l'on délègue le choix des nouvelles orientations à ceux qui sont au pouvoir grâce à leur goût du pouvoir et à leur conformisme, il est très probable que les choses évolueront selon la pente naturelle et que s'établira peu à peu un ordre mondial sur le modèle de la société pharaonique : quelques « princes » ayant toutes les prérogatives, jouissant de tous les privilèges, et une masse d'« esclaves », obéissant et se contentant de ce que les princes leur allouent.

Le terme « esclave », avec sa connotation de torture et de misère, est sans doute excessif. Il correspond bien cependant au statut d'hommes privés, de fait, de presque toute liberté. Notre société a mis au point le moyen de sécréter des « esclaves » satisfaits.

Elle a poussé à l'extrême la recette romaine, *Panem et circenses*. Grâce aux méthodes modernes, la Terre peut produire de quoi nourrir tous les hommes. Grâce à la télévision, ceux qui tiennent le pouvoir peuvent transformer le peuple en une masse sans réaction qui ne pense qu'à s'abêtir chaque soir devant les tournoiements d'une roue de la fortune et n'est obsédée que par la nationalité des gladiateurs qui s'affrontent au Parc-des-Princes ou à Roland-Garros.

Il y a un demi-siècle Aldous Huxley décrivait *Le Meilleur des mondes* : l'essentiel de l'humanité y était constitué d'*epsilons.* Leur imagination était limitée, leur liberté nulle, leur satisfaction absolue. « Quelle chance nous avons d'être des epsilons » pensaient-ils. De savantes manipulations chimiques durant leur vie fœtale en éprouvette les avaient conditionnés à cette attitude. De telles manipulations sont aujourd'hui bien inutiles, c'est tout au long de sa vie que le citoyen risque de devenir un epsilon satisfait. Les plus belles tentatives de libération peuvent se transformer en processus d'enfermement. L'exemple extrême est sans doute celui de l'éducation. *E-ducere,* conduire un enfant hors de lui-même, l'inciter à s'auto-construire, lui en donner les moyens, n'est-ce pas le rôle premier de toute société ? Peu à peu on a transformé ce rôle en un apport de savoir, de nourriture. L'enfant est gavé pour qu'il en sache plus que les autres, qu'il soit compétitif, qu'il devienne un gagnant, qu'il fasse des autres des perdants. *E-ducere* (conduire hors de) s'est dégradé en *educare* (nourrir).

Emerveillé par le pouvoir de chaque homme de se construire, par ce chef-d'œuvre réalisé par l'univers au prix de quinze milliards d'années d'efforts, de ratage, d'essais, de remise en chantier, je ne peux accepter cette humanité du mépris. Je ne souhaite pas que mes petits-enfants soient des princes entourés d'une multitude d'esclaves, je souhaite qu'ils fassent le nécessaire pour qu'il n'y ait plus d'esclaves ! Puissent-ils devenir des princes, entourés de 10 milliards de princes. C'est possible. Cela dépend de nous.

Références bibliographiques

1. Attali, J., *Lignes d'horizon,* Paris, Fayard, 1990.
2. Boudouresque, B., *Lutter autrement,* Paris, Nouvelle Cité, 1989.
3. Bourgeois-Pichat, J., « Le nombre des hommes », in *Les scientifiques parlent,* Paris, Hachette, 1987.
4. Bourguignon, A., *L'Homme imprévu,* Paris, PUF, 1989.
5. Brundtland, G.H., *Notre avenir à tous,* Montréal, Les Éditions du Fleuve, 1988.
6. Changeux, J.-P., *L'Homme neuronal,* Paris, Fayard, 1983.
7. Clarke, R., *Naissance de l'homme,* Paris, Éd. du Seuil, 1980.
8. Delsol, M., *Cause, Loi, Hasard en biologie,* Paris, Vrin, 1985.
9. Ducrocq, A., *L'Objet vivant,* Paris, Stock, 1989.
10. Ehrlich, P., Sagan, C., Kennedy, D., et Roberts, W., *Le Froid et les Ténèbres,* Paris, Belfond, 1985.
11. Elbaz, E., *Relativité générale et Gravitation,* Lyon, Ellipses, 1986.
12. Ekeland, I., *Le Calcul, l'Imprévu,* Paris, Éd. du Seuil, 1984.
13. Dupuy, J.-P., *Ordres et Désordres,* Paris, Éd. du Seuil, 1983.
14. Feynman, R., *Vous voulez rire, monsieur Feynman ?,* Paris, Inter-éditions, 1985.
15. Gessain, R., *Ammassalik,* Paris, Flammarion, 1969.
16. Hawking, S., *Une brève histoire du Temps,* Paris, Flammarion, 1989.
17. Lévy-Leblond, J.-M., et Balibar, F., *Quantiques, Rudiments,* Paris, Interéditions, 1987.
18. Lewontin, R., Rose, S., et Kamin, L., *Nous ne sommes pas programmés,* Paris, La Découverte, 1985.
19. Markowitz, W., « Contemporary Philosophies of Time », in *Encyclopaedia britannica* (28), 1986.
20. Nagel, E., Newman, J., Gödel, K., et Girard, J.-Y., *Le Théorème de Gödel,* Paris, Éd. du Seuil, 1989.
21. Neirynck, J., *Le Huitième Jour de la Création,* Lausanne, Presses de l'École polytechnique.

22. Nicolis, G., « Thermodynamique de l'Évolution », in *Évolution*, Bruxelles, Éditions de l'Université, 1983.
23. Prigogine, I., et Stengers, I., *Entre le temps et l'éternité*, Paris, Fayard, 1988.
24. Rideau, E., *La Pensée du père Teilhard de Chardin*, Paris, Éd. du Seuil, 1965.
25. Perez, J., et Saint-Cricq-Chéry, N., *Relativité et Quantification*, Paris, Masson, 1986.
26. Pfaff, W., *Le Réveil du Vieux Monde*, Paris, Calmann-Lévy, 1989.
27. Robin, J., *Changer d'ère*, Paris, Éd. du Seuil, 1989.
28. De Rosnay, J., *Les Chemins de la Vie*, Paris, Éd. du Seuil, 1983.
29. Valéry, P., *Regards sur le monde actuel*, Paris, Gallimard, 1945.
30. Weisskopf, V., *La Révolution des quanta*, Paris, Hachette, 1989.

Table

DEUXIÈME PARTIE
Une réalité nouvelle

IMPRIMERIE HÉRISSEY À ÉVREUX
DÉPÔT LÉGAL : FÉVRIER 1993. N° 19471 (60452)

Du même auteur

AUX MÊMES ÉDITIONS

Éloge de la différence
coll. « Points Sciences », 1981

Moi et les Autres
coll. « Point-Virgule », 1983

Au péril de la science ?
coll. « Points Sciences », 1984

L'Héritage de la liberté
coll. « Science ouverte », 1986 ;
coll. « Points Sciences », 1991

Cinq Milliards d'hommes dans un vaisseau
coll. « Point-Virgule », 1987

Abécédaire de l'ambiguïté
coll. « Point-Virgule », 1989

Moi, je viens d'où ?
coll. « Petit Point », 1989

C'est quoi l'intelligence ?
coll. « Petit Point », 1989

Voici le temps du monde fini
1991

Un monde sans prisons ?
(en collaboration avec Jean-Marc Heller
et Hélène Amblard)
coll. « Point-virgule », 1993

CHEZ D'AUTRES ÉDITEURS

Structure génétique des populations
Masson, 1970
Les Probabilités
PUF, 1974

Génétique des populations humaines
PUF, 1974

L'Étude des isolats. Espoirs et limites
(sous la direction d'A. Jacquard)
PUF-INED, 1976

Concepts en génétique des populations
Masson, 1977

Inventer l'homme
Éd. Complexe, Bruxelles, 1984

Les scientifiques parlent...
(sous la direction d'A. Jacquard)
Hachette, coll. « La force des idées », 1987

Idées vécues
(en collaboration avec Hélène Amblard)
Flammarion, 1989

Tous pareils, tous différents
(en collaboration avec Jean-Marie Poissenot)
Nathan, 1991

La Légende de la vie
Flammarion, 1992

Collection Points

SÉRIE ESSAIS

DERNIERS TITRES PARUS

205. Leçon, *par Roland Barthes*
206. François Mauriac
 1. Le sondeur d'abîmes (1885-1933), *par Jean Lacouture*
207. François Mauriac
 2. Un citoyen du siècle (1933-1970), *par Jean Lacouture*
208. Proust et le Monde sensible, *par Jean-Pierre Richard*
209. Nus, Féroces et Anthropophages, *par Hans Staden*
210. Œuvre poétique, *par Léopold Sédar Senghor*
211. Les Sociologies contemporaines, *par Pierre Ansart*
212. Le Nouveau Roman, *par Jean Ricardou*
213. Le Monde d'Ulysse, *par Moses I. Finley*
214. Les Enfants d'Athéna, *par Nicole Loraux*
215. La Grèce ancienne, tome 1
 par Jean-Pierre Vernant et Pierre Vidal-Naquet
216. Rhétorique de la poésie, *par le Groupe* μ
217. Le Séminaire. Livre XI, *par Jacques Lacan*
218. Don Juan ou Pavlov
 par Claude Bonnange et Chantal Thomas
219. L'Aventure sémiologique, *par Roland Barthes*
220. Séminaire de psychanalyse d'enfants, tome 1
 par Françoise Dolto
221. Séminaire de psychanalyse d'enfants, tome 2
 par Françoise Dolto
222. Séminaire de psychanalyse d'enfants
 tome 3, Inconscient et destins, *par Françoise Dolto*
223. État modeste, État moderne, *par Michel Crozier*
224. Vide et Plein, *par François Cheng*
225. Le Père : acte de naissance, *par Bernard This*
226. La Conquête de l'Amérique, *par Tzvetan Todorov*
227. Temps et Récit, tome 1, *par Paul Ricœur*
228. Temps et Récit, tome 2, *par Paul Ricœur*
229. Temps et Récit, tome 3, *par Paul Ricœur*
230. Essais sur l'individualisme, *par Louis Dumont*
231. Histoire de l'architecture et de l'urbanisme modernes
 1. Idéologies et pionniers (1800-1910), *par Michel Ragon*

232. Histoire de l'architecture et de l'urbanisme modernes
2. Naissance de la cité moderne (1900-1940)
par Michel Ragon
233. Histoire de l'architecture et de l'urbanisme modernes
3. De Brasilia au post-modernisme (1940-1991)
par Michel Ragon
234. La Grèce ancienne, tome 2
par Jean-Pierre Vernant et Pierre Vidal-Naquet
235. Quand dire, c'est faire, *par J. L. Austin*
236. La Méthode
3. La Connaissance de la Connaissance, *par Edgar Morin*
237. Pour comprendre *Hamlet*, *par John Dover Wilson*
238. Une place pour le père, *par Aldo Naouri*
239. L'Obvie et l'Obtus, *par Roland Barthes*
240. Mythe et Société en Grèce ancienne
par Jean-Pierre Vernant
241. L'Idéologie, *par Raymond Boudon*
242. L'Art de se persuader, *par Raymond Boudon*
243. La Crise de l'État-providence, *par Pierre Rosanvallon*
244. L'État, *par Georges Burdeau*
245. L'Homme qui prenait sa femme pour un chapeau
par Oliver Sacks
246. Les Grecs ont-ils cru à leurs mythes ?, *par Paul Veyne*
247. La Danse de la vie, *par Edward T. Hall*
248. L'Acteur et le Système
par Michel Crozier et Erhard Friedberg
249. Esthétique et Poétique, *collectif*
250. Nous et les Autres, *par Tzvetan Todorov*
251. L'Image inconsciente du corps, *par Françoise Dolto*
252. Van Gogh ou l'Enterrement dans les blés, *par Viviane Forrester*
253. George Sand ou le Scandale de la liberté, *par Joseph Barry*
254. Critique de la communication, *par Lucien Sfez*
255. Les Partis politiques, *par Maurice Duverger*
256. La Grèce ancienne, tome 3
par Jean-Pierre Vernant et Pierre Vidal-Naquet
257. Palimpsestes, *par Gérard Genette*
258. Le Bruissement de la langue, *par Roland Barthes*
261. Voici le temps du monde fini, *par Albert Jacquard*
259. Relations internationales
1. Questions régionales, *par Philippe Moreau Defarges*
260. Relations internationales
2. Questions mondiales, *par Philippe Moreau Defarges*

guerre… Les commentateurs ont embrayé sur ce mot. Kim n'en a pas dormi. En voyant les images à la télévision, son fils de quatre ans s'était précipité dans ses bras en criant : « Du feu, maman ! Comme pour toi ! » Les petits enfants savent des choses étonnantes. Quand je l'ai jointe deux jours plus tard par téléphone, elle était encore sous le choc. « Des sentiments ont reflué que j'ai mis tant d'années à refouler, me dit-elle. La colère, la révolte, le désespoir. Un affreux sentiment d'injustice. Mais cela, je le sais, ne mène à rien. La haine est destructrice. Elle aveugle, elle égare. Ne l'utilisons pas. C'est exactement ce qu'ont voulu le diable et les terroristes. Ne tombons pas dans ce piège ! Il n'y a que le temps et puis un jour le pardon qui puissent procurer un quelconque apaisement. »

Ainsi parle la petite fille de la photo. Ainsi parle Kim Phuc, cette icône, qui, après mille épreuves, mille souffrances, a décidé de ne pas se soustraire à son destin de symbole.

D'assumer son image, cet étrange fardeau. Et d'être une messagère.

Impossible de me rappeler la première fois où j'ai découvert la photo. Je l'ai tant regardée. Il me semble que j'étais adolescente et que, depuis, elle m'a toujours accompagnée. Elle m'avait sauté à la figure. Elle m'avait interpellée, bouleversée, concernée. Oui, l'histoire de cette petite fille était mienne. Et je voulais tout savoir. Où vivait-elle ?

Où courait-elle ? Pourquoi était-elle nue ? Pourquoi cette sauvagerie ? Quelle était donc cette guerre ? Contre qui ? Dans quel but ? Qui étaient ces soldats dans l'arrière-plan qui n'avaient pu protéger les civils ? Et à quoi pensait le photographe ? Cherchait-il à l'aider, à témoigner, à nous impressionner ? Avait-elle vu la photo ? Où était sa famille ? Avait-elle survécu ?...

Ce n'est pas à cause de ce cliché que je suis devenue journaliste. Mais il y a contribué. Il m'a intéressée à la marche du monde. Il m'a fait chercher une mappemonde pour y situer le Viêt Nam. Il m'a guidée vers les journaux pour savoir, pour comprendre. Comment dire ? Il m'a personnellement impliquée. Voilà bien son pouvoir. Et nous sommes des millions de par le monde à le tenir pour une des photos de notre vie.

Un jour, naturellement, et parce que le journalisme permet de réaliser des rêves d'enfant, j'ai eu envie de retrouver cette petite fille. De lui donner un nom, un âge. Et de savoir la vérité. J'ignorais que depuis 1972, comme le révèle Denise Chong, des dizaines et des dizaines de journalistes m'avaient précédée. Cette photo est un véritable aimant.

C'est au Canada que les pistes m'ont conduite. Elle vivait ! Avec de l'asthme, du diabète, des migraines, de multiples allergies. Avec des cicatrices qui lui gondolent la peau et s'enflamment parfois, souvent, quand le temps est capricieux, quand il fait trop chaud, trop froid, trop humide. Sa peau brûlée par le napalm a perdu tout système de défense et ne respire jamais. Mais elle vivait. Et elle avait donné la vie. « Quelle chance, disait-elle. Quelle chance ! Merci mon Dieu. Merci la vie. »

Assise en tailleur sur le canapé de son salon étroit, les pieds nus, elle accepta de plonger dans le temps et de me raconter les étapes de son incroyable périple. Comme un film défilant dans sa tête. Comme un cours d'eau limpide dont elle se rappelait chaque mouvement, chaque courant, chaque récif. Sa voix était fraîche et suave. Son rire joyeux et cristallin. Mais ses yeux gris, parfois, devenaient si brillants qu'on aurait juré voir des larmes. « Je ne les laisse pas venir, assurait-elle en souriant. De quoi pourrais-je me plaindre ? Jamais, même aux pires moments, je n'ai surpris de la colère, de la haine, de la rancune, dans les yeux de mes parents. On ne peut pas changer le passé. Alors à quoi bon s'y noyer ? Il n'est utile que pour s'élever. »

La photo était là, posée sur ses genoux. Cette photo douloureuse, sulfureuse, obsédante. Cette photo qui lui fut un boulet, l'enchaînant au passé, lui barrant tout avenir, faisant d'elle un sujet de propagande, une marionnette entre les mains du gouvernement vietnamien. Cette photo qui fut aussi sa chance, sa force, son levier, et dans laquelle, aujourd'hui, elle trouve sa vocation et voit la main de Dieu. « Sans doute a-t-il permis que je survive pour pouvoir légender la photo ! »

Légender, dit-elle. Apporter espoir et réconfort. Prouver que l'amour est plus fort que la haine. Et transformer cette image de barbarie en un message de paix.

Il y eut d'autres guerres depuis celle du Viêt Nam. Des bombardements, des massacres, des attentats, des lignes de front. Il y eut aussi la tragédie du 11 septembre 2001, filmée en direct, et immortalisée par des centaines de photographes habitant la ville spectacle. Mais fouillez votre mémoire. En vain, vous chercherez un visage. Censure, autocensure, difficulté, impossibilité ou interdiction d'approcher les victimes... Les raisons sont multiples. Mais l'image de Kim Phuc n'en est que plus précieuse. Elle transcende les conflits. Elle abrite une belle âme. Et elle est immortelle.

Annick COJEAN

Arbre généalogique :

Grand-père *Kiem* — Grand-mère *Tao*

- ***Tiem*** (fille) ; mariée, cinq enfants
- ***Nu*** (fille) née en 1934 ; mariée à ***Tung***, né en 1929
  - ***Kim Loan*** (fille), née en 1952, mariée à ***Nang***
  - ***Ngoc*** (fils), né en 1955, marié à ***Tho***
  - ***Kim Dung*** (fille), née en 1958
  - ***Tam*** (fils), né en 1960 ; *blessé lors du bombardement au napalm*
  - ***Kim Phuc*** (fille), née en 1963, *blessée lors du même bombardement*
  - ***Loc*** (fils), né en 1965
  - ***Phuoc*** (fils), né en 1968
  - ***Loi*** (fils), né en 1973
  - ***Tai*** (fils), né en 1976 ; *mort en bas âge*
- Fils, *mort en bas âge*
- **Anh** (fille) ; mariée ; *blessée lors du bombardement au napalm*
  - Dix enfants, dont :
  - ***Danh*** (deuxième enfant, fils) ; *mort à l'âge de trois ans lors du bombardement au napalm*
  - ***Cuong*** (troisième enfant, fils) ; *mort à l'âge de neuf mois lors du même bombardement*
- Fils, *mort en bas âge*
- ***Be*** (fille) ; célibataire

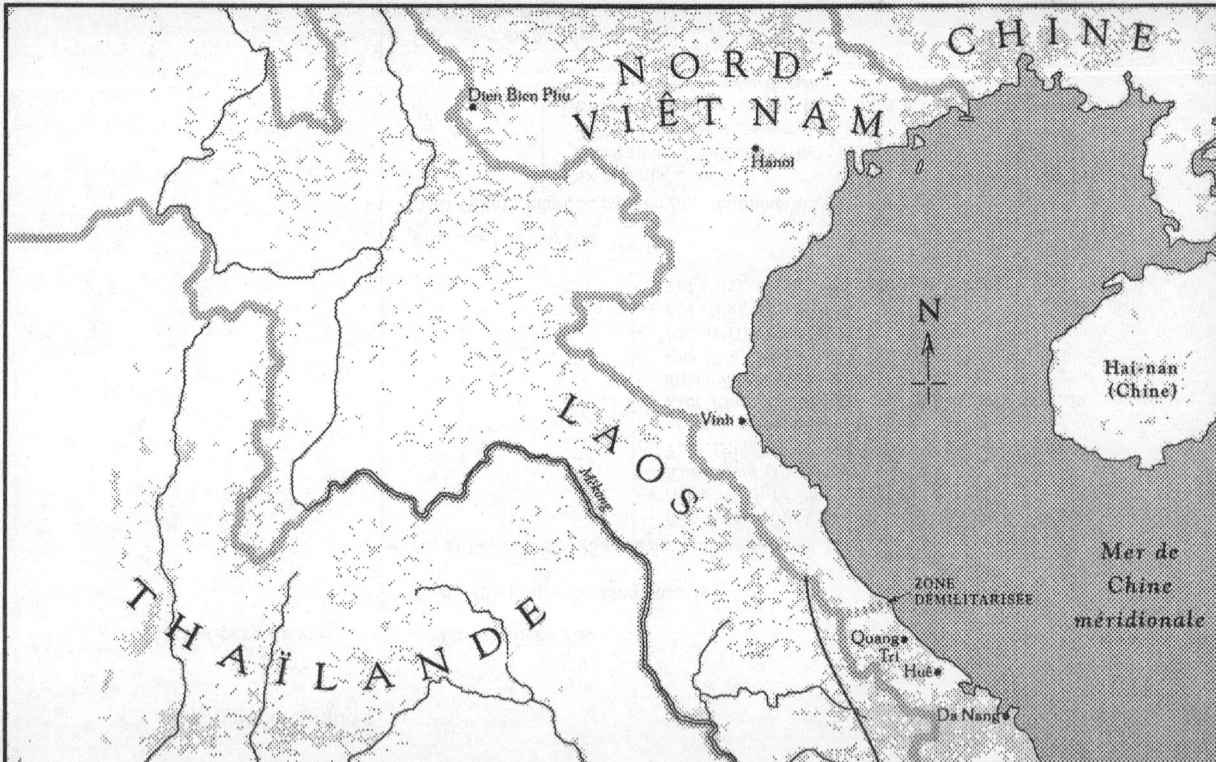
CHINE
NORD-VIÊTNAM
Dien Bien Phu
Hanoi
Hai-nan (Chine)
N
Vinh
LAOS
Mékong
THAÏLANDE
Mer de Chine méridionale
ZONE DÉMILITARISÉE
Quang Tri
Huê
Da Nang

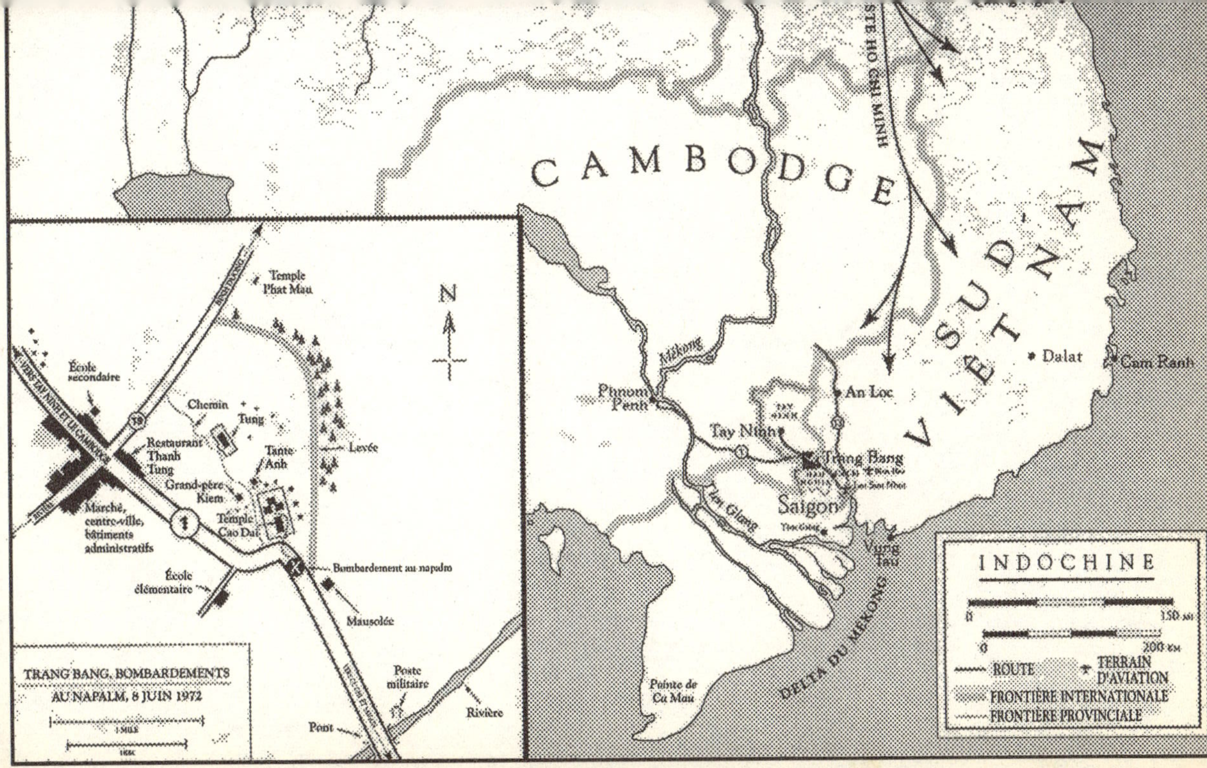

CAMBODGE
VIETNAM SUD
STE HO CHI MINH
Dalat
Cam Ranh
An Loc
Phnom Penh
Mékong
Tay Ninh
Trang Bang
Saigon
Vung Tau
Pointe de Ca Mau
DELTA DU MEKONG
INDOCHINE
0
150 MI
0
200 KM
ROUTE
TERRAIN D'AVIATION
FRONTIÈRE INTERNATIONALE
FRONTIÈRE PROVINCIALE
N
Temple Phat Mau
École secondaire
Chemin
Tung
Restaurant Thanh Tung
Tante Anh
Levée
Grand-père Kiem
Temple Cao Dai
Marché, centre-ville, bâtiments administratifs
École élémentaire
Bombardement au napalm
Mausolée
Poste militaire
Rivière
Pont
TRANG BANG, BOMBARDEMENTS AU NAPALM, 8 JUIN 1972

Avant-propos

La photo de Kim Phuc reste parmi les images de la guerre du Viêt Nam à jamais gravées dans notre mémoire. Prise le 8 juin 1972, elle fit la une de tous les journaux de la planète cette année-là, et fut ensuite reproduite un nombre incalculable de fois. Pour George Esper, directeur de l'agence Associated Press de Saigon jusqu'à l'expulsion par les communistes des derniers journalistes étrangers, sa force et son impact sur le déroulement du conflit ne font aucun doute : « Elle ne reflète pas les horreurs d'une guerre en particulier, mais de la guerre en général. Des photos de victimes, il y en avait beaucoup, et pourtant cette fillette nous hantait... Tout le monde partageait l'effroi et la douleur qui se lisaient sur son visage. Cette image a mis en évidence les pires effets de la guerre, son caractère maléfique et destructeur. "Ça ne peut plus durer", disaient les gens en la voyant. »

Comme souvent, le déclic de l'appareil avait figé dans le temps un moment historique, faisant de Kim Phuc une fillette pour l'éternité. Mais la guerre du Viêt Nam n'en continua pas moins. Elle devait durer encore un an pour les Américains, trois pour les Vietnamiens. La fin du conflit est racontée en détail dans les livres d'Histoire : signature des accords de Paris, dernier hélicoptère décollant du toit de l'ambassade américaine à Saigon, annonce officielle sur Radio Saigon de la capitulation du Sud-Viêt Nam, grilles du palais présidentiel enfoncées par le premier tank nord-vietnamien... Pourtant, les blessures de cette guerre ne se referment pas si facilement. Alors qu'on s'interroge toujours sur ses causes et les conditions de son dénouement, ce chapitre de l'histoire américaine demeure inachevé.

La petite fille de la photo était une inconnue quand son image fut transmise à l'agence Associated Press, mais deux jours plus tard un journaliste avait mis un nom sur son visage. Kim Phuc se remit de ses brûlures, elle passa de l'enfance à l'âge adulte. L'heure est maintenant venue, grâce à ce livre et à la lucidité permise par le recul, d'étudier à travers le prisme de son expérience comment les paysans sud-vietnamiens vécurent la guerre et le retour à la paix, mais aussi d'analyser l'impact de la photo sur son existence. Il me fut plus facile de dépasser le cadre de cette photo après avoir vu celle qui la suit immédiatement et montre Kim Phuc de dos, continuant sa course sur la route. Elle est l'œuvre d'un reporter qui, obligé de recharger son appareil, avait raté le cliché passé à la postérité.

La vie de Kim fut modelée par les efforts de son pays pour la ramener sur le devant de la scène. Lorsque le régime communiste « redécouvrit » en elle le personnage central d'une photo célèbre en Occident, cette photo devint le principe organisateur de son existence. Pour la propagande gouvernementale, Kim Phuc était bien sûr un symbole des souffrances de la guerre, mais un symbole présentable. D'abord parce que, le napalm ayant épargné son visage et ses mains, ses cicatrices étaient cachées par ses vêtements. Les brûlures causées par les bombes au napalm – fabriquées aux États-Unis et utilisées pour la première fois à grande échelle durant la guerre du Viêt Nam – sont plus évocatrices, mais paradoxalement plus supportables, quand on les imagine. Ensuite, en tant que Sud-Vietnamienne blessée par son propre camp, Kim était la preuve vivante de l'absurdité et de la cruauté de la guerre.

Elle se laissa volontiers interviewer pour ce livre, même si elle semblait parfois mal à l'aise. Elle avait grandi dans un pays en guerre où, hormis les Américains, amis et ennemis se ressemblaient : moins on parlait et moins on en savait, moins on prenait de risques. Née pendant le conflit, Kim avait neuf ans quand elle fut brûlée au napalm, douze ans seulement au départ des Américains. Jusqu'en 1992 où, à vingt-neuf ans, elle passa à l'Ouest, elle avait vécu sous un régime communiste, dans un système politique où toute information est à manier avec précaution.

Son passage à l'Ouest, s'il lui permit de parler librement, devait aussi compliquer mes recherches. Dans un premier temps, le bruit courut qu'elle était devenue *persona non grata* au Viêt Nam. En 1996, lors de ma première visite dans ce pays, je ne pus donc interroger aucun responsable communiste, ni même demander à le faire – non seulement j'aurais essuyé un refus, mais de plus cela aurait pu me coûter mon visa. Sur place, munie d'un simple visa touristique et prenant comme interprètes des Sud-Vietnamiens qui n'avaient pas reparlé anglais depuis leur collaboration avec les Américains, je questionnai discrètement la famille de Kim, ses amis, ses anciens voisins. Pour cette raison, les autorités communistes apparaissent dans ce livre sous forme de voix reconstituées à partir des souvenirs d'autrui ; tant que la société vietnamienne ne s'ouvrira pas davantage, difficile d'espérer mieux. Je me rendis également à Cuba, où le gouvernement vietnamien avait envoyé Kim à l'université. Toujours avec un visa touristique, j'y effectuai des recherches similaires.

Peut-être le lecteur appréciera-t-il quelques précisions sur les noms propres. À cause du nombre limité de noms de famille, les Vietnamiens identifient quelqu'un par son prénom plutôt que par son patronyme. Ce dernier, rarement employé, n'est souvent connu que de l'entourage immédiat. Par exemple, Pham Van Dong – ancien

Premier ministre vietnamien – sera après la première référence désigné dans le livre par son prénom, Dong, alors qu'en Occident on utiliserait Pham, son nom de famille. Enfin, deux remarques sur l'orthographe des termes en vietnamien dans le texte. Pour faciliter la lecture, j'ai omis les accents indiquant la prononciation et donc le sens précis de ces termes. Dans le même esprit, j'ai souvent accolé plusieurs syllabes alors qu'en vietnamien chacune d'elles représente un mot distinct.

1

Discrètement, Kim souleva le rideau de la fenêtre de sa chambre. C'était le seul endroit d'où elle pouvait apercevoir un signe de vie au-dehors. Les fenêtres de la salle de séjour ouvraient sur le mur de brique de la maison voisine. Bien que la pièce soit équipée d'un Velux, unique concession à la lumière, le premier étage de l'appartement donnait le sentiment d'être coupé du monde. Comme l'impasse où vivait la famille Bui, dans une enclave pauvre et surpeuplée qui jouxtait le plus petit des deux quartiers chinois de Toronto. De la fenêtre de la chambre, en revanche, on voyait se dresser, au-dessus de la file ininterrompue des voitures en stationnement et de l'enchevêtrement des toits, les gratte-ciel du centre-ville.

Kim inspecta le trottoir du regard, puis l'entrée de l'immeuble, vérifiant si quelqu'un surveillait le duplex. Personne. Les preuves étaient pourtant là : une canette de soda écrasée et un carton rouge et blanc reconnaissable, vestige d'un déjeuner acheté au Kentucky Fried Chicken à l'entrée de la rue. La veille au soir, alors qu'ils croyaient avoir regagné incognito leur appartement par l'escalier de service, Toan et elle étaient allés à la fenêtre. À la vue de la canette et du carton, ils avaient tiré la même conclusion : les deux femmes qu'ils venaient de croiser sur le trottoir avaient monté la garde devant chez eux ce jour-là, assez longtemps pour succomber à la faim. L'une d'elles tenait un appareil photo. Kim avait dissuadé son mari d'ouvrir la porte d'entrée pour sortir la poubelle. S'il y avait bien une chose dont elle était sûre, c'est qu'un téléobjectif voit tout, ou presque.

Elle s'était couchée très énervée, après avoir téléphoné à Michael Levine, l'avocat lui tenant lieu d'agent et d'attaché de presse.

— Si ces femmes tentent d'entrer chez vous, appelez la police, avait-il conseillé.

Les uniformes angoissaient Kim, et elle avait fait cette nuit-là un de ses nombreux cauchemars sur la guerre. Parfois elle revivait les bombardements, parfois les tirs de mortier ou les rafales de mitrailleuse. Mais toujours, elle se revoyait enfant. Cette fois, elle était debout au milieu d'un groupe de soldats en grande conversation. La discussion s'envenimait. Une fusillade éclatait. « Il faut sortir d'ici ! » hurlait Kim en s'enfuyant, terrifiée. Vite essoufflée, elle se demandait comment elle allait continuer sa course.

Comme d'habitude, elle avait échappé à la mort en se réveillant. Comme d'habitude, glacée par l'effroi, elle avait secoué Toan pour le tirer du sommeil.

— Serre-moi, avait-elle murmuré.

Et comme d'habitude, quand ses larmes avaient cessé, c'était elle qui l'avait consolé :

— Ne t'inquiète pas. Je suis condamnée à souffrir.

Un peu plus tard, Toan partit chercher du travail, ramassant au passage la canette et le carton. Kim se demanda ce que lui réservait cette journée. Devant son insistance, la collègue de la photographe qui campait à leur porte avait accepté de contacter son avocat.

— Quand vous l'aurez appelé, alors je pourrai travailler avec vous, avait assuré Kim.

Toute la journée, elle resta près du téléphone, attendant l'appel où Levine lui annoncerait que les deux femmes souhaitaient l'interviewer. Pas même son heure quotidienne de *soap opera* en langue espagnole ne put la distraire des questions qui l'assaillaient. Comment ces deux femmes connaissaient-elles son adresse ? Pourquoi passaient-elles la journée devant sa porte ? Déjà la nuit tombait et le week-end commençait, pendant lequel le bureau de Levine serait fermé.

Le dimanche, Kim fut soulagée de pouvoir se changer les idées en allant à l'église. Les prières lui faisaient oublier ses soucis. L'église se trouvait à Ajax, à une heure de Toronto par la navette de la paroisse, et là, seul le prêtre connaissait l'histoire de Kim. En l'absence d'autres Vietnamiens, il semblait peu probable qu'on lui parle de son passé. Chaque dimanche, le couple assistait au service religieux du matin et à celui du soir, passant le reste de la journée chez un ami.

Après la messe du matin, Kim et Toan allèrent chercher à la garderie de l'église leur fils de onze mois, Thomas. Kim sentit sur son épaule une petite tape insistante.

— Regardez, il y a votre photo dans le journal !

Chargé d'acheter des périodiques pour la salle de lecture de l'église, l'homme brandissait le *Sunday Sun* – journal populaire de Toronto – paru le jour même, le 19 mars 1995. « La photo qui a choqué le monde entier ! » proclamait la une, au-dessus du cliché représentant une fillette nue en train de courir, affolée. Une seconde photo de Kim, dans le manteau qu'elle avait porté toute la semaine, illustrait un autre gros titre : « L'enfant de la guerre est mère de famille à Toronto ».

Kim leva les yeux du journal. De toute évidence, les deux femmes étaient arrivées à leurs fins.

— Oui, c'est moi la petite fille de la photo, répondit-elle.

Le journal à l'origine du scoop – selon lequel la fillette sur l'une des photos les plus célèbres de la guerre du Viêt Nam vivait désormais en Occident – était *The Mail on Sunday*, un tabloïd anglais. Il avait revendu le reportage, entre autres, au *Sunday Sun* de Toronto qui lui consacrait ses trois premières pages. Des photos accompagnaient l'article – Kim et Toan promenant leur bébé dans une rue de Toronto, les parents de Kim devant leur maison de Trang Bang, au Viêt Nam. Il commençait ainsi :

> Pour ses voisins d'un quartier populaire de Toronto, elle n'est qu'une jeune maman anonyme et inquiète. Mais pour le reste du monde, elle demeurera à jamais le symbole de la barbarie et du coût humain de la guerre du Viêt Nam. Il y aura vingt ans le mois prochain que le géant militaire américain a fini par reconnaître sa défaite…
>
> Sur la multitude d'images atroces de cette guerre meurtrière, il en est une qui continue à nous hanter : celle d'une fillette, nue et terrorisée, hurlant de douleur alors qu'elle fuit le bombardement au napalm de Trang Bang, son village natal, à une soixantaine de kilomètres de Saigon.
>
> Aujourd'hui, Phan Thi Kim Phuc a trente-deux ans. Naguère utilisée par le Viêt Nam pour sa propagande anticapitaliste, présentée par le régime marxiste comme la preuve vivante des méfaits de l'impérialisme américain, elle se cache désormais en Occident, après avoir échappé aux communistes qui l'ont manipulée une grande partie de sa vie…

Le scoop fut repris par les agences de presse internationales. Deux jours plus tard, le téléphone de Kim commença à sonner, et ne s'arrêta plus. Très vite, elle se lassa d'entendre de parfaits inconnus demander à parler à Kim Phuc. Elle ne décrochait plus, confiant à Toan – quand il était là – le soin de répondre et de donner le numéro de son agent. Si on sonnait à la porte, le couple jetait un coup d'œil par la fenêtre. Invariablement, il s'agissait d'un journaliste – du moins Kim le supposait-elle à la vue du visiteur, sac photo en bandoulière ou carnet à la main. Un peu plus loin attendait souvent un taxi où, de guerre lasse, il finissait par remonter.

Nuit et jour, Kim et Toan laissaient les rideaux de la fenêtre de devant tirés. Kim redoutait de sortir de chez elle de peur que la maison ne soit surveillée, que quelqu'un ne soit dissimulé à proximité, guettant une occasion de la prendre en photo. Au moindre coup de sonnette, elle essayait de calmer les pleurs du bébé, de marcher sans faire grincer le parquet. Loin de la délivrer de ses angoisses, le sommeil la replongeait dans les ténèbres de ses cauchemars. Épuisée, elle passait des journées entières dans son peignoir turquoise.

Quelques mois plus tôt, elle n'imaginait pas ce scénario quand, pour subvenir aux besoins de sa famille, elle avait pris la décision de sortir de l'anonymat et de vendre son histoire. Sa façon à elle de travailler. Elle avait consulté Nancy Pocock qui, à plus de quatre-vingts ans, avait milité toute sa vie pour l'intégration des réfugiés.

Comme nombre de Vietnamiens et de Salvadoriens installés au Canada, Kim et Toan l'appelaient « Mère Nancy ».

— Je voudrais parler aux médias. S'il vous plaît, comment dois-je m'y prendre ? lui avait demandé Kim.

Un ami de Nancy connaissait un avocat réputé dans le domaine du show business de Toronto, mais, avant de faire les présentations, la vieille dame avait voulu s'assurer que Kim comprenait à quoi elle s'engageait : une fois célèbre, elle ne pourrait plus revenir en arrière.

— Je sais. Plus question pour moi de me réfugier dans le silence, avait dit Kim.

Pourtant, après un mois d'anxiété et de cauchemars, elle s'interrogeait. Le projet mis au point avec son agent de faire payer les médias pour utiliser son histoire n'était-il pas en train de tomber à l'eau ? D'autres journaux n'allaient-ils pas tenter d'obtenir un reportage et des photos d'elle sans bourse délier ? Elle redoutait d'être à nouveau la proie d'une meute de reporters.

— La présence de ces deux femmes à notre porte est comme une nouvelle bombe au napalm, se plaignit-elle à Toan.

2

De tout temps, la route 1 qui relie Saigon à Phnom Penh au Cambodge fut une voie commerçante. Au début des années soixante y défilaient plusieurs générations de véhicules : chars à bœufs aux roues grinçantes, vélos et cyclopousses, Citroën fatiguées, camions à trois ou quatre roues transformés en autocars, scooters Honda et Lambretta dernier cri, GMC américains rutilants. Avec la guerre – contre les Français, puis les Américains –, le volume des transactions, et les bénéfices, augmenta encore : on pouvait revendre à Saigon, plusieurs fois leur prix, toutes sortes de marchandises, boissons et cigarettes achetées au Cambodge.

Les échanges commerciaux représentaient une couverture commode pour la guérilla. En fait, il y avait des décennies que résonnaient dans ce couloir les pas des insurgés et des résistants en lutte contre le régime de Saigon. La géographie et la politique jouaient également en leur faveur. Au nord-ouest de la capitale sud-vietnamienne s'étend une vaste plaine entre le delta du Mékong – principal fleuve de la péninsule indochinoise – et celui du Dong Nai. Elle est à une altitude suffisante (contrairement à la plaine des Joncs au sud-ouest de la capitale) pour échapper aux inondations à la saison des pluies et offrir un passage praticable toute l'année. À sa lisière s'élève une chaîne de collines couvertes d'une forêt dense. À l'approche de la frontière cambodgienne et au-delà, cette forêt se transforme en une jungle subtropicale si luxuriante que le soleil n'y pénètre pas. Alors que les collines servaient de camp d'entraînement et de théâtre d'opérations à la guérilla, la jungle représentait une cachette idéale et abritait les différents états-majors. De plus, grâce à la neutralité affichée du Cambodge, les opposants au régime de Saigon disposaient en traversant la frontière d'un sanctuaire politique hors d'atteinte des troupes du gouvernement sud-vietnamien.

Tronçon de l'unique nationale du Sud-Viêt Nam, la route 1 était un vulgaire ruban de bitume truffé de nids-de-poule, dont les deux voies se réduisaient à une seule sur les ponts. Entre Saigon et le Cambodge, il n'y avait qu'une ville importante, située à une quinzaine de kilomètres de la frontière et légèrement à l'écart de la nationale : Tay Ninh, capitale de la province du même nom. De Saigon à Tay Ninh, distantes d'une centaine de kilomètres, on comptait deux « chefs-lieux de canton », groupes de hameaux plutôt que véritables centres urbains. Ils appartenaient à la province de Hau Nghia, créée par le président sud-vietnamien Ngo Dinh Diem pour réunir les cantons les plus rebelles des provinces voisines, où les hameaux isolés étaient tombés aux mains de la guérilla. Hau Nghia signifie « Vertu grandissante »...

À vingt-cinq kilomètres de Saigon, on traversait Cu Chi, première des deux villes. Vingt kilomètres plus loin, à mi-chemin de la capitale et de Tay Ninh, se trouvait Trang Bang. Un pont sur une rivière en marquait l'entrée. De ce modeste promontoire, on découvrait à plusieurs centaines de mètres l'unique monument de la commune : un temple caodaïste à deux tours qui se dressait dans un virage à angle droit. À son approche, un panneau limitait à quinze kilomètres/heure la vitesse des automobilistes, distraits par le temple richement orné.

Ensuite, la route redevenait rectiligne. Moins d'un kilomètre plus loin apparaissait l'alignement monotone des bâtiments abritant les bureaux de l'administration du canton, une clinique, une école et le marché. Mais la principale attraction de Trang Bang était le carrefour, juste avant le centre-ville, de la route 1 avec la route 19 qui montait vers le nord et la frontière cambodgienne. À cette intersection s'entassaient en bordure de la nationale plusieurs baraques au toit en tôle ondulée, parmi lesquelles une dizaine de petits restaurants où les voyageurs circulant entre Saigon et la frontière pouvaient déjeuner. Celui de

Phan Tung avait les faveurs des clients, attirés par les talents de cuisinière de sa femme, Nu.

C'est sur cette portion de la route 1, entre le temple et le carrefour, que devait se jouer le destin de la famille de Tung et de Nu. Là, à Trang Bang, un reporter allait prendre une photo de leur fille qui deviendrait l'une des plus marquantes de la guerre du Viêt Nam.

Le cinquième enfant – et la troisième fille – de Tung et de Nu naquit le 6 avril 1963. Elle reçut le nom de Phan Thi Kim Phuc. (Phan est son patronyme, Thi indique qu'elle est de sexe féminin, Kim signifie « dorée » et Phuc « bienheureuse » – ou « béni » s'il s'agit d'un garçon.) Comme elle partageait le prénom Kim avec ses deux sœurs, toute la famille l'appelait Phuc.

L'année 1963 commença mal pour le Sud-Viêt Nam. Huit ans plus tôt, Ngo Dinh Diem avait fondé la République du Viêt Nam au sud de la zone démilitarisée séparant le Nord communiste du Sud capitaliste, et il s'était proclamé président. Au début de 1963, une première bataille opposa les deux régimes ennemis. Dans le village d'Ap Bac, au sud-ouest de Saigon, les troupes du gouvernement sud-vietnamien battirent en retraite devant celles de Hanoi, pourtant très inférieures en nombre et mal équipées. Contre toute attente, les généraux sud-vietnamiens ignorèrent les recommandations des conseillers américains sur le terrain : ils savaient que le président Diem en personne verrait dans cette défaite un moyen de continuer à recevoir l'aide américaine. Cet été-là, Diem réprima avec sa brutalité caractéristique un soulèvement bouddhiste, ordonnant à ses troupes de tirer sur les manifestants et de prendre leurs temples d'assaut. La résistance s'amplifia. Un bonze s'installa au milieu d'une rue de Saigon, versa en silence de l'essence sur ses vêtements, craqua une allumette et s'immola. Prévenus à temps, des reporters américains envoyèrent au monde entier les photos de cette mort atroce.

Le traitement réservé par Diem aux opposants bouddhistes accrut la défiance des Américains, désormais conscients que le régime sud-vietnamien sabotait l'effort de guerre. Ce même été, d'autres bonzes s'immolèrent par le feu, et les accrochages avec la police se multiplièrent. Diem répliqua en instaurant la loi martiale, mesure qui scella son destin. Ses propres généraux l'assassinèrent en même temps que Nhu, son frère, avec lequel il partageait le pouvoir. À l'annonce de leur mort, les rues de Saigon se remplirent d'une foule en liesse, les geôles se vidèrent de leurs prisonniers politiques, les night-clubs rouvrirent leurs portes.

Trois semaines plus tard, l'assassinat du président John F. Kennedy faisait vaciller le monde. Tandis que des coups d'État successifs affaiblissaient le régime de Saigon, le nouveau président américain Lyndon Johnson enclencha un processus d'escalade militaire au Viêt Nam.

Après avoir apporté leur aide aux Français en Indochine, les États-Unis s'étaient engagés à maintenir en place le gouvernement sud-vietnamien. En 1954, ils avaient été le seul pays participant à refuser de signer les accords de Genève mettant fin à la guerre d'Indochine – qui avait opposé les Français au Viêt-minh depuis la capitulation de l'occupant japonais à la fin de la Seconde Guerre mondiale. Le Viêt-minh, parti indépendantiste fondé par Ho Chi Minh (« Celui qui apporte la lumière »), avait à l'époque chassé les Japonais au pouvoir à Hanoi et rebaptisé République démocratique du Viêt Nam le nord du pays. À son retour au Viêt Nam, l'armée française avait rapidement repris le contrôle de Saigon et du sud du pays. Sur ordre de Ho Chi Minh, le Viêt-minh combattit les Français pour stopper leur progression vers le Nord, et les chasser du Sud par la même occasion. En 1954, après cinquante-sept jours de siège, la prise par le Viêt-minh de la garnison française de Dien Bien Phu marqua la fin de la guerre d'Indochine. Les accords de Genève prévoyaient la création d'une zone démilitarisée, et l'organisation d'élections dans les deux ans en vue d'une réunification du pays.

Au Sud, Diem – ascétique, instable et viscéralement anticommuniste – refusa la tenue d'élections. Avec la bénédiction des Américains qui, craignant la domination des communistes du Nord, ne voulaient à aucun prix d'un Viêt Nam réunifié. Aussi le Viêt-minh décida-t-il de poursuivre la réunification en reprenant le combat au

Sud. En 1960, des patriotes du Sud formèrent un front de résistance contre le régime de Saigon et se déclarèrent solidaires du Viêt-minh. Diem les surnomma les Viêt-cong, pour souligner leur allégeance à l'idéologie communiste de la coalition dirigée par Ho Chi Minh à Hanoi. Le surnom resta, remplaçant celui de Viêt-minh.

Face aux Américains, Hanoi adopta une tactique différente de celle utilisée contre les Français, privilégiant cette fois la guérilla menée par des commandos viêt-cong équipés d'armes rudimentaires : mortiers fabriqués avec de vieux pots d'échappement, mines en bambou taillé. On réservait aux batailles conventionnelles, aux offensives à grande échelle, les unités régulières de l'armée nord-vietnamienne et leurs soldats aguerris. La stratégie de Hanoi visait à infiltrer le Sud en y faisant entrer hommes et matériel par la zone démilitarisée, le long d'un axe rapidement baptisé « piste Ho Chi Minh ». D'abord simple réseau de sentiers sauvages franchissant torrents, forêts marécageuses, jungles infestées de moustiques, de serpents venimeux et de sangsues, elle traversait ensuite la pointe sud du Laos, puis obliquait vers les hauts plateaux du Sud-Viêt Nam et coupait par le Cambodge pour aboutir à une centaine de kilomètres au nord-ouest de Saigon.

Afin de stopper l'approvisionnement à destination du Sud et de chasser les communistes de leurs bases dans la région, les avions américains bombardèrent la piste Ho Chi Minh et déversèrent des défoliants sur d'immenses étendues de forêt et de jungle à la frontière nord-est du Cambodge. En 1965, Johnson ordonna les premiers bombardements sur le Nord-Viêt Nam, dans l'espoir qu'Hanoi renoncerait à poursuivre la guerre et la réunification. La même année, il envoya les premières troupes de combat américaines au Sud-Viêt Nam.

À l'époque de la petite enfance de Kim Phuc, les armes de la guerre moderne étaient inconnues à Trang Bang. Les batailles conventionnelles se déroulaient plus au sud dans le delta du Mékong, et sur les hauts plateaux du centre du pays. À Trang Bang, comme à Saigon et aux États-Unis, loin du terrain, les civils ne voyaient pas les atrocités de la guerre, seulement son caractère monotone et répétitif.

Depuis la guerre d'Indochine, la vie quotidienne avait peu changé le long de la route 1. La police gouvernementale avait gardé les mêmes postes de contrôle d'un conflit à l'autre. La guérilla recourait aux mêmes techniques de sabotage sur ses lieux de prédilection. Ses combattants coupaient les routes avec leurs mines de fortune, s'emparaient des ponts, organisaient embuscades et assassinats. Dans une ville comme Trang Bang, les autorités du canton, incapables d'assurer l'alimentation électrique après les actes de sabotage répétés des Viêt-cong, attendaient la fin de la guerre pour entreprendre la moindre réparation. Aucun voyageur n'oubliait la règle d'or : si dans la journée on pouvait vaquer à ses occupations, la nuit appartenait aux Viêt-cong.

Chaque hameau ou groupe de hameaux définissait sa « zone de sécurité », au-delà de laquelle les forces de police ne s'aventuraient pas. Vues du ciel, ces zones désertées apparaissaient clairement. Celle de Trang Bang était délimitée d'un côté par une épaisse bambouseraie jouxtant une rizière, d'un autre par une rivière, et là où n'existait aucune frontière naturelle, une levée en terre d'un mètre de haut matérialisait la séparation. Seuls les plus démunis, qui n'avaient pas le choix, vivaient en dehors de ces limites. C'étaient toujours les marchands ambulants – des femmes, souvent abandonnées par leur mari – qui arpentaient la commune, de l'aube jusqu'à plus de minuit, avec un lourd panier d'osier pour vendre leurs denrées. En guenilles, pieds nus et le visage crasseux, leurs enfants n'allaient pas à l'école : ils passaient leurs journées à frapper aux portes, proposant les anguilles et les poissons-chats qu'ils venaient de pêcher dans la rivière.

Contrairement à son mari, Nu, la mère de Kim Phuc, avait ses racines à Trang Bang. Son père, Du Van Kiem, paysan prospère, avait hérité de son propre père – autrefois employé dans une plantation d'hévéas appartenant à une société française – soixante-quinze *mau* (environ six hectares) à la lisière orientale de Trang Bang. Dans la commune, le grand-père Kiem était surtout connu pour son attachement à sa famille et au caodaïsme. Limité aux provinces entourant

Saigon, ce culte fut fondé au milieu des années vingt par un fonctionnaire de l'État colonial français. Le nom « Cao Dai » vient d'un terme taoïste signifiant « Palais suprême ». Il fait référence à Dieu, que l'on se représente dans cette religion comme l'œil mystique de la conscience universelle – œil qui orne les temples caodaïstes à la manière des croix dans les églises catholiques.

À la fondation du culte, les caodaïstes militèrent avec plusieurs organisations agricoles contre la baisse du niveau de vie des paysans et le déclin de leur rôle dans la gestion des affaires courantes à l'ère coloniale. Parmi les autres organisations politiques ou religieuses se trouvaient le jeune parti communiste d'Indochine et la secte bouddhiste Hoa Hao. Les caodaïstes prétendaient détenir la révélation finale de toutes les religions et de l'histoire du monde. Leur doctrine et leur liturgie s'inspiraient essentiellement des trois religions orientales : le taoïsme et sa foi en les pouvoirs occultes de l'esprit, et, dans une moindre mesure, le bouddhisme et le confucianisme, dont ils vénéraient les divinités respectives. Empruntant à droite et à gauche, le caodaïsme profita de la popularité du spiritisme en Europe dans les années trente pour consulter, grâce à différents médiums, une armée de célébrités mondiales défuntes : Lénine, Jésus-Christ, Victor Hugo, Jeanne d'Arc, Louis Pasteur, William Shakespeare… À l'instar des catholiques, les caodaïstes se choisirent un Saint-Siège et sacrèrent pape

– *Ho Phap* en vietnamien – un certain Pham Cong Tac, l'un des pères fondateurs de leur religion.

Avec son temple en pierre ocre aussi majestueux qu'une cathédrale, aux fenêtres ornées sur ses quatre côtés de l'œil mystique, le Saint-Siège caodaïste était situé à quatre kilomètres de la ville de Tay Ninh. Lors des trois principales fêtes du calendrier religieux – anniversaires du Bouddha, de Jésus-Christ et du *Ho Phap* (après sa disparition, on fêta l'anniversaire de sa mort) –, les fidèles et leur famille venaient de très loin assister aux cérémonies. Elles offraient un spectacle à la fois solennel et pittoresque, présidé par le pape et une assemblée de cardinaux, d'archevêques, d'évêques et de prêtres, entourés d'une multitude d'officiants vêtus d'une aube de couleur différente selon leurs attributions. Environ mille trois cents adeptes en blanc (couleur de la dévotion) emplissaient le temple, les femmes et les jeunes filles dans leur *ao dai*, longue tunique diaphane à col montant, fendue jusqu'à la taille et portée sur un pantalon de soie.

Devenu officiant, grand-père Kiem célébrait souvent mariages et obsèques, et arbitrait les conflits locaux. Grand-mère Tao, son épouse, s'était convertie au végétarisme, obligatoire seulement pour les prêtres : le caodaïste moyen se contentait de se passer de viande dix jours par mois lunaire. Lorsque les fidèles furent appelés à construire des lieux de culte dans leur commune, grand-père Kiem fit don d'un tiers de ses terres pour que Trang Bang ait le sien. En

1948, le temple rose et safran qui se dressait à la lisière orientale de la ville ouvrit ses portes. On y célébrait quatre services quotidiens, à six heures du matin, à midi, à dix-huit heures et à minuit. Les fidèles étaient censés se recueillir au moins une fois par jour devant un autel, qui pouvait se trouver chez eux. On n'exigeait d'eux que deux visites mensuelles au temple, le premier et le quinze de chaque mois.

Bienfaiteur reconnu du caodaïsme, Kiem était également célèbre pour ses pomelos, arbres réservés aux gens aisés à cause du temps et des soins qu'ils réclamaient. Ceux qui achetaient ses fruits au marché, attirés par leur peau au grain régulier, promesse d'une chair juteuse, allaient souvent frapper à la porte de Kiem dans l'espoir qu'il leur vende un greffon. Grand-mère Tao, elle, était à l'image de ces paysannes sans instruction mais travailleuses, qui ne ménageaient pas leur peine pour permettre à leur mari de satisfaire leur curiosité intellectuelle. Le couple eut six enfants : quatre filles, et deux fils morts en bas âge.

Nu, la mère de Kim Phuc, était leur deuxième fille. C'est elle qui hérita des talents de cuisinière de grand-mère Tao. Adolescente, elle avait chaque jour pour tâche – qu'elle accomplissait assise à même le sol – de moudre le riz en une farine onctueuse que l'on cuisait ensuite à la vapeur afin d'obtenir le *banh trang* (crêpe à la farine de riz) ou le *banh canh* (nouilles de riz qu'on met dans la soupe). Elle attira l'attention d'un camionneur qui passait par là. Originaire d'un hameau voisin mais ayant fait des études secondaires, Phan Tung était un jeune homme séduisant et drôle. Au volant du camion à trois roues de sa tante, alors qu'il cherchait des passagers souhaitant se rendre à Saigon, il avait remarqué la jeune fille occupée à tourner la manivelle de son moulin. Il se rappela qu'il adorait le *banh canh*. Il la dévisagea. « Pas mal », décida-t-il. Et de bonne famille, à en juger par la maison en bois et en brique derrière elle. Lui-même avait perdu son père à l'âge de deux ans et était le plus jeune de deux frères. S'en remettant à son flair, il demanda à un ami de faire les présentations. En 1951, Tung et Nu se mariaient. Il avait vingt et un ans ; elle, dix-sept.

Ils vivaient chez les parents de Nu. Conscient du désir de sa femme d'avoir une maison à elle, Tung lui dit un jour :

— Ton *banh canh* est délicieux. Je suis sûr que les gens paieraient pour en manger.

La soupe aux nouilles est le plat de base de la cuisine vietnamienne : consommée à toute heure du jour et de la nuit, elle peut également tenir lieu de déjeuner ou de petit déjeuner. Bien que dans chaque famille on sache la préparer, beaucoup préfèrent l'acheter toute prête aux marchands ambulants. Prenant son mari au mot, Nu partit au marché, son baluchon sur l'épaule. Là, accroupie parmi ses plats et ustensiles de cuisine devant un feu de charbon de bois, elle proposait des nouilles fraîches dans un bouillon translucide et fumant, parfumé d'un trait de sauce de poisson fermenté

– mélange de saumure et d'anchois. Elle les servait avec une assiette garnie de pousses de soja, de piments, de tranches de citron vert, de brins de menthe et de basilic.

En trois ans, Nu économisa suffisamment pour pouvoir construire, à l'ombre de celle de ses parents, une maison en bois et en brique à une seule pièce. Neuf mois plus tard, un bébé naissait. D'autres suivirent, tantôt une fille, tantôt un garçon, tous les deux ou trois ans. Tante Anh, la sœur de Nu, faisait chaque fois office de sage-femme. Nu, qui travaillait sept jours sur sept, décida avec Tung d'engager grand-oncle Don, un lointain parent, pour qu'il s'occupe des enfants. Cette solution arrangeait le grand-oncle, que la nouvelle épouse de son vieux père venait de chasser. À cause des contraintes de son commerce, Nu sevra ses bébés à deux semaines, les nourrissant d'une bouillie de riz liquide et sucrée et ne les allaitant qu'en fin de journée.

L'année où Tung et Nu emménagèrent dans leur maison, la jeune femme put cesser de vendre sur le marché et ouvrir une échoppe. Elle loua un emplacement au coin sud-ouest du carrefour avec la route 1. C'était l'endroit le mieux situé, dans un virage avec de la place pour stationner. L'échoppe de Nu était flanquée d'un côté par celle d'un vendeur de café et de tarte au citron meringuée, de l'autre par celle d'un marchand de journaux. « *Chao Long Thanh Tung* », lisait-on sur son enseigne, quatre mots aux sonorités chantantes associant le nom de son mari (en vietnamien, *thanh* signifie « mâle ») à la spécialité locale, le *chao long* (soupe au riz faite à partir d'un bouillon d'abats de porc, à laquelle on ajoute du sang de porc caillé qui lui donne sa couleur brun rougeâtre). Nu proposait les mêmes plats que ceux vendus ailleurs sur la route. Mais ses autres préparations – nouilles fondantes servies dans une soupe au parfum délicat, ou *banh trang* aérien fourré de laitue fraîchement cueillie, de porc bien maigre et de légumes finement hachés – témoignaient à la fois d'un souci de la qualité des ingrédients qui reflétait le raffinement du Sud, et d'un sens aigu des couleurs, des saveurs et de la texture des aliments. À aucun moment elle ne fut contrainte de brûler des figurines en papier pour chasser le mauvais œil et attirer les clients.

Les bénéfices s'accumulaient. Nu échangea ses petits tabourets en bambou contre des tables et des chaises de taille normale, puis loua une échoppe adjacente pour s'agrandir. Grand-mère Tao participait aux courses et à la préparation des légumes, son végétarisme l'empêchant de s'occuper de la cuisson de la viande. Tante Be, la plus jeune sœur de Nu, était chargée du ménage et des corvées d'eau. Dès que ses enfants eurent sept ou huit ans, Nu les envoya faire le marché avant ou après l'école, et leur demanda plus tard d'aider à servir. À l'occasion, Tung servait lui aussi les clients et tenait la caisse, mais il préférait éviter le restaurant, dont il supportait mal le bruit et l'agitation.

Sept ans plus tard, en 1960, Nu put acheter son emplacement. En 1962, l'arrivée des Américains au Viêt Nam fit exploser la demande et les bénéfices montèrent en flèche. Avec l'injection massive de l'aide militaire américaine, les salaires doublèrent ou triplèrent et les Sud-Vietnamiens furent saisis du jour au lendemain par le démon de la consommation. Nu transforma son échoppe en restaurant à dix tables et quatre-vingts tabourets. C'en était fini du provisoire : une couche de ciment recouvrait la terre battue, des tables en bois sculpté et des tabourets assortis remplaçaient ceux en bambou. On ne cuisinait plus sur un brasero, mais dans de grandes marmites en fonte, et la vaisselle était en porcelaine à fin liséré doré, le tout acheté à des marchands cambodgiens. Les jours d'affluence, Nu pouvait servir jusqu'à mille rouleaux de printemps et quatre cents bols de soupe.

En 1967, elle récolta le fruit de ses efforts. À cette date, Tung et elle avaient six enfants, trois filles et trois garçons qui dormaient dans des hamacs. Elle avait gagné assez d'argent pour réaliser le rêve de toute paysanne : faire construire une magnifique demeure qui honorerait le passé de la famille et assurerait son avenir. Le couple décida d'ériger cette nouvelle maison dans le quartier, pour rester près des parents et des sœurs de Nu. Trois des quatre sœurs, grand-père Kiem et grand-mère Tao vivaient dans un périmètre restreint. Tante Tiem, la sœur aînée, avait emménagé après son mariage dans la ville de Tay Ninh. Mais sa cadette, tante Anh, avait construit avec son mari une modeste bâtisse à côté de celle de ses parents, comme Tung et Nu après elle. La benjamine, tante Be, réputée impossible à marier à cause de ses crises d'épilepsie, partageait la maison de ses parents. Assisté de grand-mère Tao, grand-père Kiem jouait un rôle de patriarche, et pas seulement au sein de sa famille. Compatissant, il invitait sur ses terres les caodaïstes chassés de leur foyer par les bombardements sur la province de Tay Ninh. Il hébergeait en permanence une dizaine de familles paysannes qui avaient chacune bâti leur cabane : murs en bambou et en torchis, sol en terre battue, toit de chaume, deux portes et pas de fenêtre. Lorsqu'une famille reprenait la route, une autre la remplaçait.

Tung et Nu achetèrent un hectare et demi à quelques centaines de mètres de là, au bord du même chemin de terre. Tung entoura sa propriété d'une haute clôture métallique. Et toute la famille regarda la nouvelle maison sortir de terre. De conception moderne avec ses murs en dur et son toit de tuiles vernissées, les risques d'incendie y seraient moindres que dans la précédente, en brique et en bois, ou que dans une maison paysanne en chaume et en torchis – par ailleurs peu étanche en cas de fortes pluies et où la chaleur devenait étouffante en milieu de journée. Mais les lignes caractéristiques de son toit, ses portes en bois ouvragé et ses fenêtres protégées par des grilles en fer forgé étaient autant de rappels de l'architecture traditionnelle.

Au lieu des deux portes habituelles, elle en avait sept. Au lieu d'une seule pièce, trois : une salle de réception sur le devant, puis une vaste pièce commune avec quatre espaces de couchage délimités par des cloisons, et enfin une cuisine équipée d'une cheminée. À quelques pas de là, au fond du jardin, un appentis en ciment abritерait des toilettes à la turque, ainsi qu'une citerne pour la salle d'eau et la douche. Séparant la salle de réception du reste de la maison, un couloir cimenté se poursuivait à l'extérieur et formait une terrasse autour du bâtiment. L'ancienne maison aurait pu tenir plusieurs fois dans la nouvelle.

Une fois terminé et meublé, l'intérieur reflétait la réussite matérielle de la famille. Le sol était entièrement carrelé de rouge. Des poutres sculptées soutenaient les voûtes du plafond. Des colonnes, taillées chacune dans un tronc d'arbre et peintes à la main, décoraient les pièces : quatre en longueur dans la salle de réception, quatre en longueur et trois en largeur dans la pièce commune. Le mobilier en bambou de l'ancienne maison devait être remplacé tous les trois ou quatre ans. Celui de la nouvelle serait en bois. L'incontournable *van* – lit la nuit, canapé le jour et table de banquet pendant les fêtes – était le seul meuble que la famille ait les moyens de faire construire en tek, bois du nord du pays dont l'éclat et la teinte sombre s'intensifient au fil des générations. Incrusté de nacre, l'autel des ancêtres s'accompagnait d'un banc délicatement gravé. Pour la fabrication des lits, bancs, armoires et cadres de miroirs en *cam lai* – bois blond en vogue chez les nouveaux riches du Sud, et qu'il avait fallu aller chercher dans une province voisine –, on avait fait appel à un menuisier local. Quelques coussins sur les bancs apportaient une touche supplémentaire de modernité. Tung avait également acheté un groupe électrogène pour alimenter la pompe amenant l'eau du puits dans la maison. On y brancherait aussi le réfrigérateur et la télévision. Enfin, le couple fit creuser sous la maison un *ham* aux parois cimentées – sorte de cave où se réfugier en cas de bombardement, à laquelle on accédait par une ouverture dans le mur au fond de la salle commune. Tung et Nu n'envisageaient pas de devoir l'utiliser un jour : ils voulaient simplement suivre la mode lancée par les propriétaires aisés du Sud.

Selon ses propres calculs, Tung avait atteint le rang de troisième paysan le plus fortuné de Trang Bang. Les deux premiers, des herboristes installés près du centre-ville, s'étaient enrichis en prescrivant des médicaments, brevetés ou à base de plantes, venus de Saigon. Ils possédaient chacun une magnifique demeure, ainsi qu'une voiture – l'un d'eux en avait même trois –, alors que Tung venait seulement d'acheter le premier scooter de la famille. Pourtant, ils étaient condamnés à rester paysans tous les trois : la commune ne leur offrait aucune autre possibilité d'ascension sociale. Seul privilège : eux et leurs descendants n'auraient sans doute jamais besoin de travailler aux champs. Ainsi Tung, Nu et leurs enfants ne se formalisaient-ils pas de la raillerie souvent entendue à l'école : « Ta mère n'est qu'une vendeuse de soupe aux nouilles ! » Grâce à la soupe de Nu, ils avaient tant construit…

Tung et Nu choisirent un jour qu'ils croyaient propice pour emménager dans leur nouvelle maison : la fête du Têt, ou Nouvel An vietnamien, trois jours durant lesquels les esprits ancestraux reviennent sur terre pour rendre visite à leur famille.

Dans le calendrier occidental, la veille de la fête du Têt de 1968 tombait le 30 janvier. À cette date, Tung et Nu étaient fin prêts pour les festivités. La nouvelle maison resplendissait. Des guirlandes de fleurs parfumées agrémentaient les quatre colonnes du porche. Dans leurs pots multicolores, les pêchers d'ornementation avaient bénéficié de soins attentifs afin qu'ils fleurissent le jour dit. Des corbeilles débordaient de pamplemousses, de mangues et de bananes. Pour accueillir les esprits ancestraux, on laissait grandes ouvertes les trois portes-fenêtres de la façade. Du linteau pendaient les figurines en papier destinées à chasser les esprits maléfiques.

Depuis des jours, le grand-oncle orchestrait les efforts de chacun, enfants inclus, pour embellir la maison du sol au plafond, à l'intérieur comme à l'extérieur. Tung avait décoré l'autel des ancêtres et épousseté les photos des morts. Nu n'avait pas quitté ses fourneaux de toute la semaine, préparant gâteaux traditionnels au riz gluant, soupes sucrées et fruits confits.

Dans la salle de réception, Tung, Nu, le grand-oncle et les six enfants du couple – âgés de deux à quinze ans – attendaient minuit. Quand sonneraient les douze coups, Tung, en tant que chef de famille, devait souhaiter la bienvenue aux esprits ancestraux en disposant sur l'autel, sous les photos, les gâteaux de riz et la soupe au soja près des bâtonnets d'encens allumés. Il devait dire des prières à la mémoire des ancêtres afin qu'ils bénissent la cérémonie, permettant aux festivités de commencer. En ces fêtes du Têt, les esprits ne pouvaient-ils louer la conduite de la famille au cours de l'année écoulée, pour que la chance continue à lui sourire ?

Peu avant minuit, une série de détonations retentit au loin, quelque part dans la ville. Encore un fêtard excité qui faisait partir des pétards trop tôt, pensèrent les membres de la famille. Le crépitement s'amplifia et, soudain, une terrible déflagration déchira la nuit, suivie par l'explosion d'un obus tombant sur les arbres à proximité.

— *Phao kick !* Vite, vite ! Dans le *ham* ! hurla quelqu'un qui avait reconnu le bruit des tirs de mortier.

Les adultes guidèrent les enfants abasourdis vers le fond de la pièce, les aidant à gagner la cave par l'ouverture dans le mur.

« La guerre à Saigon ! » clamait un gros titre en première page d'un quotidien de Washington. Le 31 janvier au soir, en regardant le journal télévisé, les Américains découvrirent les premiers échanges de coups de feu et de tirs de mortier dans la capitale sud-vietnamienne. Les communistes s'étaient attaqués à un objectif réputé inviolable : l'ambassade américaine. À trois heures du matin, le jour de la fête du Têt, dix-neuf Viêt-cong y avaient pénétré par effraction. Il avait fallu six heures et demie aux troupes américaines pour en reprendre le contrôle, parmi les corps ensanglantés des attaquants viêt-cong et de cinq soldats américains.

Au cours de ce qu'on appellerait ensuite l'offensive du Têt, les communistes étaient passés à l'attaque dans tout le pays. Première surprise : qu'ils aient choisi la fête du Têt, considérée à leur demande comme une période de trêve. Seconde surprise : qu'il s'agisse d'une offensive urbaine, démontrant leur capacité à s'aventurer des campagnes au cœur des villes, chose inimaginable jusque-là. De petits commandos viêt-cong s'étaient emparés d'une centaine de villes sud-vietnamiennes, parmi lesquelles des capitales provinciales et des chefs-lieux. Hanoi n'avait envoyé les soldats de son armée régulière que dans les quarante-trois provinces les plus septentrionales du Sud-Viêt Nam. Il paraissait tellement impensable de voir les Viêt-cong à Saigon que les Américains avaient confié la défense de la ville aux seules forces sud-vietnamiennes.

Avec les journaux télévisés consacrés à l'offensive du Têt, la guerre fit soudain irruption dans les salles à manger de l'Amérique profonde. Les

Américains virent dans l'attaque de leur ambassade de Saigon par les communistes la preuve que l'ennemi était à leur porte, menaçant leur suprématie. L'une des images les plus choquantes date du deuxième jour de l'offensive. Ses auteurs – un cameraman de la chaîne américaine NBC et un photographe de l'agence Associated Press – se trouvaient dans une rue de Saigon lorsqu'un général, chef de la police locale, exécuta sommairement un suspect viêt-cong d'une balle dans la tête, à bout portant.

Dans la plupart des villes, l'offensive dura quelques heures, ou quelques jours comme à Saigon. Mais à Trang Bang, on entendit longtemps tirs de mortier et coups de feu isolés, rappelant de manière troublante les derniers pétards du Nouvel An. La bataille la plus longue et la plus sanglante de l'offensive eut lieu dans la ville impériale de Huê, sur les hauts plateaux. Les troupes américaines et sud-vietnamiennes ne purent reconquérir la ville qu'après vingt-six jours, durant lesquels des commandos viêt-cong fouillèrent toutes les maisons les unes après les autres, rassemblant pour les exécuter quelque trois mille civils.

Les communistes perdirent beaucoup d'hommes et ne réussirent pas à provoquer un soulèvement général de la population sud-vietnamienne. L'offensive atteignit toutefois un de ses objectifs : faire voler en éclats la confiance de l'Amérique dans les déclarations de son administration affirmant que la guerre était presque gagnée. Les correspondants américains à Saigon agaçaient depuis longtemps leur gouvernement en montrant la violence de la guerre, ses morts et ses survivants éplorés, au détriment des hauts faits militaires. Au début du conflit, pourtant, le peuple américain avait massivement soutenu l'engagement au Viêt Nam, auquel il restait favorable malgré le nombre croissant de soldats blessés, ou rapatriés dans des sacs mortuaires. Les médias obligèrent l'opinion publique à se demander si l'Amérique n'était pas en train de s'enliser en Asie du Sud-Est, et à s'interroger sur la véritable nature de l'intervention.

Deux mois après l'offensive du Têt, le président Johnson, invoquant les réactions mitigées des Américains à cette guerre, annonça solennellement qu'il ne se représenterait pas pour un second mandat. Il engagea des négociations à Paris en vue d'un accord de paix et prit des mesures pour diminuer la présence militaire au Viêt Nam (cinq cent mille soldats en 1968). L'été suivant fut assombri par l'assassinat du sénateur Robert Kennedy, candidat démocrate à l'élection présidentielle, et par de violents affrontements entre la police et des militants pacifistes pendant la convention démocrate à Chicago. Séduits par ses promesses de campagne, et en particulier par son « plan secret » pour mettre fin à la guerre du Viêt Nam, les électeurs envoyèrent Richard Nixon à la Maison-Blanche.

Kim Phuc ne devait garder aucun souvenir de l'ancienne maison, ni de l'offensive du Têt. Elle ne se rappellerait que la « grande » maison où elle était allée vivre à l'âge de cinq ans. À cause des tuiles qu'il avait fallu remplacer, et des murs endommagés par les tirs de mortier qu'il avait fallu recrépir, le déménagement s'était fait avec deux semaines de retard. Une fois la famille installée, le premier soin de Tung fut de consolider le *ham* à l'aide du meilleur acier *made in USA*. On trouvait au marché noir tous les produits d'importation destinés à l'origine aux entrepôts militaires américains ou à l'armée sud-vietnamienne.

Dans la grande maison, la journée commençait avant l'aube. Vers une heure et demie du matin, après trois heures de sommeil, Nu se levait avec précaution du *van*, afin de ne pas bousculer son mari ni le plus jeune des enfants, tous les deux endormis. Elle sortait par la porte de derrière, prenait au passage deux paniers plats, dépassait le lampadaire de fortune fabriqué par le grand-oncle avec une grosse tige de bambou longue d'un mètre et remplie de saindoux. Avant de rejoindre son restaurant en bord de route, elle allait chercher au marché les provisions nécessaires à l'accompagnement du *banh canh* : châtaignes d'eau, pousses de soja, tofu, carottes, concombres et citronnelle. Pour répondre à la demande, elle achetait des nouilles fraîches toutes prêtes, mais continuait à faire elle-même ses crêpes à la farine de riz. Juste avant le lever du soleil, grand-mère Tao venait l'aider à éplucher et à couper les ingrédients. Et à cinq heures du matin, on levait le rideau de bambou pour laisser entrer les premiers clients.

Les coqs les moins matinaux avaient chanté depuis longtemps quand Kim Phuc et ses frères et sœurs se levaient à leur tour. Tung, leur père, était parfois déjà parti en ville où l'attendaient les autres notables pour boire du thé noir, lire des contes traditionnels chinois ou vietnamiens, fumer et jouer aux cartes – ces deux derniers passe-temps ayant sa préférence. Nu et le grand-oncle partageaient avec Tung les travaux agricoles. La famille élevait des porcs pour les vendre au marché. Les cabanes au fond du jardin abritaient une centaine de truies ; quelques poules et canards se promenaient en liberté. Et il y avait le verger : plus de cent arbres, dont quarante-deux goyaviers aux fruits acides et croquants qui, saupoudrés de sel, avaient les faveurs des villageois. Il fournissait aussi en abondance pomelos, jaques, sapotilles, mangues, ananas, noix de coco, longanes, oranges vertes, citrons jaunes et verts. Tung avait tenté d'acclimater des essences relativement exotiques au Viêt Nam, les pêchers par exemple. Hormis les papayers et les bananiers qui poussaient tout seuls, les arbres fruitiers demandaient de la patience et de la compétence. Il fallait entourer les troncs de palmes pour éloigner les rats, enlever les vers qui s'introduisaient partout, avoir en nombre suffisant des arbres au feuillage protecteur empêchant les jeunes plants de griller au soleil.

Le grand-oncle était chargé de conduire les enfants à l'école. Pour leur petit déjeuner, il allait chercher des œufs au poulailler et les préparait avec de la coriandre fraîchement cueillie au jardin. Les enfants aimant composer eux-mêmes leur repas, le grand-oncle leur donnait aussi quelques dongs pour acheter aux marchands ambulants des brioches et des baguettes encore chaudes, ainsi que leur friandise préférée mêlant riz gluant, noix de coco râpée, sucre et graines de sésame grillées. Une fois les quatre aînés partis, leurs livres sous le bras, Kim Phuc restait seule avec le bébé.

Elle disait au revoir de la main au grand-oncle, poussait la grille en fer forgé et dévalait le sentier entre les jeunes bananiers, évitant les racines des arbres plantés pour leur ombre bienfaisante. Quelques minutes plus tard, elle était chez sa grand-mère Tao. Avec une cousine et les enfants du voisinage, elle passait la matinée dans la plantation de pomelos de grand-père Kiem. Ensemble, ils jouaient au marchand et à la marchande, utilisant des feuilles comme monnaie d'échange. Les garçons se taillaient des fusils dans les branches pour se battre. Les filles les abandonnaient à leurs jeux guerriers et se déguisaient en princesses des légendes populaires vietnamiennes. Plus tard dans la matinée, grand-mère Tao, de retour du restaurant, offrait gâteaux, entremets ou boissons sucrées avec glace pilée.

Vers midi, la voix du grand-oncle rappelait Kim Phuc à la maison. Elle y trouvait la table mise pour un repas à base de riz, de poulet rôti ou de poisson grillé, et de légumes du jardin.

Après le déjeuner, alors que les rayons brûlants du soleil condamnaient progressivement tout le monde au repos, les enfants transportaient leurs jeux à l'intérieur. Les plus jeunes se rassemblaient dans la maison principale avec ceux de leurs cousins et voisins déjà revenus de l'école – où les journées complètes ne commençaient pas avant le cours élémentaire. Le grand-oncle emmenait le bébé et les petits qui voulaient bien le suivre dans un hamac, et il leur chantait des berceuses. Si d'aventure il cédait au sommeil, Kim le taquinait en lui versant du sel sur les lèvres ou de l'eau dans le nombril pour qu'il la poursuive à travers le jardin. Quand arrivaient les pluies diluviennes de l'après-midi, les enfants se livraient à leur passe-temps favori : nus sous les nappes d'eau tiède qui tombaient du toit de la terrasse, ils se laissaient glisser sur le ciment ruisselant transformé en toboggan. En fin de journée, le grand-oncle leur servait un repas frugal. Souvent, la famille achetait à un vendeur en cyclo-pousse une cargaison entière de pastèques ou d'autres fruits qu'elle ne produisait pas.

Le soir venu, les enfants suppliaient le grand-oncle de leur raconter des histoires de fantômes. Il avait définitivement prouvé leur existence en ordonnant un jour à l'esprit d'un jeune garçon de descendre d'un jaquier et de réintégrer son corps.

Les enfants adoraient grimper dans ces arbres. Apparemment, le garçonnet retrouvé inconscient sous l'un d'eux dans le jardin de Tung était tombé en voulant cueillir un fruit mûr – dont le poids pouvait atteindre quinze kilos. Il était resté trois jours entre la vie et la mort avant d'être sauvé par les incantations du grand-oncle.

Ainsi commençait une des histoires : « Dans ma jeunesse, on disait que les fantômes entraient dans le village par la forêt de bambous au bord de la grand-route, mais je n'y croyais pas. Un soir, au crépuscule, j'y suis allé à vélo. Soudain, j'ai eu de plus en plus de mal à pédaler, comme si quelqu'un était assis sur mon porte-bagages. Je n'osais pas me retourner, mais je n'avançais plus, alors j'ai jeté mon vélo à terre et j'ai pris mes jambes à mon cou. » Les enfants se mettaient à pousser de petits cris apeurés. « J'ai couru jusqu'à ce que mes jambes ne puissent plus me porter. En me retournant, j'ai aperçu un visage sans corps, celui d'une femme dont la chevelure flottait derrière elle. » Les cris se transformaient en hurlements, ce qui n'empêchait pas les enfants de réclamer la suite.

Nu rentrait chez elle aux dernières lueurs du jour. Si le restaurant n'avait pas désempli, il faisait déjà noir quand elle baissait son rideau de bambou, retournait les tabourets et balayait sous les tables. Son moyen de transport était un bon indicateur de son degré de fatigue : si elle arrivait en cyclopousse, il fallait la laisser dormir une vingtaine de minutes, mais lorsqu'elle revenait à pied, elle ressortait aussitôt s'occuper des bêtes. Chaque soir, il fallait donner aux cochons leur troisième repas de la journée (si Tung les engraissait pour les vendre au marché, ils en avaient un quatrième à minuit). Leurs cabanes devaient être nettoyées au jet et la pâtée du lendemain préparée à partir des restes rapportés du restaurant, bouillis avec du paddy (riz non décortiqué), des os et des abats de bœuf achetés à l'abattoir le plus proche.

Après le dîner, les enfants faisaient leurs devoirs. Ensuite, ils se joignaient aux voisins et cousins installés devant la télévision. Loan, l'aînée, sortait retrouver des amis. Nu s'attablait pour calculer les recettes de la journée et régler les factures de ses fournisseurs de riz, de sel, de saindoux et de viande de porc. Ils effectuaient une livraison quotidienne au restaurant et venaient se faire payer chez elle le soir. Plus tard, grand-mère Tao passait aider Nu à moudre le riz et à préparer le *banh trang* du lendemain. L'une d'elles versait la pâte liquide dans une poêle brûlante, l'autre prenait les crêpes et les posait sur un séchoir en bambou où l'humidité nocturne les empêcherait de se dessécher. Deux ou trois heures plus tard, les deux femmes les empaquetaient pour le restaurant. Une fois grand-mère Tao partie dormir chez elle, Nu s'occupait du ménage, ou des piles de linge qui attendaient d'être lavées et repassées. S'il était presque l'heure de commencer une nouvelle journée, il lui arrivait de renoncer à se coucher.

Au cours de sa petite enfance idyllique, Kim Phuc croyait n'avoir d'autre obligation que de s'amuser, et de jouer les maîtresses de maison en recevant ses amis. D'humeur joyeuse, elle faisait honneur à son second prénom. Les adultes s'extasiaient de la voir si rayonnante : dans un pays où tout le monde avait le sourire, le sien était éclatant.

À son insu, pourtant, la guerre s'insinuait lentement mais sûrement dans son existence quotidienne. Même dans le verger de grand-père Kiem, le silence était troublé par le bruit des combats qui se déroulaient près de la frontière cambodgienne, à une trentaine de kilomètres de là. Aux explosions des bombes lâchées à dix mille pieds par les B-52 américains répondait le bruissement soudain du feuillage. Instinctivement, Kim Phuc et ses compagnons de jeux tournaient la tête, pas plus inquiets cependant que si un oiseau avait fait tomber une goyave mûre d'un coup de bec.

Ils découvrirent par hasard l'existence de l'ennemi. Un jour où grand-mère Tao les appelait pour leur collation quotidienne, il y eut une petite bousculade quand le premier enfant de la file s'arrêta net. Ils se regardèrent, comprenant ce que signifiait la présence d'une empreinte de sandale taillée dans un vieux pneu. « Un Viêt-cong est venu cette nuit ! » chuchota l'un d'eux. Un autre haussa les épaules et, sans un mot de plus, ils se précipitèrent tous à l'intérieur de la maison.

L'ennemi était peut-être invisible, mais pas les soldats de l'armée sud-vietnamienne. Le spectacle de leurs magnifiques uniformes brillait tel un fil d'argent dans la toile des souvenirs d'enfance de Kim Phuc. Elle les avait vus pour la première fois quand un petit détachement s'était installé dans leur maison pour plusieurs nuits. Ses frères avaient joué au foot avec les visiteurs ; elle, en revanche, avait admiré avec quel soin ces derniers repassaient et pliaient les fameux uniformes. Quatre membres de sa proche famille travaillaient pour l'armée, dont le mari de tante Anh, employé dans les bureaux de l'administration provinciale à Hau Nghia, où tous les cadres recevaient leurs ordres de l'état-major. Le mari de tante Tiem, lui, était soldat, comme leurs deux fils. L'aîné avait été tué dès le début de la guerre. Kim Phuc n'oublierait jamais son cercueil recouvert du drapeau sud-vietnamien en soie jaune et rouge, ni les soldats en uniforme venus saluer le mari de tante Tiem, qui était capitaine.

Après l'offensive du Têt, le régime de Saigon chercha à renforcer son armée. En plus de l'abaissement à dix-huit ans de l'âge du service volontaire (les Américains envoyaient au combat des recrues du même âge depuis trois ans), un programme national de recrutement et d'entraînement des milices locales fut organisé. Regroupées au niveau provincial et cantonal, elles furent baptisées forces « régionales » et « populaires ». Souvent, c'étaient elles que le gouvernement envoyait au front au lieu de ses unités régulières.

Les correspondants de guerre étrangers en poste à Saigon les surnommaient « la piétaille », en référence à leur manque d'équipement et d'entraînement par rapport à l'armée régulière.

Le nouveau quartier général de l'armée à Trang Bang était installé au bord de la route 1, à l'est du pont sur la rivière. Les habitants l'appelaient le « QG américain », bien que l'unique Américain présent ait été le conseiller civil ou militaire détaché dans la région. Les soldats sud-vietnamiens étaient casernés dans des tentes montées sous trois auvents en ciment.

Sur le chemin de l'école, située en face du temple caodaïste, Kim Phuc croisait parfois des groupes de deux ou trois soldats qui allaient acheter à manger en ville ou regagnaient leur casernement.

— *Chau Chu !* Bonjour, monsieur ! lançait la fillette à chacun.

Ce fut toutefois Loan, sa sœur aînée, qui fit entrer un soldat de l'armée gouvernementale dans leur famille. Elle avait une silhouette menue, de longs cheveux soyeux, un visage ovale et une bouche délicate répondant aux canons asiatiques de la beauté. Toujours vêtue d'un *ao dai* en soie de couleur vive acheté par Nu aux marchands cambodgiens, elle comptait aussi parmi les jeunes filles les plus élégantes du village. Après l'avoir rencontrée au restaurant, Nang, soldat du casernement, lui avait déclaré son amour. Beaucoup d'autres avaient tenté leur chance avant lui, mais il fut le premier à conquérir son cœur.

Nang, dont le père et la jeune sœur – sa seule famille – habitaient Da Nang, devint un habitué de la maison pendant ses permissions. Interprète dans l'armée sud-vietnamienne, il parlait assez bien anglais pour commenter les rediffusions de programmes occidentaux. Et il approvisionnait les frères et sœurs de Loan en chewing-gums Wrigley's, leur confiserie préférée.

Il présenta à la famille les seuls Américains qu'elle rencontrerait : deux soldats blonds à la carrure imposante. Chaque fois qu'il les ramenait avec lui, une ribambelle d'enfants se pressait autour d'eux. « Hello, *My* ! » s'écriaient les Américains, désignant Kim Phuc pour monter la première sur leurs épaules. *My*, surnom donné par les soldats américains aux jeunes Vietnamiennes, jouait sur deux des multiples sens du mot : « Amérique » et « belle ». C'était aussi le surnom choisi par Tung et Nu à la naissance de Kim Phuc, si menue et fragile, car il signifiait aussi « chaton nouveau-né ». À chacune de leurs visites, les Américains perchaient la fillette et les autres enfants plus haut dans les jaquiers qu'ils n'auraient pu grimper, ou bien ils les fourraient dans des sacs en nylon de l'armée américaine et organisaient des courses en sacs.

Quelques semaines plus tard, Nang demandait à Tung la main de sa fille. À seize ans, Tung la trouvait trop jeune : elle venait de terminer son année de seconde et s'était inscrite à un cycle de formation au métier d'enseignant. Inconsolable, Nang tenta de se suicider en avalant un tube de barbituriques. Tung revint alors sur son refus. Sacrifiant aux conventions, Nu et lui organisèrent un mariage aux fastes ostentatoires qui dura trois jours (seuls les pauvres pouvaient invoquer les aléas de la moisson pour abréger les festivités). Les mariés trônaient sur un tapis de palmes et de fleurs, au centre d'une estrade en forme de cœur dressée devant le porche. Nu nourrit elle-même les soixante-dix invités, sans aucune aide extérieure.

À peine le nouveau gendre avait-il emménagé qu'il fut transféré dans une unité combattante de la province de Tay Ninh, assez près de chez lui pour pouvoir rentrer à chaque permission ou entre les combats. Loan lui donna un fils, premier de plusieurs bébés dans la famille. Tante Anh eut elle aussi un fils (son second enfant), ainsi que Nu, dont c'était le quatrième garçon et le septième enfant. Nu s'attendait d'autant moins à cette dernière naissance qu'elle allaitait encore le plus jeune de ses fils, âgé de quatre ans.

À sept ans, Kim Phuc était au cours élémentaire lorsque la guerre la toucha de près pour la première fois. Son frère Tam entra un jour en trombe dans sa classe en criant : « Notre beau-frère est mort ! » Kim courut avec lui jusqu'à leur maison, en pleurs et terrifiée à l'idée de voir le cadavre de Nang. Mais il n'y avait pas de cadavre. Seulement Loan en train de sangloter, incapable de consoler son bébé. Debout autour d'elle, les adultes affirmaient qu'il sentait que son père était mort : depuis la veille, il ne cessait de pleurer.

À en croire deux soldats de l'unité de Nang, venus rapporter à Loan sa montre et ses plaques d'identité, des Viêt-cong avaient attaqué leur caserne la veille, lançant par une fenêtre une grenade qui avait tué le jeune homme endormi dans son hamac.

Le lendemain, le cercueil recouvert du drapeau sud-vietnamien fut escorté jusqu'à la maison et placé à l'intérieur, devant l'autel dédié à Cao Dai. Trois jours durant, des pleureuses professionnelles accompagnées par des musiciens chantèrent autour du cercueil. Trois jours après l'enterrement, la famille pria devant la tombe pour que l'âme de Nang rejoigne l'autel des morts. Tung y posa ensuite la photo du défunt, auprès de celles des ancêtres de la famille, dans l'espoir que son âme, apaisée, échappe au mal et au désir de vengeance qui peuvent habiter les victimes d'une mort horrible ou prématurée.

Sept jours après la mort de Nang, son père et sa sœur arrivèrent de Da Nang. Ils s'étaient mis en route dès la réception du télégramme de Tung. Une violente discussion éclata. Le père de Nang voulait voir son unique fils enterré sur le lieu de sa naissance, sans toutefois pouvoir payer le transport du cercueil. Tung céda, sauvant la face puisque la première des quatre cérémonies à la mémoire du défunt n'avait pas encore eu lieu. Il paya l'exhumation du corps et son transport jusqu'à Da Nang, accompagné de Loan et du bébé. Mais Loan revint seule à Trang Bang. Son beau-père avait exigé qu'elle lui laisse son petit-fils, arguant du fait qu'enceinte de deux mois elle aurait bientôt un autre bébé pour lui tenir compagnie.

Seule consolation pour Loan, son mari était mort pour le régime de Saigon. Considérée comme veuve de guerre, elle pouvait le pleurer la tête haute et recevoir des condoléances, ainsi qu'une pension militaire. D'autres pères, maris ou fils entrés dans la clandestinité pour rejoindre le Viêt-cong disparaissaient pendant des années, parfois définitivement. Tenue dans l'ignorance, leur famille se demandait s'ils étaient encore vivants. Souvent, quand la nouvelle de leur mort finissait par filtrer, aucun cadavre n'était restitué. Et s'il y en avait un, on n'organisait pas d'obsèques. Les voisins murmuraient que telle ou telle « fermait sa porte pour pleurer » ou « gardait ses larmes pour elle ».

Tout le monde ignorait encore que, deux ou trois ans plus tard, les rôles s'inverseraient, et que l'appartenance au camp des vainqueurs ou à celui des vaincus serait déterminante.

3

Deux proverbes vietnamiens, l'un très ancien, l'autre plus récent, évoquent les tentatives des paysans de ce pays pour influer sur le cours des choses, et la vanité de leurs efforts. Le premier dit : « Ne vends qu'à tes cousins éloignés, n'achète qu'à tes voisins. » Le second décrit le paysan pendant la guerre comme « coincé entre le riz gluant et le haricot ».

De tout temps, les Vietnamiens se sont interrogés pour savoir à qui s'allier, à leurs voisins ou à des puissances lointaines. Au premier siècle de notre ère, les célèbres sœurs Trung se rebellèrent contre la domination chinoise. Bien que l'insurrection ait échoué, elle annonçait un millénaire de luttes pour l'indépendance. Neuf cents ans plus tard, les Vietnamiens se débarrassèrent enfin des Chinois ; il leur faudrait encore neuf cents ans d'annexions et de repeuplement pour étendre leur empire sur les mille cinq cents kilomètres de péninsule en forme de S et former le

Viêt Nam moderne. Alors que la division géographique nord-sud séparait depuis longtemps les familles, elle servit de frontière officielle trois fois en trois siècles : au dix-huitième, fin dix-neuvième lors de la colonisation française, puis soixante ans plus tard, après la guerre d'Indochine.

Avec la reprise des hostilités contre les Américains, les alliances redevinrent ce qu'elles avaient été durant la guerre d'Indochine, c'est-à-dire clandestines. Parmi les opposants au régime de Saigon se trouvaient soit des agents nord-vietnamiens, soit des Sud-Vietnamiens ayant rejoint les rangs de la résistance. Ces derniers organisaient la guérilla dans la jungle, ou menaient, à leurs risques et périls, une double vie dans toutes les couches de la société, de Saigon au plus petit hameau, de la police et de l'armée aux corporations d'artisans et aux médias.

Le paysan moyen se moquait de la politique et voulait seulement qu'on le laisse tranquille. Dans le meilleur des cas, sa sympathie allait à celui des deux camps qui le harcelait le moins. Pourtant, aussi bien le gouvernement de Saigon que le Viêt-cong cherchaient par tous les moyens à lui faire prendre parti. D'où l'expression « être coincé entre le riz gluant et le haricot » – référence à un plat populaire, mélange de riz blanc gluant et de haricots noirs cuits en papillote dans une feuille de bananier jusqu'à former une pâte compacte. Ainsi vivait le paysan, pris en sandwich entre les deux camps. Dans ces conditions, tout engagement était souvent superficiel.

La famille de Kim Phuc avait hérité ses propres sympathies de la génération précédente – de la décision de grand-père Kiem et de grand-mère Tao de se convertir au caodaïsme, qui rassemblait prêtres et paysans en un mouvement populaire avec ses propres affiliations politiques (au début des années cinquante, où l'influence du culte était à son apogée, un Sud-Vietnamien sur huit était caodaïste). Comme d'autres organisations semi-politiques de l'époque – dont la secte bouddhiste Hoa Hao –, les caodaïstes avaient leur armée. Quand éclata la guerre contre les Français, les caodaïstes jouèrent sur les deux tableaux : ils s'allièrent officieusement au Viêt-minh, tout en soutenant officiellement les Français pour garder leur autonomie dans les territoires qu'ils contrôlaient autour du sanctuaire de Tay Ninh, et dans le delta du Mékong où ils occupaient des positions stratégiques. Pendant les dernières années de la guerre d'Indochine, les caodaïstes rompirent leur alliance avec le Viêt-minh et conclurent un accord avec les Français. Contre des armes, ils acceptèrent de défendre les positions françaises à Tay Ninh, en échange de quoi ils obtinrent leur autonomie dans la province de Tay Ninh, y compris le recouvrement des impôts. Les caodaïstes réussirent à chasser le Viêt-minh de la province et, durant quelques années, à y construire un véritable empire économique.

Dans la province de Hau Nghia, située à l'extérieur du bastion caodaïste, Tung venait de réussir son baccalauréat et s'inscrivit à l'université de Saigon. Il espérait échapper aux sergents recruteurs du Viêt-minh, mais fut chargé par les Français d'espionner les membres du Viêt-minh lorsqu'il rentrait dans sa famille. Et là, les caodaïstes firent pression sur lui pour qu'il abandonne ses études. Pendant les deux années précédant son mariage, et les deux suivantes, sur ordre des responsables caodaïstes, il se rendit clandestinement dans la forêt au volant du camion de sa tante pour embaumer les Viêt-minh morts et préparer leur rapatriement. Cette mission ne prit fin qu'à la rupture de l'alliance entre le Viêt-minh et les caodaïstes. Ces derniers n'étaient pas au bout de leurs peines : en 1955, à son arrivée au pouvoir dans un Sud-Viêt Nam tout juste indépendant, Diem voulut les éliminer par la force, avec d'autres mouvements politico-religieux. Il fit rechercher et arrêter les hauts dignitaires caodaïstes, et intégra leur armée à celle de son gouvernement. Le *Ho Phap* s'exila au Cambodge, où il mourut en 1959. Après l'assassinat de Diem en 1963, le sanctuaire de Tay Ninh retomba entre les mains des caodaïstes, dont l'empire avait diminué dans des proportions considérables. Pourtant, environ six mille hommes de leur armée, qui ne s'étaient jamais rendus et n'avaient pas non plus été capturés, continuèrent à protéger les territoires entourant le sanctuaire.

Le chemin de Nu devait fatalement croiser celui des Viêt-cong. Depuis qu'elle louait une échoppe au bord de la route 1, le déroulement de ses journées était immuable. Lorsqu'elle quittait sa maison endormie par la porte de derrière, son ombre se mêlait à toutes celles qui peuplaient la nuit. Mais seule une rencontre avec un fantôme – celui de son gendre, par exemple – aurait pu l'effrayer. Elle imaginait souvent qu'il rôdait près de chez elle, mécontent de sa photo sur l'autel des ancêtres.

Après l'offensive du Têt, les communistes décidèrent de faire pression sur le régime de Saigon en intensifiant le blocus économique de la capitale. Principal axe commercial, la route 1 devint leur cible privilégiée. Le grand-oncle, inquiet pour la sécurité de Nu la nuit, aux heures où les Viêt-cong passaient à l'action, lui avait fabriqué une lanterne lui donnant l'apparence d'une honnête paysanne tôt levée. Éblouie par sa lumière, Nu ne voyait les Viêt-cong – vêtus de la traditionnelle tunique noire et le visage frotté de suie pour se fondre dans l'obscurité – que quand elle en frôlait un. La plupart du temps, elle entrevoyait seulement dans le faisceau lumineux de la lanterne les carreaux noirs et blancs d'une écharpe, le célèbre *khan ran* porté par les révolutionnaires du Sud. Une fois sur la route, Nu éteignait sa lanterne pour mieux distinguer les monticules en forme de tombes installés dans des nids-de-poule : il fallait à tout prix éviter le fil de métal qui ferait sauter la mine ou les grenades contenues à l'intérieur. Plus d'une fois, Nu dut aussi contourner des barricades de fortune, dressées à l'aide de gravats et de vieux meubles.

La construction de la nouvelle maison de Tung et de Nu n'avait pas échappé aux Viêt-cong. Il y avait fort à parier pour qu'une aussi grande demeure, avec une terrasse couverte et une barrière fermée par une grille en fer forgé, contienne en abondance des aliments de base comme le sel et le riz, ainsi que des produits de première nécessité – savon, pansements, médicaments… Les Nord-Vietnamiens en importaient bien de la Chine communiste, mais, transportés par la piste Ho Chi Minh, ils arrivaient rarement jusqu'au sud du pays, où les combattants devaient compter sur la population locale.

Aux yeux des Viêt-cong, la maison de Tung était très bien située, en lisière de la « zone de sécurité » de la ville, permettant aux visiteurs de disparaître rapidement dans le sanctuaire de l'épaisse forêt.

Ils s'annonçaient toujours de la même manière. Dans les ténèbres, une voix s'élevait : « Mère, ouvrez la grille, s'il vous plaît. » (Les Viêt-cong appelaient les paysans Mère, Père, Frère, ou Sœur.)

Tung, Nu ou le grand-oncle s'empressaient d'aller ouvrir. En général, un adolescent se tenait là, horriblement maigre : « Nous mourons de faim. Avez-vous du riz, s'il vous plaît ? »

Parfois, au lieu de demander de la nourriture, les visiteurs nocturnes venaient mettre à l'abri leurs blessés. « Mère, nous avons un colis pour vous », disait la voix à la grille.

Quelqu'un les conduisait vers la porte de derrière, jusqu'au *ham* où l'on installait le blessé, ses blessures enveloppées dans des chiffons sanglants. S'il n'y avait pas les pansements et médicaments nécessaires, Tung ou le grand-oncle se rendaient au marché. Le lendemain soir, les Viêt-cong revenaient chercher leur camarade.

Au lever du jour, changement de tableau. L'armée et la police gouvernementales trouvaient à leur arrivée des embouteillages monstres : les conducteurs attendaient que les soldats et agents démolissent les barricades, désamorcent les explosifs, installent une déviation. Souvent, la police établissait aussi des barrages routiers, soupçonnant tous les chargements – des carcasses de porcs jusqu'aux tomates – de dissimuler des armes ou du matériel destinés aux Viêt-cong. Quant à l'armée, c'était à elle qu'on devait les panneaux de propagande omniprésents dans le Sud. Sur la route 1, à l'est du temple caodaïste, il y en avait deux. Le premier énumérait les quatre façons de dire « non » aux communistes : refuser de les approvisionner, de les cacher, de les aider, et les isoler derrière un mur de silence. Le second, où l'on voyait une silhouette tout de noir vêtue en train de s'enfuir d'un immeuble en flammes, proclamait : « Ils ont massacré les catholiques et les bouddhistes. Maintenant, ils vont détruire vos maisons et votre économie ! »

Les militaires ne s'aventuraient pas souvent sur les chemins de la commune pour rechercher les Viêt-cong abrités par les paysans. Une des rares fois où ils descendirent le sentier près du temple caodaïste, un Viêt-cong blessé se cachait dans le *ham* de la maison de Tung. Entendant les voisins saluer les soldats qui se rapprochaient, Nu fit aligner sur la terrasse ceux de ses enfants qui se trouvaient à la maison, du plus grand au plus petit. Deux d'entre eux, son dernier-né et celui de Loan, étaient encore bébés. Nu tint aux soldats un raisonnement qui semblait évident : « Aucun Viêt-cong ne pourrait se cacher ici. Les enfants seraient terrifiés et se mettraient à pleurer ! »

Des enfants de Nu, seuls Loan et Ngoc, les deux aînés, connaissaient l'existence des visiteurs nocturnes. Ils tenaient leur langue, au sein de la famille comme à l'extérieur. Une conversation pouvait être entendue et répétée par les plus jeunes. Le risque de représailles était considérable des deux côtés. Au cas où le gouvernement arrêterait un membre de la famille soupçonné d'être communiste, celui-ci résisterait mieux aux interrogatoires et à la torture s'il pouvait affirmer de bonne foi qu'il ignorait tout des sympathies et des agissements du reste de la famille. Si par malheur il donnait au gouvernement des informations sur le Viêt-cong, les conséquences seraient terribles. Dans la jungle, les résistants ne s'encombraient pas de prisonniers : ils les exécutaient sans autre forme de procès.

Les Américains voulaient bien accorder à Richard Nixon le temps nécessaire à la réussite de son « plan secret » pour mettre fin à la guerre du Viêt Nam, mais ils ne se doutaient pas que leur président se montrerait aussi intraitable sur le rôle qu'il entendait jouer dans cette guerre. Il prétendait vouloir la paix, s'engageait à poursuivre le retrait des troupes américaines et, après son élection, une de ses premières décisions avait été d'envoyer Henry Kissinger – son conseiller chargé de la sécurité – à Paris pour y rencontrer des représentants du gouvernement de Saigon et du Viêt-cong. En son for intérieur, cependant, Nixon n'avait aucune intention d'être le premier président américain à perdre une guerre. Nguyen Van Thieu, président du Sud-Viêt Nam depuis 1967, continuait à contrecarrer aussi bien l'effort de guerre des Américains que leurs tentatives pour trouver une solution pacifique. Aux yeux de Nixon, il n'y avait qu'un moyen d'amener les Nord-Vietnamiens à la table des négociations tout en réduisant la présence militaire américaine et en préparant les Sud-Vietnamiens à se défendre seuls : non pas rester sur la défensive, mais passer à l'offensive.

Quand Nixon entra en fonction, trente mille soldats américains étaient morts depuis le début de la guerre ; dix mille de plus devaient mourir pendant la première année de sa présidence. Bien que l'opinion publique américaine ait été moins belliciste qu'avant son arrivée à la Maison-Blanche, le président s'appuya sur le patriotisme de ce qu'il appelait la « majorité silencieuse », étrangère au mouvement pacifiste qu'elle considérait comme un nid d'agitateurs, voire de communistes. En 1969, cependant, tous les Américains sans exception furent choqués par les révélations concernant les atrocités commises l'année précédente par leurs troupes dans le village de My Lai. Après l'échec d'une offensive contre les Viêt-cong, une unité d'infanterie avait tué au moins cinq cents civils vietnamiens, dont des enfants et des nourrissons. Le massacre de My Lai mit en évidence la profondeur du malaise au sein de l'armée, et la détérioration du moral des soldats, dont un tiers avait sombré dans la toxicomanie.

Nixon en personne donna alors le plus grand scoop de la guerre du Viêt Nam depuis l'offensive du Têt. Le 30 avril 1970, il annonça sur une chaîne de télévision nationale que, quatre jours plus tôt, il avait ordonné à des forces terrestres américaines de poursuivre, avec l'aide de l'armée sud-vietnamienne, les communistes nord-vietnamiens jusqu'en territoire cambodgien. Nixon prétendit que l'opération avait atteint son but : démontrer que les États-Unis, nation la plus puissante au monde, n'avaient rien perdu de leur détermination. En fait, les services secrets nord-vietnamiens avaient prévu l'incursion américaine au Cambodge à temps pour permettre à leurs soldats de fuir leurs caches dans la jungle. Les protestations des pacifistes, que Nixon attendait avec une certaine jubilation, ne se firent pas attendre. Le président avait osé porter la guerre hors du Viêt Nam et la colère explosa sur les campus. Ce fut le drame. À Kent State University, la garde nationale ouvrit le feu sur les manifestants, faisant quatre morts et neuf blessés. La télévision et la presse montrèrent un étudiant penché sur le cadavre d'un de ses camarades, spectacle qui fit prendre conscience à l'Amérique des retombées tragiques de cette guerre absurde.

Même les vétérans de retour du Viêt Nam se joignirent aux manifestations qui s'ensuivirent sur les campus et dans les rues des villes. Le Congrès réagit en interdisant aux troupes américaines d'intervenir au Laos et au Cambodge. Sa marge de manœuvre réduite, Nixon adopta une politique de « vietnamisation » du conflit, pour transférer la responsabilité de la lutte contre les communistes des mains des Américains à celles des Sud-Vietnamiens.

Après trois ans à la Maison-Blanche, Nixon avait réduit le nombre de soldats américains au Viêt Nam, et du même coup celui des morts et des blessés, à un quart de ce qu'il était avant son élection. En juillet 1971, il n'y eut que onze tués par semaine, contre trois cents à l'époque où les combats faisaient rage. Mais, dans le même temps, les pertes en hommes augmentaient chez les Sud-Vietnamiens. Aux États-Unis, en revanche, les nouvelles du front ne faisaient plus les gros titres et elles disparurent des principaux journaux télévisés : à l'évidence, les massacres entre Vietnamiens n'intéressaient pas le public américain.

Pour les correspondants étrangers aussi, il était temps de quitter le Viêt Nam. Ils avaient connu leur heure de gloire durant les premières années de la guerre, où personne ne savait ce qui se passait et où tout le monde avait besoin d'être informé ; puis de nouveau pendant l'offensive du Têt, où les Américains prirent enfin conscience des atrocités dont les journalistes leur parlaient depuis des années. Ces mêmes journalistes avaient à l'époque pleuré leurs collègues tombés au champ d'honneur en se demandant à chaque fois : « Pourquoi eux, et pas moi ? » Ils partirent persuadés que leur mission de couvrir un conflit interminable, et apparemment sans solution, arrivait à son terme.

La tâche de rendre compte de la guerre du Viêt Nam échut alors aux services secrets militaires. À l'automne 1971, comme toujours à la fin de la saison des pluies, ils se tenaient en alerte. Ils prévoyaient une offensive communiste au Sud-Viêt Nam pour le début de 1972, période où les sols encore suffisamment secs et stables faciliteraient les déplacements d'hommes et de matériel. À l'approche du mois de mai, la nouvelle saison des pluies interromprait comme d'habitude toute action d'envergure, à cause des inondations et de la boue omniprésente. Depuis l'offensive du Têt, les communistes n'avaient lancé aucune opération dans le Sud. Tous les responsables sud-vietnamiens s'interrogeaient. Ho Chi Minh mort, à soixante-dix-neuf ans, quelqu'un allait-il poursuivre son combat pour l'unification du pays ? Les bombardements américains de la piste Ho Chi Minh avaient-ils stoppé l'envoi d'hommes et de matériel du Nord vers le Sud ?

La réponse arriva le 30 mars 1972. Ce jour-là, Hanoi donna l'ordre aux soldats de son armée régulière, cachés au fin fond de la jungle sud-vietnamienne depuis novembre 1971, d'attaquer. Baptisé « offensive de Pâques » par les Américains, l'assaut fut d'une ampleur sans précédent. Il s'étendit sur trois semaines, en trois vagues successives : de la zone démilitarisée aux provinces les plus septentrionales du Sud-Viêt Nam, des hauts plateaux du centre jusqu'à la côte, et, à la surprise des militaires sud-vietnamiens, de l'intérieur du Cambodge jusqu'à An Loc, capitale provinciale située à une soixantaine de kilomètres au nord de Saigon.

L'objectif des forces communistes était essentiellement politique : déployer un dispositif militaire impressionnant afin d'obliger les Américains à faire des concessions à la table des négociations. L'offensive avait aussi pour but de mettre l'armée sud-vietnamienne à l'épreuve, à un moment où la présence américaine était réduite à sa plus simple expression. Au printemps 1972, il ne restait au Viêt Nam que la moitié des hommes encore sur le terrain à la fin de 1971. Seuls six mille d'entre eux appartenaient à des unités combattantes, chargées de missions extrêmement restreintes. À l'exception de quelques conseillers – un ou deux par province –, les autres étaient pour l'essentiel des personnels militaires chargés de la maintenance et de la logistique.

Les Sud-Vietnamiens demandèrent une intervention aérienne américaine pour appuyer leur contre-offensive. Leurs attentes ne furent pas déçues : au lendemain de l'offensive communiste et à titre de représailles, Nixon ordonna des bombardements intensifs sur le Nord-Viêt Nam par les B-52, et la pose de mines à Haiphong, principal port du pays.

Les communistes étaient prêts à se battre jusqu'au bout : des semaines d'inactivité dans la jungle n'avaient fait qu'accroître le désir des soldats nord-vietnamiens de mourir pour leur cause s'il le fallait. À l'inverse, les officiers et soldats de l'armée sud-vietnamienne, mal entraînés, peu disciplinés, et privés du soutien des troupes de combat américaines, se révélèrent incapables de résister à l'offensive. Les communistes avaient choisi comme d'habitude de lancer des attaques foudroyantes et de se retirer aussitôt, mais, à leur grand étonnement, ils purent rester sur le terrain après leurs deux premiers assauts et continuer leur progression. Dans les provinces septentrionales, les officiers sud-vietnamiens préférèrent battre en retraite plutôt que de livrer bataille. Des milliers de soldats, auxquels se mêlaient des civils terrifiés, s'enfuirent le long de la route côtière, sous le feu conjugué de l'artillerie nord-vietnamienne et des bateaux de guerre américains. Sur les hauts plateaux, les forces gouvernementales ne parvinrent pas à rejoindre les milices locales d'autodéfense. Si les communistes n'avaient pas interrompu leur avancée, les Sud-Vietnamiens auraient perdu la moitié du pays.

An Loc fut la seule ville où les troupes gouvernementales opposèrent une véritable résistance. Les communistes, que les bombardements américains empêchaient de ravitailler leurs hommes, durent se résoudre à l'assiéger. Il apparut seulement à la mi-mai que leurs adversaires sud-vietnamiens ne se rendraient pas. Mais le siège traîna en longueur, les combats se déplaçant à l'extérieur d'An Loc, partout où les forces communistes attaquaient, créant des « points chauds ». Début juin, les services secrets sud-vietnamiens se perdaient en conjectures sur ce qu'allaient faire les Nord-Vietnamiens de leurs divisions engagées à An Loc. Les rappeler dans leurs quartiers généraux de l'autre côté de la frontière cambodgienne ? Les regrouper pour encercler Saigon ? Ou s'en servir pour distraire les forces gouvernementales de leur responsabilité première : protéger la capitale ?

Lorsque éclata l'offensive de Pâques, les seuls reporters étrangers présents à Saigon étaient ceux des deux agences de presse concurrentes – Associated Press et United Press International –, dont la plupart des correspondants permanents avaient toutefois été rappelés aux États-Unis. Des reporters et des journalistes free lance se pressaient pour les remplacer, parmi lesquels des étrangers attirés au Viêt Nam par le goût de l'aventure et de l'Orient, et quelques travailleurs humanitaires ayant choisi de rester après le retrait massif des Américains.

Au début de l'offensive, à en croire les dépêches de l'époque reprises par de nombreux organes de presse, Associated Press prenait du retard sur United Press International pour les reportages photo. Afin de remédier à cette situation, le bureau new-yorkais d'Associated Press envoya sur place Horst Faas, photographe chargé de l'Asie du Sud-Est et basé à Singapour. Né en Allemagne, Horst Faas avait été un des premiers à couvrir la guerre du Viêt Nam. Après s'être fait une réputation comme photographe de guerre au Congo, il s'était rendu au Viêt Nam en 1962. Il devait y rester jusqu'en 1970 et recevoir pour ses reportages le prix Pulitzer, plus haute récompense journalistique américaine.

C'étaient des hommes comme Faas qui avaient d'emblée vu l'intérêt d'engager des Vietnamiens pour les aider à couvrir le conflit : ils se contentaient d'un salaire modeste et parlaient la langue, avaient des contacts dans la population et connaissaient le terrain. À Saigon, ils sillonnaient la ville en scooter et tiraient les négatifs ; sur le champ de bataille, ils transportaient les caméras de télévision et prenaient des photos. Ils collaboraient à la rédaction des dépêches. De même qu'aucun reporter ne quittait son bureau sans son appareil photo, les rédacteurs attendaient les observations et les notes rapportées par leurs aides vietnamiens pour écrire leurs articles. Pendant l'offensive du Têt, les « chasseurs d'images » vietnamiens de Faas ne chômèrent pas. Ils se succédaient au quatrième étage de l'Eden Building, rue Pasteur (rebaptisée boulevard Nguyen Hue par les Sud-Vietnamiens, mais dont tout le monde continuait d'utiliser le nom français), rapportant de quatre-vingts à cent rouleaux par jour. Faas pouvait leur acheter trois ou quatre photos, le plus souvent une seule. Tant de Vietnamiens travaillaient pour lui qu'à Saigon les journalistes les avaient surnommés « l'armée de Faas ». Le surnom était bien choisi : Faas, géant bourru pesant près de cent kilos, avait tout d'un général.

Le 7 juin 1972 au soir, plus de deux mois après le début de l'offensive de Pâques, Faas demanda au cours d'une discussion de routine à un photographe d'Associated Press où il irait faire des photos les jours suivants. Le photographe en question, Huynh Cong Ut, vingt-quatre ans, était plus connu sous le nom de Nick Ut. Il savait surtout qu'il ne voulait pas retourner dans la ville assiégée d'An Loc. La route étant coupée à cause des combats, on ne pouvait s'y rendre qu'en hélicoptère. Or, tous les correspondants de guerre, même les plus endurcis, craignaient comme la peste les trajets en hélicoptère. De surcroît, Nick était superstitieux, et, lors de son dernier voyage à An Loc, il avait un peu trop vu le chiffre treize à son goût : l'hélicoptère portait le numéro cent treize et il y avait treize passagers à bord. Alors que le pilote tentait d'éviter les tirs de DCA, Nick avait adressé une prière au Bouddha à la vue du sol défoncé par les bombes et jonché de cadavres humains en décomposition. Même un animal ne survivrait pas longtemps ici, s'était-il dit. Les photos qu'il avait rapportées montraient dans toute son horreur la vie des assiégés sud-vietnamiens : à court d'eau et de nourriture, ils tenaient grâce à l'alcool de serpent.

Non, cette fois, Nick avait une autre idée : il voulait remonter la route 1 pour y vérifier l'existence d'un point chaud dont il avait entendu parler. Le Phuc Dinh, cameraman de NBC, avait appris d'un chef militaire sud-vietnamien que la route était coupée depuis deux jours près de Trang Bang par des combats. Ce chef militaire, un certain major Cuong, n'était pas un inconnu pour les correspondants de guerre étrangers : toujours bien informé, il était également très respecté car ses troupes de paysans mal dégrossis défendaient des territoires pour la plupart acquis aux Viêt-cong. « Vous devriez venir avec nous demain, il y a une belle bataille qui se prépare », avait-il dit à Dinh.

— Bonne idée. Allez donc faire un tour là-bas, déclara Faas à Nick Ut.

Nick s'était arrangé pour que le chauffeur d'Associated Press passe le prendre devant l'agence le lendemain matin à six heures, aussitôt le couvre-feu levé. La voiture n'était pas son moyen de transport favori. Sur son scooter Honda, il roulait à près de quatre-vingts kilomètres/heure, slalomait entre les files de véhicules au lieu de rester coincé derrière une charrette tirée par des buffles, et trouvait facilement un détour si la route était coupée. Mais il ignorait ce qui l'attendait sur la route 1, et un conducteur de scooter faisait une cible idéale pour les tireurs isolés.

En piétinant sur le trottoir, Nick pensait déjà à la soirée qui l'attendait, une fois sa journée de travail terminée. Il espérait pouvoir rentrer tôt à Saigon, se changer et emmener sa fiancée au restaurant, puis dans une discothèque, pour oublier toutes les atrocités qu'il aurait vues.

Sur un mur d'Associated Press, bien en vue au-dessus de la table où séchaient les négatifs, était accroché le portrait de Huynh Cong La, un des frères aînés de Nick. Tout le personnel de l'agence et de nombreux journalistes en poste à Saigon avaient assisté à ses obsèques, en 1965. Faas l'avait engagé en 1963. Très photogénique, La s'était déjà fait un nom dans le cinéma : réalisateur et principal acteur du film *Eye of the Lover*, son surnom « My » lui avait été donné par ses fans. Ses talents de photographe n'avaient pas échappé à Faas, ni son intelligence, son charisme et sa maîtrise de l'anglais, qui facilitaient ses rapports avec le haut commandement américain et sud-vietnamien.

Peu après les obsèques de La, Arlette, sa veuve de dix-neuf ans, était allée demander à Faas si Associated Press pouvait s'occuper du jeune frère du défunt, qui l'accompagnait. Nick n'avait pas encore dix-sept ans et venait d'abandonner ses études. Faas regarda à peine l'adolescent malingre auquel il n'aurait pas donné plus de dix ans :

— Reste avec ta famille et retourne en classe, lui dit-il.

— Associated Press ma famille maintenant. Moi aussi vouloir prendre photos, répondit Nick.

Dixième enfant d'une famille comptant une fille et dix garçons, Nick était l'aîné des deux garçons encore à la charge de leur mère, veuve elle aussi. À partir du moment où il avait quitté le lycée, il risquait d'être recruté soit par les Viêt-cong, soit par l'armée gouvernementale. Ce fut en fait son jeune frère, prénommé Ut comme lui, qui s'engagea à sa place dans une unité sud-vietnamienne.

La, septième enfant de la famille, avait emmené Nick vivre à Saigon avec lui et sa femme, dans l'espoir qu'il apprenne l'anglais et se fasse engager à son tour par une agence de presse occidentale. Chaque soir, La rapportait de vieux appareils pour initier Nick à la photographie, ainsi que des piles de clichés pris pendant les combats, et dont il pouvait commenter pendant des heures les qualités et les faiblesses. Il tenait des discours enflammés sur l'absurdité de la guerre, affirmant que des photos qui en montraient toute l'horreur pouvaient contribuer à ramener la paix.

Nick avait conscience que la guerre était une abomination. Durant son enfance à Long An, dans le delta du Mékong, il avait plus d'une fois frémi à la vue d'un cadavre de quelques heures, déjà gonflé comme une outre sous l'effet de la chaleur. Il avait aussi vu des têtes empalées sur des pieux en bambou, un mégot entre les lèvres – ce dernier détail permettant de reconnaître les membres du Viêt-minh.

Un soir d'automne, en 1965, La annonça à sa femme qu'un photographe free lance d'Associated Press avait été tué. Bernard Kolenberg – de retour pour une semaine au Viêt Nam, après y avoir passé plusieurs semaines en début d'année comme correspondant d'un quotidien américain – avait trouvé la mort dans un avion militaire sud-vietnamien qui s'était écrasé au sol. « Ce sera moi le prochain », avait ajouté La, prenant date avec la mort.

Huit jours plus tard, sa prédiction se réalisait. Il était retourné sur la ligne de front du delta du Mékong, où il avait déjà été blessé trois mois auparavant par une rafale de mitrailleuse. Alors qu'il couvrait une bataille entre Viêt-cong et troupes gouvernementales, il fut touché au torse et au bras. Il allait être évacué par hélicoptère quand les Viêt-cong avaient envahi le poste de secours et achevé les blessés.

Malgré le refus initial de Faas d'engager Nick, Arlette ne désarma pas. Finalement, Faas accepta que Nick serve de coursier au technicien chargé du tirage des négatifs. Chaque soir, le jeune homme rapportait de vieux appareils pour s'entraîner. Après avoir commencé par photographier la maison et la bonne d'Arlette, il essaya de prendre par la fenêtre de la camionnette d'Associated Press les passants et les véhicules encombrant les rues. Faas transmit un jour une de ses photos au siège de l'agence : celle d'un gosse sud-vietnamien en train de cirer les rangers d'un GI en fumant le cigare. Mais la chance sourit vraiment à Nick le matin où tomba la nouvelle qu'un autre bonze menaçait de s'immoler par le feu. Aucun photographe n'était disponible et Faas envoya Nick qui revint, triomphant, avec une série de clichés du bonze dévoré par les flammes, de son corps carbonisé assis, puis recroquevillé sur lui-même. Faas les élimina les uns après les autres.

— Ces photos sont trop horribles, déclara-t-il à Nick. Aucun journal n'en voudra. Tu aurais dû prendre quelqu'un en train de recouvrir le cadavre, sous les yeux de la foule en pleurs.

Grâce aux conseils éclairés de Faas et d'Henri Huet, un autre collègue d'Associated Press, Nick devint un excellent photographe de guerre. Dès le départ, il se croyait condamné à mourir prématurément, comme son frère aîné. Cette conviction le poussait à aller toujours plus près des combats, à ne jamais revenir sans la photo qu'il convoitait.

Après cinq ans passés sur les lignes de front, Nick fut blessé. Il couvrait une incursion en territoire cambodgien et reçut des éclats d'obus dans le ventre. Et l'année suivante, il faillit être parmi les victimes lorsqu'un hélicoptère affrété par l'armée sud-vietnamienne s'écrasa dans la jungle laotienne au début de 1971, tuant ses onze passagers. Quatre d'entre eux étaient des photographes étrangers – dont le célèbre Larry Burrows du magazine *Life* – qui avaient pour mission de suivre une des premières tentatives de « vietnamisation » du conflit : un raid sud-vietnamien, sans conseillers ni soldats américains, contre une base nord-vietnamienne au sud du Laos. (L'opération échoua, les Sud-Vietnamiens ayant dû battre en retraite après avoir subi des pertes considérables.) Nick était parmi les journalistes contraints d'attendre plusieurs jours que le temps s'améliore et que l'hélicoptère soit autorisé à décoller pour faire la tournée des bases sud-vietnamiennes, avant de rejoindre les unités parties en pleine jungle. Au dernier moment, Henri Huet avait demandé à Nick de lui laisser sa place : il voulait faire un dernier reportage avant de prendre des vacances à Hong Kong. C'était Huet qui, le premier, l'avait surnommé Nick, aussi le jeune photographe se fit-il désormais appeler ainsi, à la mémoire de son ancien mentor.

Arlette avait très peur que la guerre ne lui enlève Nick. Un autre frère de La, arrivé à temps du champ de bataille pour se jeter sur le cercueil pendant les obsèques, était mort au combat quelques mois plus tard. Superstitieuse elle aussi, elle avait remarqué que sa maison de Saigon avait le numéro 1010, et que La avait été tué un dix octobre. Elle tenta de convaincre sa belle-mère que Nick devrait faire autre chose. Mais la vieille dame avait besoin de l'argent que lui donnait son fils pour faire cultiver ses champs et payer ses impôts, ainsi que les « dons » réclamés par les Viêt-cong.

— Ut n'aime que la photographie, répondit-elle.

Le 5 juin 1972 au soir, un visiteur se présenta à la porte de Tung et de Nu. C'était le chef de plusieurs commandos viêt-cong.

— Mère, ne quittez pas votre maison, dit-il à Nu. Nos hommes creusent des souterrains. Quand nous aurons fini, vous pourrez emmener votre famille dans la forêt. N'allez pas en ville. Les soldats du gouvernement sont de plus en plus nombreux. Là-bas, vous n'aurez que des ennuis !

Ce n'était pas une requête, mais un ordre.

À l'annonce de l'offensive de Pâques, les habitants du Sud-Viêt Nam avaient redouté que, comme pendant l'offensive du Têt, les communistes « frappent partout à la fois ». À Trang Bang, les maisons se vidèrent, leurs occupants préférant s'enfuir, à Saigon pour la plupart. Quant à Tung et Nu, ils pouvaient difficilement partir avec leur famille nombreuse, et ne voyaient pas où aller. Tante Tiem n'avait pas assez de place à

Tay Ninh pour les accueillir, et ils ne connaissaient personne à Saigon. Le restaurant de Nu avait gardé sa clientèle, et il fallait quelqu'un pour s'occuper des poules et des cochons. En outre, leur maison et leurs biens représentaient l'investissement de toute une vie. Ils décidèrent donc de rester, espérant que l'avenir leur donnerait raison.

L'offensive n'avait pas pris la population totalement par surprise. Quelques semaines plus tôt, un agent de Hanoi avait rendu visite à Nu dans son restaurant. En voyant la jeune femme, Nu avait eu la certitude qu'elle venait du Nord. Elle avait demandé à Nu de surveiller les mouvements de l'armée sud-vietnamienne sur la route 1. Nu n'avait pu faire autrement que de s'exécuter. Et si c'était une mise à l'épreuve ?

La jeune femme était revenue l'après-midi même.

— Mère, avez-vous vu les clients habituels, ce matin ?

Nu avait rendu compte de ses observations : combien de camions, et dans quelle direction.

Comme elle s'y attendait, on lui confia des missions plus risquées. Un contact, jamais le même, arrivait régulièrement un panier à la main.

— Mère, je vous apporte des noix d'arec, disait-il.

Coupées en lamelles, bouillies, puis séchées au soleil et mélangées à une pâte à base de citron vert, ces noix possédaient des propriétés stimulantes et empêchaient d'avoir la bouche sèche. Dans le panier était caché un message, que Nu devait remettre à un autre visiteur en échange d'un mot de passe. D'autres fois, le contact donnait une adresse à Nu, qui devait alors porter elle-même le message. Comme elle ne savait pas lire et ne pouvait s'absenter du restaurant sans éveiller les soupçons, elle dut mettre Tung à contribution. Les Viêt-cong exprimaient leur reconnaissance en lui apportant des paniers de grandes feuilles de bétel : fraîches, elles étaient idéales pour envelopper les aliments, et pouvaient servir de chiffons une fois desséchées. Un jour, elle trouva à l'intérieur de l'une d'elles un insigne représentant le drapeau viêt-cong : une étoile jaune sur un fond bleu et rouge. L'étoile symbolisait le peuple, le bleu, le nord et la paix, le rouge, le sud ensanglanté par la guerre.

Les tunnels creusés par les Viêt-cong passaient juste sous la maison de Tung et de Nu. Dans la nuit du 5 juin, des bruits sourds montèrent du sol de la cuisine, qui commença à se fissurer.

Vers minuit, le chef viêt-cong revint voir Nu.

— Mère, nous avons besoin des portes de votre maison.

Lorsqu'ils commencèrent à démonter les sept portes, même les portes-fenêtres de la façade, Nu, furieuse, leur cria d'arrêter.

Personne ne lui prêta attention. Apercevant dans l'encadrement des portes des piles d'armes et de munitions, Tung et Nu décidèrent de partir sans plus attendre. Ils choisirent de se réfugier dans le temple caodaïste, préférant rester à proximité de leur maison afin de pouvoir aller y chercher nourriture et médicaments, continuer à s'occuper des cochons et empêcher d'éventuels pillages. Ils redoutaient aussi de rencontrer des patrouilles sud-vietnamiennes qui feraient sûrement des rondes de nuit si, comme l'avait dit le chef viêt-cong, les troupes gouvernementales avaient pris position en ville. Enfin, raison supplémentaire, le grand-oncle était incapable de faire plus de quelques pas à cause de violents maux d'estomac. Après avoir monté un hamac pour le soutenir pendant le trajet, Tung et Nu réveillèrent les plus jeunes enfants, toujours endormis malgré le bruit. Kim Phuc, alors âgée de neuf ans, découvrit qu'il faisait encore nuit.

— Maman ! Pourquoi tu n'es pas partie au restaurant ? dit-elle, tout heureuse de voir sa mère.

— Chut ! Pas de questions, répondit Nu.

Apercevant une silhouette vêtue de noir à la porte, la fillette se mit à pleurer. Le Viêt-cong la rassura :

— Ne t'inquiète pas. Nous sommes juste en visite.

Nu lui demanda l'autorisation de quitter la maison, invoquant la nécessité de faire soigner le grand-oncle. Le chef viêt-cong ne chercha pas à la retenir. Toute la famille descendit le chemin en trébuchant dans l'obscurité. Cinq minutes plus tard, adultes et enfants se glissaient par la grille entrouverte permettant d'accéder à un petit bâtiment à l'arrière du temple, normalement utilisé lors de réunions, ou pour héberger des dignitaires du sanctuaire de Tay Ninh.

Plusieurs familles du voisinage campaient déjà à l'intérieur, une trentaine de personnes en tout, essentiellement des femmes et des enfants. Parmi elles se trouvaient grand-mère Tao, tante Be, tante Anh et ses trois enfants. Le mari de tante Anh était en déplacement dans la province, et grand-père Kiem séjournait au sanctuaire de Tay Ninh, où il allait souvent passer quelques semaines. Dans le bâtiment étaient également installés une dizaine de soldats sud-vietnamiens. L'un d'eux, équipé d'un talkie-walkie, mitrailla de questions les nouveaux arrivants. Savaient-ils où se cachaient les Viêt-cong ? « Partout. » Combien étaient-ils ? « On ne sait pas. Ils sont très nombreux. » Les soldats capitulèrent.

— Une grande offensive se prépare, annoncèrent-ils.

Le 6 juin, des coups de feu dans le lointain saluèrent le lever du jour. Dès les premiers tirs de mortier, tout le monde se précipita vers les abris de fortune installés dans les dortoirs en face de la salle commune – un pour les femmes et les enfants, un autre pour les hommes, pour respecter la séparation en vigueur dans le temple. Ces abris étaient faits de sacs de sable empilés et recouverts de planches.

Très vite, il apparut que les combats se déroulaient dans le quartier commerçant de la ville. Les soldats se détendirent. Les enfants jouaient, courant en tous sens dans la salle de réunion. À midi, les femmes préparèrent du riz dans la petite cuisine attenante.

En fin d'après-midi, après un long silence annonciateur d'une accalmie ou de la fin des combats, une femme demanda la permission de retourner chez elle chercher à manger pour sa famille. Les soldats répondirent par un haussement d'épaules. Nu décida de sortir elle aussi, pour aller nourrir ses cochons. Sur le chemin, elle rencontra l'autre femme, qui revenait en courant et en hurlant :

— Si vous restez chez vous, vous allez vous faire tuer ! Le gouvernement va nous bombarder !

En 1965, à l'arrivée au Viêt Nam de leurs premières unités combattantes, les responsables militaires américains avaient eu le plus grand mal à fixer des règles pour cette guerre non conventionnelle. Un accord tacite les autorisait à ordonner des bombardements sur les villages sud-vietnamiens si des soldats américains avaient été victimes ne fût-ce que d'un seul tireur isolé dans la région. Bien que nombre d'Américains aient eu mauvaise conscience à l'idée qu'on se venge sur des civils au moindre prétexte, l'état-major sud-vietnamien n'avait pas ce genre de scrupules.

Nu fit demi-tour. Elle avait presque atteint le bâtiment derrière le temple lorsqu'un obus tomba devant elle, l'enfouissant à demi sous une gerbe de terre. Quelques minutes plus tard, indemne, elle se relevait et courait se réfugier à l'intérieur. Il ne se produisit rien de plus ce jour-là, mais les soldats enfermèrent tout le monde dans le temple pour la deuxième nuit consécutive.

Le 7 juin au matin, les combats s'étaient déplacés du quartier commerçant vers l'est de la ville. Roquettes et obus explosaient si près que les villageois terrifiés craignaient le pire pour leurs maisons. Dans les abris surpeuplés, l'air était irrespirable et les occupants se succédaient devant les trous d'aération. En fin d'après-midi, il y eut de nouveau un silence prolongé. Inquiète pour ses cochons qui avaient passé une nouvelle journée sans eau ni nourriture, Nu demanda la permission d'aller chez elle. Trop dangereux, répondirent les soldats, ajoutant que l'armée sud-vietnamienne avait déployé une unité près du temple et que les Viêt-cong pouvaient se cacher n'importe où.

Le matin du 8 juin, à la sortie de Cu Chi, Nick et son chauffeur découvrirent la route 1 bloquée par des réfugiés se dirigeant vers l'est : des mères avec leur nourrisson dans les bras, des hommes et des femmes chargés de baluchons contenant des vêtements et quelques casseroles, des enfants portant des bébés ou menant un buffle par sa longe. Les vieillards et les blessés voyageaient sur des voitures attelées. Trang Bang était facile à localiser à cause de l'énorme nuage de fumée qui s'élevait au-dessus de la ville et des avions qui tournoyaient dans le ciel. Les tirs d'armes de fabrication chinoise ou soviétique confirmaient la présence de soldats de l'armée nord-vietnamienne. Nick comprit pourquoi les combats s'éternisaient : les lance-roquettes, les fusils sans recul et les canons de DCA des Nord-Vietnamiens avaient une mobilité et une portée suffisantes pour infliger des pertes sérieuses, même de loin.

À l'entrée de la ville, la circulation était interrompue par des rouleaux de barbelés disposés en travers de la route. Nick brandit sa carte de presse devant la police militaire. Il était interdit de dépasser le pont sur la rivière, point de rassemblement de plusieurs soldats et journalistes. Comme Nick, les journalistes portaient des treillis achetés sur les marchés de Saigon. Dans cette tenue, il leur était plus facile de se fondre parmi les militaires.

Au fil de la matinée, une quinzaine de correspondants étrangers arrivèrent, dont Le Phuc Dinh, le cameraman de NBC qui avait appris à Nick l'existence de combats sur la route 1. Le reporter Arthur Lord l'accompagnait. La chaîne privée britannique ITN avait dépêché sa propre équipe de télévision et son envoyé spécial Christopher Wain. Parmi les journalistes de la presse écrite se trouvaient Fox Butterfield du *New York Times* et au moins trois autres photographes : un de l'agence concurrente United Press International, vietnamien comme Nick ; David Burnett, reporter travaillant pour *Life* ; et Alexander Shimkin, ancien membre des Peace Corps devenu photographe indépendant. Trois journalistes britanniques, dont William Shawcross du *Sunday Times*, étaient là par hasard, le barrage routier les ayant obligés à modifier leur projet de visite du sanctuaire caodaïste de Tay Ninh.

Le major Cuong, qui avait contribué à attirer plusieurs journalistes de Saigon en laissant filtrer des informations la veille, attendait lui aussi sur le pont.

— Hier, j'ai préféré ne pas faire bombarder le secteur, expliqua-t-il à Fox Butterfield. Beaucoup de soldats réclamaient une intervention aérienne, mais les villageois étaient contre. Un seul bombardement, et leur village est rayé de la carte.

Il reconnaissait aux forces gouvernementales le mérite d'avoir dès les deux premiers jours repoussé les Viêt-cong de la place du marché vers l'est de la ville, près du temple.

Au troisième jour des combats, l'objectif était d'amener les Viêt-cong à la lisière de la forêt, le plus loin possible de la ville, afin de rouvrir la route 1. On envisageait cette fois d'accompagner l'offensive terrestre d'une intervention aérienne. Inutile de dire que, sans cela, les troupes gouvernementales auraient refusé d'affronter même la plus petite unité communiste.

Les avions sud-vietnamiens firent deux ou trois sorties dans la matinée. C'étaient pour la plupart des Skyraiders A1-E, vieux appareils à hélice donnés au début du conflit par les Américains aux Sud-Vietnamiens pour qu'ils s'entraînent aux missions de combat. Ils volaient par deux : le premier avion lâchait des bombes à forte puissance pour éventrer bunkers et tunnels, le second suivait avec celles au napalm pour brûler et asphyxier les survivants. À deux ou trois reprises ce matin-là, des hélicoptères de l'aéronavale bombardèrent la forêt en réponse aux tirs de DCA. Les bombardements étaient suivis d'attaques terrestres : des soldats sud-vietnamiens serpentaient en file indienne comme des chenilles à travers les rizières où ils s'enfonçaient jusqu'à la taille. Nick photographia des avions en plein bombardement, des soldats à plat ventre en train d'installer leurs fusils lance-grenades, de tirer à la mitrailleuse ou d'évacuer les blessés sur des brancards : des photos qu'il avait déjà prises des centaines de fois.

Les gens immobilisés depuis trois jours par le barrage routier rappelaient le public d'une fête foraine. À l'approche des avions, ils se levaient, cherchant à localiser les explosions et les incendies à près d'un kilomètre à la ronde. Entre les bombardements, les mères et leurs filles aînées épouillaient la chevelure des plus jeunes enfants. Comme pendant un entracte, un jeune garçon à vélo proposait des glaces aux conducteurs des véhicules à l'arrêt. Certains, accroupis à l'ombre de leur camion, déjeunaient d'une banane ou savouraient la pulpe collante et sucrée des dernières sapotilles étoilées de la saison.

Pour les occupants du bâtiment à l'arrière du temple caodaïste, cette troisième matinée de combats fut une expérience terrifiante à cause du vacarme assourdissant, entrecoupé d'accalmies où régnait un silence de mort. L'odeur âcre des explosifs se répandait partout. De leurs abris, les familles voyaient imparfaitement ce qui se passait par les fenêtres et portes sur trois côtés du bâtiment. En revanche, elles entendaient le bourdonnement des avions, le vrombissement des rotors, les déflagrations de toutes sortes, les rafales de mitrailleuses. Les bombes explosaient si près du temple que des branches, des troncs d'arbres et les débris des maisons voisines atterrissaient à l'intérieur de la clôture ou sur le toit et les murs du bâtiment annexe.

Deux ou trois fois, ses occupants virent soudain le monde extérieur disparaître dans un rougeoiement intense. Lorsqu'il réapparaissait, des flammes bondissaient dans l'air, courant au sommet des arbres, semblant inonder le sol.

— Le feu tombe du ciel ! s'écrièrent les villageois.

Un soldat leur expliqua ce qu'était le napalm.

— Quand vous voyez le feu, la bombe est déjà tombée.

Dans le silence des accalmies, ils apercevaient parfois des soldats en uniforme de l'armée nord-vietnamienne traîner leurs camarades blessés pour les mettre à l'abri. C'étaient les premiers « soldats de Hanoi » qu'ils voyaient. Rassurés par la présence protectrice des troupes gouvernementales, ils se persuadèrent que ni les communistes ni l'armée sud-vietnamienne n'oseraient attaquer un lieu saint.

En fin de matinée, les journalistes virent le ciel s'assombrir. Des nuages bas formaient une couverture. Le déluge typique des après-midi de la saison des pluies commença. Photographes et cameramen recouvrirent leur matériel de ponchos imperméables achetés sur les marchés de Saigon. Certains regardèrent autour d'eux si leurs collègues s'apprêtaient à partir : à cause de la couverture nuageuse, les bombardements allaient sans doute s'interrompre, et l'offensive terrestre également.

— À votre avis, quelle est la photo du jour ?

Ils comparèrent leurs notes : des réfugiés sur la route, des gens qui fuyaient la ville. Quelques journalistes arrivés plus tard avaient assisté à la fin d'une fusillade dans un hameau à l'est de Trang Bang.

— Je crois qu'aujourd'hui je vais rentrer tôt.

— Vers quelle heure ?

Treize heures pour certains, quatorze au plus tard pour les autres. Après quoi ils discutèrent de l'endroit où ils iraient le lendemain.

Ut sortit de son sac reporter un sandwich au camembert. Il décida que, s'il partait avant quinze heures, ce serait quand même tôt pour lui, mais il allait s'efforcer de ne pas dépasser quatorze heures à cause du flot de réfugiés qui ralentissait la circulation. À treize heures, la couche de nuages était toujours aussi épaisse. Certains de ses collègues prirent le chemin du retour, convaincus que les communistes et les Viêt-cong profiteraient du mauvais temps pour battre en retraite et quitter la ville. La pluie continuait à tomber. Un soldat se mit à laver sa jeep, allant remplir son seau à la rivière toute proche.

À l'intérieur du bâtiment derrière le temple, les enfants, l'estomac plein, recommençaient à courir en tous sens. Pendant les trois jours qui venaient de s'écouler, Kim Phuc avait pris sous son aile Danh, le fils cadet de tante Anh. Ce bambin joufflu âgé de trois ans était son cousin préféré.

Une effervescence soudaine s'empara des enfants lorsqu'un merle entra dans le bâtiment. Danh le poursuivit, l'attrapant au vol. Les voix inquiètes des adultes se firent entendre :

— N'y touche pas ! Relâche-le tout de suite !

— Danh ! Relâche-le ! cria Kim Phuc à son cousin.

Le garçonnet rendit sa liberté à l'oiseau, consterné d'avoir perdu un compagnon de jeu. Alors que le merle retrouvait la voie des airs, les adultes hochèrent la tête :

— Oiseau dans la maison, malheur à l'horizon.

Un peu plus d'une heure après avoir commencé à tomber, la pluie cessa. Le vent dispersa les nuages. Çà et là, les rayons du soleil perçaient la fumée des incendies et des bombardements du matin, qui noircissait encore le ciel. Après avoir décrit des cercles au-dessus de la forêt derrière le temple, un petit avion d'observation entama son approche. Plongeant au ras des arbres, il lâcha deux fusées éclairantes. Un panache blanchâtre s'éleva au-dessus du point d'impact et, aussitôt, plusieurs soldats sud-vietnamiens jaillirent d'une petite construction devant les grilles du temple – à l'origine le mausolée de deux anciens chefs du village. Trois ou quatre soldats se précipitèrent vers le temple en dégoupillant des grenades fumigènes à la fumée jaune et violet. Le blanc des fusées éclairantes de l'avion d'observation indiquait les positions ennemies, les couleurs des grenades fumigènes celles des troupes gouvernementales. Cent cinquante mètres environ séparaient les adversaires. Les pilotes chargés des bombardements portent la responsabilité de ce qui advint ensuite.

Les soldats installés dans le bâtiment à l'arrière du temple se réveillèrent brusquement. Certains lâchaient des bordées de jurons. Une dispute éclata entre eux, apparemment sur la signification de la fumée. Ils se tournèrent vers les villageois stupéfaits.

— Sortez ! Faites sortir tout le monde ! Ils vont tout détruire !

Tung rassembla ses enfants et leurs cousins, leur donnant à tous pour consigne de rejoindre la « base américaine ». Il fit partir en premier les membres les plus âgés de la famille et les plus jeunes. Grand-mère Tao et tante Anh, avec son bébé de neuf mois et ses deux autres enfants – dont Danh – faisaient partie de ce premier groupe. Il fut suivi peu après par celui des enfants du milieu, parmi lesquels Kim Phuc et deux de ses frères. Enfin, les aînés se mirent en route à leur tour. Cédant à la panique, plusieurs soldats s'étaient déjà enfuis avec les premiers villageois. Ceux qui restaient aboyaient des ordres aux retardataires pour les faire presser :

— Plus vite ! Plus vite, ou vous allez tous mourir !

Tung fut parmi les derniers à quitter le temple, son plus jeune fils dans les bras. Nu, qui l'accompagnait, s'arrêta pour prendre à son cou la fille de Loan : paralysée par la peur, elle refusait de faire un pas.

La quarantaine de soldats et de civils formaient une file irrégulière s'étirant en pointillé le long du temple et de la route 1. Ce qu'on en voyait du ciel, par les trouées d'une couche nuageuse en train de se disperser, reste sujet à caution.

Nick regarda sa montre. Il était plus de treize heures. « Ma dernière photo de la journée », se dit-il à l'approche d'un Skyraider sud-vietnamien. Puis, changeant d'avis, il quitta le bas-côté et rejoignit la route. « Allez, encore quelques-unes avant de rentrer. »

Il apparut très vite que l'avion avait manqué le panache de fumée blanche et qu'il survolait les lignes sud-vietnamiennes. Au lieu de faire demi-tour après avoir raté cette manœuvre élémentaire, il descendit en piqué et lâcha deux bombes. Sans doute défectueuses, elles n'explosèrent pas.

— Ce pilote est cinglé ! Qu'est-ce qu'il a bu hier soir ? s'écria Fox Butterfield, écœuré.

Quelques instants plus tard arriva le second Skyraider, encore plus loin de la cible que le premier. Il vint se placer dans l'axe du pont sur la rivière et plongea en vrille, manœuvre normalement utilisée pour échapper aux tirs ennemis.

— Merde ! Il ne va quand même pas nous bombarder !

Incrédule, Butterfield se mit pourtant à plat ventre, comme plusieurs soldats et journalistes présents sur le pont.

Nick resta sur la route, objectif braqué vers l'avion. Dinh, le cameraman de NBC, filmait sans arrêt. Près de lui, à cause de son matériel relié à la caméra, se trouvait le preneur de son vietnamien engagé pour la journée. L'avion volait si bas que, de la route, tout le monde reconnut les rayures rouges sur fond jaune du drapeau vietnamien peintes sur son fuselage. Il existait un autre « accord tacite » imposé par les Américains au début de la guerre : interdiction de tirer sur des civils vietnamiens sans armes, *sauf s'ils s'enfuyaient*. Toute personne en train de s'enfuir avait de fortes chances d'être un Viêt-cong, et pouvait donc être prise pour cible. Horrifiés par ce que le pilote s'apprêtait à faire, Nick et ses collègues observèrent néanmoins une règle de conduite essentielle pour tout reporter couvrant des combats lors d'un bombardement : s'immobiliser, et lever la tête vers le pilote.

4

Une fois les bombes lâchées par le Skyraider, Nick plaça son objectif à hauteur d'œil. Mentalement, il avait déjà composé la photo qu'il allait prendre : au premier plan, des silhouettes en uniforme sur la route ; à l'arrière-plan, le temple et ses tours jumelles qui se dressaient vers le ciel. Il avait quelques secondes devant lui. À cause de leur poids, les bombes conventionnelles tombent droit vers le sol, alors que celles au napalm, moins lourdes, descendent plus lentement en tournant sur elles-mêmes.

Lors de l'impact, il y eut une violente déflagration et les champs s'embrasèrent de part et d'autre de la route. Des gerbes de flammes jaillirent. Des tons safran, des rouges sanglants, incandescents, et tous les orangés du couchant envahirent le viseur. « Dieu que c'est beau ! » À ce moment précis, Nick regretta de n'avoir à sa disposition que des pellicules noir et blanc.

Même à plusieurs centaines de mètres de distance, le souffle brûlant de l'air donnait l'impression qu'on venait d'ouvrir la porte d'un immense haut fourneau. Les arbres ruisselaient de flammes. Des volutes d'épaisse fumée noire s'élevaient lentement. Peu à peu, une pluie de cendres transforma la scène en un camaïeu de gris. Plus sombres, les toits pointus des tours du temple surgissaient, tel un mirage, au-dessus de la route et des champs dévastés.

On entendait des cris et des gémissements étouffés.

— Bon sang ! Des civils ont été touchés ! hurla quelqu'un.

C'était Alexander Shimkin, l'ex-membre des Peace Corps autrefois chargé d'enquêter sur les violations des droits de l'homme. Le premier, il s'élança vers l'endroit d'où provenaient les plaintes. D'autres journalistes le suivirent, certains avec leur téléobjectif sous le bras. Seul Christopher Wain, de la chaîne britannique ITN, rappela son équipe.

— Attendez, les gars. Il y a un autre avion là-haut. Pas question d'aller grossir les statistiques.

Au même instant, ce troisième avion, venu inspecter la zone, s'éloigna. Les premières silhouettes visibles, qui se détachaient sur la fumée tels des bonshommes dessinés par un enfant sur une vitre sale, étaient celles d'une demi-douzaine de femmes et d'enfants accompagnés d'un petit chien noir. Un jeune garçon avait un bébé sur la hanche ; deux fillettes se cramponnaient à des sacs en jute. La même stupeur se lisait dans les yeux des humains et dans ceux de l'animal, comme s'ils avaient oublié ce qu'ils fuyaient et où ils allaient. Ils se trouvèrent face à une étrange assemblée : des journalistes et des soldats, tous en treillis, certains pointant vers eux un téléobjectif, qui ressemble de loin au canon d'un fusil.

Deux retardataires apparurent. Une femme marchait à gauche de la route, et une autre à droite, par habitude, pour éviter d'éventuels véhicules. Le visage de la première femme reflétait la tragédie à laquelle elle venait d'assister. Le bébé qu'elle portait avait le visage et le cuir chevelu noircis. Il fixait l'assistance, l'air attentif, souriant même, malgré la démarche saccadée de sa mère qui le faisait tressauter.

— Nom de Dieu... !

Le même cri d'horreur s'échappa de plusieurs bouches et les regards convergèrent vers la seconde femme, qui approchait en titubant. Très âgée, défigurée par le chagrin, elle luttait pour continuer d'avancer, le corps inerte et calciné d'un enfant dans les bras. Son ample pantalon noir lui battait les chevilles, et à chacun de ses pas, des lambeaux de peau brûlée s'envolaient des membres de la petite victime.

— *Nguoi oi ! Chay di dau nhu vay ne troi ? Chay di dau nhu vay ne troi ?*

La plupart des journalistes ne comprenaient pas ce qu'elle disait. Elle semblait parler à l'enfant agonisant.

Allan Downes, cameraman de Wain, se tourna vers lui.

— Je ne peux pas filmer ça. Londres n'en voudra jamais.

— C'est à Londres d'en décider, pas à toi ! hurla Wain, le prenant par les épaules et le poussant vers la vieille femme pour qu'il continue à filmer.

Les photographes présents savaient qu'ils tenaient la photo du jour. Ils mitraillèrent la scène jusqu'à ce qu'ils aient fini leur rouleau. Déjà, ils pensaient à la suite : en vue d'une éventuelle publication, il faudrait trouver le plan où la vie l'emportait sur la mort. Les vivants communiquent mieux l'horreur de la guerre ; les morts, eux, n'ont pas d'expression.

Kim Phuc, qui ne courait pas très vite, avait quelques mètres de retard sur ses frères, l'un plus jeune qu'elle, l'autre plus âgé. Sur la route, elle entendit le vrombissement d'un avion volant à basse altitude. Par curiosité, elle se retourna. Jamais elle n'avait vu un avion d'aussi près. Sans ralentir l'allure, elle le regarda lâcher quatre bombes et disparaître.

Tante Anh avait à peine quitté le bâtiment derrière le temple avec son bébé serré sur sa poitrine qu'elle s'inquiéta pour son fils Danh.

À sept ans, sa fille aînée courait comme un lapin, mais les jambes potelées du petit Danh refusèrent très vite de le porter. Au grand soulagement de sa mère, un soldat passant par là prit le petit garçon dans ses bras.

Les villageois avaient abandonné leur retraite en pensant que la fumée jaune et violet des grenades fumigènes indiquaient la cible à bombarder. Les grilles du temple franchies, ils se crurent donc hors de danger. En revanche, les soldats sud-vietnamiens cachés dans le mausolée jaunâtre transformé en poste de commandement savaient à quoi s'en tenir, ayant eux-mêmes dégoupillé les grenades en question pour indiquer leur position et celle des villageois réfugiés dans le bâtiment. Lorsque le premier avion lâcha ses bombes à côté de la cible, le responsable du poste de commandement tenta frénétiquement d'empêcher par radio le second avion d'effectuer le bombardement prévu.

L'explosion fut assourdissante. Le bébé de tante Anh fut projeté à terre et la jeune femme sentit ses genoux se dérober sous elle. Instinctivement, elle posa la main sur son mollet gauche. Il y eut aussitôt un grésillement, ses doigts étant entrés en contact avec du napalm enflammé. Atteint de plein fouet, le soldat qui avait pris Danh dans ses bras fut carbonisé et Danh très grièvement brûlé. Grand-mère Tao découvrit le corps calciné de son petit-fils et l'emporta. Dao, un voisin encore tout de blanc vêtu pour une cérémonie caodaïste, avait vu tante Anh s'écrouler. Il aperçut le bébé étendu sur la route et se mit à hurler, fou de rage :

— Ils bombardent même les femmes et les enfants !

Il confia à une autre femme le soin de mettre le bébé en sécurité, avant de repartir vers les foyers d'incendie et les tourbillons de fumée.

Kim Phuc fut touchée dans le dos avec une telle force qu'elle tomba face contre terre. Curieusement, elle n'éprouvait aucune crainte, seulement de la curiosité, comme lorsqu'elle s'était retournée pour regarder l'avion lâcher ses bombes. Elle ne comprit ce qui lui arrivait qu'en voyant les flammes l'envelopper. Alors elle eut peur. Instinctivement, elle se releva, tira sur ses vêtements en feu – comme elle l'aurait fait un jour de canicule – et ils partirent en lambeaux. Son premier souvenir conscient fut le spectacle des flammes léchant son bras gauche, taché par une affreuse substance brunâtre. Alors qu'elle essayait de l'enlever, elle hurla de douleur : les flammes avaient gagné sa paume droite.

Kim Phuc sut qu'elle était gravement brûlée. Elle avait reçu du napalm sur le haut du corps, du côté gauche. Sa queue-de-cheval avait grillé ; des brûlures recouvraient son cou, son bras gauche et la plus grande partie de son dos. Comme si son esprit avait quitté son corps, elle mesura l'étendue de ses blessures et un sentiment de pitié l'envahit. Elle vit d'autres personnes la dévisager et s'exclamer : « Pauvre petite, regardez comme elle est laide ! »

Traversant la fumée, la voix de son frère Tam la fit revenir à elle. Lui et son plus jeune frère continuaient leur chemin, et elle sentait qu'elle devait les suivre, se remettre à courir. Elle voulut se redresser, mais une immense lassitude l'en empêcha. De plus, dévorée de l'intérieur par une chaleur intense, elle mourait de soif.

Tung et Nu, stupéfaits d'être encore en vie, s'inquiétaient pour leurs enfants qui les précédaient. Désorientés par la fumée et les flammes, ils entendaient les cris terrifiés de Kim Phuc sans pouvoir la localiser. Ils reconnurent ses deux frères, puis la virent s'avancer, vacillante, prête à s'effondrer. Tung était pétrifié. Nu tenta de poser sa petite-fille qu'elle portait depuis le temple, mais la fillette, affolée, s'accrochait à elle. Apercevant la silhouette blanche de Dao, Nu l'appela :

— Ma fille ! Aidez-la !

Au même instant, un nuage de fumée brûlante l'obligea, ainsi que Tung, à reculer. Sa dernière vision de ses enfants fut Tam soutenant Kim Phuc pour l'empêcher de tomber. La voix de sa fille résonnait encore dans sa tête : « Oh, maman, j'ai chaud, tellement chaud ! »

Plusieurs minutes s'étaient écoulées depuis l'apparition de grand-mère Tao portant le corps calciné de son petit-fils, que tous les reporters présents avaient photographiée ou filmée. Beaucoup avaient eu la même pensée : cette journée peu prometteuse venait d'offrir un portrait en gros plan de la guerre. Quelle que soit l'explication donnée par les militaires, une chose était sûre : toute guerre a ses bavures, où l'un des deux camps tue par inadvertance ses propres soldats ou des civils. La plupart des reporters présents avaient déjà été témoins de pareilles erreurs. Mais on voit rarement les victimes s'avancer sous les yeux des journalistes qui, comme au spectacle, guettent l'événement. Plusieurs photographes, qui avaient terminé leur rouleau en photographiant la grand-mère et son petit-fils, rembobinaient et rechargeaient leur appareil. Les Nikon et les Leica de l'époque étaient capricieux, et il fallait effectuer ces opérations avec soin, sinon ils se bloquaient facilement. Certains journalistes avaient préféré rentrer à Saigon. Personne ne pensait voir d'autres civils émerger de cet enfer, quand une voix enfantine déchira le silence.

— ... *nong qua, non qua !*

Les Vietnamiens présents furent sans doute les seuls à comprendre le sens de ces paroles : « ... trop chaud, trop chaud ! » Parmi ceux qui se précipitèrent vers la fillette se trouvaient Dinh, de la chaîne NBC, et son preneur de son, ainsi que Nick. Celui-ci sortit le dernier des quatre appareils qu'il transportait dans son sac. Avoir en réserve un appareil chargé était chez lui une manie : il ne voulait pas regretter un jour d'avoir raté la photo de sa carrière faute de pellicule.

Une demi-douzaine d'enfants surgirent. Une fillette tenait un petit garçon par la main. Un autre garçonnet, âgé de quatre ou cinq ans, courait en regardant par-dessus son épaule. L'aîné du groupe, en chemise blanche et short noir, devait avoir une douzaine d'années. Il lançait des jurons vers le ciel.

— *Du me may bay bo-bomb !* (Saloperie d'avion qui a lâché une bombe pour tuer ma sœur !)

À la vue des soldats, il se mit à crier :

— *Em tao chay ! Cuu em toi voi !* (Aidez ma sœur !)

Une fillette accourait en hurlant, nue, bras écartés.

Christopher Wain, le reporter d'ITN, tendit la main pour arrêter sa course. De dos, l'étendue de ses lésions était visible. De son corps brûlant se détachaient des lambeaux de chair rose et noire. Nick s'avança, traduisant en anglais ses quelques mots. Elle demandait de l'eau et quelqu'un porta une gourde à ses lèvres. Plusieurs soldats vidèrent les leurs sur ses brûlures. Nick partit chercher un poncho pour cacher sa nudité.

Un homme de grande taille, vêtu de blanc, s'approcha de Nick et de Dinh. Comprenant qu'ils étaient journalistes et disposaient d'un moyen de transport, il les supplia de conduire sa « fille » à l'hôpital le plus proche : celui de Cu Chi, sur la route de Saigon.

Nick, encore tremblant après le spectacle auquel il venait d'assister, discuta avec Dinh pour décider qui emmènerait la fillette. Tous les deux avaient hâte de rentrer à Saigon. Le temps pressait. Nick devait compter avec la concurrence de United Press International. L'équipe de NBC, elle, devait rentrer assez tôt pour permettre à l'envoyé spécial d'enregistrer son reportage, puis de déposer film et bande magnétique à l'aéroport Tan Son Nhat de Saigon avant le départ de l'avion du soir, qui les transporterait jusqu'à New York.

Il fut convenu que Nick conduirait la fillette. Alors qu'il la guidait vers la camionnette de l'agence Associated Press, l'homme vêtu de blanc amena une autre victime, une femme incapable de marcher sans aide, contrairement à la fillette. Nick était déchiré entre son désir de se montrer charitable et ses contraintes professionnelles qui lui imposaient de regagner Saigon au plus vite. L'heure tournait. Il y aurait des ralentissements à cause du flot de réfugiés, des minutes précieuses perdues lors de l'arrêt à l'hôpital. Plus il se faisait tard, plus Nick mettait en danger sa vie et celle de son chauffeur en risquant de se retrouver sur la route après la tombée de la nuit, à l'heure des Viêt-cong.

Le petit groupe près du pont se dispersa. Les derniers villageois pris sous le bombardement remontaient la route, les soldats soignaient leurs blessés, et les journalistes se dépêchaient de rentrer pour rendre leurs reportages à temps. L'un d'eux s'arrêta pour réconforter Alexander Shimkin qui sanglotait, à genoux sur le bas-côté.

« Fiche-moi la paix ! » obtint-il pour unique réponse. (Un mois plus tard, couvrant pour *Newsweek* les combats qui se poursuivaient sur les hauts plateaux, Shimkin serait tué par une grenade après avoir franchi par erreur les lignes communistes avec un collègue.)

Dans un champ, Christopher Wain de ITN enregistrait en direct. N'ayant pas eu le temps de mesurer la portée de la tragédie qui venait de se dérouler, il termina son reportage sur ces mots : « … Les briquets Zippo avec une inscription humoristique sont un souvenir de Saigon très apprécié. Comme on peut le lire sur l'un d'eux, "Désolé de vous infliger ça !" »

Fox Butterfield fut l'un des derniers correspondants à repartir pour la capitale sud-vietnamienne. Encore sous le coup de la série de bavures faites par les pilotes sud-vietnamiens lors d'une simple mission de routine, il voulait savoir combien de leurs propres soldats ils avaient tués. Une fois les incendies éteints, il se dirigea vers la zone bombardée au napalm.

Apercevant l'étranger, un militaire s'écria :

— Encore un exploit de l'aviation sud-vietnamienne !

Le napalm recouvrait d'un sirop brun foncé et de filaments grisâtres le temple et le mausolée, ainsi que deux véhicules blindés garés dans le champ voisin. Des soldats s'affairaient pour arracher leur uniforme et leurs rangers carbonisés à une demi-douzaine de collègues. Des civils se mêlaient à eux, parmi lesquels des parents espérant retrouver un enfant disparu. Les premières jeeps vinrent chercher les soldats tués ou blessés, mais l'armée refusa de transporter les victimes civiles. Un policier arriva, en jeep lui aussi, et à son tour il ignora les villageois qui l'imploraient d'emmener leurs blessés à l'hôpital. Il n'en avait pas le droit sans ordre de ses supérieurs, déclara-t-il.

Le retour vers Saigon par la route 1 avec deux grandes brûlées fut éprouvant. Même l'air entrant par les vitres ouvertes ne dissipait pas l'odeur de chair calcinée. Obligé de slalomer entre les réfugiés, le chauffeur ne pouvait éviter les cahots. À chaque cri de douleur de la fillette, Nick le suppliait d'aller plus vite avant de se tourner vers la petite victime pour tenter de la rassurer :

— Nous serons bientôt à l'hôpital.

Trois quarts d'heure plus tard, la camionnette s'arrêtait devant l'hôpital Bac Ha de Cu Chi.

— Je vous en prie, occupez-vous d'elles. Désolé, mais nous ne pouvons pas rester, expliqua Nick aux infirmières stupéfaites en leur confiant la femme et la fillette.

La nuit tombait déjà. Les fenêtres étaient éclairées. Heureusement, passé Cu Chi, les réfugiés disparurent et la camionnette fonça vers Saigon. Nick put se concentrer sur les rouleaux de photos qu'il venait de prendre. Il en appela au Bouddha : « S'il vous plaît, faites qu'elles soient réussies, ni sous-exposées, ni surexposées. »

Depuis le départ de Trang Bang, il transpirait à grosses gouttes. Dans sa tête, il entendait sans arrêt « napalm, napalm ». Ses yeux aux pupilles dilatées voyaient tout dans un halo rouge. « Et si elles sont ratées, tant pis pour moi », se dit-il pour faire taire son angoisse.

Un vieux Japonais, cigarette aux lèvres, attendait sous un lampadaire de Saigon. Technicien d'Associated Press chargé du développement et du tirage des négatifs, il se faisait appeler Jackson. Il vit la camionnette de l'agence s'arrêter au bord du trottoir et jeta son mégot.

— Qu'est-ce que tu nous rapportes aujourd'hui, Nicky ?

— Quelque chose de très important.

Ils montèrent à l'étage et Jackson disparut dans la chambre noire. Nick faisait les cent pas pour se calmer.

Au bout de dix minutes, le technicien sortit mettre les négatifs à sécher. Quelques instants plus tard, il les posait sur la table lumineuse. Nick le rejoignit. Il poussa un soupir de soulagement.

— J'ai de très belles photos d'un bombardement au napalm, annonça-t-il.

— Où ça ?

Jackson regarda les tirages à la loupe. Il leva les yeux, horrifié.

— Nom de Dieu !... Nicky, qu'est-ce que c'est que ça ?

Pour les techniciens, il y avait une heure à ne pas dépasser : celle pendant laquelle, chaque soir, Radio Saigon envoyait par le réseau hertzien les photos d'Associated Press à l'agence de Tokyo. De là, elles étaient transmises par satellite à New York. Parties de Saigon en début de soirée, elles se trouvaient dès le lendemain dans les journaux américains. À l'agence de Saigon, la journée de travail se terminait seulement lorsque Tokyo confirmait la réception des photos. S'il n'y avait pas d'interférences, il fallait compter une douzaine de minutes par photo. Mais l'opération prenait souvent plus de temps, quand il ne fallait pas tout recommencer.

Les événements ne se précipitant qu'en fin de journée, les techniciens déjeunaient tardivement et s'accordaient une longue pause. La plupart rentraient chez eux, parfois pour faire la sieste. Lorsque Nick revint de Trang Bang, seul Jackson était à son poste. Ce jour-là, Faas était allé déjeuner avec Peter Arnett. Autre correspondant de la première heure, lui aussi lauréat du prix Pulitzer pour ses reportages sur la guerre du Viêt Nam, il avait été dépêché comme Faas par le bureau américain d'Associated Press pour renforcer la couverture de l'offensive de Pâques. Les deux hommes s'étaient rendus dans leur repaire favori : le restaurant de l'hôtel Royale, où l'on servait de la cuisine corse. Aux premières heures de la guerre, ils y avaient souvent mangé avec leurs contacts de l'état-major américain, à l'abri des regards indiscrets derrière des paravents chinois.

Théoriquement, le responsable de service ce jour-là était Carl Robinson. En pratique, il devait en référer à Faas pour toutes les décisions importantes. La direction de l'agence n'avait pas apprécié le retard pris par l'agence, d'où la nomination de Faas. Robinson et son inexpérience avaient été implicitement mis en cause. Installé depuis longtemps à Saigon, Robinson devait en outre son poste à Faas. Fils d'un pasteur méthodiste, il était arrivé au Viêt Nam à vingt ans comme cadre de l'organisation humanitaire américaine USAID. Plein d'enthousiasme au début, il avait démissionné cinq ans plus tard, découragé par la débâcle consécutive à l'offensive du Têt. Il avait rencontré Faas dans un bar de Saigon et lui avait confié le désenchantement que lui inspirait la politique américaine au Viêt Nam. Fiancé à une Vietnamienne dont la famille vivait à Saigon, il n'avait aucun désir de retourner aux États-Unis. Faas l'avait engagé sur-le-champ.

De retour à l'agence, Robinson trouva Jackson en train de sélectionner les photos à envoyer. Pour gagner du temps, cette sélection se faisait à partir des négatifs. Celui qui en était chargé perforait le rebord des négatifs retenus pour les rendre facilement identifiables. Ainsi, même en chambre noire, le technicien savait lesquels développer. Il en faisait ensuite des tirages de cinq centimètres sur sept, à partir desquels avait lieu la sélection définitive.

La photo de la fillette nue courant vers l'objectif n'avait échappé ni à Robinson ni à Jackson, mais ce dernier souligna qu'aucun quotidien japonais n'en voudrait. Il n'y avait même pas lieu d'en discuter. La politique d'Associated Press était claire : pas de nudité vue de face.

Ensemble, ils étudièrent les autres photos. Robinson était impressionné par la chronologie impitoyable des plans successifs, de l'avion lâchant la bombe à l'apparition des villageois après l'explosion. Jackson et lui tombèrent d'accord pour en retenir deux ou trois.

À son arrivée, Faas fit une seconde sélection – pratique habituelle à Associated Press. Robinson et Jackson restèrent avec lui devant la table lumineuse. L'un d'eux désigna le plan avec la fillette nue. N'ayant pas été perforé, il n'avait pas été tiré sur papier.

— Il y a aussi celui-ci, mais il est inutilisable, déclara l'un des deux hommes.

Faas l'examina.

— Au diable le règlement ! s'exclama-t-il.

Il fit lui-même le tirage. Avec précaution, il glissa une feuille de papier entre l'agrandisseur et le papier photo pour atténuer les contrastes dus à la lumière éblouissante de l'Asie subtropicale.

Alourdie par la décision de transgresser un interdit, l'atmosphère de l'agence n'avait plus rien d'habituel. Le tirage effectué, Faas confia le soin de rédiger la légende à Robinson, qui se mit aussitôt à taper sur sa machine à écrire : « Des soldats sud-vietnamiens suivent des enfants terrifiés sur la route 1 près de Trang Bang, le 8 juin, après un bombardement au napalm dans une zone où se trouvaient des civils. La fillette au centre vient d'arracher ses vêtements en flammes. Elle a le dos brûlé. La bombe a été lâchée par un Skyraider de l'armée sud-vietnamienne. » Robinson retira de la machine la feuille de papier encollé, la découpa, donna un coup de langue au dos et la fixa au bas de la photo.

Quelqu'un fit remarquer que les ombres sur le corps de la fillette pouvaient passer à tort pour des poils pubiens. Faas appela un technicien, lui demandant d'apporter sa boîte à retouche. L'homme se mit au travail avec du gris et du blanc. Sa tâche accomplie, on le complimenta pour son talent, ce qui fit rire tout le monde. Un coursier partit pour Radio Saigon avec la photo.

Comme à chaque début de soirée, les correspondants d'autres agences et organes de presse firent un tour dans les bureaux d'Associated Press. Fox Butterfield vint voir quelles photos, parmi celles retenues par l'agence, pourraient illustrer son article analysant les effets possibles de la bavure sur le moral des troupes gouvernementales. La veille encore, des avions sud-vietnamiens avaient bombardé par erreur leurs propres parachutistes à My Chanh au nord de Huê, faisant neuf morts et vingt et un blessés. Butterfield se félicita qu'Associated Press ait sélectionné la photo d'une bombe au napalm explosant sur la route 1. Il découvrit que l'agence en avait également envoyé une de la fillette, mais ne vit pas la nécessité de modifier son article pour parler d'elle.

David Burnett, photographe de *Life*, était là lui aussi. Il avait un arrangement avec Associated Press lui permettant de faire développer sur place ses négatifs, qu'il pouvait ensuite choisir et tirer lui-même. Burnett aperçut la photo de la fillette.

— Cent fois meilleure que les miennes, dit-il.

Burnett rechargeait son appareil quand le dernier groupe d'enfants était passé devant lui. Il n'oublierait jamais le compliment adressé par Faas à Nick :

— Tu as fait du bon boulot, aujourd'hui, Ut.

Ce soir-là, Faas veilla tard. Il était prêt à faire un scandale si le bureau new-yorkais de l'agence refusait la fameuse photo. Ce ne fut pas nécessaire.

La nuit du 8 juin tomba sur un spectacle de désolation. Les autorités militaires sud-vietnamiennes avaient maintenu leurs soldats en place et demandé aux villageois de s'installer provisoirement dans un champ à proximité. Lorsque les derniers incendies s'éteignirent, Tung et Nu avaient récupéré tous leurs enfants sauf Kim Phuc. Dao, le voisin en blanc, leur raconta ce qui s'était passé, les informant que des journalistes allaient déposer leur fille, ainsi que la tante Anh, à l'hôpital de Cu Chi en regagnant Saigon.

Dans la boue du champ, les vivants et les morts de la malheureuse famille attendirent les premières lueurs du jour. On enroula le corps de Danh dans un tapis en bambou, pour l'enterrer le lendemain matin. Il était mort moins d'une heure après le bombardement. Le bébé de tante Ahn ne cessait de hurler ; six mois plus tard, il mourrait lui aussi de ses blessures.

Personne d'autre n'avait été touché, sauf Tam, mais le napalm n'avait pas traversé ses vêtements. Ses brûlures étaient superficielles et il leur faudrait moins d'un mois pour cicatriser.

Les deux enfants de tante Anh furent les seules victimes civiles tuées par le napalm. Des années plus tard, on continuerait à lire à tort dans la presse que Kim Phuc avait perdu ses deux frères dans le bombardement.

Au fil de la nuit, Nu se persuada que le cadavre de Kim Phuc gisait quelque part dans une morgue. Tung lui cita le proverbe paysan : « La balle peut t'éviter, mais tu ne peux pas l'éviter. » Il tenta néanmoins de la réconforter en lui rappelant que le sort avait été relativement clément.

— Si ce n'avait pas été du napalm mais n'importe quelle autre bombe, nous serions tous morts à l'heure qu'il est, affirma-t-il.

Le couple attendit le lever du jour qui leur permettrait d'aller chercher Kim Phuc : à l'hôpital ou, comme le pensait Nu, à la morgue pour rapporter son cadavre et l'enterrer.

Le 9 juin, la photo d'Associated Press d'une petite Sud-Vietnamienne fuyant un bombardement au napalm fut choisie par les rédactions du monde entier et fit la une des journaux. Ce serait la seule où l'on verrait la fillette de face, courant vers l'objectif. Les images de NBC et de ITN diffusées par les différents journaux télévisés ne la montraient que de profil. Le cameraman et l'envoyé spécial de NBC, certains de l'avoir filmée de face, accusaient un monteur de Hong Kong – où la bobine avait été préparée avant d'être expédiée à New York – d'avoir éliminé ces plans à cause de la nudité de la fillette. Et il était d'usage à l'époque de jeter les rushes inutilisés au lieu de les archiver.

Plusieurs journalistes de Saigon complimentèrent Nick et lui prédirent la célébrité. L'avenir devait leur donner raison : la photo remporta toutes les récompenses internationales cette année-là, y compris le prix Pulitzer. Nick répondit avec modestie aux prédictions de ses collègues :

— J'essaie avant tout de bien faire mon travail et d'aider ma mère.

Le 9 juin au matin, une certaine résignation s'installa à Trang Bang. Les soldats mirent en place une déviation contournant la route dévastée. Il commencèrent à débarrasser la place du marché des gravats projetés par les tirs de mortier. Le toit du lycée voisin s'était effondré. Environ une maison sur trois était détruite, surtout près du temple caodaïste.

Tung et Nu longèrent l'édifice religieux dont les murs noircis et criblés de trous disparaissaient sous le napalm solidifié. Le chemin encore inondé par endroits était jonché de débris d'obus. Le bombardement avait éventré un réseau de tunnels creusés par les Viêt-cong.

Si presque toutes les maisons étaient endommagées, certaines – comme celles de grand-père Kiem et de tante Anh – n'auraient besoin que de quelques réparations. Plus loin sur le chemin, devant chez Tung et Nu, il y avait un cratère béant là où se dressait jusqu'alors une cabane en torchis au toit de chaume. Pendant des années, il se remplirait d'eau à la saison des pluies, formant une mare assez profonde pour s'y noyer.

Bien que très abîmée, la maison de Tung et de Nu était encore debout. Plus ils s'approchaient, plus s'intensifiait l'odeur pestilentielle qui montait de l'amas de tuiles et de ciment, de troncs d'arbres et de terre retournée. Nu dut mettre son châle sur son nez. Ils ne franchirent même pas la grille. On n'entendait que le bourdonnement des mouches. À la vue des cadavres en décomposition de ses deux cygnes devant le porche, Nu sentit une grande tristesse l'envahir : leurs cris aigus lui manqueraient, ainsi que leur amusante manie de pincer les visiteurs inconnus.

Elle et Tung se mirent en route pour retrouver Kim Phuc, rejoignant les flots de réfugiés qui avançaient d'un pas las sur la route. Lorsqu'ils atteignirent Cu Chi après plusieurs heures de marche, l'hôpital ne leur fut d'aucun secours. Infirmières et médecins affirmèrent n'avoir admis aucune femme ou fillette répondant à la description de leur fille et de tante Anh, pour la bonne raison que l'hôpital n'avait ni l'équipement ni le personnel compétent pour soigner de grands brûlés. Ils conseillèrent au couple de se rendre à l'hôpital Cho Ray, le plus important de Saigon.

Le jour avait alors fait place à l'obscurité peuplée de Viêt-cong. Tung et Nu passèrent la nuit à Cu Chi, sur la terrasse d'une maison inconnue.

Le 9 juin, une mère arriva comme chaque après-midi au First Children's Hospital de Saigon pour veiller son fils agonisant. Grièvement brûlé par des pétards oubliés après les fêtes du Têt, il gisait dans le coma à l'intérieur d'une petite annexe. Sa mère vit qu'il avait de la compagnie : une fillette, grièvement brûlée elle aussi.

Malgré les persiennes ouvertes, on étouffait dans la pièce. La visiteuse passait d'un lit à l'autre, éventant chaque enfant tour à tour, chassant les mouches de son visage.

La fillette sortait parfois du coma et se mettait à crier :

— Danh ! Danh ! Attends-moi ! Je viens avec toi !

Ce soir-là, la visiteuse porta une offrande de fruits à sa pagode et pria le Bouddha pour que la famille de la fillette vienne l'accompagner dans son agonie.

Le 10 juin, Tung et Nu partirent à pied pour Saigon. À l'hôpital Cho Ray, personne n'avait vu Kim Phuc et on les envoya au First Children's Hospital. Il faisait déjà noir. Le couple passa une deuxième nuit à la belle étoile, cette fois sur un banc de pierre. Le 11 juin, ils traversèrent la capitale sud-vietnamienne pour se rendre à leur troisième hôpital en trois jours où, comme dans les précédents, personne ne se rappelait avoir admis leur fille. Les victimes brûlées lors d'un bombardement arrivaient rarement jusqu'à Saigon : elles mouraient en général avant d'avoir atteint l'hôpital le plus proche.

Refusant de s'avouer vaincus et de poursuivre leurs recherches dans les morgues de la ville, Tung et Nu décidèrent de vérifier par eux-mêmes que leur fille ne se trouvait pas dans cet hôpital, un immeuble de huit étages avec plusieurs ailes. Étage par étage, couloir par couloir, chambre par chambre, ils identifièrent chaque patient parmi ses proches venus l'aider à manger, à faire sa toilette, à changer ses pansements. En désespoir de cause, ils soulevèrent la literie entreposée dans les couloirs, inspectèrent les piles de chaussures à l'entrée des chambres comme si leur fille pouvait s'y cacher, abandonnée de tous. Après plusieurs heures, ils revinrent à leur point de départ au rez-de-chaussée.

Épuisés, ils s'assirent.

Un agent d'entretien posa son seau d'eau et commença à passer son balai à franges d'un bout à l'autre du grand hall d'accueil. Il renouvela ensuite l'opération dans un couloir.

Tung s'approcha de lui.

— S'il vous plaît, auriez-vous vu arriver une fillette gravement brûlée ? C'était il y a trois jours… Peut-être n'a-t-elle pas survécu ?

L'homme replaça le balai dans le seau et fit signe à Tung et à Nu de le suivre à l'extérieur. Là, il désigna une petite bâtisse avec de grandes fenêtres aux persiennes fermées, et des murs en planches à la peinture écaillée et blanchie par le soleil.

— C'est ici qu'on met les enfants qui vont mourir, dit-il.

Deux jours après le bombardement, Peter Arnett d'Associated Press se rendit à Trang Bang avec Nick Ut pour faire un reportage sur les suites de l'intervention aérienne. Son article devait analyser les implications militaires de l'affrontement avec les communistes.

Carl Robinson, responsable photo de l'agence, les avait également chargés de retrouver la trace de la fillette brûlée. Désireux de dépasser la simple couverture photographique des événements, il voulait rendre compte d'aspects de la guerre qui lui paraissaient éclipsés par les enjeux militaires. Dans sa dépêche du 10 juin, il identifia la fillette : Phan Thi Kim Phuc, neuf ans, actuellement soignée au First Children's Hospital de Saigon.

Le même jour, deux reporters étrangers – Christopher Wain d'ITN et Michael Blakey de la BBC, tous les deux envoyés au Viêt Nam par leur chaîne pour couvrir l'offensive de Pâques – décidaient de leur côté d'unir leurs efforts afin de découvrir ce qu'était devenue Kim Phuc.

Avec l'aide de l'ambassade britannique, ils poussèrent dès le lendemain la porte de l'annexe du First Children's Hospital. Comme le garçonnet occupant le lit voisin du sien dans la petite chambre, Kim Phuc semblait dans le coma, ou abrutie par les sédatifs. Assise à son chevet, une femme l'éventait.

Les deux reporters allèrent aussitôt chercher une infirmière.

— Que va-t-il arriver à la fillette de l'annexe ? demandèrent-ils.

— Elle va mourir, demain ou après-demain.

Après plusieurs coups de téléphone, les deux hommes apprirent l'existence du pavillon Barsky, clinique privée américaine située dans les murs de l'hôpital Cho Ray. Ils appelèrent l'ambassade américaine. Un responsable leur répondit que l'ambassadeur ne voyait pas d'objection au transfert de la fillette, à condition que le ministère sud-vietnamien des Affaires étrangères donne son accord.

Le fonctionnaire du ministère se fit prier.

— Si ce transfert a lieu, il nuira à l'image du gouvernement sud-vietnamien, déclara-t-il aux deux journalistes.

Wain n'en croyait pas ses oreilles.

— Le monde entier vient de voir l'aviation sud-vietnamienne bombarder ses propres civils, et vous pensez qu'on peut encore nuire à votre image !

Il se tut, mais aucune réponse ne vint.

— C'est votre dernier mot ?

Il sortit de sa poche un couteau de chasse donné en souvenir par un soldat sud-vietnamien.

— Alors prenez ça et rendez service à cette gosse ! Allez à l'hôpital et tranchez-lui la gorge pour la délivrer de ses souffrances !

Après un long silence, le fonctionnaire capitula.

— Comme vous voulez, murmura-t-il.

Quarante-huit heures plus tard, les deux reporters se présentaient au pavillon Barsky pour demander l'autorisation de filmer la fillette.

Le 11 juin au matin, sur la base aérienne de Bien Hoa à une vingtaine de kilomètres au nord de Saigon, le capitaine John Plummer allait déjeuner au mess. À l'entrée, il prit le *Stars and Stripes* – quotidien de l'armée destiné aux militaires en poste à l'étranger. Il voulait vérifier le classement du championnat de base-ball aux États-Unis.

Trois mois plus tôt, l'armée avait écourté la permission qu'il passait chez lui en Alabama. L'offensive de Pâques débutait, et, à Bien Hoa, on avait besoin de Plummer qui entamait sa deuxième année au Viêt Nam. Il était chargé de planifier les interventions aériennes décidées conjointement par les états-majors américain et sud-vietnamien, dans la région militaire s'étendant du delta du Mékong à la frontière cambodgienne, et aux provinces à l'ouest et au nord de Saigon. Vingt-quatre heures à l'avance, il devait programmer les sorties des B-52 prévues à l'intérieur de ce périmètre. À partir des informations disponibles, il déterminait sur la carte les cibles possibles de dix à douze bombardements – soit la moitié du total quotidien de la contre-offensive – sous la forme de « zones à détruire » d'un kilomètre cinq sur un kilomètre. Cinq heures au plus tard avant l'intervention, il devait recentrer les bombardements sur les cibles prioritaires. Par ailleurs, il coordonnait chaque jour les frappes aériennes effectuées par les avions de chasse américains – une bonne centaine – et sud-vietnamiens – une soixantaine. Si la plupart étaient programmées à l'avance, quelques-unes avaient lieu après un appel d'une unité de l'infanterie réclamant d'urgence une intervention tactique – en d'autres termes des frappes à basse altitude. Il s'agissait en général de soldats surpris par l'ennemi, désavantagés par leur infériorité numérique ou risquant d'être encerclés. À Bien Hoa, des avions adaptés à ce genre de mission étaient en permanence prêts à décoller.

Depuis son retour des États-Unis, Plummer enchaînait les journées de dix-huit ou vingt heures. Souvent, il n'avait même pas le temps de regagner sa caserne distante d'une dizaine de kilomètres et devait dormir dans le bunker de la base.

Il préférait pourtant rentrer à la caserne, où le prix du bourbon était ridiculement bas. Là, il pouvait aligner les verres en restant assez lucide pour demander à reprendre plus tard le lendemain matin, sous prétexte qu'il avait bu plus que de raison. Chaque soir, il s'effondrait sur son lit et sombrait dans un profond sommeil en se disant : « Une journée de plus à détruire les Viêt-cong. »

Ce jour-là, Plummer s'installa devant son plateau-repas et ouvrit le journal. « Une bombe de trop… et un avant-goût de l'enfer », « Pourquoi Trang Bang ? C'était la cible idéale ! », lut-il en gros titres au-dessus d'un article de Peter Arnett d'Associated Press. Trois photos l'accompagnaient : une bombe explosant en pleine route ; une fillette nue et terrifiée en train de courir ; plusieurs enfants, dont la fillette, secourus par des soldats.

Plummer s'étrangla avec son café.

— Le salaud ! Il s'est payé ma tête !

L'appel qu'il avait reçu de Trang Bang était un appel de routine. Il se rappelait encore la voix du conseiller militaire : « Nous sommes bloqués à Trang Bang par l'ennemi. »

« Quel genre de cible ? » avait demandé Plummer. D'après le conseiller, l'ennemi avait creusé des tranchées à la lisière de la ville. Plummer avait alors servi d'intermédiaire entre l'état-major et lui, et envoyé deux avions de Bien Hoa. Quelques minutes plus tard, deux appareils sud-vietnamiens bourrés d'explosifs et de napalm se dirigeaient vers Trang Bang.

D'après les souvenirs de Plummer, l'appel l'informant de l'échec de l'opération n'avait rien d'alarmant. « Combien de victimes parmi vos hommes ? » avait-il demandé.

Il savait que, sur le terrain, la situation était souvent confuse. Durant sa première année comme chef de mission, son unité avait cru répondre à des tirs ennemis lors d'une attaque aérienne sollicitée par le conseiller américain d'une unité sud-vietnamienne. Celui-ci était aussitôt intervenu par radio : « Arrêtez ! Vous nous tirez dessus ! » Résultat : vingt blessés parmi les hommes du conseiller...

Dans ce cas précis, son interlocuteur avait répondu que les victimes avaient été évacuées. Plummer avait demandé confirmation, comme chaque fois que l'unité au sol ne réclamait l'envoi ni d'un avion d'observation ni d'un appareil en éclaireur pour identifier les positions ennemies, et donc la cible exacte du bombardement. « Nous contrôlons la situation », avait confirmé le conseiller.

Plummer se souvenait même que l'homme avait rappelé quelques minutes plus tard pour le remercier. « Les bombes ont mis en plein dans le mille – j'apprécie beaucoup. On va pouvoir progresser. »

Un soldat vint s'asseoir en face de Plummer, qui lui montra le journal.

— C'est moi qui ai ordonné ce bombardement, dit-il en désignant les photos et les gros titres.

Le soldat hocha la tête.

— Pas de chance.

Tung et Nu se préparèrent au spectacle qui les attendait derrière la porte de l'annexe. Leur fille était sur un lit, recroquevillée en position fœtale. Une substance brun grisâtre lui poissait les cheveux. Elle avait le visage bouffi, et les pansements collés à sa peau brûlée dégageaient une odeur fétide. Sur le lit voisin gisait un petit garçon dont les brûlures grouillaient de vers.

Nu s'approcha de Kim Phuc, la prit sur ses genoux et se mit à la bercer en pleurant silencieusement. Après un long moment, la femme assise au pied du second lit demanda :

— Qui est Danh ?

Nu parut surprise.

— Il est mort une heure après l'explosion.

Entendant à travers un épais brouillard ce qui était arrivé à son cousin, Kim Phuc eut une seule pensée : « … c'est mieux de mourir. »

Les sons indistincts produits par leur fille persuadèrent Tung et Nu qu'elle était consciente, qu'elle avait reconnu la voix de sa mère. Ils partirent aussitôt chercher l'unique médecin croisé alors qu'ils exploraient l'hôpital. En désespoir de cause, ils s'accrochèrent à sa veste. Les deux hommes semblèrent soudain se reconnaître. Ils se rappelleraient plus tard avoir été élèves dans le même lycée de Saigon.

— Je vous en prie, faites quelque chose. Notre fille risque de mourir faute de soins.

Vingt minutes plus tard, une ambulance attendait à la porte.

À Saigon, les édifices publics ont été conçus pour lutter contre la chaleur oppressante de la ville : couloirs et cages d'escaliers ouvrent sur l'extérieur ; les fenêtres sont grandes, avec des persiennes. L'hôpital Cho Ray abritait dans ses murs un modeste bâtiment à un étage. Construit aux normes américaines avec des matériaux américains, l'absence de fenêtres au rez-de-chaussée le protégeait contre les grenades des terroristes et il restait hermétiquement fermé à cause de la climatisation.

L'image d'une flamme éternelle identifiait « Children's Medical Relief International », la fondation new-yorkaise qui secourait les enfants victimes de la guerre du Viêt Nam. Elle avait été créée par deux Américains : le docteur Arthur Barsky, pionnier de la chirurgie plastique, et Thomas Miller, un jeune avocat. En 1968, elle avait ouvert à Saigon les cinquante-quatre lits de son centre national de chirurgie plastique et réparatrice – plus connu sous le nom de pavillon Barsky – et, à l'autre bout de la ville, un centre d'accueil et de convalescence de cent vingt lits où séjournaient les patients avant et après leur opération. Tous les soins étaient gratuits, grâce aux subventions des gouvernements américain et sud-vietnamien.

Le docteur Barsky s'était rendu célèbre dès 1958, en ramenant pour les opérer dans un hôpital new-yorkais soixante-quinze victimes de la bombe atomique lâchée sur Hiroshima. Cette expérience l'avait convaincu qu'il valait mieux soigner les blessés sur place, avec les meilleurs médecins et infirmières recrutés à l'étranger pour des missions de durée variable. Le Sud-Viêt Nam manquait d'hôpitaux modernes, et la modicité des salaires fixés par le gouvernement aggravait la pénurie de personnel médical. (Médecins et infirmières ne faisaient à l'hôpital que les heures nécessaires pour mériter leur salaire, ce qui leur laissait du temps pour augmenter leurs revenus de diverses manières, en achetant et en revendant du tabac détaxé, par exemple.) En 1972, il y avait au Sud-Viêt Nam un médecin – payé par le gouvernement – pour quarante mille habitants, contre un pour six cents aux États-Unis. Le pays ne disposait pratiquement d'aucun spécialiste. Et il n'y avait qu'un anesthésiste qualifié pour toute la population civile du Sud. Dans ces conditions, la chirurgie plastique était réservée aux riches, qui se faisaient opérer par des praticiens libéraux, souvent à l'étranger.

Le pavillon Barsky avait pour politique de sélectionner les candidats en vue d'une seule et unique intervention, n'ayant pas les moyens de réopérer les patients. La liste d'attente comportait trois cent soixante-dix noms. Une journée par semaine, les médecins du pavillon organisaient des consultations tournantes à l'extérieur – une à Saigon, les neuf autres dans les provinces les plus éprouvées par la guerre. Dès le départ, il fut difficile d'établir une ligne de conduite. Qui avait le plus légitimement droit au titre de victime de guerre ? L'enfant ayant reçu un projectile en plein visage ou celui qui avait marché sur une mine de fabrication artisanale ? Celui avec une malformation congénitale due à la malnutrition dans un pays dévasté par les bombes et les défoliants, ou celui brûlé dans l'explosion d'un poêle à pétrole chauffé avec du kérosène volé aux Américains ? Sans intervention chirurgicale, aucun ne survivrait longtemps à ses blessures.

L'après-midi du 11 juin, l'infirmière de service était une ravissante jeune femme du nom de Lien Huong. Lorsque arriva l'ambulance transportant une fillette grièvement brûlée accompagnée de ses parents, elle fit appeler Joyce Horn, directrice américaine du pavillon Barsky, dont le premier mouvement fut de diriger l'ambulance vers un autre hôpital de Saigon. Dans l'histoire du pavillon, c'était la seconde fois seulement qu'une ambulance arrivait sans prévenir. La première fois, les responsables du pavillon avaient refusé le petit patient. Dans un geste de compassion, ils avaient toutefois envoyé chaque jour une infirmière pour aider à le soigner. Joyce Horn vit que les brûlures de la fillette étaient récentes – moins de soixante-douze heures. Mais il n'était pas certain qu'elle survive et Horn savait que si le pavillon Barsky la prenait en charge, il pourrait accepter moins de patients à cause du coût des soins intensifs qu'elle réclamerait.

L'infirmière Huong s'indigna qu'on puisse renvoyer la fillette.

— Gardez-la ! Sinon elle va mourir ! supplia-t-elle.

Aucun hôpital du pays, pavillon Barsky compris, ne disposait d'une unité stérile équipée pour accueillir les grands brûlés. Les hôpitaux vietnamiens ne traitaient que ceux qui avaient déjà survécu à leurs blessures.

L'infirmière partit en courant chercher le médecin de service. Cet après-midi-là, c'était la doctoresse My, un des cinq praticiens vietnamiens du pavillon. Peut-être parce qu'elle exerçait une profession essentiellement masculine, la doctoresse mettait un point d'honneur à respecter les règlements à la lettre, et à éviter les complications.

Elle alla voir de quoi il retournait. Sur son brancard de fortune, la fillette pleurait.

— Mais elle souffre ! s'exclama la doctoresse, choquée.

Devant la gravité des brûlures, elle n'en revenait pas que la fillette soit encore consciente.

— Nous allons tenter d'aider votre fille, dit-elle aux parents désespérés.

« Dieu vous le rendra, docteur My », pensa Joyce Horn en faisant emmener Kim Phuc dans l'un des deux blocs opératoires, seules pièces stériles du pavillon.

Avec la diminution de l'effort militaire américain au Viêt Nam, le public commença à oublier les horreurs de la guerre. Les fonds versés par les États-Unis au titre de l'aide humanitaire se tarirent. Fin 1971, le gouvernement américain entreprit de supprimer progressivement, sur une période de deux ans, toutes ses subventions. Pour continuer à recevoir les dons permettant au pavillon Barsky de fonctionner, la fondation du même nom devait sans cesse rappeler qu'elle était apolitique. Sur place, les responsables du pavillon insistaient sur le caractère exclusivement médical de leur mission, et se battaient pour tenir leurs patients et la vie de l'établissement à l'écart des enjeux politiques. La directrice avait toujours refusé de laisser les agents de la CIA interroger les enfants. Comme le reconnaîtrait un médecin dix ans plus tard : « On savait bien qu'on soignait des gosses du Viêt-cong. Il ne serait venu à l'idée de personne de leur dire : "On ne veut pas de vous ici parce que vous êtes de l'autre bord." »

La fondation new-yorkaise dont dépendait le pavillon finit par se rendre à l'évidence : pour mieux vendre sa cause, elle devait mettre un visage sur la souffrance. Début 1972, elle autorisa une équipe de télévision à tourner au pavillon Barsky. *Les Gueules brûlées*, documentaire de Pierre Gaisseau coproduit par la chaîne canadienne CBC, brossait un portrait bouleversant de plusieurs victimes : un enfant de sept ans rendu aveugle par des éclats d'obus ; deux frères orphelins âgés respectivement de trois et quatre ans, l'un au visage gangrené, l'autre borgne avec une joue arrachée laissant voir sa langue et sa gorge ; un bébé de sept mois aux mains brûlées pareilles à des moignons ; un garçon de huit ans paralysé par une balle de mitrailleuse…

Le 15 juin 1972, quatre jours après l'admission de Kim Phuc au pavillon Barsky, la fondation approuva publiquement l'intervention du sénateur démocrate William Proxmire, président de la sous-commission des finances chargée de l'aide humanitaire. Il s'était déclaré en faveur d'une subvention de cinq cent cinquante-cinq mille dollars pour la construction d'un second pavillon Barsky au Viêt Nam, en plus des cent soixante mille dollars destinés au premier pavillon et déjà inscrits au budget. Ainsi s'était-il exprimé :

> « La semaine passée, j'ai vu à la une de presque tous les quotidiens une des photos les plus choquantes de la guerre du Viêt Nam : celle d'une fillette au visage marqué par la souffrance et l'effroi, fuyant avec d'autres enfants après avoir arraché ses vêtements incendiés au napalm. Elle court bras écartés pour calmer la douleur. Cette fillette a été envoyée au Centre de chirurgie plastique et réparatrice. On croit savoir qu'elle s'appelle Phan Thi Kim Phuc. Elle a neuf ans. Son frère a péri dans le même bombardement [*sic*]. Les médecins du Centre prédisent que Kim Phuc guérira de ses brûlures…

« Ce ne sont pas des avions américains qui ont brûlé la petite Kim et tué son frère. Les responsables sont des pilotes sud-vietnamiens qui se sont trompés de cible, croyant bombarder au napalm les soldats nord-vietnamiens retranchés autour de la ville de Trang Danh [*sic*] près de Saigon… Que représentent sept cent quinze mille dollars ? Environ vingt-huit fois la cargaison de bombes d'un B-52. Moins d'un dixième du coût de fabrication de ce même B-52…

« Malheureusement, il y a beaucoup d'autres Kim Phuc… Aux yeux du sénateur que je suis, ce n'est pas trop demander au contribuable américain que de payer l'équivalent d'un dixième du prix d'un bombardier pour aider tous ces enfants innocents. Les sept cent quinze mille dollars de la subvention totale seront largement compensés par la baisse de l'aide militaire. »

Faute d'un nombre de voix suffisant, la proposition du sénateur William Proxmire resta lettre morte.

De l'avis des médecins occidentaux présents au Sud-Viêt Nam au moment de l'ouverture du pavillon Barsky, la guerre avait fait au moins cent mille petites victimes ayant besoin de chirurgie réparatrice. De 1968 jusqu'à sa fermeture en 1975 après la capitulation sud-vietnamienne, le pavillon devait traiter chaque année environ mille deux cents enfants, âgés de huit ans en moyenne. Un seul d'entre eux deviendrait célèbre.

5

Utilisé pour la première fois dans les lance-flammes durant la Seconde Guerre mondiale, le napalm (nom dérivé de naphtenate et de palmitate) est une arme meurtrière quand il est largué par un avion. La bombe explose, se fragmente, et le napalm transformé en gelée brûlante adhère à toutes les surfaces sur lesquelles il est projeté. Il atteint des températures de huit cents à mille deux cents degrés (à titre de comparaison, l'eau bout à cent degrés), et sa combustion dure longtemps. En quantité suffisante, il grille la peau, détruisant instantanément follicules pileux, glandes sudoripares et terminaisons nerveuses. Ces brûlures au troisième degré rendent la chair rougeâtre, tuméfiée, suintante. Si le napalm attaque la couche adipeuse, les muscles et les tissus internes, il laisse alors des zones brûlées au quatrième et au cinquième degré.

Les brûlures au napalm furent à la guerre du Viêt Nam ce que les blessures des baïonnettes avaient été à la Première Guerre mondiale. Les médecins ne s'attendaient pas à devoir en soigner les victimes, qui semblaient condamnées. Les chances de survie après une brûlure dépendent de son étendue : à partir de dix à quinze pour cent de la surface totale du corps, le fonctionnement des organes vitaux est sérieusement altéré. Les victimes ayant reçu du napalm à même la peau sont brûlées à vingt-cinq pour cent au moins. Un tiers d'entre elles meurent de leurs blessures ou d'asphyxie dans la demi-heure qui suit. Beaucoup étalent elles-mêmes le napalm en essayant de s'en débarrasser ou en arrachant leurs vêtements en flammes.

Kim Phuc avait des brûlures au troisième degré ou plus sur un tiers du corps environ : elles lui couvraient le bras gauche, presque tout le dos – débordant à gauche sur sa poitrine – la nuque et le bas du cuir chevelu. Des éclaboussures de napalm avaient causé des lésions plus superficielles sur son bras droit, sa fesse gauche et son ventre. Elle s'était brûlé la paume droite en voulant essuyer son bras gauche, et les flammes lui avaient noirci la joue gauche et les deux oreilles. Pour survivre à d'aussi graves brûlures, la victime doit être dirigée, dans un délai de vingt-quatre à soixante-douze heures au plus, vers un hôpital disposant de l'équipement nécessaire et du personnel compétent pour stabiliser son état.

Dans le bloc opératoire du pavillon Barsky, le premier geste de la doctoresse My fut d'administrer à Kim Phuc un antalgique, l'état de choc causé par la douleur pouvant à lui seul mettre en péril la vie d'un grand brûlé. Or la moindre brûlure au napalm cause d'intenses souffrances. Deuxième priorité : trouver une veine pour les transfusions sanguines et les perfusions nécessaires pendant une semaine au moins. La déshydratation provoquée non seulement par la perte de sang et de plasma, mais par celle des protéines (qui s'échappent en l'absence de peau pour leur faire barrage) peut elle aussi mettre la victime en état de choc et perturber ses fonctions vitales.

La doctoresse transfusa le sang de Nu, d'un groupe sanguin compatible avec celui de sa fille. Les remerciements murmurés par ses parents à l'adresse de Cao Dai alors que le sang de sa mère commençait à couler dans ses veines furent un des derniers souvenirs conscients de Kim Phuc. Tung resta encore une nuit à son chevet. Nu s'apprêtait à reprendre seule le chemin du retour, mais une infirmière insista pour qu'elle mange quelque chose après avoir donné son sang. On lui offrit un repas – même un steak si elle le souhaitait. À contrecœur, elle finit par accepter un verre de lait, autre aliment auquel elle n'était pas habituée. Tard dans la soirée, elle descendit de l'autocar devant le temple caodaïste de Trang Bang, fit quelques pas sur le chemin et s'évanouit, à bout de forces.

Le lendemain, Tung regagna Trang Bang pour aider Nu à remettre en état leur maison et leurs terres, tâche sinistre. Ils découvrirent les cadavres de trois Viêt-cong : le premier au fond d'un tunnel débouchant dans leur jardin, les deux autres dans leur maison – l'un d'eux enchaîné à sa mitrailleuse par son chef pour qu'il se batte jusqu'au bout. Tung et Nu attendirent la nuit pour les traîner, un par un, jusqu'à un coin désert de la propriété de grand-père Kiem et les y enterrer. S'ils ne s'étaient pas encombrés des corps de leurs camarades dans leur fuite, les Viêt-cong avaient tenté d'emporter la machine à coudre à pédale de Nu, qui leur aurait été précieuse au fond de la jungle où ils manquaient de tout. Sans doute à cause de son poids, ils l'avaient finalement abandonnée à la lisière de la propriété.

L'enlèvement des carcasses de porcs en décomposition pouvait se faire de jour. Il fallut trois hommes – Tung et deux ouvriers engagés spécialement – pour enfermer chaque carcasse dans un sac en jute contenant d'habitude cent kilos de riz, qu'ils enterraient ensuite plus loin. Tous les porcs n'étaient pas là : plusieurs d'entre eux, ainsi que la plupart des poules et des canards, s'étaient enfuis du jardin pendant les combats. Certains avaient été capturés dans le bourg et abattus pour être mangés. Nu en avait retrouvé quelques-uns encore vivants mais dans un état désespéré, complètement déshydratés. Après un dernier adieu à ceux qu'elle appelait ses « vétérans », elle avait mis un terme à leur agonie. Horrifiée à la pensée de ce qu'ils avaient subi, elle s'était juré de ne plus jamais élever de porcs pour l'abattoir. Leurs cabanes restèrent vides, à l'abandon, aussi longtemps qu'elle et Tung occupèrent la propriété.

Débarrasser le jardin des éclats de bombes et d'obus se révéla une entreprise aussi dangereuse que fastidieuse. Tous les arbres avaient souffert : certains étaient noircis, d'autres fendus, criblés de métal ou même déracinés. Tung et Nu redoutaient surtout les périls invisibles, bombes ou grenades enfouies dans la terre. Nu ne trouva personne pour se charger de cette corvée, qu'elle finit par confier à un simple d'esprit. Il y passa plusieurs jours, sans incident. Inquiets d'une possible contamination chimique du sol, Tung et Nu laissèrent en friche le jardin et le verger. Les plantes du jardin se ressemèrent et Nu récolta plus tard quelques légumes verts, mais aucun de ceux dont on consomme la racine. Beaucoup d'arbres fruitiers survécurent : au printemps suivant, des pousses apparurent sur les branches et les troncs blessés. Certains fleurirent et, longtemps après que la famille eut déménagé, ils se remirent à donner des fruits.

Tung et Nu nettoyèrent le sol et les murs de la maison, éclaboussés de sang et de viscères humains. Ils remontèrent bandages et pansements souillés de l'abri souterrain, où l'air était encore moite et nauséabond. Ils mirent de côté les conserves américaines – volées ou achetées au marché noir par les communistes à des

Sud-Vietnamiens corrompus – que les Viêt-cong avaient laissées derrière eux. Ils évacuèrent un lit et quelques armoires trop abîmés pour être réparés, proposant aux voisins qui le souhaitaient de les emporter pour faire du feu. Des mois durant, le grand-oncle ramasserait des éclats d'obus dans les différentes pièces et soignerait les coupures des enfants.

De l'extérieur, la maison offrait un spectacle affligeant, avec son toit aux trous béants et son absence de portes. Après avoir servi à protéger les tunnels, la plupart étaient inutilisables. Les tirs de mitrailleuse avaient endommagé les murs. Au cours des semaines suivantes, des responsables de la province de Hau Nghia vinrent à Trang Bang évaluer les dégâts causés par la guerre et dédommager les victimes. Dans le cadre de ce programme, mis en place par les Américains et interrompu après leur départ, les propriétaires de leur habitation pouvaient obtenir au maximum l'équivalent de quarante dollars américains. Tung reçut quatre-vingt-dix plaques de tôle ondulée de un mètre sur deux, et assez de riz pour nourrir sa famille pendant trois semaines – ce qui représentait une partie infime des dépenses auxquelles il devait faire face.

Après une semaine de nettoyage, Tung et Nu retournèrent voir Kim Phuc. Incommodée par l'odeur de chair brûlée, Nu eut du mal à franchir la porte de la chambre de sa fille.

Là, le couple trouva un étranger qui les attendait impatiemment. À ce qu'ils comprirent, il était envoyé par une organisation caritative prête à évacuer leur fille vers l'Allemagne de l'Ouest pour l'y faire soigner. Ni Tung ni Nu n'avaient conscience que le pavillon Barsky était sans doute la meilleure unité de soins du Viêt Nam, et que les infirmières feraient tout pour sauver la vie de Kim Phuc. (Dans un hôpital normal, c'était la famille du patient qui donnait les soins, réglait les médicaments et glissait au besoin quelques billets au personnel. Or ils n'avaient toujours rien eu à payer, pas même le trajet en ambulance.)

Persuadés que leur fille allait mourir, Tung et Nu se contentaient depuis le bombardement au napalm d'implorer la bienveillance de Cao Dai. Tung s'était plongé dans le livre de prières réservé aux accidents, aux maladies et aux deuils. Entendant la proposition de l'étranger, Nu se dit que, dans l'intérêt de leur fille, il fallait accepter. Elle partit aussitôt chercher à Trang Bang les documents nécessaires, mais, à son retour, Tung lui opposa un refus catégorique.

— Je ne pourrai pas me recueillir sur la tombe de Kim Phuc dans un pays aussi lointain, déclara-t-il.

Il resta à Saigon pour veiller sa fille. Il dormait sur un banc dans les jardins de l'hôpital, délimitant son territoire à l'aide d'une serviette-éponge et de vêtements accrochés dans l'arbre le plus proche. Nu ne venait que les samedis où Loan pouvait la remplacer au restaurant. La plupart du temps, elle envoyait un autre membre de la famille, ou demandait à un voisin allant à Saigon de remettre à Tung un panier de nourriture et un peu d'argent pour la semaine.

Kim Phuc passa trente à quarante jours entre la vie et la mort. Plus de quatre-vingts pour cent des grands brûlés meurent d'une septicémie ou d'autres complications. Pendant des semaines, l'objectif prioritaire fut donc de l'empêcher de s'affaiblir (à cause de la dénutrition engendrée par la fuite des protéines), et de l'aider à lutter contre les infections dues aux toxines produites par les brûlures. La gangrène risque à tout moment de s'installer et, si on ne l'enraye pas à temps, il faut amputer.

La toilette quotidienne d'un grand brûlé provoque des douleurs insupportables. Le docteur Mark Gorney, un chirurgien américain du pavillon Barsky, les a classées parmi les plus intenses qu'un être humain puisse éprouver. Selon ses propres mots, elles « déchirent l'âme » et donnent l'impression d'être « écorché vif ».

Tung s'obligeait à assister aux soins, qu'il avait chaque jour un peu plus de mal à supporter. Tous les matins à huit heures, le médecin de service examinait Kim Phuc. Les infirmières venaient ensuite la chercher pour lui donner un bain antiseptique. La baignoire des grands brûlés – normalement utilisée au pavillon pour ramollir et détacher avant une nouvelle greffe les greffons de peau qui n'avaient pas pris – était remplie d'une solution savonneuse mélangée à de l'eau tiède.

Les infirmières défaisaient les pansements de Kim Phuc, puis enlevaient à la douche, avec des ciseaux si nécessaire, la peau et les tissus morts tout en s'efforçant d'ignorer les hurlements poussés par la fillette. Cette opération est indispensable pour éviter l'infection et permettre une régénération des tissus. Enfin, elles appliquaient un antibiotique local et refaisaient les pansements.

Quand Loan était là, elle s'évanouissait en entendant les cris de sa sœur. Kim Phuc n'avait été anesthésiée qu'une fois, pour son premier bain, lorsqu'il avait fallu lui retirer ses pansements vieux de trois jours. On ne peut pas répéter une anesthésie chaque jour et les antalgiques comme le Demerol perdent leur efficacité au fil du temps : il n'y a pas d'échappatoire à la douleur et à la terreur. Une infirmière avait mis Tung en garde : « Nous n'avons pas assez de personnel pour nous occuper aussi des visiteurs ! »

Des années plus tard, quand les infirmières parleraient de Kim Phuc, elles évoqueraient son père, toujours présent à son chevet. La plupart des patients du pavillon Barsky venaient de la province, leur famille était loin. Souvent, ils avaient perdu un parent, ou même les deux, pendant la guerre. C'était un frère ou une sœur plus âgé qui s'occupait d'eux. Durant leur séjour au pavillon, nombre d'entre eux ne recevaient pas une seule visite. Tung, lui, veillait Kim Phuc jour après jour, prêtant l'oreille à sa respiration. Si elle faiblissait, il se levait pour vérifier que sa fille était encore en vie. Au moindre gémissement, il s'affolait, se demandant si elle n'avait pas perdu connaissance. Il restait après l'heure des visites, jusqu'à ce que les infirmières éteignent la lumière dans le service. Si elles étaient à proximité, il s'en allait. Aucune d'elles ne soupçonna jamais qu'il dormait à la belle étoile sur un banc. Mais si elles s'occupaient d'un autre patient, il se cachait sous le lit de Kim Phuc.

— Si elle meurt dans la nuit, je pourrai au moins la ramener chez nous pour l'enterrer, expliqua-t-il à Nu.

Un jour, alors qu'il veillait Kim Phuc depuis plus de deux mois, il eut la certitude qu'elle tentait d'ouvrir les yeux. Il se pencha vers elle.

— Kim Phuc, je suis ton père. Tu me reconnais ? chuchota-t-il.

N'obtenant aucune réponse, il répéta sa question.

— Reconnais...

Ce n'était qu'un mot, mais, dès le lendemain matin, Tung prit l'autocar pour Trang Bang. Là, il fonça au restaurant.

— Kim Phuc a repris connaissance ! annonça-t-il à Nu.

Elle ne put retenir ses larmes en apprenant que l'esprit de sa fille n'avait pas abandonné son corps. Pourtant, elle était partagée. Après avoir cru pendant des semaines que Kim Phuc allait mourir, elle s'inquiétait de la vie qui l'attendait. À voix haute, elle adressa une prière à Cao Dai :

— Si Kim Phuc doit être laide et difforme, mieux vaut qu'elle meure. Si elle ne peut pas mener une vie normale, que Dieu la prenne avec lui.

Il faudrait encore deux jours avant que la fillette puisse articuler plus d'un mot – « Boire... », disait-elle d'une voix faible, et Tung lui donnait à chaque fois une cuillerée d'eau. Enfin, Tung prononça la phrase qu'il préparait depuis des semaines :

— Kim Phuc, tu es en vie parce que ta mère t'a donné son sang, et aussi parce qu'elle et moi avons prié Cao Dai.

— Phat Mau, murmura la fillette.

C'était le nom de la Sainte Mère du culte, en l'honneur de laquelle les caodaïstes de Trang Bang avaient en 1969 construit un temple. Le modeste édifice se dressait sur la route 19, au-delà du carrefour où étaient concentrés les restaurants. Les parents de Kim Phuc virent dans ces mots de leur fille, après des semaines aux portes de la mort, la preuve que Cao Dai éclairait son chemin, encore plus que le leur.

Au cours des trois mois qui suivirent le bombardement de Trang Bang, Nick Ut passa le plus clair de son temps à couvrir la fin de l'offensive de Pâques. Les communistes avaient tenu une partie des hauts plateaux du centre du pays jusqu'au milieu de l'été, et les provinces les plus septentrionales jusqu'à l'automne. Un jour, il remonta la route 1 avec Carl Robinson, responsable éditorial de l'agence, et s'arrêta devant le temple caodaïste situé à la sortie de Trang Bang. Aussitôt, une foule de badauds fit cercle autour d'eux. Les adultes leur réclamèrent des nouvelles des combats, les enfants des bonbons, des chewing-gums ou des stylos-billes de couleur. Nick demanda des indications pour se rendre chez le père de Kim Phuc. Là, il lui remit un agrandissement de la photo de sa fille fuyant les bombardements.

— Cette photo m'a rendu célèbre. Je tenais à vous remercier, dit-il, exprimant une reconnaissance qu'il gardait en lui depuis longtemps.

Tung, à qui des journalistes étrangers en visite au pavillon Barsky avaient déjà montré la photo, la porta à Nu. Elle pleura toutes les larmes de son corps en la voyant. Ils la rangèrent dans le tiroir d'une armoire. Tung s'aperçut qu'il pouvait tenir dix à quinze jours avant d'être irrésistiblement attiré par cette photo. Nu éprouvait le même besoin intense de la regarder, mais moins souvent. Elle demandait alors à son mari d'aller la chercher, pour le sentir près d'elle quand les larmes venaient.

Le tourbillon où se mêlaient leur fille blessée, la photo et les rites du caodaïsme donnait une signification singulière à l'existence terrestre de Tung et de Nu. Avant le bombardement au napalm, ils pratiquaient ce culte avec leurs enfants, mais sans dévotion excessive. Ils étaient caodaïstes par tradition familiale, héritée de leurs parents. Au-dessus de l'autel des ancêtres, ils avaient fait encadrer un portrait des divinités du panthéon caodaïste. Ils sacrifiaient à un rituel minimum, observant une seule des quatre cérémonies quotidiennes. Tung, son fils Ngoc et le grand-oncle se réunissaient alors, tout de blanc vêtus, devant leur autel – autant par habitude que par conviction. Ils frappaient trois fois le gong, allumaient les bâtonnets d'encens et s'agenouillaient. Ils psalmodiaient ensuite des prières en s'accompagnant d'instruments à percussion.

Après les bombardements de juin, Nu prit chaque jour le temps de se rendre au temple principal ou à celui de Phat Mau. Tung, lui, se recueillait au chevet de sa fille à Saigon. Sauf les rares fois où Nu fit savoir qu'elle avait besoin de lui à Trang Bang, il resta dans la capitale jusqu'au retour définitif de Kim Phuc, près de treize mois plus tard. Pour les parents de la fillette, ses brûlures marquaient un tournant malheureux dans la vie de la famille. Dans quelles proportions, ils l'ignoraient encore. Ils s'en remettaient à l'infinie sagesse de Cao Dai pour décider de leur destin sur terre et de celui de Kim Phuc. L'impact des brûlures sur son apparence et sa santé serait déterminant, mais ils s'attendaient à devoir la prendre en charge toute leur vie. L'importance des souffrances rédemptrices qui leur seraient infligées à tous les trois, le soutien moral qu'ils pourraient prodiguer après leur mort à Kim Phuc depuis le royaume des esprits, tout cela dépendait du poids respectif du bien et du mal dans leur existence passée et présente. Et seul Cao Dai pouvait en juger. Il n'y avait qu'une façon de l'influencer favorablement : devenir de meilleurs disciples.

Alors que l'offensive de Pâques tirait à sa fin, l'opinion publique américaine se montra de plus en plus intransigeante : la guerre du Viêt Nam avait assez duré. En 1972, à la fin du mois de juillet, le Congrès des États-Unis en prit acte. Il vota un texte de loi prévoyant le retrait des derniers soldats américains en échange de la libération par les Nord-Vietnamiens des prisonniers de guerre. Le président Nixon avait reçu le message : il fallait s'asseoir à la table des négociations et mettre fin à la guerre au plus vite.

Nixon était en pleine campagne pour sa réélection quand en octobre, à Paris, Henry Kissinger arriva à un accord avec le négociateur nord-vietnamien. Le Duc Tho – commandant en chef des forces communistes et des Viêt-cong – réussit à obtenir de Kissinger, contre la promesse d'un cessez-le-feu, l'autorisation pour les forces communistes d'occuper les zones dont elles avaient pris le contrôle au Sud-Viêt Nam, soit environ un quart du pays. En retour, Tho n'exigea plus la démission du président sud-vietnamien Thieu.

Kissinger alla soumettre cet accord à Saigon. Comme c'était à prévoir, il eut du mal à convaincre Thieu, notoirement indécis, et dont l'unique objectif était de retarder le départ des Américains pour empêcher la progression des communistes. Sans les interventions décisives des avions de l'US Air Force, les communistes avaient de fortes chances de l'emporter, leur ardeur au combat compensant largement la supériorité numérique de l'infanterie sud-vietnamienne – aux effectifs pourtant quatre fois supérieurs.

Tandis que les Américains semblaient résolus à trouver un accord, les escarmouches se multipliaient au Sud entre communistes et troupes gouvernementales, chacun cherchant à gagner le plus de terrain possible, conscient que l'accord de cessez-le-feu serait suivi d'un règlement politique du conflit.

À l'extérieur de Saigon, où la guerre restait une réalité étrangement lointaine, l'apparition des Viêt-cong en plein jour prouvait que le gouvernement perdait le contrôle de la situation. À Trang Bang, le spectacle de voisins s'enfuyant à travers champs donnait l'alerte : les Viêt-cong approchaient. Il n'y avait pas de temps à perdre : d'une part, personne ne voulait se faire capturer par eux, et, d'autre part, on risquait l'arrestation pour avoir abrité des communistes si on les laissait entrer chez soi. Le grand-oncle rassemblait les enfants, attrapant au passage quelques paquets de riz déshydraté (rations de l'armée américaine encore faciles à se procurer au marché noir) pour ne pas mourir de faim en attendant de pouvoir regagner la maison. Tout le monde prenait ses jambes à son cou, dans l'espoir d'atteindre les champs avant d'être repéré par la police ou les troupes gouvernementales. « Halte là ! » était un ordre auquel il fallait obéir, sous peine d'être considéré comme fuyard et de se faire tirer dans le dos.

Pendant que les négociations pour la paix se poursuivaient à Paris, un nouveau chapitre de la guerre s'ouvrait dans les villes comme Trang Bang, que les deux camps se disputaient. Après l'offensive communiste du mois de juin, plusieurs hameaux y furent pris pour cible, aussi bien par les Viêt-cong que par les soldats sud-vietnamiens. À l'automne, des tirs d'artillerie endommagèrent à trois ou quatre reprises les maisons. Les premiers coups de feu, tirés par l'un ou l'autre camp, venaient toujours de la lisière de la ville. En de rares occasions, un hélicoptère faisait plusieurs passages et un haut-parleur avertissait la population : « Quittez vos maisons ! Vous serez tués si vous restez ! » Quand les armes se taisaient, l'hélicoptère revenait, le haut-parleur appelant cette fois tous les Viêt-cong à se rendre aux autorités. Les troupes gouvernementales avaient pour tactique d'attaquer par surprise. Apprenant de ses informateurs que certaines fermes étaient occupées par les Viêt-cong ou leur servaient d'entrepôts, l'état-major local, souvent à des kilomètres de là, déclenchait une série de tirs assez nourris pour impressionner l'adversaire. Atteindre la cible visée était secondaire.

À cause du caractère imprévisible de la guerre, Tung se contentait de faire des réparations de fortune dans sa maison. Les tirs d'artillerie réduisirent à néant les travaux effectués après les bombardements de juin. Trop coûteuses, les portes-fenêtres de la façade ne furent pas remplacées. Suite à l'effondrement d'une cloison, des trous dans les plafonds et les murs, plus rien ou presque ne séparait la salle commune de la pièce du fond. Tung avait pris l'habitude de récupérer des planches et des plaques de métal dans une partie irréparable pour en consolider une autre, et de clouer un carton sur les trous. La maison blessée exprimait la désolation ; dans leurs pots trop fissurés pour retenir l'eau, même les plantes de la terrasse perdirent leurs feuilles.

L'intensification de la guerre à Trang Bang obligea les villageois à négocier habilement leur soutien à l'un ou l'autre camp. Loan était de ceux qui se trouvaient « coincés entre le riz gluant et le haricot ». Son statut de veuve de guerre lui donnait une certaine crédibilité, sans parler de son métier d'institutrice – elle enseignait à l'école élémentaire. Aussi, chaque fois que des tirs d'artillerie endommageaient les bâtiments administratifs, le maire venait lui demander de diffuser un message dans les haut-parleurs disséminés à travers la ville sur des poteaux en ciment. Loan s'exécutait. « On est d'abord jugé sur sa voix », dit un proverbe vietnamien. Or les textes qu'elle lisait condamnaient les Viêt-cong, tenus pour responsables des dégâts.

Eux aussi s'intéressaient à la jeune femme, considérant les enseignants comme des agents de liaison idéaux. Beaucoup de rebelles basés au sud du pays étaient plus ou moins illettrés ; dans l'impossibilité de poursuivre une scolarité normale, ils avaient pour la plupart passé leur jeunesse dans la jungle. Un soir, un « visiteur nocturne » se présenta chez Tung et Nu pour « escorter » Loan dans la forêt. On lui confia une des missions les plus dangereuses : lire à voix haute la liste des crimes dont était accusé un prisonnier, avant son exécution. Elle n'osa pas dire non. Une de ses collègues – son ancienne institutrice de cours élémentaire – avait refusé, et on racontait qu'elle figurait sur la liste noire des Viêt-cong. Elle s'était enfuie à Saigon. Un jour, le corps ensanglanté d'un adolescent avait été déposé à la porte de ses parents. Une autre fois, un cadavre avait été retrouvé dans les débris calcinés d'une hutte au toit de chaume. D'après la rumeur, les deux victimes avaient décidé de quitter les rangs du Viêt-cong. Afin qu'on ne l'associe pas trop étroitement à l'un des deux camps, Loan s'arrangeait pour ne pas être disponible en permanence. De temps en temps, elle allait passer la nuit chez des amis dans le quartier commerçant, trop proche des bâtiments administratifs pour que les visiteurs nocturnes s'y aventurent. En tout, les Viêt-cong vinrent la chercher quatre fois.

Cet automne-là, deux incidents graves montrèrent que la famille de Tung n'avait prouvé sa loyauté à aucun des deux camps. Ils eurent lieu tous les deux au restaurant de Nu.

Un matin à l'heure d'affluence, quand les habitués tôt levés venaient déjeuner, un camion militaire s'arrêta au bord de la route. Des soldats affamés en descendirent. Une vingtaine d'entre eux se dirigeaient vers le restaurant de Nu quand deux grenades explosèrent au milieu du groupe, tuant dix-sept soldats. Des quatre enfants de Nu qui aidaient à servir, seul Ngoc fut blessé à la cuisse par un éclat de métal. La police conclut que les grenades avaient dû être lancées de la route par un conducteur de scooter. Aucun témoin ne se manifesta et il n'y eut pas d'arrestations.

Le second incident se produisit un ou deux mois plus tard. Cette fois, le restaurant était presque entièrement occupé par les membres d'une famille de Saigon. Ils se rendaient à Tay Ninh pour les fiançailles d'un de leurs fils. Des chauffeurs les attendaient. Une énorme explosion détruisit la moitié du restaurant, faisant dix-neuf morts parmi les clients ensevelis sous les décombres. Loan s'était ébouillantée avec la soupe qu'elle transportait. Nu, en état de choc et rendue partiellement sourde par la déflagration, avait l'avant-bras gauche couvert de brûlures.

L'après-midi même, Loan partit chercher son père à Saigon.

— Maman a été arrêtée ! annonça-t-elle, racontant que les policiers militaires avaient emmené Nu dans leur camion.

De retour à Trang Bang, Tung expliqua aux enfants :

— Votre mère a dû aller à Saigon, c'est moi qui vais m'occuper de vous.

Sur les dix-neuf personnes tuées par la seconde explosion, dix-sept appartenaient à la famille allant célébrer des fiançailles. Ce furent les deux autres morts qui provoquèrent la colère du gouvernement. Le premier, un haut fonctionnaire de Saigon, venait de prendre la direction du département de l'information et de l'éducation de la province de Hau Nghia. Le second était le militaire qui l'accompagnait : aucun haut fonctionnaire ne se déplaçait sans escorte. Un vélo avec des charges de plastic fixées à son cadre avait été placé à l'angle du restaurant où déjeunaient les deux hommes.

Le camion de la police militaire qui transportait Nu roula en cahotant pendant près de deux heures avant d'arriver à un centre de détention provincial. Enfermée à l'arrière, Nu n'avait rien vu du trajet. On la conduisit à l'intérieur d'un bâtiment, dans une petite pièce sans meubles où se trouvaient déjà une douzaine d'autres prisonniers des deux sexes. Personne ne vérifia si elle avait besoin de soins médicaux.

Le lendemain matin, un surveillant vint la chercher pour un interrogatoire. Assise sur une chaise, elle faisait face à ses interlocuteurs.

— Qui a placé ce vélo ?

— Je ne sais pas.

— Allons, dites-nous qui l'a mis là !

Chaque jour, le même scénario se répétait. On raccompagnait Nu dans une cellule individuelle, et, le lendemain matin, tout recommençait. Ceux qui l'interrogeaient criaient de plus en plus fort, et plus elle affirmait ne rien savoir, plus ils essayaient de lui faire avouer ses sympathies communistes.

— Il n'y en a que pour les Viêt-cong ! Vous les nourrissez ! Vous les soignez ! Avouez !

Devant son mutisme, ils demandaient leurs « outils ». Ils lui donnaient des coups de canne sur les jambes, lui fixaient au bout des doigts des pinces reliées à un fil électrique. Le pire était quand on lui vidait un seau d'eau dans la gorge en lui maintenant un chiffon sur le nez, ce qui provoquait une sensation d'étouffement.

Nu ne cédait pas.

— Je ne sais rien, répétait-elle.

Grâce à ses relations dans l'administration provinciale et à celles du mari de tante Anh, Loan découvrit où sa mère était détenue. Dès qu'elle pouvait se libérer, elle lui apportait des plats cuisinés et, après avoir vu son bras couvert de cloques, des médicaments et des pansements. Trois semaines s'écoulèrent. Un matin, au lieu de la conduire dans la pièce où avaient lieu les interrogatoires, on l'accompagna jusqu'à la grille. Loan l'attendait.

— Quel a été le prix à payer pour ma libération ? demanda Nu à sa fille.

Loan hocha la tête, observant la loi du silence.

Durant tout l'été et une partie de l'automne, Tung dut chaque jour déjouer la surveillance du personnel du pavillon Barsky pour pouvoir donner à Kim Phuc un fruit ou quelques bonbons. Afin de limiter au minimum les risques d'infection, le règlement du pavillon interdisait aux visiteurs d'apporter des aliments de l'extérieur. En outre, un régime alimentaire équilibré est indispensable au rétablissement d'un grand brûlé. Enchanté de voir sa fille retrouver l'appétit, Tung lui glissait un bonbon ou deux, ou partageait avec elle un corossol – fruit à peau verte, à chair sucrée et à gros pépins noirs, dont la saison était très courte et qui avait les préférences de Kim Phuc. Les infirmières vietnamiennes fermaient les yeux, se contentant de feindre la colère à la vue d'un papier de bonbon ou d'un pépin noir.

Lorsque les brûlures de la fillette cessèrent de suppurer et que son état général s'améliora, les greffes de peau commencèrent. C'est un processus épuisant, et extrêmement douloureux. Chaque greffon de peau prélevé sur le patient laisse la chair à nu, comme lors d'une brûlure au premier ou au deuxième degré. Pour cicatriser, la plaie doit être régulièrement désinfectée et protégée par des pansements. Si la greffe ne prend pas et s'infecte, il faut décoller le greffon dans un bain antiseptique et recommencer. Les greffes de Kim Phuc se révélèrent des opérations de routine, réussite due autant à la compétence du chirurgien qu'aux soins attentifs des infirmières.

Des décennies plus tard, lorsque la fillette devenue adulte se retrouva sous l'œil des médias du monde entier, plus d'un chirurgien occidental se vit attribuer le mérite de l'avoir opérée. À l'époque de la guerre, les médecins étrangers qui se succédaient au pavillon Barsky ne découvraient la renommée internationale de la photo de Kim Phuc qu'à leur retour chez eux, des mois ou des années après les événements. Parmi leurs patients du pavillon, beaucoup correspondaient à la description d'une fillette ayant dû subir des greffes de peau sur tout le torse. Pourtant, une seule personne pouvait revendiquer à juste titre la guérison de Kim Phuc : la doctoresse My, celle-là même qui avait enfreint le règlement du pavillon en acceptant la fillette comme patiente. Mais la doctoresse My, qui avait quitté le Sud-Viêt Nam pour les États-Unis à la fin de la guerre, ne voulait pas occuper le devant de la scène, ni détromper Kim Phuc, convaincue d'avoir été sauvée par des étrangers. Par ailleurs, les chirurgiens vietnamiens du pavillon Barsky travaillaient de fait sous l'autorité des praticiens étrangers. Et la doctoresse My reconnaissait volontiers que, sans les circonstances particulières de l'admission de Kim Phuc, jamais elle ne se serait souvenue de l'avoir opérée, tant elle voyait défiler de patients en une journée.

Malgré la cicatrisation rapide des greffes de peau de la fillette, les soins étaient toujours aussi éprouvants. Pour empêcher toute adhérence entre sa nouvelle peau et une surface contiguë – le cou et la poitrine, l'intérieur du bras et le torse –, elle fut installée en extension et plâtrée des pieds à la tête. Une fois déplâtrée, elle entama des séances de kinésithérapie où les progrès accomplis se mesuraient à l'aune de la douleur qu'ils provoquaient. Il fallait redonner de la souplesse à la peau greffée – qui se rétracte au fur et à mesure qu'elle prend –, stimuler les terminaisons nerveuses et les muscles enfouis sous les cicatrices, faire travailler les extrémités. Kim Phuc devait aussi reprendre des forces. Après des semaines d'immobilité, sa masse musculaire avait fondu, la laissant très amaigrie. Elle devait réapprendre à s'asseoir, à se lever, à marcher et à s'habiller seule.

En novembre 1972, presque six mois après l'arrivée de Kim Phuc au pavillon Barsky – elle détenait le record du plus long séjour dans l'établissement –, la directrice Joyce Horn s'apprêtait à envoyer la fillette dans le centre de convalescence de la fondation, à l'autre bout de la ville. Kim Phuc la supplia de la renvoyer chez elle : sa famille lui manquait tellement. Joyce Horn donna son accord, à condition qu'elle aille régulièrement au centre pour les visites de contrôle et les séances de kinésithérapie.

La directrice referma le dossier avec la satisfaction du devoir accompli. Tout permettait de croire que, à la différence de nombreux patients du pavillon, Kim Phuc allait retrouver un foyer chaleureux et confortable. Ayant entendu les infirmières dire que le père de la fillette était haut fonctionnaire, Joyce Horn imaginait que sa famille avait à la fois des ressources et des relations.

Une raison au moins expliquait que Kim Phuc ait pu franchir le cap difficile des premiers jours :

elle venait d'une région prospère du sud du pays, où les enfants étaient bien nourris, et n'avait donc aucun problème de santé au moment du bombardement. Joyce Horn voyait partir avec davantage d'inquiétude la plupart de ses petits patients. Beaucoup laissaient derrière eux un monde cent fois meilleur que ce qu'ils pourraient connaître, un monde où la routine des soins et des jeux leur faisait oublier la cruauté de leurs blessures. À l'intérieur du pavillon Barsky, un visage affreusement défiguré pouvait passer inaperçu, mais pas à l'extérieur. Un adolescent qui avait perdu ses deux jambes, et à qui on demandait ce qu'il ferait après sa sortie, répondit sans hésitation : « Je me suiciderai. » Avec ses deux bras et ses deux jambes, ses cicatrices qu'on pouvait cacher, son visage intact, Kim Phuc faisait partie des privilégiés.

Une fois la fillette de retour à Trang Bang, Carl Robinson et Nick Ut lui rendirent visite. Ensuite, Robinson raconta dans une dépêche d'Associated Press la série d'épreuves infligées par la guerre à la malheureuse famille.

Peu après, Joyce Horn reçut une étrange lettre. Une association de pompiers new-yorkais avait réuni trois mille dollars pour offrir à Kim Phuc des vacances dans leur ville. Des années plus tard, Joyce Horn résumerait ainsi la tonalité générale de la lettre : « Ne croyez-vous pas que ce serait formidable pour elle de faire des tours de manège à Central Park ? » « Je vous en prie, essayez de dépasser cette vision des choses, écrivit-elle en retour. Par rapport à la plupart de nos patients, les blessures de cette fillette sont relativement légères. » Elle ne put s'empêcher d'ajouter un léger reproche : « Ne vous contentez pas d'aider un seul enfant ; utilisez cet argent pour en secourir beaucoup d'autres. » Et elle joignit l'adresse de la fondation Barsky à New York.

L'agence Associated Press de Saigon reçut par la suite une lettre de la même association de pompiers demandant comment s'y prendre pour faire parvenir leurs dons à la famille de Kim Phuc.

Plusieurs lettres et paquets étaient déjà arrivés à l'agence, expédiés pour l'essentiel par des Américains, certains avec pour seule adresse : « À la petite fille de la photo. » Les gens envoyaient des albums de coloriage et des crayons de couleur, des manuels pour apprendre l'anglais, des poupées, des vêtements, souvent – toujours trop grands. Certains joignaient un billet de dix, vingt, ou même cinquante dollars. En tout, ces dons se montaient à quelques centaines de dollars. Carl Robinson et Nick Ut chargèrent l'efficace secrétaire vietnamienne de l'agence de veiller à ce que dons et paquets soient bien remis à Tung. Les Vietnamiens n'ayant pas le droit de détenir de l'argent américain, la secrétaire – une veuve de guerre – dut d'abord emmener Tung à la banque où l'agence avait un compte pour faire changer les dollars en dongs.

Après s'être interrogés sur la manière dont ils pouvaient répondre à la demande de l'association de pompiers, Robinson et Nick laissèrent à la secrétaire le soin de s'en occuper. Cette fois, Robinson renonça à envoyer une dépêche relatant ces derniers développements. « Voilà une victime dont tout le monde s'occupe, se dit-il. Il est temps de penser aux autres. »

Richard Nixon fut réélu à la Maison-Blanche en novembre 1972. Son objectif prioritaire restait la paix au Viêt Nam ; l'annonce par Kissinger en pleine campagne que « la paix était en vue » demeurait un vœu pieux. Thieu, intraitable, réclamait soixante-neuf modifications à l'accord provisoire auquel étaient arrivés Kissinger et les Nord-Vietnamiens. Ces derniers répliquèrent au mois de décembre en rompant les négociations.

Nixon perdit patience. Il voulait un accord de cessez-le-feu avant sa cérémonie d'investiture en janvier 1973. À titre d'ultimatum pour obliger les Nord-Vietnamiens à revenir à la table des négociations, il ordonna des bombardements intensifs au Nord-Viêt Nam. Du 18 au 30 décembre, à l'exception d'une interruption de vingt-quatre heures le jour de Noël, les B-52 américains pilonnèrent des objectifs militaires à Hanoi, et le long d'un couloir d'une centaine de kilomètres reliant la ville au port de Haiphong. Ces bombardements dits « de Noël » suscitèrent peu de réactions dans l'opinion publique américaine ; à l'étranger, en revanche, ce fut l'indignation. Neuf jours après la décision de Nixon d'arrêter les bombardements, les négociations reprenaient à Paris entre les États-Unis, le Nord-Viêt Nam et le Sud-Viêt Nam.

Parmi les journalistes étrangers qui se rendirent au Sud-Viêt Nam en prévision de l'accord de cessez-le-feu devant être signé à Paris se trouvaient deux reporters du magazine allemand *Stern*, basé à Hambourg. Perry Kretz et Klaus Liedtke arrivèrent à l'aéroport Tan Son Nhat de Saigon persuadés qu'on leur délivrerait comme d'habitude les visas nécessaires. Ils se trompaient. On leur refusa l'entrée sur le territoire et ils furent priés de quitter le pays. Kretz en conclut que le régime de Saigon n'avait pas apprécié son reportage sur l'offensive de Pâques : il avait photographié un soldat sud-vietnamien endormi sur sa mitrailleuse.

Comme ils devaient attendre trois jours le prochain avion pour Hambourg, la police sud-vietnamienne assigna les deux hommes à résidence dans un hôtel de Saigon. Kretz choisit l'élégance désuète du Continental. Cet hôtel de l'époque coloniale, utilisé par Graham Greene dans son roman *Un Américain bien tranquille*, avait les préférences des journalistes depuis l'arrivée des Américains au Viêt Nam. Il était situé rue Tu Do (ce qui signifie « liberté »), l'ex-rue Catinat sous les Français, dont les bars avaient été baptisés par les premiers correspondants de guerre « Radio Catinat » à cause des informations militaires y circulant. Au bar en terrasse du Continental, confortablement installé dans un fauteuil en osier vert foncé sur un sol à damiers, rafraîchi par les ventilateurs, on pouvait encore y commander un citron pressé.

Un garde posté à la porte de la chambre des deux journalistes les accompagnait courtoisement au restaurant et au bar. Le matin du deuxième jour, Kretz décida de tirer un reportage de ce voyage avorté. Il s'approcha du garde.

— Nous avons besoin de sortir. Ni très longtemps ni très loin, dit-il.

Il ouvrit la main, révélant un billet de cinquante dollars. Le garde le prit et tourna le dos. L'agence Associated Press était à quelques centaines de mètres. Là, Kretz tomba sur Peter Arnett, à qui il expliqua sa situation :

— J'ai une journée et demie devant moi. Tu n'aurais pas une idée de reportage ?

— Kim Phuc est un sujet en or, répondit Arnett sans hésiter.

— Qui est Kim Phuc ?

— La fillette brûlée au napalm.

— Elle est encore en vie ? !

À chaque poste de contrôle sur la route 1, pour ne pas avoir à montrer leur passeport où ne figurait aucun visa valide, Kretz et son collègue brandissaient des cartes d'identité délivrées par le ministère américain de la Défense.

— Américains…, disaient les policiers en laissant passer leur taxi.

Apercevant les tours jumelles du temple caodaïste, Kretz se souvint de la fameuse photo et sut qu'ils étaient arrivés à destination. Ils trouvèrent Tung chez lui. En short et en T-shirt, juché sur un tabouret, il égalisait des bambous à l'aide d'une scie pour réparer un mur écroulé de sa maison. Il conduisit les deux hommes jusqu'à Kim Phuc. Elle était derrière la maison avec grand-mère Tao, qui faisait la lessive, accroupie sur le sol. Au grand amusement de la fillette, Kretz insista pour échanger une poignée de main avec sa grand-mère aux doigts ruisselants d'eau savonneuse. La vieille dame se prêta à ce salut étranger aux coutumes vietnamiennes, surtout entre un homme et une femme.

Pour Kretz, l'alchimie intangible existant parfois entre un photographe et son sujet fut acquise dès le départ. Kim Phuc emmena volontiers les deux journalistes et le chauffeur de taxi – qui servait d'interprète – faire le tour du propriétaire. Elle prenait la pose dès qu'on le lui demandait. Devant la maison, elle ne protesta pas quand Kretz lui demanda de se joindre à un groupe de garçons en train de jouer au ballon. Il y eut quelques instants de consternation lorsque le collègue de Kretz, suant à grosses gouttes, faillit s'évanouir à cause de la chaleur. Après un peu de repos à l'intérieur de la maison et une boisson fraîche, les trois hommes et la fillette descendirent le chemin en direction du temple et de la route où avait eu lieu le bombardement au napalm. Là, Kretz photographia Kim Phuc pendant près d'une heure.

Dans son viseur, il vit soudain le sourire de la fillette se figer. Il abaissa l'objectif.

— Kim ! Ne fais pas la tête ! plaisanta-t-il.

Kim Phuc échangea quelques mots avec le chauffeur de taxi. La chaleur avait réveillé la douleur, phénomène fréquent chez les grands brûlés : leurs lésions étant dépourvues de pores et de glandes sudoripares, et la circulation se faisant mal à cause des cicatrices, le corps régule difficilement sa température. La sensibilité au froid et à la chaleur devient plus aiguë.

Le visage de Kim Phuc s'assombrit encore. Kretz s'inquiéta.

— Que se passe-t-il ? Qu'est-ce qui ne va pas ?

— Le soleil est trop chaud pour elle. Ses brûlures lui font mal, traduisit le chauffeur de taxi.

Kretz se reprocha son manque de compassion. Une seule fois, devant la raideur de ses mouvements pour attraper le ballon, il avait eu conscience de l'état de la fillette. Il était perplexe. Si elle souffrait autant, pourquoi avoir accepté cette séance de photos ? Alors qu'ils repartaient vers la maison, il tira sa propre conclusion : « Malgré son jeune âge, elle doit se dire : "Allez, fais un effort. Peut-être que ces étrangers peuvent t'aider." »

Chez elle, Kim Phuc prit une douche pour soulager la douleur. Kretz demanda à Tung la permission de photographier les cicatrices de sa fille. Tung fit la grimace. Kretz s'adressa directement à la fillette :

— Écoute-moi, Kim. Nous sommes ici aujourd'hui. Mais je n'étais pas là quand tu as été blessée. Il faut que je voie tes brûlures. Il faut que je sache ce qui t'est réellement arrivé.

Kim Phuc s'exécuta. Elle n'était pas encore gênée par sa nudité : les garçons et les filles de son âge jouaient nus sous la pluie avec les plus petits, se douchaient ensemble, se promenaient torse nu. La douche transforma la fillette. Dans deux vasques en céramique réservées à cet usage, elle puisait à l'aide d'une tasse l'eau qu'elle faisait ensuite ruisseler sur son corps, de la tête aux pieds.

Une des photos illustrant l'article de *Stern* montrait Kim Phuc nue, de dos, regardant par-dessus son épaule. Sa nudité trahissait ses souffrances. L'objectif avait saisi les rivières de chair rouge et violacée zigzaguant sur son dos et son bras gauche, les éruptions volcaniques des cicatrices sur sa fesse gauche. Sur ses cuisses, d'autres cicatrices, moins visibles et de forme rectangulaire, indiquaient les endroits où avaient été prélevés les greffons. « Des Américains compatissants ont envoyé à la fillette des lettres et des jouets », lisait-on dans l'article, dont l'auteur ajoutait intentionnellement : « Pour sa part, elle préférerait recevoir des médicaments pour ses cicatrices. »

De retour à Hambourg, Kretz ne parvint à oublier ni le sourire de Kim Phuc ni le moment où il s'était brusquement figé cet après-midi-là. Kretz était venu au journalisme sur le tard. Plus de vingt ans auparavant, il avait quitté l'Allemagne et son emploi de linotypiste pour aller vivre à New York avec des cousins et apprendre l'anglais. Là, après avoir exercé plusieurs métiers – dont celui de serveur et de barman – tout en suivant des cours du soir de photo-journalisme, il s'était engagé dans l'US Navy pendant la guerre de Corée. Plus tard, il avait travaillé dans les services de l'identité judiciaire de la police new-yorkaise, puis dans une agence de presse. Depuis quatre ans, il était reporter au magazine *Stern*, quittant l'Allemagne essentiellement pour couvrir la guerre du Viêt Nam.

« J'aurais dû être médecin », se dit-il, comme pour s'excuser de n'avoir été d'aucune utilité à Kim Phuc ce jour-là.

Le 27 janvier 1973, dix-neuf jours après la reprise des négociations, les États-Unis, le Nord-Viêt Nam et le Sud-Viêt Nam signèrent officiellement à Paris un accord de cessez-le-feu. Le même jour, le secrétaire d'État à la Défense annonçait le retrait définitif des troupes américaines. Mais l'accord ne prévoyait pas le renvoi dans leurs foyers des soldats sud-vietnamiens ou nord-vietnamiens. Sur place, personne ne croyait au retour d'une paix durable – les déclarations des autorités sud-vietnamiennes évitaient d'ailleurs ostensiblement ce mot. La population s'attendait seulement au départ des Américains, et à une trêve avant la reprise des hostilités. Vingt-quatre heures après la signature de l'accord, les deux camps s'accusaient déjà de violations du cessez-le-feu.

Le 19 mars, on descendit le dernier drapeau américain de la dernière base américaine de Saigon. Le 30 mars, les derniers militaires américains présents sur le sol vietnamien rentrèrent chez eux. Le lendemain, Hanoi libéra le dernier contingent de prisonniers de guerre.

Les Américains partis, les agences de presse étrangères ne voyaient plus l'intérêt d'une couverture quotidienne du conflit vietnamien. Celles qui avaient des bureaux à Saigon les fermèrent, ou en réduisirent considérablement le personnel. Ailleurs sur la planète, d'autres atrocités retenaient l'attention, permettant aux Américains de continuer pendant plusieurs mois à bombarder le Laos et le Cambodge – jusqu'à ce que le Congrès refuse de voter l'attribution de nouveaux crédits militaires pour cette région du monde. Le même été, le président Thieu accusa ouvertement les communistes de préparer une offensive à l'approche de la saison sèche. Tandis que ces derniers continuaient à harceler les troupes gouvernementales et à prendre le contrôle d'une part grandissante du territoire, Thieu comptait sur une intervention américaine pour appuyer ses troupes au cas où les communistes attaqueraient au grand jour.

Pour les Américains, plus qu'un pays, le Viêt Nam était une guerre, dont ils se félicitaient qu'elle soit enfin terminée. Et dont ils mesuraient à présent le coût humain : cinquante-huit mille de leurs concitoyens avaient péri ; trois cent mille avaient été blessés ; près de six cents avaient été capturés et détenus par les communistes ; mille trois cents étaient toujours portés disparus, davantage sur l'ensemble de la péninsule indochinoise. Aux États-Unis, nombre de vétérans parmi les trois millions qui avaient servi au Viêt Nam tentaient de trouver un sens à leurs sacrifices. Que le rôle joué par leur pays dans ce conflit soit moralement défendable ou non, les Américains ne voulaient plus en entendre parler. Que la guerre du Viêt Nam ne soit pas finie, et que militaires et civils vietnamiens continuent à mourir, ne les empêchait pas de dormir. À la fin de l'année précédente, le magazine *Life* avait publié son numéro spécial « L'année en images ». Il ne comportait qu'un document en rapport avec la guerre du Viêt Nam : un portrait sur deux pages de Kim Phuc, désormais âgée de dix ans, souriante, chez elle à Trang Bang, avec en encadré la célèbre photo d'elle dans sa course éperdue après le bombardement au napalm. « Kim Phuc : de douloureux souvenirs masqués par un sourire », annonçait le titre.

6

Dès qu'elle eut franchi avec son père le portail de l'hôpital Cho Ray, ce fut évident : pour Kim Phuc, passer sans transition du cocon du pavillon Barsky au monde extérieur serait une épreuve trop brutale. Durant toute la traversée de la ville en cyclo-pousse, depuis Cholon – quartier chinois de Saigon – jusqu'à la gare routière de l'ouest, la peau si fine récemment greffée sur sa chair brûlée fut exposée à la morsure du soleil. Dans l'autocar, la poussière qui entrait par les fenêtres ouvertes irrita ses poumons fragilisés. Les cahots du véhicule sur la route défoncée par les obus aggravèrent ses maux de tête. Enfin, le spectacle désolant de sa maison qu'elle n'avait pas revue depuis le bombardement au napalm lui causa un choc.

— On voit le soleil et la lune de l'intérieur ! s'écria-t-elle.

Deux fois au cours de ses quinze premiers jours à Trang Bang, elle eut des accès de douleur si intenses que Nu envoya un membre de la famille chercher le médecin en scooter. Sans le soulagement apporté par l'injection de sédatifs, Kim Phuc aurait sombré dans la folie, affirmaient ses proches. Tung et Nu préférèrent la faire admettre au centre de convalescence, comme on le leur avait conseillé au pavillon Barsky. La plupart des patients n'y passaient que deux à trois semaines ; la fillette, elle, y resta sept mois. Les médecins l'autorisèrent à faire quelques séjours d'une ou deux semaines chez elle, mais elle ne revint définitivement à Trang Bang qu'en juillet 1973, treize mois après le bombardement.

Gage de sa force de caractère, elle avait gardé le même tempérament joyeux et stoïque qu'avant d'être blessée. Les infirmières vietnamiennes s'émerveillaient de sa gaieté permanente, qualité rare chez les plus jeunes victimes de la guerre : certains enfants ne souriaient même plus aux pitreries de Dingo et de Donald dans les dessins animés que le pavillon Barsky faisait venir des États-Unis. Le professionnalisme – voire l'héroïsme – de ces femmes qui avaient infligé quotidiennement à Kim Phuc le terrible bain antiseptique des grands brûlés se révéla dans les rapports basés sur la confiance et l'affection qu'elles établirent avec elle. Les soins proprement dits étaient traumatisants et le temps ne changeait rien à l'affaire : il suffisait de prononcer devant la fillette le mot « bain » pour la plonger dans une angoisse indicible. Pourtant, grâce au dévouement des infirmières, une nouvelle Kim Phuc émergea, régénérée, des ténèbres de ce long martyre solitaire.

Au cours de son séjour au pavillon Barsky, en observant le personnel, elle avait eu la révélation de ce qu'elle voulait faire plus tard : elle serait médecin, haute ambition pour une fillette d'origine paysanne. D'ordinaire, les familles décidaient du destin de leurs enfants en fonction de leur statut social. Seuls les citadins assez riches pour inscrire leurs rejetons dans les meilleures écoles pouvaient espérer les voir devenir médecins, pharmaciens, avocats ou ingénieurs. Kim Phuc expliqua ainsi son désir à ses parents :

— C'est vous qui m'avez donné le jour, mais les infirmières et les médecins m'ont sauvé la vie.

Trang Bang ne ressemblait plus à la ville que la fillette avait connue. D'après les termes du cessez-le-feu, chaque commune pouvait prêter allégeance au camp de son choix. Dans les provinces du Nord, beaucoup de villages arboraient les couleurs du Viêt-cong. Mais plus au sud, surtout dans les petites villes autour de la capitale, le gouvernement veillait à ce que le drapeau sud-vietnamien flotte sur les bâtiments officiels, ou à ce qu'il soit peint sur leurs murs.

En l'absence de Kim Phuc, naissances et disparitions s'étaient succédé. L'année suivant le bombardement, Nu avait accouché de son huitième enfant – son cinquième fils. Tante Anh, elle, portait encore les marques de ses blessures : elle boitait et avait les doigts d'une main recroquevillés comme des griffes. Lorsque son mari l'avait retrouvée à l'hôpital de Saigon, elle s'était débrouillée pour abréger son séjour. Folle de douleur en apprenant la mort de Danh et l'état désespéré de son bébé, elle était rentrée chez elle au bout de quelques jours. Kim Phuc avait été informée à l'hôpital du décès de ses cousins, mais un an s'était écoulé depuis, et, chez elle, plus personne n'en parlait. Par la suite, tante Anh aurait sept autres enfants.

Lorsque Kim Phuc lui rendait visite, elle la trouvait parfois allongée sur son lit, chantant une mélopée qui la mettait en transe. Sa voix se métamorphosait, et elle dialoguait avec les esprits pour recevoir des nouvelles de Danh et de Cuong, le bébé. De retour dans le monde réel, elle exprimait sa joie de savoir ses deux fils réunis. Elle racontait que le cadet aimait dire à l'aîné, pour le taquiner : « Ce que tu es laid avec toutes tes brûlures, Danh ! »

Pendant son année d'hospitalisation, les frères et sœurs de Kim Phuc s'étaient familiarisés avec la guerre. Après avoir longtemps joué avec de simples branches en guise d'armes à feu, les garçons avaient enrichi leur vocabulaire et parlaient de tirs de mortier, d'obus, de roquettes, de grenades…

La demeure qui avait eu si fière allure ne pouvait plus abriter toute la famille. Les portes-fenêtres manquantes et le mur en ruine laissaient la salle commune exposée à tous les regards. Le plafond du couloir s'était effondré, interdisant d'y accrocher des hamacs. On ne pouvait coucher que dans la pièce du fond, ce qui obligeait Tung et au moins l'un des enfants à dormir ailleurs, en général dans une maison confiée à la surveillance d'un proche par ses propriétaires réfugiés à Saigon. Loan, pratiquement installée en ville, ne venait que dans la journée.

À son retour, Kim Phuc avait trouvé sa sœur aînée écrasée par le chagrin. À vingt et un ans, elle pleurait plusieurs amis morts ou mutilés après avoir été enrôlés de force dans l'armée dès l'âge de dix-huit ans. Un matin, la fillette eut également la surprise de découvrir que son père avait organisé pendant la nuit la fuite de Ngoc, son frère aîné.

Ce départ précipité était la conséquence d'une visite reçue quelques jours auparavant. Le chef militaire du canton avait dépêché quelqu'un chez Tung.

— Dès que votre fils aura dix-huit ans, il devra s'engager, avait prévenu l'envoyé.

Deux ou trois jours plus tard, un visiteur nocturne se présentait à son tour :

— Nous invitons votre fils à se joindre à nous.

Voyant que l'homme était seul, Tung avait tenté de gagner du temps.

— Mon fils n'est pas là. J'aimerais d'abord lui demander ce qu'il en pense, avait-il répondu.

Dans les provinces du Nord, la propagande pouvait faire vaciller les convictions. Pas dans celles du Sud, où le poids de la tradition familiale était plus lourd : un fils adoptait toujours les opinions de ses parents.

Après le départ du visiteur nocturne, Tung avait réveillé Ngoc.

— Les gens de la forêt sont venus te chercher !

Il avait déjà préparé des vêtements, des couvertures, de l'argent et des vivres. Juste avant l'aube, à l'heure où se couchaient les Viêt-cong, ils étaient partis tous les deux vers l'ouest, vers le sanctuaire caodaïste de Tay Ninh.

Un an plus tôt, Tung avait pris les dispositions nécessaires pour que son fils n'ait pas à rejoindre l'un ou l'autre camp. Si quelqu'un venait réclamer Ngoc, avait-il décidé, il l'enverrait étudier la doctrine caodaïste. Il ne souhaitait pas non plus le voir revenir à Trang Bang, préférant qu'il se marie dans une ville plus importante, où les gens se soucient peu des faits et gestes de leurs voisins. « Je veux que tu échappes à l'atmosphère étouffante des petites villes », avait-il dit pour justifier l'achat à Tay Ninh d'une maisonnette d'une seule pièce, dans une rue animée près du Saint-Siège caodaïste. Elle devait revenir à Ngoc après son mariage.

À l'entrée du Saint-Siège, le père et le fils présentèrent leurs papiers aux sentinelles en tunique blanche. Chacune des douze portes était gardée vingt-quatre heures sur vingt-quatre. Pardelà les murailles s'étendait une véritable cité. Le grand temple, où chaque famille de fidèles se rendait en pèlerinage au moins une fois l'an, dominait le paysage. À l'ombre de l'édifice sacré, parmi des dizaines de bâtiments, se trouvaient plusieurs unités administratives de style colonial.

Il y avait également deux lycées, une université, un hôpital de soixante-quinze lits et une maternité, un orphelinat, un hospice, une salle de concert, une morgue, des ateliers et de nombreux commerces – boutiques de tailleurs et de tisserands, boulangerie, station-service, menuiserie, forge, même une manufacture de calendriers. On avait construit plusieurs immeubles d'habitation pour les ouvriers, dont l'effectif total dépassait le millier.

Ngoc lui-même fut engagé comme ouvrier. En échange de son travail, il serait logé et recevrait chaque jour deux repas végétariens à base de riz et de soupe. D'autres familles de fidèles avaient eu la même idée pour leurs fils. Peu de temps auparavant, le sang avait coulé dans le sanctuaire lorsqu'un inconnu avait assassiné le chef de l'ex-armée caodaïste, mais les adeptes n'y avaient vu qu'un règlement de comptes entre dirigeants du culte.

Le lendemain soir, Tung reçut la visite de deux représentants du Viêt-cong.

— Mon fils a choisi la voie de Cao Dai, leur déclara-t-il.

Les visiteurs repartirent sans rien dire.

Toutes les deux ou trois semaines, Tung, accompagné parfois d'un autre de ses enfants, se rendait à Tay Ninh pour apporter à Ngoc les denrées qu'il ne trouvait pas sur place : thé, café, sucre de canne, lait concentré. Nu y ajoutait un peu d'argent de poche. Mais le jeune homme vivait de peu, ne consommant ni alcool ni tabac.

Alors que ses amis étaient de plus en plus nombreux à rejoindre les rangs de l'armée sud-vietnamienne, l'avoir envoyé à Tay Ninh semblait une sage décision.

C'était Kim Phuc qui souffrait le plus de la dégradation des conditions de vie dans la maison de Trang Bang, et toute la famille s'en inquiétait. Tung consacrait beaucoup de temps à la fillette, ce dont Nu lui était reconnaissante. « Il éprouve une tendresse particulière pour cette enfant », se disait-elle. Soucieux de ne pas trop en faire, Tung avait placé son propre cadeau de bienvenue pour sa fille parmi les dizaines de poupées et de peluches reçues de l'étranger. Mais la poupée offerte par son père était vite devenue la préférée de Kim Phuc. Fabriquée au Japon, elle avait la taille d'un vrai bébé et fonctionnait avec des piles : elle marchait, ouvrait et fermait les yeux, pleurait, parlait et chantait en anglais. Elle terrifiait grand-mère Tao, au point qu'il fallait éviter de la sortir en sa présence. Les cadeaux continuaient à arriver d'un peu partout. À la grande déception de Kim Phuc, la famille payait de plus en plus souvent pour recevoir un paquet vide ou rempli de cailloux, des voleurs s'étant servis au passage.

Les premières réactions des voisins aux cicatrices de sa fille n'avaient pas échappé à Nu. Les enfants s'écartaient. Les adultes, eux, hochaient la tête en soupirant à l'intention de la fillette :

« Pauvre petite… » Quant aux manifestations de sa maladresse, un lourd silence les suivait au début, puis famille et amis s'habituèrent. Souvent, elle laissait choir une assiette en essayant d'aider sa mère au restaurant ou à la maison. À table, lorsqu'un bol en porcelaine tombait par terre, elle regardait autour d'elle avec surprise, sans comprendre qu'il avait glissé de sa main gauche.

Nu fit appel à toutes les bonnes volontés – famille et voisins, jeunes et vieux – pour aider sa fille à réussir les exercices qui devaient lui redonner force et souplesse. Elle leur enseigna les techniques apprises en observant les infirmières : faire pivoter la tête de Kim Phuc tout en maintenant son torse immobile, rendre à son coude et à son épaule gauche leur mobilité, faire travailler ses doigts pour les empêcher de se recroqueviller. Il faudrait des mois avant qu'elle puisse s'exercer sans assistance.

Seule Nu était capable de supporter les cris de la fillette lorsqu'il fallait tirer sur sa peau ou ses articulations pour les assouplir. Chez les grands brûlés, la douleur fait partie intégrante de la rééducation : la récupération de la souplesse et de la motricité est à ce prix, et peut prendre deux ou trois ans. Nu se montrait ferme envers Kim Phuc :

— C'est très douloureux, mais si tu ne fais pas ces exercices maintenant, tu seras laide toute ta vie. Tu dois persévérer pour pouvoir te débrouiller seule plus tard. Je ne serai pas toujours là.

Peu à peu, la fillette recouvra l'usage de ses membres et contrôla mieux ses gestes. Au lieu de porter les lèvres à son bol de riz posé sur la table, elle put bientôt soulever le récipient de la main gauche. Lentement, elle reprit des forces. Bien sûr, elle ne retrouverait jamais l'énergie et les capacités physiques des enfants de son âge, mais au bout d'un an elle semblait redevenue comme les autres, courant avec eux, allant à l'école à vélo. Il était presque impossible de deviner ce qui lui était arrivé.

En revanche, elle souffrirait toute sa vie de maux de tête et d'accès de douleur, généralement calmés par les antalgiques occidentaux. Quand son corps la brûlait, après une trop longue exposition au soleil, par exemple, une douche la soulageait. Chaque jour, quelqu'un était chargé d'acheter un bloc de glace dont on pouvait au besoin débiter quelques morceaux, les envelopper d'un linge, et les poser sur le dos, la nuque ou la tête de la fillette. Sa famille veillait également à ce qu'elle ne se gratte pas le bras gauche jusqu'au sang : en effet, elle ne sentait pas plus la griffure de ses ongles que la piqûre d'un moustique. Au moindre appel, la personne la plus proche accourait pour lui masser le dos. Les rares fois où la douleur persistait, on allait chercher tante Anh qui lui injectait des calmants, comme l'avait fait le médecin au début.

Kim Phuc voyait toute sa famille s'inquiéter et se sacrifier pour elle, sa mère surtout, qui luttait pour ravaler ses sanglots lorsque la souffrance arrachait des cris à sa fille. « Ne crie pas, Phuc, la suppliait Nu. Je ne peux pas porter ta douleur à ta place, mais quand tu pleures, je porte ton chagrin. » Aussi la fillette s'efforçait-elle de prendre sur elle. « J'aime ma maman. Je ne dois pas lui faire de peine », se disait-elle. Elle ignorait qu'une fois hors de sa vue Nu versait toutes les larmes de son corps.

Pendant la guerre, le Sud-Viêt Nam avait cédé au démon de la consommation. Le montant des importations de produits de beauté dépassait à lui seul celui de toutes les exportations du pays. Les Sud-Vietnamiens dépensaient des sommes très supérieures à leur produit intérieur brut, la différence étant financée par l'aide civile et militaire des États-Unis. Dans le même temps, les bases de l'économie nationale s'effondraient. La production industrielle chuta sévèrement, désormais tributaire de matières premières, de pièces détachées et de matériel importés grâce aux subventions américaines. Ce phénomène touchait même les industries traditionnelles, comme la fabrication de sauce de poisson fermenté. Durant la présence des troupes américaines, comme au temps de la colonisation française, les deux principales productions locales restèrent la bière et le tabac. La population avait fui vers les villes, mais les emplois offerts disparaîtraient avec le départ des GI. Dans les villes comme Da Nang, sorte de Saigon en miniature pendant la guerre, ces nouveaux arrivants représentaient la moitié de la main-d'œuvre.

Le retrait définitif des Américains priva donc le Sud-Viêt Nam de la béquille qui maintenait son économie sur pied. Le régime de Saigon fut confronté à deux problèmes majeurs : le chômage urbain et l'inflation. Il décida alors de doubler la taxe sur les petits commerces, d'augmenter de vingt pour cent l'impôt foncier et d'instaurer une TVA de dix pour cent. Pour maîtriser l'inflation, le dong fut maintes fois dévalué (vingt et une fois entre l'été 1972 et l'automne 1974). Les consommateurs subirent de plein fouet la hausse des prix : en 1973, le prix du riz grimpa de cinquante-cinq pour cent, celui du sucre de soixante pour cent et celui de l'essence de soixante-quinze pour cent. À Trang Bang, la multiplication des vols et des actes de pillage dans le quartier commerçant marqua le début d'une période de récession. Lorsque Nu quittait le restaurant le soir, Tung et Dung – sa deuxième fille, à présent l'aînée de leurs enfants vivant encore sous le toit familial – venaient prendre la relève et montaient la garde toute la nuit.

Tout en vivant sous la menace constante d'une guerre à grande échelle, le régime de Saigon, au bord de la banqueroute, ne pouvait plus payer ses militaires. Beaucoup de soldats désertèrent, leur solde ne leur permettant plus de faire vivre leur famille. Après le retrait des troupes américaines, la corruption qui sévissait déjà au sein de l'armée prit une ampleur jamais vue. Officiers ou simples soldats, tous détournaient des fonds, et volaient du riz ou du matériel pour les revendre au marché noir. L'exemple venait de haut, du président Thieu et de son entourage, que les notables saigonais s'empressaient d'imiter. Comme le dit le proverbe vietnamien : « Une maison prend toujours l'eau par le toit. » En réaction, la classe moyenne de la capitale, soutenue par les étudiants, les intellectuels non communistes et les chefs religieux, réclamait avec une insistance croissante la démission de Thieu. La stabilité politique espérée par tous semblait impossible à atteindre tant qu'il serait en place.

Quelques mois après le cessez-le-feu, le chef de l'état-major local rendit visite à Tung et à Nu, porteur d'une nouvelle inattendue. Des Américains souhaitaient faire un don à la famille. La remise de l'enveloppe se ferait devant le temple caodaïste.

— À cause de l'état de votre maison, elle peut difficilement avoir lieu chez vous, expliqua-t-il.

Au jour et à l'heure dits, un convoi de neuf véhicules – sept jeeps militaires de la province de Hau Nghia et deux voitures de l'administration locale – s'arrêtèrent au bord de la route 1, devant le temple.

Les représentants des autorités sud-vietnamiennes et l'un des deux Américains présents firent chacun un discours. Le second Américain filmait la scène. La famille de Kim Phuc allait recevoir l'équivalent en dongs de trois mille dollars, réunis par des pompiers new-yorkais pour permettre de reconstruire la maison de Trang Bang démolie par la guerre.

Comme il y était invité, Tung prit la parole à son tour :

— Nous vivons dans un pays en guerre, mais dans d'autres pays des gens sont prêts à partager…

Le sifflement d'un tir de mortier interrompit sa première phrase. Les représentants officiels se précipitèrent dans leurs véhicules. Celui qui tenait l'enveloppe brune cria à Tung :

— Avec cette guerre, cet argent ne vous servira à rien ! Vous l'aurez quand elle sera terminée !

Et le convoi repartit sur les chapeaux de roues.

Plus tard, dans le temple où ils s'étaient réfugiés, Tung dit à Nu d'une voix amère :

— Ils nous ont agité des billets sous le nez, mais on n'en verra jamais la couleur.

La nuit suivante, un bruit de pas réveilla Nu. Craignant la présence de voleurs, elle tira de sa ceinture une liasse de billets – sa recette de la veille – pour la glisser sous la natte de bambou où dormaient Kim Phuc et les deux plus jeunes enfants. La fillette ouvrit des yeux ensommeillés, mais sa mère lui fit signe de se rendormir.

Deux hommes à la carrure impressionnante tirèrent du lit tous les occupants de la maison, puis les ligotèrent à deux piliers. L'un d'eux brandit son arme sous le nez de Nu :

— Les Viêt-cong ont besoin d'un million de dongs !

— Mais nous ne les avons pas !

— Le gouvernement vous a donné de l'argent aujourd'hui ! Les Viêt-cong en ont besoin ! Donnez-le-nous !

Nu expliqua que des tirs de mortiers avaient empêché les autorités de leur remettre la somme prévue. Dépités, les intrus entreprirent de fouiller la maison. Entre-temps, le grand-oncle avait suffisamment desserré les liens pour libérer un frère de Kim Phuc, âgé de sept ans.

— Va chez ta grand-mère chercher de l'aide ! lui souffla-t-il.

L'enfant descendit le chemin à toutes jambes en criant au secours. Lorsque ses grands-parents arrivèrent munis de torches, les visiteurs avaient pris la fuite.

Plus tard dans la matinée, Loan emmena sa mère à l'arrière de son scooter au siège de l'administration provinciale de Hau Nghia, dans l'espoir de récupérer la fameuse enveloppe. À Cu Chi, elles obliquèrent vers le sud sur une route secondaire. Des tirs de mortier les obligèrent à rebrousser chemin. Loan finit par apprendre que l'argent avait été déposé dans une banque de Saigon, et que le gouvernement le leur remettrait une fois la guerre terminée.

Un an après l'accord de cessez-le-feu, le président Thieu déclara le pays de nouveau en état de guerre. Contrairement à ce qu'il avait prédit l'année précédente, les communistes ne lancèrent pas d'offensive à la fin de la saison des pluies. Durant toute l'année 1974, ils se contentèrent de consolider et d'élargir leurs places fortes.

Thieu s'était seulement trompé d'une année. Les communistes passèrent bel et bien à l'attaque, mais pendant la saison sèche de 1975. La surprise vint du fait qu'ils prirent pour cible les provinces du Centre, et non celles du Nord comme s'y attendaient les autorités sud-vietnamiennes. Hanoi avait calculé qu'une victoire décisive dans cette région permettrait à ses troupes de marcher sur Saigon dès la saison sèche suivante.

En prévision de cette offensive qui devait durer deux ans, les communistes commencèrent à envoyer des soldats et du ravitaillement par la piste Ho Chi Minh. Ils construisirent également un oléoduc aboutissant à une centaine de kilomètres au nord de Saigon, et mirent en place un réseau hertzien reliant directement Hanoi aux unités sur le terrain. Mais c'est la transformation de la piste Ho Chi Minh qui illustrait le mieux leur volonté de conquérir le sud du pays : en dix ans, le faisceau de sentiers du début avait fait place à une véritable route permettant aux camions, tanks et autres véhicules blindés de traverser la jungle et les montagnes par tous les temps. Elle était désormais défendue par des canons de DCA, au cas où les Américains décideraient de reprendre leurs bombardements à la demande du régime de Saigon.

Les Sud-Vietnamiens avaient vite compris que la guerre avait repris. Les combats n'avaient d'ailleurs jamais totalement cessé. Au moindre coup de feu ou tir de mortier, Kim Phuc se précipitait dans le *ham* avant même que le grand-oncle ne crie aux enfants : « Vite ! Tous à l'abri ! » Elle imaginait toujours que des Viêt-cong invisibles leur tiraient dessus depuis la forêt. Enfants et adultes avaient conscience que le simple fait de courir vers le *ham* était risqué. Le bruit des tirs de mortier n'indiquait ni d'où ils provenaient, ni où ils s'abattraient. Sur sa trajectoire, un obus pouvait très bien rencontrer la cime d'un arbre ou un bâtiment et exploser en hauteur.

Kim Phuc avait fini par conclure qu'en temps de guerre il était inutile de réfléchir à la direction qu'on prenait. La vie semblait gouvernée par le hasard ou le destin. Un jour, assise dans le restaurant de sa mère, elle assista à l'explosion phosphorescente d'un obus de mortier. La scène se déroula comme au ralenti. Les gens se mirent à courir dans toutes les directions. Une femme percuta un camion militaire, qui ne roulait pourtant pas vite. Elle se releva et, dégoulinante de sang, reprit sa course.

D'une minute à l'autre, la danse syncopée de la vie avec la mort pouvait brutalement s'emballer. On pouvait discuter avec son frère ou sa sœur et être fauché par une balle perdue. Par deux fois, la famille de Kim Phuc avait échappé de justesse à la catastrophe. Un jour, alors que Loan venait de laisser son scooter contre le mur, un obus de mortier s'était abattu à proximité, criblant l'engin d'éclats métalliques. Une autre fois, au moment où le grand-oncle se glissait dans le *ham* après le dernier des enfants, un éclat de métal brûlant lui avait déchiré la main.

Kim Phuc se mit à faire régulièrement des cauchemars sur la guerre. Dans l'un d'eux, elle et ses frères se tenaient au milieu d'un groupe de soldats en uniforme. Une querelle éclatait entre eux et des coups de feu retentissaient. Dans un autre, elle traversait un quartier inconnu. Les bombes pleuvaient et un incendie faisait rage autour d'elle. « Il faut sortir d'ici ! » hurlait quelqu'un. Comme toujours, elle s'élançait droit devant elle, terrifiée à l'idée d'être tuée. Gagnée par l'épuisement, elle se demandait par quel miracle ses jambes pouvaient encore la porter.

À la lumière du jour et dans les ténèbres de ses cauchemars, Kim Phuc n'en finissait pas de courir pour échapper à la guerre. Mais elle aurait tant voulu s'arrêter, et voir également s'arrêter ce qui la faisait courir. Elle aurait tant voulu que tout se termine enfin.

Il n'y avait qu'un moyen de lutter contre le poison insidieux de la guerre : changer le moins possible ses habitudes quotidiennes. Après son année d'hospitalisation, Kim Phuc désirait plus que tout reprendre une vie normale, c'est-à-dire retourner à l'école. À l'époque du bombardement, elle suivait le cours élémentaire. À son retour de Saigon, ses camarades entraient au cours moyen. Grâce à sa sœur Loan, à la fois son institutrice de cours élémentaire le jour et son professeur particulier le soir, elle put faire deux années en une et préparer durant l'été 1974 l'examen d'entrée en sixième. La sixième marquait le passage de l'enfance à l'adolescence et l'entrée à l'école secondaire.

L'école et les études pouvaient aussi se révéler une source de contrariétés pour la fillette. Elle regrettait que les cours ne s'interrompent au premier coup de feu ou tir de mortier : les élèves étaient renvoyés chez eux plus tôt, l'école pouvait même rester fermée un jour ou deux. Son ardeur au travail lui donnait parfois des maux de tête et des vertiges : elle se résignait mal à ne pas pouvoir étudier autant qu'elle le souhaitait. Même lorsqu'ils semblent guéris, les grands brûlés continuent souvent à souffrir de céphalées sans cause physiologique apparente. On attribue ces symptômes aux séquelles psychologiques du traumatisme subi.

— Je ne veux pas que tu te rendes malade pour tes études, disait Nu à sa fille. Tu n'as pas besoin d'être la première. Avoir la moyenne suffit bien.

À l'examen d'entrée en sixième, Kim Phuc se classa seizième parmi les élèves des sept écoles de Trang Bang et des environs.

— Sans mes brûlures, j'aurais pu être la première ! déclara-t-elle à ses parents.

Grâce à ses bons résultats, elle prenait de l'assurance. « Je ne suis plus une enfant. J'ai grandi. Je dois m'occuper de mon apparence, maintenant », se dit-elle le jour de son onzième anniversaire. De plus en plus soucieuse de son image, elle s'examinait après chaque douche dans le miroir formant triptyque. Elle adressait des prières de remerciement à Cao Dai. « Dieu merci, mon visage a été épargné. Si j'étais défigurée, je préférerais être morte, même si j'avais un caractère d'ange. » Elle enviait aux autres fillettes leurs manches courtes, mais savait qu'elle ne pourrait jamais en porter.

Elle décida de fêter sa réussite à l'examen de deux façons : en allant consulter un dentiste pour la première fois et en se faisant percer les oreilles. Loan l'emmena en scooter chez le praticien le plus proche, à plusieurs kilomètres de Trang Bang. Tante Anh lui perça les oreilles et Nu lui offrit une paire de boucles en or. Chacun de ses enfants possédait un bijou en or – chaîne et gourmette pour les garçons, bracelet et collier au fermoir en forme de cœur pour les filles. Elle leur interdisait de les porter, de peur que la vue du précieux métal n'éveille la convoitise des voleurs. Leur maison étant ouverte à tous les vents, Nu avait confié à Tung le soin de placer les bijoux, et les quelques lingots d'or représentant leurs économies, dans un coffre chez des amis. La famille découvrirait plus tard qu'il s'en était servi pour payer ses dettes de jeu.

Le président Nixon ne devait jamais se relever du scandale du Watergate, provoqué par la pose de micros cachés au siège national du parti démocrate durant l'été 1972. « Sans la guerre du Viêt Nam, il n'y aurait pas eu de Watergate », écrivit plus tard l'un de ses collaborateurs, H. R. Haldeman. Pour comprendre toute l'affaire, il fallait en effet remonter à une fuite du Pentagone ayant permis au *New York Times* de dévoiler, en 1971, les dessous de la politique indochinoise du précédent gouvernement. Ces révélations avaient mobilisé contre la guerre une opinion publique qui lui était jusque-là favorable. Aux abois, Nixon avait alors créé une unité spéciale (celle des fameux « plombiers » censés réparer des fuites...) chargée à l'origine d'enquêter sur Daniel Ellsberg, l'homme qui avait recopié et communiqué le contenu des documents secrets du Pentagone. Cette unité avait poursuivi ses activités peu avouables, contraignant à terme le président à tenter d'étouffer l'affaire du Watergate. Le 9 août 1974, il démissionnait pour éviter sa mise en accusation devant le Congrès.

Avec la chute de Nixon, Hanoi se sentait plus près que jamais de la prise de Saigon. Jusque-là, et malgré le retrait total des troupes américaines, les dirigeants communistes hésitaient encore à lancer l'assaut au printemps suivant au cas où Nixon, usant de son droit de veto présidentiel, accorderait aux Sud-Vietnamiens des bombardements aériens, des crédits militaires, ou les deux. Une des dernières mesures prises par Nixon pendant sa présidence avait été de plafonner à un milliard de dollars les crédits alloués au Sud-Viêt Nam pour l'année à venir. Le Congrès s'empressa d'abaisser ce plafond de trois cents millions de dollars supplémentaires, informant Gerald Ford, le nouveau président, qu'il ne souhaitait plus soutenir le régime du général Thieu.

En janvier 1975, les jours du Sud-Viêt Nam étaient comptés. Ce mois-là, les communistes choisirent de tester la résistance des forces ennemies en attaquant une province située à soixante-quinze kilomètres au nord-est de Saigon. Après avoir facilement pris le contrôle de la capitale provinciale, ils purent pour la première fois proclamer qu'ils avaient « libéré » une province du Sud. Le silence des Américains encouragea Hanoi à lancer comme prévu sa grande offensive sur les hauts plateaux. Le 10 mars 1975, les communistes attaquaient une ville au centre du pays.

À la mi-mars, des dépêches en provenance de Saigon arrivèrent sur les télex américains, annonçant la déroute de l'armée gouvernementale et l'exode des civils vers le sud. Personne, pas même les communistes, ne s'attendait à voir s'effondrer aussi vite les défenses sud-vietnamiennes : en quelques jours, la moitié du pays était passée entre leurs mains sans offrir de résistance. Les anciens correspondants de guerre revinrent en toute hâte au Viêt Nam pour assister aux derniers jours du régime de Saigon. Le président Thieu avait commis une fatale erreur stratégique en ordonnant à ses troupes de descendre des hauts plateaux vers la côte : son armée se retrouva encerclée. Redoutant un coup d'État, il avait également rappelé à Saigon ses forces aéroportées, avant de changer d'avis et de les envoyer défendre Huê – tenue vingt-six jours par les communistes pendant l'offensive du Têt et en partie détruite. Mais il était trop tard. Huê tomba le 25 mars, Da Nang le 30. Pris de panique, des milliers de soldats et de civils se ruèrent vers la côte pour fuir par bateau. Certains trouvèrent la mort en tentant de s'accrocher au train d'atterrissage des avions.

Devant la débandade de l'armée sud-vietnamienne, Hanoi révisa ses objectifs à la hausse et décida de lancer l'assaut final sur Saigon. Les communistes savaient qu'il leur restait un mois au plus : en mai, l'arrivée de la mousson les obligerait à se retirer et à attendre une nouvelle occasion.

Les forces gouvernementales se replièrent derrière une ligne défensive protégeant les régions qui entouraient Saigon au nord. Au cours de la deuxième semaine d'avril, les communistes attaquèrent Xuan Loc, site d'une ancienne base militaire américaine à une cinquantaine de kilomètres de la capitale. Ce fut le seul endroit où l'armée sud-vietnamienne leur opposa une véritable résistance, parvenant à les repousser grâce au soutien de son aviation.

À Saigon, l'ambassadeur américain hésitait à faire évacuer ses concitoyens ainsi que leurs employés et amis vietnamiens, persuadé que la capitale pouvait tenir et que Washington finirait par envoyer les sept cents millions de dollars de crédits votés par le Congrès. Le 15 avril, Kissinger en personne lança un appel au Sénat en ce sens. Mais le 21 avril, lors d'une allocution télévisée, le général Thieu accusa le président Ford d'abandonner le Sud-Viêt Nam et présenta sa démission. Son vice-président devait le remplacer. La crainte de voir tomber Saigon s'installa et l'évacuation des ressortissants américains commença. La police gouvernementale ne tarda pas à arrêter tout Vietnamien soupçonné de vouloir fuir le pays. Il fallait donc recourir à divers subterfuges pour traverser la ville, souvent pendant le couvre-feu, franchir les contrôles de sécurité de l'aéroport Tan Son Nhat, et monter enfin dans un avion de l'US Air Force. Seuls ceux dont le nom figurait sur une liste approuvée par le gouvernement américain pouvaient embarquer.

Plusieurs acteurs de l'histoire de Kim Phuc quittèrent le pays. Le lendemain de la démission du président Thieu, l'agence Associated Press fit évacuer Nick Ut. Il promit à sa mère de revenir quelques semaines plus tard, dès que Saigon ne serait plus menacée. Arlette, la veuve de son frère, et sa fille âgée de dix ans l'accompagnaient. Pour déjouer la surveillance de la police, le chauffeur de la camionnette qui les transportait avec d'autres protégés de l'agence dut s'arrêter dans un parc de la ville, et faire semblant de pique-niquer. Carl Robinson fit partir dans un avion de l'US Air Force son épouse vietnamienne, ses enfants et quelques proches, lui-même restant encore un peu à Saigon. Joyce Horn, la directrice du pavillon Barsky, prit le volant d'une ambulance de l'hôpital pour emmener avec elle trente-six membres du personnel médical et leur famille. Parmi les passagers se trouvaient la doctoresse My et ses enfants, et un petit brûlé de trois ans que personne n'avait réclamé et que Joyce Horn élèverait comme son fils. Afin de passer pour des blessés, tous s'étaient couverts de pansements tachés de sang destiné aux transfusions. Certains s'étaient même posé des perfusions, d'autres marchaient avec des béquilles.

Deux jours après la démission de Thieu, Gerald Ford déclara dans un discours prononcé à La Nouvelle-Orléans que les Américains n'avaient aucune raison de « reprendre le combat puisque la guerre était terminée ». Trois jours plus tard, le 26 avril, les communistes réussirent une percée victorieuse dans les lignes sud-vietnamiennes à Xuan Loc. Thieu et sa famille étaient déjà partis pour Taiwan : on raconta qu'ils avaient emporté seize tonnes de bagages, y compris des lingots d'or et des devises américaines.

Pendant la dernière semaine d'avril, Trang Bang se vida. La police et les autorités locales avaient disparu. Sur la route 1, presque déserte, les postes de contrôle semblaient abandonnés. Les écoles et la plupart des commerces avaient fermé. Nu les imita.

— Plus personne ne vient manger, soupira-t-elle.

Parents et enfants se terraient chez eux, dans la pièce du fond. Ils parlaient à voix basse et ne faisaient pas de cuisine, se nourrissant des fruits qu'ils avaient en réserve et de rations militaires. En l'absence de fumée et de mouvement, les avions venus en reconnaissance pour repérer les positions viêt-cong croiraient la maison vide.

À cause du silence de mort, Tung et Nu redoutaient une offensive imminente. Ils décidèrent de partir, mais pas trop loin pour avoir sous la main vivres et médicaments. Une fois encore, ils se réfugièrent au temple caodaïste où ils retrouvèrent quelques voisins.

Le lendemain matin, des tirs de mortier déchirèrent le silence, projetant des éclats d'obus sur la porte et les fenêtres du temple. Les voisins ne savaient que faire. Les parents de Kim Phuc choisirent de se replier vers le temple Phat Mau, à l'autre bout du village. Ils s'engagèrent avec leurs enfants sur le chemin de terre. Près de leur maison, ils virent s'abattre une pluie d'obus.

— À l'intérieur ! Vite ! s'écrièrent-ils.

Une fois tout le monde à l'abri, Nu compta ses enfants.

— Un, deux, trois, quatre, cinq… Oh non ! J'en ai perdu un. Lequel, grand Dieu ?

Elle recompta fébrilement, avant de s'apercevoir qu'elle tenait dans ses bras le sixième, son dernier-né. Ils repartirent aussitôt. Près d'un groupe de cabanes au toit de chaume, Kim Phuc aperçut une offrande de bananes vertes sur un autel extérieur. S'écartant du groupe, elle courut voir.

— Phuc ! Ne t'arrête pas ! Laisse ces bananes ! hurla son frère Tam.

— Pourquoi ? J'ai faim et j'adore ça !

Elle pensait se contenter d'une seule banane, mais, en fin de compte, elle les prit toutes.

À l'intérieur du temple Phat Mau se trouvaient déjà grand-mère Tao et deux des sœurs de Nu avec leurs enfants, mais sans leurs maris. Au fil des heures, tant de gens les rejoignirent que plus personne n'avait la place de s'allonger. Et les vivres vinrent à manquer.

Le lendemain après-midi, un camion s'arrêta devant le temple. Sans couper le moteur, le chauffeur cria :

— Je vais à Tay Ninh. Quelqu'un veut venir ?

Toute la journée, les tirs de mortier et les coups de feu s'étaient intensifiés, suggérant l'imminence d'un assaut. Tung et Nu décidèrent de partir pour Tay Ninh, où ils pourraient s'installer dans la maisonnette achetée pour Ngoc. Le conducteur du camion s'appelait Lieu. Il gagnait sa vie en transportant du bois. Tung et Nu acceptèrent son offre et le payèrent d'avance. Toute la famille monta à l'arrière, en compagnie des deux épouses et des neuf enfants de Lieu.

Camions, chars à bœufs, scooters, voitures pleines à craquer et réfugiés à pied encombraient la route de Saigon. À la vue du camion de Lieu, décoré du drapeau et de l'*ao dai* blanc des caodaïstes, des paysans lui faisaient signe de s'arrêter, payaient leur place et montaient. « Pas de bagages ! » prévenait Lieu. Les passagers ne bronchaient pas. « Les vies humaines avant tout », disaient-ils en s'installant. Les tirs de mortier obligeaient Lieu à freiner et à accélérer brutalement. Plusieurs fois, il donna un grand coup de volant à cause d'une pluie d'éclats d'obus sur le toit. Chaque fois que le camion ralentissait ou s'arrêtait, des gens s'élançaient pour s'accrocher aux portières ou au toit avec l'énergie du désespoir.

Le voyage fut interrompu à mi-parcours. De chaque côté de la route, à la hauteur d'un pont, s'étendait une mer de camions, chars et véhicules blindés appartenant à l'armée sud-vietnamienne. Des soldats apprirent à Lieu que des combats se déroulaient à proximité. Il renonça à continuer : la nuit allait tomber et il n'avait pas d'éclairage, son réservoir était presque à sec et, à l'exception de sa famille, ses passagers n'avaient rien mangé depuis des jours. S'ils devaient fuir pour sauver leur peau, ils ne pourraient compter ni sur leurs jambes ni sur le camion.

Lieu fit donc demi-tour. Après moins de un kilomètre, il emprunta un raccourci menant au village de Gieng Gieng. Nu y avait un grand-oncle qui, espérait-elle, pourrait leur fournir de l'eau, des vivres, de l'essence, et un toit pour la nuit. Elle se dirigea vers la maison, dont la porte était surmontée d'une tête de cerf. Elle avait été construite par son arrière-grand-oncle, autrefois contremaître dans une plantation française d'hévéas.

Oncle Thieu accepta de partager le peu de riz dont disposait sa famille avec les enfants de sa nièce. Nu emmena ses compagnes d'infortune amasser des *rau muong*, sorte d'épinards aquatiques qu'elle fit bouillir dans de l'eau salée pour nourrir le reste du groupe. Après avoir dîné dans l'obscurité du jardin, les trente adultes, y compris Tung et Nu, allèrent s'étendre dans les deux granges. La vingtaine d'enfants s'installa pour la nuit dans la maison, autour de la cheminée de la pièce du fond. Oncle Thieu, sa femme et leur fils adolescent dormirent dans la pièce principale, derrière une rangée de sacs de sable.

Au cours des trois ou quatre jours suivants, le village fut un havre de paix. Pendant que des tirs d'artillerie sporadiques retentissaient au loin, les enfants parcouraient les terres d'oncle Thieu, allant de sa maison à celle, toute proche, de son autre fils. Les adultes reprenaient courage devant l'impressionnante démonstration de force de l'armée gouvernementale, à moins de un kilomètre sur la route de Tay Ninh : depuis le début de la guerre, jamais ils n'avaient vu pareil déploiement.

Oncle Thieu laissait son transistor Philips branché en permanence sur Radio Saigon. Le

28 avril, il annonça que le Sud-Viêt Nam avait un nouveau président : le général Duong Van Minh. Acteur en 1963 du coup d'État contre Diem ayant conduit à son assassinat, il était très populaire chez les paysans, qui le croyaient de taille à négocier un cessez-le-feu acceptable avec les communistes.

Alors même que le général Minh prenait ses fonctions, des informations de différentes sources confirmaient que les communistes étaient aux portes de Saigon. Plusieurs de leurs unités, venues tester les défenses de la ville, n'avaient rencontré qu'une maigre résistance : les officiers de l'armée sud-vietnamienne, seuls capables de coordonner les opérations, avaient déjà quitté le pays ou s'apprêtaient à le faire. Dans la nuit résonnait le grondement des tanks et des camions nord-vietnamiens roulant vers la capitale.

Le 29 avril au matin, à l'est du temple caodaïste de Trang Bang, deux tanks et plusieurs camions de l'armée gouvernementale prirent position dans les champs en bordure de la route 1, pour répondre à d'éventuels tirs ennemis en provenance du quartier commerçant. Quelques dizaines de soldats sud-vietnamiens s'étaient creusé des abris individuels dans la terre. Peu avant midi, un correspondant d'Associated Press venu de Saigon par la route 1 s'arrêta pour parler à leur chef. Pendant que deux ou trois de ses hommes préparaient le déjeuner à l'ombre d'un véhicule, il expliqua en quoi consistait cette ultime mission :

— Nous tiendrons jusqu'au bout. Nous sommes en première ligne. Après il n'y a plus personne, il ne reste que nous.

Ce jour-là, les États-Unis procédèrent à l'évacuation par hélicoptère de leurs derniers ressortissants au cours de la plus vaste opération de ce type jamais organisée. Des Sud-Vietnamiens désespérés se bousculaient pour implorer les autorités américaines et leur proposer de l'argent, affirmant qu'on leur avait promis de les évacuer. Dix-huit heures durant, sous une pluie battante, les hélicoptères américains firent la navette entre une base proche de l'aéroport Tan Son Nhat et une flottille de navires et de porte-avions de l'US Navy croisant au large de la côte. Les bombardements les obligèrent à poursuivre les évacuations depuis le toit de l'ambassade des États-Unis. Le 30 avril au matin, le dernier hélicoptère s'éleva dans le ciel de Saigon. Un peu plus tard, les sirènes retentirent trois fois, indiquant que les troupes ennemies attaquaient la capitale.

Le même jour, dès les premières lueurs de l'aube, Lieu décida de continuer vers Tay Ninh. Il siphonnait le réservoir du camion d'un voisin pour avoir assez de carburant lorsque des obus s'abattirent sur le village. Tous les réfugiés, suivis de la famille d'oncle Thieu, s'entassèrent dans le camion de Lieu et dans celui de l'oncle. Les deux véhicules parcoururent un ou deux kilomètres à vive allure, avant de faire halte à l'ombre d'un grand arbre.

En milieu de matinée, oncle Thieu demanda le silence. L'oreille collée au transistor, il s'efforça de suivre le discours de Minh. Le général annonçait qu'il abandonnait le pouvoir aux communistes et appelait tous les soldats sud-vietnamiens à déposer les armes.

— C'est fini. La guerre est terminée, déclara oncle Thieu.

Les enfants sautèrent de joie. Kim Phuc exultait. Plus jamais elle ne serait pétrifiée par la peur de mourir ; plus jamais il ne lui faudrait deviner où la mort allait frapper pour avoir une chance de lui échapper. Le jour sous les tirs de mortier, la nuit dans ses cauchemars, elle s'était épuisée à tenter de fuir la guerre. Pour la fillette de douze ans qu'elle était, la fin des hostilités signifiait que sa famille allait pouvoir reprendre le cours normal de son existence dans la grande maison enfin reconstruite. Mais pendant qu'elle s'abandonnait à ses rêveries, beaucoup d'adultes cédaient au désespoir :

— Nous avons perdu la guerre, se lamentaient-ils.

7

Une demi-heure après avoir appris à la radio la nouvelle de la capitulation, Lieu et oncle Thieu regagnèrent le village avec leurs passagers. Tous les habitants, jeunes et vieux, sortaient de chez eux pour fêter la fin de la guerre. Avant que Nu ait pu les en empêcher, Dung et Tam, les deux adolescents de la famille, avaient disparu dans la foule. Devant l'insistance de leur mère, les quatre plus jeunes enfants suivirent docilement leurs parents chez oncle Thieu.

De la route montaient des cris de joie de plus en plus retentissants. Quelqu'un fit irruption dans la maison :

— Venez voir les Viêt-cong ! Vite !

Ignorant les protestions de l'oncle, son épouse se précipita dehors. Kim Phuc jeta un regard suppliant à sa mère.

— Je veux y aller ! S'il te plaît, maman !

— J'ai dit non.

Nu doutait que la guerre pût se terminer aussi facilement. Elle n'avait pas vu le moindre soldat communiste ces derniers temps, alors que l'armée sud-vietnamienne s'était déployée en force sur la route 1 quelques jours plus tôt. « C'est une journée comme les autres », se répétait-elle. Non seulement elle refusait de se joindre aux célébrations, mais elle pensait que le pire était à venir : peut-être même les Viêt-cong avaient-ils diffusé la nouvelle afin d'attirer dans les rues civils et soldats pour un ultime bain de sang ? Aucun Sud-Vietnamien n'avait oublié ce qui s'était passé à Huê pendant l'offensive du Têt.

Les villageois affluaient sur la route 1 pour voir les convois militaires nord-vietnamiens. Camions, chars et véhicules blindés se succédaient sous leur camouflage de feuilles, arborant le drapeau viêt-cong. Des soldats en uniforme, bottés et casqués, les conduisaient. Au bord de la route, les paysans les regardaient bouche bée, les yeux écarquillés, abasourdis de voir l'ennemi en si grand nombre et avec du matériel lourd. Ils étaient habitués au Viêt-cong solitaire en tenue sombre qui se déplaçait sans bruit dans la nuit, le visage noirci. Jusque-là, ils croyaient les soldats du Nord si maigres qu'on pouvait en loger cinq dans un papayer, comme on disait dans le Sud. Et voilà qu'ils découvraient des jeunes gens vigoureux au sourire triomphant, à la peau presque blanche après des mois dans la jungle sans voir le soleil !

Chez oncle Thieu, Kim Phuc mourait de curiosité. Essoufflée d'avoir couru, l'épouse de l'oncle revint faire part de ses observations, qui contredisaient la rumeur :

— Les Viêt-cong ne sont pas laids ! Ils sont beaux et forts ! Ce sont de jeunes garçons au teint clair !

L'excitation de la fillette fut à son comble lorsque sa sœur Dung, de retour elle aussi, raconta qu'elle avait vu mourir deux soldats nord-vietnamiens tués par une grenade. Oncle Thieu faillit s'étrangler de frayeur :

— Mais... où es-tu donc allée ? !

La jeune fille avait suivi la foule jusqu'au pont sur la route 1 en direction de Tay Ninh. L'oncle déclara qu'il connaissait personnellement le chef d'état-major local, et qu'il se battrait jusqu'au bout plutôt que de se rendre. Mais Dung était déjà repartie, sans écouter les mises en garde contre une éventuelle reprise des combats. L'être humain admire toujours le vainqueur.

Les armes restaient silencieuses, confirmant la capitulation de l'armée sud-vietnamienne. Après le déjeuner, Lieu annonça qu'il reprenait la route de Tay Ninh. Tung et Nu décidèrent de l'accompagner, pour mettre toute la famille en lieu sûr jusqu'à l'annonce officielle de la fin des combats. Partir dans la direction de Saigon pouvait s'avérer dangereux : dans leur marche vers la capitale, les communistes rencontreraient sûrement des poches de résistance.

Lieu et ses passagers traversèrent un paysage ensanglanté. Aux abords du pont gisaient par dizaines des soldats des deux armées.

À l'embranchement pour Tay Ninh, on avait abandonné un camion sud-vietnamien rempli de cadavres. La route était jonchée de matériel militaire des forces gouvernementales : uniformes, casques, rangers, M-16, gamelles, insignes, même des briquets et des montres. Les soldats avaient dû se débarrasser au plus vite de tout ce qui permettait de les identifier, et se fondre dans la population civile.

Assise sous la bâche du camion de Lieu, Kim Phuc voyait se croiser les véhicules militaires nord-vietnamiens. Elle apercevait pour la première fois des combattants du Nord, mais préféra détourner les yeux. La vue des uniformes lui rappelait de mauvais souvenirs. Au rythme des cahots du camion, elle se répéta pendant des kilomètres jusqu'à Tay Ninh : « Plus de coups de feu, plus de bombes. Plus de coups de feu, plus de bombes… »

— Rentrez chez vous. Si vous ne regagnez pas votre maison dans trois jours, elle sera confisquée… Rentrez chez vous. Si vous ne regagnez pas…

Un haut-parleur grésillant émettait ce message depuis le toit d'un camion militaire nord-vietnamien qui passa plusieurs fois devant la maison de Ngoc. Elle était située dans la rue Future, principale artère du quartier de la Septième Porte, l'un des douze disposés en cercle autour du

Saint-Siège caodaïste et portant le numéro de la porte correspondante dans la muraille du sanctuaire.

La veille, Tung et sa famille avaient voyagé parmi les flots de réfugiés et les convois nord-vietnamiens qui transportaient les soldats communistes à Tay Ninh et dans sa périphérie. Ces derniers furent déposés devant les bâtiments publics où ils devaient rester jusqu'à ce que leur unité soit démobilisée et rapatriée vers le nord. Lorsqu'il n'y avait plus de place, ils allaient frapper à la porte des villas et des demeures les plus imposantes pour s'y faire « inviter ».

Kim Phuc et les siens trouvèrent la maison de Ngoc vide : les locataires étaient partis, ne laissant derrière eux que des meubles cassés. L'électricité n'avait pas été coupée, signe que l'enclave caodaïste de Tay Ninh avait miraculeusement échappé aux destructions de la guerre. La famille fit le point. Nu irait reprendre possession de la maison et du restaurant de Trang Bang. Les autres resteraient à Tay Ninh en attendant que Nu les informe de l'importance des dégâts. Si de gros travaux étaient nécessaires, les empêchant de rentrer immédiatement, ils pourraient vivre quelque temps dans la maison de Ngoc. Nu se mit aussitôt en route avec son dernier-né, qui n'était pas encore sevré.

Les premiers jours dans le quartier de la Septième Porte se passèrent sans incident, mais réservèrent quelques surprises. Deux maisons voisines accueillaient des soldats nord-vietnamiens :

une villa de marbre blanc à un étage cachée derrière de hauts murs, et, un peu plus loin, une magnifique demeure appartenant à la famille qui avait donné son nom à la rue. Suivant les recommandations de sa mère (« Tu pourrais te perdre ! »), Kim Phuc n'osait guère s'aventurer au-dehors.

Elle se rattrapait grâce à la curiosité de sa sœur Dung, qui lui rapportait des informations sur le mode de vie des soldats communistes. Même leurs habitudes alimentaires étaient fascinantes : ils ne mangeaient qu'une fois par jour, préparant eux-mêmes leur unique repas à base de riz et d'aliments déshydratés, fabriqués en Chine à en croire les étiquettes. Ce qui allait de soi pour les Sud-Vietnamiens, comme tirer l'eau du puits et se laver au savon, leur paraissait un luxe. Ils ne parlaient que si on s'adressait à eux, répondant avec courtoisie à toutes les questions, le regard étrangement fixé vers l'horizon comme s'ils récitaient une leçon bien apprise : « J'étais trop jeune pour devenir un soldat communiste. On ne m'a accepté qu'à ma cinquième demande. » Ou bien : « Mes parents m'avaient interdit de m'engager dans l'armée communiste, alors je me suis enfui de chez moi. » Quoi qu'il en soit, ils donnaient l'impression d'être en route pour la gloire. Il ne fallut pas longtemps aux filles du Sud pour se mettre à flirter avec eux.

À Trang Bang, des camions de l'armée nord-vietnamienne étaient garés les uns derrière les autres dans le quartier des échoppes et des restaurants. Nu pouvait à peine accéder au sien à cause des allées et venues des soldats. Les derniers tirs avaient frappé au hasard, laissant certains commerces intacts, d'autres complètement détruits. Le restaurant de Nu avait un trou dans la façade ; celui d'à côté était en ruine. Quand elle s'approcha, les soldats lui firent signe de reculer. Ils utilisaient l'endroit comme casernement temporaire, essayant dans le même temps d'empêcher les actes de pillage.

Nu poursuivit sa route jusqu'au temple caodaïste. Il avait davantage souffert que le reste du village, portant les cicatrices des blessures infligées par toutes les armes possibles et imaginables, mais il était encore debout. Nu s'engagea sur le chemin. La maison de grand-père Kiem et de grand-mère Tao avait été épargnée. Celle de tante Anh était abîmée, mais réparable.

À quelques pas de là, Nu aperçut un énorme tas de ruines. La demeure familiale n'existait plus. Les murs et le toit s'étaient effondrés.

Il n'y avait pas un bruit. Pas même le bourdonnement des mouches.

Des pillards avaient précédé Nu. Les gravats avaient été retournés, triés, passés au crible.

Combien de temps resta-t-elle à pleurer sous le soleil brûlant ? Nu ne le savait pas elle-même, mais elle sentit soudain que son pantalon et son chemisier lui collaient à la peau, que ses orteils s'enfonçaient dans la terre. Elle n'avait pas changé de vêtements depuis le départ de Trang

Bang pour Tay Ninh. Elle avait dû perdre ses sandales au cours du voyage. Elle ne se rappelait plus à quand remontait son dernier repas.

Les deux jours suivants, elle s'installa ostensiblement avec son bébé au bord de la route, en face de son restaurant. Elle construisit un poêle de fortune à l'aide de trois briques sous lesquelles elle faisait un petit feu, et pour se nourrir alla cueillir des feuilles de patates douces dans les jardins à l'abandon. En compagnie d'autres commerçants, elle se demandait avec inquiétude quel sort les communistes allaient réserver au Sud capitaliste réunifié.

Le troisième jour, un officier les interrogea les uns après les autres au nom du « gouvernement révolutionnaire du peuple ». Après avoir noté leur nom et celui de leur commerce, il fixait le montant de la licence qu'ils devaient acquitter pour pouvoir reprendre leur activité.

— Je n'ai pas cette somme…

Nu ne voyait pas comment payer sa licence sans avoir d'abord pu reconstruire et rouvrir son restaurant. Elle céda à la panique. « Nous avons besoin du restaurant pour vivre », se répétait-elle.

— … Je possède quelques terres, déclara-t-elle.

Elle s'expliqua, et, quelques jours plus tard, l'officier lui présenta un document.

— Signez ici, et on vous rend votre commerce.

Illettrée, Nu ne comprit pas qu'elle venait de vendre ses terres et les ruines de sa maison. La famille n'avait plus le choix : il fallait se séparer, les enfants restant à Tay Ninh avec leur père dans la maison de Ngoc, Nu s'installant dans le restaurant de Trang Bang. Tout le monde s'y résigna.

— Il faut bien manger, soupiraient grands et petits.

Lors de sa première visite à Trang Bang, Tung passa au peigne fin les décombres de sa maison, mais les pillards n'avaient rien laissé.

— Je n'ai même pas trouvé une poupée ou un jouet à te rapporter, expliqua-t-il à Kim Phuc.

Il avait arrêté ses recherches en découvrant un fragment d'éventail gravé provenant du banc de l'autel. « Ne te plains pas. Accepte la situation », s'était-il dit.

Par chance, pendant les derniers combats, il avait caché quelques objets dans un coin du restaurant. Ainsi avait-il sauvé les vêtements blancs portés par toute la famille lors des cérémonies caodaïstes, sa collection de livres de prières et de contes traditionnels, ainsi qu'une mallette renfermant des souvenirs du passage de Kim Phuc à la postérité : l'album où figurait la photo de Nick Ut et le dossier médical du pavillon Barsky.

Kim Phuc attendit trois ans avant de se résoudre à descendre le chemin. Elle s'imaginait voir une nouvelle maison sur leurs anciennes terres. Quand elle aperçut le tas de ruines, elle s'arrêta net. « Un nuage a caché le soleil. Nous avions tout et il ne nous reste rien », se désola-t-elle.

Tay Ninh étant située à l'intérieur des terres, très loin des rizières du delta du Mékong, la chaleur y devenait vite plus oppressante qu'à Trang Bang. Tung et sa famille étaient habitués aux paysages verdoyants de la campagne en lisière de la ville. Tay Ninh n'offrait à leur regard que ses alignements de bâtiments et ses rues goudronnées. Ceux qui vivaient autour du Saint-Siège travaillaient soit dans le centre-ville, soit au marché Long Hoa tout proche.

Le quartier de la Septième Porte se composait d'une dizaine de pâtés de maisons. En brique et en bois pour la plupart, ces dernières étaient serrées les unes contre les autres. Quelques rares arbres avaient été plantés par les propriétaires, à seule fin de donner de l'ombre à leur habitation. Celle de Ngoc, tout en bois avec un toit de tôle ondulée, avait l'air négligé de beaucoup de meublés. Il lui aurait fallu quelques réparations, un bon coup de peinture, et de l'ombre : en plein soleil, c'était une vraie fournaise. Dès le milieu de la matinée, les occupants devaient sortir chercher un peu de fraîcheur sous les deux corossoliers du jardin – en réalité un terrain vague envahi de moustiques. L'absence de clôture faisait vivre toute la famille dans la crainte d'un cambriolage. À l'intérieur, le sol était en terre battue et les précédents occupants avaient laissé quelques meubles branlants en bambou. Les toilettes se résumaient à un trou entouré de ciment au fond du jardin. Avant de les utiliser, il fallait d'abord s'arrêter au puits et remplir un seau d'eau. La détérioration des conditions de vie de Tung et de sa famille sautait aux yeux lorsqu'ils rendaient visite à tante Tiem dans le quartier de la Quatrième Porte. Naguère, comparée à la maison de Trang Bang, la sienne semblait bien modeste ; à présent, elle paraissait presque luxueuse, avec son sol cimenté et l'ombre des cocotiers sur son toit de bois.

Une fois encore, ce fut Kim Phuc qui souffrit le plus de ce dénuement. La douleur était revenue, compagne importune et envahissante ; même les antalgiques ne faisaient plus d'effet. Dans la journée, la fillette apaisait ses souffrances avec de la glace. La nuit, alors que toute la famille tentait de trouver le sommeil dans l'air étouffant de l'unique pièce, Tung venait souvent lui masser le dos ou lui donner de la glace.

Il incombait à Nu de subvenir aux besoins de toute la famille, et la liste ne cessait de s'allonger. Les médicaments de Kim Phuc y figuraient en bonne place. Il fallut faire des sacrifices. Nu n'avait pu acheter – d'occasion – que deux vélos : l'un pour Tung, l'autre pour Ngoc. Dès qu'elle eut les moyens d'en acquérir un troisième, il fut pour Kim Phuc. La fillette devait s'exposer le moins possible au soleil, et son école était distante de près de deux kilomètres. À pied et en pleine chaleur, c'était un long trajet.

La famille dut s'adapter à de nombreux changements. Ngoc fut contraint de quitter le Saint-Siège caodaïste : la guerre terminée, les communistes en avaient démantelé l'administration et confisqué tous les bâtiments, à l'exclusion du Grand Temple. Quant à Nu, elle était non seulement séparée de ses enfants, mais obligée de fermer le restaurant pour aller les voir, ce qu'elle se permettait une seule fois par an, lors des fêtes du Têt. Les enfants perdirent bientôt contact avec leurs grands-parents, tantes, oncles et cousins. À cause de l'école et des devoirs, ils rendaient visite une fois par mois au plus à tante Tiem, qui n'habitait pourtant qu'à trois kilomètres. Il ne put même pas y avoir de véritable réunion lors des deux décès qui endeuillèrent la famille au cours de l'année suivant la fin de la guerre. Grand-père Kiem fut emporté par la maladie, puis Tung et Nu perdirent leur neuvième et dernier enfant, âgé de trois mois. Il mourut de convulsions à Trang Bang, sans avoir jamais vu ses frères et sœurs restés à Tay Ninh.

Bien que caodaïstes eux aussi, Tung et sa famille avaient éveillé les soupçons de leurs voisins de Tay Ninh en arrivant à la fin des hostilités : ils venaient de Trang Bang, où tout le monde savait que les Viêt-cong avaient trouvé un certain soutien dans la population. En admettant que Tung et ses enfants aient souhaité parler du passé, personne à Tay Ninh – ville épargnée par la guerre – n'aurait compris ce qu'ils avaient enduré pendant les combats, ni ce qu'ils avaient ressenti devant leur maison détruite, leur vie à jamais bouleversée.

Deux fois par mois, Tung prenait l'autocar pour Trang Bang. Il rejoignait directement le restaurant, s'arrangeant pour arriver après l'heure de pointe de dix heures. Il passait la journée avec Nu. Les anciens amis ou voisins qu'il croisait feignaient de ne pas le reconnaître. Il n'allait même pas voir les membres de sa famille : les seuls qu'il rencontrait étaient ceux qui, comme Loan, venaient aider Nu au restaurant. Il vivait dans la peur de s'être fait des ennemis, à cause d'une parole malheureuse, par exemple. « C'étaient peut-être des Viêt-cong, se disait-il. Et maintenant, ils ont le pouvoir de se venger. »

La veille de la visite de son mari, Nu préparait un ragoût. Pour qu'il se conserve plusieurs jours, elle le laissait mijoter dans l'eau salée jusqu'à complète évaporation. Tung repartait souvent dans la soirée – depuis la fin de la guerre, on pouvait de nouveau se déplacer librement après la tombée de la nuit – ou le lendemain, emportant un panier garni de riz et de victuailles, et assez d'argent pour faire vivre la maisonnée jusqu'à sa prochaine visite.

Comme toujours, Nu avait trouvé la force de repartir de zéro. Elle avait emprunté à droite et à gauche pour reconstruire son restaurant, rachetant progressivement tables et tabourets en fonction de l'argent disponible. Elle-même se contentait d'un confort spartiate : un lit pliant en bambou et un clou pour accrocher ses vêtements.

Le soir, lorsqu'elle finissait par s'écrouler sur sa couche, terrassée par la fatigue, elle pleurait de ne pas avoir le temps de penser à ses enfants, ni de s'inquiéter pour leur santé. Mais il n'était pas dans sa nature de se rebeller contre son destin. Les Vietnamiens s'en remettent à un vieux proverbe pour calmer leurs angoisses face aux bouleversements de l'existence : « Si le Ciel a créé les éléphants, il fera pousser l'herbe. »

Aussitôt après la capitulation du Sud-Viêt Nam, les communistes rebaptisèrent sa capitale Ho Chi Minh-Ville en l'honneur de leur héros national, et donnèrent à ses rues des noms révolutionnaires. Il devint évident au fil des semaines qu'ils n'avaient pas l'intention de partager le pouvoir. Beaucoup de patriotes sud-vietnamiens avaient rejoint la résistance dans l'espoir qu'une victoire communiste débouche sur une réconciliation nationale ou un gouvernement de coalition, mais Hanoi avait d'autres projets. Tandis que les anciens agents du Nord prenaient au grand jour le contrôle de la région, la prétendue « libération » du Sud ressemblait fâcheusement à une nouvelle offensive destinée à séparer les vainqueurs des vaincus, et à soumettre les seconds aux premiers.

Après la guerre, Hanoi imposa progressivement au Sud le modèle de société en vigueur dans le Nord, créant des « cellules » de voisinage placées sous l'autorité d'un commissaire politique. Celui-ci avait pour tâche de traquer les pensées et comportements réactionnaires. Les conversations entre plus de deux personnes sans lien de parenté devinrent suspectes. Les agents de la sécurité publique et ceux de la police civile et militaire étaient partout, avec ou sans uniforme. À tout moment, ils pouvaient s'introduire sans permission dans telle ou telle maison. Dans le Nord, l'État entrait chez vous sans frapper, tel un membre de la famille.

Il apparut très vite que les communistes ne faisaient confiance qu'à leurs pairs. Le régime de Hanoi réservait à ses milliers de soldats démobilisés, ou aux Sud-Vietnamiens qui l'avaient soutenu, tous les postes à responsabilité – au niveau de la province, de la commune ou dans l'administration fiscale. Pourtant, aucun d'eux ou presque n'avait les compétences requises. Après des années de guérilla dans la jungle, la plupart étaient illettrés. Installés dans le Sud, ils cessèrent néanmoins de vanter les mérites du Nord-Viêt Nam « où on trouvait tout ». Beaucoup ouvraient des yeux ronds à la vue des téléviseurs, réfrigérateurs et autres ventilateurs. Pour eux, l'électricité était un luxe. À leur grande stupéfaction, les Sud-Vietnamiens, mieux nourris et vêtus que n'importe lequel d'entre eux, avaient même les moyens de s'offrir scooters et voitures totalement absents des campagnes du Nord. Et, contrairement à ce qu'on leur avait enseigné, ils étaient polis et savaient parfaitement s'exprimer. Le Nord-Vietnamien moyen, lui, venait d'un village plus pauvre que ceux du Sud. Il ne possédait que ses vêtements, un *van* pour tout mobilier, quelques ustensiles de cuisine, parfois un vélo comme unique moyen de transport. Sa nourriture de base était souvent le manioc qui, mangé en trop grande quantité, donne l'air bouffi et un teint jaunâtre.

À peine investi de quelque pouvoir, son premier réflexe était de s'emparer de toutes les richesses à sa portée. Si l'officier qui avait dépouillé Nu de ses terres s'était montré moins prompt, d'autres seraient passés avant lui. Les cadres du régime se faisaient une concurrence féroce pour revendre tous les meubles, climatiseurs, réfrigérateurs et autres appareils arrachés aux bureaux, usines et hôpitaux du Sud ; les hôtels voyaient même s'envoler la robinetterie de leurs salles de bains.

L'endoctrinement des populations du Sud commença sans délai. Debout sous un portrait de Ho Chi Minh, les cadres de la province, du canton ou de la commune rivalisaient d'éloquence, quatre ou cinq heures durant, toujours sur le même thème : le rôle décisif du parti communiste, défenseur du prolétariat, dans la magnifique victoire du peuple nord-vietnamien sur l'impérialisme américain et le régime fantoche de Saigon. Tung et Ngoc assistaient trois fois par semaine aux réunions ; le chef de cellule ne se formalisait pas de l'absence du grand-oncle, comme si les convictions d'un vieillard importaient peu. Lors de la première réunion à Trang Bang, Nu s'excusa de son retard, expliquant que l'heure matinale en était la cause : à sept heures et demie, les clients affluaient au restaurant. Au prochain retard, menaça le chef, elle aurait une amende ou serait déportée dans une « nouvelle zone économique », ces terres recouvertes par la jungle ou rendues stériles par les défoliants, où le nouveau régime expédiait sans-emploi et fauteurs de troubles. En une autre occasion, alors que Nu avait tardé à hisser le drapeau lors de la commémoration d'une victoire militaire, les commerçants voisins se ruèrent pour être les premiers à la dénoncer aux autorités.

Mis en place un mois après la capitulation, le programme dit « de rééducation » ôta aux Sud-Vietnamiens leurs dernières illusions. Au départ, il semblait relativement inoffensif, obligeant tout ancien soldat de l'armée sud-vietnamienne à subir un mois de rééducation. Ainsi partirent le mari de tante Anh et celui de tante Tiem, ainsi que son fils. Trente jours s'écoulèrent ; aucun d'eux ne réapparut. La tension monta lorsque le régime préconisa la rééducation non seulement des « soldats félons », mais aussi des « responsables félons ». Du jour au lendemain, les anciens collaborateurs du régime de Saigon, les hommes d'affaires et les autorités religieuses ayant soutenu ses intérêts ou ceux des Américains se retrouvèrent suspects. À Tay Ninh, la police interdit aux fidèles l'accès au Saint-Siège caodaïste pendant qu'elle cherchait les preuves qui permettraient d'arrêter les dirigeants du culte. Ce fut ensuite au tour des médecins et des enseignants d'être rééduqués. On demanda à ceux de l'école de Kim Phuc d'emporter avec eux des vivres et de l'eau pour trois jours. En pleine nuit, on les fit monter dans des camions militaires. Après trois heures de trajet, ils durent s'enfoncer à pied dans la forêt. Là, on leur ordonna de déboiser pour construire une route. Le dixième jour, l'un d'eux se tua en sautant sur une mine. Tous revinrent malades, mais aucun n'osa réclamer des soins médicaux, par peur d'éventuelles représailles ou de se voir prescrire des médicaments périmés. Les familles durent recourir à des moyens détournés pour découvrir où étaient détenus leurs proches. Beaucoup avaient été envoyés à pied vers le nord, dans des camps trop éloignés pour qu'il soit possible de leur apporter nourriture et médicaments. Certains n'en revinrent jamais. Leur famille apprenait plus tard qu'ils étaient morts d'une maladie inconnue, ou qu'ils n'étaient pas encore libérables.

Tante Anh attendit cinq mois le retour de son mari. Un châtiment plus sévère attendait celui de tante Tiem et son fils, tous les deux officiers, tous les deux soupçonnés d'avoir appartenu à l'armée caodaïste en lutte contre le Viêt-cong. Tante Tiem revit son mari six ans plus tard, mais pas son fils. Au bout de vingt ans, il n'avait toujours pas réapparu.

Il ne suffisait pas d'avoir été rééduqué pour obtenir un emploi. « Il faut parfois l'éternité pour corriger une pensée corrompue », répétaient les cadres du nouveau régime. Dans le Sud, médecins et enseignants conservèrent leur poste seulement le temps qu'on leur trouve un remplaçant ayant fait la preuve de ses convictions révolutionnaires. Le mari de tante Anh dut apprendre à réparer les scooters. À sa libération, celui de tante Tiem était un homme brisé ; elle dut subvenir seule aux besoins de ses trois plus jeunes enfants en vendant des friandises à la noix de coco aux élèves sur le chemin de l'école.

Loan fut informée par les autorités qu'elle était exemptée de rééducation en raison de ses voyages nocturnes dans la forêt pour le compte des Viêtcong. En revanche, elle n'avait plus le droit d'enseigner. Sa pension de veuve de guerre lui fut retirée, son mari étant considéré comme « soldat félon ». Seuls les anciens combattants viêt-cong ou communistes pouvaient recevoir des pensions d'État.

Année après année, chaque fois que Loan postula pour un emploi de fonctionnaire, même pour une place de vendeuse dans un magasin d'État, on le lui refusa, sous prétexte que son mari avait servi d'interprète aux Américains. Suivait l'accusation habituelle : « Tous ceux qui travaillaient pour les États-Unis passaient leur temps à regarder des films américains en mangeant du chocolat ! » Par chance, Loan travaillait dans le restaurant de sa mère, ce qui lui permit d'éviter la déportation dans une nouvelle zone économique. Au fil des ans, elle et sa fille subsistèrent en vendant, un à un, leurs *ao dai* de soie chamarrée.

Les États-Unis refusaient obstinément de reconnaître le régime d'Hanoi. (D'autres pays, dont le Canada, avaient établi des relations diplomatiques avec le Nord-Viêt Nam dès la signature des accords de Paris.) Un mois après la victoire des Nord-Vietnamiens, les États-Unis étendirent au reste du pays l'embargo qu'ils avaient décrété contre le Nord en 1964. Ils bloquèrent également les aides d'institutions internationales comme la Banque mondiale et le Fonds monétaire international.

Cet isolement ne fit qu'accélérer les efforts d'Hanoi pour mettre le Sud capitaliste sur la voie du socialisme. Dans un premier temps, seuls les secteurs et industries appartenant aux précédents gouvernants furent nationalisés. Mais, très vite, on oublia la prudence qui conseillait d'attendre de voir comment l'économie du Sud se relèverait des années de guerre. Hanoi ne tint pas compte des destructions causées par les combats. Les dégâts matériels étaient pourtant considérables : routes, ponts et chemin de fer avaient été bombardés. L'ordre social était menacé : les villes étaient envahies par les démunis et les sans-abri, l'exode des derniers jours de la guerre avait vidé le Sud de son élite intellectuelle et professionnelle.

Adoptant une attitude qu'il conserverait toute la décennie suivante, le régime d'Hanoi décida que le système politique ayant permis de convertir le Nord au socialisme serait tout aussi efficace au Sud. C'était ignorer que la situation présente du Sud était radicalement différente de celle du Nord trente ans plus tôt, à l'arrivée des communistes au pouvoir. Contrairement aux Nord-Vietnamiens de l'époque, population rurale vivant dans la misère, la majorité des Sud-Vietnamiens habitaient en ville et appartenaient aux classes moyennes. Et contrairement aux Nord-Vietnamiens réduits à la famine par l'occupant japonais, les Sud-Vietnamiens subissaient une récession économique due au départ des Américains. Pendant dix ans, les recettes qui avaient autrefois réussi dans le Nord semèrent le chaos dans l'économie du Sud et accélérèrent son pourrissement. La corruption se développa à tous les échelons. Sous le régime de Saigon, ces pratiques pourtant bien connues étaient restées l'apanage des élites et de leur entourage.

Hanoi s'était empressé de placer le commerce du riz sous le contrôle de l'État. Le prix fixé était le même que dans le Nord, où l'offre correspondait à la demande, alors que dans le Sud la production était insuffisante. Pour éviter de vendre à bas prix, les paysans écoulèrent leur récolte au marché noir. Dans les magasins d'État, les cadres du parti firent de même. La pénurie devint alors criante.

Hanoi imposa également le rationnement des denrées de base vendues dans les magasins d'État et les coopératives. Les marchés de petits producteurs furent fermés. Dans ceux encore ouverts, les commerçants croulaient sous les taxes, amendes et autres redevances. Le régime s'en prit ensuite aux riches : pour tenter de débusquer les profiteurs, il retirait brusquement de la circulation les dongs en vigueur, limitant le nombre d'anciens billets qu'on pouvait échanger contre les nouveaux. Conséquence immédiate : un appauvrissement généralisé. Avant la fin de la première année, les communistes avaient porté un coup fatal aux classes moyennes en collectivisant le petit commerce et l'artisanat. Marchands de cochons, tailleurs, cordonniers, tanneurs, imprimeurs, tisserands, maçons : autant de métiers désormais réglementés par l'État.

À Trang Bang, la vie quotidienne s'était très vite conformée au nouveau dogme. Le marché avait disparu avant même d'être fermé. C'était l'État qui déterminait ce dont Nu avait besoin pour le restaurant : sa ration journalière de riz, de viande, de sauce au soja, de poisson fermenté, de sucre, de sel, de glutamate et autres ingrédients de base. Elle passait beaucoup de temps dans les magasins d'État, sans grand résultat. Très vite, le riz et la viande se raréfièrent, ou bien ils étaient de si mauvaise qualité que Nu ne pouvait se résoudre à en acheter. Elle se refusait également à allonger ses soupes avec de l'eau. « Je ne vais quand même pas tromper mes clients sur la marchandise », se disait-elle, préférant fermer lorsqu'elle n'avait plus rien à servir.

Deux catégories de gens échappaient à ces difficultés. Les anciens riches, d'abord, dont l'or et les biens étaient cachés : ils les écoulaient peu à peu au marché noir pour se procurer de la nourriture. Les autres appartenaient au camp des vainqueurs, et se promenaient la tête haute quand tout le monde baissait les yeux. Ceux-là faisaient du porte-à-porte, proposant aux gens de racheter leurs biens d'équipement ; ils disposaient d'argent liquide, de camions pour transporter leurs acquisitions, de place sur leur lieu de travail où les entreposer avant de les revendre. Leur poste de fonctionnaire leur donnait droit à des tickets de rationnement, et leur offrait la possibilité de détourner les règlements et de profiter du système – privilège autrement plus précieux que leur salaire aligné sur ceux du Nord, et qui, dans le Sud, paraissait dérisoire.

Nu et sa famille appartenaient à la troisième catégorie, celle de tous les autres : ceux qui devaient se battre pour survivre. Ils avaient le choix entre lancer une affaire familiale et trouver quelque chose à vendre. Chaque liasse de billets remise par Nu étant dépensée de plus en plus vite, Tung décida avec sa famille de trouver de nouvelles sources de revenus. Il se lança dans la culture en pots du piment, plante délicate mais à croissance rapide qu'il vendait à des intermédiaires. Ngoc, lui, fit plusieurs tentatives. Il attacha à son vélo une remorque pour transporter des marchandises et rapporter de la forêt de quoi faire du charbon de bois. Il acheta des blocs de glace qu'il débitait pour la revendre à des particuliers. Enfin, avec tant d'autres, il se ruait sur les journaux du gouvernement – la propagande restant bon marché – qu'il écoulait ensuite comme papier d'emballage. Tung et Nu s'associèrent pour faire passer en contrebande du café de Trang Bang à Tay Ninh où, du fait de la pénurie, on pouvait en tirer un bon prix. Tung cousait les grains dans les jambes de son pantalon afin d'échapper à la police, qui montait dans les autocars et confisquait tout ce qui lui tombait sous la main, partageant souvent son butin avec le chauffeur.

Comparée à celle du Nord, la situation du Sud restait pourtant enviable. Le plus difficile, pour la population, était le souvenir de sa prospérité passée, au temps de la présence américaine. Tung et sa famille se remémoraient leur *ham* rempli de sacs de cent kilos de riz blanc, le poisson et la viande à tous les repas. Désormais, ils devaient se contenter de légumes et de riz commun. Naguère, ils étaient vêtus de soie et de coton imprimé ; à présent, Nu patientait des heures dans les magasins d'État pour obtenir de grossières cotonnades. Alors qu'à une époque on se procurait facilement des médicaments occidentaux, même ceux fabriqués au Viêt Nam étaient introuvables après la guerre. Il fallait parfois attendre jusqu'à trois jours pour arriver au comptoir des pharmacies d'État dont on ressortait en général les mains vides. À l'humiliation des privations s'ajoutait celle, aussi cruelle, d'avoir à faire des heures de queue pour des denrées de base de piètre qualité. Dans chaque famille, les courses occupaient les journées d'une personne au moins, temps autrefois consacré aux amis, aux loisirs, aux pratiques religieuses.

Des années plus tard, les yeux de Nu s'emplissaient encore de larmes à la pensée de n'avoir pu acheter, faute d'autorisation officielle, les offrandes nécessaires au voyage de l'âme de grand-père Kiem ; d'avoir hésité trop longtemps, par crainte de la dépense, à emmener son dernier-né brûlant de fièvre chez le médecin ; de n'avoir pu offrir, lors du mariage de son fils Ngoc avec une jeune fille prénommée Tho, que du thé et des biscuits à sa belle-famille.

« Qui aime les enfants plus que oncle Ho ? » Comme tous les jeunes, Kim Phuc avait appris la plus célèbre chanson de propagande en hommage à Ho Chi Minh, le héros national défunt. À la télévision, à la radio et dans les rues, partout on entendait la même version, interprétée par un chœur d'enfants. Il ne fallut pas longtemps pour qu'une parodie se mette à circuler. L'original commençait par ces mots :

> Cette nuit j'ai rêvé d'oncle Ho,
> Avec sa longue barbe et ses cheveux gris,
> Tendrement je l'ai embrassé sur les joues…

La version non officielle disait :

> J'ai rêvé que je trouvais un portefeuille,
> Dedans il y avait 4 000 dongs,
> Tout heureux je l'ai montré à oncle Ho,
> Il m'a souri et il m'a dit : « On partage ! »

Sous le régime communiste, même les enfants savaient qu'on pouvait dire quelque chose tout haut et penser le contraire...

Dans ce nouvel ordre social, l'État était censé se substituer à toutes les sources antérieures de réconfort et de satisfaction : famille, école, travail, loisirs, religion, traditions. Il allait même jusqu'à réveiller les gens : dès quatre heures et demie chaque matin, les haut-parleurs installés près de la maison de Ngoc diffusaient de la musique militaire, tandis qu'une voix métallique exhortait jeunes et vieux à faire des mouvements de gymnastique : « Quatre, trois, deux, un ! Quatre, trois, deux, un ! » Le crépuscule mettait heureusement fin à ce tintamarre mêlant slogans socialistes, directives du parti et chants révolutionnaires. La seule forme de culture acceptable était celle à la gloire de la révolution. Tous les livres et œuvres musicales considérés comme des « poisons insidieux, antisociaux » et accusés de « ramollir l'esprit » étaient proscrits – au premier rang desquels les contes pour enfants, les romans policiers ou sentimentaux, les essais évoquant la présence française ou américaine. De peur d'être surpris en possession d'œuvres interdites, Tung brûla tous les livres qu'il avait sauvés de la destruction à Trang Bang. Terrifiés, certains habitants apportaient aux autorités plus qu'on ne leur en demandait : machines à écrire, dictionnaires, même leurs lunettes.

Dans le Sud, Kim Phuc fit partie de la première génération scolarisée sous le régime communiste.

Matières et activités avaient radicalement changé : tous les manuels venaient du Nord et faisaient une place de choix à la vie d'Ho Chi Minh, à l'histoire du parti communiste et à « la victoire finale des forces patriotiques ». On enseignait la guerre comme elle avait toujours été enseignée dans le Nord. L'agresseur était les États-Unis, qui avaient installé un gouvernement fantoche dans le Sud avant d'envoyer leurs soldats, leurs avions, leurs vaisseaux de guerre, leurs armes chimiques et leurs bombes au napalm. Les véritables héros étaient les Nord-Vietnamiens, qui avaient survécu aux bombardements américains. Les preuves de leur patriotisme et de leur attachement au parti communiste abondaient : des jeunes gens avaient proposé de grimper, mitrailleuse sur le dos, dans les endroits les plus exposés pour mieux atteindre les avions ennemis ; des femmes et des enfants avaient apporté de la soupe chaude et du riz aux combattants chargés de la DCA au sommet des collines. La conclusion de ces récits édifiants ? Tout ce que le parti entreprenait était juste et bon ; tout ce qu'avaient fait les Américains et le régime fantoche de Saigon était injuste et néfaste.

Le plus grand changement fut cependant l'introduction des journées de « travail pour le socialisme ». À l'école élémentaire, elles occupaient les élèves un jour par semaine ; au lycée, deux semaines sur quatre. Les plus jeunes devaient apporter de chez eux un râteau pour ramasser les feuilles tombées dans la cour de l'école, des produits d'entretien pour nettoyer salles de classe et latrines, des outils pour bêcher le jardin de l'école et y repiquer des légumes. On envoyait les plus âgés dans des coopératives où ils réparaient des meubles, s'occupaient des poulets, nourrissaient les cochons, fabriquaient de la craie ou des chaussures en plastique.

En ces occasions seulement, Kim Phuc faisait état de ses blessures. Personne n'était au courant, sauf peut-être le tailleur qui avait dû s'interroger sur la différence de taille entre son bras droit et son bras gauche. Lorsque le travail demandé devenait trop pénible pour elle, ou l'obligeait à rester trop longtemps au soleil, Kim Phuc allait voir son professeur :

— Je suis blessée de guerre. Je ne peux pas faire ça.

La première fois, en guise d'explication, elle avait remonté sa manche pour montrer les cicatrices de ses brûlures ; les victimes de la guerre étaient rares à Tay Ninh.

Seuls Kim Phuc et ses plus jeunes frères manifestaient un certain enthousiasme pour l'école. Dung, sa sœur aînée, abandonna rapidement ses études. Naguère univers convivial, le lycée était devenu lui aussi un lieu de brimades et de dénonciations où l'on subissait la surveillance et les critiques de ses pairs. Dung redoutait le moment où elle deviendrait à son tour chef de classe, et devrait alors dénoncer le comportement bourgeois et la frivolité de ses camarades : se vernir les ongles pour les filles, traîner en ville, prendre un thé ou un café, écouter des musiques interdites… Elle était lasse des heures passées à étudier les sciences politiques, lasse de servir de main-d'œuvre gratuite. Certains parents retiraient purement et simplement leurs enfants du système scolaire : « Tu n'apprends rien. Autant travailler pour ta famille. » Dung préféra donc rejoindre sa mère à Trang Bang, et aider au restaurant jusqu'à son mariage avec un jeune cultivateur de riz.

À l'inverse de ses sœurs aînées, Kim Phuc ne recherchait pas la compagnie de nombreux amis pour s'amuser. Elle souhaitait avant tout cultiver l'influence de la religion. Sensible et attentionnée, Tho, la jeune épouse de Ngoc, était une caodaïste pratiquante. Le couple représentait pour Kim Phuc un modèle de vertu. Plus la méfiance de Ngoc envers les communistes grandissait, plus il adhérait aux principes et au rituel caodaïstes. D'un naturel expansif et passionné, il s'efforçait de transmettre à sa jeune sœur sa foi en Cao Dai. À quatorze ans, elle décida de devenir elle aussi caodaïste pratiquante et, comme grand-mère Tao, de ne plus manger de viande.

Surtout à Trang Bang, la peur dominait son existence. Elle avait compris la nécessité de tenir sa langue. « Ma mère a parlé sans réfléchir, et l'homme du gouvernement en a profité », avait-elle conclu lorsque sa famille s'était fait dépouiller de ses terres. Là-bas, elle ne rendait visite à personne, restant au restaurant pour tenir la caisse. Elle savait que sa mère appréciait de pouvoir lui confier cette responsabilité : quand Tung ou l'un de ses frères et sœurs s'en occupait, il manquait toujours de l'argent en fin de journée car ils se servaient dans la caisse sans rien dire à Nu. En revanche, Kim Phuc n'était d'aucune utilité pour la cuisine. Sa mère lui avait toujours interdit de s'approcher du fourneau, et, de toute façon, elle était pétrifiée à l'idée de se brûler. Le simple grésillement de l'huile dans la poêle la faisait sursauter : après un traumatisme, l'organisme reste à jamais en alerte.

Lors de ses nombreux accès de fatigue, Kim Phuc se retirait dans un coin, sur un tabouret. Elle attendait le moment où sa mère pourrait enfin venir s'asseoir à côté d'elle. La tête posée sur l'épaule de sa fille, Nu laissait échapper un long soupir. Elles demeuraient silencieuses. « Ma mère est la seule personne qui souffre plus que moi », se disait Kim Phuc.

Deux ans après la défaite du Sud, on retira à Nu le restaurant qui avait permis à la famille de garder la tête hors de l'eau dans cet océan de misère. Un jour, les autorités enlevèrent son enseigne pour la remplacer par une autre où était écrit : « Restaurant gouvernemental. » Les restaurants voisins subirent le même sort.

— Tu es au service de l'État. Tu feras la cuisine, annoncèrent les autorités.

Le salaire versé par l'État représentait moins d'un dixième de ce qu'elle gagnait lorsqu'elle était propriétaire du restaurant. Le gouvernement local envoya dix autres employés et un gérant, qui retira à Nu la responsabilité des commandes et des achats. Il n'était plus question de servir les clients, pratique considérée comme bourgeoise. Ces derniers devaient donc faire la queue, choisir leur menu et payer à la caisse. Leur commande était alors transmise à la cuisinière qui la préparait, puis appelait le numéro inscrit sur le ticket. Un employé apportait alors le plat au client avec le ticket correspondant. À la fermeture, tous les employés partaient, laissant à Nu le soin de nettoyer les tables, de ranger les tabourets et de balayer le sol. Elle demanda un jour au gérant si l'État pouvait engager sa mère et ses filles :

— Elles n'ont pas les qualifications requises, répondit-il.

« Ils ont l'air moins pauvres qu'au début », se disait Nu à propos des nouveaux employés qu'elle avait aussitôt reconnus : arrivés avec d'autres à Trang Bang à la fin de la guerre, ils s'étaient installés dans les maisons de ceux qui avaient fui. Elle n'échangeait pas une parole avec eux, ne connaissait même pas leur nom. Elle ne savait pas non plus combien ils gagnaient. Comme elle ne leur avait pas présenté son mari, elle sentait sur lui leurs regards désapprobateurs à chacune de ses visites, ce qui en limitait la durée et réduisait leurs échanges au strict minimum. Tung repartait après avoir avalé un bol de soupe – dont le prix était bien sûr déduit du salaire de Nu.

Elle avait beau s'acquitter au mieux de sa tâche, les employés ne se précipitaient pas pour porter aux clients leurs commandes. Elle fulminait en voyant les bols de soupe refroidir alors que les serveurs restaient assis sans rien faire, sauf peut-être se limer les ongles. Pendant ce temps-là, installés à des tables encombrées d'assiettes sales, les clients s'impatientaient sans oser réclamer. Un jour, elle n'y tint plus :

— La soupe doit être servie brûlante ! déclara-t-elle au gérant.

— Occupe-toi de la cuisine et ne te mêle pas du reste ! aboya-t-il.

Nu était la seule employée permanente du restaurant ; gérants et serveurs se succédaient tandis que la clientèle se raréfiait.

À cause de la diminution du salaire de Nu, sa famille sombra dans un dénuement qu'elle n'aurait jamais cru possible. La viande et le poisson disparurent des assiettes. Puis il fallut se passer de légumes, se contenter de riz assaisonné de sauce au soja ou de sel pimenté. Le grand-oncle ne résista pas à ce régime et tomba gravement malade. Tung le soigna et, lorsqu'il s'éteignit, Nu pleura encore plus qu'à la mort de son père. Le petit temple caodaïste du quartier de la Septième Porte participait aux funérailles des personnes démunies. Il envoya quelques jeunes femmes réciter des prières, et des jeunes gens tirèrent le cercueil jusqu'au cimetière sur une remorque en forme de dragon.

Kim Phuc souffrait d'une douleur persistante au bras gauche. Comme il n'avait pas les moyens de l'emmener chez le médecin, Tung essaya de la soigner lui-même en lui faisant chaque jour un pansement de feuilles de bananier. Mais la jeune fille avait de plus en plus mal. Une semaine plus tard, son bras était violacé et il avait doublé de volume. La douleur était insupportable, plus intense que jamais. Pris de panique, Tung remplit une demande de consultation médicale. Il s'avéra qu'un poil avait poussé sous les tissus greffés, qui s'étaient infectés. Le médecin qui soigna Kim Phuc dit qu'il lui fallait des antibiotiques.

— Dans votre cas, malheureusement, on ne vous en délivrera pas, ajouta-t-il.

Inutile de préciser que ce genre de traitement était réservé aux cadres du parti, qui avaient également le privilège de pouvoir se faire soigner avant tout le monde. Sur les conseils du médecin, Tung alla ramasser les feuilles d'une plante sauvage qui poussait à Tay Ninh. Il en écrasa quelques-unes avec du sel pour faire un cataplasme et fit bouillir les autres, obtenant une potion efficace, mais terriblement amère.

Désormais, la glace était le seul calmant que Tung avait les moyens d'offrir à sa fille.

— J'ai peur que la douleur ne la rende folle, dit-il un jour à Nu.

Pourtant, même le coût de la glace finissait par grever le budget familial. Tung considérait néanmoins cette dépense comme prioritaire. Il finit par se résoudre à vendre les quelques biens qui lui restaient. Il se défit d'abord de l'horloge, disant à ses enfants que, s'ils voulaient savoir quelle heure il était, ils n'avaient qu'à demander aux voisins.

Quand le placard était vide, les sept membres de la famille, plus Tho à présent enceinte, devaient réduire encore leur consommation de riz. Ils passaient de cinq cents grammes deux fois par jour en temps normal à deux cent cinquante grammes une seule fois par jour, auxquels Tho ajoutait cinq cents grammes de *bo-bo* – farine normalement destinée aux animaux – et plusieurs volumes d'eau. Personne ne se resservait : mieux valait un estomac à moitié plein que rempli de *bo-bo*…

Tung se risqua à demander de l'aide à son vieux voisin de la villa en marbre blanc cachée derrière ses hauts murs. Le sachant rentré depuis peu d'un séjour en camp de rééducation, Tung espérait qu'il ne le dénoncerait pas aux autorités. Pendant la guerre, il avait participé à une campagne destinée à convaincre les déserteurs viêt-cong de rejoindre l'armée sud-vietnamienne et, avant cela, à un programme d'aide américain visant à indemniser les petits propriétaires victimes de la guerre. Tung lui-même en avait bénéficié.

Le vieil homme regarda l'album apporté par Tung, la photo de la fillette fuyant le bombardement au napalm, les coupures de journaux jaunies, et le dossier médical du pavillon Barsky. Il ne se rappelait pas avoir vu la photo, bien qu'il ait lu la presse étrangère à l'époque où il travaillait pour les Américains. Tung lui raconta que trois mille dollars envoyés à sa famille par des pompiers new-yorkais avaient été déposés dans une banque de Saigon en attendant la fin de la guerre. Après avoir écouté attentivement, le voisin répondit qu'il interrogerait ses relations dans les organisations internationales encore présentes à Ho Chi Minh-Ville. Peut-être sa fille, mariée à un pilote sud-vietnamien, pourrait-elle l'aider : le couple avait émigré aux États-Unis et vivait à présent au Canada. Le vieil homme sollicita ensuite une visite de Kim Phuc, qui se rendit chez lui sans trop savoir pourquoi. Plusieurs semaines s'étaient écoulées lorsque Tung et lui se revirent discrètement. Trop dangereux de faire des recherches ici, déclara le voisin à Tung. Ils n'abordèrent plus jamais le sujet.

Par chance, le nouveau gérant du restaurant, homme de bon sens, constata que les clients ne venaient plus et que les seules tables occupées l'étaient par des employés désœuvrés. Il fit en sorte que Nu puisse récupérer son restaurant. Pour acquitter sa nouvelle licence, elle dut céder le dernier lopin de terre que la famille possédait encore à Trang Bang. C'était une parcelle à peine assez grande pour en faire un potager, au sol truffé d'éclats d'obus et de gravats. Adjacente au reste de la propriété familiale, elle avait été boudée par l'officier qui avait dépouillé Nu. Le nom de Tung réapparut au-dessus du restaurant, et les clients commencèrent à revenir.

8

Depuis la fin de la guerre, Tung et ses enfants attendaient chaque année les fêtes du Têt avec une impatience particulière car Nu venait les rejoindre chez Ngoc. Elle participait avec toute la famille aux trois jours de célébration, restant parfois même un peu plus longtemps si elle jugeait le cinquième jour après le Nouvel An de meilleur augure que le quatrième pour rouvrir le restaurant. Cette année-là s'ajoutait la joie liée à la naissance des jumelles de Ngoc et de Tho. Nées prématurément, les deux petites filles étaient désormais en bonne santé après avoir passé plusieurs semaines entre la vie et la mort.

À l'approche de l'année lunaire 1978, la maison de Ngoc ressemblait à une ruche bourdonnante. Kim Phuc préparait des feuilles de bananier pour envelopper et cuire à la vapeur les traditionnels gâteaux de riz gluant. Ses frères et sœurs balayaient le sol ou confectionnaient des boulettes de farine de riz sucrées. Les deux plus jeunes prenaient leur douche dans le jardin en se versant de l'eau l'un sur l'autre. Les jumelles trônaient dans leur couffin.

Un sifflement aigu vint troubler ces préparatifs. Une explosion déchira l'air, bientôt suivie par le fracas d'une pluie de briques et d'éclats de bois. Des cris s'élevèrent dans la maison et le jardin. Une école et deux maisons voisines avaient été touchées ; celle de Ngoc n'avait rien. « *Phao kick !* » hurla quelqu'un. Kim Phuc plongea sous un lit avec un de ses frères qui avait eu ce réflexe en reconnaissant les tirs de mortier. Quelques instants plus tard, les sirènes des ambulances retentirent dans la ville.

La frontière avec le Cambodge étant distante d'une bonne quinzaine de kilomètres, jamais les habitants de Tay Ninh n'avaient imaginé être inquiétés par les incursions des Khmers rouges en territoire vietnamien. Ces tirs de mortier intervenaient alors même qu'Hanoi proposait au Cambodge d'entamer des négociations en vue d'un cessez-le-feu. Chez Ngoc, les préparatifs pour la fête du Têt s'arrêtèrent net et tout le monde se mit en quête d'outils pour creuser un *ham*. Tung en choisit l'emplacement, au fond du jardin sous l'un des corossoliers, dans l'espoir que les branches offrent une protection supplémentaire contre les obus.

À travers la ville et dans les villages avoisinants, tout le monde se mit à creuser frénétiquement. Peu d'habitants avaient déjà essuyé des tirs d'artillerie. Pendant la présence américaine, la ville n'avait subi que deux attaques des Viêt-cong ou des forces communistes : la première pendant l'offensive du Têt ; la seconde un an après, lorsque les Viêt-cong avaient occupé quelques jours un quartier de la ville. Personne n'avait alors construit d'abri. Cette fois-ci, en revanche, les autorités enrôlèrent enfants et adultes dans des brigades de terrassement. On creusa des tranchées, avec des planches recouvertes de terre en guise de plafond. Dans toute la ville, les jardins des particuliers comme ceux des bâtiments publics furent éventrés, et des excavations pratiquées le long des rues.

À l'exception de quelques familles comme celle de Tung, la plupart des habitants avaient si peu l'expérience de la guerre qu'ils ne savaient comment interpréter le langage des obus et des roquettes. Devaient-ils s'éloigner de l'endroit d'où venait le bruit, ou s'en approcher ? Prier pour que les projectiles tombent à proximité, ou le plus loin possible ? Très peu avaient déjà vu ou utilisé un abri. Les responsables officiels n'avaient pas la moindre idée de la manière dont s'organisait une évacuation de masse ; durant les exercices, et à plus forte raison lors des bombardements, ils étaient les premiers à paniquer.

Vieux de plusieurs siècles, l'antagonisme entre le Cambodge et le Viêt Nam remontait à l'émergence de la nation viet. L'expansion du Viêt Nam vers le sud s'était faite pour l'essentiel au détriment de l'ancien royaume khmer, dont le territoire avait été progressivement grignoté. En étendant la guerre du Viêt Nam au reste de la péninsule, par des bombardements répétés de la piste Ho Chi Minh et des incursions en territoire cambodgien lancées depuis le Sud-Viêt Nam, les Américains avaient réussi à liguer contre eux les deux ennemis héréditaires, dont les mouvements de libération nationale – le Viêt-cong et les Khmers rouges du sinistre Pol Pot – étaient tous les deux d'obédience communiste.

Cette alliance fut remise en cause lorsque les représentants du Viêt-cong signèrent les accords de Paris en 1973. Les Khmers rouges eurent le sentiment que leurs alliés avaient trahi la cause du Cambodge. Le ciel se tut au Viêt Nam, mais sept mois durant – avant que le Congrès n'interdise toute intervention américaine sur la péninsule indochinoise – les États-Unis envoyèrent leurs avions bombarder le Cambodge dans une ultime tentative pour couper les voies d'approvisionnement du Viêt-cong. En représailles, les Khmers rouges détruisirent tous les dépôts d'armes, hôpitaux et quartiers généraux des communistes vietnamiens au Cambodge.

Dans ce pays, les événements se précipitèrent encore plus qu'à Saigon. La Chine, constatant l'avancée d'Hanoi vers le sud et désireuse d'asseoir son influence dans la région, accorda son aide militaire aux Khmers rouges pour hâter la prise de Phnom Penh. Le 15 avril 1975, ils entraient dans la capitale cambodgienne, et en quarante-huit heures ils en avaient pris le contrôle. Saigon ne tomba que deux semaines plus tard. La comparaison s'arrête là. Au Viêt Nam, Hanoi se contenta d'appliquer dans le Sud le système économique et politique en vigueur dans le Nord. Dans le Cambodge voisin, rebaptisé Kampuchéa démocratique, Pol Pot se montra beaucoup plus radical. Il élimina tous ses opposants et commit les pires atrocités pour inaugurer l'« année zéro » de la nouvelle société khmère, transformant les Khmers rouges en redoutables machines à tuer, et le Cambodge en cimetière.

Dans le cadre du génocide orchestré par Pol Pot, tous les ressortissants cambodgiens d'origine vietnamienne devaient être exterminés ou chassés du pays. Dès le printemps 1977, les soldats khmers menèrent des raids meurtriers contre des villages vietnamiens à la frontière de la province de Tay Ninh, et même au-delà. Les minorités ethniques ont tendance à vivre dans les zones frontalières, mais en Indochine les frontières avaient tellement fluctué à travers les siècles qu'elles ne représentaient plus rien pour les populations locales. Les rescapés des massacres rapportaient des témoignages effrayants sur la barbarie des Khmers rouges. À l'automne, un journaliste hongrois qui avait découvert des paillotes en bambou calcinées, des corps décapités et des fosses communes se vit interdire par les autorités vietnamiennes de diffuser son reportage. Contrôlés par l'État, les médias vietnamiens continuaient d'afficher un optimisme de façade quant aux rapports entre les deux pays, en partie pour ne pas attirer l'attention sur les opérations de représailles que préparait Hanoi. Fin décembre, les troupes d'élite de l'armée vietnamienne attaquèrent en plusieurs points de la frontière. Six jours plus tard, le 31 décembre 1977, le gouvernement de Pol Pot accusait sur Radio Phnom Penh le Viêt Nam d'agression et rompait les relations diplomatiques entre les deux pays. Avec l'annonce par la Chine de l'envoi de matériel militaire pour soutenir le Cambodge en guerre contre le Viêt Nam, un nouveau point chaud apparaissait sur la péninsule indochinoise.

Kim Phuc eut encore plus de mal à supporter cette guerre que la précédente. Les bombardements ne cessant jamais plus d'un jour ou deux, la ville était en permanence sur le qui-vive. Par contraste, et malgré sa durée, la guérilla menée par le Viêt-cong n'avait pas empêché les paysans de vaquer normalement à leurs occupations quotidiennes. Ils se cantonnaient aux zones dites « de sécurité », connaissaient les régions contrôlées ou convoitées par tel ou tel camp, et savaient que les combattants viêt-cong ne restaient jamais plus de quelques jours au même endroit avant de s'évanouir dans la nature. Kim Phuc avait vu à l'œuvre des armes à fort pouvoir de destruction, non seulement des obus de mortier, mais aussi des bombes conventionnelles ou au napalm. Par comparaison, les dégâts causés à Tay Ninh lui paraissaient limités, voire superficiels. C'était surtout la peur de l'inconnu qui angoissait les habitants, la peur d'être tué par un tir de mortier ou par un sbire de Pol Pot – deux fins aussi terrifiantes l'une que l'autre.

Ce climat plongeait Kim Phuc dans une tristesse de plus en plus profonde. À neuf ans, elle avait regardé sans méfiance les bombes au napalm tomber du ciel, ne percevant le danger qu'au moment où les flammes l'enveloppaient. À quinze ans, elle se sentait définitivement marquée par l'expérience du deuil et de la douleur physique. Les survivants d'une guerre savent qu'elle réserve des épreuves plus cruelles que la mort.

Le pilonnage de la ville et les tirs de mortier commençaient en général l'après-midi. Les élèves de l'école de Kim Phuc avaient creusé des abris dans la cour centrale, devant la porte de chaque classe. Les bâtiments ne furent jamais touchés, mais ecchymoses, entorses et même fractures étaient inévitables quand trente ou quarante élèves se ruaient vers l'unique porte pour aller s'entasser dans le *ham*. Kim Phuc redoutait autant d'être prise dans la bousculade que de se retrouver seule à l'extérieur. Le retour à la maison était tout aussi éprouvant : il fallait pédaler à toute vitesse, en se tenant prêt à sauter de vélo pour rejoindre l'abri le plus proche.

La jeune fille se sentait plus en sécurité chez Ngoc, où l'on se réfugiait dans le *ham* sans panique. Son père ayant espacé ses visites à Trang Bang, il était là pour veiller au bon déroulement des opérations. Il fallait au moins trois personnes pour mettre les jumelles en sécurité : la première pour emporter leur lait et des bouillottes chaudes, la deuxième pour les transporter, la dernière pour les installer. Une fois à l'intérieur, des dangers plus immédiats retenaient l'attention : les rats et les reptiles. Un élève de l'école de Kim Phuc était mort après avoir été mordu par un serpent dans un abri. Aussi les frères de la jeune fille étaient-ils chargés d'inspecter les lieux plusieurs fois par jour, surtout à la saison des pluies où quelques centimètres d'eau stagnaient au fond du *ham*.

Les jours passaient, puis les semaines, puis les mois…

Tay Ninh avait beaucoup changé. La ville grouillait de réfugiés vietnamiens venus des régions frontalières. On ouvrit des camps pour les Khmers qui fuyaient le Cambodge. Les centres médicaux de la ville croulaient sous les patients ; il fallut rappeler les médecins et infirmières mis au chômage par le nouveau régime. La mort frappait, parfois sans laisser de cadavre derrière elle. Un jour qu'il rentrait de Tay Ninh où il était allé soigner un parent malade, un voisin de Ngoc découvrit avec horreur, dans le village frontalier où il enseignait, un tas de crânes carbonisés. Parmi eux se trouvait très certainement celui de sa sœur, institutrice dans le même village. Les habitants de Tay Ninh frissonnaient en écoutant les rumeurs selon lesquelles, près de la frontière, tous les affluents du Mékong charriaient des cadavres décapités. Tho jeta aussitôt le poisson en

Trang Bang, le 8 juin 1972, après le bombardement au napalm : précédant Kim Phuc, grand-mère Tao tient dans ses bras Danh, trois ans.
[Nick Ut /AP]

A Misplaced Bomb...And a Breath of Hell

Reds Moving Toward Saigon

Why Trang Bang? It Was in the Way!

Stars and Stripes, édition asiatique, 10 juin 1972.

Tung, Nu (tenant sa petite-fille dans ses bras) et leurs enfants à Trang Bang en 1973.
[Perry Kretz / *Stern*]

Kim sur la route 1, sept mois après le bombardement au napalm.
[Perry Kretz / *Stern*]

Kim dans la maison de Trang Bang en 1973.
[Perry Kretz / *Stern*]

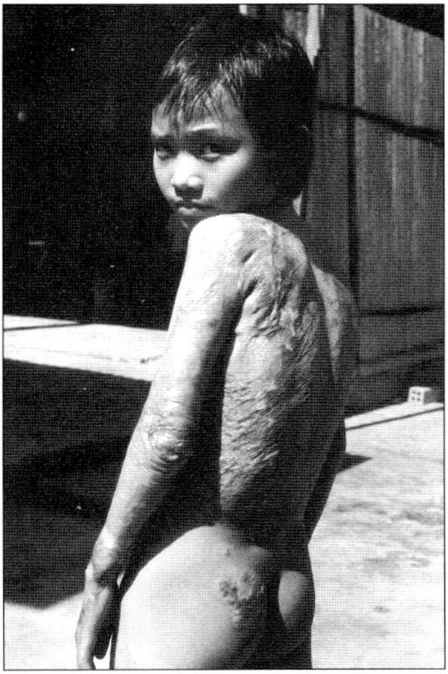

Kim dévoile ses cicatrices devant l'objectif...

... et prend une douche fraîche pour calmer la douleur.
[Perry Kretz / *Stern*]

Kim âgée de vingt et un ans, devant le temple caodaïste de Trang Bang, avant son départ pour l'Allemagne où elle doit recevoir des soins.
[Perry Kretz / *Stern*]

Accompagnée de Perry Kretz, Kim arrive à Bangkok.
[AP]

La Havane, 1989 : retrouvailles avec Nick Ut.
[Jim Caccavo]

Toronto, 1995 : Kim et Toan avec Thomas, et Nancy Pocock.
[Shannon Sweeney / *Mail on Sunday*]

Trang Bang, 1996 : Nu, Tung et leur fils Tam.
[Photo de l'auteur]

Kim et Thomas, photographiés pour Life *en 1995.*
[Joe McNally / *Life*]

Kim en 1996, après une cérémonie au Mémorial des vétérans de la guerre du Viêt Nam.
[AP]

provenance du Cambodge, aliment de base dont plus personne ne voulait. L'armée vietnamienne intensifia la conscription, surtout à Saigon, mais de nombreuses familles de Tay Ninh envoyaient également leurs fils se battre. Pour ceux qui connaissaient l'existence des camps secrets où les Vietnamiens entraînaient les khmers résistant au régime de Pol Pot, il était clair qu'Hanoi ne se contenterait pas de simples représailles.

En Occident, peu d'informations filtraient au sujet de l'Indochine communiste. Les bulletins de Radio Phnom Penh se contentaient de souligner l'incongruité d'une guerre entre deux pays frères. Pourtant, cet été-là, en partie à cause de sa rivalité avec Pékin, Hanoi rejoignit le COMECON (Conseil d'assistance économique mutuelle créé par l'Union soviétique, et dont faisaient déjà partie l'Allemagne de l'Est, la Pologne, la Tchécoslovaquie, la Hongrie, la Roumanie et la Bulgarie). Hormis Cuba, le Viêt Nam fut le seul pays membre non européen. Parallèlement, et dans un souci d'équilibre, Hanoi poursuivit la normalisation de ses relations diplomatiques avec les États-Unis. Dans ce domaine, les négociations qui se tinrent à New York durant l'automne permirent une avancée capitale. Contre toute attente, le délégué vietnamien annonça que son pays ne demandait plus à l'Amérique d'honorer l'engagement secret pris par Richard Nixon lors de la signature des accords de Paris en 1973.

L'ancien président avait alors promis que si le Nord-Viêt Nam signait ces accords, Washington lui verserait quatre milliards et demi de dollars de réparations. Cette concession vietnamienne fit tellement avancer les négociations que la délégation américaine, conduite par Richard Holbrooke, consulta les plans de l'ancien consulat américain à Hanoi au temps de la colonisation française pour déterminer s'il pouvait servir d'ambassade.

Mais, du jour au lendemain, le président Jimmy Carter interrompit ce processus de normalisation. Les Vietnamiens ignoraient encore qu'au cours de l'été Washington avait entamé des pourparlers en vue d'un rapprochement avec Pékin, qui avait exprimé son hostilité envers Hanoi. À la mi-décembre, la Chine et l'Amérique parvinrent à s'entendre. L'opinion publique américaine ne se formalisa pas de l'échec des discussions avec le Viêt Nam : depuis l'été, la télévision diffusait des reportages inquiétants sur les *boat people*. Ces images avaient réveillé l'antipathie de nombreux Américains pour le régime d'Hanoi, leur rappelant une fois encore qu'il valait mieux abandonner le Viêt Nam à son triste sort.

Au début de l'année 1978, une atmosphère de crise régnait sur tout le Viêt Nam. Hanoi était dépité par les réticences des Sud-Vietnamiens à s'engager dans la marche vers le socialisme : les denrées rationnées étaient revendues au marché noir, les coopératives faisaient faillite, les spéculateurs stockaient le riz pour faire monter les prix. Au lieu d'infléchir sa politique, le régime décida au contraire de la durcir encore. Il accéléra la collectivisation et l'étendit au secteur agricole. Puis il s'attaqua aux derniers capitalistes, espérant leur porter le coup de grâce. À la fin du mois de mars, la police fit une descente nocturne dans les maisons et boutiques de Cholon, le quartier commerçant chinois d'Ho Chi Minh-Ville. Il était censé recéler la moitié de l'argent en circulation et l'essentiel des réserves d'or du Sud. Les policiers saisirent les commerces, l'or et les titres appartenant aux résidents chinois. Pour tarir leurs réserves d'argent liquide, on procéda à un rappel des devises. Enfin, après les avoir dépouillés de tous leurs biens, le gouvernement voulut les forcer à s'installer dans les nouvelles zones économiques.

Parallèlement, dans la crainte d'une guerre entre le Viêt Nam et la Chine, beaucoup de résidents chinois avaient fui vers la frontière séparant les deux pays. D'autres affluèrent lorsque la Chine leur ouvrit temporairement ses portes. Furieux du soutien apporté au Cambodge par son puissant voisin, le régime de Hanoi accusait en outre les résidents chinois de tous les maux et voulait s'en débarrasser. Il les autorisa à quitter le pays, moyennant dix *taels* d'or par adulte et cinq par enfant.

Pour un fonctionnaire de base, un *tael* d'or représentait trois à cinq ans de salaire. Les cadres corrompus du parti virent là une bonne occasion de se remplir les poches. Suivant la procédure officielle, les candidats au départ devaient se faire inscrire dans un bureau de la sécurité publique de la côte sud, produire les documents requis, s'acquitter de la taxe obligatoire, puis attendre dans un camp de transit qu'on leur attribue une place sur un bateau d'une compagnie d'État. Ce bateau, à bord duquel se trouvait un agent de la sécurité, finissait par atteindre une île à la pointe sud du pays, après une escale dans un second camp de transit sur la côte. Là, on laissait les passagers libres de prendre la mer.

L'inscription au bureau de la sécurité publique permettait aux autorités d'identifier des familles entières, pour surveiller leurs membres restés au pays et exercer contre eux des représailles : leur barrer la route des études, les dépouiller de leurs moyens de subsistance, de leur maison et de leurs biens. En quittant clandestinement le pays, on avait au moins une chance de cacher son or ou de l'emporter avec soi.

Ainsi commença le calvaire des *boat people*. Au cours des deux ans qui suivirent, quatre cent mille ressortissants chinois et vietnamiens munis de faux papiers affrontèrent la redoutable mer de Chine sur des embarcations plus douteuses les unes que les autres. Tous espéraient gagner les eaux internationales et y être repêchés, ou bien atteindre la Thaïlande, la Malaisie, ou n'importe quel pays situé entre Hong Kong et l'Australie. Plus de quarante mille personnes périrent en mer. À la fin des années quatre-vingt, alors que cet exode touchait à sa fin, le nombre de *boat people* dépassait le million.

La période où les départs furent les plus massifs, entre 1978 et 1980, correspond aux famines les plus graves. Après la guerre, les récoltes de riz avaient été médiocres à cause du froid dans le Nord, des inondations et des typhons dans le Sud. Dans cette région, l'agence d'État chargée de centraliser les récoltes n'atteignit la première année que cinquante pour cent de ses objectifs. La situation continua à s'aggraver au point qu'en 1978, quand le riz valait au marché noir treize fois le prix fixé par l'État, l'agence n'atteignit plus que douze pour cent de ses objectifs. Les paysans persistaient à stocker leur production pour l'écouler au marché noir et nourrir leur famille. L'économie semblait à bout de souffle. L'État n'avait presque plus de devises pour acheter du carburant, des pièces détachées ou des matières premières pour ses usines – le montant des importations était quatre ou cinq fois supérieur à celui des exportations. La nourriture, les médicaments et les fonds disponibles allant en priorité aux soldats qui se battaient au Cambodge, et à ceux postés le long des mille deux cents kilomètres de frontière avec la Chine, la population se voyait progressivement réduite à la misère.

À l'automne 1978, après avoir traversé Tay Ninh, plusieurs divisions de l'armée se rassemblèrent pour envahir le Cambodge. Conscient que le régime sanguinaire de Pol Pot annihilait toute tentative de résistance intérieure, Hanoi avait conclu que ses troupes devaient prendre les choses en main. Fin décembre, au début de la saison sèche, les forces vietnamiennes passaient à l'offensive. En deux semaines, elles étaient aux portes de Phnom Penh. Emmenant de force avec eux des centaines de milliers de Cambodgiens, Pol Pot et une partie de ses Khmers rouges se réfugièrent dans la jungle, près de la frontière thaïlandaise, pour continuer la guérilla – jusqu'à la mort de Pol Pot en 1998. Hanoi donna l'ordre de prendre la capitale et envoya ses soldats occuper le pays.

Deux mois après la chute de Phnom Penh, la Chine exerça des représailles. Grâce à la normalisation de ses relations avec les États-Unis, elle put franchir la frontière vietnamienne sans déclencher de tollé. En février 1979, dans le but avoué de « donner une leçon aux Vietnamiens », les troupes chinoises détruisirent seize jours durant les villages, usines et mines de charbon le long de la frontière. À la suite de cette opération, le Viêt Nam se rangea définitivement dans le camp soviétique. L'occupation militaire du Cambodge, où fut installé un régime pro-vietnamien, et la lutte contre la guérilla menée par les Khmers rouges durèrent plus de dix ans, saignant le Viêt Nam à blanc : le Cambodge se transformait pour lui en véritable bourbier – ce qu'il avait été en son temps pour les États-Unis.

Pour se consoler de leur dénuement, qu'ils comparaient à l'absence de cheveux sur un crâne chauve, les paysans vietnamiens avaient un dicton : « Les communistes ne contrôlent que ceux qui ont des cheveux sur la tête. » Rivalisant de zèle, les agents de la sécurité multipliaient toutefois les visites impromptues dans les foyers. La présence d'un ventilateur électrique suffisait à prouver la richesse d'une famille et à justifier une hausse d'impôt. Comme on trouvait au marché noir des uniformes d'agent de la sécurité, les imposteurs étaient de plus en plus nombreux. Mais qui aurait osé prendre à partie des individus peut-être envoyés par les autorités ?

Aucun agent n'espérait découvrir des richesses cachées dans la maison de Ngoc. Lorsque Tho mit de nouveau au monde des jumelles, la moitié de la famille fut contrainte de dormir à même le sol. Cela n'empêchait pas le chef de la cellule locale de faire de longues visites. On pouvait compter sur lui pour arriver au moment précis où la famille se mettait à table. Il était alors essentiel d'accueillir son chef de cellule non seulement avec le sourire, mais en manifestant sa joie de participer à l'édification du socialisme…

— As-tu mangé ? Viens donc te joindre à nous, proposait Tung.

— En fait, oui… j'ai déjà mangé… mais je ne dis pas non, répondait l'homme en jouant avec son cure-dents pour se donner une contenance.

Avec un salaire de trente à quarante dongs par mois, le fonctionnaire de base était parmi les plus mal lotis. Dans le Sud, au marché officiel, une livre de sucre valait douze dongs et une livre de riz, dix-huit. Ses tickets de rationnement lui conféraient bien quelques privilèges. Malheureusement, à cause d'une nouvelle pénurie de riz dans le Sud, Hanoi y avait réduit la ration mensuelle à la moitié de ce qu'elle était dans le Nord, où pourtant la famine menaçait déjà : il fallait s'y contenter de quatre à six kilos de riz par personne et par mois, au lieu des treize ou quatorze kilos recommandés par les organisations internationales.

Les bénéfices réalisés par Nu – l'équivalent d'un *tael* d'or tous les deux mois – étaient vingt fois supérieurs au salaire d'un fonctionnaire de base. Mais, avec cette somme, elle devait nourrir dix personnes, plus les quatre bébés de Tho. Elle s'efforçait par ailleurs d'aider Loan et la grand-mère Tao, toutes deux veuves. La guerre avec le Cambodge ouvrait cependant de nouvelles possibilités : Tung et Ngoc écoulaient parfois des cigarettes de contrebande en provenance du pays voisin. Malgré les supplications de Nu, Tam – son deuxième fils – avait interrompu ses études et refusait de suivre une formation technique. Il préférait profiter de l'afflux des réfugiés à Tay Ninh pour gagner de l'argent en transportant des marchandises sur son vélo. Blessé à l'œil lors d'une collision avec un camion, il perdit partiellement la vue d'un côté ; contrairement à ce qu'écriraient ensuite les journalistes occidentaux, ce handicap n'était pas dû au bombardement au napalm.

Kim Phuc enviait les familles qui jouissaient d'un certain confort, vivaient dans des maisons normalement meublées, mangeaient tous les jours à leur faim, pouvaient offrir des études à leurs enfants. Elle s'imaginait qu'elles avaient des économies, de l'or caché quelque part. Ou un parent parti aux États-Unis à la fin de la guerre, qui leur envoyait de l'argent ou des objets pouvant être revendus.

La veille du premier anniversaire de la mort du grand-oncle, Kim Phuc et son frère Tam prirent l'autocar pour aller chercher à Trang Bang les mets confectionnés par Nu. Elle-même n'arriverait que le lendemain. Ils revinrent à Tay Ninh tard dans la soirée, chargés de paniers remplis de riz, de différents plats, de fruits, de vin d'écorce d'agrumes et de cigarettes. Bien après minuit, lorsqu'ils eurent préparé les vêtements et le linge réservés aux grandes occasions, Tung et Tho allèrent se coucher à leur tour, épuisés. Kim Phuc fut tirée du sommeil par la voix de son jeune frère :

— Phuc ! Réveille-toi ! Des voleurs sont venus pendant la nuit ! Ils ont tout pris !

Offrandes, parures, tout avait disparu de l'autel des ancêtres, ainsi que les mets du festin et les tenues de cérémonie. Les intrus avaient même vidé l'armoire délabrée au chevet de Tung, emportant son poste de radio, sa montre, son argent. Tous les objets nécessaires à la vie quotidienne – assiettes, ustensiles de cuisine, vêtements – s'étaient envolés, à l'exception des quelques meubles. Dehors, le chien de la famille gisait, inerte comme s'il avait été drogué : mal nourri, il ne s'était sans doute pas fait prier pour manger de la viande contenant un sédatif. Le plus jeune frère de Kim Phuc se rappelait avoir entendu au début de la nuit un bruit sous son lit. Il avait cru que c'était le chien, mais se demandait à présent s'il ne s'agissait pas de l'un des voleurs attendant son heure.

À son arrivée, Nu trouva la maisonnée en larmes. Il faudrait des semaines de recherches sur les marchés et auprès des marchands ambulants pour remplacer même les objets les plus usuels. Pendant un mois, chacun dut porter les vêtements dans lesquels il avait dormi cette nuit-là. Enfin, Nu put envoyer deux rouleaux de tissu – l'un à motifs pour les filles, l'autre uni pour les garçons – accompagnés de quelques billets supplémentaires pour « donner des ailes » à la machine à coudre du tailleur…

Tung ne se consolait pas de la disparition de la mallette contenant les souvenirs des épreuves traversées par Kim Phuc, vol absurde puisque les coupures de presse, le dossier médical et l'album avec la photo n'avaient aucune valeur marchande. « Il n'y a plus trace de mon histoire », se dit la jeune fille, sans trop s'en attrister. La perte de sa bicyclette était bien plus grave à ses yeux : les cambrioleurs les avaient emportées toutes les trois. Tout le temps qu'elle vécut à Tay Ninh, elle n'en posséda jamais d'autre. Pour raccourcir le trajet en plein soleil entre sa maison et l'école, elle se résolut à couper à travers champs, malgré sa peur constante de se faire agresser. Découragée, elle vint pleurer sur l'épaule de Tho :

— Nous n'avons plus rien ! Nous sommes revenus à zéro !

Sa belle-sœur trouva pour la réconforter des paroles qui, dans les moments de désespoir, lui donneraient tout au long de son existence la force de redresser la tête : « Si tu te mets à genoux, la vie ressemble à une montagne. Si tu te relèves, alors elle est à tes pieds. »

On peut affirmer sans risque qu'à l'exception des vieillards tous les mécontents du régime – peut-être même certains communistes – envisagèrent un jour ou l'autre de fuir le pays par bateau. Les préparatifs étaient compliqués. Il fallait trouver un prétexte pour vendre ses biens, seul moyen de réunir l'argent permettant de payer son passage ; se procurer de faux papiers chinois ; préparer des rations de sucre imprégné de jus de citron en prévision du voyage en mer ; confectionner des gilets de sauvetage de fortune. Il ne fallait pas oublier de laisser assez d'or à un proche pour qu'il puisse vous sortir de prison en cas de besoin ou, à défaut, adoucir votre détention. Les agents de la sécurité s'employaient à décourager toute tentative de fuite. « Si vous êtes pris, disaient-ils, tous vos biens seront confisqués. » Ils évoquaient ensuite le sort attendant les fugitifs qui auraient échappé aux balles des gardes-côtes : s'ils ne mouraient pas de faim et de soif en mer, ils seraient violés, kidnappés ou assassinés par les pirates thaïlandais, ou subiraient mille humiliations dans un camp de réfugiés. Ces informations ne surprenaient personne : les possesseurs de récepteurs radio à ondes courtes avaient entendu les témoignages des rescapés sur BBC World News. L'important, c'était que certains aient réussi ! Et pour ceux qui n'avaient plus rien à perdre, mieux valait mourir en mer que rester au Viêt Nam.

Grâce à l'école et à l'armée, l'État avait les moyens de surveiller les jeunes, rendant encore plus difficile toute tentative de fuite de leur part. Pourtant, dans l'école de Kim Phuc, certaines absences en disaient long. Après quelques coups d'œil entendus entre élèves, l'un d'eux allait faire un tour à vélo du côté de la maison de l'absent. Si des inconnus l'occupaient, la nouvelle se répandait : « Ils ont quitté le pays. » Un jour, suite à une dénonciation, la police arrêta un élève de retour après une brève absence. Parce qu'il était revenu bronzé, quelqu'un l'avait accusé d'être parti en mer.

Kim Phuc caressait elle aussi le rêve de partir, mais n'en parlait à personne. Dans la société où elle vivait, la seule ambition avouable était de vivre heureux sous le régime communiste. Elle ne voyait pas l'intérêt de se confier aux siens. Même s'ils avaient pu payer le passage d'un membre de la famille, aucun d'entre eux ne savait assez bien nager, aucun n'était jamais monté sur un bateau. Un peu par jeu, mais seulement après s'être assurée que son interlocutrice ne risquait pas de la dénoncer, elle aborda un jour la question de son éventuel départ pour l'étranger. Avec son père, elle était allée commémorer l'anniversaire de la mort d'un proche. La cérémonie était conduite par une femme shaman, à laquelle Kim Phuc avait ensuite rendu visite :

— Je voudrais connaître mon avenir.

— Que veux-tu savoir ?

Ce n'était pas la première fois que Kim Phuc se faisait prédire l'avenir. Pendant son enfance, ses parents lui donnaient parfois, ainsi qu'à ses frères et sœurs, quelques pièces pour interroger la diseuse de bonne aventure. Adolescente, elle avait continué d'y aller avec ses camarades, pour s'amuser. Elle ne prenait pas ces consultations au sérieux : contrairement à tante Anh et à ses parents, elle n'avait jamais essayé d'entrer en contact avec les morts par l'intermédiaire d'un shaman.

— Je veux partir à l'étranger, répondit sans hésiter la jeune fille.

La vieille femme noua un foulard rouge sur sa tête, s'agenouilla et se mit à prier à voix haute. Enfin, elle se tourna vers Kim Phuc :

— Deux personnes âgées vont apparaître dans ta vie pour t'aider.

— Pour m'aider à partir ?

— Oui, oui, tu partiras… mais tu reviendras.

— Je ne partirai pas pour toujours ?

Kim aurait voulu en savoir plus, mais la vieille femme se contenta de sourire : la consultation était terminée.

— Il est écrit que tu trouveras toujours sur ta route des gens bien intentionnés, prêts à t'aider, ajouta-t-elle.

Kim Phuc glissa quelques billets dans sa main. « Voilà de bonnes nouvelles », se réjouit-elle, avant de secouer la tête comme pour chasser les faux espoirs : « Mais je ne crois pas aux prédictions : je ne verrai sans doute jamais ces deux personnes âgées. »

À l'automne 1979, la crise économique s'aggrava au Viêt Nam, où la famine menaçait désormais la totalité du territoire. Dans le Sud, les achats de riz de l'agence d'État diminuèrent pour la cinquième année consécutive, n'atteignant que dix pour cent des objectifs prévus. Le régime d'Hanoi fut contraint de réintroduire un peu de libre-échange dans le Sud et de revoir son approche doctrinaire. Quelques réformes prudentes furent engagées pour libéraliser l'économie. Le prix des denrées agricoles augmenta et les paysans purent vendre une partie de leurs récoltes sur le marché libre. Les coopératives d'artisans et les entreprises familiales – les élevages de porcs, par exemple – reçurent l'autorisation d'acheter certaines matières premières au marché libre et d'y vendre leurs excédents. Sur les routes principales, on supprima les postes de contrôle censés surveiller la circulation des marchandises. Étalées sur deux ans et demi, ces réformes mirent fin aux pénuries de riz et évitèrent un désastre économique.

Au cours de ses trois dernières années de lycée, Kim Phuc se sentit renaître. Jamais elle n'avait eu autant d'énergie depuis le bombardement au napalm. Des maux de tête l'assaillaient toujours, mais moins fréquemment. À la puberté, elle vit son corps changer : ses seins semblaient faire régresser les cicatrices sur sa poitrine. Les autres étaient cachées par ses cheveux et les manches longues de ses vêtements. La marque noirâtre sur sa joue avait d'abord pâli avant de disparaître complètement. Et Kim Phuc surveillait ses gestes de manière à dissimuler sa légère difformité : lorsqu'elle était debout, pour ne pas attirer l'attention sur son bras gauche, plus court que son bras droit, elle posait sa main gauche sur sa hanche. Assise pour écrire, elle se tenait bien droite, allongeant au maximum son bras droit sur la table afin de masquer la raideur de son cou et de son épaule.

Elle essaya de trouver des distractions à l'extérieur. Le samedi soir, un voisin qui possédait un poste de télévision ouvrait sa porte à tous ; souvent, Kim Phuc en profitait. Si la chaîne d'État diffusait l'un des nombreux programmes de propagande soviétique ou un classique du cinéma réaliste-socialiste comme *Et l'acier fut trempé*, personne ne s'attardait. S'il s'agissait de musique vietnamienne traditionnelle ou d'un opéra, Kim Phuc restait avec les autres téléspectateurs, en majorité beaucoup plus âgés qu'elle. Avec la plupart de ses camarades de classe, elle refusait les invitations du chef de la Ligue Ho Chi Minh des jeunesses communistes à adhérer, ou du moins à participer, à des groupes de discussion, à des rencontres ou à des travaux communautaires libres. Un jour, tout de même, par crainte des répercussions que pourraient avoir ses refus répétés, elle accepta d'accompagner une dizaine d'élèves de sa classe chez le jeune homme. Ses parents leur servirent des fruits et du thé. Kim Phuc était la seule du petit groupe à ne pas faire partie de la Ligue. Son hôte n'avait d'yeux que pour elle, au point qu'elle eut honte de le voir se comporter ainsi devant ses parents. Sa décision était prise : elle n'adhérerait pas à la Ligue.

Tout en se réjouissant que les garçons s'intéressent à elle, Kim Phuc se répétait qu'en raison de ses brûlures elle ne pourrait rivaliser avec les autres filles ni par la beauté ni par la résistance physique. Elle ne posséderait jamais ni l'une ni l'autre. « Pour me sentir plus forte et être fière de moi, je n'ai qu'un moyen : approfondir ma foi en Cao Dai », se disait-elle. Au sein de la fratrie, elle seule suivait avec Tung, Ngoc et Tho les quatre offices quotidiens au temple de la Septième Porte. Son père insistait pour que toute la famille se rende au Grand Temple uniquement lors des trois ou quatre principales fêtes religieuses, où le nombre des pèlerins ne cessait de diminuer : on ne se bousculait plus aux balcons supérieurs du Grand Temple. La présence de nombreux policiers décourageait certains adeptes, dont la foi ne résistait pas à la peur, ni au mépris affiché des communistes pour la religion. L'intérieur du temple reflétait le déclin du culte caodaïste. La police avait détruit le grand gong et quantité de vases et de statuettes représentant des grues, des phénix ou des dragons. Vols et actes de vandalisme se multipliaient. L'argent manquait pour effectuer des réparations : les dalles de marbre des neuf marches menant à l'autel étaient fissurées, comme les huit colonnes de plâtre autour desquelles s'enroulaient des dragons et qui soutenaient la coupole. Depuis que les communistes avaient démantelé l'administration du Saint-Siège, c'étaient des bénévoles qui officiaient dans les temples, du gardien jusqu'au prêtre.

Kim Phuc s'était inscrite à la chorale féminine du temple de la Septième Porte. L'une des jeunes femmes devint sa meilleure amie. Pour la première fois depuis la fin de la guerre, Kim Phuc s'autorisa à faire des confidences à quelqu'un, à condition d'être en sécurité chez elle ou chez son amie. Agée de dix ans de plus qu'elle, Lien était l'aînée de six filles. Sa famille habitait derrière chez Ngoc. Quand leur père n'était pas revenu des camps de rééducation, elle et ses sœurs avaient dû quitter l'école pour gagner leur vie. Avec leur mère, elles travaillaient à la pièce, cousant à la main des boutonnières et des manchettes. Comme Nu, la mère de Lien était responsable des femmes de sa paroisse et à ce titre servante du culte, ce qui l'obligeait à prêcher au temple une fois par mois et à rendre visite aux femmes de chaque famille de fidèles pour prier avec elles. Lien et Kim Phuc faisaient la fierté de leurs mères : tous les jours, elles revêtaient leur *ao dai* d'un blanc immaculé et allaient chanter avec la chorale. Suivant l'heure à laquelle Kim Phuc terminait ses devoirs, elles assistaient ensemble à la cérémonie de dix-huit heures ou à celle de minuit. Le week-end, elles se rendaient aux quatre offices quotidiens.

— J'adore ça, déclara Kim Phuc à sa famille.

Elle n'avait pas employé ce verbe depuis son enfance à Trang Bang.

— Maman, tu as vu que le camionneur cambodgien est encore venu aujourd'hui ?

L'été, une fois ses cours terminés, Kim Phuc allait le plus souvent possible à Trang Bang partager la vie quotidienne de Nu. Le moment des conversations mère-fille n'arrivait que bien après le départ du dernier client et la fermeture du rideau de bambou. Parfois, Nu réveillait sa fille en la rejoignant à minuit passé sur l'étroit lit pliant. Blottie contre elle, Kim Phuc retrouvait le sentiment de sécurité dont elle avait été brutalement privée dans l'enfance. Alors, volant du temps au sommeil, elles échangeaient des confidences ponctuées par l'éclair éblouissant des phares des camions sur la route.

Le camionneur cambodgien, client régulier du restaurant, transportait du poisson séché à Ho Chi Minh-Ville et en rapportait une cargaison de riz. Plusieurs fois déjà, Nu avait remarqué que, lors de ses arrêts, il cherchait Kim Phuc des yeux.

— Aujourd'hui, il m'a dit qu'il m'aimait, annonça la jeune fille.

— Fais attention, répondit sa mère. Les camionneurs n'ont pas de vie de famille. Ils ont une femme à la maison et une petite amie dans chaque village. Ce sont des hommes dangereux, pas du tout le genre qu'il te faut.

Nu ne s'était jamais inquiétée des fréquentations de ses deux filles aînées, mais avec Kim Phuc elle se montrait à la fois sévère et protectrice. Elle avait tort de se tourmenter : sa fille se tenait sur ses gardes. « Je ne les aime pas », disait-elle de ceux qui recherchaient son attention et sa compagnie. Elle avait réfléchi à la question. Elle aurait aimé se marier et avoir des enfants, mais ne se faisait aucune illusion : « Les garçons me croient normale, mais si un jour je me lie suffisamment à l'un d'eux pour que nous envisagions de nous marier, je ne pourrai plus lui cacher mes cicatrices. Quand il m'aura vue aussi laide et fragile, comment pourra-t-il continuer à m'aimer ? »

Au cours de leurs conversations nocturnes, Nu essayait de dépeindre le monde avec des mots qui puissent aider sa fille à faire les meilleurs choix possibles. Souvent, elle lui racontait les événements inquiétants survenus dans sa paroisse. Elle était profondément choquée par le nombre d'enfants mort-nés ou souffrant de malformations que la rumeur attribuait au *chat doc mau da cam*. Les Américains l'appelaient Agent Orange, les Vietnamiens « poison orange mortel pour la peau », formule également utilisée pour désigner toutes les substances toxiques de l'arsenal de guerre avec lesquelles ils pensaient avoir été en contact, depuis les herbicides qui contaminaient leurs puits jusqu'aux éclats d'obus retrouvés dans les racines des légumes. Ni Kim Phuc ni sa mère n'osaient toutefois exprimer leur pire crainte : quel serait l'effet du napalm sur la fertilité d'une femme et sa capacité à mener une grossesse à terme ? Nu n'hésitait pourtant pas à parler des mariages ratés, du divorce et des femmes abandonnées. Pour se remarier et tout recommencer, affirmait-elle, il faut être belle et forte.

Dépassant ces considérations terre à terre, Nu donnait alors à la conversation une dimension métaphysique. « Avant d'aborder notre vie céleste, ton père et moi aimerions te savoir en de bonnes mains », murmurait-elle. Avec douceur et persuasion, elle évoquait ces femmes qui, l'âge venant, décident de se consacrer à la religion. Elle en connaissait deux dans les temples de la région, et ne tarissait pas d'éloges à leur égard. La première était née pauvre et n'avait rien ; la seconde, issue d'une famille aisée, avait fait don de ses terres et de sa fortune au culte caodaïste. Mais sur le plan spirituel, rien ne les différenciait.

Elles n'avaient pas non plus à se soucier de gagner leur vie : le temple leur assurait un toit et les fidèles les nourrissaient. Nu leur portait souvent du riz et des fruits. Chaque fois, elle laissait deux enveloppes avec un peu d'argent, une pour le temple, l'autre pour les deux femmes. À ses yeux, elles étaient comme des anges, aidant par leurs prières malades et défunts.

Kim Phuc s'identifiait volontiers à ces images de sainteté. Plus tard, une fois médecin, elle comptait bien soigner les gens dans le besoin. Devenue vieille, elle servirait Cao Dai, et finirait ses jours dans un temple s'il le fallait.

À dix-huit ans, âge auquel un caodaïste devient officiellement adulte, Kim Phuc choisit définitivement la voie de Cao Dai. La cérémonie consacrant son appartenance au culte eut lieu à Trang Bang comme le souhaitait Nu, qui put ainsi en diriger une partie. Lorsqu'elle se prosterna sur le sol de marbre froid, la jeune fille se sentait sereine.

— J'essaierai de faire le bien, pour moi-même, pour ma mère, pour ma famille et pour ma religion, promit-elle.

Chaque année, dans le Sud, les élèves quittant le lycée pouvaient passer le concours d'entrée à l'université. À Ho Chi Minh-Ville, il avait lieu en plein été. L'admission dépendait de la note finale attribuée par le Bureau de recrutement des étudiants. Cette note représentait le total de deux séries de points : ceux des épreuves obligatoires (dont celles de « science » politique et de morale socialiste), et ceux ajoutés par le Bureau de recrutement au vu de l'histoire révolutionnaire de chaque candidat, jusqu'à la troisième génération… Un candidat pouvait donc obtenir d'excellents résultats aux épreuves obligatoires, mais se voir refuser l'entrée à l'université à cause de ses « mauvais points » révolutionnaires.

Après avoir passé son examen de fin d'études secondaires au début de l'été 1981, Kim Phuc alla s'inscrire au Bureau local de recrutement dans l'espoir d'être acceptée en médecine. Elle remplit également un certificat de confirmation d'identité récapitulant son histoire révolutionnaire. Nu lui offrit les services d'un professeur particulier car le concours d'entrée à l'université était difficile : il fallait souvent tenter deux ou trois fois sa chance avant d'atteindre la note minimale pour être reçu. En fonction du *numerus clausus* établi chaque année par l'État, les candidats ayant les plus basses notes pouvaient être contraints d'accepter la formation la moins prisée – celle d'enseignant – dans l'université la moins réputée. Même une fois admis à l'université, certains repassaient le concours l'année suivante afin d'améliorer leurs notes pour rejoindre une filière plus prestigieuse, comme le génie mécanique ou la médecine.

Pour la première fois depuis des années, Kim Phuc se plaignit à nouveau de maux de tête. Afin de pouvoir travailler, elle prenait trois ou quatre comprimés d'antalgique par jour. « J'aimerais bien pouvoir un jour étudier "normalement" », se disait-elle. Absorbée par ses révisions, elle put à peine participer aux traditionnelles veillées familiales de l'été pour surveiller la floraison de l'arbre préféré de Nu. C'était un cadeau de Tam. Une nuit, alors qu'il était tombé en panne au volant de son camion et attendait l'aube pour aller chercher de l'aide, un parfum l'avait attiré dans la forêt. Il avait découvert un arbuste aux immenses fleurs immaculées, dont les deux pétales ouverts sur des étamines dressées vers le ciel rappelaient d'anciens voiliers : le célèbre *quynh hoa* si souvent chanté dans la littérature et l'art vietnamiens traditionnels. Les boutons s'ouvraient uniquement dans l'obscurité, en général après minuit. Alors on aurait dit que la nature versait un flacon de parfum sur le monde. L'arbre fleurissait tous les trois ans environ. Les années où Nu regagnait Tay Ninh pour rien, elle se montrait philosophe : « Il nous offrira ses fleurs et son parfum le moment venu », déclarait-elle.

Cet été-là, l'arbre se couvrit de boutons. Lorsque les premiers s'ouvrirent, Nu alla réveiller Kim Phuc, terrassée par la fatigue. Toute la famille se tourna vers Nu :

— Alors, maman, que vas-tu souhaiter ?

Artistes ou poètes, ils auraient saisi leur pinceau ou leur plume et se seraient mis à l'œuvre avec un verre de vin. Nu se contenta de lever sa tasse de thé :

— Que la clientèle du restaurant augmente et que Kim Phuc réussisse son concours !

Il y eut dix fleurs cette année-là, un record.

Le Bureau de recrutement des étudiants envoya à Kim Phuc ses résultats. La note optimale était légèrement supérieure à vingt. Avec douze, Kim Phuc ratait de deux points l'admission, fixée à quatorze. La jeune fille fut satisfaite d'être aussi près du but. Son résultat semblait confirmer que le Bureau de recrutement n'avait pas retenu contre elle son histoire révolutionnaire. À ses yeux, les informations qu'elle avait inscrites sur son certificat de confirmation d'identité ne pouvaient jouer ni en sa faveur ni contre elle. Bien sûr, au cours des trois dernières générations, personne dans sa famille n'avait été fonctionnaire ni combattant viêt-cong, et elle-même n'avait adhéré à aucune organisation communiste. En revanche, personne non plus n'avait collaboré avec les Français, les Américains ou le régime de Saigon, et elle n'avait pas d'ancêtre soldat. Elle avait cru bon d'ajouter une ligne concernant son expérience de la guerre : « À neuf ans, j'ai été brûlée par une bombe au napalm. »

Parmi les camarades de Kim Phuc, l'éternelle première de la classe se retrouva très au-dessous du seuil d'admission. Trois fois, elle repassa le concours, sans voir sa note augmenter. Les trois autres enfants du foyer, très brillants eux aussi, échouèrent à leur tour. « Personne ne fera de bonnes études dans cette famille, à cause des activités du père pendant la guerre », disait-on. Kim Phuc eut plus de chance : la province de Tay Ninh l'invita à se présenter dès l'automne à l'institut pré-universitaire de Tien Giang, au sud du delta du Mékong. C'était l'un des établissements régionaux assurant la préparation des candidats au concours d'entrée à l'université.

Il fallait une journée d'autocar pour se rendre à l'institut. La première étape du voyage mena Kim Phuc de Tay Ninh à Ho Chi Minh-Ville. Là, elle traversa la ville en cyclo-pousse pour changer de gare routière et prendre un second autocar à destination de Tien Giang, capitale de la province du même nom et celui d'un des principaux bras du Mékong qui se jette dans la mer de Chine méridionale. La ville était pittoresque, avec ses maisons sur pilotis au bord d'innombrables bras de mer. Kim Phuc finit par s'habituer aux odeurs de vase et aux flots brunâtres poussés par la marée montante qui se transformaient en eaux stagnantes à la saison des pluies. Tien Giang vivait au rythme de ces marées, sur lesquelles comptaient les habitants pour emplir les réservoirs en ciment de leurs maisons.

L'institut pré-universitaire accueillait des candidats de dix provinces différentes. Chacune d'elles finançait la scolarité de ses propres étudiants, leur fournissait un dortoir et une bourse mensuelle couvrant leurs achats de livres et de nourriture. La province de Tay Ninh était l'une des plus pauvres : le montant de ses bourses ne suffisait pas pour vivre. Chaque week-end, Kim Phuc devait donc reprendre l'autocar pour Trang

Bang – elle n'avait pas le temps d'aller jusqu'à Tay Ninh –, emportant son linge sale pour le laver dans l'eau claire du puits. Elle repartait avec des provisions et un peu d'argent donnés par Nu. Souvent, elle réussissait à voir ses deux parents : sa mère au restaurant, son père à l'annexe du temple. Depuis que sa fille avait quitté le lycée, Tung se sentait en partie délivré de ses obligations paternelles. Dans les familles vietnamiennes, les parents ont la charge de leurs plus jeunes enfants jusqu'à ce que les aînés puissent prendre le relais. Nu continuait de dormir sur son lit pliant au restaurant ; Tung accrochait son hamac au temple en échange de menus services.

Pendant les six mois de cours à l'institut, la charge de travail se révéla relativement réduite. Kim Phuc appréciait d'avoir le temps de se faire des amis. Il était facile de se lier avec d'autres étudiants de la même province, souvent de la même religion. Dans la journée, elle et ses camarades s'amusaient à traverser les bras de mer sur les « ponts de singes », ainsi nommés à cause de l'agilité requise pour franchir ces frêles assemblages de bambous. Autre passe-temps favori : se rassembler à minuit dans une crypte du cimetière voisin, afin d'interroger les esprits du lieu sur leurs futures amours et sur leurs résultats au prochain concours.

La meilleure amie de Kim Phuc était sa compagne de chambre, Trieu, qui elle aussi voulait devenir médecin. Elles s'étaient même juré d'entrer dans la même faculté. Toujours gaie et rieuse, Kim Phuc ne perdait jamais de vue ses études, contrairement à Trieu. Aussi jolie qu'insouciante, celle-ci avait un petit ami attitré, alors que Kim Phuc repoussait tous ses prétendants. Le plus acharné d'entre eux était un étudiant plus âgé, respecté par les professeurs pour ses compétences, souvent supérieures aux leurs, dans toutes les disciplines. Contraint d'interrompre ses études d'ingénieur pour aller se battre au Cambodge, il espérait cette fois être admis en faculté de médecine. S'il amusait la jeune fille en répétant à l'intention de ses rivaux « Ne touchez pas à Kim Phuc ! », elle se détourna de lui après avoir reçu une lettre d'amour où il lui écrivait : « Je voudrais que tu me laisses te prouver mon amour. » Sa pudeur en avait été offensée.

Depuis le début, Kim Phuc cachait à tous son secret, invisible sous ses cheveux et ses manches longues. Tout le monde croyait qu'elle adorait le lait de coco : elle en buvait seulement parce que c'était bon pour la peau. Pendant un cours de chimie sur la combustion du phosphore, elle se garda de poser la seule question qui lui venait à l'esprit. Le mot « bombe au napalm » tonnait dans sa tête, avec en toile de fond l'image de son corps sur lequel on déversait des gourdes pleines d'eau. Le cours fini, elle se plongea dans ses livres afin d'en savoir plus. Elle en conclut que l'eau, au lieu de calmer ses brûlures, avait attisé la combustion du napalm sur sa peau. Elle continua à se taire. « J'ai l'air souriante, mais je suis triste à l'intérieur », se disait-elle. Jusqu'à l'avant-dernière semaine de cours, aucun de ses camarades de l'institut ne soupçonna qu'elle n'était pas une étudiante comme les autres.

À la fin du mois d'avril, une voiture noire s'arrêta sur la route 1 devant le restaurant de Nu. Ses deux passagers cherchaient un certain Tung, celui dont le nom figurait sur l'enseigne du restaurant. Contrairement à ce qu'ils croyaient, l'homme auquel ils s'adressèrent n'était pas l'intéressé, mais Tam, son deuxième fils.

— As-tu une fille prénommée Kim Phuc ?

— C'est ma sœur.

— A-t-elle été brûlée par une bombe au napalm pendant la guerre ?

Lorsqu'il acquiesça, ses interlocuteurs lui montrèrent une lettre du gouvernement d'Hanoi ordonnant aux autorités d'Ho Chi Minh-Ville de retrouver sa trace. Eux-mêmes étaient fonctionnaires du ministère de l'Information à Ho Chi Minh-Ville.

Deux jours plus tard, Kim Phuc fut appelée pendant un cours de mathématiques. Dans le couloir, quatre hommes l'attendaient. Ils la dévisagèrent sans rien dire.

— Puis-je vous être utile ? demanda-t-elle en souriant poliment.

Enfin, l'un d'eux prit la parole, l'air sceptique.

— Tu t'appelles Kim Phuc ?

— Oui, c'est moi.

— La fille de la photo ?

Un souvenir traversa l'esprit de la jeune fille : un journal, ou peut-être un magazine, passant de main en main sur la terrasse de la grande maison où s'étaient rassemblés tous les voisins ; et la question d'une camarade : « C'est toi, sur la photo ? »

— Oui, c'est moi la fille de la photo, répondit Kim Phuc.

— La vraie Kim Phuc ?

— C'est bien moi, je vous assure !

— Mais tu as l'air tellement… normal !

Comprenant leur étonnement, elle remonta sa manche gauche.

Elle retourna en cours amusée, mais perplexe. Pourquoi le gouvernement s'intéressait-il à elle si longtemps après ? En cette fin de semestre, elle se remit à penser à la photo. Elle l'avait oubliée depuis la nuit où des voleurs l'avaient emportée, avec les autres vestiges de son passé conservés dans une mallette par son père. Kim Phuc comprenait que cette photo ait attiré l'attention, la première fois qu'elle avait paru dans les journaux. À ses yeux, pourtant, c'était comme un galet jeté dans un étang. Les quelques vagues provoquées par sa chute avaient depuis longtemps disparu. « Tant de choses ont changé depuis la fin de la guerre. Pourquoi vouloir ramener ce galet à la surface ? » se demandait-elle.

9

En 1980, cinq ans après la réunification du pays, la direction du parti communiste d'Hanoi accueillit dans ses rangs un diplomate qui connaissait bien l'Occident. Fils de paysans du nord, emprisonné par les Français pour ses activités de résistant, Nguyen Co Thach avait longtemps été en poste dans les ambassades et consulats nord-vietnamiens, en particulier en Inde. En 1960, à trente-cinq ans, il avait été nommé ministre adjoint des Affaires étrangères. Lors de la négociation des accords de Paris, son rôle prépondérant auprès du chef de la délégation nord-vietnamienne l'avait définitivement hissé au sommet. Plus tard, il avait lui-même conduit la délégation vietnamienne aux négociations de New York, qui avaient failli aboutir à une normalisation des relations entre Hanoi et Washington.

En 1980, Thach devint ministre des Affaires étrangères et membre suppléant du Politburo – le seul à savoir parler anglais depuis Ho Chi Minh, il serait promu membre permanent deux ans plus tard, et vice-Premier ministre dans la foulée. À cette époque, le Viêt Nam cherchait à rompre son isolement vis-à-vis de l'Occident. Ces efforts n'étaient pas désintéressés : ils visaient en priorité à obtenir un assouplissement de l'embargo décrété par les États-Unis. Classé au troisième rang mondial des pays les plus pauvres pour le revenu par habitant, le Viêt Nam avait un besoin urgent d'aide économique et d'investissements. Il s'efforçait dans le même temps de réduire sa dépendance envers l'Union soviétique, qui soutenait son économie à hauteur de vingt-cinq pour cent en achetant des produits vietnamiens – essentiellement du pétrole brut, du bois et du sucre de canne – à un prix supérieur aux cours mondiaux, pour lui vendre ensuite du pétrole raffiné en quantité supérieure à ses besoins. Le Viêt Nam revendait le surplus, obtenant ainsi les devises nécessaires à ses importations de nourriture et de produits de première nécessité en provenance des pays du bloc communiste.

Thach, considéré par ailleurs comme modéré en matière de politique intérieure, avait un talent certain pour expliquer les positions des pays de l'Ouest aux autres dirigeants du parti. Il sentait également que la presse étrangère pouvait influencer l'opinion publique occidentale en faveur du Viêt Nam. Son renoncement aux dommages de guerre promis par Nixon était une façon de reconnaître que, en demandant à l'Amérique d'honorer un engagement pris par un président désormais discrédité, son pays se rendrait encore plus impopulaire. De même, il comprenait les réactions passionnelles des Américains dès qu'il était question du Viêt Nam. En décembre 1981, alors ministre des Affaires étrangères, Thach invita à Hanoi la première délégation de vétérans américains pour discuter de deux problèmes en suspens : les effets de l'Agent Orange sur la santé, et le sort des deux mille quatre cent soixante-dix-sept soldats américains officiellement portés disparus en Indochine – la plupart au Viêt Nam, quelques centaines au Cambodge, une dizaine au Laos. Deux mois plus tard, Richard Armitage, premier haut fonctionnaire américain à se rendre à Hanoi depuis la rupture en 1977 des négociations de New York, vint à son tour discuter du problème des soldats disparus. Personne ne prévoyait alors que cette question deviendrait l'enjeu principal des discussions américano-vietnamiennes des dix années suivantes. Aux États-Unis, les milieux conservateurs alimentaient le contentieux en exploitant la rancune et la haine engendrées par la défaite américaine, et l'émotion des familles de disparus. Thach, lui, voyait les choses sous un autre angle :

— Dites au peuple américain que nous sommes des amis, pas des ennemis, déclara-t-il en 1981 aux vétérans et à la presse étrangère.

Nombre d'Américains associaient le Viêt Nam à la honte de la défaite, cuisant souvenir constamment ravivé par les trois millions de vétérans. Après leur avoir témoigné pendant dix ans de l'indifférence dans le meilleur des cas, du mépris et de la réprobation le plus souvent, l'Amérique prit enfin le temps de rendre hommage à ceux qui avaient combattu ou étaient morts en Indochine. En novembre 1982, des milliers de vétérans, beaucoup en fauteuil roulant, se rassemblèrent à Washington. Veillées et cérémonies se succédèrent durant une semaine, dont le point d'orgue fut la marche d'inauguration du nouveau Mémorial des vétérans du Viêt Nam le 11 novembre. Par son apparence, ce long mur de granit noir sur un tertre engazonné – où étaient gravés par ordre chronologique les noms des cinquante-huit mille quarante-quatre soldats morts au combat – provoqua des polémiques. D'autres monuments plus traditionnels seraient ensuite érigés, et d'autres noms ajoutés sur le granit du Mémorial. Tout prouvait que l'Amérique n'avait pas fait son deuil du Viêt Nam : la foule le long du cortège, les groupes de manifestants pacifistes qui fermaient la marche, les lettres déchirantes et les souvenirs abandonnés près du Mémorial, les suicides qui y auraient lieu... On dit parfois des monuments qu'ils permettent aux vivants de dialoguer avec les morts, ces témoins de l'indicible.

Au cours de l'année précédant le dixième anniversaire de la signature des accords de Paris et celui du retrait définitif des Américains, les journalistes occidentaux affluèrent à Hanoi. Tous n'avaient qu'une idée en tête : réaliser l'incontournable reportage sur « le Viêt Nam, dix ans après… ». Anciens envoyés spéciaux, ils avaient couvert la guerre aux côtés des soldats américains et sud-vietnamiens, dans le sud du pays uniquement ; aucun n'avait suivi les combats dans le camp communiste. Quelques reporters triés sur le volet avaient bien assisté au départ des prisonniers de guerre américains, mais la plupart voyaient le Nord pour la première fois. Ils se rappelaient l'animation de Saigon, de ses marchés où l'on trouvait tous les produits occidentaux. Aussi furent-ils stupéfaits de découvrir qu'Hanoi était une ville pauvre, arriérée, où ne circulaient ni voitures ni motos, où cigarettes et enveloppes se vendaient à l'unité dans les rues, comme les stylos à bille jetables dont on rechargeait la cartouche à l'aide d'une seringue. Une fois dans le Sud, à Ho Chi Minh-Ville, ils cherchèrent désespérément le contraire de ce qu'ils venaient de voir dans le Nord, le moindre vestige du Saigon d'autrefois. Dans leurs articles figuraient en bonne place les croissants d'une ancienne pâtisserie française et les pellicules Kodak qu'on pouvait encore acheter au marché noir.

Perry Kretz, le photographe et reporter allemand du magazine *Stern*, revenait lui aussi pour la première fois depuis la guerre. À Ho Chi

Minh-Ville, il se prêta aux interviews obligatoires organisées par ses guides. Les journalistes étaient tous logés à l'ancien hôtel Caravelle. Construit par le diocèse catholique, c'était le plus moderne pendant la guerre. Il abritait désormais les bureaux du ministère de l'Information, qui tenait à garder la presse étrangère sous sa houlette. Kretz savait qu'à travers ces interviews les communistes voulaient donner leur version de la guerre. Mais il ne prévoyait pas que ses questions ressusciteraient des événements qui le touchaient de près.

On lui fit interviewer deux anciens combattants, un homme et une femme présentés comme « héros de la révolution ». Des communistes, se dit-il, devant l'absence de maquillage de la femme et l'austérité de sa mise. Apprenant qu'elle avait appartenu à la résistance, il se tourna vers elle :

— Qu'est-ce qui vous a valu toutes ces décorations ?

— Mon courage pendant la guérilla.

Son principal fait d'armes était un attentat qui avait tué vingt-sept personnes et blessé quarante autres en 1971, dans un bar de la rue Dong Khoi – l'ancienne rue Catinat des Français, aussi appelée rue Tu Do par les Américains. Elle avait lancé les grenades de son scooter.

— Vous m'avez raté de peu, lui répondit Kretz.

Au printemps 1971, après une semaine harassante sur les hauts plateaux du centre avec les forces américaines tombées dans une embuscade viêt-cong, Kretz avait apprécié de retrouver

Saigon et sa chambre au Continental Palace. Il avait pris une douche et s'était changé pour aller dîner dans un restaurant français avec un collègue. Alors qu'ils rejoignaient ensuite un bar de la même rue, ils avaient été accostés par un mendiant amputé des deux jambes. Le collègue de Kretz avait lancé quelques pièces dans la main tendue de l'homme, qui les lui avait renvoyées à la figure. « Mauvais présage », avait déclaré Kretz. Le bar était bondé. À la recherche d'un endroit calme, les deux journalistes s'étaient assis tout au fond de la pièce. Quelques minutes plus tard, une explosion détruisait les lieux. Kretz, son collègue et un serveur eurent la chance de n'être ni tués ni grièvement blessés. Kretz souffrit cependant d'une perte d'audition irréversible. Ce soir-là, son collègue fut le seul à repartir sur ses jambes… vers un autre bar.

Avant de quitter Ho Chi Minh-Ville, Kretz descendit une dernière fois la rue Dong Khoi, en proie à un accès de nostalgie pour l'époque où elle était encore la rue Tu Do, dans laquelle de ravissantes hôtesses de bar se promenaient au bras des grands gaillards de l'armée américaine. À présent, assises à l'arrière du scooter de leur petit ami, les jeunes Saigonaises attendaient un miracle qui n'aurait jamais lieu. De petits vendeurs à la sauvette harcelaient toujours les étrangers pour leur vendre quelque babiole, mais c'étaient désormais des « enfants de la poussière », Amérasiens nés d'unions fugitives entre soldats américains et jeunes Vietnamiennes. Kretz retrouva le bar où il avait failli mourir dans l'attentat perpétré par « l'héroïne de la révolution » : la cafétéria misérable qui l'avait remplacé lui rappela celles de l'Allemagne de l'Est.

De retour à Hambourg, Kretz chercha deux articles dans ses archives : une coupure relatant l'attentat du bar, et son dernier reportage au Sud-Viêt Nam, sur le retour à Trang Bang de Kim Phuc, la fillette brûlée dans un bombardement au napalm. « Un miracle de plus », songea-t-il, comparant la façon dont ils avaient tous les deux échappé à la mort.

À ses débuts dans le journalisme, Kretz s'était fixé une règle : « Rapporte ce que tu vois, et passe à autre chose. » Après le Viêt Nam, il était parti au Nicaragua couvrir la rébellion des sandinistes contre le gouvernement soutenu par les Américains. Mais là, sans doute parce qu'il avait à l'époque un fils de neuf ans, il s'était plusieurs fois laissé émouvoir par la pauvreté d'une mère nicaraguayenne à qui il avait glissé quelques dollars dans la main.

À présent, il revoyait cet instant à Trang Bang où, au beau milieu de la séance de photos, le sourire de Kim Phuc avait disparu. Il se souvenait de l'excuse qu'il s'était trouvée : « J'aurais dû être médecin. » Elle ne lui suffisait plus. Sa décision était prise : il allait retrouver la fillette pour savoir ce qu'elle était devenue.

Il contacta le chargé d'affaires vietnamien à Bonn – l'Allemagne de l'Ouest et le Viêt Nam n'avaient pas totalement rétabli leurs relations diplomatiques. C'était une femme, le Dr Nguyen Lam Phuong, et elle parlait anglais. Elle n'était pas docteur en médecine : elle utilisait ce titre pour bien montrer qu'elle avait fait ses études en Occident. Avec sa coupe de cheveux au carré et ses talons aiguilles, elle ressemblait plus à une chanteuse de cabaret parisienne qu'à un cadre du parti communiste nord-vietnamien. Mais le plus insolite, aux yeux de Kretz, était son désir de l'aider. Comme elle le lui avait conseillé, il rédigea sa requête sur une feuille de papier à l'en-tête du *Stern*, qu'elle se chargea de transmettre à Hanoi. Il y exprimait son souhait de revoir, dix ans après, la fillette de la célèbre photo.

Kim Phuc avait quitté Tien Giang pour revenir préparer à Tay Ninh le concours d'entrée à l'université qui aurait lieu à la fin de l'été. Deux jours après son arrivée, elle vit débarquer les quatre hommes qu'elle avait déjà rencontrés à l'institut. Ils venaient la chercher pour l'emmener à Ho Chi Minh-Ville où l'attendait leur supérieur. Aussitôt, elle se changea, se recoiffa, et monta en voiture avec eux. Lorsqu'ils passèrent devant le restaurant de Nu en traversant Trang Bang, elle regretta de ne pouvoir s'arrêter pour partager son enthousiasme avec ses parents.

Dans les bureaux du ministère de l'Information, on dirigea Kim Phuc vers un dénommé Thach – sans lien de parenté avec le ministre des Affaires étrangères. Interprète pour les journalistes étrangers, il écrivait aussi dans les colonnes du quotidien communiste local. Il expliqua avec animation à la jeune fille qu'il la recherchait à la demande d'un journaliste allemand :

— Il t'a rencontrée il y a dix ans et ne t'a jamais oubliée.

La consigne donnée par Hanoi au ministère de l'Information tenait en trois mots : « Retrouvez cette fille. » Thach avait été chargé de cette mission. Apprenant des cadres du parti à Trang Bang que la famille de Kim Phuc avait déménagé après la guerre, il avait élargi les recherches aux autres villes et villages de la province de Tay Ninh. Ses efforts avaient porté leurs fruits un an plus tard, quand les quatre fonctionnaires sous ses ordres avaient vu l'enseigne du restaurant de Nu.

Thach et deux agents de la sécurité escortèrent Kim Phuc à l'ancien hôtel Majestic. Pendant la guerre, c'était l'établissement le plus prestigieux et le mieux fréquenté de Saigon, en partie à cause de son toit en terrasse qui surplombait le fleuve, offrant une vue magnifique. Là, trois journalistes étrangers attendaient la jeune fille. Un Japonais, pensa-t-elle, et deux « Américains » : aux yeux des Vietnamiens du Sud, tous les Occidentaux étaient américains ; à ceux des Vietnamiens du Nord, ils étaient russes... Ils lui demandèrent quels souvenirs elle gardait du bombardement au napalm, de son séjour au pavillon Barsky, et ce qu'elle avait fait depuis. Elle leur parla de son rêve de devenir médecin.

Mais ce qu'elle avait hâte de raconter à sa famille, c'était le déjeuner somptueux qui suivit l'interview, au restaurant du cinquième étage. Elle mangea peu, les plats servis ne convenant guère à son régime végétarien. Et elle ne pouvait s'empêcher de penser qu'avec l'équivalent du prix du repas elle aurait pu nourrir toute sa famille pendant un mois. Elle était surtout impressionnée par la joie de Thach, fier d'avoir pu annoncer à Hanoi qu'il l'avait retrouvée. Il riait encore d'avoir fait diffuser son nom par haut-parleur en certains endroits. « J'ai eu beaucoup de mal à remonter jusqu'à toi, mais j'étais déterminé. S'il avait fallu, j'aurais soulevé les montagnes et fouillé le fond de la mer », assurait-il. La jeune fille se contentait de sourire. « Je ne suis rien, pourquoi me traite-t-on comme quelqu'un d'important ? » se disait-elle. Mais elle garda ses interrogations pour elle : dans un régime communiste, un bon citoyen ne pose jamais de questions.

Deux fois encore au cours de l'été, elle vit apparaître à Tay Ninh la voiture, le chauffeur et, comme toujours, l'indispensable guide. On l'emmenait à Ho Chi Minh-Ville pour une interview, on l'invitait à déjeuner et on la reconduisait chez elle. Toute sa famille se réjouissait pour elle. Seul désagrément : à force d'évoquer le bombardement au napalm, Kim Phuc fit des cauchemars pour la première fois depuis la fin de la guerre. Sans doute à cause de l'absence de frappes aériennes, le conflit avec le Cambodge n'avait eu aucun effet de ce genre.

Ces événements mis à part, l'été ressembla en tout point au précédent. Kim Phuc reprit la routine de l'étude et des cérémonies au temple. Son amie Lien ne l'y accompagnait plus : comme un nombre grandissant de fidèles, elle préférait rester chez elle à cause de ce que Ngoc appelait les « ennuis » de la religion. Tout avait commencé avec l'interdiction par le gouvernement des offices quotidiens au Grand Temple de Tay Ninh. Il n'ouvrait plus ses portes que lors des trois ou quatre fêtes annuelles. Et personne n'avait jamais revu les membres de la délégation qui était allée protester auprès du gouvernement. On pensait qu'ils avaient été arrêtés. Prenant exemple sur son frère, Kim Phuc n'avait pas peur. « Ma foi est profonde », répétait-elle.

À la fin de l'été, la jeune fille repassa le concours d'entrée à l'université. Elle obtint trois points de plus que l'année précédente, assez pour être admise dans le deuxième établissement qu'elle avait choisi : une faculté de médecine d'Ho Chi Minh-Ville. Quant à Trieu, elle entra dans une école d'infirmières de la même ville, son troisième choix. En octobre, Kim Phuc s'installa à Ho Chi Minh-Ville chez Loan qui, récemment remariée à un veuf, avait proposé de l'héberger. Elle avait rencontré son nouveau mari à Trang Bang, au restaurant de Nu, alors qu'il se rendait près de la frontière cambodgienne où il travaillait comme ingénieur forestier. Son employeur résidant à Ho Chi Minh-Ville, on lui avait délivré un *ho khau* pour cette ville. Ce permis de résidence était indispensable pour tous les actes de la vie quotidienne : louer ou acquérir un logement, ouvrir un commerce, s'inscrire dans un établissement scolaire, chercher un emploi, consulter un médecin, faire immatriculer son scooter. Le couple et la fille adolescente de Loan habitaient un petit appartement du centre-ville, dans une rue tranquille derrière l'ancienne ambassade américaine.

Nu prenait en charge toutes les dépenses de Kim Phuc : cours, livres, fournitures, nourriture, vêtements et médicaments. À Ho Chi Minh-Ville, les étudiants avaient seulement droit à une ration mensuelle de riz qu'ils pouvaient retirer au centre de distribution de leur université. Nu remplaça aussi la bicyclette volée à Tay Ninh ; Kim Phuc en aurait grand besoin pour se déplacer, les transports en commun étant quasi inexistants. Dès la première journée de cours, en octobre 1982, la jeune fille se mit sérieusement au travail. Il fallait cinq années d'études, plus une d'internat hospitalier, pour décrocher son diplôme de médecin. Loan l'aidait en allant chaque semaine chercher à Trang Bang l'argent et les provisions préparés par Nu. « J'ai un avenir », se réjouissait Kim Phuc. Au Viêt Nam, rares étaient ceux qui pouvaient en dire autant…

À sa grande déception, le début des cours ne marqua pas l'arrêt des interviews. Ce qui l'avait divertie pendant l'été l'importunait à présent. Thach avait disparu. Ses remplaçants la traitaient avec moins d'égards. Un certain Hai Tam s'occupait d'elle à deux titres : en tant que responsable du service de la propagande, et en tant que cadre du parti dans la province de Tay Ninh, dont Kim Phuc était toujours résidente permanente. Tout séparait Thach et Hai Tam. Le premier avait à peine la trentaine, le second près de soixante ans. Et alors que le premier, agent clandestin du Nord à Saigon pendant la guerre, était élégant et cultivé, le second avait passé de longues années dans la jungle après une scolarité écourtée, et obtenu pour prix de ses sacrifices un poste en vue à la fin des hostilités.

Pendant le premier mois de cours de Kim Phuc, Hai Tam la convoqua un après-midi par semaine. Sans prévenir, un ou deux fonctionnaires venaient la chercher le matin en pleine classe pour l'emmener à Tay Ninh. À la demande de Hai Tam, les journalistes étrangers qui souhaitaient interviewer la jeune fille devaient en effet se rendre dans cette ville, avec un guide et un interprète désignés par le ministère de l'Information.

D'emblée, Kim Phuc éprouva de l'aversion pour Hai Tam. Il lui faisait peur. Tels des laquais, tous les fonctionnaires sous ses ordres lui obéissaient au doigt et à l'œil. C'était un homme de petite taille, vulgaire et dominateur, au visage osseux et au sourire de commande. Bouffi d'orgueil, il accueillait chaque journaliste étranger par un discours sur « l'édification d'un Viêt Nam socialiste ». Après seulement commençait l'interview de Kim Phuc, sous l'œil vigilant de plusieurs agents de la sécurité. Ensuite, Hai Tam entraînait tout le monde dans un autre bâtiment du siège du Comité du Peuple, où des serveurs se tenaient prêts à offrir du cola vietnamien, des jus de fruits, de la bière et du vin. Le transport, les services de l'interprète et la réception étaient couverts par les « frais de représentation », à la charge des journalistes.

La réception terminée, Hai Tam appelait Kim Phuc dans son bureau. Le visage sévère, il la sermonnait. « Ne dis pas ceci ! Ne dis pas cela ! » Il l'accusait de nuire au régime en évoquant les difficultés économiques, les jours où sa famille ne mangeait pas à sa faim. Lors des premières interviews de l'été, lorsque Thach lui servait d'interprète, elle avait pu s'exprimer en toute liberté à ce sujet. Très vite, elle apprit les limites à ne pas franchir : elle pouvait raconter ce qu'elle voulait sur les souffrances causées par le bombardement au napalm, mais ne devait mentionner sous aucun prétexte celles de la population sous le nouveau régime.

Après chaque interview, il lui fallait regagner Ho Chi Minh-Ville par ses propres moyens. Pour éviter la dépense et la fatigue occasionnées par le trajet en autocar, elle prit un jour son courage à deux mains et demanda à Hai Tam si elle pouvait profiter de la voiture mise à la disposition du journaliste étranger. « Non ! » La réponse sonna à la fois comme une réprimande et une accusation de tentative d'association avec des étrangers, ce qui était formellement interdit. Une autre fois, Kim Phuc reconnut parmi les interprètes le visage familier de Thach. Elle aurait bien voulu échanger avec lui plus qu'un sourire, mais vit dans son regard soumis la confirmation de la toute-puissance de Hai Tam.

Elle commençait à avoir l'impression de mener une double vie où elle était tantôt étudiante, tantôt victime de guerre. En novembre, un mois après la rentrée, la fréquence des interviews augmenta. Tam la convoquait désormais deux fois par semaine au moins, le matin au lieu de l'après-midi, obligeant les fonctionnaires de service à aller la chercher la veille chez Loan, parfois tard le soir. En chemin, la voiture tombait souvent en panne – ce qui n'avait rien d'exceptionnel sur des routes mal entretenues faute de subventions. Au début, le chauffeur conduisait Kim Phuc chez Ngoc pour la nuit mais, pour ne pas avoir à revenir la chercher le lendemain matin, il prit l'habitude de la déposer au siège du Comité du Peuple, la laissant dormir sur un banc à la porte du bureau de Hai Tam. Les journées étaient longues. Les réceptions suivant les interviews se transformèrent en véritables banquets : les plats froids et chauds se succédaient sur les nappes blanches ornées d'une composition florale. Kim Phuc se contentait d'un verre de soda ou de jus de fruits, et d'une tranche de pain saupoudrée de sel.

Plus le repas traînait en longueur, plus elle se désolait d'avoir encore perdu une journée de cours.

Elle tenta de rattraper ses absences en empruntant les notes d'autres étudiants. Mais elle manquait également certaines séances de travaux pratiques en laboratoire ou à l'hôpital. Elle alla voir ses professeurs pour s'excuser et tenter de leur expliquer la situation :

— Vous ne pouvez pas continuer ainsi ! s'exclama l'un d'eux.

— Je vous assure que ce n'est pas ma faute, répondit-elle.

Elle ne comprenait pas comment elle avait pu se retrouver ainsi prise au piège.

— J'ai peur, confia-t-elle à Loan. Je n'en peux plus ! Pourquoi cette malheureuse photo intéresse-t-elle tant de monde ? Je ne suis pas la seule victime de la guerre. Pourquoi faut-il que ça tombe sur moi ?

En décembre, elle passa plus de temps à Tay Ninh qu'à l'université. Elle attendait avec anxiété les examens de fin de trimestre. Pendant les longs trajets en voiture, elle ignorait ostensiblement le chauffeur et le guide, et se plongeait dans ses livres.

Un soir, à bout de patience, elle implora le guide qui l'attendait à sa porte :

— Je vous en prie, je ne veux pas y aller ! Laissez-moi étudier, s'il vous plaît !

— Les ordres sont les ordres. Je suis là pour t'emmener, répliqua l'homme en se dirigeant vers la voiture.

Furieuse contre Hai Tam, Kim Phuc décida de lui compliquer la vie. « À partir de maintenant, il ne trouvera plus l'oiseau au nid », jura-t-elle. Elle allait passer la nuit chez des amis de Loan, changeant tous les jours d'adresse. Mais chaque fois, les hommes de Tam la retrouvaient. Et à ce petit jeu, elle risquait de le provoquer. Les paroles d'un de ses subordonnés la remplirent un jour d'appréhension :

— Nous voulons que tu reviennes à Tay Ninh. Nous pouvons te trouver du travail.

— Je ne veux pas travailler à Tay Ninh. Je veux poursuivre mes études, s'empressa-t-elle de répondre.

Lors d'un autre trajet, le même fonctionnaire l'emmena à la station de radio pour lui faire lire un document au micro.

— Tu as une jolie voix, lui dit-il ensuite.

— Oui, mais je ne souhaite pas en faire un métier. Ce que je veux, c'est devenir médecin, répondit-elle de nouveau.

De plus en plus inquiète pour son avenir, elle se risqua à questionner un interprète d'Ho Chi Minh-Ville au cours d'un banquet après une interview. D'un ton innocent, pour ne pas éveiller les soupçons au cas où quelqu'un surprendrait la conversation, elle lui demanda :

— Pourquoi mon histoire intéresse-t-elle tant de monde ?

— Parce que c'est un sujet brûlant…

Elle ne comprit pas tout de suite le jeu de mots.

En janvier, peu avant la fin du premier semestre, le doyen fit venir Kim Phuc dans son bureau. Elle s'y attendait, sachant qu'elle allait devoir trouver un arrangement avec l'université. Mieux valait en discuter avant les prochains examens.

— Tu ne peux plus étudier ici, annonça-t-il.

Sous le choc, Kim Phuc ne trouva rien à répondre.

— La province de Tay Ninh a repris ton *ho khau*.

— Pourquoi les avez-vous laissés faire ? Pourquoi ? cria la jeune fille.

— Tu es de là-bas. D'après le règlement, une fois ton diplôme obtenu, tu aurais dû y retourner de toute façon. Il arrive toujours un moment où on ne peut plus contourner les règles…, ajouta-t-il avec fatalisme.

La population d'Ho Chi Minh-Ville, officiellement de trois millions d'habitants, approchait en réalité les quatre millions. L'ancienne capitale abritait tous ceux qui avaient fui les nouvelles zones économiques, ou leur province d'origine que leur *ho khau* les empêchait théoriquement de quitter. Des familles entières s'étaient installées sous les ponts de la ville, préférant vivre de mendicité plutôt que de mourir de faim dans les régions frontalières. D'autres changeaient sans cesse d'adresse pour échapper aux autorités le temps de préparer leur fuite hors du pays, ou d'accélérer les formalités nécessaires pour partir en toute légalité. À partir de 1980, afin d'endiguer le flot des *boat people* et de soulager les camps de réfugiés d'Asie du Sud-Est, le régime autorisa les Vietnamiens ayant de la famille à l'étranger à la rejoindre dans le cadre d'un programme organisé par les Nations unies – à cause de la mauvaise volonté d'Hanoi, il ne serait vraiment opérationnel qu'à la fin des années quatre-vingt.

— Je vous en prie, aidez-moi à rester à l'université !

Kim Phuc demandait l'impossible. Faire transférer un *ho khau* coûtait très cher en pots-de-vin, l'administration soupçonnant toujours une tentative d'évasion. Même l'obtention d'un permis de visite d'une semaine n'allait pas de soi : l'intéressé devait fournir la preuve qu'il pourrait emporter du riz en quantité suffisante pour se nourrir. Le doyen tenta de justifier sa position :

— Les autorités de Tay Ninh disent que tu es devenue quelqu'un d'important au Viêt Nam et que tu n'es pas en sécurité à Ho Chi Minh-Ville. Ils ont raison. Et s'il t'arrivait quelque chose ? Tu pourrais être kidnappée. L'université ne peut pas te protéger. Il vaut mieux que tu vives à Tay Ninh.

Tous deux restèrent quelques instants silencieux.

— Je ne peux rien faire. Tu n'es pas une étudiante comme les autres, conclut le doyen.

— Comment ça, « pas comme les autres » ? protesta Kim Phuc, en larmes.

Les jours suivants, elle continua d'assister aux cours tout en sachant que c'était inutile. Enfin, elle partit en autocar pour Tay Ninh et alla directement au siège du Comité du Peuple. Habitué à la voir, le gardien prit ses papiers d'identité sans annoncer son arrivée. Une fois dans le bureau de Hai Tam, elle attendit qu'il parle le premier. Un ventilateur ronronnait bruyamment dans un coin. Finalement, ce fut elle qui rompit le silence, demandant poliment :

— S'il vous plaît, pourquoi avez-vous repris mon *ho khau* ?

— Tu ne peux pas rester étudier à Ho Chi Minh-Ville. Tu es une de nos victimes de guerre les plus connues. J'ai besoin de toi ici. Tu répondras au téléphone et tu taperas mon courrier.

— J'aimerais pouvoir accepter... mais je veux être médecin.

Hai Tam était vexé.

— Les emplois au bureau de la propagande sont très convoités. Le travail n'est pas fatigant. Beaucoup de gens aimeraient être à ta place ! Pourquoi refuses-tu ? s'indigna-t-il.

Kim Phuc le regarda droit dans les yeux et lui répondit par un vieux proverbe vietnamien :

— Je mange du riz quand je me porte bien, et de la soupe quand je suis malade. Beaucoup de gens préfèrent le riz, mais moi, c'est de la soupe qu'il me faut !

Le visage de Hai Tam se ferma, ce qui ne présageait rien de bon.

Avant de regagner Ho Chi Minh-Ville, Kim Phuc s'arrêta à Trang Bang. Elle raconta à ses parents que Hai Tam voulait l'employer comme secrétaire personnelle. Nu avait à peine ouvert la bouche que sa fille déclara :

— Je ne supporte plus cet homme. Je ne retournerai pas à Tay Ninh.

Nu la regarda partir avec son paquet hebdomadaire de victuailles et son argent. Elle hocha la tête :

— Elle ne pourra jamais avoir un vrai métier. Elle n'y survivra pas.

Tout en se félicitant avec le reste de la famille que Kim Phuc entreprenne des études – que pouvait-elle faire d'autre ? –, Nu restait persuadée qu'à cause de ses blessures sa fille ne pourrait pas travailler à plein temps pour subvenir à ses besoins.

Quelques jours plus tard, une voiture noire bien connue s'arrêta devant le restaurant. Plusieurs fois déjà, Hai Tam ou ses subordonnés étaient venus chercher Tung et Nu pour les exhiber à Tay Ninh devant des reporters étrangers. Ils étaient seulement là pour être vus. Si un interprète se risquait à leur traduire la question d'un journaliste, Hai Tam intervenait d'un ton sans réplique : « Inutile d'interroger son père ou sa mère. Adressez-vous plutôt au Comité du Peuple. » Parfois, ils devaient recevoir des cadeaux. Un jour, un visiteur avait apporté des cigarettes pour Tung, un autre une boîte de bonbons. « Ce n'est pas pour vous, mais pour le gouvernement du peuple », avait ensuite dit Tam en confisquant le tout.

Cette fois-ci, Hai Tam descendit de la voiture. Il s'avança en foudroyant Nu et Tung du regard et en agitant l'index d'un air réprobateur, attitude considérée comme particulièrement impolie au Viêt Nam, où ce genre de réprimande est d'ordinaire réservé aux animaux domestiques.

— Vous devez convaincre votre fille de quitter Ho Chi Minh-Ville et de revenir à Tay Ninh comme je le lui ai demandé. Que fait-elle là-bas ? lança-t-il avec sévérité.

— Nous ne connaissons pas ses intentions, répondit Nu.

— Ordonnez-lui de revenir !

— Ce n'est plus une enfant. Elle prend ses décisions toute seule.

Hai Tam recula vers sa voiture en continuant d'agiter l'index avec véhémence :

— S'il lui arrive quelque chose, vous irez tous les deux en prison !

Kim Phuc ne voyait pas l'utilité de se cacher : Hai Tam avait prouvé qu'il pouvait la retrouver. Ses possibilités étaient donc limitées. Elle n'avait pas la résistance nécessaire pour travailler au restaurant avec sa mère, et retourner à Tay Ninh serait une capitulation. Elle n'avait plus qu'une solution : rester chez Loan à Ho Chi Minh-Ville. Kim Phuc souhaitait par-dessus tout continuer à étudier. Mais l'université, et par conséquent une carrière médicale, lui était désormais inaccessible. Elle s'inscrivit à un cours privé pour apprendre l'anglais, trois soirs par semaine : un jour peut-être, elle pourrait travailler comme interprète, se disait-elle. Avec l'exode des *boat people*, une multitude de cours d'anglais clandestins avaient vu le jour. Ceux qui préparaient leur fuite pensaient que la maîtrise de cette langue les aiderait aussi bien dans les eaux internationales, où ils espéraient être repêchés par un navire, que plus tard, une fois installés à l'étranger.

L'anglais était la discipline la plus difficile que Kim Phuc ait jamais étudiée. Ne comprenant pas suffisamment le cours pour prendre des notes, elle devait emprunter et recopier celles d'autres étudiants. Afin de se perfectionner, elle écoutait sur un vieux magnétophone Panasonic trouvé au marché noir les cassettes achetées à son professeur. Là où ses camarades se contentaient d'une heure de travail, il lui en fallait deux. Pour comble de malheur, elle ne pouvait étudier plus d'une heure sans que réapparaissent vertiges et maux de tête. Ses premières notes furent décevantes.

Par ailleurs, Hai Tam continuait à la faire venir à Tay Ninh quand bon lui semblait pour donner des interviews. À cause de l'hostilité muette qui s'était installée entre eux, il la croyait toujours étudiante en médecine à Ho Chi Minh-Ville. Il avait besoin d'elle et, de son côté, elle faisait en sorte de ne pas encourir de nouvelles représailles.

Le rythme des interviews s'était encore intensifié. Profitant de l'appétit de la presse internationale pour les reportages sur « le Viêt Nam dix ans après... », Hanoi organisa un congrès international sur les effets de l'Agent Orange, ce qui amena encore plus de journalistes dans le bureau de Hai Tam. En plus des interviews de Kim Phuc, on leur projetait des films montrant les étendues de forêt dévastées par les défoliants américains. Enfin, Hai Tam leur présentait des bocaux de fœtus conservés dans le formol et auxquels il manquait la bouche ou le menton.

L'un des chauffeurs chargés de conduire Kim Phuc à Tay Ninh aimait partager avec elle les dernières rumeurs. Apparemment, certains médias occidentaux prétendaient que le gouvernement vietnamien ne détenait pas la vraie Kim Phuc, qui se trouverait en Californie. La jeune fille n'en revenait pas.

— Mais Hai Tam, lui, sait que tu es bien la vraie. Il dit que tes cicatrices le prouvent, ajouta le chauffeur.

Au printemps, l'agence de presse gouvernementale diffusa un communiqué selon lequel, « contrairement aux allégations des journaux à sensation occidentaux », Kim Phuc était bel et bien étudiante au Viêt Nam. Suivait même une citation de l'intéressée : « J'étudie la médecine parce que je ne souhaite à personne de subir ce que j'ai subi. »

Les journalistes vietnamiens étaient de plus en plus nombreux à rencontrer Kim Phuc, sans passer par Hai Tam puisqu'ils n'avaient pas besoin d'une autorisation préalable du ministère des Affaires étrangères. Après avoir libéralisé l'économie, le régime laissait les différents organes d'information libres de répercuter à leur manière la ligne du parti au lieu de régurgiter des discours politiques ampoulés. Pour la presse vietnamienne, l'histoire de Kim Phuc offrait la possibilité d'écrire des articles d'un nouveau genre, présentant un « intérêt humain ». Un photographe d'Hanoi emmena la jeune fille dans une crèche.

— La guerre contre les Américains a failli te détruire. Ils ont voulu te tuer avec leurs bombes, mais tu as survécu. Je veux te photographier au milieu d'enfants pour montrer que tu as repris goût à la vie.

Kim Phuc choisit un beau bébé et posa avec lui. Un an plus tard, la photo fut primée par un jury international et abondamment reproduite à Hanoi, avec la légende suivante : *« Dix ans plus tard : Kim Phuc et sa petite fille... »*

Rien n'empêchait plus Kim Phuc, désormais libre plusieurs jours par semaine, d'aller donner des interviews à Tay Ninh. Au printemps, elle reçut une visite qu'elle apprécia. Une équipe de télévision néerlandaise passa plusieurs jours dans la province pour tourner un documentaire dont Kim Phuc, entourée de techniciens, d'interprètes et de guides, était la vedette. Le tournage eut lieu en partie à Trang Bang : au restaurant, au temple, et sur la route 1 où la jeune fille avait été brûlée au napalm. Elle se prêta au jeu : une fois encore, elle dévoila ses cicatrices sous l'œil de « son » médecin, puis joua les étudiantes en médecine. Sur ordre de Hai Tam, elle revêtit une blouse blanche, uniforme des élèves de l'école d'infirmières de Tay Ninh.

— N'oublie pas de me la rendre en fin de journée, précisa-t-il.

Les caméras filmèrent Kim Phuc assise à une grande table avec « des camarades étudiants en médecine » : elle écoutait attentivement un cours sur la colonne vertébrale en prenant des notes. Amère, elle songea qu'elle avait déjà appris tout cela en faculté. À la fin du dernier jour de tournage, oubliant ces contrariétés, elle s'absorba dans la contemplation d'un coucher de soleil. Alors que l'astre rougeoyant allait disparaître à l'horizon, elle se sentit suffisamment en confiance avec le cameraman pour lui demander par l'intermédiaire de l'interprète :

— On ne pourrait pas filmer ça ?

L'année suivante, le film fut primé dans deux festivals internationaux, à Leipzig et à Monte-Carlo. On attribua aux journalistes néerlandais le mérite d'avoir redécouvert Kim Phuc après de longues années d'oubli.

Perry Kretz put enfin effectuer son second voyage au Viêt Nam depuis la fin de la guerre. Au début de 1983, après avoir attendu quatre mois qu'Hanoi lui accorde son visa de journaliste, il était à Tay Ninh pour remplir la mission qui lui tenait à cœur.

— Kim ! Mon Dieu !

Il ouvrit les bras à la jeune fille qui marchait vers lui. Elle pouvait difficilement se soustraire à l'étreinte de cet « Américain » bronzé aux cheveux grisonnants qu'elle ne reconnaissait pas. Il l'embrassa sur les deux joues, à l'européenne. Elle l'écouta lui raconter leur première rencontre quand, dix ans plus tôt, assigné à résidence en attendant son expulsion, il était allé à Trang Bang faire un reportage sur elle. Mais traduite en vietnamien, l'histoire devenait un peu différente : à la fin de la guerre, Kretz s'était rendu à Trang Bang pour voir une dernière fois Kim Phuc qu'il « n'arrivait pas à oublier »...

Il présenta à la jeune fille une liasse de grandes photos noir et blanc qu'il avait apportées d'Allemagne : alors seulement elle commença à identifier ce journaliste. C'étaient des photos d'elle à Trang Bang : dans la grande maison, sur le hamac avec ses cousins à ses pieds, perchée sur un tabouret en train de feuilleter un livre – offert par une infirmière du pavillon Barsky – ou jouant au ballon dans le jardin. Il y en avait d'autres, prises dans le temple et sur la route 1.

— Tu te souviens de moi ? lui demanda Kretz.

— Un peu.

Elle se rappelait vaguement une scène où il insistait pour échanger une poignée de main avec sa grand-mère aux doigts ruisselants d'eau savonneuse. Dans ses souvenirs, Perry Kretz était le seul journaliste à lui avoir rendu visite après le bombardement au napalm. En réalité, il y en avait eu plusieurs ; Carl Robinson était venu plus d'une fois, comme Nick Ut, « oncle Ut », dont ses parents avaient loué la gentillesse.

Soudain, tout s'éclaira pour elle. C'était lui, le reporter allemand à la demande duquel Thach l'avait cherchée pendant un an ! À cause de lui, sa vie s'était trouvée bouleversée, mais une seule chose comptait aux yeux de Kim Phuc : cet homme se souciait suffisamment d'elle pour revenir la voir, dix ans après. Il ne cessait de lui demander comment elle allait.

— J'ai l'impression d'être ton père, ajoutait-il.

Avant de repartir, il lui donna sa carte de visite. Parmi toutes celles laissées par les journalistes, ce fut la seule qu'elle conserva.

Au cours de leur entretien, Kim Phuc lui laissa croire qu'elle étudiait la médecine à Ho Chi Minh-Ville et lui joua la comédie de la jeune fille heureuse, malgré les douleurs et les maux de tête persistants. Mais dans sa tête une petite voix discordante répétait : « C'est un mensonge ! On m'a volé mes études ! »

De retour à Hambourg, Kretz écrivit pour le magazine *Stern* un article sur le Viêt Nam, sans toutefois mentionner sa visite à Kim Phuc. Il était en effet rentré perplexe. Là où d'autres étrangers n'auraient vu qu'une jeune Vietnamienne typique au sourire irrésistible, il avait perçu sous son apparente gaieté une raideur et une tristesse inquiétantes.

Il se rendit alors avec ses photos à la clinique Oggersheim de Ludwigshafen, spécialisée dans les soins aux grands brûlés et aux accidentés. Le patient le plus célèbre de cet établissement réputé était Niki Lauda, le pilote autrichien de formule 1. En 1976, alors champion du monde en titre, il y avait été soigné après un grave accident sur le circuit du Nürburgring. Kretz rencontra le docteur Rudolf Zellner, chirurgien plasticien et directeur de la clinique où venaient se former les étudiants en médecine de l'université de Heidelberg. Kretz lui demanda s'il pouvait lui conseiller des médicaments occidentaux à envoyer à Kim Phuc. Zellner fut catégorique : impossible de soigner un grand brûlé à distance, sans l'avoir d'abord examiné.

— Voilà une chance d'aider Kim, et je ne vais pas la laisser passer, déclara ensuite Kretz à sa femme.

Il avait déjà ce projet en tête lors de son entretien avec la jeune Vietnamienne, mais n'en avait rien dit pour ne pas lui donner de faux espoirs : tout reposait sur la coopération d'Hanoi.

L'année 1983 marqua pour le restaurant de Nu le début d'un lent et irréversible déclin. Après deux ans et demi de réformes libérales se produisit l'inévitable contre-offensive des dirigeants communistes les plus orthodoxes. Hanoi mit un frein aux réformes et à la résurgence du libre-échange, considérés comme « excès capitalistes ». Le régime prit pour cible les « commerces non essentiels », boutiques de vêtements ou restaurants, prélevant jusqu'à quatre-vingt-dix pour cent de leurs bénéfices pour les contraindre à fermer. Lorsque Nu ne pouvait faire face à cet impôt mensuel, le percepteur venait coller sur la porte du restaurant un écriteau interdisant sa réouverture tant qu'il subsisterait des arriérés impayés. Beaucoup de commerçants durent revendre leur magasin à l'État, ce qui était le but de l'opération.

Nu attribuait ses ennuis au fait que les bureaux de la perception se trouvaient juste en face du restaurant. Ainsi le percepteur pouvait-il prétendre tenir un compte exact de ses clients et du nombre de bols de soupe servis. Comme l'État avait un temps géré le restaurant, le percepteur assurait même connaître les marges bénéficiaires de Nu, au grand dam de celle-ci. Kim Phuc, elle, rendait Hai Tam responsable de la baisse des revenus de sa mère. Impressionnée par l'attitude stoïque de Nu, elle gardait toutefois ses soupçons pour elle. « Elle est toujours prête à payer pour moi », se disait-elle en recevant chaque semaine le panier contenant argent et provisions.

À l'automne, alors que ses anciens camarades de la faculté de médecine entraient en deuxième année, Kim Phuc ne pensait qu'à une chose : sa vie était un désastre comparée à la leur. Plutôt que d'être torturée par la jalousie, elle les évitait, à l'exception de Trieu qui l'invitait souvent à manger une glace. Mais Kim Phuc n'avait plus grand-chose en commun avec son amie si insouciante. Progressivement, elle sombra dans un état dépressif.

Lors des interviews, elle continuait à jouer le rôle de l'étudiante comblée par la vie qu'elle menait. Après le départ des journalistes, en revanche, elle s'assombrissait, de nouveau prisonnière de l'existence qu'on lui imposait. Dans l'autocar qui la ramenait à Ho Chi Minh-Ville, elle se lamentait en silence : « Ils ont détruit ma vie. Pourquoi m'ont-ils fait ça ? Pourquoi ? » Seule sa foi en Cao Dai lui apportait quelque réconfort. Résignée, elle acceptait l'idée que les souffrances physiques et morales causées par le bombardement au napalm n'aient pas suffi à expier toutes les mauvaises actions commises dans ses vies antérieures. Cao Dai voulait encore la mettre à l'épreuve. Se croyant sans avenir, elle ne souhaitait plus qu'une chose dans l'existence : retrouver sa gaieté d'autrefois. Dans ses prières, plutôt qu'aux nombreux saints, dieux et esprits du culte, elle s'adressait à Cao Dai lui-même : « Je vous en supplie, accordez-moi d'être heureuse. » De plus en plus désespérée, elle était saisie par le doute : « Je suis profondément croyante : pourquoi mes prières restent-elles sans réponse ? » Un jour dans l'autocar, le moral au plus bas, elle se dit en pleurant qu'elle n'attendait plus rien de l'existence.

Pour que Loan ne la voie pas broyer du noir, elle s'absentait de l'appartement pendant la journée. Sa sœur aînée avait suffisamment de soucis : jamais remise de la mort de son premier mari, elle regrettait de n'avoir pu avoir d'enfants avec son second mari, qui avait une fille adolescente, élevée par ses grands-parents. Les relations familiales s'étaient encore tendues avec l'arrivée du fils adolescent de Loan, venu de Da Nang vivre avec sa mère.

Sans argent à dépenser, Kim Phuc ne pouvait s'offrir beaucoup de distractions. Un après-midi, ses pas la menèrent au musée des Crimes de guerre américains. Sur un mur, elle découvrit la fameuse photo qui la représentait. Elle s'arrêta pour lire la légende : son nom n'était pas mentionné. Elle sentit un grand vide en elle. Au fil du temps, elle s'éloigna de moins en moins de l'appartement de Loan, finissant par se limiter aux rues adjacentes. Un jour, pourtant, alors qu'elle passait devant une bibliothèque, elle eut pour la première fois depuis des mois envie de s'occuper l'esprit. Dans la section des religions du monde – épargnée par la censure, mais pas pour longtemps – elle prit un livre sur le bouddhisme, un autre sur le taoïsme, un troisième sur l'hindouisme, et les parcourut.

Ce fut un exemplaire du Nouveau Testament qui retint son attention. Sa curiosité en éveil, elle revint jour après jour : elle se fatiguait trop vite pour pouvoir lire plus d'une heure de suite. D'abord surprise, elle ne tarda pas à s'indigner des contradictions entre la Bible et les préceptes caodaïstes. Pourquoi la Bible disait-elle que Dieu avait créé la viande – « le bétail, les oiseaux du ciel, les poissons de la mer » – pour que l'homme s'en nourrisse ? Cao Dai disait qu'il était impur de manger de la viande, et elle-même était devenue végétarienne pour se purifier ! D'après la Bible, Jésus était ressuscité d'entre les morts. Pour les caodaïstes, Jésus s'était réincarné en leur pape, le *Ho Phap*. Puisque le *Ho Phap* était mort, comment Jésus aurait-il pu renaître ? Kim Phuc poursuivit sa lecture. Elle fut choquée par une autre affirmation de la Bible, la plus ridicule de toutes à ses yeux : Jésus-Christ pouvait expier les péchés des hommes, qui étaient sûrs d'aller au paradis. Kim Phuc se sentit offensée : à en croire Cao Dai, si elle mourait demain, rien ne prouvait qu'elle irait au paradis.

Le hasard voulut qu'au même moment un séduisant jeune homme, pasteur stagiaire de l'église chrétienne voisine, devînt un visiteur assidu au domicile de Loan. Ami du premier mari de celle-ci, Anh avait cinq ou six ans de plus que Kim Phuc. Lorsque le fils de Loan fut hospitalisé pour subir une intervention chirurgicale, il vint même chaque jour. Sachant que Kim Phuc n'avait pas d'activité – sauf lorsqu'elle se rendait à Tay Ninh –, il lui proposa de l'accompagner à l'hôpital pour l'aider à s'occuper de l'adolescent.

Ils s'adressaient l'un à l'autre comme un frère et une sœur.

Pendant les dix jours où ils allèrent ensemble voir le fils de Loan, ils passèrent des heures à discuter et se découvrirent de nombreux points communs. Tous deux aimaient la tranquillité et, à la différence des jeunes de leur âge, n'appréciaient ni les sorties, ni le tabac, ni les boissons alcoolisées. Anh attendit plusieurs jours avant de parler religion. Pour aborder un tel sujet, il fallait se sentir en confiance. Contrairement à ce qu'avait prétendu Loan, Anh n'appartenait pas à la religion « différente » – terme utilisé par les Vietnamiens pour désigner le catholicisme – mais à la « bonne et nouvelle » religion, c'est-à-dire l'Église chrétienne du Viêt Nam. Anh demanda à Kim Phuc si elle lisait la Bible et si elle croyait en Jésus-Christ.

— Oh, je me pose beaucoup de questions ! bredouilla-t-elle.

Il lui offrit une bible qu'ils lurent ensemble. Leurs discussions quotidiennes portaient sur les enseignements du livre saint, et en particulier sur l'expiation par Jésus des péchés des hommes. Kim Phuc se cramponnait aux préceptes caodaïstes selon lesquels chacun doit payer pour ses propres péchés : le rachat s'obtient par la souffrance, la pénitence et les bonnes actions, mais aussi en vénérant les ancêtres, les saints et les dieux dans l'espoir de gagner leur faveur et d'échapper à leur courroux. Anh lui expliqua que l'Évangile contenait des vérités plus simples :

— Devant Dieu, un homme n'est rien de plus, rien de moins qu'un homme. Dieu t'offre le salut comme un don. Tu n'as pas à faire le bien pour le gagner. Le salut ne se gagne pas. Quoi que tu fasses, Dieu te sauvera.

Chacun campait sur ses positions. Anh affirmait que Dieu avait envoyé Jésus-Christ sauver le monde, et qu'en se laissant crucifier il avait pris sur lui tous les péchés des hommes.

— Ceux qui ne suivent pas Jésus-Christ passeront l'éternité en enfer.

— Je ne te crois pas, répliquait Kim Phuc.

— Alors viens écouter le sermon de mon pasteur.

— Impossible. Je ne peux pas. Si je trahis ma religion, mon âme errera sans jamais trouver le repos. Au paradis, il n'y a pas de place pour ceux qui trahissent Cao Dai.

— Si tu n'es pas prête à venir à l'église, pourquoi n'essaies-tu pas de prier Dieu ? Dépose ton fardeau à Ses pieds, et vois comment tu te sens.

Kim Phuc confia à Loan que ses ferventes prières à Cao Dai restaient sans réponse. Elle lui demanda ce qu'elle pensait de la suggestion d'Anh de prier le Dieu occidental. Sa sœur n'y vit pas d'objection :

— C'est une religion de l'Occident, mais tu es malheureuse. Pourquoi ne pas essayer ?

Hésitante, Kim Phuc mit ce Dieu étranger à l'épreuve dans ses prières : « J'irai à l'église d'Anh, mais je serai seule. Pouvez-vous m'envoyer une présence amie ? »

Quelques jours plus tard, elle se retrouva devant le petit édifice au toit en terrasse surmonté d'une croix. La porte était ouverte. Kim Phuc entra, mais resta au fond de l'église. « Je n'ai rien à faire ici ; je devrais être dans un temple caodaïste », se répétait-elle. Une seule personne était là, une femme d'âge mûr, assise sur un banc du milieu. Rassemblant son courage, Kim Phuc s'approcha et lui dit bonjour à voix basse. La réponse fut chaleureuse. « Dieu a entendu ma prière ! » se dit la jeune fille, le cœur débordant de joie.

Dès lors, elle rencontra quotidiennement sa nouvelle amie à l'église pour lire avec elle la Bible, et discuter des enseignements et des vérités qu'elle contenait. Deux semaines plus tard, Kim Phuc était prête à s'engager plus avant. Anh l'interrogeait régulièrement sur les sentiments que lui inspiraient l'Église et Jésus-Christ. Elle accepta d'assister au service dominical, à condition de ne prier que Cao Dai. Toute à son nouveau bonheur, elle se demandait si, pour la première fois de sa vie, elle n'était pas amoureuse. Ayant appris par Loan qu'Anh n'avait pas de fiancée, elle demanda timidement au jeune homme :

— Veux-tu que nous soyons plus que des amis ?

— J'ai consacré ma vie à Dieu, répondit-il avec douceur.

Kim Phuc ressentit le besoin de mettre une seconde fois ce Dieu à l'épreuve : « Mon Dieu, mon chagrin est trop lourd. J'ai besoin d'aide. »

Le pasteur était au milieu de son sermon :

— Il y avait un homme qui voulait toujours faire le bien…

« Comme moi », pensa Kim Phuc.

— … Devant Dieu, cet homme n'était pas différent des autres. Devant Dieu, nous sommes tous pécheurs. Chacun de nous a un fardeau à porter. Pourquoi continuer à le porter seul ?…

« Le pasteur s'adresse à moi, se dit Kim Phuc. Je prie Cao Dai, j'essaie de faire le bien, et pourtant je souffre, je peine sous mon fardeau. »

— … Laissez Jésus vous aider. Ouvrez-lui votre porte. S'il sait que vous l'attendez, il viendra vous aider…

« J'ai eu tort de rester à mi-chemin entre caodaïsme et christianisme ; j'ai empêché Dieu d'accomplir son œuvre », se reprocha Kim Phuc.

— … Il vous délivrera du mal, vous apportera la paix et la lumière éternelle…

Quand le pasteur appela à lui ceux qui voulaient être sauvés en Jésus-Christ, Kim Phuc s'avança, le visage ruisselant de larmes.

Au début du printemps 1984, toute la famille se rassembla à Tay Ninh pour les fêtes du Têt. Avant de se rendre chez Ngoc, Kim Phuc passa devant le temple voisin. Comme elle s'y attendait, son cœur resta froid : la foi caodaïste l'avait quittée. À minuit, la veille du Têt, commencèrent les festivités en l'honneur des ancêtres. La jeune fille ne goûta aucun des plats qu'on lui offrait. Elle se sentait pleine d'assurance.

— Non, je n'en veux pas, déclarait-elle en souriant.

— Il faut pourtant que tu manges quelque chose ! s'écrièrent plusieurs membres de sa famille.

En guise de réponse, elle disparut dans la cuisine et en revint avec un corossol posé sur une assiette. Elle le coupa en deux et en dégusta la chair blanche, recrachant les pépins noirs. On ne lui fit aucun reproche – un accès de mauvaise humeur peut faire tourner la chance apportée par le nouvel an – mais la contrariété se lisait sur le visage de Nu.

Le lendemain matin, chacun se prépara pour aller au Grand Temple prier Cao Dai d'accorder à tous santé, bonheur, prospérité et longévité. Ce pèlerinage réunissait la famille de Trang Bang au grand complet, ainsi que des connaissances et cousins éloignés. Tout le monde devait ensuite se retrouver chez Ngoc, pour un festin encore plus somptueux que celui de la veille. Nu offrit à Kim Phuc un *ao dai* blanc tout neuf. Toujours avec le sourire, la jeune fille répondit d'une voix calme, mais décidée :

— Je ne suis plus caodaïste. La Bible dit que je ne dois pas manger de nourriture préparée en l'honneur des esprits, ni fréquenter de temple où l'on adore d'autres dieux. Je respecte nos ancêtres, mais je ne les vénère plus. Je ne crois qu'en Jésus-Christ.

Sur ces paroles, elle sortit, poursuivie par les phrases rageuses de sa mère :

— Tu n'es plus ma fille ! Tu me fais honte ! Tu paieras très cher cette trahison !

Le soir, Kim Phuc refusa une nouvelle fois de participer aux festivités. Elle vit les yeux de sa mère se remplir de larmes. « Elle sait qu'elle m'a perdue », se dit-elle. Au troisième jour des fêtes du Têt, elle décida de regagner Ho Chi Minh-Ville. L'inévitable confrontation eut alors lieu. Nu parla en premier :

— En tant que mère, je t'aime. Tu as toujours été une enfant agréable et obéissante. Tu faisais la fierté de tes parents et de tes proches, mais aujourd'hui, tu défies les ancêtres et Cao Dai... devant toute la famille et les voisins, qui plus est..., dit-elle en s'effondrant.

Ngoc prit le relais :

— Au cours de ta vie, tu n'as jamais rien fait de mal. Tu peux encore demander pardon à nos parents et à Cao Dai.

Kim Phuc resta inflexible :

— Je ne crois plus en Cao Dai. Je suis chrétienne.

Nu tenta de la raisonner :

— C'est une religion étrangère. Le caodaïsme intègre toutes les religions de l'Occident. Si tu veux que Jésus-Christ te sauve et te pardonne, il faut prier Cao Dai, le Dieu suprême... Nous avons traversé beaucoup d'épreuves et Cao Dai nous a aidés. Si nous voulons nous retrouver dans l'au-delà, nous devons tous garder la même religion.

La réponse de Kim Phuc s'adressait à l'ensemble de la famille :

— Faites comme vous voulez. Je prie tous les jours pour votre salut. J'espère être exaucée.

— Si tu veux suivre ce Dieu, alors demande-lui de te nourrir ! À lui de te donner du riz ! hurla sa mère.

Chassée par ces imprécations, Kim Phuc prit congé de sa famille.

Dans l'autocar brinquebalant, elle se sentait plus déterminée que jamais à embrasser la foi chrétienne. Au moment de son départ, son père s'était montré plus compréhensif que sa mère. « Va retrouver Jésus, Phuc, mais je prierai pour toi », avait-il déclaré en posant la main sur l'épaule de sa fille. Cette fois, Kim Phuc n'emportait ni argent ni provisions, mais elle n'en tenait pas rigueur à sa mère. « Je lui pardonne. Maintenant, je sais ce que sont le péché et le pardon. Grâce au pardon, je peux de nouveau croire en l'avenir », se disait-elle.

10

Sachant qu'elle ne pourrait payer le semestre suivant, Kim Phuc abandonna ses cours d'anglais. En dehors des interviews à Tay Ninh, elle passait le plus clair de son temps à l'église : le dimanche, elle assistait aux services du matin et du soir, et emmenait, avec la permission de Loan, sa nièce et son neveu à l'école du dimanche ainsi qu'aux activités du club de jeunes de la paroisse. Mais sa principale préoccupation était son baptême, prévu quinze jours plus tard. Depuis des semaines, elle suivait assidûment les séances de préparation bihebdomadaires du pasteur Anh.

Le jour dit, Anh l'accompagna à l'autre bout de la ville jusqu'à la plus grande église chrétienne, située rue Tran Hung Dao. Il monta avec elle au dernier étage et la conduisit dans la salle des fonts baptismaux. Une vingtaine de fidèles appartenant à différentes paroisses d'Ho Chi Minh-Ville étaient déjà rassemblés autour du pasteur chargé de la cérémonie.

Du temps où sa mère l'aidait, Kim Phuc avait réussi à mettre un peu d'argent de côté chaque semaine en économisant sur la nourriture. La somme, très faible, fondit comme neige au soleil, et la jeune fille se trouva dans une situation désespérée. À la campagne, elle se serait débrouillée. On peut toujours se servir sur les innombrables bananiers, pêcher au filet dans les canaux d'irrigation ou ramasser des épinards aquatiques. En ville, si on était sans ressources, il fallait mendier. Kim Phuc avait conscience que Loan et son mari ne pouvaient la nourrir : partager avec elle ce dont ils disposaient laisserait tout le monde le ventre vide. Par orgueil, elle préféra déménager : il lui faudrait lutter pour survivre et elle ne voulait pas que sa famille en soit témoin.

Elle mit ses quelques affaires – deux ou trois vêtements, sa dernière boîte de sédatifs, sa Bible – dans un sac en plastique qu'elle attacha au guidon de son vélo, et s'en fut à travers la ville. Elle avait l'adresse d'une parente de son père, une certaine Huong qu'elle n'avait jamais rencontrée, mais que Tung considérait comme une sœur. Les parents de Huong n'ayant que des filles, ils avaient adopté Tung, lui-même issu d'une famille où il y avait trop de garçons. Nu avait rendu service à la famille de Huong : au début de la guerre, elle avait accepté de prendre chez elle deux de leurs enfants, le temps que leur maison endommagée par les bombardements soit réparée. À l'époque, le père de Huong était parti avec l'adolescente et ses sœurs aînées rejoindre les communistes du

Nord, laissant son épouse seule avec les plus jeunes. Huong avait passé les années de guerre dans la jungle, à soigner les blessés viêt-cong et communistes. Bien qu'elle n'ait pas dépassé l'école primaire, elle fut admise après la guerre à l'université d'Hanoi, où étudiaient les enfants des dirigeants communistes. Là, elle eut une liaison avec son professeur de physique, un homme marié nommé Dai. Cadre du parti, il se vantait d'avoir été formé à Moscou et à Pékin. Il se fit muter avec Huong à Ho Chi Minh-Ville. Il obtint un poste d'enseignant à l'université et la jeune femme devint médecin hospitalier – grâce à la politique de remplacement des praticiens du Sud par ceux de leurs collègues ayant fait la preuve de leur engagement révolutionnaire. Dai divorça alors de sa première épouse pour se remarier avec Huong.

Kim Phuc franchit le portail et traversa l'hôpital pour atteindre un petit immeuble d'habitation en béton. Elle fut accueillie par une jolie femme à peine plus âgée qu'elle, et par un homme trapu d'une cinquantaine d'années. Elle se présenta. Comme elle l'espérait, Dai et Huong acceptèrent de l'héberger. Ils occupaient un modeste studio au sol recouvert de linoléum et aux murs en béton brut. Dans un angle, à côté de l'évier, un rideau dissimulait une douche. Il n'y avait pas de toilettes. Communes à tout l'étage, elles étaient sur le palier. Dans l'angle opposé se trouvaient une plaque chauffante, un peu de vaisselle et quelques casseroles. Un lit trônait au milieu de la pièce. Kim Phuc dut dormir par terre jusqu'à ce que Huong lui déniche un lit pliant en bambou. Pour préserver son intimité, le couple tendit un rideau autour du lit conjugal.

Devant sa pâleur, sa maigreur et son absence de bagages, Dai et Huong avaient cru Kim Phuc dans le plus complet dénuement. Aussi s'étonnèrent-ils de la voir si joyeuse, de ne jamais l'entendre se plaindre. Ils en déduisirent que ces qualités la faisaient apprécier des occupants de l'immeuble et de ses camarades, à qui elle devait mendier argent et nourriture. Les rares fois où ils avaient de quoi, eux-mêmes l'invitaient à partager leur repas. En réalité, Kim Phuc comptait non sur les voisins, mais sur quatre amis : le pasteur Anh, la fille du mari de Loan, Trieu et sa sœur aînée infirmière. Dès qu'ils le pouvaient, ils sacrifiaient pour elle une poignée de riz. Anh, le plus démuni des quatre, lui offrait de temps à autre un bol de soupe aux nouilles.

En rentrant chez eux, Dai et Huong trouvaient souvent la jeune fille en pleurs sur un tabouret, en train de s'éventer le dos avec le bas de son chemisier. Ses médicaments épuisés, elle n'avait même plus les moyens de s'acheter de la glace. La première fois qu'ils virent les stries noirâtres de ses cicatrices, ils furent profondément choqués. Lorsqu'elle tentait de calmer la douleur en prenant une douche – par chance, la consommation d'eau n'était pas rationnée à l'hôpital –, Dai et Huong se regardaient avec le même air apitoyé. Ni l'un ni l'autre ne connaissait la fameuse photo dont parlait Kim Phuc, mais ils s'habituèrent vite aux trois coups frappés à la porte par le chauffeur qui venait la chercher pour l'emmener à Tay Ninh. Ils saluaient l'homme et veillaient à ce que Kim Phuc ne le fît pas attendre.

Envers sa famille, elle se comportait en bonne chrétienne, comme si de rien n'était. Mais lors de ses voyages à Tay Ninh, elle allait rarement voir ses frères et ses nièces chez Ngoc, s'arrêtant parfois à Trang Bang sur le chemin du retour pour rendre visite à ses parents. Tung et Nu ne lui posaient aucune question sur sa vie à Ho Chi Minh-Ville : ils savaient qu'elle logeait chez Dai et Huong – « Des communistes ! » disait Nu. Kim Phuc ne réclamait ni argent ni provisions et sa mère ne lui en offrait pas. Il n'était jamais question de religion. Une des visites de la jeune fille coïncida avec une fête religieuse et Nu lui présenta son *ao dai* blanc, scrutant son visage d'un air interrogateur. La réponse ne tarda pas :

— Je ne porte plus ça.

Kim Phuc espaça encore ses visites. Non seulement elle se détachait de sa famille, mais elle se sentait souvent trop fatiguée pour faire halte à Trang Bang.

Devant l'insistance des États-Unis, le Viêt Nam dut se résoudre à entamer des négociations au sujet des soldats américains portés disparus pendant la guerre. Hanoi espérait utiliser cette preuve de bonne volonté pour amener Washington à assouplir sa position sur la présence militaire vietnamienne au Cambodge, ce qui représenterait un pas supplémentaire vers la levée de l'embargo américain. Hanoi refusait toute concession sur le Cambodge, dont l'occupation lui paraissait indispensable pour se protéger de la Chine. Sur le plan économique, en revanche, malgré les bienfaits de la libéralisation, l'avenir restait sombre. Privé de capitaux, le Viêt Nam vacillait sous le poids écrasant de sa dette extérieure et d'un budget militaire qui engloutissait la moitié de la richesse nationale.

En se tournant vers les États-Unis, Hanoi voulait également se soustraire à l'emprise des Soviétiques. Afin de rembourser ses dettes, le Viêt Nam envoyait plus d'un demi-million de ses ressortissants travailler pour un salaire dérisoire dans les usines d'URSS et des pays de l'Est. Jamais Hanoi ne s'accommoda de l'influence croissante de son puissant allié. C'est à contrecœur que le gouvernement autorisa l'installation de troupes soviétiques dans l'ancienne base navale américaine de la baie de Cam Ranh – plus beau port naturel au monde après celui de Sydney en Australie. Les Vietnamiens détestaient tout ce qui venait d'Union soviétique. Ils boudaient les émissions de télévision et les films en provenance de ce pays, et refusaient de s'inscrire aux cours de russe. Ils trouvaient les Soviétiques grossiers et autoritaires ; entre eux, ils surnommaient leurs techniciens et conseillers militaires « les Américains sans dollars ».

L'un des deux problèmes pouvant inciter Washington à négocier avec Hanoi disparut en mai 1984. Au nom du préjudice physique qu'ils avaient subi, de nombreux vétérans de la guerre du Viêt Nam lancèrent un recours collectif en justice contre sept firmes américaines ayant fabriqué l'Agent Orange. L'affaire se régla à l'amiable, par le versement de cent quatre-vingts millions de dollars à titre de dédommagement.

Restait la question des soldats portés disparus. Des délégations de fonctionnaires américains d'un rang de plus en plus élevé se succédaient à Hanoi. Comparé à celui d'autres guerres, le nombre de disparus semblait pourtant faible : deux mille quatre cent soixante-dix-sept, contre soixante-dix-neuf mille pendant la Seconde Guerre mondiale et huit mille pendant celle de Corée. En outre, les chances de retrouver des cadavres remontant aux années soixante étaient minces. Dans la moiteur de la jungle, ils se décomposaient en quelques jours. Les Vietnamiens avaient depuis longtemps renoncé à chercher les restes d'au moins trois cent mille de leurs compatriotes disparus durant la guerre d'Indochine et celle du Viêt Nam. Dans le Sud, les civils avaient payé un plus lourd tribut que les militaires – quatre cent quinze mille morts chez les premiers, cent quatre-vingt-trois mille chez les seconds. Dans le camp nord-vietnamien, le nombre des soldats tués se montait à neuf cent vingt-cinq mille.

Le décompte des disparus américains commença sérieusement en 1984, lorsque Hanoi rendit les ossements de huit cadavres. Au cours des deux années suivantes, d'autres ossements furent restitués – en 1992, le nombre officiel de disparus passerait de deux mille quatre cent soixante-dix-sept à deux mille deux cent deux. Mais après chaque restitution ou tentative de la part du Viêt Nam pour refermer le dossier, Washington réaffirmait son refus de normaliser les relations diplomatiques entre les deux pays tant que tous les disparus n'auraient pas été identifiés. L'armée américaine avait pourtant la certitude que la moitié d'entre eux étaient morts au combat, et que seuls cinquante-cinq hommes avaient été capturés vivants. Pour les autres, les responsables américains entretinrent délibérément des rumeurs selon lesquelles Hanoi n'aurait pas livré tous les prisonniers de guerre en 1973 et détiendrait encore des Américains dans ses geôles. En réalité, la question des disparus servait de prétexte à Washington pour maintenir sa pression sur le Viêt Nam. Tant qu'elle occupait le devant de la scène, les Américains, mal remis de l'engagement de leur pays dans une guerre absurde et de la défaite finale, continuaient à prendre Hanoi comme bouc émissaire.

Conscients de l'intérêt de la presse étrangère pour l'histoire de Kim Phuc, les services du ministère de l'Information à Ho Chi Minh-Ville attribuèrent à la jeune fille le même interprète pour toutes ses interviews. Considéré comme l'un des meilleurs de la profession, Viet maîtrisait parfaitement la langue anglaise et s'entendait bien avec les reporters occidentaux, qui le trouvaient aimable et accommodant. Il possédait la chaleur et l'ouverture d'esprit des gens du Sud que Kim Phuc avait appréciées chez Thach – le fonctionnaire chargé par Hanoi de retrouver sa trace. Mais à la différence de Thach, il ne tremblait pas devant Hai Tam.

Une confiance réciproque s'établit entre Kim Phuc et Viet. Ils formaient un duo subtil, elle jouant à l'étudiante en médecine et expliquant ses ambitions, lui traduisant avec finesse et vivacité. Plus ils travaillaient ensemble, plus la jeune fille mourait d'envie de lui avouer la vérité. Elle ressentait le besoin de se confier à quelqu'un et Viet lui était sympathique. Un après-midi, elle passa le voir à l'improviste dans son bureau du ministère de l'Information. Il se montra accueillant et elle n'y tint plus :

— Je ne suis pas étudiante en médecine.

— Vraiment ?

— On m'a obligée à quitter l'université.

Elle raconta que Hai Tam avait obtenu le transfert de son permis de résidence pour la faire revenir à Tay Ninh. Sans dire que sa mère lui avait coupé les vivres, elle évoqua la précarité de sa situation à Ho Chi Minh-Ville :

— Ma famille paie des impôts très lourds pour le restaurant... Je n'ai ni emploi ni argent. Comment faire pour vivre ?

Visiblement touché, Viet n'avait pourtant que sa compassion à offrir.

— Il y a un problème. Des gens puissants se servent de toi… Mais tu es de Tay Ninh. Tu ne dépends pas d'Ho Chi Minh-Ville. Ici, même si nous n'approuvons pas les décisions de Tay Ninh, nous ne pouvons rien faire. Nous n'avons aucun moyen de t'aider, conclut-il avec un hochement de tête désolé.

À l'idée que Viet participait désormais à cette mascarade en connaissance de cause, Kim Phuc céda de nouveau au découragement. Après chaque interview, alors qu'il regagnait Ho Chi Minh-Ville dans la même voiture que les journalistes, elle allait prendre l'autocar et se laissait tomber sur son siège avec une lassitude croissante. Son existence n'avait plus ni forme ni but. Elle mesurait la naïveté de ses anciennes prières, lorsqu'elle demandait à Cao Dai de lui accorder le bonheur. Ce n'était plus le bonheur qu'elle convoitait à présent, mais quelque chose de plus complexe : la bonté. Le Dieu occidental ayant exaucé une fois ses prières en lui envoyant une amie à l'église, elle s'adressa de nouveau à lui : « Mon Dieu, j'ai besoin d'aide, d'un sauveur. » Mais qui pourrait la secourir ? Au Viêt Nam, personne ne pouvait l'aider. Le nom de Perry Kretz lui revint alors en mémoire. « Il s'est inquiété de mon sort au point de me rendre une seconde visite », se dit-elle. Elle lui écrivit, faisant appel à sa compréhension autant qu'à son aide. Sa lettre postée, Kim Phuc vécut dans l'angoisse qu'elle soit interceptée et qu'on vienne l'arrêter.

Les semaines passaient sans lui apporter de réponse. Sa santé se détériorait. Elle dormait mal. Comptant sur les banquets de Tay Ninh pour se nourrir, elle avait des problèmes digestifs qu'elle attribuait au fait d'avoir recommencé à manger de la viande après plusieurs années de régime végétarien. Compatissante, Huong ne pouvait cependant rien pour elle. Elle exerçait la médecine sans les diplômes requis, qu'elle préparait en suivant les cours du soir réservés à ceux qui avaient sacrifié leurs études à la cause révolutionnaire. Comme le faisait remarquer Dai, si Kim Phuc avait eu un permis de résidence pour Ho Chi Minh-Ville, elle aurait pu demander un carnet de santé et consulter à prix modique un médecin pour obtenir médicaments et sédatifs. Mais, de toute façon, elle n'aurait même pas eu de quoi s'offrir la consultation. Les semaines devinrent des mois. Lorsqu'on frappait à la porte, la jeune fille n'espérait même plus voir le facteur, porteur d'une lettre d'Allemagne. C'était toujours le chauffeur qui venait la chercher pour l'emmener à Tay Ninh.

Devant le refus du docteur Zellner de traiter à distance les brûlures de Kim Phuc, une solution évidente s'imposa aussitôt à Perry Kretz : il fallait amener la jeune fille à la clinique Oggersheim. Kretz soumit son idée au rédacteur en chef du *Stern* :

— Nous avons publié sa photo et écrit de nombreux articles sur elle. Pourquoi ne pas tenter quelque chose pour elle ? Pourquoi ne pas l'amener ici et voir ce qu'on peut faire ?

Son interlocuteur hésita, redoutant qu'on accuse son magazine d'aider la jeune Vietnamienne à des fins uniquement publicitaires. Si ce projet voyait le jour, il faudrait s'entourer du plus grand secret.

— Calculez combien ça peut coûter, dit-il.

Pour Kretz, cette réponse équivalait à un oui. Il négocia conjointement avec le *Stern*, la clinique du docteur Zellner et Terre des Hommes, organisation humanitaire basée à Paris, pour mettre sur pied l'opération. Il présenta ensuite le projet à Phuong – la chargée d'affaires vietnamienne à Bonn – qui le transmit à Hanoi.

Tous les huit ou quinze jours, Kretz appelait la jeune femme pour savoir s'il y avait du nouveau. Les mois passèrent. Frustrée elle aussi, Phuong promit au reporter de faciliter ses contacts avec le Viêt Nam lorsqu'elle serait à Hanoi, où elle devait retourner l'année suivante. Kretz se consolait de cette attente interminable en discutant longuement avec elle de la situation de son pays. Il se réjouit de l'entendre critiquer la façon dont les communistes classaient les Vietnamiens du Sud en deux catégories, les bons et les méchants, en fonction de leur passé révolutionnaire.

Une année entière s'était écoulée sans nouvelles d'Hanoi lorsque Perry Kretz reçut la lettre de Kim Phuc. Elle commençait par « Cher Papa » et, après des politesses sans intérêt, se terminait sur une phrase énigmatique : « Je suis malade et je n'ai pas d'argent. » Furieux, le reporter appela Phuong :

— Bon sang ! Faut-il que les gens meurent pour qu'Hanoi se décide ?

Enfin, à la mi-juillet 1984, la jeune femme apprit à Kretz qu'Hanoi donnait son feu vert, et qu'il pouvait aller chercher Kim Phuc. Il avait posé ses conditions : ils se rendraient seuls en Allemagne de l'Ouest, sans accompagnateur vietnamien.

Un jour, Viet se présenta à la porte de l'appartement de Dai et de Huong.

— Je t'emmène voir mon supérieur, dit-il à Kim Phuc.

Il s'agissait de Vu Hac Bong, responsable des services du ministère des Affaires étrangères à Ho Chi Minh-Ville. En chemin, l'interprète dévoila à la jeune fille le but de l'entretien : Hanoi avait donné l'ordre de préparer les papiers permettant à Kim Phuc de se rendre en Allemagne de l'Ouest pour y suivre un traitement médical. Viet raconta avec jubilation les réactions des responsables de Tay Ninh à l'annonce de la nouvelle :

— Ils ont paniqué. Ils ne voulaient pas te laisser partir. Ils disaient : « Si elle part, elle ne reviendra jamais ! »

Kim Phuc remercia en silence Dieu de son intervention. Pour la deuxième fois, il avait exaucé ses prières. Il avait fait de Perry Kretz son sauveur. « Dieu m'ouvre ainsi les portes d'un avenir meilleur », pensa-t-elle avec ferveur.

D'un côté de la table étaient assis Kretz, Viet, Kim Phuc et ses parents ; de l'autre, Hai Tam et sa cohorte habituelle d'assistants et d'agents de la sécurité. Il prit la parole le premier, lançant au reporter d'un ton accusateur :

— Que faites-vous ici ?

— Ce que je fais ici ? Je viens chercher Kim Phuc, c'est tout.

— Pourquoi ?

— Comment ça, pourquoi ?

Kretz bouillait intérieurement : « On me traite comme un prisonnier de guerre. Cet interrogatoire est intolérable ! »

— ... Vous savez très bien pourquoi, reprit-il. J'ai fait sa connaissance pendant la guerre, je suis revenu parce que je souhaitais la revoir, et maintenant je l'emmène en Allemagne de l'Ouest pour qu'elle reçoive les soins nécessaires.

— Elle peut les recevoir au Viêt Nam.

— Ah bon ? Dans ce cas, pourquoi n'avez-vous rien fait ? Pourquoi avoir attendu si longtemps ?

Hai Tam tenta de s'imposer de la seule manière qu'il connaissait.

— Vous, les Américains, vous vous croyez supérieurs, vous pensez tout savoir mieux que tout le monde. Vous êtes sûrs que votre gouvernement…

Kretz n'y tint plus :

— Je vis en Allemagne de l'Ouest. Je ne vois pas de quoi vous parlez. Écoutez, je suis venu ici pour rendre service… Avec l'accord de votre gouvernement d'Hanoi, ajouta-t-il en foudroyant Hai Tam du regard.

Le silence se fit. Jamais les Vietnamiens n'avaient vu pareil affrontement. Kim Phuc avait l'estomac noué. « Dieu m'a ouvert une porte, et Hai Tam va me la claquer au nez », se disait-elle.

Enfin, Hai Tam reprit la parole :

— Il faut essayer de nous comprendre. Kim Phuc est l'enfant de notre province. Les autorités de Tay Ninh ne veulent que son bien…

Kretz se leva brutalement.

— Venez, Viet. Fichons le camp d'ici.

— Attendez, attendez ! Rasseyez-vous, s'il vous plaît ! s'écria Hai Tam en gesticulant.

Il aboya un ordre en vietnamien et quelqu'un accourut, des papiers à la main. Il se tourna alors vers Kretz :

— Si vous pensez vraiment pouvoir l'aider, finissons-en.

Kretz signa les documents, s'engageant ainsi à veiller sur Kim Phuc jusqu'à son arrivée en Allemagne et se portant garant de son retour au Viêt Nam. Il se leva.

— Allons-y, Kim. Il faut partir.

Viet et les parents de la jeune fille se levèrent à leur tour et se dirigèrent vers le minibus qui devait les emmener à Ho Chi Minh-Ville. Deux subordonnés de Hai Tam s'empressèrent de leur emboîter le pas.

Kretz jeta un regard incrédule au sac en vinyle noir déchiré que Kim Phuc portait à l'épaule. Il contenait une tenue de rechange et plusieurs sachets de soupe aux nouilles déshydratée que Nu l'avait forcée à accepter.

— Tu n'as pas d'autres bagages ? Pas de sac à main ?

— Je n'ai pas d'argent à y mettre ! répondit Kim Phuc en riant.

En chemin, Viet se retourna.

— Hai Tam nous fait suivre, déclara-t-il.

À Trang Bang, Kretz s'arrêta pour prendre des photos du restaurant, puis du temple caodaïste. Chaque fois, une voiture se gara derrière le minibus et les deux sbires de Hai Tam en sortirent. Kretz faisait poser Kim Phuc devant le temple quand l'un d'eux se précipita en criant à l'intention de Viet :

— Pas question ! Dis à l'Américain qu'il n'a pas le droit !

— Pourquoi ? demanda Viet.

— Ce sont les ordres ! C'est interdit !

— Ce n'est qu'un temple, pas une installation militaire.

— Ce n'est pas toi qui commandes !

Le fonctionnaire mit la main sur l'objectif de Kretz. Il prenait des risques : ce geste n'était pas de nature à impressionner le reporter, qui se pencha vers lui pour mieux le dévisager, l'œil mauvais :

— Si tu ne t'écartes pas immédiatement, si tu m'empêches de continuer, je te démolis !

Malgré son ton menaçant, l'autre ne réagit pas. Kretz se redressa avec une expression qui ne laissait aucun doute sur ses intentions.

— Tu as intérêt à bouger, ou ça va faire du bruit en ville !

L'homme recula. Kretz se tourna vers Viet :

— Je ne veux plus trouver ces deux-là sur ma route ! Plus jamais ! déclara-t-il en désignant les fonctionnaires.

Après un bref échange en vietnamien, les véhicules repartirent, mais cette fois dans des directions opposées…

Il n'y avait qu'un vol régulier du Viêt Nam vers un pays non communiste : celui d'Air France, reliant chaque jeudi matin Ho Chi Minh-Ville à Bangkok. Kim Phuc et ses parents passèrent la nuit du mercredi dans un hôtel. Tung et Nu ne voyaient pas d'inconvénient à ce que leur fille voyage seule avec un étranger. Au contraire, ils se réjouissaient qu'elle puisse bénéficier des soins et des médicaments occidentaux.

Le lendemain matin, une vingtaine de proches et de voisins se rendirent à l'aéroport Tan Son

Nhat pour la voir partir. Elle allait quitter le Viêt Nam ! Qu'elle doive ensuite y revenir ne ternissait en rien sa gloire à leurs yeux. Elle posa devant la porte d'embarquement, puis, un peu nerveuse à l'idée de ce premier voyage en avion, elle grimpa dans l'appareil en serrant très fort la main de Kretz.

Elle eut la surprise d'entendre l'hôtesse lui demander :

— Vous ne seriez pas la fille de la photo ?

L'avion parcourut lentement la piste d'envol défoncée par les bombardements aux derniers jours de la guerre. D'autres pistes étaient à l'abandon, envahies d'herbes folles. Après le décollage, l'angoisse de Kim Phuc fit place à l'émerveillement lorsqu'elle découvrit le spectacle offert par son pays vu du ciel.

À Bangkok, Kretz laissa les autres passagers quitter l'avion avant de descendre à son tour. Pour éviter le terminal bondé où quelqu'un risquait de reconnaître Kim Phuc, il avait demandé à l'ambassade vietnamienne d'envoyer une voiture les chercher sur la piste. À sa grande déception, une meute de reporters les attendait. Dès qu'il apparut avec la jeune fille, un représentant de l'ambassade se précipita à leur rencontre, sourire aux lèvres et bouquet d'orchidées à la main. C'était Thach, l'interprète qui avait naguère retrouvé la trace de Kim Phuc à la demande de Kretz. Il avait informé la presse locale de son arrivée. Le lendemain, le *Bangkok Post* titrait : « Jeune victime du napalm en quête d'un traitement pour effacer les cicatrices de la guerre. » Deux photos illustraient l'article : celle qui avait fait la gloire de Kim Phuc, et une autre où on la voyait en sandales, un chapeau de toile sur la tête, vêtue d'un vieux chemisier et du traditionnel pantalon noir des Vietnamiennes. Elle serrait d'une main son bouquet, cherchant de l'autre celle de Kretz.

Ce dernier avait réservé deux chambres au Siam Intercontinental, un des plus grands hôtels de Bangkok. En temps normal, tous les Vietnamiens voyageant à l'étranger devaient séjourner dans l'aile de leur ambassade ou de leur consulat réservée aux invités, où un surveillant les prenait en charge. Malgré l'absence d'interprète, Kretz parvint à donner des consignes strictes à Kim Phuc : ne pas répondre au téléphone, regarder par l'œilleton si quelqu'un frappait à la porte, et n'ouvrir à personne d'autre que lui. Il s'arrangea également pour faire garder sa porte vingt-quatre heures sur vingt-quatre.

Construit dans un parc luxuriant d'une quinzaine d'hectares appartenant autrefois à la famille royale, le Siam Intercontinental était d'un luxe inimaginable pour la jeune fille, éblouie par le hall en marbre où jouait un pianiste, par les télécommandes sur la table de chevet, par la robinetterie en bronze de la salle de bains… Kretz s'était fixé une priorité : emmener sa Cendrillon vietnamienne faire les boutiques. Dans un grand magasin, elle choisit deux chemisiers impeccablement coupés, un pantalon étroit et un chapeau de paille à large bord. Le reporter lui offrit également une petite valise en osier rehaussée de cuir rouge.

À Bangkok, ils passaient tous les deux inaperçus. Dans cette ville célèbre pour son tourisme sexuel, une jeune Asiatique souriante au bras d'un Allemand en saharienne était chose banale. À la vue des gratte-ciel, des boutiques, des gens élégants et bien nourris qui se pressaient sur les trottoirs, Kim Phuc pensait à Ho Chi Minh-Ville, à ses mendiants et à ses façades délabrées en brique ou en stuc. Elle s'apercevait que, depuis la fin de la guerre, l'ancienne capitale s'enfonçait dans la récession et la pauvreté. En termes d'essor économique, la Thaïlande avait dépassé le Sud-Viêt Nam pendant la guerre : alors que les Sud-Vietnamiens dilapidaient les aides américaines en achetant des biens de consommation, la Thaïlande réinvestissait dans les secteurs industriel et tertiaire les richesses produites par son agriculture en cours de modernisation.

Kretz accéda à la demande de Thach qui souhaitait recevoir Kim Phuc un soir à l'ambassade. Elle fut présentée à l'ambassadeur.

— Je reconnais ta voix, lui dit-il. Nous sommes-nous déjà rencontrés ?

— Non… c'est la première fois, répondit-elle avec un sourire timide.

— Je sais qui tu es ! Je t'ai vue dans ce documentaire hollandais !

Le visage de Kim Phuc s'éclaira.

— Oh, pourrais-je le voir, s'il vous plaît ? Je n'en ai jamais eu l'occasion.

Thach alla chercher la cassette. Pendant les vingt-cinq minutes que durait le film intitulé *Kim Phuc*, la jeune fille ne quitta pas l'écran des yeux. Doublé en vietnamien, le narrateur commençait par évoquer la guerre du Viêt Nam, le bombardement au napalm au cours duquel Kim Phuc avait été brûlée, puis il racontait comment, dix ans après, elle était devenue étudiante en médecine. Ne s'étant jamais vue à la télévision, elle fut fière de sa prestation : elle s'exprimait bien, d'une voix mélodieuse, avec le sourire. À sa grande joie, le documentaire montrait les photos noir et blanc de Perry Kretz, celles qu'il avait apportées lors de leurs retrouvailles. Elle apprécia la bande-son choisie pour accompagner les images de son enfance, la célèbre chanson que tous les petits Vietnamiens connaissaient par cœur :

Cette nuit j'ai rêvé d'oncle Ho,
Avec sa longue barbe et ses cheveux gris,
Tendrement je l'ai embrassé sur les joues…

Le générique défila sur fond de soleil couchant. Kim Phuc se tourna vers Thach :

— C'est magnifique !

Thach l'invita à partager le repas du personnel diplomatique. Pour la première fois, elle goûta à la cuisine nord-vietnamienne, beaucoup moins variée et épicée que celle du Sud – au nord, piments, plantes aromatiques et citrons verts poussent mal à cause des rigueurs du climat. La jeune fille ne fit guère honneur aux différents plats ; la soupe de poisson fermenté lui déplut particulièrement. Elle préférait de loin la nourriture thaï des restaurants où elle avait dîné avec Kretz.

Lorsque Thach la reconduisit à son hôtel, le reporter faisait les cent pas dans le hall. L'inquiétude et la colère se lisaient sur son visage.

— Je suis censé être responsable d'elle ! rappela-t-il à Thach, qui avait deux bonnes heures de retard.

Kretz avait essayé d'appeler l'ambassade, mais l'heure de fermeture étant passée, personne ne lui avait répondu...

À Bonn, Kretz confia Kim Phuc à Phuong. Le bureau de liaison de la chargée d'affaires vietnamienne se trouvait à Bad Godesburg, ancienne ville d'eau verdoyante située sur la rive est du Rhin et très appréciée du corps diplomatique. À l'entrée, les visiteurs devaient se présenter au garde avant de franchir la porte blindée sous l'œil des caméras de surveillance.

Le docteur Zellner avait parcouru plus de trois cents kilomètres pour examiner Kim Phuc. Il fut impressionné par la qualité de ses greffes de peau et la manière dont son corps s'était adapté, douze ans après. Les grands brûlés doivent presque toujours être réopérés. À cause de sa finesse et de sa cicatrisation aléatoire, la peau greffée se rétracte, ainsi que les articulations et les tissus. Une intervention chirurgicale permet souvent d'éliminer les douleurs essentiellement causées par les articulations raidies des victimes. En général, elle a lieu un à trois ans après la greffe. Plus on attend, plus les rétractions durcissent jusqu'à former une carapace. La libération des rétractions de la peau est une intervention de routine ; celle des articulations est plus délicate. Le docteur Zellner constata que Kim Phuc souffrait uniquement de rétractions de la peau. Après l'opération, elle pourrait tourner la tête sans bouger le reste du corps, relever les bras presque à la verticale, et son bras gauche retrouverait à peu près la même longueur que le droit.

La jeune femme fut admise à la clinique. L'opération eut lieu le lendemain de son arrivée et dura deux heures et demie. Le docteur Zellner procéda en deux temps. Il commença par enlever une large bande de tissu cicatriciel près de son aisselle gauche pour greffer à la place de la peau prélevée sur la fesse correspondante. Il pratiqua ensuite deux incisions afin de libérer une bande de tissu cicatriciel sur son avant-bras droit, et une autre allant de la base du cou jusqu'à l'oreille gauche. Lors de la conférence de presse qui suivit, il expliqua que l'intervention s'était déroulée sans incident et que la patiente se portait bien. Une semaine plus tard, il dut refaire la greffe en utilisant cette fois de la peau prélevée sur la cuisse de Kim Phuc. La jeune fille devait quitter la clinique après trois semaines d'observation.

De sa chambre, elle voyait des espaces verts et la plate-forme d'atterrissage des hélicoptères. Sa convalescence postopératoire fut pénible. Chaque jour, Perry Kretz l'appelait de Hambourg, et depuis Bonn Phuong s'était arrangée pour qu'elle ait une compagne de chambre. Un peu plus âgée que Kim Phuc, Hang parlait couramment allemand. Au premier abord, elle semblait surtout là pour servir d'interprète aux médecins et aux infirmières, mais Kim Phuc avait vite compris qu'en réalité elle était chargée de la surveiller. Les deux jeunes femmes avaient pourtant sympathisé. Des années auparavant, les parents de Hang l'avaient envoyée faire ses études secondaires en Allemagne de l'Ouest, où elle était restée après la guerre. Elle vivait désormais à Ludwigshafen avec son compagnon, vietnamien lui aussi. Ni l'un ni l'autre ne souhaitaient retourner au Viêt Nam.

Kim Phuc était dévorée par l'envie. Elle imaginait la vie à l'Ouest en scrutant le ciel nocturne qui lui paraissait sans limite. Le mot « fuite » dansait dans sa tête. Le cœur battant, elle priait en secret : « Mon Dieu, je voudrais m'enfuir. Mais comment ? Il y a trop de monde autour de moi. » Elle se souvenait des documents que Hai Tam avait fait signer à Kretz. « Si je ne rentre pas, c'est Perry Kretz qui paiera », se disait-elle. Résignée, elle s'en remit à Dieu. Même si la liberté lui échappait dans l'immédiat, elle restait persuadée qu'en lui accordant ce voyage Dieu voulait lui ouvrir la voie d'un avenir meilleur.

Un jour, un facteur apporta dans sa chambre une lettre au nom de « Kim Phuc ». Il lui fit signer un accusé de réception. L'enveloppe contenait mille marks. Il n'y avait pas de nom d'expéditeur, seulement un numéro de boîte postale en Allemagne. Hang assista à la scène.

— Garde cette lettre et ne dis rien à personne, conseilla-t-elle.

La somme représentait un an de salaire moyen pour un Vietnamien du Sud, deux ans pour un Vietnamien du Nord.

Comme cadeau d'adieu, en souvenir de leur brève amitié, Hang proposa à Kim Phuc de remplacer ses sandales vietnamiennes en plastique par une paire en cuir. Elle demanda à son compagnon de venir les chercher en voiture et fit sortir en cachette son amie encore couverte de pansements. Elle la conduisit elle-même dans un grand magasin du centre-ville. Leur achat fait, Hang et Kim Phuc se dirigeaient vers l'escalier mécanique quand deux clients allemands s'arrêtèrent pour dévisager cette dernière :

— Vous ne seriez pas Kim Phuc ? demanda l'un d'eux.

Elle répondit par un sourire énigmatique. Hang la prit aussitôt par le bras et l'entraîna vers le rayon vêtements. Dès que les deux hommes furent hors de vue, elle s'empressa de la ramener à la voiture. Sur le chemin du retour, Kim Phuc eut du mal à ne pas dire : « Emmène-moi. Je veux m'enfuir ! » Hang, pour sa part, plaisantait nerveusement :

— Avec toi, j'ai l'impression de transporter une bombe !

Pendant les consultations, imitant l'attitude déférente des infirmières, Kim Phuc témoignait le plus grand respect au docteur Zellner. Lors de la dernière visite, elle osa pourtant lui poser une question :

— Je rêve d'aider les autres en devenant médecin. Pensez-vous que ma santé me le permette ?

Comme tous ceux qui avaient lu des articles sur Kim Phuc, le docteur Zellner la croyait étudiante en médecine à Ho Chi Minh-Ville. Mais à leur première rencontre, elle ne lui avait pas semblé de taille à poursuivre ce genre d'études.

— Face à un patient qui souffre, un médecin doit faire preuve d'une grande force morale. Pour vous qui souffrez vous-même, la souffrance d'autrui sera difficile à supporter, et ce n'est pas bon pour les patients, répondit-il.

Kim Phuc buvait ses paroles.

— Pour être un bon médecin, reprit-il, il faut aimer son métier. Il faut être disponible quand on a besoin de vous. Si on vous appelle en pleine nuit, il faut se lever, même après avoir travaillé toute la journée…

Il lui suggéra de choisir une carrière moins éprouvante :

— Pourquoi ne pas étudier l'anglais ? Vous pourriez enseigner, ou devenir guide. Du moment que vous aimez ce que vous faites, vous réaliserez votre rêve d'aider les autres et de les rendre heureux.

Des dizaines de journalistes vinrent à la clinique assister à la conférence de presse finale. Phuong s'était déplacée de Bonn pour servir d'interprète à Kim Phuc. La jeune femme lut le discours préparé par Phuong. Elle commença par remercier tous ceux qui avaient rendu possibles son voyage et son opération.

— J'espère qu'un hôpital pour les grands brûlés sera construit dans mon pays à l'intention de tous ceux qui n'ont pas la chance de se faire soigner à l'étranger, poursuivit-elle. Il y a beaucoup d'autres Kim Phuc au Viêt Nam.

Comme prévu, une firme allemande annonça ensuite qu'elle offrait un million de marks pour lancer le projet.

— J'espère aussi que cet hôpital pour grands brûlés portera mon nom, ajouta la jeune femme de sa propre initiative.

À la fin de la conférence, Perry Kretz fit comprendre aux journalistes que le reste du voyage de Kim Phuc était purement privé.

Phuong ramena la jeune femme à Bonn. Jusqu'à son départ fixé trois semaines plus tard, au début de septembre, elle devait séjourner au bureau de liaison. Il était courant pour les responsables politiques, diplomates ou étudiants vietnamiens voyageant à l'étranger d'y rester quelques semaines, voire quelques mois après la fin de leur séjour officiel ou de leurs études, afin de « prendre du bon temps », c'est-à-dire faire des achats. Fonctionnaires pour la plupart et originaires du nord du pays, ils n'avaient qu'une idée en tête : rapporter le plus grand nombre possible de sacs de voyage remplis à craquer. Certains abusaient de la situation. À l'aéroport de Moscou, dans une valise diplomatique en provenance de l'ambassade vietnamienne d'un pays de l'Est, on découvrit huit cents jeans et deux mille montres à affichage digital. Un membre du Politburo prévoyait son volume de bagages en fonction du nombre de camions disponibles à l'arrivée pour décharger l'avion-cargo transportant les miroirs, plaques chauffantes, Cocottes-Minute, pompes à eau et autres machines à coudre qui faisaient défaut dans son pays.

Bonn étant une ville occidentale, seuls les Vietnamiens du Nord ou ceux du Sud connus pour leur allégeance au nouveau régime pouvaient sortir non accompagnés. Kim Phuc fut placée sous la surveillance d'un chauffeur prénommé Quang. La jeune femme n'avait pas l'intention de dépenser ses marks, ni la force d'aller en ville. À son départ de la clinique, ses cicatrices la faisaient souffrir et elle savait qu'il faudrait du temps pour qu'une amélioration réelle intervienne. Elle était encore plus maigre qu'à son arrivée. La douleur lui avait fait perdre l'appétit. Quang lui rendait service en allant acheter les sédatifs et pommades dont elle avait besoin. À sa demande, il lui rapporta également quatre cartouches de cigarettes qu'elle destinait à son père et à ses frères.

Elle passait l'essentiel de son temps à attendre dans une salle commune. Quang lui tenait compagnie. Compatissant, il était toujours prêt à lui masser le dos lorsque la douleur revenait. Elle pleurait souvent, et il fut aussi éberlué qu'elle d'entendre un jour la voix de Phuong tonner à l'autre bout de la pièce :

— Arrête de pleurnicher ! Si tu continues, c'est toi qui risques d'empêcher d'autres victimes de bénéficier des mêmes soins que toi !

Au bureau de liaison, on parlait avec une crainte non dissimulée de l'influence de Phuong en haut lieu. Kim Phuc redoutait encore plus les représailles de la chargée d'affaires que celles de Hai Tam à Tay Ninh. Alors qu'elle séchait ses larmes, Quang tenta de la réconforter :

— Phuong est méchante avec tout le monde. On n'y peut rien. Face à elle, on n'a aucun pouvoir... Mais chaque fois que je rencontre quelqu'un qui ne lui ressemble pas, je me sens mieux, déclara-t-il.

Tout en se morfondant au bureau de liaison, Kim Phuc avait vaguement conscience qu'au-dehors sa célébrité ne cessait de croître. Le personnel avait gardé tous les journaux et magazines allemands contenant des articles sur l'arrivée et le séjour dans leur pays de la « *Napalm-Mädchen* », mais elle n'avait pas le cœur à les regarder. Elle recevait même quelques cadeaux, animaux en peluche et articles de toilette aussitôt confisqués par Phuong. « C'est pour quelqu'un d'autre », affirmait celle-ci. Un autre jour, devant un vieux monsieur venu offrir un petit paquet soigneusement enveloppé, elle avait humilié la jeune femme en lui ordonnant : « Dis merci ! »

Perry Kretz vint de Hambourg faire ses adieux à Kim Phuc. Il l'emmena déjeuner avec Phuong, qui choisit un restaurant à la terrasse d'un château du treizième siècle surplombant le Rhin. Le reporter suggéra ensuite de faire une promenade, au cours de laquelle il offrit à sa protégée une glace au célèbre café Capri. En guise de cadeau d'adieu, il avait décidé d'envoyer deux femmes journalistes au *Stern* faire les boutiques avec Kim Phuc. La sortie eut bien lieu, mais en compagnie de Phuong et de deux fonctionnaires du bureau de liaison.

— Qu'est-ce qui te plairait, Kim ? demanda l'une des journalistes.

La jeune femme ne répondit pas, de peur de paraître impolie. Ce fut Phuong qui désigna finalement un long peignoir matelassé en satin violet :

— Ça, ce sera très bien pour elle.

Kim Phuc aurait voulu protester, mais ses paroles restaient coincées dans sa gorge : « Je n'ai pas besoin de ce genre de peignoir ! Ça peut sans doute servir en Allemagne, mais pas dans mon pays. » La journaliste du *Stern* se mit en quête d'une caisse. Apercevant un miroir à main vert, Kim Phuc dit bien fort :

— Voilà ce qui me ferait plaisir !

La seconde journaliste prit aussi le peigne, le porte-savon et le porte-brosse à dents assortis, plus un ours en peluche bleu qui se trouvait là, et se dirigea à son tour vers la caisse.

Le matin du départ, Kim Phuc entreprit de remplir la petite valise en osier achetée par Kretz à Bangkok. Elle tria ce qu'elle allait emporter parmi les magazines et les vêtements que le reporter lui avait envoyés de Hambourg – apprenant qu'elle trouvait les nuits froides, il avait chargé sa femme de lui faire parvenir quelques lainages. Phuong entra et la regarda faire. Kim Phuc lui offrit l'ours en peluche bleu pour sa fille.

— Attention, au-dessus de vingt kilos de bagages, il faut payer. Et tu n'as pas d'argent... déclara Phuong.

Elle saisit le peignoir en satin violet.

— ... Dans le Sud, il fait chaud. Tu n'en auras pas l'usage. Donne-le-moi. Je te le rendrai à mon retour au Viêt Nam.

Lors du dernier repas pris par Kim Phuc au bureau de liaison, Phuong fit appeler le cuisinier :

— Où as-tu appris à faire la cuisine ? C'est immangeable ! dit-elle en poussant brutalement son assiette vers lui.

Effondrée, Kim Phuc se lamentait intérieurement : « Pourquoi, mais pourquoi ? Elle occupe un poste important, elle a tout ce qu'elle veut. Qui peut bien être ce "quelqu'un d'autre" à qui sont allés mes cadeaux ? Pourquoi est-elle si méchante ? Pourquoi y a-t-il des gens comme elle ? »

Ne pouvant se libérer pour raccompagner Kim Phuc au Viêt Nam, Kretz avait suggéré que *Stern* lui réserve une place sur un vol Air France à destination de Paris, puis d'Ho Chi Minh-Ville.

— Elle ne sera pas en sécurité, rétorqua Phuong.

Quang et un fonctionnaire du bureau de liaison conduisirent donc la jeune femme à Berlin, d'où elle prendrait l'avion pour Hanoi. Elle passa une semaine à l'ambassade vietnamienne de Berlin-Est. Plus aimable que son épouse, le mari de Phuong l'invita un soir dans un Biergarten de la capitale est-allemande. Enfin, le 11 septembre, après sept semaines d'absence, Kim Phuc s'envola pour Hanoi, escortée par un ouvrier vietnamien rentrant chez lui. Elle n'était pas vraiment curieuse de découvrir le Viêt Nam du Nord : il y avait à ses yeux des pays plus intéressants à visiter.

À l'aéroport Noi Bai presque désert, elle présenta ses papiers à l'agent des services d'immigration. Il la reconnut aussitôt :

— Tu es Kim Phuc et tu rentres d'Allemagne. Je t'ai vue dans les journaux et à la télévision.

— C'est vrai ? dit-elle, flattée.

Un chauffeur et un guide l'attendaient. Elle s'étonna de voir les abords de l'aéroport aussi peu urbanisés : des vaches paissaient dans les champs voisins. Les cyclistes se retournaient sur les voitures. La pauvreté dépassait tout ce qu'elle avait connu jusqu'alors : les huttes en bambou au bord de la route étaient de véritables taudis, les gens semblaient vêtus de haillons. Même en plein centre d'Hanoi, les piétons avaient l'air hagard. Dans le silence funèbre entourant le ballet des cyclistes, elle perçut une longue accoutumance au sacrifice, à la souffrance.

Son guide la déposa à l'ancien hôtel Métropole devenu Thong Nhut, ce qui signifie « réunification » – chaque ville comptait un hôtel ainsi rebaptisé par l'État. Autrefois magnifique exemple du style colonial fin de siècle, il semblait désormais presque à l'abandon, plus sinistre encore que l'établissement minable d'Ho Chi Minh-Ville où elle avait passé la nuit avant de partir pour l'Allemagne. Du petit climatiseur russe encastré dans la fenêtre à la Thermos chinoise remplie d'eau chaude et posée près du lit, tout rappelait qu'on se trouvait en pays communiste. Au restaurant, le menu était réduit à sa plus simple expression : la plupart des plats proposés avaient été rayés…

Le séjour de Kim Phuc à Hanoi fut moins calme qu'elle ne l'imaginait. Son arrivée dans la capitale vietnamienne coïncidait avec les célébrations marquant le trentième anniversaire de la fin de la colonisation française. Son guide l'emmenait régulièrement au ministère des Affaires étrangères pour une nouvelle interview avec des journalistes vietnamiens ou étrangers. L'année universitaire ne commençant pas avant la mi-octobre, les responsables du ministère considéraient que la jeune femme était disponible jusqu'à cette date.

Au cours de sa deuxième semaine à Hanoi, elle quitta l'hôtel pour s'installer chez la veuve d'un capitaine de l'armée nord-vietnamienne. Cette femme replète était la mère de Minh, un ami de Quang, son chauffeur à Bonn. Pour rendre service à Quang, Kim Phuc avait accepté de remettre une lettre pour Minh à la mère du jeune homme.

Kim Phuc avait rencontré Minh à Bangkok : il jouait avec d'autres au volley sur le terrain de l'ambassade vietnamienne quand Thach les avait interrompus pour leur présenter la jeune femme. Minh ne passait pas inaperçu : il avait l'aplomb et le physique d'un jeune premier. Comme il l'avait alors expliqué à Kim Phuc, il « prenait du bon temps » avant de rentrer chez lui à Hanoi. Il revenait de Manille où le ministère des Affaires étrangères l'avait envoyé se former auprès d'un célèbre guérisseur philippin. Minh avait paru surpris que la jeune femme n'ait jamais entendu parler de lui.

Cette fois, ce fut au tour de la mère de Minh d'être surprise d'avoir la visite d'une célébrité comme Kim Phuc. Elle lui montra une série de journaux et de magazines vietnamiens avec des articles relatant son voyage en Allemagne, photos à l'appui. Par politesse, elle lui demanda comment elle trouvait son hôtel. Après avoir entendu la jeune femme se plaindre de la nourriture et de l'eau du robinet colorée par la rouille, elle s'arrangea avec le ministère des Affaires étrangères pour héberger la jeune femme contre une rémunération.

Elle consacrait beaucoup de temps à Kim Phuc, l'emmenant découvrir sur son scooter japonais les sites touristiques de la capitale. Ensemble, elles firent à pied le tour du légendaire lac Hoan Kiem – lac de l'Épée restituée – qui devait son nom à un guerrier du quinzième siècle : un jour qu'il se promenait en barque, une tortue d'or était sortie des eaux et lui avait repris, pour la rendre au royaume des cieux, l'épée magique grâce à laquelle il avait chassé l'envahisseur chinois. Les deux femmes visitèrent également le mausolée du président Ho Chi Minh. Il n'intéressa guère Kim Phuc, que les monuments historiques laissaient indifférente.

Le retour de Minh bouleversa l'atmosphère paisible de la maison de sa mère. Chez lui, tout était tapageur : sa musique assourdissante, ses sorties nocturnes, ses chemises de couleur vive et ses mocassins de cuir achetés à Bangkok. Du jour au lendemain, les distractions changèrent : tous les soirs, Kim Phuc à l'arrière de son scooter, il fonçait vers les ruelles du vieil Hanoi pour dîner au restaurant avec une bande d'amis. En plus de ses pouvoirs de guérisseur, il se prétendait capable de détecter chez les autres la présence d'argent ou d'objets de valeur. Usant de son charme, il persuada la jeune femme de lui céder trois de ses quatre cartouches de cigarettes, de même qu'il s'arrangeait toujours pour lui faire payer l'addition au restaurant – après avoir trouvé quelqu'un pour lui changer ses marks à un taux avantageux…

La rentrée universitaire approchait, et avec elle le départ de Kim Phuc, mais Minh trouva un moyen de différer son retour dans le Sud. Enfant, elle avait eu des troubles de la thyroïde qui resurgirent sous la forme d'un goitre très visible. À la demande de Minh, le ministère des Affaires étrangères l'autorisa à prolonger son séjour d'une semaine pour que le jeune homme puisse la soigner.

— Voici rassemblées les deux plus grandes célébrités du Viêt Nam ! s'écria Minh.

Kim Phuc ne croyait pas à ses pouvoirs de guérisseur, même après avoir été témoin de la foi désespérée de ceux qui lui faisaient confiance. Souvent, des inconnus chargés d'offrandes de riz et de fruits sonnaient à la porte de la propriété pour le supplier de guérir un enfant ou un parent atteint du cancer. Minh les congédiait sans ménagement, préférant la compagnie de Kim Phuc.

De son côté, la jeune femme n'était pas pressée de regagner Ho Chi Minh-Ville. Contrairement à ce qu'on pensait autour d'elle à Hanoi, aucune occupation ne l'attendait dans l'ancienne capitale. Ses derniers marks seraient vite dépensés. « Une fois encore, je me trouverai sans études, sans argent et sans riz », se disait-elle. Tandis que se dissipait l'euphorie engendrée par son premier voyage à l'étranger, elle s'interrogeait : comment Dieu avait-il pu voir dans son séjour en Allemagne une ouverture vers un avenir meilleur ?

La réponse lui vint des comparaisons qu'elle faisait entre sa vie et celle de Minh et de sa mère.

Malgré la modicité du salaire et de la pension que le jeune homme et sa mère recevaient de l'État, ils vivaient comme des riches. Les voyages à l'étranger de Minh lui permettaient de se procurer devises et biens de consommation : sa mère et lui possédaient trois scooters, un téléviseur, une chaîne stéréo et un ventilateur dans chaque pièce. Pourquoi certains devaient-ils se priver de tout alors que d'autres ne manquaient de rien ? Kim Phuc finit par comprendre : ce qui distinguait les premiers des seconds, c'étaient leurs relations avec les puissants et les privilégiés. Elle savait ce qui lui restait à faire : « Avant de partir, je dois raconter la vérité à quelqu'un de haut placé. » Soudain, elle voyait la main de Dieu dans son étape forcée à Hanoi.

L'occasion se présenta lors d'une réception au ministère des Affaires étrangères où la jeune femme devait rencontrer un groupe de journalistes japonais. La soirée était présidée par le diplomate chargé des relations avec la presse étrangère. Âgé d'une cinquantaine d'années, il s'appelait Minh comme le jeune guérisseur – c'était leur seul lien – et Kim Phuc l'avait déjà rencontré. Elle avait remarqué que ses subordonnés le respectaient, qu'il se faisait obéir sans recourir à la menace. D'instinct, elle savait qu'elle pouvait lui faire confiance.

Elle se débrouilla pour s'installer près de lui au moment où l'on servait le thé et le dessert. Lorsqu'ils furent assis côte à côte dans de confortables fauteuils aux housses de toile blanche, elle entama timidement la conversation.

— Tu as quelque chose à me dire ? demanda-t-il.

Elle acquiesça et lui raconta son histoire. Minh fut profondément troublé par ces révélations :

— Cette décision a été prise à notre insu. C'est une très mauvaise action.

Sur ses conseils, Kim Phuc écrivit au Premier ministre Pham Van Dong pour lui expliquer comment, deux ans et demi auparavant, les autorités de Tay Ninh l'avaient empêchée de poursuivre ses études à Ho Chi Minh-Ville, où elle vivait désormais dans la plus grande précarité. Minh lui promit de remettre personnellement sa lettre au Premier ministre, et il l'engagea à rester à Hanoi pour attendre la réponse.

Deux jours plus tard, un membre du cabinet de Dong apportait un message à Kim Phuc : le Premier ministre l'invitait à dîner chez lui le soir même.

11

Au centre d'Hanoi, non loin du mausolée d'Ho Chi Minh, se trouvaient d'élégantes villas du dix-neuvième siècle aux murs ocre et aux volets verts, nichées dans des jardins spacieux parmi les dahlias et les bougainvillées. Là résidaient les membres du Politburo vietnamien, ainsi que leurs collaborateurs, agents de sécurité et domestiques. L'ancienne demeure du gouverneur français était à présent occupée par Pham Van Dong. Son épouse, qui avait besoin d'une surveillance médicale constante, logeait dans un pavillon adjacent. Leur fils Duong, militaire de carrière, vivait seul à Hanoi.

À soixante-dix-huit ans, Dong était aux yeux du peuple vietnamien l'un des derniers héritiers de la pensée et de l'action d'Ho Chi Minh – avec le célèbre général Vo Nguyen Giap, fondateur du Viêt-minh, brillant vainqueur des Français et des Américains. Dong et Giap avaient formé avec Ho Chi Minh, pourtant leur aîné de quinze ans, un triumvirat loyal et soudé. Tous les trois avaient fait leurs études dans un lycée français de Huê et participé à la fin des années vingt à la fondation du parti communiste indochinois. Ils avaient survécu à la prison de Poulo Condore – île déserte en mer de Chine méridionale, transformée par les Français en bagne pour prisonniers politiques – et aux années de guérilla.

Après plusieurs années auprès des communistes de Chine du Sud, Dong était devenu l'un des principaux lieutenants d'Ho Chi Minh durant la Seconde Guerre mondiale. Ministre des Affaires étrangères, il avait acquis une stature internationale en représentant le Viêt Nam lors des accords de Genève qui mirent fin à la guerre d'Indochine. Un an plus tard, en 1955, Ho Chi Minh le nomma Premier ministre, poste qu'il occupait toujours. Il avait une réputation de médiateur habile, de gestionnaire prudent et compétent, mais on respectait surtout son autorité morale – quand il voulait bien l'exercer et que la rigidité du système en place le permettait.

Sa vie privée servait d'exemple dans le parti. La lutte pour l'indépendance avait séparé pendant de longues années les responsables communistes de leurs épouses, entraînant de nombreux divorces et remariages. Dong ne vivait plus avec sa femme depuis le début des années cinquante, mais il avait toujours refusé de divorcer. Les cadres du parti les plus âgés se rappelaient encore la belle adolescente employée chez le glacier Zéphyr, en face du restaurant sur les rives du lac Hoan Kiem. Après son mariage, elle avait rejoint les rangs de la résistance contre les Français et Dong était retourné dans la clandestinité. Peu de temps après la naissance de leur fils Duong, elle avait commencé à souffrir de violents maux de tête, premiers symptômes d'une maladie mentale qui l'empêcherait de mener une vie normale. Dong avait dû envoyer son fils à Saigon, afin qu'il y soit élevé par des parents éloignés.

Le vieil homme se distinguait des autres membres du Politburo à plus d'un titre. Son tempérament chaleureux et compatissant tranchait sur leur attitude austère et méprisante. Passionné par son pays, il parlait avec une émotion visible du sort des femmes et des enfants pendant la guerre. Perdant peu à peu la vue avec l'âge, il aimait écouter la radio et se faire lire les œuvres de Victor Hugo ou d'Anatole France. Chaque soir, son fils venait dîner avec lui, et le samedi son épouse se joignait à eux.

Lorsque Kim Phuc arriva chez Dong, elle fut accueillie par son secrétaire personnel et par Duong. Puis le Premier ministre apparut et l'embrassa sur les deux joues. Après le dîner, Duong s'éclipsa. Il ne réapparaîtrait qu'en fin de soirée, pour ramener la jeune femme chez elle en scooter. Kim Phuc resta en tête à tête avec Dong, dans un salon embaumant les dahlias fraîchement coupés.

Il prit ses mains dans les siennes et la questionna sur son histoire. Il voulait tout savoir de ses brûlures dues au napalm et des soins qu'elle avait reçus en Allemagne. Il lui demanda si elle souffrait toujours. Jamais encore Kim Phuc ne s'était confiée aussi librement, sauf à sa mère. Elle avait l'impression de se trouver face à un ange. Grand pour un Vietnamien, ses yeux au regard pénétrant étaient mis en valeur par son front dégagé et ses cheveux d'un blanc neigeux. Elle sentait en lui beaucoup de compassion, et comprit à la manière dont il parlait de ses brûlures qu'il connaissait la fameuse photo. Il voulut voir ses cicatrices, et ne put retenir ses larmes en effleurant leur relief rugueux. « C'est vraiment un grand homme », songea Kim Phuc.

Elle se sentit obligée de lui expliquer pourquoi elle laissait croire à tous les journalistes qu'elle était encore étudiante en médecine :

— J'ai peur. Je ne veux pas avoir d'ennuis. Alors je ne dis rien. Mais quand tout le monde est parti, je pleure de désespoir.

L'entretien touchant à sa fin, Dong lui demanda ce qu'elle aimerait étudier. Elle rapporta sa conversation avec le docteur Zellner qui lui avait conseillé d'oublier la médecine, et de choisir une carrière moins éprouvante pour sa santé.

— Je sais bien que ma résistance physique est limitée, concéda-t-elle. Mais au fond de moi, je voudrais tellement aider les autres ! Je n'arrive pas à renoncer à ce rêve.

— Ce docteur a raison. Il faut entreprendre des études compatibles avec ton état de santé. Mieux vaut te tourner vers une autre discipline. L'anglais semble un bon choix.

Avant son départ pour Ho Chi Minh-Ville, Kim Phuc revint dîner avec Dong et son fils. Le Premier ministre lui remit une lettre destinée aux membres de son cabinet. Suivant ses instructions, ils la recopièrent et l'envoyèrent aux autorités d'Ho Chi Minh-Ville et de Tay Ninh. Elle disait en substance :

« Après un voyage en république fédérale d'Allemagne pour faire soigner les brûlures causées par un bombardement américain au napalm, Kim Phuc a regagné Hanoi le 11 septembre 1984. Cependant, à cause de son état dépressif et de la présence d'un goitre, elle a reçu l'autorisation de rester à Hanoi jusqu'au 20 octobre 1984 pour y recevoir les soins nécessaires.

Pendant son séjour, elle a pu rencontrer M. Pham Van Dong qui s'est enquis de sa santé. Il lui a souhaité toute la réussite possible dans ses études et sa vie professionnelle future. Afin de permettre la réalisation de ce vœu, nous demandons aux autorités locales de porter une attention particulière à son cas, et de l'aider à reprendre les études de son choix pour qu'elle puisse ensuite être utile à la société… »

Conformément aux recommandations d'Hanoi, les autorités de Tay Ninh transférèrent le *ho khau* de Kim Phuc à l'université d'Ho Chi Minh-Ville. La jeune femme s'inscrivit pour un cursus de cinq années, au terme duquel était décerné un diplôme d'anglais. On ne lui réclama aucun droit d'inscription et on l'accepta pour le semestre en cours, pourtant commencé depuis trois semaines.

Dès l'été suivant, elle eut la possibilité de remercier le Premier ministre. Les dirigeants communistes avaient coutume, à cette saison, de fuir la chaleur humide d'Hanoi pour celle, plus sèche, du Sud. Ils joignaient ainsi l'utile à l'agréable, alternant séances de travail à Ho Chi Minh-Ville et loisirs sur les plages de Vung Tau – l'ancien cap Saint-Jacques – ou dans les montagnes et les forêts de conifères autour de Dalat. Chaque fois qu'il séjournait dans sa villa d'Ho Chi Minh-Ville, Dong invitait Kim Phuc à dîner.

Désormais, lorsqu'elle donnait une interview à des journalistes étrangers, la jeune femme était accompagnée de fonctionnaires d'Ho Chi Minh-Ville. Elle se réjouissait à l'idée de ne jamais revoir Hai Tam. « Il ne peut plus rien contre moi. Je lui ai échappé », se répétait-elle. Ses parents ne pouvaient pas en dire autant. Après le départ de Kim Phuc pour l'Allemagne, Tung, son père, avait contacté Viet, l'interprète, dans l'espoir d'être exempté de ce qu'il considérait comme une taxe punitive infligée au restaurant. Viet obtint pour Tung et Nu un entretien avec son supérieur du ministère des Affaires étrangères, Vu Hac Bong, qui avait déjà aidé Kim Phuc. Nu prit la parole :

— Le gouvernement n'aime pas notre famille, déclara-t-elle, avant de demander à Vu Hac Bong d'user de son influence pour fléchir les autorités de Tay Ninh.

Intellectuel respecté, à la fois courtois et énergique, celui-ci remit au couple une lettre destinée à ses collègues de Tay Ninh : « ... ayez l'obligeance de considérer le cas de la mère d'une victime du napalm présentement soignée en Allemagne. Étant donné le statut particulier de Kim Phuc, les services du ministère des Affaires étrangères sont particulièrement soucieux... »

À Tay Ninh, on avait dû considérer cette lettre comme une intrusion des fonctionnaires d'Ho Chi Minh-Ville dans un domaine ne relevant pas de leur compétence. Même s'il n'y avait eu aucun différend entre Hai Tam et Kim Phuc, tout percepteur en quête d'une proie facile aurait quand même pris le restaurant pour cible, sachant qu'il disposait d'une clientèle fidèle, synonyme de rentrées d'argent régulières. En outre, les provinces les plus pauvres, comme celle de Tay Ninh, étaient au bord de l'asphyxie financière à cause des impôts toujours plus lourds prélevés par Hanoi. Pendant le séjour de Kim Phuc en Allemagne, Hai Tam fit venir les parents de la jeune femme à Tay Ninh pour accueillir une délégation étrangère souhaitant leur remettre l'équivalent de deux cents dollars en dongs. « Cet argent est pour la ville, pas pour vous », devait ensuite préciser Hai Tam. Ses collègues et lui étaient persuadés que Kim Phuc et les siens tiraient profit de son voyage et de ses contacts avec les étrangers : à leur place, c'est ce qu'eux-mêmes auraient fait.

Lorsque la jeune femme retourna vivre chez Dai et Huong à Ho Chi Minh-Ville, ses conditions de vie s'améliorèrent pour plusieurs raisons. En son absence, après la naissance d'un bébé, le couple avait pu quitter son minuscule logement de fonction pour un appartement plus spacieux. Et Kim Phuc avait encore quelques marks. Mais comprenant que détenir cet argent à l'insu des autorités pouvait s'avérer dangereux pour elle, voire compromettre Dai et Huong, elle préféra solliciter de Vu Hac Bong un soutien financier :

— Le gouvernement devrait m'accorder une bourse : c'est lui qui a interrompu mes études.

— En effet. Tu ne dois pas avoir à te soucier d'autre chose que de la préparation de tes examens.

Dès lors, elle passa tous les mois à son bureau retirer une petite allocation qui lui permettait tout juste de se nourrir. Vu Hac Bong lui glissait chaque fois quelques dongs supplémentaires. S'il n'était pas là, il lui laissait une enveloppe. Ainsi pouvait-elle s'acheter des sédatifs, et s'offrir à l'occasion une glace ou un nouveau stylo.

En dehors de ses études, elle n'avait qu'une seule préoccupation : entendre à nouveau prêcher le pasteur Anh. Quelques mois avant son départ pour l'Allemagne, le pasteur en titre s'était fait arrêter et Anh l'avait remplacé. Le premier dimanche où elle put se libérer, elle se rendit à l'église. Curieusement, le trottoir était désert, la porte cadenassée. L'écriteau avec le nom de l'église et l'horaire des services avait disparu. Kim Phuc courut chez Loan, où se trouvait Linh, sa nièce :

— Qu'est-il arrivé à oncle Anh ? lui demanda-t-elle.

— Arrêté. Le gouvernement a fermé l'église.

Des amis chrétiens confirmèrent cette nouvelle arrestation. Anh aurait été surpris en possession de brochures « réactionnaires ». Kim Phuc voulut aller le voir en prison, mais il avait demandé qu'on le laisse seul avec Dieu.

Les autorités avaient fermé toute une série d'églises, dont la sienne. Pasteurs et prêtres catholiques avaient été arrêtés pour les motifs habituels : sous couvert de religion, ils auraient prêché contre l'État, préparé des actes de sabotage, abrité des espions et stocké des armes. Ces nouvelles mesures répressives intervenaient au moment où, devant le nombre de Vietnamiens fuyant le pays, Hanoi redoutait que certains d'entre eux coordonnent de l'étranger des actions subversives contre le régime.

De temps à autre, Kim Phuc assistait au service dominical de l'église où elle avait été baptisée, miraculeusement épargnée. Chaque jour, elle prenait le temps de prier et de lire la Bible. « Si on perd de l'argent, on peut le remplacer. Mais si on perd une nourriture spirituelle, l'âme crie famine. Et que peut-on lui offrir ? » se disait-elle.

À partir du printemps 1985, les interviews de Kim Phuc se succédèrent à un rythme plus intense que jamais. Les médias étrangers s'intéressaient de nouveau au Viêt Nam à l'approche du dixième anniversaire de la chute de Saigon. Le nombre de touristes attirés par le Mémorial des vétérans à Washington témoignait de la volonté croissante des Américains de se pencher publiquement sur ce chapitre de leur histoire. Parmi les monuments les plus visités de la capitale, le mur de granit noir arrivait en deuxième position, juste derrière le mémorial de Lincoln. Encore ténu, un concert de voix rassemblant d'anciens pacifistes et des membres de la diaspora vietnamienne aux États-Unis appelait à restaurer l'amitié avec les pays de la péninsule indochinoise. Dans le même temps, des rumeurs circulaient sur un éventuel rapprochement américano-vietnamien, Hanoi ayant autorisé les responsables du Pentagone à venir six fois par an – au lieu de quatre jusqu'alors – mener l'enquête sur les soldats disparus.

Professeurs et camarades de Kim Phuc s'habituèrent vite à la présence des reporters ou des équipes de télévision qui la photographiaient, la filmaient, et leur posaient au passage quelques questions. Environ cent cinquante journalistes, américains pour la plupart, vinrent couvrir les cérémonies officielles précédant l'anniversaire du 30 avril. Plus d'une fois, la jeune femme se retrouva parmi d'autres gens devant être interviewés. Un jour, elle attendit en compagnie de la veuve d'un homme lui aussi rendu célèbre par une photo : un suspect viêt-cong tué d'une balle dans la tête par un général sud-vietnamien. Kim Phuc n'adressa pas la parole à cette femme dont le visage sévère trahissait les sympathies communistes.

De toutes les interviews qu'elle donna, une seule marqua durablement Kim Phuc, à cause de l'épisode qui suivit. Elle recevait ce jour-là Arthur Lord, le correspondant de NBC qui avait couvert le bombardement au napalm treize ans plus tôt. Il lui demanda si elle connaissait le reportage tourné à l'époque. Elle répondit que non. Elle en avait bien vu un extrait dans le documentaire de l'équipe néerlandaise, mais n'en gardait aucun souvenir précis. Sans doute parce qu'il était en noir et blanc et qu'un commentaire avait remplacé la bande-son originale. Elle exprima le désir de le visionner en entier. Quelqu'un apporta la cassette. Viet, son ami interprète qui ne connaissait pas non plus le reportage, regarda avec elle.

Ils virent les premières bombes au napalm exploser sur la route, les survivants émerger d'un nuage de fumée noire. Kim Phuc reconnut dans les bras d'un villageois le bébé de tante Anh – qui mourrait quelques semaines plus tard. « Il n'a pas l'air si grièvement blessé », se dit-elle. Ensuite apparut grand-mère Tao, portant le corps noirci de Danh.

— *Nguoi oi !... Chay di dau nhu vay ne troi ? Chay di dau nhu vay ne troi ?*

Sa voix semblait monter des profondeurs de la terre. Ses paroles se fichèrent comme autant d'éclats de verre dans le cœur de Kim Phuc. La jeune femme eut un mouvement de recul en voyant les lambeaux de peau calcinée se détacher des talons de l'enfant.

Puis elle se vit elle-même, alors qu'elle fuyait nue parmi ses frères et ses cousins. Se substituant à Danh mourant, elle répondit à la question insistante de sa grand-mère : « Je ne pouvais pas courir, grand-maman, pas avec mes talons brûlés. »

Le noir se fit sur l'écran. Kim Phuc resta assise en silence, les joues ruisselantes de larmes. Viet frissonnait.

— Abominable. C'est abominable, répétait-il.

Pour Kim Phuc, ce reportage effaça certains souvenirs du bombardement au napalm et en fit resurgir d'autres. Au cours des centaines d'interviews qu'elle avait accordées, les journalistes ne s'étaient intéressés qu'à sa tragédie personnelle. N'ayant pas conscience de la réalité des événements telle qu'elle apparaissait dans le film, elle racontait ce dont elle se souvenait : le moment où elle avait tourné la tête dans sa course pour voir les bombes tomber de l'avion, celui où les flammes l'avaient enveloppée. Alors, son seul souci avait été de courir, sans s'arrêter.

Jusque-là, jamais elle ne s'était demandé ce qu'avaient vécu les autres victimes avant qu'elle-même n'entre dans le champ de vision du photographe. Ces blancs étaient à l'image de sa perception de la guerre : elle ignorait pourquoi elle avait commencé, qui était l'ennemi, qui le vainqueur, et comment elle s'achèverait. À présent, elle découvrait que ses deux petits cousins étaient morts dans d'atroces souffrances. « Pourquoi ? Au nom de quoi un bébé et un enfant devraient-ils souffrir ainsi ? » s'interrogeait-elle. L'équipe de télévision rangeait son matériel, remballait la cassette. « Maintenant, je comprends qu'aux États-Unis les gens soient touchés par mon sort. Je mesure ce que j'ai subi. » Du coup, elle s'expliquait mieux pourquoi elle avait survécu aux flammes du napalm : pour devenir le symbole vivant des horreurs de la guerre. « Le reportage et la photo m'ont fait entrer dans l'Histoire. Je suis la seule à incarner ces instants. Bien sûr, il y a d'autres victimes de la guerre, mais elles n'ont pas vraiment de preuve. Moi, j'ai le reportage, la photo, mes cicatrices. »

En juin 1985, le directeur d'études de Kim Phuc la convoqua dans son bureau. L'université avait reçu d'Hanoi l'ordre de laisser la jeune femme se rendre à Moscou le mois suivant. Tous les quatre ans, un pays du bloc communiste organisait un festival mondial de la jeunesse. Cette année-là, le thème retenu était « Pacifisme et anti-impérialisme ». Un an plus tôt, le Viêt Nam avait entamé un processus de sélection pour choisir une centaine de ses « filles et fils engagés dans l'édification du socialisme ». Comme d'autres associations de jeunesse, l'université de Kim Phuc avait proposé un nom. Mais la participation de la jeune femme était sollicitée par les organisateurs du festival : le Komsomol, conseil soviétique des jeunesses communistes, voulait en faire une de ses invitées d'honneur.

— Tu ne peux aller à Moscou que si tu es membre des Jeunesses communistes. Il faut adhérer, déclara le directeur d'études en lui remettant un formulaire destiné d'ordinaire aux lycéens.

— Comme vous voulez ! répondit Kim Phuc en riant.

En prévision du festival qui devait durer une semaine entière, la capitale soviétique n'avait rien négligé : des guirlandes lumineuses décoraient les façades ; les habitants avaient briqué leur voiture ; on avait expédié un million de Moscovites dans des centres de vacances et les ventes de vodka étaient sévèrement réglementées. « Ensemble contre l'impérialisme, pour la paix et l'amitié entre les peuples ! » proclamaient les banderoles. Le premier jour, devant les cent mille spectateurs du stade Lénine, le président Mikhaïl Gorbatchev ouvrit le festival par un lâcher de colombes. Dix-huit mille délégués venus de cent cinquante-sept pays étaient présents. À elle seule, la délégation américaine comptait trois cents personnes.

Les organisateurs vietnamiens avaient dispensé Kim Phuc de participer au défilé des nations et à diverses manifestations culturelles : elle était là en tant qu'invitée d'honneur du festival, et non comme membre de la délégation vietnamienne.

Depuis les gradins, elle admira les *ao dai* blancs et les chapeaux coniques des Vietnamiennes. Elle avait de son côté un emploi du temps chargé. Allant d'écoles en théâtres, elle prenait la parole devant des assemblées pouvant réunir quelques dizaines de personnes comme plusieurs milliers. Elle intervenait aussi bien dans des réunions amicales avec d'autres délégations que lors de colloques sur des sujets tels que l'impérialisme, le militarisme et le colonialisme, la paix et le désarmement. Ce dernier thème était à l'ordre du jour, l'association Physicians for Social Responsability, dirigée par la militante australienne Helen Caldicott, ayant reçu cette année-là le prix Nobel de la paix pour son action en faveur du désarmement nucléaire. Comme on pouvait s'y attendre, Kim Phuc était parmi les victimes de guerre citées en exemple. Un prêtre-ouvrier américain frappa également les esprits en racontant l'assassinat au Salvador, en 1980, de trois religieuses américaines et d'un laïc par les forces de sécurité du régime militaire, soutenu par les États-Unis.

Kim Phuc avait rencontré nombre de journalistes, de correspondants de guerre endurcis, mais jamais encore elle n'avait parlé en public. Quand les gens comprenaient qui elle était, un torrent d'émotion jaillissait. L'interprète, l'animateur, et bientôt la jeune femme elle-même ne trouvaient plus leurs mots. Il y avait des reniflements, puis des pleurs dans toute l'assistance.

Question : Quels sont les effets à long terme des brûlures au napalm ?

Réponse : La souffrance est autant physique que psychique. Parfois, je me suis dit que je n'y survivrais pas. J'ai des maux de tête, des douleurs qui se réveillent en moi... J'ignore encore si mon état de santé me permettra de me marier et d'avoir des enfants.

Question : Avez-vous de la haine pour l'Amérique ?

Réponse : Je n'emploie jamais ce mot. Je n'ai aucune haine pour la population américaine : elle n'est pas responsable de la guerre. Je considère les Américains comme des amis, et je voudrais pouvoir parler avec eux de cette guerre. Voilà pourquoi j'étudie l'anglais, pour que nous puissions nous comprendre.

Question : Si vous rencontriez le pilote qui a largué la bombe au napalm, que lui diriez-vous ?

Réponse : J'aimerais le rencontrer, mais pas pour parler de la guerre. C'est du passé. On ne peut pas réécrire l'Histoire. La guerre est une chose monstrueuse et je voudrais la faire cesser, pas seulement au Viêt Nam, mais dans le monde entier. Ce que je dirais à ce pilote, c'est que nous devons lutter pour la paix.

À la fin de chacune de ses interventions, des mains se tendaient vers Kim Phuc, comme pour recevoir l'absolution. On lui demandait son autographe. Elle se souviendrait longtemps d'un vétéran américain unijambiste, cloué dans son fauteuil roulant : ses sanglots avaient redoublé alors qu'elle se penchait pour l'embrasser.

— Pardon... Je voulais juste vous demander pardon, répétait-il.

Le *New York Times* publia le témoignage d'un jeune éducateur new-yorkais après sa rencontre avec Kim Phuc.

— J'aurais voulu sauter dans le premier avion pour aller dire à mes amis : « Hé, j'ai vu la fille de la photo ! », confiait-il au journaliste qui l'interrogeait.

À la fin du festival, Kim Phuc eut l'impression d'avoir été propulsée sur la scène internationale. En guise de confirmation, un responsable la désigna au moment où la délégation vietnamienne se rassemblait pour regagner Hanoi :

— Toi, tu restes ici.

Le Komsomol lui offrait en effet un mois de vacances en Union soviétique, privilège accordé chaque année à quatre Vietnamiens.

Les trois autres n'étant pas encore arrivés du Viêt Nam, le Komsomol installa Kim Phuc à l'hôtel Lénine, établissement modeste mais confortable près de la place Rouge. Trois semaines plus tard, une femme et deux hommes d'une soixantaine d'années, cadres du parti, la rejoignirent. Membre du comité central, la femme était ministre du Travail, des Affaires sociales et des Invalides de guerre ; les deux hommes, des officiers, avaient la charge des publications de l'armée. Cette femme n'était pas une inconnue pour Kim Phuc : elle faisait partie des héros de la révolution dont on lui avait parlé au lycée. À cause de problèmes oculaires, elle dut être hospitalisée à Moscou et les quatre vacanciers ne furent plus que trois.

Leur itinéraire comprenait les principaux sites touristiques – Moscou et le mausolée de Lénine, les palais de Leningrad, Kiev et l'Ukraine, la station balnéaire de Sotchi sur la mer Noire – ainsi que des destinations moins courues : Tachkent, capitale du lointain Ouzbékistan, et Irkoutsk en Sibérie. Dans la journée, ils faisaient du tourisme sous la houlette de leur guide et interprète soviétique. Le soir, ils allaient applaudir les danseurs du Bolchoï ou du Kirov, ou écouter les œuvres de Tchaïkovski.

Pour Kim Phuc, le plus agréable n'était pas de sillonner le vaste territoire soviétique, mais de ne plus avoir de surveillant vietnamien sur les talons. Elle se détendit au contact de ses compagnons du Nord, aussi curieux de discuter avec une Vietnamienne du Sud qu'elle l'était de faire leur connaissance. Très bavards tous les trois, ils furent vite inséparables. La jeune femme s'ouvrit aux deux hommes de la méchanceté de Phuong :

— C'est la fille du ministre des Affaires étrangères. Elle a tout. Pourquoi s'est-elle montrée aussi désagréable avec moi, qui n'ai rien ?

La réponse lui donna à réfléchir.

— Il n'y a pas que des gens bien, dans un État socialiste. Il y a aussi des individus nuisibles. Détourne les yeux quand ils croisent ta route. Chasse Phuong de ton esprit. Cultive l'amitié des personnes que tu estimes.

À la fin du mois de septembre, les responsables du Komsomol demandèrent à Kim Phuc de rester quelques mois de plus pour se rendre dans leurs sections disséminées à travers le pays.

— Aujourd'hui, les jeunes ne pensent qu'à consommer. Ils grandissent sans rien savoir des souffrances de la guerre. Nous voudrions que tu leur en fasses prendre conscience pour qu'ils n'oublient pas le passé, expliquèrent-ils.

Puisqu'elle était venue à Moscou sur ordre d'Hanoi, Kim Phuc accepta volontiers, oubliant que la rentrée universitaire approchait. Au cours des semaines suivantes, son emploi du temps aurait pu rivaliser avec celui d'un homme politique en campagne. Rayonnant à partir de Moscou, elle retourna dans plusieurs villes qu'elle avait déjà visitées, restant parfois près d'une semaine sur place pour aller dans les écoles, les fermes et les usines. À titre de remerciement, ses hôtes lui offrirent à la fin du mois d'octobre un séjour de deux semaines à Sotchi, dans l'un des innombrables centres de thalassothérapie et de remise en forme. Partout, les rigueurs de l'hiver s'annonçaient, mais sur les rives de la mer Noire, à l'abri des vents du nord derrière les montagnes, les températures automnales peuvent dépasser vingt degrés. De son hôtel de luxe, Kim Phuc voyait la plage et les palmiers. Deux fois par jour, un chauffeur l'emmenait dans une clinique où, sous le contrôle d'un médecin, elle suivait un programme quotidien de bains et de massages. Bientôt, sa peau greffée s'assouplit, les zones encore noirâtres devinrent d'un rose translucide. La détente, le sommeil, les longues promenades au bord de la mer et en montagne lui redonnèrent de l'appétit. Elle réussit à reprendre quelques kilos. « Plus tard, quand j'aurai de l'argent, je reviendrai », se promit-elle.

Son retour à Moscou en décembre, entre deux visites, fut un choc. La ville était dans les griffes de l'hiver. À Ho Chi Minh-Ville, décembre et janvier étaient les mois les plus agréables de l'année, une légère baisse des températures rendant la chaleur plus supportable qu'en été. Les hôtes de Kim Phuc l'emmenèrent au Goum, le grand magasin de la place Rouge, et lui achetèrent un anorak, une toque de fourrure, des bottes et des gants. Elle tomba quand même malade. Elle respirait difficilement et fut terrassée par d'horribles maux de tête.

Jamais elle n'avait autant redouté d'avoir à subir le contrecoup de ses brûlures. Les autorités soviétiques la firent admettre dans un hôpital des environs de Moscou, où d'éminents spécialistes soignaient l'élite du parti et les dignitaires étrangers. La ministre vietnamienne du Travail s'y trouvait encore en convalescence après une opération de l'œil. Les médecins essayèrent divers traitements pour soigner Kim Phuc, dont l'acuponcture. Mais les progrès furent lents, son organisme ayant surtout besoin de s'adapter au grand froid. Non seulement ses brûlures avaient détruit les pores permettant au corps de réguler sa température interne, mais ses poumons, déjà fragilisés par la chaleur intense du napalm, n'étaient pas habitués à un air aussi glacial. Enfin, son métabolisme restait sans doute perturbé par les épreuves qu'elle avait traversées. Pourtant, grâce au repos, au confort des chambres bien chauffées, à la qualité des repas, aux soins attentifs des infirmières et des spécialistes, Kim Phuc se rétablit. À la fin du mois de janvier, elle était prête à sortir.

Quelques jours avant son départ de l'hôpital, le fonctionnaire de l'ambassade vietnamienne qui lui rendait visite chaque semaine vint la chercher pour l'emmener à une soirée. De passage à Moscou, Dong donnait une réception à laquelle il l'avait conviée. Malgré la présence d'une vingtaine d'invités, en majorité soviétiques, la jeune femme occupait l'une des places d'honneur près du Premier ministre vietnamien. Ils bavardèrent durant tout le dîner. Lorsqu'elle mentionna les maux de tête qui l'avaient conduite à l'hôpital, Dong la questionna comme l'aurait fait un médecin. Où avait-elle mal ? Que ressentait-elle ? Elle se rappela alors le souci que lui causait la maladie de son épouse. Un après-midi où elle se promenait avec Duong, le fils du Premier ministre, dans le jardin de la villa d'Ho Chi Minh-Ville, ils avaient rencontré sa mère qui lisait le journal. Kim Phuc s'était adressée à elle et avait compris à ses réponses qu'elle était retombée en enfance.

Dong demanda à l'accompagnateur vietnamien des précisions sur le traitement que la jeune femme avait suivi à l'hôpital et sur le diagnostic des médecins :

— Je souhaite que tu guérisses au plus vite, dit-il à sa protégée.

Il lui parla ensuite de la reprise de ses études à son retour au Viêt Nam. Puis, sans préambule, il lui fit une proposition :

— Aimerais-tu rester à Moscou ? Aller à l'université ici ?

Il évoqua avec enthousiasme l'excellence de l'enseignement dispensé, le privilège d'avoir un diplôme de l'université de Moscou. Kim Phuc sourit poliment. À ses yeux, le froid ne représentait pas le principal obstacle. Comme la plupart des Vietnamiens, elle se méfiait de tout ce qui venait d'Union soviétique. Après cinq mois dans ce pays, elle savait seulement dire « spassiba », « merci » en russe. Dans chaque ville, le guide détaché par le Komsomol avait acheté les journaux et magazines relatant sa visite : elle n'en avait conservé aucun. Elle n'aimait que le caviar, qu'elle avait appris à apprécier au fil des réceptions.

— Je n'ai pas vu ma mère et mon père depuis l'été dernier. Si je reste étudier ici, je serai absente plusieurs années. C'est trop long. Je préfère retourner au Viêt Nam, répondit-elle en pesant ses mots.

Dong sourit à son tour, touché par cet argument. Lorsqu'on apporta le plateau de fromages, il se servit copieusement.

— Tu n'aimes pas le fromage ? Sais-tu que Pham Thy Hang en mange tous les jours ? lui demanda-t-il, faisant référence à une célèbre actrice vietnamienne. Tu devrais essayer. C'est très bon pour la peau.

À la fin du mois de janvier, Kim Phuc regagna Hanoi. Elle eut la désagréable surprise d'y retrouver le froid. Les vents de Sibérie qui avaient balayé Moscou, porteurs de neige et de grêle, déversaient sur la capitale vietnamienne une pluie incessante. Le thermomètre avait beau indiquer une quinzaine de degrés, l'air était saturé d'humidité. Kim Phuc dut attendre une semaine à Hanoi qu'on lui rende ses papiers d'identité, remis aux autorités avant son départ.

Avec l'accord du ministère des Affaires étrangères, elle put de nouveau séjourner chez la mère de Minh. Mais toute la semaine, son humeur fut à la morosité. La maison, mal isolée et sans vitres aux fenêtres, n'était pas chauffée. La jeune femme ne possédait ni les vestes fourrées ni les nombreuses épaisseurs de vêtements que les habitants d'Hanoi portaient chez eux. « Le peignoir en satin matelassé que Phuong a gardé pour elle me serait bien utile », se dit-elle avec amertume. À défaut, elle ne quittait pas l'anorak acheté à Moscou…

Pendant les trois semaines passées à Hanoi pour préparer le festival de Moscou, elle avait revu Minh, mais leur amitié appartenait désormais au passé. Il était apparu si souvent dans les locaux où résidait la délégation que tout le monde l'appelait « le petit ami de Kim Phuc ». La jeune femme avait été très vexée d'apprendre des fonctionnaires du ministère des Affaires étrangères qu'il affichait partout son intention de l'épouser. Il ne correspondait en rien à l'image qu'elle se faisait de son futur mari : il était débraillé, laissait sa mère ranger derrière lui, haussait le ton dès qu'il n'obtenait pas satisfaction… Quand il ne mettait pas le volume au maximum pour écouter du reggae, il disparaissait sur son scooter en faisant rugir le moteur. Lorsque Kim Phuc quitta Hanoi, elle se réjouit de laisser Minh derrière elle, en même temps que ses vêtements soviétiques.

À Ho Chi Minh-Ville, elle voulait voir en priorité son directeur d'études. On était en février, et les cours du second semestre avaient repris depuis trois semaines. Pour toucher de nouveau la bourse allouée par les services locaux du ministère des Affaires étrangères, elle devait se réinscrire à l'université. Elle avait impérativement besoin d'argent : en un an et demi, elle avait épuisé sa réserve de marks.

— J'espère que ma réinscription ne pose pas de problème..., dit-elle poliment.

La réaction du directeur la prit de court.

— Normalement, l'université ne devrait pas t'accepter.

— Mais... c'est sur ordre d'Hanoi que je suis allée à Moscou...

Elle était prête à supplier pour pouvoir reprendre ses études.

— J'ai suivi le festival à la télévision, ainsi que certaines de tes activités, répliqua-t-il.

Il lui fit clairement comprendre qu'il l'acceptait avec réticence. Il lui réservait d'ailleurs une autre surprise :

— Bien sûr, pas question de t'inscrire en deuxième année. Tu dois redoubler ta première année. Si tu étais moins célèbre, nous ne t'accepterions même pas.

Après avoir failli perdre une nouvelle fois son statut d'étudiante, Kim Phuc prit conscience de la folie qu'il y avait à mener cette double vie. Son existence choyée à l'étranger lui avait fait oublier la difficulté de survivre dans son pays. Force lui fut d'admettre que l'université se montrait extrêmement conciliante en la réintégrant. En cours, elle pensait avec envie à ses anciens camarades qui allaient terminer leur deuxième année. À vingt-trois ans, elle était toujours en première année, au même point qu'à dix-neuf ans lorsqu'elle commençait ses études de médecine.

Trois mois plus tard, en juin 1986, un fonctionnaire du ministère des Affaires étrangères lui confia ce qui lui paraissait une excellente nouvelle : à la demande d'une fondation privée, Hanoi acceptait qu'elle se rende aux États-Unis pour une tournée de conférences et avait ordonné aux autorités de Tay Ninh de préparer les documents nécessaires.

Quelques semaines avant cette invitation était apparu l'espoir d'un réchauffement entre Hanoi et Washington, jusqu'à ce que l'administration Reagan joue les rabat-joie en remettant à l'ordre du jour la question des soldats américains disparus. Pourtant, onze ans après la fin de la guerre, les États-Unis cherchaient vraiment le moyen de tourner définitivement la page sur ce passé douloureux. Cette volonté se manifestait par la création d'associations telles que le Indochina Reconciliation Project, dont l'ambition n'était pas tant d'obtenir la normalisation des relations américano-vietnamiennes que de préparer les Américains à une réconciliation des deux pays. Pareil objectif retenait forcément l'attention des dirigeants vietnamiens.

Kim Phuc cacha son désarroi devant cette nouvelle directive d'Hanoi. « Mes problèmes de santé et d'argent, l'interruption de mes études, Moscou, et maintenant ce voyage ! » se lamenta-t-elle. Elle redoutait d'être retenue des semaines, voire des mois, aux États-Unis. Et si elle retombait malade ? Elle vit se répéter ses démêlés avec l'université. Elle se sermonna : « Fini de s'amuser ! Assez de temps perdu. Consacre-toi à tes études. »

À la fin de l'été, un fonctionnaire de Tay Ninh remit à Kim Phuc une lettre de Thuong, le président de la province. Il lui fixait un rendez-vous en milieu de journée, ce qui mit la jeune femme en rage.

Il lui parla sans ménagement :

— Kim Phuc, Hanoi nous a donné l'ordre de préparer les papiers nécessaires à ton voyage aux États-Unis. Cette fois, pas de séjour en clinique, comme en Allemagne. Ce ne sont pas non plus des vacances, comme à Moscou. Tu vas devoir travailler !

Des années durant, la jeune femme s'était sentie écartelée entre ce qu'on attendait d'elle et ce qu'elle souhaitait vraiment. En règle générale, elle feignait la joie pour cacher sa déception. Pas cette fois.

— Je ne veux pas y aller, répondit-elle d'une voix ferme.

Devant tant d'audace, la surprise de Thuong fit place à la colère.

— Comment ? Et pourquoi ça ?

— Parce que j'ai peur pour mes études. À mon retour de Moscou, j'ai eu des problèmes avec l'université. Ils ne voulaient pas me réinscrire. Avec n'importe qui d'autre, ils n'auraient pas cédé. J'ai dû les supplier pour qu'ils me reprennent. Et maintenant, il faudrait que je reparte ? Ce n'est pas juste ! Si je fais ce voyage, je ne passerai jamais en deuxième année !

Elle joua sa dernière carte, celle du désespoir :

— Je vous en supplie, laissez-moi finir mes études ! Ensuite, je ferai ce que vous voudrez. J'irai aux États-Unis. Je dirai oui à tout ce que vous me demanderez.

Le président se montra inflexible.

— Ce voyage est une mission. Tu ne peux pas refuser.

— Je vous en prie, essayez de comprendre…

— C'est un ordre d'Hanoi. Il faut obéir.

— Non !

Thuong en resta interloqué. Kim Phuc continua :

— J'ai des ennuis avec l'université.

— Aucune importance.

— Je ne peux pas partir. Pas avant d'avoir fini mes études.

— Tu iras quand même. Ce sont les ordres du gouvernement. Tu dépends de l'université, qui dépend elle-même du gouvernement. Elle ne fera pas de difficultés. On te communiquera en temps voulu la date de ton départ.

Anéantie, Kim Phuc regagna Ho Chi Minh-Ville dans l'autocar cahotant et empoussiéré qu'elle avait pris des centaines de fois. Elle pensa aux caprices du sort, à toutes les victimes de guerre vietnamiennes qui n'attiraient pas l'attention des journalistes, n'allaient pas se faire soigner à l'étranger, ne bénéficiaient pas de vacances tous frais payés. Certains lui enviaient ce qu'ils considéraient comme des privilèges. Elle avait surpris des paroles malveillantes. « Pourquoi elle ? » avait demandé un membre de la délégation vietnamienne à Moscou, quand les autorités l'avaient choisie pour passer un mois de vacances en Union soviétique. Alors, elle exultait. À présent, elle avait envie de dire : « Si vous voulez, j'échange ma place contre la vôtre. Je ne suis qu'une victime innocente. J'étais une enfant à l'époque du bombardement. Je n'ai rien fait de mal. Je n'ai pas demandé à être choisie. Je ne veux plus être choisie ! »

Dans la confusion ambiante, l'église restait le seul repère de Kim Phuc. Elle s'y rendait chaque jour pour prier : « Mon Dieu, je dois d'abord finir mes études. Je vous en supplie, aidez-moi à y arriver. » Cherchant une oreille compatissante, elle se confia à Dai et à Huong :

— Les voyages n'ont qu'un temps. Ensuite il faut rentrer, et redevenir une petite étudiante sans argent, ni assez de riz pour se nourrir.

Ils haussèrent les épaules. « Personne ne me comprend. C'est à moi de décider ce que je veux dans l'existence », se dit-elle.

Pendant trois jours et trois nuits, elle ne put trouver le sommeil. Ses craintes pour l'avenir la poursuivaient jusqu'à l'aube, continuant à lui coller à la peau dans la chaleur écrasante de la journée. Le matin du quatrième jour, sa décision était prise : elle écrirait à Dong et ferait ce qu'il lui conseillerait. Elle s'en remettait entièrement à lui.

Elle ne voulait pas confier sa lettre à la poste, de peur qu'elle se perde ou arrive trop tard à destination. Elle décida de la porter elle-même à Hanoi et trouva quelqu'un pour l'y conduire : un ami de Minh habitant Ho Chi Minh-Ville connaissait un chauffeur chargé de ramener dans la capitale une voiture du ministère des Affaires étrangères.

— J'ai à faire à Hanoi, annonça la jeune femme à son directeur d'études, le prévenant qu'elle risquait de s'inscrire en retard pour la prochaine rentrée universitaire.

Le voyage vers le nord fut interminable. Ils étaient quatre dans la voiture, le chauffeur ayant pris deux passagers en plus de Kim Phuc. Le mauvais état de la route interdisait la conduite de nuit, et la chaleur de la journée les obligeait à s'arrêter pour aller se rafraîchir dans la mer. Aucun d'eux ne s'intéressait aux sites historiques, qu'ils datent d'un passé ancien comme les temples hindous de Phan Rang, ou plus récent comme les routes défoncées par les bombardements de la guerre du Viêt Nam. En revanche, les paysages à l'approche de la ville côtière de Ha Tinh enchantèrent Kim Phuc : les collines tapissées de fleurs entre mer et nuages lui rappelèrent le décor des romans sentimentaux qu'elle lisait avant qu'ils soient interdits.

Au fur et à mesure qu'ils montaient vers le nord, le prix de la nourriture et des boissons augmentait, et la jeune femme voyait avec inquiétude son pécule s'amenuiser. Après une semaine de voyage, elle et ses compagnons atteignirent

Hanoi. Une fois encore, elle prit pension chez la mère de Minh. Elle remit sa lettre au directeur de cabinet du Premier ministre. Elle y expliquait son refus de se rendre aux États-Unis : « Je ne veux plus interrompre mes cours à l'université. J'ai accumulé trop de retard. Je voudrais terminer mes études en paix. S'il vous plaît, permettez-moi de travailler dans le calme, au Viêt Nam ou ailleurs. Ne m'envoyez plus autant de visiteurs. Éloignez les journalistes. »

Enfin, elle exprimait le souhait de pouvoir discuter de ces questions avec Dong en personne. Elle savait que ses résultats, juste moyens, pouvaient l'empêcher d'étudier à l'étranger. Pourtant, elle considérait qu'elle méritait de partir. « Le gouvernement a gagné assez d'argent sur mon dos », se disait-elle. Elle ne désespérait pas d'être entendue par Hanoi : Dong lui-même ne lui avait-il pas proposé de terminer ses études à Moscou ? Mais l'Union soviétique était le dernier endroit où elle voulait se rendre. De toute façon, Hanoi pouvait difficilement demander à Moscou de l'accepter comme étudiante après son départ précipité de la capitale soviétique quelques mois plus tôt. En réalité, ce qu'elle aurait aimé pouvoir confier au Premier ministre, c'était son désir d'étudier aux États-Unis. L'idée lui en était venue lorsque son frère Ngoc avait mentionné avec enthousiasme l'article d'un journal vietnamien rapportant qu'à la suite de sa participation au festival de Moscou trois universités américaines proposaient de l'accueillir.

Le jour où elle remit sa lettre, elle reçut une invitation à dîner le soir même avec le Premier ministre et son fils. Une fois seule avec Dong, elle attendit qu'il fasse allusion à sa requête. Il lui expliqua patiemment pourquoi il pensait qu'elle devait obéir au gouvernement :

— Il y a aux États-Unis des gens qui sont impatients de te voir. J'ai déjà donné mon accord pour ce voyage... Tu sais, je dis toujours à nos hôtes : « Prenez bien soin de Kim Phuc », et je veille à ce qu'ils tiennent parole... Les gens découvrent que tu es une victime de guerre célèbre dans le monde entier. Le fait de te rencontrer les rapproche de toi. C'est ainsi, le gouvernement n'y peut rien.

À son intonation, elle sut qu'il en avait terminé. D'une voix douce, mais ferme, elle répondit :

— Je dois d'abord finir mes études.

Le Premier ministre sourit avec fierté. Son désir était sincère, son ambition légitime.

— Dans ce cas, nous allons décliner l'invitation des États-Unis, et tenir les journalistes à l'écart tant que tu es étudiante.

Kim Phuc tenta alors sa chance :

— J'ai lu dans un journal d'Ho Chi Minh-Ville que trois universités américaines avaient proposé de m'accueillir...

Pham Van Dong ne la laissa pas poursuivre :

— N'y pense pas. Oublie ces offres. Nous te trouverons un endroit où tu seras en sécurité.

Cette dernière phrase sonna comme une victoire aux oreilles de la jeune femme.

On était en octobre et, dans beaucoup de pays, la rentrée universitaire était faite. Hanoi devait donc hâter ses recherches. Kim Phuc attendit sur place de savoir où on l'enverrait. Tous les deux ou trois jours, elle allait dîner chez le Premier ministre. Il lui parlait comme un père à sa fille avant une longue séparation, comme s'il lui faisait ses adieux.

— Où en êtes-vous, Minh et toi ? lui demanda-t-il un soir.

Elle n'éprouvait plus la moindre sympathie pour le guérisseur. À son arrivée à Hanoi, elle lui avait demandé de poster une lettre informant ses parents qu'elle avait fait bon voyage. Une semaine plus tard, la lettre était toujours dans la sacoche de Minh. Kim Phuc l'avait récupérée et posée ostensiblement devant la mère du jeune homme :

— J'avais confié à votre fils le soin de poster cette lettre pour mes parents. Deux fois je lui ai demandé s'il l'avait fait. Deux fois il m'a répondu oui. Et la lettre est toujours là ! On ne peut pas compter sur lui !

La veuve avait fondu en larmes.

— C'est ma faute. Je l'ai trop gâté. J'aimerais t'avoir pour belle-fille, mais, dans ton intérêt, il vaut mieux que tu sois seulement ma fille adoptive.

— Ne craignez rien, je n'aurai pas la bêtise d'épouser votre fils, avait dit Kim Phuc, assez bas pour ne pas être entendue.

À la question de Dong, la jeune femme comprit qu'il avait eu vent des rumeurs. Elle répondit avec le plus grand sérieux, soucieuse de le rassurer :

— Celui qui m'aimera devra être quelqu'un de bien. À cause de mon état de santé, je ne suis pas une fille comme les autres. Minh est complètement immature. Ce n'est vraiment pas l'homme de ma vie. Il ne ferait ni un bon mari ni un bon père de famille.

Le Premier ministre lui demanda pourtant d'amener Minh la fois suivante. Ce soir-là, Kim Phuc, parfaitement détendue et d'humeur joyeuse, fit honneur au repas. Minh, mal à l'aise, n'avala presque rien. Lorsque Dong reçut de nouveau la jeune femme, il la félicita de sa clairvoyance, avant d'ajouter :

— Cela dit, je te souhaite d'avoir un jour un petit ami… Mais avant de l'épouser, commence par lui demander s'il sera toujours heureux de partager ta vie, même au cas où vous ne pourriez pas avoir d'enfant, ou seulement un.

Ce n'était pas la première fois qu'ils abordaient le sujet. Un jour, Kim Phuc lui avait montré la couverture du magazine la représentant avec un bébé que la légende présentait comme sa fille. Bien qu'ils aient ri de cette erreur, Dong lui avait ensuite parlé de la joie de devenir parent.

— Dieu m'aidera à trouver l'amour. Je ne peux pas passer mon temps à le chercher, lui avait répondu Kim Phuc.

— Très bien. Je veux simplement te voir heureuse, avait conclu le Premier ministre en souriant.

Deux semaines plus tard, son directeur de cabinet apporta des nouvelles à la jeune femme : Hanoi et le gouvernement cubain s'étaient entendus pour qu'elle étudie à l'université de La Havane. Elle devait s'envoler pour Cuba au plus vite.

Avant de partir, Kim Phuc désirait passer quelques jours avec ses parents, certaine qu'elle leur manquerait.

— Je suis leur dernière fille, expliqua-t-elle au collaborateur de Dong.

Il lui procura un aller-retour en avion pour Ho Chi Minh-Ville et lui souhaita bonne chance dans sa nouvelle vie.

— Le climat cubain est si agréable ! ajouta-t-il.

12

L'avion de Kim Phuc atterrit à La Havane à trois heures du matin. La jeune femme sortit dans la douceur de la nuit cubaine et leva les yeux vers le ciel. Une fine pluie tombait. Les deux autres passagers, originaires d'Hanoi, enlevèrent leurs vêtements chauds. Tous les trois furent pris en charge par des fonctionnaires de l'ambassade vietnamienne, qui les déposèrent devant l'aile réservée aux invités. Prévoyant que les voyageurs mourraient de faim après un vol aussi long, le couple de gardiens vietnamiens leur avait préparé un bol de *pho*, la soupe aux nouilles du Nord – à base de bouillon de bœuf, et non de porc comme dans le Sud. Malgré l'heure tardive, Kim Phuc brûlait d'en savoir davantage sur le pays où elle allait poursuivre ses études :

— Comment ça se passe, à Cuba ? Quelles sont les coutumes ? Les gens sont-ils très différents de nous ?

— Non, sauf qu'ils parlent espagnol, répondit le mari.

— Espagnol !... s'exclama la jeune femme, catastrophée.

En apprenant qu'on l'envoyait à Cuba, pas un instant elle n'avait pensé que cette décision pût nuire à ses études. Elle savait seulement que l'île était dirigée par Fidel Castro et que le Viêt Nam y envoyait des ouvriers travailler dans l'industrie sucrière. À cause de la proximité des États-Unis, elle s'imaginait que les Cubains parlaient anglais, comme les Américains. Elle ignorait que les deux pays entretenaient des rapports hostiles, voire paranoïaques, depuis qu'en 1959 Castro et ses guérilleros avaient renversé le dictateur Fulgencio Batista, mettant fin à des années de domination américaine sur l'économie cubaine. Le débarquement raté de la baie des Cochons avait suivi en 1961. Un an plus tard, Moscou et Washington avaient failli déclencher une troisième guerre mondiale pendant la crise des missiles, treize jours de bras de fer entre les deux pays pour empêcher l'installation de missiles soviétiques sur une base militaire cubaine. Après cette épreuve de force, les États-Unis avaient imposé un embargo commercial contre Cuba.

Les présidents successifs avaient durci les mesures contre le régime castriste. Les Américains ne connaissaient de Cuba que ce qu'en racontaient les Cubains réfugiés à Miami après la chute de Batista. En 1983, Washington avait interrompu les liaisons aériennes avec l'île, et tout citoyen s'y rendant sans autorisation officielle s'exposait à des difficultés pour réintégrer le territoire américain, à des amendes et à la confiscation des biens achetés à Cuba.

Dans le bloc socialiste, le Viêt Nam et Cuba appartenaient avec l'Union soviétique et la Chine au club très fermé des hérauts du communisme. La victoire vietnamienne sur la France colonialiste avait été saluée comme la défaite historique d'une grande puissance occidentale, et la révolution cubaine, conduite sans l'aide du grand frère soviétique, forçait l'admiration. Les pays non alignés du tiers-monde voyaient dans l'expérience castriste le triomphe d'une idéologie nationale et anti-impérialiste. Pendant la guerre du Viêt Nam, La Havane avait abrité la seule ambassade nord-vietnamienne du monde occidental. Les Cubains avaient organisé de retentissantes manifestations antiaméricaines ; après la victoire du Nord-Viêt Nam, ils avaient rebaptisé certaines de leurs rues et de leurs écoles au nom des héros révolutionnaires vietnamiens. Le Viêt Nam et Cuba étaient tous les deux victimes d'un embargo commercial imposé par les Américains, et tous les deux membres du COMECON. Cuba avait adhéré au marché commun du bloc socialiste en 1976, deux ans avant le Viêt Nam. Le rouble soutenait aussi l'économie cubaine, l'île envoyant son sucre raffiné et ses ouvriers en Union soviétique pour rembourser sa dette.

Kim Phuc fut anéantie de découvrir que ses études et sa vie quotidienne se feraient dans une langue inconnue. Alors qu'elle espérait pouvoir enfin se consacrer à ses études, elle prenait conscience qu'il lui faudrait encore sacrifier une année à l'apprentissage de l'espagnol. Elle ignorait qu'à Hanoi beaucoup d'étudiants apprenaient cette langue dans l'espoir d'être envoyés dans une université cubaine, attirés entre autres par le climat de l'île où les effets du Gulf Stream sont tempérés par les alizés. Juste avant l'aube, quand la température remonte, ils soufflent avec une douceur qui rend supportable la chaleur tropicale, même en été.

L'université de La Havane, où le jeune Fidel Castro avait fait ses études de droit, était la plus prestigieuse de Cuba. La personne responsable des étudiants étrangers s'appelait Maritza Yip. Petite et ronde, ses ongles soigneusement vernis trahissant une certaine coquetterie, c'était une vraie mère poule, en particulier avec les étudiants d'origine asiatique – elle-même était fille d'un immigrant chinois et d'une Cubaine. Elle avait souvent été confrontée aux problèmes de santé des victimes de guerre : l'université se faisait un devoir d'accepter les étudiants de pays en proie à une guerre civile, ou dans lesquels les troupes cubaines étaient intervenues, comme l'Éthiopie, l'Angola et le Nicaragua. Maritza fit la tournée des professeurs, du personnel et des futures camarades de chambre de Kim Phuc avec la célèbre photo, qu'elle-même connaissait déjà : les journalistes cubains avaient abondamment commenté les atrocités américaines pendant la guerre du Viêt Nam. À La Havane, tout le monde se mit à appeler Kim Phuc par son second prénom, Kim. Sauf au Viêt Nam, elle-même adopta désormais ce nom.

À la fin de l'automne 1986, elle devint la quatorzième étudiante vietnamienne de l'université de La Havane. Elle était à la fois la seule nouvelle venue, la seule Vietnamienne du Sud, et la première femme depuis des années. Si le gouvernement d'Hanoi envoyait souvent des ouvrières ou des attachées d'ambassade à Cuba, il redoutait que la présence de jeunes femmes, ajoutée aux mœurs plus relâchées de l'île, ne fasse oublier aux étudiants vietnamiens qu'ils étaient là pour « travailler dur avant de retourner servir leur pays ». Kim dut s'inscrire pour une année préparatoire consacrée à l'apprentissage de l'espagnol. L'université était située dans le quartier moderne de Vedado, près du centre-ville, mais l'institut des langues se trouvait à Siboney, la banlieue ouest. Pour la plupart, les autres étudiants étaient des Cubains qui apprenaient une langue étrangère tout en terminant leurs études secondaires, dans l'espoir que leur gouvernement les envoie étudier à l'étranger.

À peine vingt-quatre heures après son arrivée à La Havane, Kim s'était retrouvée à l'hôpital, terrassée par le changement brutal de climat.

Douleurs, maux de tête, extrême fatigue : tous les symptômes causés par les rigueurs de l'hiver moscovite étaient de retour, provoqués cette fois par les fluctuations de la pression atmosphérique. Effrayé, le guide attribué par l'ambassade avait fait transporter la jeune femme en ambulance à l'hôpital Manuel-Farjardo, où étaient soignés les étrangers. Les médecins purent la soulager et, grâce aux repas riches en viande et en laitages, elle reprit des forces. Au bout de quelques semaines, elle quitta l'hôpital en meilleure santé qu'elle n'y était entrée. Son organisme enfin habitué au climat, elle ne souffrait plus que de rares migraines ou de démangeaisons. Elle pouvait passer trois semaines sans la moindre douleur, et jamais elle ne sentit se réveiller les brûlures qui, au Viêt Nam, la faisaient courir sous la douche.

À l'université, Maritza Yip éprouva une affection immédiate et durable pour Kim. Des années plus tard, elle n'en revenait toujours pas : Comment pouvait-elle être si dynamique après avoir vu la mort de si près ? Et sourire tout le temps, à tout le monde ? La principale résidence universitaire se trouvait elle aussi à Vedado, sur le Malecón – boulevard qui longe l'océan pendant six kilomètres, de l'entrée du port jusqu'à l'ouest de la baie de La Havane. Construite d'après des plans bulgares, la résidence se composait de deux tours en béton de vingt-trois étages, austères mais bien entretenues. Les deux premiers étages et le rez-de-chaussée abritaient une cafétéria et des bureaux – dont celui de Maritza et de ses collaborateurs. Les étages suivants étaient réservés aux filles, les derniers aux garçons. Maritza installa Kim au troisième. Plus haut, on profitait de la vue sur le scintillement azuré de l'océan, mais, en bas, on avait moins d'étages à monter par l'escalier aux murs aveugles lors des fréquentes pannes d'ascenseur. Kim emménagea dans un dortoir à huit lits. Il y en avait trois par étage, qui partageaient une salle de repos et une salle de bains équipée de toilettes, d'un lavabo et d'une douche.

Hoa, le guide attribué à Kim par l'ambassade, était grand, presque chauve, et âgé d'une quarantaine d'années. Il avait été le seul à lui rendre visite pendant son hospitalisation. Elle appréciait de le voir chaque semaine, personne autour d'elle ne parlant vietnamien. Il l'attendait en voiture le jour de sa sortie, et s'était arrêté en chemin à l'ambassade où il avait pris pour elle un seau, un verre et une serviette-éponge afin de lui en épargner la dépense. Chaque étudiant de la résidence universitaire possédait au moins un seau qu'il remplissait au ballon d'eau chaude de son étage pour faire sa toilette : l'eau courante n'était rétablie que deux fois par jour pendant une heure, les étudiants veillant à tour de rôle au remplissage du ballon.

L'apparente gentillesse de Hoa ne cacha pas longtemps aux yeux de Kim la véritable nature de sa mission : dénoncer les moindres faux pas de la jeune Vietnamienne. Trois jours après son arrivée à la résidence, une camarade lui révéla que Hoa était venu questionner des étudiants sur ses activités. Tout juste échappée de sa cage, Kim n'était pas d'humeur à vivre avec un fil à la patte. D'où sa décision d'aller voir son guide deux ou trois fois par semaine pendant la durée de son séjour à La Havane. L'ambassade se trouvait à dix minutes en bus de la résidence, dans l'ancien quartier chic de Miramar aux rues plantées de palmiers et de figuiers, et décorées de vasques gréco-romaines. Vue de près, elle souffrait comme les autres immeubles anciens d'un certain délabrement : devant le bâtiment étayé par des madriers, le trottoir défoncé était en partie inondé par des fuites d'eau.

Kim se rendait à l'ambassade après les cours. Elle appuyait sur la sonnette du haut portail verrouillé et attendait qu'un garde lui ouvre. Elle avait remarqué que plusieurs étudiants vietnamiens entraient et sortaient à leur guise, et qu'ils avaient tous des amis, voire un parent, employés à l'ambassade.

Kim et Hoa s'installaient ensuite dans une pièce meublée d'une table et de quatre chaises, qui communiquait avec une salle plus vaste équipée d'une télévision, d'un divan et d'une table de ping-pong.

— Quoi de neuf depuis la dernière fois ? commençait par demander Hoa.

Souvent, un ou deux fonctionnaires de l'ambassade se joignaient à eux et participaient à la conversation. Kim ne mettait pas en doute la sincérité de Hoa qui s'inquiétait de sa santé à chacune de ses visites, ajoutant systématiquement : « As-tu besoin de quelque chose ? » Mais elle savait aussi qu'il pouvait se montrer indiscret, la questionner sur ses fréquentations, tenter de connaître le nom de ses amis. Aussi restait-elle sur ses gardes. « Leurs attentions ne sont pas gratuites. Ils savent que je suis célèbre, un témoin précieux de la guerre », se disait-elle. Quand elle estimait avoir donné suffisamment d'informations, elle se levait et déclarait en repoussant sa chaise :

— Bon, je ferais mieux de retourner à mes études !

Pour elle, voyager à l'étranger avait été un privilège ; y vivre était une autre affaire. Elle crut ne jamais se remettre du mal du pays. Dès son hospitalisation, sa famille lui avait manqué cruellement : elle se sentait isolée dans cet univers où elle n'entendait que de l'espagnol autour d'elle. À la résidence, ses camarades étaient cubaines et ne parlaient pas anglais – seule langue dans laquelle elle aurait pu converser en attendant de se débrouiller en espagnol. Alors qu'elle appréciait le calme, ses camarades passaient leur temps à chahuter et vivaient dans un bruit permanent : c'était à qui pousserait le volume le plus fort pour écouter du rock sur son lecteur de cassettes, et les discussions sur les problèmes sentimentaux des unes et des autres se poursuivaient tard dans la nuit.

Kim avait malgré tout prévu d'ancrer sa nouvelle vie dans la foi chrétienne. Elle comptait se faire des amis au sein de sa future église. Noël approchait. Pour la jeune femme, c'était non seulement l'occasion de se joindre aux préparatifs d'une paroisse, mais aussi de voir comment les Cubains fêtaient la nativité. À Ho Chi Minh-Ville, même les non-croyants n'hésitaient pas à participer à la liesse dans les rues.

— Où pourrais-je trouver une église ? demanda Kim à l'une de ses camarades de chambre.

— Il y en a plusieurs dans la vieille ville.

En remontant le boulevard Malecón vers l'est, elle atteignit l'ancienne ville fortifiée avec ses façades baroques, ses colonnes grecques et ses arches romanes datant du seizième siècle. C'était un dédale de ruelles bordées d'hôtels particuliers et d'entrepôts. Sur une place pavée, elle découvrit la cathédrale San Cristobal. On y célébrait une messe, mais les cinq ou six fidèles présents, des personnes âgées, étaient beaucoup moins nombreux que les touristes qui déambulaient dans les travées.

À la grande surprise de Kim, il n'y avait aucune décoration de Noël dans les rues de La Havane. En questionnant une camarade de la résidence, elle apprit que le gouvernement cubain, comme celui d'Hanoi, avait supprimé cette fête du calendrier.

— Et où puis-je trouver des chrétiens pratiquants ?

— Il n'y en a plus. Personne ne veut désobéir au gouvernement.

Échouée sur les sables mouvants d'une terre étrangère, Kim luttait pour reprendre pied. Bientôt, elle découvrit également que la nourriture de l'hôpital, aussi variée qu'abondante, était l'exception. Elle ne s'attendait pas à la médiocrité des repas de la résidence : plats à base de riz et de haricots rouges ou noirs, soupes préparées avec les restes de la veille. Kim n'était pas seule à faire la fine bouche. Les étudiants touchaient à peine au contenu de leur assiette, surtout les soirs où l'on servait du poisson, souvent accompagné d'œufs – deux aliments détestés des Cubains qui tentent d'en masquer le goût à grand renfort d'huile.

Kim cacha à Maritza Yip sa solitude croissante et son mal du pays. Pendant les six premiers mois de son séjour à Cuba, elle passa l'essentiel de son temps de loisir à dormir. Quatre étudiants vietnamiens partageaient le même dortoir en haut de la résidence. Lorsque la jeune femme les rencontrait à la cafétéria, elle gardait une distance polie. Au début, l'un d'eux s'était montré accueillant : il lui avait expliqué le fonctionnement de la cafétéria, conseillé d'inscrire son nom sur son seau, offert son aide en cas de besoin. Apprenant qu'elle était déprimée, il s'efforça de l'inviter à des sorties, mais elle refusait systématiquement. Les sachant tous les quatre originaires du Nord, elle les tenait pour des communistes bornés jamais sortis du Viêt Nam avant leur séjour à Cuba. En outre, elle sentait derrière leur gentillesse l'œil inquisiteur d'Hoa. Comme elle venait du Sud, dont les habitants n'étaient en principe jamais envoyés à l'étranger, elle se croyait en butte à la méfiance des autres étudiants vietnamiens. Ils devaient aussi s'interroger sur ses rapports avec Dong : lors de la fête du Têt, le Premier ministre lui avait fait parvenir à l'ambassade un panier de fruits confits, des pépins de melon grillés et teints en rouge, ainsi que deux lampions respectivement en forme de poisson et d'étoile, cadeau plutôt réservé aux enfants.

Le silence pesant de sa famille et de ses amis restés au Viêt Nam contribuait au sentiment d'isolement de Kim. À chacune de ses visites à l'ambassade, elle vérifiait s'il y avait du courrier pour elle. Une seule personne lui écrivait : Minh. Elle ne répondit à aucune de ses lettres, choquée par son ton péremptoire : « Je suis ton fiancé. Envoie-moi un billet d'avion pour que je vienne te voir. » Malgré l'absence de nouvelles des siens, elle continuait de leur écrire. Elle passait de la colère à l'angoisse. Ses parents se souciaient-ils si peu d'elle qu'ils ne prenaient même pas la peine de lui répondre ? Était-il arrivé malheur au restaurant ? Avaient-ils des ennuis de santé ? Elle s'inquiétait de plus en plus, persuadée que, à Tay Ninh, Hai Tam avait trouvé le moyen de se venger de son départ sur ceux qu'elle avait laissés derrière elle.

À Cuba, Kim vit pourtant sa vie s'améliorer sur deux plans : les soins médicaux et les études. Fleurons de la révolution cubaine, les deux étaient gratuits.

Avant la révolution, seuls les riches pouvaient se soigner correctement, et quand Castro avait pris le pouvoir, la moitié des médecins de l'île s'étaient exilés. Vingt ans plus tard, le pays pouvait se targuer de ne manquer ni d'hôpitaux, ni de praticiens, ni de centres universitaires. Et tout le monde bénéficiait d'une couverture médicale gratuite. Cuba arrivait en tête des pays du tiers-monde pour la qualité des soins ; à elle seule, La Havane comptait quelque soixante-dix hôpitaux et centres médicaux spécialisés modernes. Fidèle à sa réputation de « petit pays au grand cœur », l'île avait accepté – l'année où Kim était arrivée – de soigner des enfants victimes de l'accident nucléaire de Tchernobyl.

Alors qu'avant la révolution vingt-quatre pour cent de la population ne savait ni lire ni écrire, le régime castriste avait pratiquement éliminé l'analphabétisme. Alors qu'environ quarante pour cent des Cubains n'étaient pas scolarisés, le taux de réussite à l'université se révélait désormais l'un des plus élevés au monde. Inscriptions, manuels, fournitures, résidences universitaires : tout était entièrement gratuit. En outre, le gouvernement versait aux étudiants une bourse mensuelle de vingt pesos (environ quarante francs) la première année, et qui augmentait à chaque nouvelle rentrée. Elle permettait de couvrir toutes les dépenses d'un budget raisonnable : tickets de bus, vêtements, objets personnels... La vie estudiantine comportait d'autres avantages. À la résidence, les étudiants recevaient chaque semaine des draps propres, et pouvaient retirer chaque mois un colis contenant du savon, du papier toilette, du dentifrice, et des serviettes hygiéniques pour les femmes. Le bâtiment disposait de quatre téléviseurs, régulièrement attribués aux étages les plus propres et les mieux rangés. La télévision cubaine diffusait les discours de Fidel Castro et des programmes révolutionnaires, mais aussi des films américains et des concerts de rock.

Dans tous les domaines, les effets de la révolution cubaine impressionnaient Kim. La Havane et ses environs étaient bien desservis par des transports publics efficaces et bon marché. Aux arrêts de bus, protégés du soleil et de la pluie par un auvent en béton, l'attente ne dépassait jamais dix minutes. Tout le monde travaillant pour l'État, le chômage n'existait pas. Chacun avait un salaire et de quoi vivre. Nulle part on ne voyait mendier pauvres et sans-abri comme à Ho Chi Minh-Ville. Tous les foyers cubains sans exception disposaient d'un carnet de tickets leur permettant de se procurer dans les magasins d'État ce dont ils avaient besoin, de la nourriture aux chaussures, en passant par le dentifrice et les téléviseurs. Les étrangers, eux, devaient faire leurs achats dans des magasins « parallèles », où ils payaient les mêmes produits trois fois plus cher. Les étudiants étrangers n'échappaient pas à la règle, mais recevaient en compensation une bourse trois fois plus élevée que celle de leurs camarades cubains.

Contrairement aux Vietnamiens qui cherchaient par tous les moyens à faire du commerce au marché noir ou au marché libre, et enfreignaient sans vergogne les règles édictées par leur gouvernement, les Cubains s'enorgueillissaient de la pureté des idéaux castristes et révéraient leur leader. Ce sentiment d'allégeance était si fort chez les jeunes qu'ils évitaient tout étranger soupçonné de se livrer à des trafics.

À Cuba, aussi bien les professeurs que les étudiants se pliaient à des règles de conduite draconiennes. Les premiers ne toléraient ni retards ni absentéisme ; les seconds préparaient assidûment leurs examens, de peur qu'une mauvaise note dans leur dossier leur nuise au moment de trouver un emploi. Même la propagande cubaine trouvait grâce aux yeux de Kim ! Les enseignements révolutionnaires faisaient sans cesse référence aux siècles d'histoire de l'île et à la richesse de sa culture, alors qu'au Viêt Nam ils se bornaient à ressasser les sacrifices et les pertes en vies humaines qui avaient permis la victoire de 1975. Maritza Yip avait exempté Kim des trois semaines de travaux agricoles « volontaires » imposées chaque semestre – ainsi que du cours hebdomadaire d'éducation physique – mais ce séjour en milieu rural n'avait rien d'une corvée. Malgré l'inconfort de la vie sous tente et les journées éreintantes dans les champs, les camarades de la jeune femme s'extasiaient à leur retour sur la nourriture, le rhum, et les orchestres au son desquels ils avaient dansé tard dans la nuit.

Malheureusement, 1986 marqua la fin de ce que les Cubains eux-mêmes appelaient l'« âge d'or » : Kim arrivait six ans trop tard. Au début des années quatre-vingt, pendant que le Viêt Nam émergeait à grand-peine du gouffre économique où il avait sombré, la tendance inverse s'amorçait à Cuba. Portée par l'expérience du marché libre des fermiers, l'économie cubaine suivait une courbe de croissance impressionnante. Mais en 1986, avec la *perestroïka* et la *glasnost* introduites par Mikhaïl Gorbatchev, un vent de changement balaya l'héritage léniniste. Le monde communiste frissonna. Lorsque l'Union soviétique entreprit une restructuration économique et des réformes politiques entraînant une réduction des aides et des ventes de pétrole subventionné aux pays frères, ceux-ci tirèrent un nouvel enseignement d'une vieille plaisanterie : « Que répond-on quand Moscou dit de se serrer la ceinture ? De nous envoyer les ceintures... » Comme certains pays de l'Est, le Viêt Nam comprit la nécessité d'engager à son tour un programme de réformes. En décembre 1986, lors d'un congrès historique, le parti communiste vietnamien popularisa l'expression « *doi moi* », synonyme de « renouveau ». Hanoi libéralisa progressivement l'économie et supprima les subventions de l'État. Coup de théâtre sans précédent, le Politburo mit trois de ses membres à la retraite, dont Pham Van

Dong, alors âgé de quatre-vingts ans – il démissionna également du poste de Premier ministre, mais resta au gouvernement comme conseiller. Le signal était clair : le parti devait rajeunir, du sommet à la base.

Cuba fut le seul pays à résister à la réforme. Fidel Castro condamna ses anciens alliés, les accusant de « régression capitaliste ». En 1987, il annonça le lancement d'une campagne de « rectification des erreurs et de lutte contre les tendances négatives ». Elle commença par la fermeture des marchés libres des paysans, malgré leur succès. Chaque Cubain devait payer cher le retour à l'orthodoxie communiste. La réapparition devant les magasins des files d'attente qui avaient disparu depuis le début des années quatre-vingt marqua le début de la récession. Dans le même temps, le Viêt Nam continuait à mettre en place une économie de marché qui allait enfin ramener la croissance après dix ans de déclin.

La nostalgie de Kim, privée de ses amis et de sa famille, s'estompa sept ou huit mois après son arrivée à Cuba. L'un de ses professeurs d'espagnol lui trouva une chambre dans une résidence universitaire de Siboney, un ancien hôtel particulier avec un grand jardin ombragé, laissé vacant par les Américains après la révolution, comme beaucoup d'autres à La Havane. Le bâtiment principal accueillait trente personnes. Kim partageait une chambre double dans les dépendances, très calme et avec salle de bains privée. Yamilen Diaz, sa camarade de chambre, était une Cubaine à l'opulente chevelure rousse. Tout en achevant sa dernière année de lycée, elle apprenait le russe. L'admiration de sa famille pour le régime castriste avait fait naître en elle l'ambition d'étudier à l'université la plus prestigieuse du monde communiste : celle de Moscou.

D'emblée, Yamilen décida d'emmener Kim passer les week-ends chez ses parents, à l'est de la ville, dans un quartier ouvrier que l'on rejoignait par un tunnel creusé sous le port. Les Diaz étaient une famille unie. Les parents de Yamilen – aînée de deux filles – avaient à peu près le même âge que Loan, la sœur aînée de Kim. Manuel, le père, agent de maintenance dans une raffinerie de pétrole, et Nuria, la mère, directrice adjointe d'une école primaire, formaient un beau couple. Cheveux noirs gominés, chaussettes blanches et chaussures impeccablement cirées, Manuel Diaz semblait toujours tiré à quatre épingles ; d'une élégance recherchée, parfaitement maquillée, son épouse était rousse un jour et brune le lendemain, avec une mèche blanche rayant sa chevelure. Contrairement au foyer cubain moyen, les Diaz avaient la chance d'être propriétaires de leur maison, modeste pavillon à deux chambres que Nuria avait hérité de ses grands-parents. Ainsi avaient-ils pu s'offrir un luxe inaccessible à la plupart de leurs compatriotes : une voiture. Fin bricoleur, Manuel avait remis à neuf le moteur d'une Ford 1975, passé une couche de peinture sur la carrosserie et transformé en garage la porcherie au fond du jardin. Son véhicule avait rejoint dans les rues de La Havane les voitures américaines d'avant la révolution, très supérieures en nombre aux Moskvitch soviétiques et autres Lada.

L'appréhension de la famille Diaz à l'idée de recevoir une étrangère disparut dès le premier contact. Des liens affectueux et durables se tissèrent aussitôt. Les Cubains sont très démonstratifs et les Diaz s'aperçurent qu'à sa manière Kim l'était aussi. Elle appelait respectivement Manuel et Nuria *Papi* et *Mami*. Tous deux voyaient en elle l'étincelle qui ranimait leur joie de vivre. De son côté, elle adorait s'asseoir sous le manguier du jardin pour écouter les canaris de Manuel, une vingtaine dans une immense cage.

Kim ne parlait de son pays que pour dire combien ses parents lui manquaient. « Puisque ta famille est si loin, considère la nôtre comme la tienne », lui répétaient les Diaz. Près d'un an s'était écoulé quand la jeune femme reçut enfin une lettre du Viêt Nam. À sa grande déception, les nouvelles données par son père remontaient elles aussi à près d'un an. Elle apprit le mariage de son amie Trieu. « À l'heure qu'il est, elle a peut-être un bébé et je n'en sais rien ! » songea-t-elle.

Peu de temps après, elle rencontra un attaché militaire vietnamien en poste à La Havane. Elle se prit de sympathie pour lui, ravie d'entendre l'accent du Sud. Il mentionna sa femme et ses enfants restés à Ho Chi Minh-Ville – par souci d'économie, seuls les ambassadeurs avaient le droit d'être accompagnés de leur famille. Kim ne put s'empêcher de lui demander s'il recevait souvent des lettres du Viêt Nam.

— Oh, elles mettent parfois un an à me parvenir ! répondit-il.

Elle comprit : tout envoi destiné aux Vietnamiens du Sud ne pouvait être expédié qu'après vérification par les autorités. Comme sa vie, son courrier était sous surveillance.

Les Diaz avaient appris dans quelles conditions Kim était devenue célèbre. Ils évitaient soigneusement de parler de la guerre du Viêt Nam, mais pas de ses brûlures. Tour à tour, chaque membre de la famille massait son dos endolori pour la soulager. La jeune femme n'éprouvait plus aucune gêne à tendre son tube de crème à Manuel et à s'asseoir sur ses genoux. Nuria découvrit qu'à cause de ses cicatrices Kim se croyait laide. Elle se jura de lui redonner confiance, afin qu'elle ne se considère plus seulement comme une victime de guerre, mais comme une femme à part entière.

L'air de rien, elle se mit à inviter Kim à les accompagner à la plage, loisir préféré des Cubains. Même les femmes d'un certain âge comme Nuria se mettaient en bikini, dénudant leurs rondeurs.

— Viens te baigner avec nous, Kim, ou au moins pique-niquer ! suggérait-elle régulièrement.

Peu d'étudiants vietnamiens aimaient nager. Ils participaient avec enthousiasme aux deux semaines annuelles de *campismo* organisées par l'université, mais évitaient la plage durant la journée. Pour eux, c'était un endroit où on allait de nuit pêcher le crabe.

Chaque fois, Kim déclinait l'invitation de Nuria.

— Il y a trop de soleil. Je vais attraper une insolation.

Encouragée par Nuria, toute la famille insistait :

— Tu n'as qu'à mettre un chapeau et de la crème solaire.

Ou encore :

— On ira en fin de journée, quand le soleil tapera moins fort.

— Je ne peux pas venir. Je ne sais pas nager, répondait Kim.

Elle invoquait aussi le fait qu'elle n'avait pas le maillot de bain adéquat pour cacher ses cicatrices, qu'elle devait demander à sa famille de lui en envoyer un à manches longues. Il fallut près d'un an pour qu'elle capitule. Elle ignorait que, pour cette première tentative, les Diaz avaient délibérément choisi Guanabo, plage la moins prisée de La Havane, seulement fréquentée par de vieux pêcheurs. Une fois dans les vagues, Kim ne voulut plus en sortir, et la plage devint son activité favorite. Nuria Diaz et ses filles lui offrirent un nouveau maillot, un justaucorps de danseuse blanc à fleurs rose fuchsia. Pour compléter sa tenue, la jeune femme s'offrit une paire d'énormes lunettes à monture blanche.

Sa confiance naissante en sa capacité à séduire fut renforcée par Helen Le, une amie étudiante de deux ans son aînée. Kim l'avait rencontrée en 1988, lors d'une soirée qui fit date dans le monde diplomatique de La Havane : Do Tai, le nouvel ambassadeur vietnamien, avait organisé avec son épouse une fête à son domicile, à laquelle il convia mille invités. La quarantaine, érudit et père de jeunes enfants, Do Tai incarnait le nouveau visage de la bureaucratie à l'ère du *doi moi*.

En deuxième année d'informatique à l'université de La Havane, Helen était une belle jeune femme exubérante. Elle et Kim s'entendirent tout de suite. Ensemble, elles parlaient espagnol : le vietnamien n'était que la quatrième langue d'Helen, après le pendjabi, l'espagnol et l'anglais. Née à Da Nang d'un père homme d'affaires pakistanais et d'une mère vietnamienne, elle avait fui au Pakistan avec ses parents à la fin de la guerre. À la mort de son père, sa mère était revenue travailler à Ho Chi Minh-Ville, comme cuisinière au consulat cubain. Helen étudiait à La Havane grâce aux relations d'un ingénieur des télécommunications cubain. Elle vivait avec la famille d'un général de l'armée cubaine, mais passait tous ses week-ends avec son compagnon syrien, Mohammed Haitzam. Après quatre heures d'autocar pour venir de Santa Clara où il apprenait le métier de prothésiste dentaire, il s'enfermait avec Helen dans une chambre de l'hôtel Habana Libre, ancien Hilton construit dans les années cinquante et dont les vingt-cinq étages surplombaient le golfe du Mexique. Grâce à la générosité de son père, commerçant prospère à Damas, Mohammed ne manquait jamais de devises étrangères pour payer.

Avec Helen et son compagnon, Kim s'adonnait aux deux passe-temps préférés des Cubains. Il y avait d'abord le Coppelia. Le régime castriste avait édifié ce temple de la crème glacée à Vedado, sur la Rampa – rue célèbre pour ses hôtels, casinos et boîtes de nuit dans les années cinquante, époque où La Havane attirait gangsters et flambeurs. Fidel Castro ayant promis que le socialisme apporterait une vie meilleure, l'État subventionnait la production de pain et de crème glacée ; au temps de Batista, seules les riches familles cosmopolites pouvaient s'en offrir. Construit dans le parc du même nom, le Coppelia ressemblait à une soucoupe volante soutenue par des colonnes en forme de jambes de ballerines faisant des pointes. On y servait trente mille clients par jour et plusieurs centaines de personnes pouvaient s'y asseoir, à l'intérieur ou à l'extérieur. Le cinéma était le second passe-temps. La Havane comptait quelque cent soixante-dix salles passant des films cubains et étrangers. Le cinéma Yara se trouvait à deux pas du Coppelia. Beaucoup d'étudiants passaient la soirée dans l'un ou l'autre des deux établissements. Depuis l'ouverture du Coppelia, le prix d'un ticket de cinéma ou d'une coupe de glace n'avait pas changé : un peso.

Les nouvelles amies de Kim l'aidèrent avant tout à transformer l'image qu'elle avait d'elle-même. Helen lui donnait l'exemple d'une femme indépendante et passionnée. Bien que fidèle à son compagnon, il lui arrivait souvent de faire des déclarations enflammées sur l'amour. En bonnes Cubaines, les femmes de la famille Diaz parlaient spontanément le même langage. Encouragée par la sollicitude de Nuria, et pleine d'admiration pour sa vie de couple épanouie dans une société où divorce et remariage se généralisaient, Kim lui posa quelques questions timides sur l'amour et la sexualité. Nuria et Yamilen s'efforcèrent de lui inculquer les règles de cet art féminin de la séduction que les Cubains appellent *swing*. Avec succès, puisque Kim se mit à se parfumer, à se maquiller et à se faire des mises en plis, attachant souvent ses cheveux sur le côté à l'aide d'une orchidée. Après s'être longtemps considérée comme un laideron à la santé fragile, elle prenait conscience de sa force et de sa beauté. Des années plus tôt, dans la pénombre du restaurant de Trang Bang, Nu avait persuadé sa fille, encore adolescente, que la tragédie du bombardement au napalm l'empêcherait sans doute de rencontrer l'amour, voire de se marier. Alors qu'aux yeux de Nu Kim avait peu de chances de mener une vie normale, Nuria réussit à convaincre la jeune femme que rien n'était perdu.

Depuis l'avènement du *doi moi*, les Vietnamiens regagnant Cuba après une visite au pays étaient intarissables sur les bouleversements en cours. À présent, la population avait du riz, mangeait à nouveau de la viande et pouvait même s'offrir le restaurant. Contrepartie de la libéralisation économique : une inflation galopante – de sept cents à mille pour cent par an de 1986 à 1988. Mais là où la vieille garde du Politburo aurait freiné l'élan, les nouveaux dirigeants donnèrent au contraire un coup d'accélérateur. Afin d'accroître la production de denrées alimentaires, de biens de consommation et d'objets destinés à l'exportation, Hanoi réduisit encore les subventions d'État, libéralisa le petit commerce, limita la planification, ouvrit le pays aux investisseurs étrangers. Devant ce nouveau marché, les gouvernements occidentaux – à l'exception des États-Unis qui maintinrent leur embargo – révisèrent leur politique envers le Viêt Nam.

À l'ambassade vietnamienne de La Havane, on aurait voulu vanter à Fidel Castro les bienfaits de la réforme, lui expliquer comment le Viêt Nam avait pu passer d'une pénurie de riz à l'exportation de ses surplus. Mais, à l'extérieur, pareil discours était impensable. Personne ne critiquait ouvertement Castro ni les conditions de vie à Cuba. Avec un policier à chaque coin de rue, on risquait de se faire arrêter pour propagande contre-révolutionnaire et « propos mensongers sur la situation économique ».

Fidel Castro continua de faire machine arrière. En 1987, pour remplir ses obligations envers l'Union soviétique, le gouvernement cubain dut importer du sucre, cet « or blanc » qui avait fait la richesse de l'île à l'époque coloniale. Les Cubains virent dans la détérioration de leur économie un appel à la solidarité : ce n'était pas la première fois que les Comités de défense de la révolution – l'équivalent des « cellules » de quartier au Viêt Nam – leur demandaient de se dévouer. Cela signifia d'abord faire la queue, puis accepter un rationnement croissant et des produits de moindre qualité dans les magasins d'État. Les étudiants perçurent les premiers signes de pénurie à la cafétéria des résidences universitaires : les menus devinrent moins variés, les portions diminuèrent.

Pour Kim, cependant, l'avenir ne s'était jamais présenté sous de meilleurs auspices. Ayant commencé à suivre les cours de l'institut des langues en milieu de semestre, elle ne le quitta qu'à la fin de l'année universitaire suivante. Satisfaite de ses progrès en espagnol et rassurée sur son état de santé, elle décida à l'automne 1988 de réaliser son vieux rêve et de reprendre des études en vue d'une carrière médicale. Consciente qu'elle n'avait pas la résistance nécessaire pour devenir médecin, elle s'inscrivit en pharmacie : à défaut de soigner les gens, elle leur distribuerait des médicaments.

Un jour, peu après son arrivée à La Havane, il y eut une coupure de courant à la résidence universitaire. Les étudiants durent faire la queue avec leur seau au rez-de-chaussée, où un groupe électrogène permettait de pomper de l'eau. Les ascenseurs ne fonctionnant pas, les jeunes gens durent ensuite remonter les étages à pied avec leur chargement. Le dos de Kim n'y résista pas. Ses camarades de chambre la firent transporter à l'hôpital en ambulance et informèrent l'étudiant vietnamien chargé de veiller sur ses compatriotes.

Cette responsabilité avait été confiée par l'ambassade à Bui Huy Toan, en troisième année d'anglais et d'espagnol à l'institut des langues. Grâce à son caractère dévoué – c'est lui qui avait mis Kim au courant du fonctionnement de la résidence le jour de son arrivée – et à sa maîtrise de l'espagnol, ses services étaient très appréciés des délégations vietnamiennes de passage à La Havane. Ces visiteurs, de plus en plus nombreux à l'ère du *doi moi*, n'osaient pas s'éloigner seuls de leur hôtel, de peur de se perdre. Toan alla voir Kim à l'hôpital.

— La prochaine fois, attends mon retour et je te donnerai un coup de main, lui dit-il.

Il se souciait sincèrement de son bien-être. Lorsqu'elle lui parla des maux de tête et des douleurs provoqués par ses brûlures, il se mit à venir lui masser le dos après les cours pour prévenir les crises. Quatrième enfant d'une famille de six, Toan avait dû apprendre à se débrouiller dès l'âge de six ans, lorsque sa mère était morte. N'ayant personne pour garder ses plus jeunes enfants – son mari travaillait à plusieurs kilomètres du domicile familial et les aînés étaient en classe –, elle avait trop tardé à consulter le médecin du village voisin. Sa mort obligea les aînés à quitter l'école pour aller pêcher de quoi nourrir la famille, et le petit Toan dut s'occuper des deux derniers-nés. De son enfance, il gardait le souvenir d'une période où aucun d'eux ne mangeait à sa faim, où les plus jeunes ne possédaient ni pantalon ni chaussures, seulement la chemise qu'ils avaient sur le dos.

Oubliant ses préjugés contre les Vietnamiens du Nord, Kim accepta les invitations de Toan et se joignit à ses amis. Tous furent séduits par son sourire et son accent du Sud. Toan la surnomma *Mei jin*, comme si elle était l'épice égayant leur groupe exclusivement masculin. Lorsque l'administration la transféra dans l'autre tour de la résidence, Toan demanda à s'y installer lui aussi pour pouvoir aider la jeune femme en cas de besoin.

Il avait vingt-huit ans, Kim vingt-cinq. Alors qu'ils discutaient de leur adolescence au Viêt Nam, Toan mentionna l'existence d'une fiancée à Hanoi, qu'il devait épouser à son retour. Mais sa sollicitude initiale envers Kim ne tarda pas à se transformer en amour. Il lui expliqua qu'il ne trahissait en rien sa fiancée, dont il n'avait aucune nouvelle depuis plus d'un an. Une semaine plus tard, il recevait une lettre d'elle.

Il se sentait déchiré. « Je ne peux tout de même pas aimer deux femmes à la fois », se répétait-il. Après plusieurs nuits blanches, il décida qu'il ne pouvait pas infliger une souffrance supplémentaire à Kim. Il écrivit à sa fiancée d'Hanoi. Pour la consoler, il lui expliqua que, contrairement à tant d'autres, il n'avait pas succombé au charme d'une « belle et riche Cubaine ». Il avait simplement voulu aider « la jeune femme victime de la bombe au napalm », et en était tombé amoureux.

Sa propre expérience de la guerre était celle d'une enfance sous des cieux lourds de menaces. Sa famille habitait Vi Tanh, village de pêcheurs misérables à une cinquantaine de kilomètres d'Hanoi. Les avions américains le survolaient sans cesse pour aller bombarder deux cibles : une voie de chemin de fer située à un kilomètre et demi, et l'école d'ingénieurs distante de trois kilomètres dans la direction opposée. Croyant fuir les bombardements, plusieurs écoles et facultés avaient quitté les locaux de l'université d'Hanoi. Le village fut touché une seule fois : une roquette tomba d'un avion lors d'un combat aérien, tuant une femme et ses trois enfants assis par terre devant leur maison pour prendre leur repas.

Si Toan avait été un fils obéissant, il ne serait sans doute jamais allé à l'université. Lorsqu'un de ses frères aînés s'était engagé dans l'armée nord-vietnamienne, son père lui avait ordonné de quitter l'école pour aider à nourrir la famille. Pris en flagrant délit de désobéissance, Toan avait obtenu d'aller en classe le matin et de pêcher l'après-midi. Il échappa à l'armée, son père ayant juré qu'il ne voulait pas perdre un autre fils à la guerre. Des années avaient passé sans nouvelles du frère aîné, que tout le monde croyait mort – deux ans après la « libération » du Sud par le

Nord, il finit par réapparaître, très diminué par le paludisme. Seul de la fratrie à terminer ses études secondaires, Toan était également l'un des trois élèves de son lycée admis à l'université. Le régime lui accorda une bourse pour aller étudier à Cuba.

Une fois installée à Siboney, Kim n'alla plus chez les Diaz sans Toan. Le jeune Vietnamien s'entendait bien avec Manuel. Les deux hommes jouaient aux dominos et partageaient rhum et cigares, excellents bien que d'un prix très abordable. Parfois, Kim et Toan faisaient de la cuisine vietnamienne pour la famille Diaz avec les produits asiatiques qu'ils avaient pu trouver. Un jour, Toan prépara une soupe à la mangue avec les fruits du jardin. En cette occasion, il raconta une fable nord-vietnamienne dans laquelle un homme passe sa journée à se demander s'il doit faire plaisir à sa femme. Enceinte, elle a des envies de mangue, mais un seul fruit coûte un mois de salaire. Finalement, il rentre chez lui les mains vides. Apprenant que sa femme vient de faire une fausse couche, il remercie le ciel de lui avoir évité une dépense inutile…

Les Diaz taquinaient Kim à propos de celui qu'ils appelaient son « petit ami ». Elle éludait la question en parlant de son « chevalier servant ». Dans une lettre à Dong, elle se livra davantage. L'ancien Premier ministre lui répondit : « Je suis si heureux d'apprendre que tu as enfin un petit ami ! » Ce mot n'avait pas le même sens au Viêt Nam et à Cuba, où les premières sorties avec un garçon représentaient un véritable rite de passage. De nombreuses familles cubaines organisaient une fête pour les quinze ans de leur fille, âge auquel elles pouvaient commencer leur vie sexuelle sans que leurs parents y trouvent à redire. Dans les résidences universitaires, quand leurs camarades de chambre s'absentaient, les couples dormaient ensemble. Kim s'amusait d'entendre ses amies cubaines déclarer « C'est pour la vie ! » à leur amoureux du moment, alors qu'une semaine plus tard elles l'auraient oublié dans les bras d'un autre. Au Viêt Nam, un garçon et une fille pouvaient circuler ensemble en scooter, mais les règles de la bienséance voulaient qu'en public ils se contentent de se tenir par la main – et seulement s'ils étaient officiellement fiancés ! À La Havane, surtout après l'arrivée de l'ambassadeur Tai, certains Vietnamiens s'affichaient ouvertement avec des Cubaines, même si femme et enfants les attendaient au Viêt Nam. Kim, elle, souhaitait garder sa virginité jusqu'à sa nuit de noces. Elle attribuait à la « solitude » le désir qu'elle éprouvait pour Toan, et priait Dieu : « Ne m'abandonne pas. Préserve-moi du mal. » Toujours sur ses gardes, elle résistait à la tentation. « Et si je me retrouvais enceinte ? Ou abandonnée par mon ami ? » se disait-elle. Il lui suffisait alors de se rappeler qu'elle n'était pas une jeune femme tout à fait comme les autres.

Durant son premier semestre en faculté de pharmacie, Kim travailla d'arrache-pied pour obtenir la moyenne. Après le nouvel an, pendant les vacances de fin de semestre, elle alla montrer à l'infirmière de la résidence les plaques d'eczéma apparues autour de ses cicatrices. L'infirmière l'envoya chez un spécialiste. Il conclut à une réaction de la peau de Kim, fragilisée par les brûlures, aux produits chimiques employés lors de ses expériences de laboratoire. À peine avait-elle repris les cours qu'elle fut confrontée à un nouveau problème de santé, beaucoup plus grave.

Un matin, elle avait accompagné son amie Helen à un essayage chez une couturière. Dans une économie nationalisée, le commerce privé était interdit, ce qui n'empêchait pas Helen de connaître tout un réseau de contrevenants : couturières et esthéticiennes travaillant à domicile, médecins recevant des patients en dehors des heures de consultation, importateurs clandestins d'étoffes de coton et de soie d'une qualité introuvable dans les circuits habituels. Kim elle-même avait déjà eu recours aux relations d'Helen parmi les conseillers cubains qui se rendaient régulièrement au Viêt Nam. Désormais, elle postait rarement les lettres destinées à sa famille, préférant les confier aux experts cubains appelés dans les raffineries de sucre de la région de Tay Ninh : leurs trajets sur la route 1 les amenaient forcément à passer devant le restaurant de Nu à Trang Bang. Très vite, Kim utilisa cette messagerie clandestine pour adresser des mises en garde à son frère

Ngoc, dont les lettres n'étaient qu'une suite de critiques envers les cadres du parti, et de lamentations devant l'échec de ses efforts pour gagner de quoi nourrir correctement sa famille. « Tu te laisses emporter par la colère, et la colère est mauvaise conseillère. Elle ne t'apportera que des ennuis », lui écrivait Kim.

En revenant de chez la couturière, Helen et Kim allèrent manger une glace au Coppelia. En des temps meilleurs, on n'attendait qu'une quinzaine de minutes. Mais Cuba s'enfonçait dans le marasme économique, et dans les magasins d'État les prix augmentaient aussi vite que la qualité baissait, rendant la coupe de glace à un peso du Coppelia particulièrement alléchante. Ce jour-là, la file d'attente commençait à l'extérieur du parc. Après deux heures de patience, quand les deux amies eurent enfin une table, elles décidèrent d'en profiter. N'ayant rien mangé depuis la veille, elles engloutirent chacune dix coupes de deux boules. Parmi les étudiants, le record à battre était de cinquante boules. Helen et Kim quittèrent les lieux mi-étourdies, mi-euphoriques de s'être ainsi gavées de sucre.

Le lendemain à l'aube, Kim fut réveillée comme d'habitude par les étudiantes qui se levaient avant tout le monde pour avoir accès les premières à la salle de bains. En hiver, où l'humidité de l'air marin rafraîchissait l'atmosphère au petit matin, Kim se pelotonnait dans ses couvertures avant de se rendormir. Cette fois, surprise de sentir ses draps trempés de sueur, elle se redressa.

Elle avait des crampes dans les jambes et fut prise de vertiges. Effrayée, elle appela d'une voix pâteuse la jeune femme occupant le lit du dessus. Ses camarades firent aussitôt venir une ambulance.

Les médecins furent formels. Kim était diabétique. Symptôme le plus évident : son abondante transpiration provoquée par l'hypoglycémie. En l'absence de pores et de glandes sudoripares dans les tissus cicatriciels, sa température avait grimpé, d'où les crampes. Conséquence du choc infligé à son organisme par ses brûlures, le diabète de Kim était de ceux qui mettent des années à se déclarer. Au bout de deux semaines, à raison de deux piqûres d'insuline par jour, elle put retourner en cours. Deux mois plus tard, elle dut subir un bilan dans un institut spécialisé. Les médecins la jugèrent capable de traiter son diabète uniquement en modifiant son alimentation. Elle passa trois semaines à l'institut, d'où elle ressortit avec un régime pauvre en graisses et riche en protéines qui l'obligeait à fractionner ses repas tout au long de la journée. À condition de le suivre à la lettre, elle pouvait se passer d'insuline sans redouter un nouveau malaise.

D'emblée, ce régime se révéla incompatible avec les horaires et les menus de la résidence. En des temps plus fastes, les étudiants en retard à un repas allaient chercher des restes aux cuisines. À présent, la nourriture manquait avant même l'heure de fermeture. La viande et le poisson – que plus personne ne boudait – se raréfièrent encore. Seul plat de choix, une fois par mois : les *hamburguesas*, steaks hachés et agrémentés de zestes de pamplemousse. Il n'y en avait en principe qu'un par personne. Les étudiants avalaient le leur et s'empressaient de regagner la file d'attente, dans l'espoir d'être servis une seconde fois avant l'épuisement des stocks.

Si Kim avait été cubaine, l'État lui aurait donné des tickets de rationnement permettant d'obtenir les aliments nécessaires pour suivre son régime. Maritza Yip vint encore une fois en aide à la jeune femme : elle lui permit d'utiliser la plaque chauffante réservée au personnel et demanda aux cuisiniers de mettre de côté pour elle, un jour sur deux, différents ingrédients, du riz et de l'huile. De son côté, Toan enseigna à Kim des rudiments de cuisine. « Comment ? Ta mère tient un restaurant réputé et tu ne sais même pas te faire cuire un bol de riz ? » s'étonnait-il. La résidence fournissait bien du riz, du maïs ou du potiron à Kim, mais pas les protéines dont elle avait besoin.

Elle se tourna alors vers l'ambassade vietnamienne. Prévenu par Hoa, l'ambassadeur Tai autorisa la jeune femme à faire ses courses dans la *diplotienda*. Cette chaîne de magasins réservés aux touristes et aux diplomates disposait des meilleurs produits locaux et étrangers, dont du poulet et du poisson surgelé d'Amérique du Nord ainsi que des fromages européens. On y trouvait de tout, des objets de l'artisanat cubain au dentifrice, en passant par les vêtements, les téléviseurs et les chaînes stéréo. Chaque magasin avait son restaurant. La *diplotienda* n'acceptant que les pesos rouges – monnaie cubaine obtenue contre des devises étrangères –, l'ambassade attribuait à Kim l'équivalent d'une moitié de sa bourse mensuelle en pesos rouges. Tous les deux ou trois jours, un employé de l'ambassade l'accompagnait à la *diplotienda* pour payer ses achats. En plus des œufs, de la viande, du fromage et des yaourts, elle s'offrait parfois un concombre, une laitue ou quelques tomates. Elle dépensait l'autre moitié de sa bourse dans les magasins « parallèles », où elle s'approvisionnait en bananes et en haricots, mais aussi en gâteaux secs et bonbons, indispensables en cas d'hypoglycémie.

Elle avait remarqué que le diabète la rendait plus fatigable. Maritza, qui bavardait chaque jour à l'heure du déjeuner avec l'agent de sécurité en faction dans le hall d'entrée, s'aperçut que la jeune Vietnamienne rentrait souvent s'allonger après ses cours du matin. Si elle ne réapparaissait pas en début d'après-midi, Maritza, inquiète, envoyait quelqu'un s'assurer que tout allait bien. Parfois, Kim ne retournait à la faculté que pour les travaux dirigés du soir. Et son eczéma n'avait pas disparu ; les médecins pensaient toujours à une réaction allergique causée par les produits qu'elle manipulait au laboratoire.

Kim finit par capituler. « J'ai beau aimer la médecine, ce genre d'études n'est pas pour moi », se dit-elle. Elle n'acheva même pas son second semestre à la faculté de pharmacie. Entièrement préoccupée par l'année universitaire à venir, elle décida de s'inscrire en anglais à l'automne 1989. À vingt-six ans, elle serait de nouveau en première année. Mais cette fois, plus rien ne la détournerait de sa route ; il n'y aurait plus de retour à la case départ. Dans cinq ans, elle regagnerait le Viêt Nam. « Je trouverai un emploi et, mariée ou non, je me construirai une vie normale », se promit-elle.

13

Au début de l'été 1989, l'ambassadeur Tai convoqua Kim. Son message fut bref, l'entretien aussi.

— Certaines personnes souhaitent vous inviter aux États-Unis. Le gouvernement vietnamien est favorable à ce voyage : nous allons donc vous laisser partir. Dès que vos papiers seront prêts, nous vous communiquerons votre date de départ.

Conformément à la promesse de Pham Van Dong, aucun reporter étranger n'avait importuné Kim durant son séjour à Cuba, en grande partie à cause de l'absence d'Américains sur l'île. En revanche, la population cubaine connaissait l'existence de la jeune femme : peu après son arrivée, elle avait fait la une de *Granma*, le quotidien communiste. Un apprenti journaliste angolais avait eu l'idée de l'interviewer, et Kim – en présence de Hoa – avait spontanément donné son accord. Elle se retrouva de nouveau sur le devant de la scène quand la télévision cubaine l'invita à une émission enfantine pour la Journée mondiale des femmes, et aussi lors d'une réception en l'honneur d'un cinéaste cubain, où elle prononça quelques mots. Malgré son manque de maîtrise de l'espagnol, elle appréciait ces manifestations. Les Cubains, curieux de rencontrer une Vietnamienne, étaient à la fois séduits et surpris par cette jeune femme toujours souriante, même lorsqu'elle parlait de la guerre.

Kim avait néanmoins conscience que, dans le reste du monde, on ne l'oubliait pas. Ces trois dernières années, au cours de ses visites hebdomadaires à Hoa, celui-ci lui avait souvent tendu une lettre venant d'un pays occidental – les États-Unis la plupart du temps – accompagnée d'une réponse qu'elle devait signer. On lui demandait en général de participer ou d'apporter son soutien à une action humanitaire. Kim ne lisait même pas ces lettres en entier, se contentant de vérifier la formulation de la réponse : « Je regrette de ne pouvoir interrompre mes études… »

Elle soupçonnait l'ambassade vietnamienne à Cuba d'avoir systématiquement décliné ce type d'invitations, jusqu'au jour où Hanoi décida qu'il fallait accepter. La dernière fois qu'elle avait reçu l'ordre de se rendre aux États-Unis, elle avait dit non, refusant toute nouvelle interruption de ses études. Mais depuis son arrivée à Cuba, les contretemps s'étaient multipliés : entre l'apprentissage de l'espagnol et ses problèmes de santé, son cursus universitaire était presque au point mort. Elle accueillit avec joie cette occasion de voyager.

Sauf pendant l'une de ses premières interviews, où elle avait osé demander à l'interprète pourquoi les médias s'intéressaient tant à elle (pour s'entendre répondre qu'elle était un sujet « brûlant »...), elle n'avait pas discuté ouvertement les décisions des autorités. Sous un régime où le simple fait de poser des questions peut vous faire passer pour un réactionnaire, mieux vaut savoir tenir sa langue. Kim avait également renoncé depuis longtemps à comprendre pourquoi le sort s'était acharné sur elle. Rassérénée par ses premières prières au Dieu chrétien, elle voyait désormais sous un jour nouveau la tragédie dont elle avait été victime. Même si le bombardement au napalm était un accident imprévisible, elle avait fini par croire que Dieu, lorsqu'il le jugeait nécessaire, lui envoyait d'autres « accidents » – par exemple des inconnus soucieux d'aider leur prochain – pour compenser les souffrances et les malheurs subis jusque-là. Elle en avait eu la preuve avec Perry Kretz, puis Pham Van Dong. Et son prochain voyage aux États-Unis était à coup sûr un signe des cieux, une porte qui s'ouvrait sur de nouvelles perspectives pour elle et sa famille.

Kim quitta le bureau de l'ambassadeur l'esprit fourmillant de projets. Dès qu'ils voyageaient ou séjournaient à l'étranger, les Vietnamiens saisissaient toutes les occasions d'améliorer avant leur retour leur existence et celle de leur famille.

Malgré son souhait de se rendre utile à ses semblables, Kim n'avait rien pu faire pour ses proches durant son séjour à Cuba. « Envoie-nous un peu d'argent, ou au moins quelques petits objets », la suppliait Ngoc. Plutôt que d'avoir à refuser, elle préférait ignorer ces appels au secours. Ngoc sermonnait par écrit sa jeune sœur : « C'est un devoir d'aider sa famille », insistait-il. « Comment lui faire comprendre qu'aucun Cubain n'envoie d'argent ni d'objets hors du pays ? Qu'ils comptent sur le soutien financier de leurs proches installés aux États-Unis ? » se demandait Kim.

C'est à Ngoc qu'elle écrivit pour apprendre à sa famille la nouvelle de son prochain voyage aux États-Unis. Avec une impatience croissante, elle attendait la date exacte de son départ ; lorsque les Américains l'entendraient raconter ses problèmes de santé et les difficultés auxquelles les siens étaient confrontés, ils se montreraient généreux. Pourtant, en présence des diplomates de l'ambassade, elle dissimulait son enthousiasme. « Là-bas, évidemment, ils ne me laisseront pas sans surveillance », se répétait-elle. Si elle bénéficiait d'une manière ou d'une autre de ce voyage, il valait mieux qu'aux yeux d'Hanoi elle n'y soit pour rien. Elle n'oubliait pas non plus qu'elle partait en Amérique avec la bénédiction de Pham Van Dong. « Je ferai de mon mieux pour ne pas le décevoir », se promit-elle.

Par un après-midi de juillet, d'une fenêtre du vingtième étage de l'hôtel Habana Riviera sur le Malecón, Kim observait le parking en contrebas. Le bâtiment de marbre et de verre, qui abritait également un casino et une discothèque, avait été construit en 1958. Étrenné par Ginger Rogers, il incarna en son temps une certaine modernité architecturale, grâce à son intérieur conçu pour rivaliser avec le luxe tape-à-l'œil de Las Vegas.

Kim attendait à l'hôtel depuis neuf heures du matin. Enfin, un minibus se gara sur le parking. Parmi ses passagers se trouvaient deux Occidentaux, deux Cubains et trois Vietnamiens, dont deux employés de l'ambassade. C'était le troisième qui intéressait Kim. Sa silhouette trapue lui rappelait celle des habitants du delta du Mékong, dans le sud du Viêt Nam. Trois reporters américains complétaient le groupe. Comme d'habitude, le gouvernement cubain leur avait accordé un visa de vingt-quatre heures à la dernière minute, leur laissant juste le temps de prendre une brosse à dents et de se précipiter à l'aéroport. Obligés de passer par Los Angeles à cause de l'interruption des liaisons aériennes entre la Floride et Cuba, ils étaient arrivés tous les trois en pleine nuit. L'ambassade vietnamienne les avait convoqués à neuf heures pour interviewer Kim, sans toutefois leur préciser où ils devaient se rendre. Comme c'était dimanche et, de surcroît, un jour férié en l'honneur des martyrs de la révolution, les reporters avaient dû patienter plusieurs heures avant qu'un employé de l'ambassade réponde à leurs coups de téléphone. Quand ils avaient pris la route du Habana Riviera, il était déjà quatorze heures trente.

Deux d'entre eux, un journaliste et un photographe, travaillaient pour le *Los Angeles Times*. Le quotidien avait organisé ce voyage dans le plus grand secret, de peur que d'autres reporters reconnaissent le troisième membre du groupe. Il s'agissait de Nick Ut, désormais photographe au bureau de Los Angeles de l'agence Associated Press. Le *Los Angeles Times* l'envoyait à La Havane afin de lui permettre de revoir pour la première fois depuis la fin de la guerre Kim Phuc, sujet de sa plus célèbre photo.

— Oh, il faut absolument que je le rencontre ! s'était écriée Kim quand l'ambassade lui avait appris la nouvelle.

Oubliant qu'il était revenu à Trang Bang après le bombardement, elle avait expliqué qu'elle voulait le remercier de lui avoir sauvé la vie en la conduisant à l'hôpital.

— Oncle Ut, je suis si heureuse ! J'attends depuis dix-sept ans l'occasion de te revoir ! s'exclama-t-elle.

Pendant plusieurs minutes, Nick ne put articuler une parole. D'ordinaire souriant et démonstratif avec ceux qu'il connaissait et appréciait, il était ce jour-là nerveux, voire méfiant, à cause de la présence des deux employés de l'ambassade vietnamienne. « Ce type est dangereux », se dit-il à propos de l'un d'eux.

Au cours du dîner, Kim évoqua d'un ton détendu son relatif anonymat au Viêt Nam.

— Là-bas, on me dit que je n'ai rien d'extraordinaire, que beaucoup de gens ont été blessés à cette période. J'ai vu d'autres photos de la guerre, mais sur la tienne, c'est vraiment moi.

Quand vint le moment des adieux, elle embrassa les trois reporters. En la serrant dans ses bras, Nick sentit sous ses doigts les cicatrices de son dos. « Elle souffre, j'en suis sûr. C'est écrit sur son visage », pensa-t-il.

« LA FILLE DE LA PHOTO, DIX-SEPT ANS APRÈS », annonçait en couverture le supplément magazine du *Los Angeles Times* daté du 20 août 1989. On lisait dans l'article que Kim entreprendrait en septembre un voyage de six semaines aux États-Unis :

> « À La Havane, c'est l'heure magique, celle où le ciel s'irise de tons indigo avant la tombée de la nuit. Assise sur le muret de l'esplanade au bord de l'océan, la jeune femme pose pour le photographe devant les nuages poussés par le vent. Elle aime l'objectif, et il le lui rend bien. Kim est une Marilyn vietnamienne : même sourire mutin, mêmes gloussements, même façon de tirer sur sa jupe. Elle flirte avec le photographe (Nick), veut faire une photo joue contre joue avec lui, pouffe de rire, écarte

une mèche de cheveux retenue par une fleur orangée…

« “Si jamais je vois les pilotes qui ont largué ces bombes sur moi, ou d'autres pilotes américains, je leur dirai : ‘La guerre est finie. C'est du passé.’ Je leur demanderai ce qu'ils peuvent faire pour aider à une réconciliation. Il y a quelque chose de très fort entre le Viêt Nam et l'Amérique, et ce devrait être de l'amitié. Pas de la rancune ou de l'hostilité. Mais je ne vais pas aux États-Unis pour parler de la guerre. J'y vais pour que les Américains puissent rencontrer la fille de la photo, pour leur raconter comment j'ai survécu, ce que je deviens, comment vit ma famille.”

« Avec ce que coûtait le repas de fruits de mer qu'il lui avait offert, expliqua-t-elle à Nick Ut, sa famille pourrait se nourrir pendant des mois… Elle espère que son voyage aux États-Unis l'aidera à tirer les siens de la misère, et lui permettra de revenir étudier et recevoir des soins médicaux en Amérique.

« L'expérience de la guerre engendre diverses attitudes : pacifisme militant, dépression, mysticisme, vocation de martyr… Des blessures de Kim a jailli le désir d'avoir une vie normale : “Je veux vivre comme tout le monde, me marier, avoir des enfants.” Elle reconnaît que la photo de Nick Ut a fait d'elle le symbole des souffrances de tout un peuple. “Mais je suis bien vivante, et heureuse de l'être !” ajoute-t-elle. “Une jeune femme toujours souriante. Voilà le nouveau symbole", ajoute l'interprète de l'ambassade vietnamienne de La Havane. »

En janvier de la même année, Nick Ut était retourné pour la première fois au Viêt Nam, quatorze ans après son évacuation de Saigon par les Américains. Il devait réaliser un reportage avec George Esper, dernier responsable du bureau de Saigon de l'agence Associated Press. Hanoi leur avait accordé à chacun un visa d'un mois pour couvrir le voyage au Viêt Nam de six anciens marines désireux de faire la paix avec leur passé.

Bien que Hanoi n'ait pas réussi à obtenir que les États-Unis soutiennent l'économie vietnamienne, le climat entre les deux pays s'était amélioré à l'automne 1987. En échange d'une coopération accrue sur la question des soldats américains disparus, Washington avait assoupli son embargo pour permettre au Viêt Nam de recevoir l'aide d'organisations humanitaires. Au printemps 1989, Hanoi leva un des derniers obstacles à la normalisation des relations américano-vietnamiennes avec l'annonce, pour l'automne suivant, du retrait inconditionnel de ses cinquante mille soldats stationnés au Cambodge. Malheureusement, le gouvernement américain interrompit une nouvelle fois le processus en exigeant du Viêt Nam une promesse impossible : qu'il s'engage à faire la paix avec le Cambodge.

De retour à Los Angeles, son reportage terminé, Nick Ut reçut un appel téléphonique d'une New-Yorkaise inconnue. Avec plusieurs réfugiés vietnamiens, Merle Ratner réunissait des fonds pour inviter Kim à faire une tournée de conférences aux États-Unis. À Hanoi, Nick et George Esper avaient découvert grâce aux dépêches d'Associated Press que Kim était à Cuba, mais chaque fois qu'ils avaient voulu en savoir plus, ils s'étaient heurtés à la mauvaise volonté des fonctionnaires du ministère des Affaires étrangères. D'après Merle Ratner, Hanoi avait cependant donné son accord pour le voyage de Kim aux États-Unis.

Pacifiste, Merle avait milité dès la fin de la guerre pour que son pays participe à la reconstruction du Viêt Nam. Encore adolescente, elle avait accompagné son père à la marche des « Dentistes pour la paix » et renoncé sans regret à une carrière de cantatrice, préférant donner de la voix dans les manifestations. Après la guerre, elle et quelques bénévoles avaient lancé, de leur domicile, une campagne d'opinion pour convaincre les États-Unis d'honorer les promesses de réparations faites par Nixon aux Vietnamiens. Conscients que les négociations intergouvernementales étaient dans une impasse, ils avaient tenté de tisser eux-mêmes des liens d'amitié entre les deux peuples. À la fin des années quatre-vingt, travaillant directement avec la délégation vietnamienne aux Nations unies, Merle avait emmené plusieurs fois des pacifistes américains au Viêt Nam, et accueilli aux États-Unis d'anciens combattants viêt-cong.

Elle avait rencontré Kim au Viêt Nam. En 1986, elle s'était rendue avec son fiancé Ngo Nhan à Hanoi pour que leur mariage y soit célébré par un haut responsable du parti. Nhan avait fait la connaissance de Kim au festival de la jeunesse à Moscou. Alors membre de la délégation américaine, il l'avait interviewée pour le magazine américain *Nguyen Thai Binh*, ainsi nommé à la mémoire d'un ancien leader étudiant. Expulsé des États-Unis en 1972 à cause de ses déclarations pacifistes, Binh s'était envolé pour Saigon dans un avion de la Pan Am où il avait été abattu en plein vol. À en croire la version officielle, il aurait menacé le commandant de bord de faire sauter l'appareil avec des grenades s'il ne se posait pas à Hanoi. En fait de grenades, c'étaient des citrons enveloppés dans du papier aluminium... Choisi comme Binh par la CIA pour faire partie de la nouvelle génération de dirigeants sud-vietnamiens, Nhan avait reçu une bourse lui permettant d'étudier aux États-Unis.

Quinze ans après la fin de la guerre, les revendications se multipliaient dans ce pays parmi les huit cent mille réfugiés vietnamiens : ils voulaient que les enfants amérasiens et les prisonniers politiques ayant collaboré pendant la guerre avec les Américains ou le régime sud-vietnamien soient autorisés à émigrer aux États-Unis. Ils réclamaient aussi des mesures permettant le rapprochement des familles dont certains membres étaient toujours au Viêt Nam. Une nouvelle fois, l'association de Merle chercha comment détourner l'opinion publique américaine du problème des soldats portés disparus. Quelqu'un mentionna la photo de la fillette brûlée par une bombe au napalm :

— Tous les Américains la connaissent.

Quelqu'un d'autre suggéra d'inviter Kim Phuc aux États-Unis.

— Personne ne peut évoquer mieux qu'elle la nécessité de refermer les blessures du passé. Si elle est capable de pardonner, pourquoi pas nous ? conclut Merle.

Si elle avait appelé Nick Ut, c'était pour lui demander un service. Accepterait-il de raconter l'histoire de sa célèbre photo à Los Angeles, devant une petite assemblée distinguée, qui ferait ensuite des dons généreux à son association ?

La guerre du Viêt Nam ne cessait de hanter Nick depuis son arrivée aux États-Unis. Il ne se déplaçait jamais sans ses cassettes de chants pacifistes vietnamiens. Les larmes aux yeux, il les écoutait dans sa chambre d'hôtel. Par temps humide, les éclats d'obus logés dans sa cuisse le faisaient souffrir. Quelques mois avant la fin du conflit, avec un autre photographe d'Associated Press, il avait couvert les derniers combats sur la route 1 près de Trang Bang. Entendant des tirs d'artillerie, les deux hommes s'étaient garés sur le bas-côté et avaient continué à pied dans des directions opposées. Nick avait rejoint le temple caodaïste. Alors qu'il bavardait avec des paysans rassemblés devant l'édifice, il avait repéré deux soldats de l'armée sud-vietnamienne sur le balcon, juste sous l'immense œil mystique, et braqué son appareil vers eux. Au même instant, un obus l'avait frôlé avec un sifflement. Nick voulut fuir, mais ses jambes refusaient de le porter. Il jeta un coup d'œil : pas de sang, curieusement, juste une fine couche de cendre sur ses vêtements et un trou dans son appareil photo. Essayant à nouveau de fuir, il s'écroula, terrassé par une douleur cuisante à l'intérieur de la cuisse. À Saigon, les médecins préférèrent ne pas retirer les éclats d'obus. Persuadé qu'à Trang Bang la chance avait tourné pour lui, Nick n'y remit pas les pieds jusqu'à la fin de la guerre.

Souvent, réveillé par sa femme au beau milieu d'un cauchemar, il regardait autour de lui et finissait par reconnaître, à la vue du téléviseur de la chambre, qu'il était chez lui à Los Angeles et non sur un champ de bataille au Viêt Nam. Malgré les années écoulées depuis son départ, il n'avait pu améliorer les conditions de vie de sa mère et de ses frères restés là-bas. Leurs lettres étaient autant d'appels au secours : « Nous sommes dans la misère. Tes frères ont besoin d'aide. Il n'y a pas de travail. Nous manquons d'argent, de nourriture, de médicaments. » Comme tous les réfugiés vietnamiens, il glissait des billets à l'intérieur des vêtements, des tubes de dentifrice et autres produits de toilette qu'il envoyait à sa famille. Il espérait que les voleurs seraient aussi maladroits que les autorités, qui ouvraient le courrier et refermaient les enveloppes n'importe comment avec du Scotch. Dans ses lettres à ses proches, Nick se censurait, de peur de compromettre ses chances de retourner dans son pays pour voir sa mère une dernière fois, et peut-être y finir ses jours.

Avant la fin de son reportage au Viêt Nam, il s'était rendu à Long An, son village natal. Les rencontres avec sa famille et ses amis furent tendues, à cause de l'impossibilité de parler librement. À voix basse, on lui rappelait sans cesse de « surveiller ses propos ». Deux de ses frères refusèrent d'évoquer leur séjour en camp de rééducation. Un de ses amis n'était toujours pas rentré. En quittant le Viêt Nam, Nick emporta, cachées dans ses bagages, plus d'une centaine de lettres à poster aux États-Unis.

Une trentaine de personnes participèrent au dîner organisé par Merle Ratner pour recueillir des fonds. Il eut lieu chez une personnalité en vue à Beverly Hills. Nick remarqua la présence parmi les convives de trois ou quatre Vietnamiens, dont l'écrivain Le Ly Hayslip – ses mémoires de guerre, *When Heaven and Earth Changed Places*, publiés la même année, seraient ensuite adaptés au cinéma dans une production d'Oliver Stone *(Entre ciel et terre)*. Les autres avaient l'accent du Nord. « Des communistes, ou des sympathisants », se dit Nick, qui les évita. Il montra une série de diapositives prises le jour du bombardement au napalm de Trang Bang, gardant la fameuse photo pour la fin. En guise de bande-son, il passa *The Song of the Yellow Skin*, célèbre chanson pacifiste autrefois interdite par le gouvernement sud-vietnamien. Elle commence par la plainte obsédante d'une mère en train de chanter pour son enfant mort dans ses bras.

Kim contemplait les souvenirs laissés par les reporters : un agrandissement de la photo de Nick Ut et un T-shirt représentant Mickey Mouse. Acheté dans une boutique d'aéroport, c'était le seul cadeau que Nick avait pu trouver, compte tenu du peu de temps dont il disposait avant le départ. La jeune femme ignorait que le photographe avait cherché, en vain, une occasion de lui glisser quelques dollars.

Après l'émotion des retrouvailles et des souvenirs partagés, elle cédait à la perplexité : « Pourquoi oncle Ut n'est-il jamais revenu pour me secourir ? Si Perry Kretz a pu le faire, pourquoi pas lui ? » Pour elle, il existait une seule différence entre son univers et celui des gens qui vivaient en Occident : elle n'avait aucune liberté de mouvement ; eux, si.

Début septembre, Hoa, le guide vietnamien de Kim, l'accompagna dans les bureaux de la représentation américaine à La Havane. Cuba et les États-Unis avaient ouvert ces bureaux dans leurs deux capitales en 1977 afin de faciliter la communication entre les deux gouvernements. Visa, billet d'avion, tout était en ordre. Mais une semaine avant le départ, l'ambassadeur Tai convoqua Kim. Il la reçut avec sa courtoisie habituelle.

— Comment vas-tu ? Et tes études ?

— Tout va très bien, merci, répondit-elle.

Depuis des semaines, elle s'entraînait à rester calme. L'ambassadeur lâcha alors sa bombe :

— Kim Phuc, je t'ai fait venir pour t'annoncer que ton voyage aux États-Unis est annulé.

La jeune femme ouvrit des yeux ronds. « Que s'est-il passé ? » se répétait-elle, paniquée. À l'évidence, elle avait fait un faux pas. Mais lequel ? Avec quelques secondes de retard, elle s'efforça de dissimuler son affolement et la déception qui montait en elle. Des larmes trahiraient un attachement déplacé pour les États-Unis. Pire, une phrase révélant combien elle tenait à ce voyage risquait de lui échapper. Elle esquissa laborieusement un sourire :

— Mais pourquoi ?

— Tu dois comprendre que deux raisons t'empêchent de partir. Il y a d'abord le problème de ta santé, ensuite celui de tes études.

L'ambassadeur vit qu'elle était sous le choc.

— Quelqu'un devrait aller lui parler, la convaincre de revenir sur sa décision, suggéra un proche de Merle.

Dans une quinzaine de villes américaines, organisateurs et sponsors étaient furieux de cette annulation de dernière minute. Tous les fonds recueillis provenaient de particuliers. Les organisations caritatives sollicitées avaient refusé leur contribution. Pourtant, le battage médiatique avait incité le public à la générosité : les chaînes nationales se bousculaient pour interviewer Kim et Nick Ut.

Merle ne voyait pas ce qui avait pu faire capoter le projet. Toutes les difficultés avaient été aplanies, sauf une : le gouvernement américain refusait de délivrer, à la demande d'Hanoi, un second visa permettant à un fonctionnaire du ministère des Affaires étrangères vietnamien d'accompagner Kim aux États-Unis. Mais Hanoi comprenait sûrement que Washington tenait au caractère privé de ce voyage.

Il fallut deux semaines à Merle pour obtenir du gouvernement cubain un visa de vingt-quatre heures. À l'ambassade vietnamienne de La Havane, Kim l'attendait. Dans les bras de l'Américaine, elle fondit en larmes, incapable de contenir son émotion.

Ils étaient trois autour de la table : Hoa, Merle et Kim. La jeune femme pesait chaque mot : elle avait remarqué que Merle portait un *khan ran*, célèbre foulard effrangé à carreaux noirs et blancs des combattants viêt-cong. Tout en attribuant ses larmes à la déception, Merle pensait que les raisons invoquées par Kim – diabète non stabilisé, refus d'interrompre ses études – étaient sincères.

— C'est ce qu'il y a de plus important pour moi, répétait-elle, et elle signa pour Merle une lettre dans ce sens.

Des interventions de Hoa, Merle retira l'impression qu'aux yeux des autorités cubaines et vietnamiennes les résultats de Kim étaient « fragiles », et qu'une tournée de conférences mettrait en péril à la fois sa santé et ses études.

Hoa laissa les deux femmes finir la journée en tête à tête. « Merle a toute leur confiance », se dit Kim, sur ses gardes. Pendant le déjeuner, elle évoqua néanmoins les difficultés économiques croissantes à Cuba, le manque d'argent et la pénurie dont tout le monde souffrait. À la résidence, elle ouvrit le tiroir contenant son courrier. Chacune de ces lettres, déclara-t-elle, était une demande d'argent de sa famille.

— Ils s'imaginent que je suis riche, que Cuba est le paradis…

Merle voulut savoir si elle disposait des médicaments nécessaires pour ses cicatrices. Apprenant qu'elle n'avait pas les moyens d'appliquer chaque jour sa crème Nivea et s'en servait uniquement si la douleur se réveillait, Merle insista pour l'emmener faire des achats. À la *diplotienda*, Kim n'acheta qu'un seul pot.

— Que vous faut-il d'autre ? Je peux vous envoyer quelque chose de New York.

Peu après, Merle lui ferait parvenir une paire de longs gants très appréciés des femmes d'Ho Chi Minh-Ville : ils protégeaient leurs bras du soleil pendant leurs déplacements à vélo. Avant de partir, elle donna cent dollars à Kim. Elle défit également sa chaîne en or pour la passer au cou de la jeune femme. En échange, celle-ci lui fit don d'un anneau plaqué or ayant appartenu à sa mère.

Quelques semaines plus tard, Hoa consulta Kim avant de rédiger la réponse à une lettre qui lui était adressée. Elle venait de Merle. À quelles causes humanitaires Kim préférait-elle allouer les fonds recueillis en vue de sa tournée américaine ? Il était question, entre autres, d'ouvrir une école et un hôpital au Viêt Nam. Les dons se montaient à plusieurs milliers de dollars. La jeune femme sourit.

— Peu importe, répondit-elle.

Depuis l'annulation de son voyage, Kim pleurait chaque soir dans son oreiller. « Pourquoi, mais pourquoi ? » se lamentait-elle. La colère n'étant pas un sentiment chrétien, elle priait pour qu'elle s'apaise. « Calme-toi, et sois sans rancune », se disait-elle. Dans la journée, elle arborait son masque souriant.

Après des semaines de découragement, Kim se confia à son amie Helen et à la famille Diaz, espérant trouver une oreille compatissante.

— Pense un peu à autre chose, se contenta de répondre Helen.

Quant à Manuel et Nuria Diaz, ils haussèrent les épaules. « Il ne leur vient pas à l'esprit que je puisse être déçue. Ils aiment bien trop Cuba pour comprendre », conclut Kim.

Les répercussions de la *perestroïka* dans les pays frères conduisirent à l'effondrement spectaculaire du bloc communiste. En novembre 1989, la chute du mur de Berlin marqua le début de la fin pour l'Empire soviétique.

Fidel Castro, lui, tourna le dos à ce qui était considéré partout ailleurs comme un changement inévitable. En janvier 1990, il appela une nouvelle fois les Cubains à défendre la révolution. Proclamant une « Période spéciale en temps de paix », il procéda à un rationnement draconien du carburant, de l'électricité, des biens de consommation et des produits alimentaires (les carnets de tickets délivrés chaque mois ne donnaient plus droit qu'à vingt jours de nourriture). « *¡ Socialismo o muerte !* » Tel était le nouveau slogan par lequel le leader cubain concluait désormais ses discours-fleuves. Le socialisme ou la mort : triste alternative…

La crise économique cubaine tourna subitement au marasme quand l'Union soviétique, pour éviter sa propre banqueroute, accéléra sa politique de restructuration et réduisit encore son aide aux pays du bloc communiste, ainsi que ses exportations de pétrole subventionné. Après la chute du mur de Berlin, Cuba perdit ses partenaires commerciaux en Europe de l'Est. La réunification des deux Allemagnes intervint à peine un an plus tard. La Hongrie et la Pologne procédèrent à des élections démocratiques. La Tchécoslovaquie se débarrassa de son gouvernement communiste, et les Roumains exécutèrent leur dictateur.

En 1990, les importations cubaines en provenance des pays du bloc soviétique diminuèrent de moitié. En 1991, elles ne représentaient plus que sept pour cent de ce qu'elles étaient en 1989. Avec la réduction des exportations de pétrole soviétique subventionné, Cuba n'avait plus d'excédents à vendre, et donc plus de devises occidentales pour acheter à l'Ouest les produits jusque-là importés des pays de l'Est. Sentant le régime castriste au bord de la faillite, les États-Unis décidèrent d'élargir leur embargo, qui s'appliqua également à la nourriture et aux médicaments.

La « Période spéciale » perturba gravement tous les secteurs de l'économie cubaine. L'essence commença à manquer. L'absence de matières premières et de combustibles désorganisa l'industrie. Les pompes à eau et les machines agricoles devinrent inutilisables. Les camions ne pouvaient plus approvisionner les villes. La collecte des ordures se faisait de manière anarchique. Les hôpitaux étaient à court de médicaments. Sans pièces détachées hongroises, les autobus des réseaux urbains tombèrent en panne les uns après les autres. Sans le lait en poudre d'Allemagne de l'Est et le malt tchèque, Cuba ne produisait plus ni beurre ni bière. Quelques semaines après la proclamation de la « Période spéciale », on ne trouvait plus dans les magasins d'État que des articles de qualité inférieure en quantité insuffisante, des vêtements au shampooing, en passant par les chaussures et l'huile de cuisine.

À la résidence universitaire du Malecón, la vie n'avait plus rien d'agréable. L'électricité était coupée quatre heures par jour. L'un des deux ascenseurs, définitivement hors service, servait de réserve de pièces détachées pour réparer l'autre. Les coupures d'eau pouvaient durer jusqu'à deux jours. L'eau renversée par les étudiants en remontant leurs seaux du rez-de-chaussée stagnait dans les cages d'escalier. Des toilettes bouchées s'échappaient des odeurs nauséabondes. Les ordures s'accumulaient ; les occupants des étages supérieurs prirent l'habitude de les jeter par la fenêtre, et le vent les entraînait ensuite à l'intérieur des dortoirs des étages inférieurs. Les draps n'étaient plus lavés. L'université distribuait désormais des feuilles de journal en guise de papier toilette, du sel en guise de dentifrice. Heureusement, Kim avait Toan pour l'aider, et la chance de pouvoir faire une partie de ses courses dans les *diplotiendas* aux rayons bien remplis. De plus, Hoa l'autorisait à faire sa lessive à l'ambassade, où un groupe électrogène assurait l'alimentation en eau.

En quelques mois, les maladies respiratoires augmentèrent à La Havane dans des proportions si alarmantes que Castro lui-même incrimina publiquement les gaz d'échappement des autobus. Mal réglés, ces derniers roulaient bruyamment en crachant des nuages toxiques de fumée noire. Comme d'autres étudiants de la résidence, Kim se mit à éternuer et à tousser sans arrêt. Un spécialiste diagnostiqua un asthme allergique. À chaque crise, à moins qu'elle ne parvienne à contrôler sa respiration, il fallait la transporter d'urgence à l'hôpital.

Un an après, Kim se torturait toujours l'esprit pour découvrir les raisons de l'annulation de son voyage. Dès qu'elle sentait l'angoisse monter, elle la refoulait, au point d'avoir en permanence une boule dans l'estomac. Sa vie était au point mort, son avenir incertain. Elle se demandait si Hanoi l'autoriserait un jour à se rendre aux États-Unis. « Une seule personne peut me dire si je suis libre de décider de mon avenir : Pham Van Dong », conclut-elle.

À la fin de sa première année d'anglais, elle s'offrit un billet d'avion pour aller passer un mois au Viêt Nam. Elle finança son voyage à l'aide des cent dollars donnés par Merle, et de cinq cents autres empruntés à Toan et à ses amis vietnamiens. Dans un magasin « parallèle », elle acheta pour ses frères des T-shirts décorés de photos de plages cubaines, pour son père et Dong des *guayaberas* – chemises brodées, traditionnellement portées par les vieillards de l'île dans les grandes occasions. À la *diplotienda*, elle choisit un parfum français et des cigares cubains pour ses parents, ainsi qu'une montre pour Duong, le fils de Dong : elle comptait sur lui pour l'emmener voir l'ancien Premier ministre.

Dans l'avion pour Hanoi, le nombre de passagers occidentaux témoignait de la libéralisation en cours au Viêt Nam grâce au *doi moi*. Si le gouvernement avait mis un frein en 1989 aux réformes économiques, c'était moins à cause de la situation intérieure que des événements en Chine, où les manifestations pour la démocratie avaient été réprimées dans le sang sur la place Tian'anmen. Hanoi avait cependant réussi à maîtriser l'inflation – passée de mille pour cent en 1988 à trente pour cent en 1989 et cinquante pour cent en 1990. Pendant le vol, Kim avait remarqué la présence d'hommes d'affaires occidentaux, et sur la route menant de l'aéroport à la capitale la misère paysanne lui avait paru moins criante que quatre ans auparavant.

À Hanoi, l'employée de maison de Duong annonça à Kim qu'elle avait de la chance : d'ordinaire, en juillet, le jeune homme prenait des vacances dans le Sud avec ses parents. Le soir même, Duong arriva en moto à l'adresse laissée par Kim à l'employée. Encore célibataire, il avait quitté l'armée pour créer son entreprise. Il se déclara prêt à organiser une rencontre entre son père et Kim, mais aussi à faire visiter la région à la jeune femme et à lui offrir un billet d'avion aller-retour pour Ho Chi Minh-Ville.

L'ancien Premier ministre habitait toujours la même villa. À quatre-vingt-quatre ans, il était presque aveugle, mais son regard exprimait toujours la même bienveillance et, aux yeux de Kim, il avait plus que jamais l'air d'un ange. Il embrassa la jeune femme et garda longuement ses mains dans les siennes. Il l'interrogea sur son séjour à Cuba ; rien de ce qu'elle lui raconta sur les difficultés croissantes de la vie quotidienne ne parut le surprendre. Quand il fut question de son petit ami vietnamien, Kim s'étonna des différences d'attitude entre Cubains et Vietnamiens en matière de relations amoureuses :

— À Cuba, on change si facilement de partenaire ! Faire l'amour est aussi naturel que manger !

— Les Cubains ont beaucoup de qualités, mais en amour on ne peut pas leur faire confiance..., répondit Dong en riant.

Après le dîner, Kim sentit le moment venu d'aborder le sujet qui l'obsédait :

— Oncle, j'ai besoin de savoir pourquoi notre gouvernement a annulé mon voyage aux États-Unis.

— N'y pense plus, c'est sans importance, dit Dong, éludant la question.

— Je me sentirais beaucoup mieux si je connaissais le motif.

Dans le silence qui suivit, l'obstination de Kim l'emporta, et l'ancien Premier ministre accepta finalement de lui confier la vérité :

— Les autorités avaient des raisons de croire que tu allais rester aux États-Unis après ta tournée de conférences. Elles soupçonnaient ta famille de t'avoir conseillé de profiter du voyage pour t'installer là-bas.

La curiosité de Kim était satisfaite.

En entendant le mot « famille », elle avait aussitôt pensé à son frère Ngoc. Elle savait ce qui avait alerté les autorités. « Profite de ton voyage pour rester là-bas. Ne reviens pas au Viêt Nam », lui avait écrit Ngoc. Kim était amère. « Pourquoi faut-il que mon frère écrive tout ce qui lui passe par la tête ? » se désolait-elle. Elle avait reçu cette lettre grâce à un contact d'Helen ; Ngoc avait dû lui donner le même conseil dans une autre lettre, interceptée par les autorités. Kim se rendait compte qu'elle payait très cher l'inconscience de Ngoc. « On ne me fait plus confiance. Je n'avais aucune intention de rester aux États-Unis, aucune intention de provoquer un scandale. Mais les autorités ont cru que j'allais trahir mon pays. Maintenant, je vais devoir vivre en permanence sous surveillance. »

Dès son arrivée à Ho Chi Minh-Ville, Kim se rendit à Tay Ninh. Elle trouva Ngoc chez lui, dans la maison délabrée de Future Road, plus désabusé que jamais sur le régime communiste. Il venait d'essuyer un nouvel échec avec l'achat pour l'exportation de stores en bambou fabriqués par des artisans. Leur mauvaise qualité avait découragé les acheteurs potentiels et Ngoc, en faillite, avait dû emprunter de l'argent à un Vietnamien du Nord. Trois ans plus tard, incapable de rembourser ce prêt d'un montant équivalent à une quarantaine de dollars, il ferait dix-huit mois de prison.

Kim tenta d'abord de lui expliquer pourquoi elle n'avait pu répondre à ses appels au secours.

Elle décrivit Cuba comme une île si pauvre que, malgré la présence de l'océan, il fallait importer le sel. Ensuite, renversant les rôles et sermonnant Ngoc comme une sœur aînée son jeune frère, elle lui dit ce qu'elle avait sur le cœur :

— Par ta faute, le gouvernement a annulé mon voyage aux États-Unis.

Après avoir tout raconté, elle comprit que Ngoc était aussi consterné qu'elle. Elle se radoucit, se sentant redevable envers sa femme et lui des sacrifices qu'ils avaient faits pour elle et ses frères pendant les années les plus noires de leur histoire.

— Il faut faire très attention. Si tu parles sans réfléchir et qu'on t'entend, c'est dangereux. On ne te fera plus confiance et on te surveillera encore plus.

Il en fallait davantage pour arrêter Ngoc. Il ne put s'empêcher d'écrire à Merle Ratner et à Nick Ut. Aucun des deux ne lui répondit. À la lecture de sa lettre, rédigée en anglais, Merle l'avait jugé calculateur : « Puisque vous essayez d'aider Kim Phuc, pourriez-vous aussi faire quelque chose pour nous ? » suppliait-il. Au courant des changements intervenus au Viêt Nam, Merle avait demandé à des amis connaissant Kim de se renseigner sur la famille de la jeune femme : ils lui avaient confirmé que la situation n'était pas aussi désespérée que le laissait croire la lettre de Ngoc.

Celui-ci avait également écrit à Dong pour qu'il réduise le montant des impôts payés par sa mère sur le restaurant. Dans sa réponse, tout en réaffirmant son affection pour Kim Phuc, l'ancien

Premier ministre expliquait : « Je ne peux rien pour vous. En tant que résident de Tay Ninh, vous devez vous adresser aux autorités de la province. » Peu après, le percepteur de Trang Bang convoqua Tung et Nu :

— Nous avons reçu un télégramme d'Hanoi. On s'inquiète de votre situation en haut lieu ; nous allons voir ce que nous pouvons faire.

Obligée de regagner le restaurant, Nu recommanda à Tung de ne pas repartir sans une promesse écrite d'allègement fiscal. Il rentra les mains vides... Sans parler d'une vengeance possible, les problèmes de Nu illustraient sans doute l'incapacité du régime, après quatre ans de réformes, à s'engager dans une nécessaire refonte de la fiscalité du pays.

Durant ses trois semaines à Ho Chi Minh-Ville, Kim s'installa de nouveau chez Dai et Huong. Ils habitaient désormais une villa de l'époque coloniale dont ils occupaient la pièce principale, si vaste que Dai avait fait construire des cloisons pour isoler les chambres à coucher. Le couple et leur fils logeaient aussi une employée de maison.

Kim fit trois visites d'une journée à Trang Bang. Elle fut heureuse de revoir sa grand-mère Tao, qui mourrait deux ans plus tard. Les deux enfants de Loan travaillant et dormant au restaurant, il fut impossible à Kim d'y passer la nuit, faute de place. La jeune femme vit que sa mère, comme toujours, ne pouvait prendre le moindre jour de congé. Ce que Nu appelait la « maison » se résumait à deux hamacs installés dans l'annexe du temple caodaïste, où elle vivait avec Tung sans électricité. Les toilettes étaient dans le jardin et il fallait aller chercher l'eau au puits. Nu continuait à faire vivre toute sa famille grâce au restaurant. Kim s'indigna de l'oisiveté de son frère Tam qui, à trente ans, se donnait des airs de play-boy et jouait pour de l'argent. Son plus jeune frère avait dix-huit ans, et bien qu'il ait réussi l'examen d'entrée à l'université, Nu ne pouvait payer ses études. Le jour où elle fit ses adieux, Kim donna quelques dollars à son père. Il les mit dans sa poche de chemise.

— Cache-les bien. Le temple n'est pas un endroit sûr. On y entre comme dans un moulin, insista la jeune femme.

La fille de Loan réussit à prévenir Anh, le pasteur, que Kim était revenue de Cuba pour quelques semaines et souhaitait le voir. Depuis leur dernière rencontre, il avait passé trois ans en camp de rééducation ; le pasteur local, lui, n'était toujours pas rentré. De sa captivité, Anh, prématurément vieilli, ne consentit à dire qu'une chose :

— C'est à cause de ma religion.

Bien que les autorités aient laissé ouverte la grande église de Trung Hung Dao, Anh emmena Kim dans un lieu de culte souterrain pour ne pas risquer d'être vu. Les offices du dimanche se déroulaient chez des particuliers, chaque fois dans une maison différente. Ce fut une grande joie pour Kim d'entendre la parole de Dieu en compagnie de ses amis chrétiens. Elle les imita, priant à voix basse et chantonnant des cantiques choisis pour leur rythme tranquille. Seule fausse note : tous ses amis étaient dans le besoin, sauf ceux qui avaient de la famille aux États-Unis.

Elle dîna une dernière fois avec Dong dans sa villa d'Ho Chi Minh-Ville. Lorsqu'il lui demanda des nouvelles de ses proches, elle se lamenta sur leur sort. Ils vivaient toujours dans la pauvreté, répondit-elle. Sa mère avait gardé son restaurant, mais elle n'avait plus de maison et croulait sous les dettes et les impôts. Kim risqua une comparaison cruelle :

— Pendant ce temps-là, les autorités de Tay Ninh se remplissent les poches !...

Dong hocha la tête.

— Certains membres du gouvernement se sont mal comportés envers le peuple. Ils ont fait souffrir des innocents. Cela m'attriste, mais tout seul je n'y peux pas grand-chose.

Kim pensait que leur conversation à Hanoi avait clarifié les choses entre elle et l'ancien Premier ministre. Il lui restait une mission à accomplir.

— Oncle, je voudrais vous faire partager mon expérience de la religion.

Elle s'était décidée en prenant conscience qu'elle ne le reverrait peut-être jamais. Qui pouvait dire combien de temps il lui restait à vivre ? Elle s'inquiétait sincèrement du salut de son âme et le soupçonnait d'être athée, comme beaucoup de Vietnamiens du Nord.

— Jésus-Christ est venu sur terre pour expier nos péchés en mourant sur la Croix. Nous n'irons au paradis que si nous croyons en lui..., commença-t-elle.

Dong la laissa continuer. « Il veut bien m'écouter », se réjouit-elle.

— ... Jésus a dit : « Je suis le chemin, la vérité et la vie. » Moi, je crois en lui et je lui adresse mes prières. Dieu m'ouvre sa porte et me donne la force de surmonter mes épreuves. Vous voyez bien que je ne suis pas triste. Je ne me plains pas. Je ne pense qu'au présent et à l'avenir, pas au passé. Je vis dans la foi, car sans elle je ne suis rien... Vous méritez d'être sauvé. Je sais que ceux qui meurent et ne sont pas sauvés vont brûler en enfer, dans des flammes comme celles des bombes au napalm. Voilà pourquoi je prie pour le salut des gens, et pour qu'ils aillent au paradis...

Dong l'écoutait toujours.

— Je suis bénie parce que j'ai été gravement brûlée. Regardez-moi. J'ai l'air normal. Mon visage et mes mains n'ont rien. Mes pieds ont été épargnés pour me permettre de fuir l'incendie, d'être prise en photo et secourue...

L'ancien Premier ministre eut un petit rire.

— Cette religion vient d'Amérique.

— Je continuerai à prier pour vous, dit Kim.

— Si tu veux.

Jamais elle n'avait éprouvé plus de respect et d'admiration pour Dong. En son for intérieur, elle l'implora : « Veillez sur moi. Entre vos mains, j'échappe à cette surveillance permanente. Je me sens forte et libre. »

Kim ne pouvait quitter le Viêt Nam sans une visite aux marchés libres d'Ho Chi Minh-Ville. Elle acheta plusieurs foulards en mousseline, et toutes sortes de bibelots et de barrettes. Les foulards étaient des cadeaux pour ses amies cubaines ; quant aux bibelots et aux barrettes, elle espérait les revendre à La Havane deux ou trois pesos pièce. Depuis l'avènement de la « Période spéciale », ce type de transactions – autrefois impensable – se généralisait dans les résidences universitaires, les étudiants comprenant que chacun devait se débrouiller pour gagner quelques pesos. Kim, qui avait perdu l'habitude de marchander et n'était pas très à son aise, reçut heureusement l'aide de son amie Trieu. Celle-ci comptait les jours à Ho Chi Minh-Ville en attendant que son mari la fasse venir au Canada ; décidés à s'enfuir tous les deux par bateau, ils n'avaient pu réunir assez d'or que pour une personne. Après avoir obtenu un rabais sur des articles de maroquinerie destinés à Toan, Trieu surprit le vendeur en train d'en empaqueter un de qualité inférieure. Kim rapporta aussi du Viêt Nam un cadeau que lui avait fait Anh : une bible et un livre de chants dans un étui en cuir blanc à fermeture Éclair.

De retour à La Havane, elle vit à la *diplotienda* une grande image rectangulaire représentant le visage de Jésus-Christ sur fond de coucher de soleil, avec des anges dans chaque angle. Toan l'aida à l'encadrer et à la fixer sur le mur au-dessus de son lit. Durant la première année de la « Période spéciale », Fidel Castro avait assoupli ses positions sur la religion. Même si Cuba était officiellement un pays athée, les lieux de culte n'avaient jamais été fermés. Mais la pratique religieuse, peu développée à l'origine, avait quasiment disparu. Pourtant, cette année-là, Castro reçut les représentants du Vatican. Pour la première fois depuis trente ans, la radio et la télévision cubaines passèrent de la musique sacrée, et les *diplotiendas* se mirent à vendre de l'artisanat religieux.

Ni Kim ni Toan ne se dissimulaient leurs différences sur ce plan.

— Je suis chrétienne et je prie pour toi, disait la jeune femme.

— Et moi je suis communiste, répliquait Toan.

Capable de citer les écrits d'Ho Chi Minh, de Lénine, Marx et Engels, le jeune homme expliquait l'effondrement du bloc soviétique par les nombreuses erreurs du parti communiste des pays concernés. Kim mettait rapidement fin à ce genre de discussion en déclarant :

— Nous ne serons jamais d'accord. Inutile de parler politique.

Leurs conversations sur la pénurie croissante à Cuba se terminaient de la même manière.

— Les pays socialistes ont laissé tomber Castro, affirmait Toan.

— Il faut prier pour la population, concluait Kim.

Les deux jeunes gens ne s'entendaient pas davantage sur l'avenir de leur relation. Toan avait eu pour premier souci d'obtenir l'accord de son père. Sans journaux ni télévision dans son village, ce dernier ignorait tout de la célébrité de Kim en tant que victime de guerre. D'où sa stupéfaction en apprenant que son fils avait choisi une fille du Sud. Quand Toan lui décrivit dans une lettre les effets du napalm sur la santé de Kim, il répondit : « Tu es assez grand maintenant pour décider qui tu veux épouser. »

Lors de ses récentes visites à sa famille, Kim avait pris soin de mentionner l'existence de Toan à Cuba – d'Hanoi, elle était d'ailleurs allée passer une journée avec son père – et celle d'Anh à Ho Chi Minh-Ville. Tung et Nu n'avaient fait aucun commentaire. Mieux valait que leur fille ait plusieurs amis masculins : un seul aurait éveillé les soupçons. Ngoc, lui, ne s'en était pas laissé conter quand Kim avait vanté les mérites de Toan pour faire oublier qu'il venait du Nord :

— C'est un ami merveilleux, toujours prêt à aider…

Il avait aussitôt interrompu sa jeune sœur :

— Je sais qu'il est du Nord. Il fera un meilleur mari pour toi qu'Anh. Il vaut mieux que tu épouses un communiste qu'un chrétien.

Après le retour de Kim du Viêt Nam, Toan la demanda en mariage. Elle refusa de lui donner une réponse définitive :

— C'est très gentil de ta part, mais, en ce moment, je suis incapable de parler mariage. Je dois d'abord penser à ma santé, à mes études et à mon avenir.

Un jour de mai 1991, alors qu'elle terminait sa deuxième année d'anglais, franchissant enfin une étape supplémentaire dans ses études universitaires, une lettre postée en Allemagne arriva pour Kim à la résidence. D'ordinaire, elle recevait tout son courrier à l'ambassade. Son cœur fit un bond. Quelqu'un lui écrivait de l'étranger !

La lettre venait de la Zweites Deutsches Fernsehen (ZDF), chaîne de télévision basée à Mayence. Ses responsables proposaient d'envoyer un reporter et un cameraman à La Havane pendant vingt-quatre heures pour tourner un bref documentaire sur la nouvelle vie de Kim. Celle-ci comprit immédiatement que la lettre n'avait pas suivi la voie diplomatique habituelle. Normalement, la demande d'interview aurait dû être soumise au ministère des Affaires étrangères à Hanoi, qui l'aurait ensuite transmise à La Havane.

Bien sûr, la ZDF dédommagerait Kim pour sa participation, disait la lettre. Si la jeune femme acceptait, il lui suffisait de signer et de retourner le contrat joint à l'envoi, qui lui garantissait une rémunération de cinq cents dollars.

Cinq cents dollars ! Depuis son retour du Viêt Nam l'été précédent, Kim suppliait Dieu dans ses prières de l'aider à trouver comment rembourser les cinq cents dollars empruntés à Toan et à ses amis vietnamiens. Elle aurait aussi voulu soulager ses parents de leur fardeau. Durant ses visites, elle s'était rendu compte qu'ils devraient sans doute travailler jusqu'à leur mort. Dans l'une de ses dernières lettres, son père l'informait que Nu devait payer un impôt de plus sur le restaurant. Le percepteur, à qui il était allé demander des explications, lui avait répondu :

— Parce que votre restaurant est célèbre depuis quarante ans !

« Célèbre à cause de moi », se reprocha Kim. Elle écrivit « OUI » au bas du contrat de la ZDF, y apposa sa signature et marcha jusqu'à la poste centrale de La Havane pour l'expédier.

Un matin de juin, peu après neuf heures, deux Allemands arrivèrent à La Havane, louèrent une voiture avec chauffeur au marché noir, et se rendirent à la résidence de Kim, dont la première question fut :

— Comment avez-vous eu mon adresse ?

— En téléphonant à l'ambassade vietnamienne à Bonn (l'ancien bureau de liaison était devenu une ambassade à part entière après la réunification de l'Allemagne). Nous avons demandé à l'employé : « Où est Kim Phuc ? », et il a répondu : « À Cuba. » Il nous a donné votre adresse sans difficulté.

Kim se félicita que les cours de la journée aient commencé : la résidence s'était depuis longtemps vidée de ses étudiants. Après avoir tourné quelques plans à l'intérieur, le trio partit pour le campus, filmant Kim dans une salle de cours, puis à l'extérieur, devant les façades néoclassiques de l'université et sur l'escalier de pierre monumental, dont les marches immenses semblent surgir du golfe du Mexique.

À la fin de la journée, les deux reporters de la ZDF remirent cinq cents dollars en liquide à Kim. Ils lui expliquèrent que le documentaire inaugurerait une série d'émissions lancée par la chaîne au début de l'été, sur le thème : « Les photos qui ont fait l'Histoire. »

Pris d'une inspiration soudaine, l'un des deux hommes lança :

— Avez-vous envie de venir en Allemagne présenter vous-même votre photo devant les caméras ? Nous nous occuperons de tout…

— Oh oui !

Kim se dit qu'une fois encore Dieu lui ouvrait une porte sur l'avenir. Mais aussitôt elle imagina sa demande aux prises avec la bureaucratie labyrinthique du ministère vietnamien des Affaires étrangères. Sans perdre une minute, elle chercha le meilleur moyen d'arriver à ses fins.

— Il faut d'abord que vous m'obteniez l'autorisation de quitter Cuba… Adressez-vous à l'ambassade du Viêt Nam à Bonn, conseilla-t-elle aux deux hommes.

Longtemps, elle trembla à l'idée que l'ambassade vietnamienne de La Havane apprenne qu'on l'avait vue avec des journalistes étrangers. Elle avait tout raconté à Toan, sûre qu'il ne trahirait pas sa confiance. Les jours passaient sans incident. Kim fut alors assaillie par une nouvelle crainte : que les démarches de la ZDF à Bonn révèlent au gouvernement vietnamien qu'elle avait agi à son insu. Déjà étroitement surveillée, soupçonnée d'avoir voulu passer à l'Ouest, elle ne pouvait courir ce risque. Elle comprit que, selon toute vraisemblance, Hanoi refuserait l'invitation.

Elle savait ce qui lui restait à faire. Elle écrivit à Pham Van Dong, choisissant ses mots avec soin pour l'assurer de sa loyauté envers le régime. Sans mentionner le tournage du documentaire à La Havane, elle parla de l'invitation de la ZDF à présenter la photo de Nick Ut en Allemagne. « J'aimerais beaucoup retourner là-bas, pour dire bonjour aux Allemands. » Elle termina par une promesse solennelle : « Je m'engage à regagner Cuba. » Elle porta sa lettre à la poste centrale de La Havane.

Deux semaines plus tard, Hoa convoqua Kim. Il brandissait un document dont il lut le contenu à haute voix :

— « Le gouvernement a accepté l'invitation d'une chaîne de télévision allemande... comme le souhaitait Kim Phuc... »

Il prononça ces derniers mots en postillonnant de rage.

— Pourquoi as-tu écrit à Hanoi ? Pourquoi ? cria-t-il.

Kim ne répondit pas.

— Comment le gouvernement est-il au courant ? Comment a-t-il pu donner son accord ?

La jeune femme jubilait intérieurement. Hanoi avait donné un ordre, et ni Hoa ni même l'ambassadeur n'y pouvaient rien changer.

Hoa n'ayant pas proposé de l'aider à accomplir les formalités, elle se rendit seule à l'ambassade d'Allemagne. Là, elle découvrit que la ZDF avait réglé tous les détails : son visa, son billet d'avion et son itinéraire l'attendaient. Quelques jours plus tard, la famille Diaz – sauf Nuria qui détestait les adieux – conduisit Kim à l'aéroport.

14

À Mayence, célèbre pour l'invention de la presse à imprimer et la fameuse « bible Gutenberg », Kim eut d'abord droit à quelques jours de vacances au début du mois de juillet – sans le moindre « guide » vietnamien à l'horizon. Une productrice de la ZDF venait la chercher à son hôtel pour l'emmener visiter la ville, et prendre ensuite le thé chez elle avec sa mère. À la fin de la semaine, ce fut aussi elle qui la conduisit aux studios de la chaîne. Kim apparut en direct et en public avec le présentateur de « *Bilder, die Geschichte machten* » (« Les photos qui ont fait l'Histoire »), émission hebdomadaire d'une dizaine de minutes consacrée à une photo historique et servant d'introduction à un documentaire, en l'occurrence « *Das Mädchen aus Viêt Nam* » (« Une Vietnamienne pas comme les autres »). Le cocktail qui suivit eut lieu dans une pièce où étaient exposées les photos retenues pour la série. Kim en reconnut trois : l'exécution d'un suspect viêt-cong dans une rue de Saigon ; un soldat soviétique en train de hisser le drapeau rouge orné de la faucille et du marteau sur le Reichstag en ruine ; et un marine américain embrassant une infirmière à Times Square le jour de la victoire des Alliés. À la fin de la soirée, le producteur de l'émission fit signer un contrat à la jeune femme et lui versa mille dollars en liquide. Bien qu'elle ait rempli son contrat, la ZDF l'invita à rester quelques jours de plus à l'hôtel, tous frais payés.

Sans l'ombre d'une hésitation, elle répondit qu'elle devait obtenir l'accord de son ambassade à Bonn. Le lendemain matin, elle téléphona de sa chambre d'hôtel et mentionna l'invitation de la ZDF.

— C'est nous qui vous invitons, et à Bonn, lui répondit-on.

Elle décida de passer un mois dans l'aile réservée aux invités, séjour financé par la ZDF qui avait envoyé à l'ambassade une somme correspondant à plusieurs journées d'hôtel en pension complète à Mayence. De nouveau sous surveillance, Kim se comportait en conséquence. À la ZDF, elle avait demandé à quelqu'un de contacter Perry Kretz de sa part, mais personne ne lui avait communiqué le résultat avant son départ pour Bonn. Une fois à l'ambassade, sa peur d'être surprise en train d'appeler le reporter – sans parler de sa mauvaise compréhension de l'allemand – la dissuada de téléphoner.

Son mois à Bonn fut sans surprise, à l'exception d'une visite inattendue. Un jeune Allemand de son âge avait vu au début de l'été le documentaire tourné à La Havane et, plus récemment, son passage dans les studios de la ZDF. Comprenant que Kim devait se trouver en Allemagne, il supplia la chaîne de le mettre en rapport avec elle. Dans l'espoir de la rencontrer, il fit quatre heures de train pour venir à Bonn. Le jeune homme avait visiblement eu le coup de foudre.

— Je voudrais que tu sois ma petite amie, dit-il à Kim dans un anglais approximatif.

— Mais je vis à Cuba, et toi en Allemagne ! C'est impossible ! s'étonna l'intéressée, amusée.

— On peut s'écrire…

— Je veux bien qu'on soit amis, qu'on s'écrive, mais pas autre chose.

De son côté, l'ambassade organisa une rencontre entre Kim et l'administrateur responsable du projet lancé par la jeune Vietnamienne sept ans plus tôt, en 1984, lors d'une conférence de presse le jour de sa sortie de la clinique de Ludwigshafen. L'unité spécialisée dans les soins aux grands brûlés allait enfin voir le jour à Ho Chi Minh-Ville. Elle ouvrirait dans l'enceinte de l'hôpital Cho Ray, celui-là même qui avait abrité le pavillon Barsky jusqu'en 1975. L'administrateur attribua le retard pris par le projet au fait que le Viêt Nam ait envoyé dans les hôpitaux allemands des stagiaires absolument incompétents.

— L'unité portera-t-elle mon nom ? demanda Kim.

— Pour l'instant, elle dépend de l'hôpital Cho Ray, répondit l'administrateur.

Ayant un peu d'argent à dépenser, Kim alla faire les magasins. Elle acheta des chaussures en cuir, un survêtement et des tennis Adidas pour elle et Toan. Elle s'offrit en outre un appareil photo Nikon et plusieurs pellicules, ainsi qu'un maillot de bain à motif léopard. Dans un magasin d'alimentation asiatique, elle trouva un mets très prisé des Vietnamiens : des saucisses aux fruits de mer. L'odeur qu'elles dégageaient ne fut guère appréciée par le voisin de Kim dans l'avion du retour.

Grâce aux sommes versées par la ZDF, la jeune femme put rembourser à Toan et à ses amis vietnamiens l'argent qu'elle leur devait. Et elle put enfin envoyer quelque chose à ses parents et à son frère Ngoc. À la recherche de « petits objets » pouvant être revendus au Viêt Nam, elle choisit des seringues en verre fabriquées à Cuba. Elle en confia une boîte, dans laquelle étaient cachés deux cents dollars, à l'un des messagers d'Helen. Pas une seule seringue n'arriva intacte…

De retour à La Havane, Kim déménagea une nouvelle fois. Les autorités avaient dû condamner les derniers étages des tours jumelles de la résidence du Malecón. Le rez-de-chaussée témoignait de l'état de délabrement du bâtiment : dans le hall d'entrée, le bureau du gardien était cassé, la fontaine à sec depuis longtemps, et la terre desséchée des jardinières autrefois remplies de plantes vertes volait à travers la pièce. Les coupures de courant étaient passées de quatre à six heures par jour, puis à vingt-quatre heures d'affilée un jour sur deux. Pour compliquer les choses, aucun ascenseur ne fonctionnait plus.

L'université laissa les étudiants cubains sur place, mais transféra les étrangers à l'est de la capitale, où plusieurs immeubles préfabriqués, de construction soviétique, restaient vides depuis le rappel par l'URSS de ses travailleurs et conseillers. La vie ne s'y révéla guère plus facile qu'à la résidence du Malecón. D'une architecture austère, conçus pour résister aux rigueurs de l'hiver soviétique, ils avaient peu d'ouvertures et pas de balcons. Les logements étaient sombres et il y faisait une chaleur étouffante. La statue d'un martyr cubain au milieu d'un massif qu'aucune fleur n'égayait représentait l'unique concession à l'aménagement paysager. En l'absence d'un gardien chargé de vérifier les cartes d'étudiant, le linge laissé à sécher était souvent volé, des draps aux sous-vêtements.

À la sortie du tunnel conduisant aux quartiers est de La Havane, les équipements sportifs flambant neufs et le village des athlètes construits pour les Jeux pan-américains de 1991 donnaient fière allure à cette partie de la ville. Après les jeux, les résidences des athlètes devaient être reconverties en hôtels internationaux – dans le cadre d'un projet gouvernemental visant à redresser l'économie cubaine grâce au tourisme. Les jeux se déroulèrent en août et leur réussite permit à Cuba de redorer son blason. Le jour de la cérémonie de clôture, cependant, une nouvelle stupéfiante se répandit : une tentative de coup d'État contre Gorbatchev avait eu lieu, signe avant-coureur de la désintégration de l'Union soviétique. En octobre, anticipant un éventuel choc en retour, Fidel Castro rappela à ses concitoyens leur « devoir sacré » : défendre la révolution cubaine. Et pour renforcer encore son emprise sur l'île, il intensifia la répression contre les dissidents.

Deux ans plus tôt, au début de la « Période spéciale », les autorités cubaines avaient tenté de prévenir une crise des carburants en demandant aux paysans de remplacer les machines agricoles par des attelages de bœufs, et aux habitants de La Havane de se mettre au vélo – mode de transport pratiquement inconnu dans la capitale jusqu'à la fin des années soixante. En 1991, un million deux cent mille bicyclettes Flying Pigeon commandées à la Chine pour les deux millions de Cubains commencèrent à arriver, et le 1er mai les forces armées cubaines défilèrent à vélo.

Les étudiants relogés dans les résidences à l'est de La Havane se sentaient désavantagés d'avoir à prendre le bus pour aller en cours. Kim et Toan acceptèrent l'offre de l'université qui proposait des vélos chinois au prix de soixante pesos seulement, payable en plusieurs versements. De leur résidence, ils étaient ainsi à cinq minutes de l'ancien village des athlètes reconverti en complexe hôtelier et, dans la direction opposée, de la maison des Diaz. Impossible, en revanche, de rejoindre à bicyclette le centre de La Havane. À l'entrée du tunnel, les cyclistes devaient monter avec leur vélo dans un autobus spécial qui les emmenait à destination. Avant la « Période spéciale », il fallait compter quinze à vingt minutes, attente comprise, pour se rendre des quartiers est au centre de Vedado. Pendant la « Période spéciale », l'attente seule pouvait durer une heure. Les autobus ne passaient pas, ou ils étaient trop bondés pour s'arrêter. Kim redoutait les bousculades aux arrêts de bus. Pressés d'aller travailler, les gens quittaient la file d'attente pour prendre d'assaut l'autobus. Et quand on parvenait à y monter, on n'était pas au bout de ses peines, à cause des pannes et des arrêts intempestifs.

À La Havane, la vie nocturne avait perdu son éclat. Les coupures d'électricité plongeaient les cinémas dans l'obscurité. Faute d'approvisionnement suffisant, cafés et restaurants étaient souvent obligés de fermer. Même au Coppelia, il régnait une atmosphère digne d'*En attendant Godot*. Les clients passaient jusqu'à cinq heures dans d'interminables files d'attente ou devant une table vide, au cas où une livraison de lait aurait permis de reprendre la fabrication de crème glacée. Avec leurs pesos rouges, les étrangers pouvaient toujours aller dans les hôtels et boîtes de nuit réservés aux touristes, mais Kim n'en avait pas les moyens.

En revanche, elle accueillit avec enthousiasme la suggestion de Mohammed, le compagnon d'Helen, lorsqu'il lui proposa de s'associer avec eux – ils vivaient désormais ensemble – pour acheter une voiture. Mohammed avait un permis de conduire international. Certes, une voiture ne remplacerait pas le bus pour aller en cours : l'essence était une denrée rare. Mais elle permettrait au moins de rompre l'ennui et la monotonie de la vie dans la capitale, d'aller à la plage, ou à la campagne acheter directement de quoi manger aux paysans. Sur les conseils de Mohammed, Kim expliqua à Hoa que les trajets en autobus aggravaient son état de santé. Sensible à cet argument, l'ambassade l'autorisa par écrit à acheter une voiture.

Il n'existait qu'un garage à La Havane où l'on pouvait acheter des véhicules avec des pesos rouges. La voiture la moins chère, une Lada de 1984, avait le châssis abîmé, plus de pare-brise, et la carrosserie couverte d'éraflures. Elle valait mille deux cents dollars et il était interdit de marchander à Cuba. Heureusement, le directeur du garage reconnut Kim, dont il avait vu la photo et lu l'histoire dans *Granma*.

— Vous êtes célèbre. Je vais vous aider, déclara-t-il.

Avant de leur vendre la Lada, il remplaça le pare-brise et passa une couche de peinture bleu turquoise sur la carrosserie. Manuel Diaz acheva de remettre la voiture en état. De son côté, Mohammed payait l'essence, et il acheta un sabot d'arrêt pour décourager les voleurs. La plupart du temps, la Lada restait sur sa place de parking, le réservoir vide. Dès que Mohammed trouvait de l'essence, les trois jeunes gens partaient en compagnie de Toan pour la journée ou le week-end, logeant et mangeant chez l'habitant – ce qui était illégal. Comme les autres étudiants, ils auraient pu aller travailler quinze jours à la campagne, mais durant la « Période spéciale », avec la pénurie alimentaire, la vie sous des tentes envahies de moustiques ressemblait plus à une corvée qu'à un privilège.

Chez les Diaz, la porte était toujours ouverte pour Kim et ses amis. Les parents de Yamilen avaient même reçu l'ambassadeur Tai et son épouse lors des fêtes du Têt. Kim faisait sa lessive, sa cuisine, et prenait ses douches dans leur maison miraculeusement épargnée par les coupures d'eau et d'électricité. Manuel Diaz maintenait tant bien que mal en état de marche la machine à laver soviétique et Kim pouvait laisser son linge à sécher sans surveillance dans le jardin. En échange, elle achetait pour les Diaz à la *diplotienda* – toujours bien approvisionnée – le savon, la lessive, le shampooing et le papier toilette introuvables dans les magasins d'État, ou de qualité si médiocre que personne n'en voulait. Chaque soir, les yeux fixés sur l'horizon, le chien des Diaz guettait l'apparition d'une silhouette à vélo. La présence d'un sac plastique accroché au guidon signifiait que la cycliste, Kim en l'occurrence, apportait quelques restes de la cafétéria de la résidence – promesse de festin, pour un chien tout au moins…

Fin 1991, la démission de Gorbatchev marqua officiellement la fin de l'Union soviétique et l'émergence d'États indépendants. Leur chef de file, la Russie – aux prises avec l'effondrement de son économie et une inflation qui atteindrait deux mille cinq cents pour cent l'année suivante –, cessa brutalement de subventionner les exportations destinées à ses alliés : du jour au lendemain, elle aligna le prix de son pétrole sur les cours mondiaux et exigea un paiement en devises occidentales.

À Cuba, les importations de pétrole se tarirent aussitôt. Coup supplémentaire porté à l'économie de l'île, les bénéfices qu'elle tirait de ses exportations de sucre s'évaporèrent. Les cours mondiaux chutèrent et mirent plusieurs années à se redresser. Dans le même temps, en l'absence de carburant, d'engrais et de pesticides, le volume des récoltes diminua. Début 1992, sous l'effet de la « Période spéciale », la récession devint si sévère qu'on vit resurgir des fléaux oubliés depuis la dictature de Batista : chômage, inflation galopante, apparition de bidonvilles autour de La Havane. Dans les vitrines des magasins d'État, des pancartes annonçaient des fermetures « pour inventaire » alors que les rayons étaient vides. Les nombreuses coupures de courant obligeaient les usines à ralentir ou à interrompre complètement leur production. Afin de réduire la consommation d'électricité dans le centre-ville, le régime raccourcit la journée de travail en supprimant la pause-déjeuner des employés. Il appela des dizaines de milliers d'entre eux à se porter volontaires pour aller travailler dans les fermes d'État. Dans tout le pays, pourtant, le climat se détériorait. De plus en plus souvent, bousculades et bagarres éclataient dans les files d'attente. Les anciens rappelaient à l'ordre les resquilleurs : « Voyons, camarades, faites la queue comme tout le monde ! »

Kim était surtout sensible aux effets négatifs de la « Période spéciale » sur les gens. Les vêtements débraillés, les odeurs de transpiration reflétaient l'état de délabrement de la société. La jeune femme se rendait compte qu'elle jouissait de privilèges refusés à la majorité des Cubains. À ses camarades qui se plaignaient d'avoir faim, elle distribuait les bonbons qu'elle avait sur elle, même s'ils étaient destinés à prévenir ses crises d'hypoglycémie. Lorsque certains avaient économisé quelques pesos, ils lui demandaient comme une faveur de leur acheter un œuf à la *diplotienda*. Sachant qu'elle était étrangère, les agents de police venaient régulièrement frapper à la porte de sa chambre à la résidence. « On vient voir si tout va bien. Il y a tellement de vols, en ce moment », disaient-ils. Avant de repartir, ils finissaient par quémander un gâteau sec, quelques paillettes de savon, un bouchon de shampooing. Kim ne refusait jamais.

À l'université, diminués par la faim et la fatigue, étudiants et professeurs travaillaient sans enthousiasme. Ceux qui prenaient les transports en commun arrivaient fréquemment en retard.

Certains enseignants, parfois obligés de mendier de la nourriture à leurs étudiants, consacraient une partie de leurs cours à organiser des trajets en voiture et à centraliser des informations sur les moyens de se procurer à manger. Les coupures de courant entre dix-huit et vingt-deux heures avaient entraîné la suppression des cours du soir. Les étudiants voulant réviser devaient attendre vingt-deux heures. Bien peu avaient le courage de veiller si tard et de se lever tôt le lendemain. Dans la cohue du matin, certains jeunes gens se précipitaient sur les autobus et voyageaient jusqu'au centre-ville en se cramponnant d'une main à l'encadrement d'une porte ou d'une fenêtre ouvertes. Il y eut plusieurs chutes mortelles.

Toan, sur le point de passer son diplôme, continuait à travailler d'arrache-pied. Pas Kim. Démoralisée par les tracas de la vie quotidienne, elle n'avait d'autre ambition que de rester dans la moyenne. Une fois de plus, son état de santé la préoccupait. Les *diplotiendas* n'échappaient pas totalement à la hausse vertigineuse des prix et aux difficultés d'approvisionnement. Parfois, sacrifiant quelques coupons de son carnet de rationnement, Manuel Diaz achetait de l'essence et emmenait Kim et Toan à la campagne pour tenter de trouver du riz, des œufs et un poulet, deux quand la chance leur souriait. La santé de Kim se détériorait néanmoins. Elle s'était remise à tousser et à éternuer. La nuit, pour mieux respirer, elle dormait assise dans un fauteuil.

Une soudaine chute de cheveux l'incita à se rendre à l'hôpital. Elle mesura la dégradation de la situation économique lorsqu'on lui demanda, à sa grande stupéfaction, de payer pour consulter sous prétexte qu'elle était étrangère. Comme toujours, Helen vola à son secours et l'envoya chez un médecin qui pratiquait au noir. Aux Cubains qu'il recevait après les heures de consultation officielles, le docteur Abdala demandait pour seule rétribution une boule de pain, ou quelques tranches de rôti de porc à Noël ; des amis étrangers d'Helen, il acceptait du shampooing ou des produits d'entretien. Chirurgien orthopédique de formation, il soigna plus d'une fois les crises d'asthme de Kim et ses malaises liés au diabète. Conscient de ce que ces pratiques avaient d'illégal, il exprimait au moment du paiement sa gratitude sans un mot, en joignant simplement les mains. À cause des refus répétés du gouvernement cubain de le laisser rejoindre sa femme aux États-Unis – où elle s'était réfugiée dès 1960 –, il estimait s'être amplement acquitté de ses obligations envers la révolution. Quelques étudiants étrangers tentaient d'engager le débat avec lui sur l'intransigeance de Fidel Castro, mais il s'y refusait. « Les grandes discussions n'ont jamais résolu les problèmes », disait-il.

Un jour, un cadre du parti venu d'Ho Chi Minh-Ville arriva à l'improviste dans le restaurant de Nu. Le fils de Pham Van Dong allait lui rendre visite, annonça-t-il. Il y aurait sept voitures dans le convoi officiel. À raison de quatre ou cinq personnes par véhicule, Nu prépara ses célèbres rouleaux de printemps et du thé en quantité suffisante pour une bonne trentaine de personnes. À l'heure dite, le convoi ralentit devant le restaurant, puis continua sa route sans s'arrêter. Quelques jours plus tard, Nu reçut une lettre du fils de Dong. Il s'excusait de ne pas s'être arrêté ; les autorités locales le lui avaient déconseillé, « à cause de l'impossibilité d'assurer la sécurité des hôtes dans ce restaurant ».

Autre sujet de désaccord entre Nu et les autorités locales : l'élargissement et la redéfinition du tracé de la route 1 à Trang Bang. Pendant les semaines qu'avaient duré les travaux, Nu avait dû fermer le restaurant, mais les autorités refusèrent de l'indemniser. Lorsqu'elle fit appel de cette décision, rappelant que l'élargissement de la route avait entraîné la disparition du parking dont dépendait la survie du restaurant, elle fut très mal reçue :

— Kim Phuc a bénéficié de nombreux appuis pour quitter la province et aller à Cuba. Depuis des années qu'elle est là-bas, elle n'a rien fait pour Tay Ninh. Elle aurait dû demander de l'aide aux Cubains pour permettre la construction d'une école, ou d'un hôpital, dans sa province d'origine.

La nouvelle que Kim redoutait le plus arriva dans une lettre écrite par Linh, la fille de Loan. Après plus de quarante ans, Nu avait perdu son restaurant. « Ta mère n'a pas pu rembourser ses dettes, alors j'ai acheté le restaurant. Maintenant, ta mère travaille pour moi, expliquait Linh. Avec un peu de chance, elle pourra peut-être me racheter le restaurant un jour. » Kim se demanda où sa nièce de vingt-trois ans avait trouvé l'argent nécessaire, et soupçonna le petit ami de la jeune femme, originaire d'Ho Chi Minh-Ville, d'avoir manigancé toute l'affaire. L'achat du restaurant par Linh marqua le début d'une rivalité familiale. Trois ans plus tard, Linh revendit le restaurant et, dans un autre quartier de Trang Bang, elle et Tam – le frère de Kim – ouvrirent chacun un restaurant à quelques mètres l'un de l'autre. Humiliée par Linh, Nu travaillait pour Tam.

— Être traitée de cette manière par ma petite-fille, alors que je l'ai sauvée du bombardement au napalm en la portant dans mes bras ! s'indignait-elle.

Des nouvelles encore plus inquiétantes attendaient Kim. Au printemps 1992, Tung écrivit à sa fille que des problèmes de santé empêchaient Nu de travailler. Avec sa brutalité coutumière, Ngoc décrivit à Kim dans une lettre les conditions de vie catastrophiques de leurs parents : « Nos parents sont en train de vieillir dans la maladie et la pauvreté, Kim Phuc. Si tu ne trouves pas un moyen pour les aider financièrement, ils vont finir leurs jours dans une cabane. » Tung et Nu avaient dû quitter l'annexe du temple caodaïste – démolie lors de la reconstruction du temple endommagé pendant la guerre. Prenant le couple âgé en pitié, les fidèles leur avaient construit une cabane en bambou derrière le temple. Elle contenait à peine un lit, une table ronde et deux tabourets. Nu devait faire la cuisine dehors, à même le sol. Tung insista sur la fragilité de la cabane par grand vent ou par temps de pluie. « Réussis tes études, reviens au Viêt Nam, et trouve un emploi qui rapporte. Tu pourrais peut-être devenir guide touristique, et économiser de quoi nous faire construire une maison décente, à ta mère et à moi », suggérait-il. Jusque-là, Kim n'avait lu ces lettres que comme des demandes pressantes d'argent ; cette fois, elle y percevait surtout un besoin de dignité.

Durant l'été 1992, alors que sa troisième année d'anglais touchait à sa fin, la jeune Vietnamienne se lassa rapidement du mode de vie imposé par la « Période spéciale ». Comme son nom l'indiquait, celle-ci aurait dû être limitée dans le temps, mais personne n'en voyait la fin. Pour Kim, il était impensable de revivre la pauvreté désespérante des années d'après guerre au Viêt Nam, où ses frères et elle avaient l'estomac ballonné par les aliments pour animaux et où le grand-oncle se mourait faute de soins.

Chaque jour, elle perdait un peu plus de vue l'ambition qu'elle avait en partant pour Cuba : assurer son avenir. Les difficultés de la vie quotidienne l'accaparaient de plus en plus. Certes, le fait d'être étrangère lui donnait un avantage sur les Cubains. La providence avait veillé sur elle, en lui procurant des devises étrangères. Mais il ne fallait pas compter sur une seconde intervention. Et Kim n'avait ni parents aisés comme Mohammed, ni réseau de relations comme Helen. Les deux années d'études qui l'attendaient, en admettant que sa santé résiste aux privations croissantes, lui faisaient l'effet d'un supplice, d'une gigantesque montagne de sable qui se dérobait sous ses pas au fur et à mesure qu'elle la gravissait.

Elle essaya de se représenter son existence une fois que tout serait fini et qu'elle serait de retour au Viêt Nam. Une chose était claire : dans son pays, elle se retrouverait plus que jamais sous l'emprise du régime. On déciderait de sa vie à sa place, sans même prendre la peine de l'en informer préalablement. On lui cacherait certainement toute nouvelle invitation aux États-Unis. L'arrivée d'une lettre ou de visiteurs imprévus, comme cela avait été le cas avec la ZDF, était envisageable à Cuba, mais pas au Viêt Nam.

« Ils me détestent », se répétait Kim. Elle voyait dans l'annulation de son voyage aux États-Unis un changement d'attitude envers elle. « Ils me détestent, et je n'y peux rien. Je n'ai aucun moyen de les influencer. » Elle n'avait plus de sauveur vers qui se tourner. Elle était allée jusqu'au sommet de l'État, jusqu'à Pham Van Dong. Lors de leur dernière rencontre, tous les deux s'étaient plaints de leur impuissance. Ils avaient dû se rendre à l'évidence : un individu ne peut rien contre le système.

« Sans la foi, je ne suis rien », se dit Kim. Pourtant, alors qu'elle continuait de perdre pied à Cuba tout en redoutant son retour au Viêt Nam, ses vieilles angoisses resurgirent. Au fil des journées éprouvantes et des nuits sans sommeil, l'anxiété n'en finissait pas de monter, jusqu'à ce qu'elle menace d'exploser.

Et puis un jour que Kim se sentait incapable de la contenir plus longtemps, elle disparut purement et simplement. Alors la jeune femme comprit qu'elle seule pouvait prendre en main son avenir et résister au régime d'Hanoi. Elle connut une sorte d'épiphanie en se rappelant une fable que lui avait racontée Nhan – le mari de Merle Ratner – à Moscou. C'était l'histoire d'un magnifique oiseau qui vivait dans une forêt et qu'un chasseur, séduit à la fois par son ramage et par son plumage, capturait et enfermait dans une cage. À l'époque, Kim avait senti que Nhan lui offrait cette histoire comme une mise en garde. Mais grisée par sa célébrité internationale, elle n'y avait pas prêté attention. À présent, elle trouvait le message doublement inquiétant. Elle savait depuis le début qui était la proie, mais elle pouvait désormais identifier le chasseur : le gouvernement vietnamien. Sa décision était prise : de Cuba, elle allait trouver le moyen d'ouvrir la porte de sa cage et de s'envoler. « Ça suffit, maintenant. J'ai souffert assez longtemps », se dit-elle avec un immense soulagement.

Elle n'avait plus qu'une idée en tête, celle que les autorités vietnamiennes lui prêtaient à tort trois ans plus tôt : passer à l'Ouest. Elle n'en laissait rien paraître, sûre que, le moment venu, Dieu lui ouvrirait la porte ; sa mission à elle se bornait à lui en donner l'occasion. La foi seule ne suffit pas toujours. Elle ne se révèle que dans l'expérience ; il faut la mettre à l'épreuve.

Cet été-là, comme souvent le samedi après-midi, Kim faisait partie d'un groupe d'étudiants venus rendre visite à l'ambassadeur Tai. Son épouse était heureuse de les recevoir pendant le week-end et de les faire profiter de ses talents de cuisinière. Lors d'une conversation avec leur fils de dix-sept ans, Kim apprit qu'il allait passer trois semaines à Mexico. Les familles de Vietnamiens en poste à l'étranger envoyaient couramment leurs enfants en vacances dans une autre ambassade vietnamienne.

« Le Mexique partage une frontière avec les États-Unis ! » songea aussitôt Kim. Elle décida de demander sur-le-champ à l'ambassadeur la permission de partir elle aussi pour Mexico. « Il peut difficilement refuser, après avoir autorisé son propre fils à y aller », se dit-elle. Elle avait raison. Quelques jours plus tard, elle recevait son visa et son billet d'avion. Seules Helen et Nuria étaient dans la confidence.

— Ne vous inquiétez pas si je ne reviens pas. Avec un peu de chance, je pars pour de bon, leur déclara-t-elle sans plus d'explications.

Avec Helen et Toan, Mohammed la conduisit à l'aéroport. En regardant l'avion décoller, Helen se tourna vers Toan :

— Tu n'es peut-être pas près de revoir ta petite amie…

Toan éclata de rire. C'étaient surtout les Cubains qui parlaient en plaisantant de partir, si possible pour ne jamais revenir.

Le guide de Kim à l'ambassade vietnamienne de Mexico lui fit visiter la ville en autobus, désignant poliment les principaux monuments. Derrière la vitre, elle découvrait les contrastes de l'agglomération la plus peuplée du monde, capable de satisfaire les caprices des riches comme d'accueillir les mendiants. Les premiers se laissaient glisser dans des limousines étincelantes le long de larges avenues bordées de gratte-ciel, faisaient leurs achats dans des boutiques de luxe, dînaient dans des restaurants cosmopolites ou à la terrasse des cafés, pendant que les seconds chantaient au coin des rues ou tentaient de vendre chewing-gums et tortillas aux automobilistes arrêtés aux feux rouges. « Ici, les gens sont libres de faire ce qu'ils veulent », conclut Kim. Son cœur fit un bond dans sa poitrine quand l'autobus passa devant l'ambassade américaine.

— Nous voulons vous aider à profiter de votre séjour, avaient annoncé les deux guides de l'ambassade à la jeune femme, avant de l'emmener pour la journée à Teotihuacán, célèbre site archéologique mexicain.

Le 25 juillet était l'un des deux jours de l'année où le soleil semble se coucher exactement au sommet de la pyramide de la Lune et de celle du Soleil, alignées le long de l'imposante voie des Morts. Kim demanda à l'un des guides de la prendre en photo devant une pyramide, et, dans le magasin de souvenirs, elle acheta avec enthousiasme quelques bijoux traditionnels.

Au cours de sa deuxième semaine de séjour dans l'aile des invités de l'ambassade, elle s'impatienta de ne pouvoir sortir sans être accompagnée. N'osant le faire de l'ambassade, elle voulait seulement pouvoir téléphoner quelques minutes à l'extérieur. Son angoisse transparaissait dans ses prières du soir. À genoux, le visage ruisselant de larmes, elle lança un appel désespéré : « Mon Dieu, j'ai si peur ! Comment vais-je m'enfuir ? S'il vous plaît, trouvez-moi une occasion. »

Deux jours avant son départ, alors que le fils de l'ambassadeur Tai était arrivé à son tour à Mexico, Kim demanda innocemment la permission à son guide d'aller voir un ami de La Havane, un Espagnol ayant vécu dans la même résidence universitaire qu'elle. Son épouse cubaine et lui étaient en visite chez un membre de leur famille. Le guide accepta, à condition que Kim lui laisse le nom et l'adresse de ses amis, et son heure de retour.

La chance était avec Kim : le couple lui ouvrit et la maison avait un téléphone. Soudain inquiète, elle confia ses intentions à son ami espagnol pour savoir ce qu'il en pensait. Elle se sentit obligée de se justifier :

— Je ne peux pas rester à Cuba. Je n'arrive pas à étudier, ni à me nourrir correctement…

— C'est difficile d'obtenir le droit d'asile au Mexique. Ça marche une fois sur deux. Le gouvernement mexicain peut très bien te renvoyer à Cuba, expliqua-t-il, à la fois dissuasif et compatissant.

Kim composa un numéro de téléphone.

— Allô ? Pourrais-je parler à Nick Ut ?

Son interlocutrice lui donna un autre numéro, qu'elle composa aussitôt. Une déception l'attendait.

— Nick est en vacances. Il ne sera pas là avant une semaine.

De retour dans sa chambre à l'ambassade, Kim pria pour se réconforter : « Mon Dieu, je suis déçue, mais pas en colère. Tu en sais sûrement plus que moi. S'il te plaît, soutiens-moi et je retournerai à Cuba. »

Kim s'étonna que Toan semble si heureux de la revoir, qu'il se montre tellement plus démonstratif qu'avant son départ. « Dieu voulait que je vienne retrouver Toan », conclut-elle. Le jeune homme évoqua les sous-entendus d'Helen sur son intention de ne pas revenir. Kim se mit à rire.

— Tu vois bien que je suis là, que je suis revenue !

Dès son retour de Mexico, l'ami espagnol de Kim lui rendit visite. À mots couverts, il se lamenta sur la difficulté de vivre à Cuba. Enfin, il la mit en garde :

— Sois prudente, très prudente, insista-t-il.

Kim décida de garder le projet de s'enfuir, mais de changer de stratégie : elle devait se tenir prête et non tenter d'organiser quoi que ce soit, à cause des risques encourus.

Toan profitait de l'été cubain, se demandant si ce serait le dernier. Il fêtait l'obtention de sa licence d'anglais. L'université avait déjà accepté sa candidature à la préparation en deux ans d'un diplôme d'informatique ; il attendait la décision de l'ambassade vietnamienne pour s'inscrire.

Il pensa que le moment était venu de demander une nouvelle fois à Kim de l'épouser. Depuis la première fois, où elle avait refusé de donner une réponse définitive, il avait écrit à son père et aux parents de Kim pour avoir leur avis sur un éventuel mariage à La Havane. Le père de Toan était tout à fait contre : « Finis tes études et reviens au Viêt Nam avant de te marier. Toute la famille doit être présente à ton mariage. » Les parents de Kim ne répondirent pas. Lorsque Toan l'interrogea sur ce silence, la jeune femme répondit seulement qu'ils acceptaient mal l'idée qu'elle épouse un Vietnamien du Nord. À sa deuxième demande en mariage, Toan reçut la même réponse ambiguë que la première fois.

Il ne s'en formalisa pas. Pour fêter sa licence, il organisa une sortie nocturne au Tropicana, dont la revue à grand spectacle avec plus de deux cents artistes – essentiellement des jeunes femmes très dénudées dansant et chantant sur une scène en plein air – n'avait pratiquement pas changé depuis 1939. Peu après, l'ambassade vietnamienne statua sur le sort de Toan. Le jeune homme annonça à Kim que le gouvernement d'Hanoi n'avait pas les moyens de lui offrir deux ans d'études supplémentaires, et qu'à l'automne il lui faudrait regagner le Viêt Nam. Elle fondit en larmes.

— Si tu rentres au Viêt Nam, je ne sais pas comment je pourrai continuer à vivre ici. Une chose est sûre, je serai incapable de terminer mes études.

Devant son désespoir, Toan se renseigna sur le coût de deux années d'études à La Havane. Il découvrit que l'université n'avait réclamé aucun droit d'inscription au gouvernement vietnamien pour son cours d'informatique. Il en appela personnellement à l'ambassadeur Tai.

— Pensez à Kim, supplia-t-il.

L'ambassadeur céda. Un soir de la fin du mois d'août, une dizaine d'amis de Kim se réunirent dans sa chambre de la résidence pour préparer un repas en son honneur. L'idée venait d'Helen : un peu tardivement, elle voulait offrir à Kim un dîner de bienvenue après son retour du Mexique. Les jeunes gens commençaient leurs préparatifs quand il y eut une coupure de courant. Ils abandonnèrent l'obscurité de la résidence pour les lumières du bar de l'hôtel Panamericano, situé à proximité. Yamilen Diaz, qui n'avait pu partir étudier à Moscou comme elle en rêvait, y travaillait.

De tournées de bière en dégustations de rhum – de jus d'orange pour Kim –, la soirée se prolongea. Les mégots s'amoncelaient dans les cendriers. Helen, toujours imprévisible, mit un peu d'animation en posant une question qui venait de lui traverser l'esprit :

— Kim, Toan, comment se fait-il que vous ne soyez pas encore mariés ?

« Elle se comporte vraiment comme une enfant », songea Kim, non sans tendresse.

— C'est vrai, combien de temps allons-nous encore devoir attendre ? reprit Helen, ajoutant, à la manière d'un commissaire-priseur : J'offre à Kim sa robe de mariée !

Elle connaissait une Cubaine qui louait une collection de robes de mariée, toutes importées des États-Unis.

— Et moi, j'offre la lune de miel : une semaine à l'hôtel Habana Libre ! surenchérit Mohammed.

Les propositions se succédèrent à un train d'enfer. Yamilen se chargeait du smoking de Toan, quelqu'un d'autre de la bière et du vin. Même chose pour le rhum, la nourriture, les fleurs, la décoration de la salle, sans oublier les invitations.

Toan avait l'air rayonnant et plein d'espoir. Tous les regards se tournèrent vers Kim.

— D'accord ! C'est oui ! Je me marie ! lança-t-elle dans un éclat de rire, se piquant au jeu.

Stupéfait, Toan s'agenouilla à ses pieds.

— Oui ? Tu as dit « oui » ? J'ai bien entendu ?

— Non… pas vraiment. Enfin, si. Non, en fait ma réponse est non.

Tout le monde, même Kim, se mettait à la place de Toan.

— C'est soit « oui », soit « non », déclara quelqu'un.

Le groupe laissa trois jours à Kim pour se décider une bonne fois.

De tous les hommes qu'elle avait rencontrés, la jeune femme avait conscience que Toan était le plus attentionné et le plus généreux. Rien à voir avec Minh, le play-boy guérisseur. Pourtant, elle ne pouvait partager avec Toan sa foi en Dieu comme elle l'avait fait avec Anh. Pour cette unique raison, Kim n'avait pas laissé leurs rapports dépasser le stade de l'amitié. Elle ne se voyait pas vivre avec quelqu'un ne croyant pas en Jésus-Christ. D'emblée, elle avait repéré les faiblesses de Toan : il aimait boire et fumer.

— Chaque cigarette que tu fumes brûle une minute de mon amour pour toi, lui avait-elle dit.

Trois fois, il avait tenté d'arrêter de fumer, sans succès. « Pourrai-je passer chaque jour de ma vie avec un homme qui ne croit pas en Dieu, et que je verrai boire et fumer ? » se demanda-t-elle de nouveau. Un proverbe que lui avait appris sa mère lui revint à l'esprit : « Si tu aimes un homme, même ses excréments sentent bon. »

Kim décida de s'en remettre à Dieu. Après trois jours de prière, elle considérerait comme un signe favorable le fait de se sentir en paix, de n'éprouver aucune angoisse à l'idée d'épouser

Toan. Les trois jours écoulés, elle avait la réponse. « Dieu m'a envoyé un bon mari », se dit-elle.

Dix jours plus tard, le 11 septembre, trois cents invités assistèrent au mariage de Kim et de Toan, qui eut lieu au domicile de l'ambassadeur Tai. C'était le premier mariage dans la communauté vietnamienne de La Havane. Kim et Toan étaient tous les deux vêtus de blanc, à l'occidentale : Kim portait une robe longue aux manches en tulle, Toan un smoking dont la blancheur était rehaussée par le rouge de son nœud papillon et de sa pochette. Il s'était contenté d'acheter une paire de chaussures blanches, Kim, elle, n'ayant eu qu'à se faire coiffer et maquiller par une relation d'Helen. À l'arrivée des mariés, un orage éclata.

— Votre vie sera d'or et d'argent ! s'écria l'ambassadeur, fidèle à la croyance vietnamienne selon laquelle la pluie fait les mariages heureux.

Dans la tradition vietnamienne, un mariage unit deux familles : durant la cérémonie, les mariés ne prononcent pas une parole. Afin de respecter la coutume, l'ambassadeur Tai parla pour Toan, et le fonctionnaire le plus haut placé de l'ambassade, pour Kim. Après la signature de l'acte de mariage, un banquet préparé par les étudiants vietnamiens attendait les mariés. Manuel Diaz était allé chercher deux cochons de lait rôtis en pleine campagne. Les tables étaient disposées dans le salon, sur la terrasse et sur la pelouse. Kim et Toan reçurent en guise de cadeau de mariage une somme d'argent équivalant à quatre cents dollars, dont trente offerts par l'ambassade.

La semaine à l'hôtel Habana Libre aux frais de Mohammed fut presque spartiate, avec de fréquentes coupures d'eau, des couloirs mal ventilés à cause de la climatisation en panne, et une piscine inutilisable. Il pleuvait dans l'ancienne salle de bal transformée en cafétéria, et au restaurant il fallait compter trois heures d'attente minimum pour se faire servir. À la fin du séjour, Toan quitta sa chambre à la résidence universitaire pour s'installer dans celle de Kim. Durant les premiers jours, les visites d'amis venus les féliciter se succédèrent. L'un d'eux travaillait à l'ambassade.

— Pourquoi ne pas aller passer votre lune de miel à Moscou ? On s'y amuse bien, suggéra-t-il.

La capitale de la fédération de Russie était devenue une destination très appréciée des Vietnamiens en poste à l'étranger et des étudiants. Grâce aux réformes engagées par Boris Yeltsine, les marchés libres avaient fleuri à Moscou. À leur retour, les Vietnamiens se vantaient d'avoir pu acheter tout ce qu'ils voulaient, des fruits aux jeans et aux T-shirts.

Pendant le séjour des jeunes mariés à l'hôtel Habana Libre, les cours de Kim avaient repris à l'université. Une semaine plus tard ce fut au tour de ceux de Toan. Toujours zélé, le jeune homme avait prévenu les enseignants qu'il commencerait avec quelques jours de retard. Kim n'avait pas pris cette peine. La plupart de ses professeurs étaient présents au mariage, et elle savait que Maritza et son équipe lui laisseraient le temps de s'habituer à sa nouvelle vie.

De la suggestion d'une lune de miel à Moscou, Kim ne retint qu'une chose : l'occasion tant attendue se présentait enfin ! Au retour de Moscou, l'avion de Cubana Airlines faisait escale au Canada. Kim avait souvent entendu dire que le Canada était un pays très ouvert, qu'il était facile de s'y arrêter. Le bruit avait souvent couru à l'université que des étudiants cubains à l'université de Moscou n'étaient jamais rentrés à Cuba après avoir été rappelés par le régime castriste. L'épouse vietnamienne d'un Cubain, lasse des infidélités de son mari, avait emmené sa fille en vacances à Hanoi ; pendant le voyage de retour, on savait qu'elles étaient passées par Moscou, mais elles non plus n'étaient jamais réapparues à Cuba. À en croire la rumeur, elles vivaient au Canada.

— Notre lune de miel à Moscou ? Quelle bonne idée ! répondit Kim.

« C'est un cadeau de Dieu », pensa-t-elle. Mais comment elle et Toan parviendraient-ils à s'échapper ? Elle n'en avait pas la moindre idée. « Dieu pourvoira le moment venu. Cesse de t'inquiéter et pars », se dit-elle.

L'ambassade vietnamienne donna une réponse typiquement bureaucratique à la demande d'autorisation du couple :

— Toan peut partir, mais pas toi, Kim. Tu es allée à Mexico, ce qui signifie que tu as déjà quitté Cuba une fois cette année.

— Quoi ? Mon mari va partir seul en lune de miel ?

Kim éclata de rire, et le personnel de l'ambassade aussi. Quelques jours plus tard, elle et Toan recevaient leurs billets d'avion. Ils prendraient un vol Cubana Airlines le 29 septembre et reviendraient le 15 octobre. Kim s'attaqua à l'objectif suivant : obtenir des visas de transit du gouvernement canadien. Elle les voyait comme la clé lui permettant d'ouvrir la porte de sa cage et de passer à l'Ouest – avec ou sans son mari.

À deux heures du matin, Kim et Toan se trouvaient respectivement en troisième et quatrième position dans la file d'attente à l'ambassade du Canada. Toutes les ambassades occidentales de La Havane étaient assiégées par des Cubains suppliant qu'on les laisse quitter leur pays. Son libéralisme en matière d'immigration et les largesses de sa législation sociale faisaient du Canada un pays d'accueil très convoité. En partie à cause du nombre croissant de réfugiés politiques sur les vols internationaux et de l'augmentation de l'immigration clandestine, les autorités canadiennes ne délivraient plus les yeux fermés un visa touristique ou de transit aux ressortissants de certains pays. La tâche d'éliminer les candidats dont l'intention réelle était de se fixer au Canada revenait aux agents des services d'immigration canadiens en poste dans les ambassades.

L'entretien fut bref.

— Quelle est votre destination ? Dans quel but ?

Quelques minutes plus tard, le fonctionnaire refusait à Kim et à Toan le visa demandé, sans fournir la moindre explication, ce qui était son droit. Comme Toan, Kim resta impassible, mais pas pour les mêmes raisons.

— On me connaît à l'ambassade vietnamienne de Moscou. Là-bas, on nous aidera, assura ensuite la jeune femme à son mari.

En principe, les compagnies aériennes vérifiaient que leurs passagers avaient un visa de transit pour le vol de retour avant de les laisser s'embarquer, mais Cubana Airlines contrôlait peu les passagers vietnamiens, sachant qu'ils obtenaient souvent à Moscou les visas nécessaires.

Jamais Kim ne s'était sentie si forte, si maîtresse de son existence. Ses prières l'aidaient à rester calme, en apparence tout au moins. Elle confia ses intentions à Nuria :

— Mami, j'ai décidé que si j'obtenais un visa pour le Canada, j'y resterais, avec ou sans Toan. Si Toan obtient lui aussi un visa et qu'il accepte de m'accompagner, alors on émigrera tous les deux.

Kim remplit sa petite valise en osier de vêtements pour quinze jours. Toan fit de même. Dans son sac à main, la jeune femme rangea sa trousse de toilette, ses antalgiques, son appareil photo

Nikon, et deux souvenirs du passé : les négatifs des photos de mariage et le miroir vert choisi dans le magasin de Bonn.

À la grande surprise du reste de la famille Diaz, Nuria insista pour accompagner Kim et Toan jusqu'à l'aéroport.

— Mais tu n'y vas jamais ! Tu as horreur des adieux ! s'étonna Yamilen.

Du petit groupe entourant le jeune couple, Nuria était la seule à ne pouvoir retenir ses larmes. Kim la serra dans ses bras.

— Voyons, Mami, il ne faut pas pleurer…

Kim bavarda avec les autres, espérant par ses rires distraire Nuria qui semblait inconsolable. Elle la rappela à l'ordre.

— Mami !… Après tout, je ne pars que pour quinze jours…, ajouta-t-elle d'une voix plus douce.

— Nous allons vous aider à découvrir Moscou, annoncèrent à Kim et à Toan les guides de l'ambassade vietnamienne.

Quand ceux-ci n'empêchaient pas la jeune femme de divulguer ses projets à son mari, quelqu'un d'autre – fonctionnaire de l'ambassade ou touriste vietnamien – se trouvait toujours à portée de voix. Même dans l'intimité de leur chambre à l'ambassade, Kim n'osait rien dire, au cas où des micros seraient cachés dans la pièce. En revanche, elle s'occupait activement des visas de transit : elle avait très vite obtenu, par l'intermédiaire de leur guide, une lettre de recommandation de l'ambassade vietnamienne à l'intention de celle du Canada. Là, une réceptionniste prit leurs passeports et les informa que leurs visas seraient prêts vingt-quatre heures plus tard.

Le même jour, dans l'après-midi, lors d'une visite guidée de la place Rouge, Kim réussit à entraîner Toan à l'écart du groupe.

— Si on obtient le visa, je reste au Canada, lui dit-elle en riant, histoire de voir comment il allait réagir.

Toan se mit à rire lui aussi, ne la prenant pas au sérieux : dans l'avion, des Cubains avaient fait le même genre de plaisanterie.

Lorsqu'ils récupérèrent leurs passeports avec le cachet du visa de transit, Kim pria silencieusement. « Mon Dieu, aide-moi à expliquer mon projet à Toan. » À la fin de leur séjour, leur guide les emmena dans un marché libre où il les aida à choisir articles et cadeaux à rapporter à Cuba. Toan fit des folies, achetant un Walkman, des jeans, des T-shirts, des matriochkas. Il ne comprenait pas pourquoi Kim tentait à chaque fois de le dissuader. Plusieurs fois, il dut insister :

— Mais si ça me plaît, à moi !

Kim se força à faire elle aussi quelques achats, tout en sachant que sa valise en osier, remplie à craquer, risquait de finir abandonnée à l'aéroport de La Havane…

À l'aéroport de Moscou, Toan fut retenu au contrôle des passeports. Si un étudiant cubain parlant russe n'était pas intervenu, il aurait raté l'avion. L'étudiant expliqua ensuite que le fonctionnaire russe avait tenté d'extorquer à Toan de l'argent avant de le laisser passer.

Le couple était installé dans une rangée de trois sièges, Kim au milieu, Toan contre le hublot. Un Cubain occupait le siège près de l'allée. Kim regarda autour d'elle. Le passager vietnamien le plus proche se trouvait à trois rangées d'eux. Même s'il les entendait, il n'y avait rien à craindre : marié à une Cubaine, lui et sa femme avaient choisi de s'installer définitivement à La Havane.

— Je ne peux pas vivre plus longtemps à Cuba, déclara Kim en guise d'entrée en matière.

Sa voix et ses propos trahissaient une détermination sans faille qu'en dehors de sa famille peu de gens auraient soupçonnée. Il n'y avait plus trace de son sourire rayonnant. Tantôt elle se montrait inflexible :

— Pour moi, il n'est pas question de retourner à Cuba ou au Viêt Nam. Je veux vraiment émigrer au Canada.

Tantôt elle prenait Toan par les sentiments :

— Nous avons beau être mariés, tu n'es pas obligé de me suivre si tu n'en as pas envie. Je comprendrais.

Mal remis de l'incident à l'aéroport, Toan passait de l'effarement à l'angoisse. Il se sentait sommé de choisir entre son pays (et sa famille), et sa femme. Il ne supportait pas l'idée d'être banni du Viêt Nam. Sa famille le respectait, l'idolâtrait, même. Elle comptait sur son retour et son aide.

Mais comment vivre sans sa jeune femme ? « Un couple marié ne doit pas se séparer », se répétait-il.

Kim le sermonnait :

— Pourquoi veux-tu retourner à Cuba ou au Viêt Nam ? Là-bas, la vie n'a aucun sens.

L'instant d'après, elle le rassurait :

— N'aie pas peur de l'avenir. Un jour, on retournera au Viêt Nam. Pas tout de suite, mais on y retournera. Dans un premier temps, il faudra faire beaucoup de sacrifices. On perdra tout ce qu'on avait à Cuba, et nos familles nous manqueront. Mais une fois au Canada, on pourra quand même essayer de les aider.

Toan redoutait les conséquences d'un échec de leur tentative. Et si le Canada les renvoyait à Cuba, ou au Viêt Nam ? Il se voyait déjà en prison. En admettant qu'ils puissent rester au Canada, comment Kim et lui se débrouilleraient-ils, sans famille, ni amis, ni argent ? Ils firent des comptes : il leur restait trois cents dollars. Et que savaient-ils du Canada ? Toan ignorait tout de ce pays. Kim savait qu'il y faisait froid, et que le drapeau représentait une feuille d'érable rouge – elle avait admiré l'insigne d'un étudiant au festival de Moscou. Toan, lui, en revenait toujours au même problème : comment survivre au Canada ?

Kim lui répondit d'un ton catégorique :

— Mon objectif numéro un est de rester au Canada. Dans l'immédiat, je n'ai pas d'objectif numéro deux.

Plusieurs heures durant, jusqu'à la fin du vol, ils ne dirent plus un mot. Toan gardait pour lui sa certitude que, dans le meilleur des cas, la difficulté de s'échapper les contraindrait à renoncer. Kim fit un dernier effort pour convaincre son mari :

— Si tu reviens seul de notre lune de miel, tu vas passer pour un fou !

Elle remarqua que le siège près du passager vietnamien, à trois rangées de là, était vide. Elle alla s'y asseoir et engagea la conversation, racontant à l'homme que sa vie de victime de guerre mondialement connue ne ressemblait sans doute pas à ce qu'il imaginait, qu'à cause de sa célébrité le régime cherchait à régenter son existence. Elle finit par lui poser la question qui lui tenait à cœur :

— Savez-vous ce que je peux faire pour rester au Canada ?

L'homme ouvrit des yeux ronds.

— Pourquoi diable voulez-vous rester au Canada ? D'autres le font, mais vous, non, vous ne devriez pas. Si vous passez à l'Ouest, vous allez mettre le Viêt Nam dans un grand embarras !

Il revenait d'une visite dans son pays et parla avec enthousiasme de l'essor économique, de l'arrivée des investisseurs étrangers : rien à voir avec le pays misérable et isolé qu'elle avait quitté des années plus tôt.

— Vous êtes quelqu'un d'important. Vous pouvez contribuer au rapprochement entre Cuba et le Viêt Nam, ajouta-t-il.

— Si le Viêt Nam est tellement formidable, pourquoi avez-vous décidé de vous installer à Cuba avec votre famille ? Si vous-même ne voulez pas y vivre, pourquoi devrais-je y retourner ? Vous avez choisi Cuba. Moi, je veux rester au Canada !

Ils ne purent s'empêcher de rire. L'avion amorçait sa descente vers Gander, à Terre-Neuve – la plus orientale des provinces canadiennes. Après l'atterrissage, il fallut attendre un certain temps l'ouverture des portes. Apparemment, les hôtesses ne voulaient laisser descendre que les Cubains, mais les Russes protestaient : eux aussi voulaient acheter des produits détaxés à l'aéroport. Le commandant mit fin à la discussion en obligeant tout le monde à quitter l'appareil pendant l'escale. À voix basse, Kim donna ses instructions à Toan :

— Laisse un sac sur ton siège comme si on allait revenir.

Toujours sans un mot, Toan s'exécuta, abandonnant le sac avec son Walkman, son appareil photo et les vêtements légers prévus pour son arrivée à La Havane.

Les voyageurs suivirent un vaste couloir qui tournait plusieurs fois. Kim mit sa main dans celle de Toan. Elle avait la certitude que certains passagers envisageaient eux aussi de rester là et qu'ils savaient comment faire. « Tout le monde a l'air sur ses gardes », se dit-elle, sans quitter des yeux un Cubain qui tenait par la main sa fille d'environ quatre ans. Au bout du couloir, par une porte vitrée à double battant, on rejoignait une galerie marchande avec boutique hors taxes et comptoirs de restauration rapide. Sur le mur du fond, le mot « Canada » s'étalait en lettres immenses au-dessus du drapeau à feuille d'érable. À l'autre bout de la galerie, des pendules géantes donnaient l'heure à Gander, à Montréal, à Londres et à Moscou.

Le Cubain et sa fille ne s'éloignaient pas, attendant à l'évidence la fin de l'escale. Kim laissa Toan quelques minutes pour explorer les lieux. Une foule de voyageurs allaient et venaient. De temps à autre, elle voyait passer des agents de la Royal Canadian Mounted Police : elle n'osait les approcher de peur qu'ils appartiennent en fait, comme au Viêt Nam et à Cuba, à la police secrète. L'heure tournait. On allait annoncer le vol pour La Havane. Le découragement gagna Kim. « Je ne peux pourtant pas retourner à Cuba. Ce serait terrible de renoncer maintenant », se dit-elle. Elle chercha du regard le Cubain et sa fille. En vain. Elle lutta pour ne pas céder à la panique. « Je ne peux compter sur personne. Je vais devoir me débrouiller seule. » Elle fit signe à Toan, occupé à bavarder avec un passager vietnamien, qu'elle allait aux toilettes. Là, elle envisagea un instant de rester cachée dans la cabine fermée à clé.

De retour dans la galerie, elle pria, paupières closes : « Mon Dieu, je t'en supplie, ouvre-moi une porte. » Rouvrant les yeux, elle découvrit une autre porte vitrée que celle par laquelle elle était arrivée. Derrière, elle aperçut le Cubain et sa fille entourés de sept ou huit autres passagers russes et cubains. Elle poussa la porte et demanda en espagnol aux membres du petit groupe ce qu'ils faisaient là.

— Nous voulons rester au Canada, répondirent-ils à l'unisson.

Kim exulta.

— Moi aussi ! Que dois-je faire ?

— Vous devez donner votre passeport à cet homme.

On lui désigna un homme derrière un guichet. Kim alla jusqu'à la porte vitrée et appela Toan. Elle prit leurs deux passeports et les tendit à l'homme.

— Je veux rester, dit-elle, en anglais cette fois.

— Bienvenue au Canada.

Les agents des services d'immigration étaient tenus par le règlement de prononcer cette phrase à l'intention des étrangers arrivant sur le sol canadien. L'homme conseillait à Kim et à Toan d'attendre avec le reste du groupe quand l'un des Cubains bondit vers le guichet. Il réclama son passeport, que le fonctionnaire lui remit. Kim, à bout de forces, s'adressa au Cubain :

— Pourquoi pleurez-vous ? murmura-t-elle.

D'une voix tremblante, il expliqua que sa famille restée à Cuba lui manquerait trop.

— Vous pourrez les faire venir… Vous feriez mieux de rester ici, insista-t-elle.

Quelques minutes plus tard, un autre agent des services d'immigration conduisit le groupe – sauf le Cubain qui avait changé d'avis – dans une petite salle d'attente. Une fenêtre donnait sur le couloir par lequel ils avaient accédé à la galerie, l'autre sur les pistes de l'aéroport. Kim regarda ses anciens compagnons de vol longer le couloir, puis réapparaître sur la piste pour monter dans l'avion de Cubana Airlines. Une fois la porte refermée sur le dernier passager, l'appareil s'ébranla, prit de la vitesse et décolla.

15

Un étrange message laissait Nancy Pocock perplexe. Son équipe venait de lui apprendre qu'une Vietnamienne parlant espagnol – la secrétaire de Nancy répondait toujours au téléphone dans cette langue – avait appelé de Gander, à Terre-Neuve, en demandant qu'on la rappelle. « Sans doute une erreur », se dit Nancy.

Et voilà que cette curieuse correspondante rappelait elle-même, en anglais cette fois :

— Vous vous souvenez de la petite fille sur une célèbre photo de la guerre du Viêt Nam… une petite fille en train de courir ?

— Évidemment ! Je suis allée au Viêt Nam et je connais cette photo, répondit Nancy de sa voix bourrue.

Combien de fois l'avait-elle vue, cette photo qui déclenchait toujours chez elle la même réaction indignée : « Jamais je ne m'habituerai à la souffrance des enfants ! »

— Eh bien, je suis la fille de la photo…

C'était Merle Ratner qui avait suggéré à Kim de contacter Nancy. À Gander, le premier appel de Kim avait été pour Merle à New York. Elle lui avait demandé si elle connaissait quelqu'un à Toronto. En étudiant la carte du monde affichée dans le hall de leur hôtel, Kim et Toan avaient choisi de s'installer à Toronto. À en croire plusieurs réfugiés, la ville canadienne au climat le plus doux était Vancouver. Mais Vancouver se trouvait à l'autre bout du pays et les économies du jeune couple n'auraient pas suffi à payer le voyage en car. Ils avaient donc cherché une ville plus centrale. Dans la bouche de Kim, le mot « Toronto » ressemblait à « *toronja* », qui signifie pamplemousse en espagnol.

— J'aime bien ces sonorités. Allons là-bas, avait décidé Kim.

Bien qu'elles ne se soient jamais rencontrées, Nancy et Merle se connaissaient de nom depuis l'époque des manifestations pacifistes contre la guerre du Viêt Nam : Nancy avait hébergé les objecteurs de conscience américains et, plus tard, les réfugiés vietnamiens qu'elle trouvait devant sa porte. Depuis, elle s'était rendue célèbre en aidant les Salvadoriens qui fuyaient leur pays déchiré par onze ans de guerre civile entre opposition de gauche et forces gouvernementales. Elle en avait personnellement convoyé plusieurs des États-Unis vers le Canada, seul pays acceptant de les accueillir. Sous les auspices du mouvement quaker, elle avait créé et mis en place à Toronto plusieurs programmes d'aide aux réfugiés.

Une fois à Toronto, Kim et Toan se fixèrent trois objectifs prioritaires : obtenir une couverture sociale, trouver un logement, et s'inscrire à l'un des cours d'anglais organisés par le gouvernement à l'intention des nouveaux immigrés. Nancy leur apporta un soutien de tous les instants et leur indiqua les formalités à accomplir pour obtenir le statut de réfugié, puis la nationalité canadienne. À la différence de la plupart des étrangers demandant l'asile politique à leur arrivée au Canada, Kim et Toan échappèrent à l'entretien durant lequel les autorités décidaient qui pouvait rester et qui devait retourner dans son pays d'origine. L'avocat choisi par Nancy réclama l'attribution discrète et rapide du statut de réfugié à ses clients pour « raisons humanitaires ». Dans le formulaire de candidature, il évoquait en détail les manipulations dont Kim avait été l'objet de la part du gouvernement vietnamien à des fins de propagande ; les souffrances et le bouleversement de son existence qui en avaient résulté ; le désir exprimé par la jeune femme, en demandant l'asile politique au Canada, de « pouvoir enfin vivre tranquille ».

Le délai obligatoire pour l'obtention de la carte de résident était de un an. Ne voyant rien venir, Kim et Toan contactèrent les services d'immigration. On leur répondit de ne pas s'inquiéter pour quelques semaines de retard. Mais l'oisiveté et l'incertitude leur pesaient : il leur fallait une carte de résident pour pouvoir travailler et s'inscrire à l'université aux mêmes conditions que les étudiants canadiens – les étudiants étrangers devaient acquitter des droits beaucoup plus élevés. Six mois plus tard, ils n'étaient pas plus avancés. Les fonctionnaires des services d'immigration conclurent que le dossier avait été perdu : il fallait tout recommencer de zéro. Depuis plusieurs mois déjà, Toan en était réduit à supplier la propriétaire de leur logement de ne pas les mettre à la rue en augmentant le loyer. Chaque semaine, il prenait son tour dans la file d'attente devant les locaux d'une organisation caritative, pour recevoir gratuitement nourriture et vêtements, y compris des couches et de la layette pour leur bébé. Né en avril 1994, leur fils s'appelait Thomas, prénom biblique choisi par Kim. Il avait aussi un prénom vietnamien, Hoang, signifiant « promis à un bel avenir ».

Accablée par les difficultés financières et par le remords de ne pouvoir aider sa famille restée au Viêt Nam, Kim renonça à la « tranquillité » à laquelle elle avait tant aspiré. Elle appela à l'aide Michael Levine, l'avocat que lui présenta Nancy et qui deviendrait ensuite son agent. Un portrait d'elle parut dans le numéro de *Life* de mai 1995.

Au printemps 1995, les cartes de résident arrivèrent enfin. À cette période, les rédactions des journaux de toute la planète préparaient dossiers et reportages sur le vingtième anniversaire de la chute de Saigon. Un journal populaire britannique, *The Mail on Sunday*, décida d'enquêter sur l'une des plus célèbres photos de la guerre du Viêt Nam. Ayant eu accès – par l'intermédiaire d'une source américaine bien informée – à un dossier confidentiel des services d'immigration canadiens, les responsables du journal chargèrent un reporter et un photographe de retrouver la trace à Toronto d'une femme nommée Kim Phuc.

Quand Kim et Toan n'étaient pas rentrés de leur lune de miel à la date prévue, la famille Diaz avait eu vent d'une rumeur selon laquelle ils seraient au Canada. Tandis que Nuria gardait pour elle les confidences de Kim, Manuel et Yamilen se lamentaient : si le jeune couple avait mentionné son projet de passer à l'Ouest, ils auraient pu l'en dissuader. Yamilen ne tarda pas à découvrir que quelqu'un s'était rendu avant elle dans la chambre de Kim à la résidence : téléviseur, literie, vêtements, chaussures, tout avait disparu, même le courrier. Hormis quelques livres, il ne restait qu'une poupée russe à bascule, avec un foulard vietnamien noué sous le menton à la manière des *babouchkas*. Elle avait les mains cassées, et si on l'inclinait, elle se mettait à osciller avec un bruit métallique. Yamilen la rapporta chez elle.

Au début de l'année 1993, Tung et Nu avaient reçu à Trang Bang la visite de Hai Tam, le bureaucrate de Tay Ninh qu'ils n'avaient pas vu depuis des années. Il ne s'embarrassa pas de politesses :

— C'est vous qui avez conseillé à votre fille de passer à l'Ouest ?

— Mais Kim Phuc est à Cuba ! répliqua Nu, outrée.

« Pourquoi cette question ? » se demanda-t-elle intérieurement. La réponse ne se fit pas attendre :

— Non, elle est au Canada ! Il faut contacter votre fille. Et lui dire de regagner Cuba. Sinon, vous allez tous vous retrouver en prison !

Quelques mois plus tard, Nick Ut retourna au Viêt Nam, toujours avec George Esper. Après dix-huit ans d'interruption, ce dernier était chargé d'y rouvrir un bureau de l'agence Associated Press. Les relations entre Washington et Hanoi s'étaient améliorées dans plusieurs domaines, mais surtout pour favoriser les investissements américains au Viêt Nam. Le revirement dans l'attitude des États-Unis était intervenu un an plus tôt, à l'automne 1992. Hanoi avait accepté de livrer toutes ses archives en rapport avec les soldats portés disparus, ainsi que leurs effets personnels encore en sa possession. Deux mois après, Washington autorisait les multinationales américaines à signer des contrats sans attendre la levée officielle de l'embargo commercial – elle aurait lieu en février 1994, et le rétablissement des relations diplomatiques en juillet 1995.

Nick Ut savait que Kim était au Canada. « Oncle, je me suis enfuie », lui avait-elle annoncé au téléphone en lui faisant jurer de garder le secret. Pourtant, il voulait entendre la version des autorités vietnamiennes s'il demandait de ses nouvelles.

— Elle est étudiante en pharmacie à Cuba, lui répondit-on.

Plus tard, à une table voisine dans un restaurant d'Ho Chi Minh-Ville, un policier reconnut en Nick l'auteur de la fameuse photo de Kim Phuc.

— Et maintenant, où est-elle ? demanda Nick.

— Elle vit sous les ponts.

Il fut aussitôt contredit par un autre client, qui prétendit que Kim travaillait dans une pharmacie d'Ho Chi Minh-Ville…

À la même période, Vu Hac Bong – le représentant du ministère des Affaires étrangères à Ho Chi Minh-Ville qui avait obtenu une bourse pour Kim du temps où elle y était étudiante – pria Merle Ratner de transmettre de sa part un message à Kim Phuc : « Vu Hac Bong vous souhaite tout le bonheur possible. »

Au début de l'année 1994, pendant les fêtes du Têt, un cadre du parti venu d'Ho Chi Minh-Ville apporta à Tung et à Nu, dans leur cabane en bambou, un grand panier de friandises et de gâteaux accompagné d'une enveloppe. Elle contenait l'équivalent en dongs de plusieurs centaines de dollars.

— C'est de la part de Pham Van Dong. Il est très attaché à votre fille, expliqua l'homme.

Le 11 novembre 1996 au matin, un soleil radieux brillait sur Washington. Trois mille personnes s'étaient rassemblées devant le Mémorial des vétérans du Viêt Nam pour les cérémonies à la mémoire des anciens combattants. Sur une tribune installée au pied du monument de granit noir où était inscrit le nom de tous les soldats tombés au Viêt Nam, un vétéran présenta l'orateur suivant : une Vietnamienne nommée Kim Phuc. Son nom n'apparaissait pas sur le programme, mais dès que l'homme mentionna la célèbre photo, tout le monde ou presque se souvint d'elle.

Dans la foule se trouvait John Plummer, âgé de quarante-sept ans. Au début de l'été, en zappant devant son téléviseur, il était tombé sur une émission de CBS intitulée : « Que sont-ils devenus ? » On y voyait, côte à côte, la petite Vietnamienne brûlée par le napalm, devenue une jeune femme, et l'auteur de la photo qui l'avait rendue célèbre. Plummer fut stupéfait d'apprendre que la victime du bombardement vivait non pas au Viêt Nam, mais à Toronto, à une journée de voiture de Purcellville en Virginie, où il résidait. « Si elle pouvait croiser mon regard, elle y lirait mon remords de lui avoir causé autant de souffrances », se dit-il.

Quelques mois après son retour définitif du Viêt Nam, Plummer avait mesuré pour la première fois l'impact de la photo de Nick Ut parue dans le *Stars and Stripes*. À vingt-quatre ans, divorcé et père de trois enfants, il était sur le point de se remarier et travaillait comme instructeur à la base aérienne de Fort Rucker dans l'Alabama. Un soir, alors que sa fiancée feuilletait un magazine avec des amies, elle l'avait ouvert à la page où figurait la fameuse photo. « C'est moi qui ai ordonné ce bombardement », avait-il déclaré, provoquant une réaction horrifiée. Sa fiancée l'avait fusillé du regard, l'air de dire : « Il n'y a vraiment pas de quoi être fier ! Comment oses-tu te vanter d'une chose pareille ? »

Au fil des ans, Plummer s'était montré de plus en plus réticent à parler de la guerre. Lorsqu'on découvrait qu'il avait combattu au Viêt Nam, on lui posait en général une seule question : « Tu as tué quelqu'un ? » La réponse était oui : il avait abattu une Vietnamienne d'une vingtaine d'années, silhouette courant dans la nuit vers les barbelés de la base qu'il gardait. Plus tard, les services secrets américains avaient conclu que la jeune femme, chargée par le Viêt-cong de transporter des munitions, s'était échappée et venait se refugier à la base américaine quand elle avait été tuée. Plummer avait toujours la photo du cadavre, prise par un de ses collègues.

Le second mariage de Plummer devait se terminer par un divorce. À en croire sa femme, il ne s'était jamais remis de la guerre. « Foutaises ! » se disait-il. Il voulait bien admettre qu'il buvait trop : il se réveillait parfois dans son camion, ou sur le canapé d'un ami, sans savoir comment il était arrivé là. Ce qu'il n'aurait avoué à personne, en revanche, c'est qu'il était poursuivi par une image de la guerre dont il n'arrivait pas à se défaire : la photo de la petite Vietnamienne brûlée par le napalm. Où qu'il se tourne, elle était là : dans les journaux et les magazines, à la télévision, même dans certains livres de sa bibliothèque. Chaque fois qu'il la voyait, le remords l'assaillait. Les hurlements de la fillette hantaient même ses cauchemars.

Il avait fallu son renvoi de l'armée, et la rencontre avec celle qui deviendrait sa troisième épouse, pour qu'il se reprenne en main. Chrétienne pratiquante, la jeune femme avait un frère ancien pilote d'hélicoptère au Viêt Nam. En 1991, Plummer entra au séminaire, et quatre ans plus tard il devenait pasteur méthodiste d'une église de campagne à Purcellville. La foi l'avait aidé à accepter le pardon de Dieu pour les souffrances qu'il avait infligées à la fillette de la photo. Mais, s'il dormait mieux, il était toujours écrasé par le poids du remords.

Quelques semaines après avoir vu l'émission de CBS à laquelle participaient le photographe et la jeune Vietnamienne, Plummer assista à une réunion de vétérans du Viêt Nam réservée aux pilotes d'hélicoptères et à leurs équipages. Il feuilleta les livres disposés sur une table et, une fois encore, la photo était là, illustrant un poème. Incapable de contenir son émotion, Plummer s'effondra. L'auteur du poème, présent dans la pièce, partagea un moment de prière sans demander aucune explication. En fait, il connaissait bien Nick Ut. L'incident fut rapporté à un réalisateur canadien qui tournait un documentaire sur Kim – intitulé « L'histoire de Kim : du Viêt Nam au Canada », il fut diffusé pour la première fois début 1997 – et à l'intéressée elle-même : quelqu'un avait rencontré l'officier américain qui avait ordonné le bombardement au napalm dont elle avait été victime. En revanche, ce dernier ne souhaitait pas sortir de l'anonymat.

Mais ce 11 novembre 1996, alors qu'on présentait Kim Phuc, John Plummer eut l'impression que le monde s'écroulait autour de lui. À la tribune, le vétéran annonça que si Kim avait survécu, deux de ses frères avaient péri – une fois encore, on confondait les cousins de la jeune femme avec ses frères. Sous le choc, Plummer se crut responsable d'une tragédie encore plus affreuse qu'il ne le pensait.

Kim s'avança alors sur le podium :

— Chers amis, je suis très heureuse de me trouver parmi vous aujourd'hui… Comme vous le savez, je suis la fillette qui courait pour échapper aux flammes du napalm. Je ne parlerai pas de la guerre, parce que je ne peux pas réécrire l'Histoire. Je vous demande simplement de vous souvenir de cette tragédie pour mieux vous mobiliser contre toutes les guerres et toutes les tueries. J'ai beaucoup souffert, moralement et physiquement. J'ai parfois cru ne pas avoir la force de survivre, mais Dieu m'a sauvée en me redonnant foi et espoir. Si je pouvais parler au pilote qui a largué ces bombes…

Entendant ces mots, John Plummer pensa qu'ils lui étaient destinés. Il griffonna sur un bout de papier : « Kim, je suis cet homme. » Il signa : « Révérend Plummer ».

— … je lui dirais qu'on ne peut pas revenir en arrière, mais qu'on peut essayer d'améliorer le présent et l'avenir en luttant pour la paix…

En guise de conclusion, Kim alla embrasser un colonel en retraite de l'US Air Force et un ancien prisonnier de guerre. Ensemble, ils déposèrent une gerbe devant le mur de granit noir. La sonnerie aux morts retentit. Discrètement, Kim essuya ses larmes mais, dans la foule, nombreux étaient ceux qui pleuraient sans honte, conscients d'avoir avancé d'un pas vers la réconciliation.

La cérémonie terminée, un des responsables guida Kim à travers une forêt de caméras de télévision et de micros, s'arrêtant pour lui permettre de serrer les mains tendues vers elle. Alors qu'ils arrivaient devant la voiture de police qui devait la ramener à son hôtel, son accompagnateur lui chuchota à l'oreille :

— Kim, vous savez, le pilote que vous souhaitiez retrouver…

— Eh bien ?

— Il est juste derrière vous.

Se retournant, elle découvrit un homme défiguré par le chagrin. Elle lui ouvrit les bras. Plummer se laissa étreindre.

— Pardonnez-moi, je vous en supplie, pardonnez-moi…

— Mais oui, c'est fini, je vous pardonne…

À travers le pays, une controverse éclata chez les vétérans offensés par la petite phrase de John

Plummer : « Je suis cet homme. » Tous les médias avaient repris l'histoire émouvante du pasteur délivré de ses remords par le pardon de sa victime. Elle avait d'abord été publiée dans un magazine religieux, qui se contentait de reproduire le récit de John Plummer diffusé sur Internet à l'intention de ses amis vétérans. La controverse se calma un an plus tard, lorsque Plummer reconnut qu'il n'avait pas « ordonné » le bombardement au sens militaire du terme. Il revendiquait néanmoins une part de responsabilité dans l'enchaînement de circonstances à l'origine de la bavure.

Malgré ses pouvoirs, la mémoire se révèle souvent fragmentaire et peu fiable. La version donnée par John Plummer des échanges radio précédant le bombardement ne concorde pas avec celle des journalistes présents ce jour-là sur la route 1 près de Trang Bang. La première fait intervenir un conseiller américain ; pas l'autre. La première ne mentionne pas l'envoi d'un avion de reconnaissance ; l'autre, si. Comment expliquer ces contradictions ? Et cela présente-t-il le moindre intérêt ?

Un historien des armées résuma la controverse par ce commentaire dans le *Washington Post* : « J'ai eu le sentiment que Plummer s'attribuait une grande part de responsabilité, alors qu'il n'était sans doute qu'un maillon de la chaîne. » Interviewée dans le même article, Kim Phuc déclarait : « Qu'il ait ou non joué un rôle majeur, l'essentiel est que je lui pardonne. »

« C'est une photo qui ne vous lâche pas », répond Horst Faas, si on lui demande pourquoi elle suscite toujours autant d'émotion. Il commente ainsi sa réaction quand il la vit pour la première fois, et sa décision de la faire connaître coûte que coûte au grand public : « La douleur vous ouvre les yeux. »

Le cri muet de la fillette de la photo rend assourdissant le silence du remords, celui des capitulations individuelles et collectives. La guerre, n'importe quelle guerre, pas seulement celle du Viêt Nam, a toujours quelque chose d'ambigu. La photo de Nick Ut est elle-même ambiguë. Que fuit la fillette ? Est-elle grièvement brûlée ? Va-t-elle vivre ou mourir ? On ne sait pas exactement. Mais l'angoisse captée par l'objectif réveille la mauvaise conscience des spectateurs que nous sommes, renvoyant chacun d'entre nous à sa part d'ombre. En privé, nous nous reprochons nos défaillances et notre lâcheté devant le chaos et les atrocités de la guerre. Nous qui sommes « à l'abri », nous nous sentons prisonniers de notre impuissance à aider ceux qui sont plus exposés.

La guerre du Viêt Nam – une guerre sans pitié ni héros – engendra chez les Américains, en tant qu'individus et en tant que peuple, une grande tristesse, parfois aussi de la honte et du remords. Aucun de nous n'est infaillible, mais, malgré nos défauts, nous espérons toujours garder notre dignité d'êtres humains. Celle qu'on nous reconnaît en nous pardonnant nos offenses. Pourtant, le pardon ne prend sa juste valeur que s'il est expressément demandé. C'est ce pardon-là qui était attendu de Kim Phuc, victime emblématique de la guerre du Viêt Nam.

La photo de Nick Ut ne pouvait émouvoir personne au monde plus qu'elle, qui en était le sujet. Elle fut réduite au désespoir par ceux qui régentèrent son existence comme si la photo justifiait la leur. Elle souffrit doublement, victime à la fois de la bombe au napalm et de ceux qui voulaient la manipuler. Par nature, les humains cherchent à expier leurs péchés, et, pour certains, la souffrance est en elle-même une expiation. Pas pour Kim Phuc. Plus elle souffrait, plus elle s'enfonçait dans son désespoir solitaire. Grâce à son changement de religion, elle parvint à une renaissance spirituelle et trouva ainsi une porte de sortie. En lui rendant hommage comme symbole vivant des horreurs de la guerre, ses semblables, croyants ou non, se rassurent à l'idée qu'ensemble ils peuvent faire reculer les ténèbres.

Le cycle de la guerre n'en finit pas de se répéter, sur la photo la fillette poursuit sa course. La leçon à retenir se trouvait peut-être dans la fable vietnamienne racontée à Kim, et qui lui revint à l'esprit lorsqu'elle décida de passer à l'Ouest : se voyant comme l'oiseau admiré pour son ramage et son plumage, elle décida de s'échapper de la cage où on l'avait enfermée. « Je ne réclame que la liberté », se disait-elle alors. Cependant, la fin de la fable originale réserve une surprise : « Chaque oiseau dont la route croisait celle de Yi et de son arc savait qu'il se ferait capturer, tant le prestige du chasseur était grand. Puisqu'il avait transformé le monde en une immense cage, les oiseaux ne pouvaient plus se cacher nulle part. »

Kim Phuc restera à jamais la fille de la photo.

Épilogue

Depuis mars 1995, date à laquelle la présence de Kim en Occident fut rendue publique, tous les médias de la planète s'intéressent à elle. Elle se consacra quelque temps à la préparation de ce livre et au tournage du documentaire « L'histoire de Kim : du Viêt Nam au Canada ». Début 1997, cependant, un reporter sonna chez Kim et Toan, et réussit à se faire inviter. Un article accompagné d'une photo parut peu après en première page du *Toronto Star*. On y apprenait que la célèbre victime de la guerre du Viêt Nam vivait dans la pauvreté à Toronto, et que, enceinte de son second enfant, elle habitait avec Toan, son mari, et Thomas, son fils de deux ans, un duplex minuscule. Les lecteurs du quotidien envoyèrent aussitôt des dons en liquide, que Kim et Toan utilisèrent comme apport personnel pour l'achat à Ajax, dans l'Ontario, d'une modeste maison de quatre pièces située à quelques centaines de mètres de leur église.

Plusieurs fois primé et vendu dans une trentaine de pays, le documentaire « L'histoire de Kim » eut, entre autres, pour spectatrice la représentante canadienne de l'Unesco. Elle fut profondément émue par le parcours de Kim et par sa tolérance, évidente lors de la scène avec John Plummer après son intervention pendant la cérémonie au Mémorial des vétérans du Viêt Nam. En novembre 1997, l'Unesco fit de Kim son ambassadrice pour la paix, chargée de « répandre un message nécessaire sur la réconciliation, la compréhension mutuelle, le dialogue et la négociation, seules réponses possibles à la violence et aux affrontements ». À la même période, Kim annonça la création à Chicago de la Kim Foundation, destinée à aider les enfants victimes de la guerre. Elle en est la présidente honoraire, et Ron Gibbs – l'un des vétérans à l'origine de la décision de construire le Mémorial des vétérans du Viêt Nam –, le directeur.

Au début de 1998, Kim et Toan obtinrent la nationalité canadienne. Né en 1997, Stephen, leur second fils, a comme son frère un prénom vietnamien – Binh, qui signifie « paix ». Malgré le diabète de Kim, ses deux grossesses se déroulèrent sans problème. En bonne santé, elle ne souffre plus depuis son arrivée au Canada de l'asthme allergique apparu à Cuba, mais à chaque changement de temps ses douleurs reviennent. Ses cauchemars se font de plus en plus rares. Elle et Toan eurent la douleur, en 1998, de perdre leur amie la plus chère, Nancy Pocock. Ils consacrent désormais une grande partie de leur temps à leur famille. À l'automne 1998, Tung et Nu, les parents de Kim, vinrent les rejoindre au Canada : leurs billets d'avion leur avaient été offerts par un homme d'affaires anonyme de Montréal, et après des mois de retard dus à la mauvaise volonté des autorités de Tay Ninh, Ho Chi Minh-Ville avait fini par leur envoyer leurs visas de sortie. Tous les deux espèrent obtenir du gouvernement canadien le statut de résident permanent. Au début de 1999, à l'insu des médias, Kim, Toan et leurs enfants passèrent un mois au Viêt Nam, chez le père de Toan et dans le reste de la famille.

Le couple, leurs deux fils et les parents de Kim vivent sous le même toit à Ajax. Toan travaille comme veilleur de nuit dans une maison de retraite ; dans la journée, il s'occupe d'un handicapé mental, tout en suivant les cours de théologie organisés par son église. Il voudrait devenir pasteur. Un mois après leur arrivée au Canada, alors que Kim et lui vivaient encore dans un motel, Toan avait reconnu en Jésus-Christ son sauveur. Il s'était fait baptiser quelques semaines plus tard dans une église de Toronto. Les parents de Kim, qui passent leurs journées à s'occuper de leurs petits-fils, accompagnent régulièrement leurs enfants à l'église et lisent la Bible en vietnamien.

Quand elle n'est pas chez elle, Kim voyage et donne des conférences à travers le monde pour le compte de l'Unesco. Elle accomplit cette tâche bénévolement. Elle continue aussi à témoigner en public, au Canada essentiellement, de son engagement religieux. « Ce sont les flammes des bombes au napalm qui m'ont brûlée. C'est la compétence des médecins qui a réparé ma peau. Mais pour guérir mon cœur, il a fallu tout l'amour de Dieu », explique-t-elle. Un réalisateur italien fait actuellement de Kim la figure centrale d'un film sur le christianisme. D'autre part, pour financer les études des enfants du couple, un peintre connu de Toronto a fait don du produit de la vente de ses portraits de Kim, inspirés par la fameuse photo.

Vingt-cinq ans après la fin de la guerre du Viêt Nam, des vétérans continuent à sonner à la porte de Nick Ut, en Californie. « Nous voulons juste vous remercier d'avoir pris cette photo : c'est elle qui a mis fin à la guerre », lui disent-ils. Mais parmi les Vietnamiens qui fuirent leur pays aussitôt après la guerre, ou dans l'exode des *boat people*, certains refusent encore de regarder cette même photo : « C'est à cause d'elle que nous avons perdu la guerre », expliquent-ils.

L'ancien musée des Crimes de guerre américains d'Ho Chi Minh-Ville s'appelle maintenant le musée des Vestiges de la guerre. Quand l'auteur de ces lignes le visita fin 1996, elle ne vit pas trace de la célèbre photo que Kim avait découverte sur ses murs plus de dix ans auparavant. Des photos de civils victimes de la guerre occupaient néanmoins un mur entier. Parmi elles se trouvait un portrait de Kim et de Thomas, paru dans le numéro de *Life* de mai 1995 pour illustrer un article consacré aux sujets de quatre photographies récompensées par le prix Pulitzer, et « à leur difficile combat pour qu'on les considère non comme des icônes, mais comme des individus à part entière... ». Sur cette photo, Kim, dos nu, contemple avec attendrissement son bébé endormi sur son épaule. Dans la peau si douce et lisse de Thomas, la sienne, zébrée de cicatrices, semble renaître. « Mrs. Kim Phuc, victime à neuf ans des bombes américaines au napalm. (Elle vit désormais au Canada.) Cette photo d'elle et de son fils a reçu en 1996 un World Press Award », dit la légende. C'est ce beau portrait qui trône désormais au milieu du mur.

Denise Chong

Pour plus d'informations sur la Kim Foundation, vous pouvez écrire à :

The Kim Foundation
P.O. Box 81024
Chicago, Illinois 60681
USA

Ou bien à :

P.O. Box 31025
475 Westney Road North
Ajax, Ontario
Canada L1T 3V2

Remerciements

Si ce livre a pu voir le jour, c'est grâce à la confiance, à la générosité et au courage témoignés par Kim Phuc et par ses parents, Tung et Nu, en acceptant de ressusciter un passé que, pour l'essentiel, ils n'avaient jamais raconté à quiconque. Les artisans de ma première rencontre avec Kim, début 1995, furent son agent Michael Levine et le mien, Bruce Westwood, sur une suggestion de Cynthia Good – de Penguin Books – et de mon éditrice Meg Masters. Ce projet m'a permis de recevoir à nouveau les conseils éclairés et les encouragements de Meg, et de Mindy Werner chez Viking à New York. Merci aussi à Wendy Wolf pour son rôle décisif dans la publication du manuscrit. Ce fut un honneur d'avoir une fois encore pour correctrice Catherine Marjoribanks, qui a toujours été un exemple pour moi. Molly Brass est l'auteur des cartes, et Susan James a surveillé chaque étape de la production.

Mes premières conversations avec George Esper m'ont amenée à privilégier les témoignages de ceux pour qui le mot « Viêt Nam » évoque d'abord un pays et son peuple, et pas seulement une guerre. Ce livre doit bien sûr son existence à la célèbre photo de Nick Ut diffusée par Associated Press, et les souvenirs de Nick, de Horst Faas et de Carl Robinson m'ont été extrêmement précieux. Ma reconnaissance va également à Arlette Salazar, la veuve de Huynh Cong La. À l'invitation de Horst Faas, j'ai assisté à la soirée de lancement de *Requiem*, livre qu'il a cosigné avec Tim Page et qui réunit des photos laissées par les reporters tués en couvrant la guerre d'Indochine et celle du Viêt Nam. Là, grâce à l'amicale présence de George Esper, j'ai pu entendre les récits des anciens d'Indochine.

Parmi les correspondants de guerre, je remercie spécialement Fox Butterfield d'avoir retrouvé pour moi ses carnets datant de l'époque du bombardement au napalm. David Burnett, Nick Ut et les parents de Kim se sont quant à eux prêtés avec une patience infinie à la reconstitution, avec des jouets de mon enfance, de la ville de Trang Bang et des événements précédant immédiatement le bombardement. D'autres encore – Peter Arnett, Arthur Lord, Christopher Wain, Michael Blakey et John Graham – m'ont laissée utiliser leurs articles et reportages sur le bombardement, sur Kim Phuc et sur la guerre à Trang Bang. Matt Franjola, présent à Trang Bang pendant les derniers jours de la guerre, m'a fourni les informations nécessaires sur cette période.

Toan, le mari de Kim, m'a accueillie chez eux à bras ouverts, acceptant lui aussi d'être interviewé. Avec sa générosité habituelle, Perry Kretz a bien voulu partager ses souvenirs et ses archives. Merci également aux responsables du pavillon Barsky, en particulier à Joyce Horn et aux docteurs Mark Gorney, My Tu Le et Norman Merkeley. Le docteur D. Erdmann de la clinique Oggersheim m'a apporté plusieurs précisions utiles. Parmi ceux qui ont pris le temps d'évoquer leurs rapports avec Kim Phuc, je tiens à citer Merle Ratner et son mari, Ngo Nhan, feu Nancy Pocock, la famille Diaz, Maritza Yip et Trieu. À Cuba, les talents de guide et d'interprète de Gregory Biniowsky m'ont grandement facilité la tâche. Mechthild Furlani m'a fait profiter de ses contacts en Allemagne, et m'a traduit en anglais quantité de documents allemands.

Les interviews réalisées au Viêt Nam ont représenté l'étape la plus délicate de mes recherches. Accompagnée de mon frère Wayne, j'ai travaillé dans un climat souvent tendu. Certaines personnes interrogées ne sont pas citées dans le livre pour préserver leur anonymat. Wayne et moi n'oublierons jamais l'une d'elles, qui nous a courageusement révélé des épisodes dont elle pensait qu'ils étaient restés trop longtemps cachés. Elle m'a rappelé mon ami Frank Zhao. Sur place, j'ai également bénéficié des conseils de Bruce Levy. De retour au Canada, j'ai trouvé en

Tran Thu une excellente interprète, qui m'a en outre raconté son passé vietnamien.

J'ai beaucoup appris sur la guerre d'Indochine et celle du Viêt Nam dans les ouvrages existants, souvent écrits par des journalistes réputés au premier rang desquels Neil Sheehan et Stanley Karnow. Les archives des journaux et chaînes de télévision ont été pour moi une mine d'informations. J'ai par ailleurs eu accès à plusieurs témoignages bouleversants de Vietnamiens sur leurs souffrances pendant la guerre. Le petit nombre de documents en anglais sur les années d'après guerre au Viêt Nam m'a fait regretter plus d'une fois de ne pas parler vietnamien.

Grâce à une détermination sans faille, mon amie Diana Lary et Mr. Yim Tse, bibliothécaire à l'université de Colombie-Britannique, ont retrouvé la fable qui conclut ce livre. Garth Goddard a vérifié avec moi la terminologie religieuse employée. La famille Barr m'a obligeamment laissée transformer la cuisine en bureau dans ses deux maisons de Toronto. Merci aussi à Cory Samonte-Vidal, Phillip Winslow, Susan Hans O'Connor, Michael Schellenberg, Jim Caccavo, Neal Ulevich, Ronald Bedford, Ian Burney, Vo Suu, Tran Phuong, Fiona McHugh, Annick Hillger, Vo Giang et Shelley Saywell.

Enfin, il y a ma famille, qui m'a accordé la solitude nécessaire à l'écriture, et m'a soutenue du premier au dernier jour où, le livre terminé, j'avais le sentiment qu'il me restait mille choses à dire. Roger, Jade et Kai, de tout cœur, merci à vous.